Best Time

白 马 时 光

时　间
都知道

随侯珠————著

上

百花洲文艺出版社
BAIHUAZHOU LITERATURE AND ART PRESS

图书在版编目（CIP）数据

时间都知道 / 随侯珠著 . —— 南昌：百花洲文艺出
版社，2016.9
ISBN 978-7-5500-1942-3

Ⅰ . ①时… Ⅱ . ①随… Ⅲ . ①言情小说－中国－当代
Ⅳ . ① I247.5

中国版本图书馆 CIP 数据核字 (2016) 第 233266 号

出 版 者 百花洲文艺出版社
社 址 江西省南昌市红谷滩世贸路 898 号博能中心 A 座 20 楼 邮编：330038
电 话 0791-86895108（发行热线） 0791-86894790（编辑热线）
网 址 http://www.bhzwy.com
E-mail bhzwy0791@163.com

书 名 时间都知道
作 者 随侯珠
出 版 人 姚雪雪
出 品 人 李国靖
特约监制 何亚娟 燕 兮
责任编辑 王俊琴 李梦琦
特约策划 燕 兮
特约编辑 柴鹤嘉
封面设计 郑力珲
封面绘图 E.Pcat
版式设计 王雨晨
经 销 全国新华书店
印 刷 三河市金元印装有限公司
开 本 1/32 880mm×1230mm
印 张 18.75
字 数 500 千字
版 次 2016 年 11 月第 1 版
印 次 2016 年 11 月第 1 次印刷
书 号 ISBN 978-7-5500-1942-3
定 价 49.80 元（全二册）

赣版权登字：05-2016-311

目 录
Contents

楔子   001

Chapter 1   十年时简   003

Chapter 2   心上人，是心上的人   020

Chapter 3   一切都是戏   039

Chapter 4   实习新人生   058

Chapter 5   猝不及防的分手   079

Chapter 6   每天都被误会   097

Chapter 7   瓦妮莎的微笑   117

目　录
Contents

Chapter 8	献给爱丽丝	134
Chapter 9	算是交往了吗	153
Chapter 10	青林之行	171
Chapter 11	他的招待	189
Chapter 12	恋上小狐狸	208
Chapter 13	失意的灵鸟	228
Chapter 14	年轻的浪漫	244
Chapter 15	易茂风云	265

2016 年 8 月 24 日，A 城国际机场。

一个鲜眉亮眼的女人一边打着电话一边走出安检，步履如飞，身后的烟灰色行李箱和提包跟着她快速奔向候机室。女人面容秀美，看不出年龄，穿着简单的白衬衫和米色长裤，装饰就只有手腕上的卡地亚女表和一条挂在脖颈上用来防晒的丝质印花围巾。

干干净净，又不失明亮动人。

她叫时简，今年三十岁刚出头，五年前被丈夫叶珈成顺利"骗入"婚姻围墙里，成为太太一族，婚龄五年，婚姻状态……很幸福。

即将到登机时间了，时简小跑两步，同时耳边如风刮过，似乎有人从她身边走过，气场强大。来不及停下来回顾两眼，时简继续往前走，一不小心，脖颈的丝巾掉落下来，时简赶紧对着电话里的人交代两句，挂了手机。

正要弯腰去拾，一双小小的手先帮她捡回了丝巾，时简顺着视线望过去，入眼是一张粉嫩的脸蛋。身穿白色连衣裙的小女孩将丝巾递给她，脆生生道："姐姐，给……不用谢。"

"不用谢"快得时简都还没来得及说谢谢，小女孩就已经快速跑开了。

嘴角不自觉上扬，时简看了看腕表显示的时间，她几乎是掐着点到的登机口，心里有些无聊的得意，思及刚刚被可爱的小朋友叫作姐姐，心情更是美妙。

　　提着 20 英寸行李箱登上机舱，路过商务舱，位子已经全部坐满人，除了……第一排靠窗的位子。她这次临时飞日本东京，昨晚订票的时候发现已经没了商务舱，所以看到商务舱第一排位子还空着，第一反应是有人还没有登机?

　　登机时间已过，手腕的表流畅地走着。半个小时，时简重新开机，百无聊赖地给叶先生发了一条消息。

　　叶先生回她："还没起飞? "

　　"没有，突然航空管制。"

　　……

　　15 点 12 分，飞机终于起飞。

　　只是……

　　17 点 38 分，这架从 A 城飞日本东京的 NE8904 航班在关东地区的天山高原坠毁，机上 234 人罹难……

Chapter 1

十年时简

2006 年，冬夜。

时简从红色羽绒服里掏出一部粉色音乐手机，荧荧亮着的蓝色屏幕显示深夜十一点了，已经两个小时过去了，易霈还是没有从嘉仕铂出来。无聊，她用手指抠了抠贴在手机背面的一串粉色小星星，心想自己以前的品位还挺有意思。

今年的冬天好像是 A 城最冷的，就是忘了有没有下过雪。时简在嘉仕铂大门前的花坛前蹦了两下，身后是一簇簇修葺整齐的灌木丛。嘉仕铂会所位于东祈江旁，靠近九街，现在这个时间点，附近一带还很热闹，灯红酒绿的；夜市小摊也来这儿做生意，遥遥等在街对面，电动车上方挂着四个会闪的红字——王记番薯。

各种品牌乱冒的年代，吃个番薯也要讲牌子。

还是找点儿事做吧。时简花了五分钟时间买了两块王记烤番薯回来，中间视线不忘瞄着大门左侧停车区那辆牌照尾号为 06 的奔驰。番薯刚出炉，热乎乎地暖着手，但时简的心里有点儿烦闷，不知道今晚要等到什么时候。低头用力咬了口番薯，抬头——她以最快的速度将嘴里的番薯吞咽下去，拿出包里的文件袋，不管如何先朝易霈奔过去。该出来时不出来，在她想安安心心吃个番薯再等的时候，出现了。

前方大门走出的一帮人，摇摇晃晃的，唯有易霈最笔挺，黑色头发，短而削薄，长眉乌目的长相显得很年轻，他朝着同行的人点点头，抚了抚自己的袖子，扣上。然后，他走向黑色奔驰；她走向了他。

"易先生。"

"易总。"

隔着风，男人听到有人叫他，换了两种称呼。女孩的声音，有点儿急，导致尾音上扬。易霈侧过头，目光缓缓地转向朝他走来的女孩。

女孩看他的样子，仿佛他如今晚夜里的一道光。

前方车子大灯亮起，刺白地打过来，易霈眯着眼睛，直到车子远离，女孩已经立在他眼前，带着一股香甜的烤番薯香过来，淡淡地萦绕在他鼻尖下。

如果女孩是过来找他买烤番薯，说不定他真有这个意向。

显然，不是。

这是一个相当精神又漂亮的女孩，鼻梁秀挺，唇线分明；二十来岁的模样，脸颊还有婴儿肥，充盈的胶原蛋白像发酵的白面馒头；眼睛很大，黑瞳清润明净，里头仿佛汲着足足的水分。此外，她背脊笔直，手里拿着牛皮纸一样的文件袋，像是来……汇报工作。

"我是易茂的实习生，时简。易总，打扰了。"

还真是来汇报工作的，时简是吗？易霈倚着车子，没有架子却带着两分痞性，然后他面无波澜地询问出声："什么事？"

时简将手中的文件递上，尽量言简意赅："格兰城乙方施工负责人杨建涛非法转包C区项目，这是分包协议复印件和承接队伍的一些资质文件。"

易霈没有接文件，而是问了问眼前她的身份，"你是？"似乎在提醒着什么。

"易茂的新进实习生……"时简回答，她还有一个身份，有点儿难以启齿：她除了是易茂的实习生，还是杨建涛的外甥女，所以她今天是过来"大义灭亲"的。

"事关工程质量，请您一定要查证处理。"时简又说，为了让易霈听得清楚，她加重语气，像是电视剧里那种刚正不阿的小角色在以死进谏。

易霈没说话，时简抬起头瞄了下，心中琢磨着，担心自己来错了。可是，只有这样做她才能确保文件真真正正地送到易霈手里，又不引起注意。不然，谁愿意在大冬天的三更半夜等在夜场外面？

"哦，我知道了。"易霈做出回复。今天他也喝了不少酒，就算没有多少醉意，酒精的作用还是发挥了。他心里还想着事，一时也懒得推敲文件的真假，只觉得今夜神奇还有趣，这样的事情居然由一个实习生告诉自己，越级越权。真是……能耐！

代驾司机还没有来，易霈先将文件扔进副驾驶，关门时见身后的女孩还没有离开，随口一问："会开车吗？"

问完易霈自己都莞尔了，他在问什么？结果答案在意料之中又在意料之外，"会。"

"开得如何？"

"应该……还不错。"时简没有谦虚，她有六年驾龄。

易霈愣了愣，直接坐进了副驾。时简倒也没有谦虚，挂挡，稍稍看了两眼左右反光镜，就将车熟练地倒了出来。易霈不由得看了一眼驾驶座上的人，年轻稚嫩的装扮透着一股子与年龄不符的坦然随性。

车子驶入大道，两旁安静的路灯缓缓往后退着。时简转过头，扬着笑脸问："易先生，你住哪儿？"

易霈说了地址。

"好的……走新芝路？"时简想了想问。

"新芝路是去公墓的。"易霈平静地回答她，语气好像她在跟他开玩笑一样。

"难道走天义桥那边？天义桥还没有拆吗？"时简思考了两秒，又连续问了两个问题。

易霈不再作答，但在前方的十字路口，他还是主动开口："左。"

"好的，易先生。"

"右。"

"好。"

"直走。"

"这里我知道。"

前面就是天义桥了，对面是灯火辉煌的东城，新建的高楼大厦巍峨辉煌地耸立江岸，倒映在江水中，一片波光激滟。

时简征得易霈同意，打开了车窗，稳稳地踩着油门开过桥。江风呼啦啦灌入。驾驶带来的快乐使时简心情畅快了不少，也使易霈清醒不少。

前方查酒驾，一辆辆车安分地排着队接受检查。时简缓缓踩着刹车停下来，神色有点儿不对。怎么办，她好像忘了自己现在还没有驾照这件事。

易霈察觉到了，一猜一个准，"……没驾照？"

"嗯……"真是一时大意啊，时简抱歉又懊恼地瞥了两眼外面的情况，然后将车窗升起来。她觉得自己应该解释些什么，可又没办法解释。

交警已经查到前面的白色雪佛兰了，查证和酒精检测一样也没有少，时简忍不住叫了下副驾驶里气定神闲的男人："易总……"

"等会儿再说。"易霈回答她。

可是等会儿，交警就来了。

时简笑了两声，尴尬地说起了话："老实说，我现在真有点儿担心，没想到今晚这么倒霉。易总，是我连累了你。"

她这样说，易霈倒是有点儿反应了。交警很快过来敲窗，她还没来得及转过头，外面的年轻交警就已经笑咧咧地打起了招呼："……哦，原来是易先生啊，真巧真巧！哈哈，祝你夜晚愉快。"

哦，原来只是夜晚愉快。不过，夜晚愉快……个头啊！

时简回到易茂的实习宿舍都快凌晨两点了。手机里没有了便捷的打车软件，她一直走过两三个街口才顺利拦下一辆出租车。

躺倒就睡，直至温暖的光隔着白色纱窗清浅地晃进来，抖落一地金色。迷迷糊糊，还有一道熟悉的声音在耳边唤着"宝贝儿"，温温柔柔，带着特有的清爽干净。

"老公……"差点儿呢喃出声。

时简醒来时正抱着一只大枕头，迷迷糊糊，也不知道几点了，剩一半的遮光窗帘只挡一半的阳光，外头热烈的光线大大方方地投进室内一隅，逼仄的室内被照得明亮且清晰。红门黄窗白墙，连续下了几天雨，窗里挂晒着许多未干的衣服，各种颜色拥挤杂乱。

想起来了，这里是易茂给实习生提供的临时宿舍，四人间，目前就住着三人，除了她和赖俏两人，还有一个基本不回来睡的赵依琳。

下铺的赖俏已经醒了，正津津有味地翻着一本《女刊》杂志。赖俏是《女刊》的忠实粉丝，每天的穿衣打扮都严格参照《女刊》推荐来搭配。

时简拿起床头小只的音乐手机——音乐手机听着很洋气，就是多了存储功能，可以从网上下载音乐到手机里——按了解锁键，开锁声音是她以前设置的"喵喵喵"，抱着一丝侥幸，再次输入那个她背得滚瓜烂熟的号码，然后将手机放在耳旁。

保佑！

保佑下一秒叶珈成带笑的声音就从听筒里传过来，笑着问她："宝贝儿，什么事呢？"

没有什么宝贝儿，系统很快就温柔地提示她——您拨打的号码是空号。

　　时简打算起了，今天是周六，她和赖俏都休息。她睡上铺，还不是很适应爬铺，手脚动作都不十分利索，每次下来都要像老太太似的一颠一抖地扶着铁杆。赖俏继续看着杂志；她走到书桌对面倒了一杯水喝起来，清清肠道，顺便做做伸展运动。

　　"那个……"赖俏突然从床上坐起来，穿着一身浅紫色碎花秋衣秋裤，头发蓬乱，嘴巴却咧着，笑吟吟地问她，"时简，你有男朋友了吗？昨晚那么晚回来，是不是……"说到后半句话，赖俏藏着大块眼屎的眼角不忘暧昧地挤了挤，"是不是出去见男朋友了？"

　　男朋友？时简回过身，笑着摇摇头，"不是男朋友。"她昨晚见易霈了，不过不能告诉赖俏。

　　"哦——不是男朋友。"赖俏理解了这句话的逻辑问题，恍然大悟地说，"时简，你真有男朋友了啊！"如果没有男朋友，不应该回答"人家才没有男朋友"之类的吗？

　　"嗯？"这个问题，时简想了两秒，故作神秘兮兮的模样。

　　因为，她没有男朋友，她有丈夫。

　　"那个……时简。"赖俏盘着腿，瞅了瞅手中的杂志，像是想到什么问题，忽然尴尬又好奇地看着她。

　　时简也好奇地看着赖俏，不知道赖俏要盘问什么。

　　赖俏瞅着她，摸索出了一句英文来表达："Are you still a virgin？"

　　"咳！"她可以选择 go die 吗？时简一口水差点儿呛出来，面色绯红地转过头，对着赖俏。

　　"还是吗？"赖俏继续关心着。

　　"……"

　　她一时没有回答，赖俏似乎肯定了答案，继续问下去："……你第一次什么时候啊，给谁了，是初恋吗？"

　　"我……"时简有些淡淡地纠结。事实上，她自己也不知道自己是不是 virgin，身体是，但是心理不是？如果这样，到底算是还是不是？！她的模棱两可，赖俏自动理解成不好意思，然后还善良地交换出了自己的小秘密，"那个……晚上程子松约我见面。"

"程子松？"

"我一个男性朋友，特别完美的一个男人，我打算今晚将他拿下。"

"……"

赖俏话里似乎透露了某个想法。

不要冲动啊，少女！时简想起程子松了，赖俏一个聊了两年的网友。两人在某个论坛认识，他帮赖俏解决了一个电脑问题，之后两人开始建立联系，互联网的快速发展让网络爱情如雨后春笋般蔓延了整个祖国大地，不过赖俏和程子松的结局并不好。程先生娶了家里指定的女孩子，赖俏为了他怀孕又流产，好几年没有缓过来。

"赖俏，你不要去见他。"时简坐下来，理由编得很生硬，"网络骗子很多。"

"子松……他不是骗子。"赖俏看着杂志，有点儿生气了，然后转个话题问她，"最近烟花烫好流行，时简，我们抽空一块烫个吧。"

烟花烫？蓬松卷曲，动感十足的烟花烫？时简摇头："不要吧。"

床上的赖俏瞄瞄她，欲言又止。

时简想了想："要不我陪你一块去，也好帮你参考参考？如果好的话，我再撤？"

赖俏过来抱住她，感动极了："时简，谢谢你。"

时简回应了一个笑容，感觉自己有点儿多事，但如果她装作一切都不知道，良心又会有点儿不安。

这间宿舍里，她和赖俏、赵依琳都是易茂同部门新进的实习生，不过最后她和赖俏都没有留下来。她考上了 B 大研究生之后又出了国；而赖俏是为了程子松去了 B 市。

　　她和赖俏再次见面是在一次校庆活动上，赖俏已经不是曾经模样，失去了原先最可爱的活力。那天赖俏喝多了，对她说了很多话，"以前我们三人一块在易茂实习，现在你有幸福的婚姻，赵依琳成了易霈的得力助手，成了女强人。只有我，什么都不是，什么都没有，以前我还以为自己是最幸运的那个，能遇见程子松……"

　　满心欢喜的爱情，谁也不知道后面是缘还是劫。

　　而她，和叶珈成的确爱情顺利、婚姻幸福、令人羡慕，可两人还是没有好好地相守到白头，她又回到了二十一岁。

　　二十一岁，青春开始最好的年龄，可惜这一年，她还没遇上叶珈成。

　　赖俏和程子松晚上六点约在君和酒店的茶餐厅见面吃饭。

　　赖俏决定中午不吃饭了，理由是为了让自己的腰身看起来更显瘦，那样晚上穿上那件新买的收腰外套就显得更服帖漂亮。

　　时简一个人也不想吃食堂，索性走出宿舍到附近超市逛一逛。

　　经济飞速发展的年份，个税起征点已经由 800 提到 1600，她现在在易茂服饰的人力资源部实习。易茂是 A 城的大企业，早期以服装行业起家，现已多元化发展，包括易霈负责的房地产。房地产业如雨后春笋般蓬勃发展的时代，稍微有钱的人都在跃跃欲试，何况是本地的大企业。她实习的地方是易茂服饰的人力资源部。今年易茂招的实习生很少，她这份实习工作还是她姨夫杨建涛找人安排的。昨夜，她将杨建涛非法转包的复印文件资料送到易茂置业负责人易霈那里，这事单纯从行为上来说，不只是越级越权了。

　　还特没脑。

　　如果杨建涛知道是她举报了他，肯定要气得吹胡子瞪眼了。不过，没办法！

　　时简唉声叹气地推着小车，现在的市场像个千奇百怪的万花筒，各种品牌层出不穷，眼前货架上的商品相比她不算遥远的记忆里的那些，还是有很大差别的。收银台结账，消费 98 块，时简拎着购物袋出来，眼睛被外头的阳光晃了下。她已经适应一段时间了，可惆怅情绪依旧像盘在心底的一条毒蛇，时不时醒来吐吐讨厌的芯子。

吃力地拎着购物袋走了几步，时简看了看袋子里面的东西，发现自己好像买多了。她和珈成结婚之后，虽然家里一直有阿姨买菜做饭，但每个星期还是会逛一次超市。珈成从来不会让她拎重物，久而久之养成了她逛超市从来不考虑"买多了会拎不动"的情况。

何况后来的大型超市物流很完善，基本可以送货上门。

还没走两步，时简就接到了小姨的电话，让她今晚过去吃饭，给她做最爱吃的松仁玉米；时简想到晚上还要陪赖俏见程子松，便找了个理由拒绝了。小姨在电话里打趣她，笑她是不是有男朋友了，开始忙着谈恋爱了。

哪有那么好啊，她现在都不知道叶珈成在哪里。时简对着电话说："我明晚过去蹭饭，我要松仁玉米、糖醋排骨、孜然牛肉……"

时简喋喋不休，还没说出小姨最拿手的东坡肘子，小姨那边电话就被小姨夫杨建涛抢走了。暴怒的男人强忍着坏脾气对她说："时简大小姐，如果你今天不过来，明天星期日务必请你早点儿给我过来，我有话要问你！"

"……噢。"

时简听着心里发毛，长长的"噢"了一声。易需那么快就处理了这事？不仅处理了，还透露是她做的？什么人啊，时简扯了扯嘴巴，弯下腰重新将地上装满东西的购物袋拎起来，吃力地往宿舍走去。

五星级酒店的大堂，什么都是亮晶晶的。

时简回到宿舍就被赖俏拖着来到了君和酒店，她对君和酒店印象不深，只知道这家老牌五星级酒店曾经颇负盛名，不过很快在即将到来的并购大时代里被兼并重组，收购方就是易家的易霈。程子松从 B 市过来就直接入住这家酒店，程子松是高级工程师，君和酒店有甲方帮他订好的长期套房。晚餐在 9 楼的港式茶餐厅，程子松用丰富的食物招待了赖俏和她，海鲜、小吃、烧腊以及最讨女孩喜欢的甜品。

时简情绪不佳，一直浅尝辄止；赖俏很兴奋，不停地问着程子松问题，还不忘给他夹好吃的。

的确，赖俏是一个会照顾人的女孩。

"嘀嗒"一条短信进来，时简看了眼短信，是赖俏刚刚发给她的，内容令她哭笑不得："亲爱滴，放开了吃，没事的。"时简看着餐盘里甜腻的菠萝包，低头咬了一口。

这顿饭，吃得最开心的无疑是赖俏。用餐结束，时简拿起餐巾擦手，稍稍侧目，港式茶餐厅位于君和酒店 9 楼，璀璨的吊灯照得落地窗一片明晃晃，里面清晰交错地映衬着外头五光十色的广告牌、程子松的彬彬有礼以及赖俏的可爱笑颜。

"时小姐，赖俏说你准备考 B 大的研究生？"程子松开口询问她，大概是见她从头到尾都没有什么话，所以礼貌性地将她带进聊天话题。

时简摇摇头，回答："没有。"

"不考了吗？"赖俏惊讶地望向她，夸张又可爱地咋咋舌，不过很快又理解地说，"我看你这个月基本没看书，想想你也是放弃了。"

时简扯了下嘴巴，有些无奈。她是想看书，但是真的看不进，当年她也是吊车尾考进去的，现在好多课本内容都忘光了，同样是二十一岁的自己，但大脑和想法完完全全不一样。

"不考也没事，易茂是一个很好的平台，根基背景都牢固，你们都争取留下来。"程子松开口建议。

"真的吗？"赖俏眨眨眼睛，说起了一些内幕消息，"不过我听说易茂现在斗得厉害，分公司部门又多，我们都不知道怎么站队。"

"这个问题，我的建议是，你们能进易茂置业就进易茂置业吧，毕竟易霈在那边。"程子松说，口吻确定。

易霈？没想到程子松也知道易霈。时简瞎想着各种乱七八糟，抬起头，神色忽然就僵住了。

"时简？"旁边的赖俏推了下她的胳膊。

远处餐厅门口走出去一拨人，都是年轻人，应该是刚聚餐结束，相互谈笑风生着……时简一声不吭，视线愣愣地追着走在最中间的那个身影，那人乌黑的头发，青松一样的挺拔身姿，脚下光可鉴人的黑色大理石地面似乎将他的身影直直地拖向她，猝不及防地砸了过来。

胸口狠狠地紧了下。

赖俏又说了起来："希望咱们都能留在易茂吧，我看赵依琳为了留下来，下了不少功夫呢，组里表现最好的就是她了，时简，你说是不是？"

嗡嗡嗡嗡，时简听不见，她的世界有点儿杂音但很安静，随后，绽放起了热烈的烟花，噼里啪啦。时简勾了勾唇角，差点儿忍不住笑起来。

叶珈成和他的朋友们很快走出餐厅。时简猛地站了起来，抑制着疯狂的心跳，追了过去。

她和珈成准备结婚的时候抱怨过恋爱时间太短，还没有好好谈恋爱就要结婚了，好可惜呢。珈成是怎么回答她的，她记得他当时的样子可是相当无奈："谁让咱们那么晚遇上。"

如果……如果老天重新给你一次机会，让你提早遇见爱人，你会怎么做？

时简肯定会上前拦住他的脚步，然后用最熟稔亲切的口吻朝他打招呼："嗨，你长得好像我未来的老公，可以提早认识一下吗？"

老公！

等等她！

还是晚了两秒，电梯门已经合上，开始匀速下降了。

时简不死心，走到旁边按了按往下箭头的按钮，左边站着酒店的工作人员，误会她要赶上刚刚那趟电梯，亲切地提醒她说："小姐，不用急，下一趟很快就到了。"

时简默默别过脸。

刚下去的电梯里，叶珈成正回答一个研究生同学如何申请国外offer 的问题，一贯好事的高彦斐笑着打岔："珈成，刚刚好像有个女的追着你走过来。"

叶珈成反驳："这里只有我一个男的吗？"

"这倒不是。"高彦斐乐不可支，"只不过按照概率来说，是你的可能性比较大。"

叶珈成忍俊不禁，不认同也不继续反驳高彦斐；手机一条短信进来，他低头看了眼，随后正正经经开口说："晓京她过来了，人已经在大堂等我，等会儿你们继续玩，我就不陪了。"

"哎哟！"高彦斐勾上叶珈成的肩膀，"你们俩真成了？"

叶珈成勾勾嘴，扔出一句："你觉得呢？"带笑的口吻透着两分年轻人都会有的自得，不过也没有过度显露什么。

电梯停在酒店一楼，叶珈成和一群好友同学鱼贯而出，出来之后视线先巡视了大堂一圈，寻找宋晓京的身影。旁边站着的高彦斐突然拍了下他左肩，示意他往左边看。

他以为看到的会是宋晓京，入眼的却是一个完全陌生的漂亮女孩，她气喘吁吁地看着他，样子就像一只刚完成赛跑任务的可爱小兽，额前散落下几缕头发，眸光闪亮湿润。

令人有些惊讶的是，女孩仿佛认识他一样，满脸期待地朝他走过来。

这样莫名的期待，让叶珈成有点儿不知如何应对，他努力搜刮了大脑所有的记忆，也不确定自己是否有可能认识这个朝他走过来的女孩。阿姨的女儿？朋友的妹妹？校友学妹……都不是。

按理说，他的记忆应该不算差的。

如果说叶珈成的记忆是不算差，那时简的记忆只能说是不算好。她和叶珈成结婚之后曾无聊地设想过一个问题：如果以后她老了，得了老年痴呆症忘了他怎么办？然后叶珈成就过来笑着捏捏她的脸，"不错不错，那我就告诉你这个老太婆，以前是你先追的我，穷追不舍那种。"

"不对，明明是你追的我……叶珈成，刚刚你说谁是老太婆呢！嗯？"

事情好像全反了一样，她记得他，而他不记得她了。时简心里安慰地想了想，那么她就让他如愿一次，换她来追他。

"嗨……"时简立在叶珈成面前，正要开口，突然被一道讨厌的声音打断，是高彦斐，叶珈成的死党兼同学。

高彦斐笑眯眯地打量着她说："美女，你眼前这位男士已经有女朋友了哦，目前正在热恋阶段，要不你退而求其次考虑考虑我，我还没有女朋友，也是帅哥一枚呢。"

烦人。时简是认识高彦斐的，这个男人的房子就买在他们家对门，她和叶珈成结婚了还三天两头地过来打扰蹭吃。时简一个眼神扫过去，高彦斐闭上了嘴，心里有点儿悻悻然，妈蛋，刚刚他是被这个丫头片子瞪住了吗？

"嗨。"时简转过身，又仰着脑袋很自然地朝叶珈成甜蜜地笑起来，不管如何，她今天要得到叶珈成现在用着的手机号码，她将他以后的手机号码记得滚瓜烂熟有什么用呢，永远是空号，"你长得好像我未来的……"

"珈成！"遥遥地，一道温雅的女声从后面传来。叶珈成背转过身，回应刚刚喊他的女人，声线清朗，"我在这里。"

时简张着嘴，"老公"两个字成功卡在了喉咙里，吐不出来了。

高彦斐讨厌的声音再次飘了过来："我没骗你吧，我们的叶大帅哥真有女朋友了，咱们这里谁还没有女朋友，举个手让眼前这位姑娘仔细挑挑。"

不少人都举起了手，然后他们都觉得好玩有趣地轻笑起来，其中部分人还进入了兴奋的看热闹模式，看看她，又看看对面走来的宋晓京。

现在可好玩了！他们肯定都这样想着。时简笑不出来，背脊挺得僵直。

不远处的宋晓京已经走了过来，聪明的女人一眼就明白眼前发生了什么，只见她不动声色地挽上叶珈成的胳膊，朝她善意又宽容地点点头，以高明的方式宣示了主权，"不好意思，珈成，你认识眼前这个女孩吗？要不介绍一下。"

"不认识。"叶珈成回答宋晓京，不留任何情面，视线也不在她这里多加停留，然后带着宋晓京直接潇洒离场，"我们先走了，各位再见。"

各位再见，不用想，叶珈成这句再见里的"各位"没有她的份儿。

叶珈成，好样的！

时简缓缓转过头，看着叶珈成和宋晓京双双离开，叶珈成的手还亲昵地放在宋晓京的腰间，两人有说有笑。

时简有些接受不了，她忍不住跟上前，失落垂下的手猛地被人拉住了。高彦斐忍着满脸笑意问她："怎么，难道你还要跟着过去不成？"

时简拨开高彦斐的手，心情糟糕极了，"我出去透口气不行吗？"

"行行行。"高彦斐松开指尖的那点温热，突然开口，"我叫高彦斐，我的电话号码你要不要？"

时简恶狠狠地瞪了眼高彦斐，朝酒店大门走去，走了一半，又反悔了，快速转过身来，"高彦斐，你的号码……先给我一个吧。"她走到高彦斐面前。

高彦斐似乎没想到她如此善变，脸皮厚到这个程度，大方地将自己的号码存进她的手机里，想明白她的用意后，拖着音评价了五个字："居心不良啊——"

时简面无表情地离开，她和高彦斐向来没什么话好说，就凭高彦斐万年不变爱搅屎的性格。

……

时简在酒店外面等赖俏，对面是车来人往的大街，这座待了多年的城市霓虹熟悉又陌生，画面感变得很模糊；抬头看了眼悬挂在大厦上空的月亮，她觉得眼前的一切都是旧的，连月色也是旧到人心里，照进眼里可以蕴出温热的刺痛。

赖俏很快下来，程子松送她一块出来，甲方给程子松配了车，程子松拿着别克的车钥匙说："我送你们回去。"

赖俏明显失落了一下。

车里，赖俏自然问起了时简匆匆下来的原因。她回答赖俏："看见了一个熟人。"

赖俏笑了，"男的、女的？"

"男的。"时简也笑了，原本不怎么好的心情因为赖俏一个又一个的问题奇怪地好了起来。她望了望车窗外的那轮明月。

今夜月亮这么亮，明天肯定会是一个好天气。

第二天，果然阳光灿烂。时简和赖俏一块抱着被子出来晒，回来意外看到赵依琳坐在自己的床铺上发着呆。她和赖俏跟赵依琳都不熟悉，不过她比赖俏要好点儿，毕竟她的记忆里还有赵依琳以后的样子。赵依琳实习结束便留在了易茂，然后主动请缨到易茂置业工作，一路成为易需的得力助手，一直未嫁，直至多年后终于下定决心离开易茂独自创业，并写了一本书《我眼中的易先生》，成为年度百万级别的畅销图书。

时简之所以知道那么多，是因为她还买过那本书，买那本书的原因起初只是为了凑单。

记忆中《我眼中的易先生》看得她有些牙疼，翻书之前她本以为会是一本赵依琳和易霈纠缠多年的情感故事，抱着看艳色往事的想法认真翻阅它，结果发现就是一本赵依琳的工作日记，主要内容就是对易霈的欣赏和怀念；情感好像是有一些，不过都是一些蜻蜓点水暧昧篇章，不知真假；当然最令她牙疼的是，赵依琳还在书里"走马观花"地带过她和赖俏一些笔墨。

赵依琳这样写："我刚进易茂那会儿还只是一个实习生，我记得易茂当时提供了临时宿舍给我们这些实习生，我住在一间四人间，里面加上我一共住了三人，不过我和另外两个女孩相处并不愉快，所以通常不住在宿舍里。我感觉自己和她们不一样吧，她们一个热衷网聊谈恋爱，一个说要考 B 大研究生，看书的规律却是三天打鱼两天晒网，不知道在想什么……"

时简走进宿舍倒了一杯水给自己喝，赵依琳朝她笑了下，她不是很想搭理，但还是挤出一个笑脸，这时搁在床上的手机响了，是小姨催她过去吃饭了。

该来的还是要来。

时简打了一辆车来到小姨家。这两年小姨夫倒腾了一家建筑公司，混得风生水起，又在形势大好之下买了联排别墅和宝马车，早已经不是当初小姨一意孤行要嫁的那个杨建涛了。

外面人称——杨董。

小姨和杨建涛都对她很好，她和他们感情也最亲近。

算起来，小姨还是她在 A 市的唯一亲人，她爸妈生了小光之后便到国外工作；他们工作麻烦就只带走一个，她就一直留在国内，自由自在。

用时教授当时的话来说："时简已经适应了国内的应试教育，现在出去反而不好，我们等她大学毕业再做安排。"

一等就是十来年。

如果人生是一个猴子掰玉米的过程，注定顾此失彼，那她希望早点儿认识叶珈成。

然后，早点儿要宝宝。

Chapter 2

心上人，是心上的人

　　如果，如果她和叶珈成早点儿要孩子，他们的点点是不是可以来到这个世界看一看，在她和叶珈成的照顾下健健康康地长大？叶珈成向她求婚的时候，她告诉他，她身体可能没办法要孩子。叶珈成笑了笑，说："那正好，我是丁克主义者，所以才一直没有结婚。"然后叶珈成装模作样了两年，假装自己一点儿都不喜欢小孩……

　　老人都说，这世上哪有十全十美，最多只有十全九美。

　　杨家已经饭香扑鼻。

　　时简为了转移小姨夫杨建涛的怒火，人一到立马抱住了小姨的女儿妮妮，坐在沙发里不停地逗她笑。妮妮是杨建涛的宝贝疙瘩，疼爱指数百分百，如果今晚小姨救不了她，估计只有她怀里的妮妮可以了。

　　她抱着妮妮不撒手，即使杨建涛看她的眼神已经冒出火来，也不敢在妮妮面前摆黑脸。

　　杨建涛不是一个传统好男人，但对老婆孩子极好，包括对她。他学历不高，投机倒把做生意变成了有钱男人，可是他不知道，他前阵子签下的非法转包合同，会让他陷入五年的牢狱之灾。

　　妮妮现在只有三岁，软胳膊软腿地挂在她身上。之前好不容易盼着妮妮长成了小姑娘，现在又成了小不点喽！时简伸手捏捏妮妮的鼻子，"来，表姐帮你捏高高。"稍微长大一点儿的妮妮有了审美意识，就一直嫌弃自己鼻梁不够高，爱美的小姑娘都会有属于自己的小烦恼。

妮妮对她咧嘴笑，学着时简的样子捏捏她的鼻子。小姨招呼她过去吃饭，看着她一直抱着妮妮，温柔道："今天过来就一直抱着妮妮，不累吗？"

累，可妮妮现在就是她的免死金牌啊。

杨建涛再生气，晚饭还是让她顺利吃完，直到碗筷和她怀里的妮妮都被保姆撤走，杨建涛才当着她和小姨的面开口了："昨天我得到通知，格兰城那边的项目被易家那边的人暂时叫停了。"时简低着头看餐桌的漂亮纹路，心里舒了口气，项目叫停，今年年底那场令人扼腕的施工意外是不是就可以避免了？

她高兴，杨建涛看得更冒火。

小姨说话了，也不当一回事，"叫停就叫停。刚吃完饭不要谈工作，当着我和简儿的面有什么好说的。"

"那是一个上亿的项目！"杨建涛愤愤道，"赚到了就够我们家吃穿一辈子了。"

小姨不以为然道："上亿就上亿，我们现在也吃穿不愁，一家人开开心心最重要……妮妮最近都说好久没见爸爸了。"

杨建涛一时被堵得说不出话，他瞪着小姨还是发出火来，"几亿的项目我杨建涛可以不要，可是你知道这次背地捅我一刀的人是谁吗？"

"谁呀？"小姨笑着问，人坐了下来，照样温温柔柔。

时简默默抬了抬眼，装作透明人。

杨建涛哼了两下，看着她冷声冷气地说了出来："一位姓时的。"

姓时的……时简差点儿吐血，强忍着内心翻江倒海的情绪，这里只有她姓时啊……小姨再不明白也明白了。

时简主动朝他们笑了笑，自己坦白说："是我。"

小姨蹙了蹙眉头，"……简儿？"

杨建涛又看着小姨，"方雅你说说吧，我杨建涛到底哪儿得罪你们家的时小姐了，让她这样费尽心思整我，不仅偷了我的文件，还当面找了易茂的易霈！你说她，她……"杨建涛气到说不出完整话了。

时简抬起头，尽量让自己淡定，不要跟他一般见识，不要硬碰硬，所以她开口解释之前先喝了一口水，润润喉咙润润心。

杨建涛差点儿拍案而起。

她清清嗓子，开始陈述："我是拿了文件复印，也找了易霈，不过我真心是为姨夫好。上个星期我劝过姨夫不要私下分包给杨刚，姨夫没有听我的，我万不得已才找了易霈……希望姨夫能相信我。"说完，时简看向杨建涛，目光真挚，坦然至极。

杨建涛冷嗤："信个屁！"

"哦，原来这样。"小姨明白过来，看着杨建涛，眼神仿佛说：好了好了，现在没事了吧，你看孩子都跟你解释清楚了。

杨建涛不怒反笑，讽刺了她一脸："原来我杨建涛做事还要听时小姐的啊？！"

时简无奈地看向一边，感觉杨建涛心脏病都要气出来了，"我真是为你好。"

"为我好？所以我们杨家还要谢谢你时简，是不是啊？"

"杨建涛！"突然生气的人是小姨，温柔女人一发脾气立马唬住了暴躁的杨董，"你不能这样不分青红皂白地指责我们家时简，简儿难道还无缘无故特意陷害你这个姨夫不成？"

是的，时简配合地点了两下头。

"原因，当然有！"杨建涛冷眼瞅着她，"还有什么原因，她肯定喜欢上易霈了。"

什么？时简猛地抬眼，什么鬼！

时简坐在露台外面听 MP4，觉得易霈真是忘恩负义，她帮了他，他还这样给她找麻烦。时简今晚直接睡在了小姨家，杨建涛发完脾气，气也消下来，何况他还非常确定她喜欢上了易霈，她的"所作所为"也就得到了解释。

杨建涛不是一个好人，却是一个好男人，他很爱小姨，所以也爱屋及乌地疼着她。她想起小时候好几次开家长会都是杨建涛来参加，杨建涛长得老气，同学们误会他是她爸爸。杨建涛每次回来都对小姨得意地炫耀：如果我真有那么大一个漂亮闺女就好了。

然后他和小姨有了妮妮。妮妮是领养的，小姨也没办法要孩子。

楼下传来杨建涛陪妮妮玩的爽朗笑声。房间门被推开，时简摘下耳塞，回过头看向端着一碗甜品进来的小姨。"在听音乐啊？"小姨问她。

时简站起来，点头。

小姨笑着看她，"建涛今天吓到你了吧？"

她摇摇头，先道歉了："对不起，小姨。"

"说什么对不起，"小姨拉她坐下来，"你做得很对。赚钱是小事，不规范的项目及时叫停却是天大的好事。"

时简扬着唇角，笑嘻嘻。她知道，她的小姨不仅温柔，还善良有原则。她有点儿耍赖地靠在小姨身上，感觉很好。

今夜没有月亮，外面树影重重，风吹树枝摇，留下打扰人心的沙沙沙声。不知道为什么，时简觉得自己好像孤单很长时间了。

小姨询问了考研和出国的事，时简摇摇头，如果用前世和今生来理解她的情况，那么读过的书她不想再读一遍，而且出去了总归还要回来，她不如一直留在国内，留在易茂。

"我打算留在易茂，一直工作。"她对小姨说。

小姨没回应她。时简转过头，不知道问题出在哪里。

随后——

"时简……你快告诉小姨，你是不是真喜欢上那个易需了？"小姨问她，一副关心她又忍不住好笑的表情。

什么啊，时简想到了叶珈成，烦恼得叹了口气。她站起来，倚着围栏，回过身，漆黑漂亮的眼珠子轻轻转了半个弧度，眉峰斜上，灵巧又优雅地倾了倾身，随手拨了拨被风吹乱的黑发，回答小姨的好奇："我有心上人了，不过——不是易需。"

心上人，是心上的人。

实习培训课，杨经理的结束语居然是："有事者，事竟成；破釜沉舟，百二秦关终属楚，同学们加油啊！"

赖俏偷偷吐槽杨经理的讲话内容和他行事的死板，时简却感觉很有道理。趁着午间休息，时简也终于联系上了自己的心上人……的死党，高彦斐同学。

她打了三次电话，这次才通了。

算起来，她和高彦斐也挺熟络的，即使是讲电话，说话的模样也无意间透出两分老朋友的自然。电话一接通，她就稍稍抱怨了下："高彦斐，你终于接我电话了。"

时简的确没想到，高彦斐会挂她三次电话，记忆里可都只有她挂高彦斐电话的份儿。

她和叶珈成刚结婚那会儿，高彦斐无法适应死党被夺走的无聊，还会三天两头地打电话给叶珈成，找他打球打怪各种 happy，每次叶珈成不接他电话，高彦斐就执着地将电话打到她这里……

对于她此时的抱怨，高彦斐在电话那边笑了两下，语气很是轻飘："时姑娘，我必须向你解释一件事，今天一整天我都在——考——试。"

"考试？"时简想到了一种可能，她知道，高彦斐是 B 大在读研究生。

"没错！"轮到高彦斐开始抱怨了，"你知不知道我说了多少好话才从监考老师那里把手机拿回来。”

时简有点儿想笑，“谁让你带手机到考场，心思不正。”

高彦斐是百毒不侵的体质，根本不理会她的奚落，转而问她：“你知道我用了什么方法要回手机的？”

时简不想知道，不过为了从高彦斐这里得到叶珈成的消息，还是问了问：“什么办法？”

高彦斐笑了笑，“我告诉老师你是我女朋友，如果我再不给你回电话，咱俩估计就要分手了，那他可就摧毁一段金玉良缘了。”

时简呵呵。

高彦斐这才切入正题：“说吧，找我什么事？”

时简快速问：“珈成他现在住在哪儿，电话是多少？他……”仔细想起来她真后悔啊，她怎么没将珈成和她在一起之前摸个清楚呢，她对珈成过去的事情知道的可能还没有对易霈的多。

毕竟，她花了二十九块八买过赵依琳写的《我眼中的易先生》，内容也看得差不多，之后又看了一本易霈比较官方的传记。她抬头转转视线，不远处，《我眼中的易先生》著作者赵依琳又跑去请教问题了，小步子加上朝气蓬勃的笑容，很谦虚、很努力。

“珈——成？”电话那头的高彦斐扯着调儿回她，受不了地说，“时姑娘，不带你这样自来熟的。”

时简：“……”高彦斐刚刚的话一下子打击到了她，时简有些伤心，情绪低落了好几秒。

如果不是记忆太清晰、太鲜活，她也宁愿相信所有的一切只是南柯一梦，她只是做了一个很长很长的梦而已：她梦到自己走运考上研究生又出了国；梦到叶珈成带她来到郊外放了半宿的烟花；梦里最后她带着惊喜飞向日本，打算送一个巨大的 surprise 给正在大阪忙项目的叶先生——医生说，她终于可以要孩子了，然后她在飞机上睡了一觉，直至快速坠落。

　　她从噩梦深渊里醒来，只想回到那个最爱的人身边。

　　高彦斐似乎于心不忍起来，苦口婆心地对她说："叶珈成那厮最多人模狗样点儿，你至于吗？我实话跟你说，叶珈成前段时间一直在国外做项目，这次特意回来就是为了见宋晓京，所以你——真——没——戏——了！"

　　最后一句话，高彦斐说得抑扬顿挫，还带着一点儿不可言说的感情。

　　妈蛋！时简撇撇嘴，眼眶差点儿红起来。感情真奇怪，同样的事情，不同的时间点，衍生出了完全不一样的心情。她抬抬下巴，继续扯话说："晚上你有时间吗，要不你带珈成出来一块吃个饭吧，怎么样？"

　　手机那头的高彦斐不再说话，仿佛声音一下子硬塞了回去。

　　她又问了一遍："……高彦斐？"

　　"I真服了U了！"高彦斐那边深吸一口气说，随后飞快说完，"明天叶珈成晚上八点飞纽约，我和晓京估计都没时间送行。"

　　时间是个调皮的小孩，它将秘密掩藏，又将秘密公布。

　　时简是知道宋晓京的，也不陌生。宋晓京是叶珈成的研究生同学，一路读到女博士留洋归来，才貌双全。有阵子，宋晓京时常过来找高彦斐吃饭；高彦斐就住她和叶珈成对门，她自然认识了宋晓京。宋晓京还让她帮忙介绍对象，她也认真介绍了两次，不过每次都不了了之，然后她就和珈成猜测："晓京会不会喜欢高彦斐啊？"

　　记得叶珈成是怎么回答她的："……可能吧。"

　　时简想得咬牙切齿，可能个大头鬼！

　　当时高彦斐知道了叶珈成这个回答，也气得跳了起来，大骂叶珈成不仁不义，插兄弟两肋丝毫不手软啊。之后，她也猜到一些，不过哪个

027 Chapter 2 心上人，是心上的人

女人会为了缠着丈夫的一个前任放弃婚姻。她也问过叶珈成，他和宋晓京以前到底什么情况？叶珈成挺认真地回答她，也不像说了假话。"我和宋晓京是谈过，不过一个月就分了。当初我和高彦斐打赌追的她，宋晓京知道后主动分的手。"叶珈成这样说。

"那你……有没有挽留过？"她承认，问这话有私心。

"没什么好挽留的，本来也没多喜欢。"叶珈成说。

"真渣。"她这样评价叶珈成。

叶珈成无奈地笑笑，认了她这句话。

关于叶珈成和宋晓京，她只知道这段了，她能记住原因还是后面叶珈成对她说了一段很入心的话，他对她说："以前我还真挺浑的，自认为有点儿资本，伤过几个女孩。时简，我们虽然相遇晚，不过我心里还是觉得很好，如果你早点儿遇上我，你可能就不会爱上现在的我。"

如果你早点儿遇上我，可能就不会爱上现在的我。

可是，她还是遇上了二十五岁的叶珈成，年轻气盛，骄傲又自负的他。

……

不知哪儿的视线斜了过来，提醒道："时同学，艾娜姐交代的工作你做好了吗？"

时简转过身，微笑着回答："完成了，我已经把资料整理好转交给艾娜姐了。"

"哦……哦，这样吧，你再帮我把这份文件复印一下。"

"好的。"时简站了起来，踩着小高跟，暂时离开座位。

易茂这样的大公司，对员工的穿着有着统一的要求，男女一律上蓝下黑。现在已经是大冬天了，女性员工也是蓝色小西装搭配黑色西装裤，外加统一的 5 厘米高跟鞋，实习生们自然也都学着这样穿。女生里，时简的高跟鞋踩得很好，这点让赖俏十分羡慕，研究了半天得出一定是她

脚骨长得好的缘故。

事实明明是穿得多而已……

时简复印好文件回来，重新在环形办公桌前的转椅上坐下来，对面的赖俏又偷偷上网和程子松聊天了，不忘抬头朝她挤挤眼睛，很是开心的模样。

时简有点儿无奈，她想劝说赖俏，可是如果赖俏让她放弃叶珈成，她会听吗？

易茂下班时间一到，赖俏立马欢乐地凑过来，约她一块弄头发。时简愉快地同意了，她是要收拾收拾自己了。

外面理发店的老板推荐了这几年流行的烟花烫，并拿出效果图让她们挑选。赖俏看得心动，她却将头摇成了拨浪鼓，NO NO NO！

时简不得不承认审美是存在年代感的，现在的烟花烫，就像多年后的咬唇妆和空气刘海。她劝赖俏放弃了大热的烟花烫，自己则果断处理了一头黑色长发，变成了干干净净的中发，稍稍烫了内卷。

处理好了。

时简审视着镜子里的新发型，她现在的样子和记忆中的自己更接近了，不过还是有一些差别：之前她剪这个头发非常优雅迷人，现在乍然一看，就像年轻女孩在故作成熟。

她对着镜子扯了一个大大的笑脸。

笑笑吧，时简，大难不死还重回青春是一件多么幸运的事情。

笑笑吧，时简，你会有不同的心态和智慧看待外面的事物，再次欣赏到那些曾经因为着急奔跑而错过的美丽风景。

笑笑吧，时简，叶珈成终将还会是你的 Mr. Right……

夜里，赵依琳难得回来睡，一个人躺在床头，开着小灯，安静地看一本书。时简没睡着，躺在床上想老公想得睡不着，下铺的赖俏也没睡着，还在和程子松聊着天。

赖俏有意压轻嗓音，可时简还是听得一清二楚；不仅她听得见，赵依琳也听得见。时简想到了赵依琳多年之后在书里对她和赖俏的描述，突然觉得有点儿好笑了。

只是多年以后，事情还会一样吗？

第二天，时简犹豫要不要到国际机场找叶珈成，还是熬到叶珈成和宋晓京分手？可是她不知道叶珈成到底有没有哄她，他和宋晓京真的只是打赌在一起？只谈了一个月？

时简正想得咬牙切齿，突然杨建涛给她打来电话，同样气咻咻地告诉她一件事："易霈找你，说今晚要请你吃饭。"

易霈找她？还要请她吃饭？没听错吧。

时简捂着手机溜达到外面，不可置信地问："小姨夫，你说易霈为什么要请我吃饭啊？"

杨建涛也想了想，回答她："……感谢你大义灭亲吧。毕竟你帮了他那么大的忙，请顿饭是应该的。"

她："……"

时简挂了电话，心想易霈果然是杀人不见血的资本家，请她吃饭还要通过杨建涛告诉她，真有诚意啊。她是易茂实习生，她的电话和联系方式易茂系统里都有，易霈故意通过杨建涛感谢她，原因肯定不是真心要谢谢她啊。

如果她没有记错，今年是易茂家族内斗最厉害的一年，易霈这是要通过她试探杨建涛到底站队哪边吗？

机场是去不了了，易霈请吃饭，她没办法不去。外面天色一点点暗下来，时简接到了易霈助理的电话，张助理给了她易霈请客地点的名字，她用笔记了下来，张助理挂上电话前问她一句："需要我安排车来接时小姐吗？"

"不用不用。"她连忙谢绝对方的好意，还为了不麻烦别人瞎说着，"我知道那个地方，自己过来就可以了。"

"好的。"张助理不再勉强。

走出宿舍，时简有点儿后悔没有让张助理过来接自己，她现在根本不熟悉 A 市路况，手机里没有万能的城市地图，连搜索功能都不好用。

她只好打了车，对出租车大叔报出饭店名字："宴鸿私房菜。"

出租车司机问了问："什么私房菜？是个吃饭的地方吗？"

"对，对。"她不放心，又说了一遍名字，"宴鸿私房菜。"

"哦，晓得晓得，我知道那家饭店。"出租车司机嘟囔道，并扯了一句大话，"A 城就没有我没去过的地方。"

可真是这样吗？

时简站在郊区的"艳红饭店"外不敢进去，出租车已经丢下她绝尘而去，冷冽的夜风肆意无情地吹向她，她再次抬头看了看惹眼的四字招牌——艳红饭店。

真真切切的艳红，没有错。

她觉得自己要在艳红饭店门口吐血而亡了。

饭店很热闹，时简站在外面都可以听到里头吃饭的客人各种喝酒划拳的声音，各种嘈杂喧闹。她想，易霈应该不会选择这么接地气的地方请她吃饭吧？

突然，好想……死。

时简拿出手机，已经七点了，有一条短信在六点左右的时候进来。高彦斐特意发短信来问她："你到机场了吗？三号航站楼，不要搞错了。"

时简看着这条短信，突然有点儿庆幸自己没有过去，高彦斐虽然无聊，也不会无聊到这个程度，明摆了是故意整她。

她还是先等叶珈成和宋晓京分手吧，如果叶珈成没有骗她，也就一个月时间。虽然她看不上宋晓京后面的行径，可如果她现在去找叶珈成，和以后的宋晓京又有什么区别？

时简心里头有点儿难受，可很快又充满希望，只要叶珈成和宋晓京一分手，她立马就下手。她赌气地想着，叶珈成，她的男人，她连他身上有几颗痣都知道，还清楚他的品位、兴趣爱好，她会有什么办不到的？！

时简猜得没错，高彦斐确实是故意整她。

A市国际机场国际出发候机厅，叶珈成快要安检了，高彦斐再次寻找了一遍，还没有看到人来，旁边的宋晓京趁着叶珈成不注意，大大方方地偷亲了叶珈成一口，依依不舍道："叶学长，我舍不得你。"

叶珈成眸光含笑，"我也一样。"

高彦斐看得肉麻，心想男人都一样啊，心里不一定多舍不得，嘴上的话还是会让女朋友满意。男女关系就是一场骗来骗去的游戏，叶珈成不一定多喜欢宋晓京，可一样能扮演好男朋友的角色。人生无聊，男女游戏就是用来点缀生活的一种娱乐方式。

总比吸毒好，叶珈成也这样说过。

宋晓京是聪明的女人，有些事情，高彦斐以为宋晓京不会那么快就知道。

叶珈成登机之后，宋晓京对他开口："我和叶珈成已经分手了，昨天。"

"我擦，这么快？"高彦斐心里冷笑：牛逼啊，昨天分手今天还过来送机，真够可以的，刚刚表现得还像热恋状态，演得可真好。

"是有点儿快，还没有超过一个月呢。"宋晓京可惜地说，又转过头，"你们这种人谈女朋友不是从来不超过一个月吗？"

高彦斐打着哈哈，"你主动分的手？"

"是啊，难道还要等叶珈成甩我？"宋晓京反问他。

明白人啊。高彦斐懒得说话，咧了咧嘴。宋晓京的确是叶珈成谈的女朋友里最明白的一个，或者说是心最大的一个。主动分手？骗鬼吧，真正分手的男女从来只想老死不相往来，还能像今晚这样过来送机，再偷亲前男友一口？

玩西方礼仪？

有病吧。

宋晓京这次主动分手，不是退而求其次，是以退为进，她想要成为叶珈成念念不忘的那个。不过真是聪明反被聪明误啊，这样的心思，他看得明白，叶珈成难道不明白？礼貌性地不点破而已，用叶珈成那厮的话来说："这是对女孩的一种尊重。"

嗯，的确很尊重。

"我老公是全世界最好的男人。"

时简以前这样表扬过叶珈成，那天她看着叶珈成照着菜谱做了一桌子菜感动得不要不要的。叶珈成解下围裙，谦虚地笑了笑，打着比方说："时简，你真觉得我很好吗？那我一定是一生修行才成为好男人的，就像白娘子那样，以前是一条蛇精，遇到许仙才成为好人。"

瞧，她的叶珈成多会说话。

一生修行，他才遇见了她。

那现在这个情况，是他的修行不够，还是她的福气不够，她和他一辈子都还没有过完呢。

偏僻的城郊结合部，除了几家还亮着灯等客的小店，就艳红饭店最红火。她对面是乌漆一片的工厂，经济飞速发展，环城路外面是一片新建的工厂。时简有气无力地走到对面，路灯都没有的大路，她不知道还能不能拦到出租车。她搓搓脸，口袋里手机冷不丁振动起来。预感不是……很好。

她拿出手机，号码显示果然是她之前存下的易霂助理，张恺打来的。

哎哎哎！硬着头皮按了接听键，她先解释起来："嗨，张特助，我已经到了，不过……我想我可能来错地方了。这里也是艳红饭店，我貌似没有看到易先生呢……"

唉，她居然还能说出口，真是要了命的尴尬。

"那你现在在哪里？"电话那边的人说话了，声音不是易霂的助理，是——易霂本人。

时简接着易霂的来电，张张嘴，迎面吹来的风将她的声音吹得轻飘飘，简直是声如细丝。

"艳……红饭店。"她说，"艳丽的艳，红色的红。"

易霂那边明显地停顿了下。

时简太阳穴也跳了下，怕易霂觉得她在故意搞笑，赶紧加了一句："我没有开玩笑……"

易霂回应了她："嗯。"

然后呢，时简原地动了两步，忖度起来，接下来这顿鸿门宴还要吃吗？或者她主动下台比较好吧，她正要开口，易霂先说了："你问问艳——红饭店老板地址，我让张恺来接你。"

时简不想去了，说了一句场面话："易总……吃饭事小，要不咱们下次吧。"

易霂回她："我下次不一定有时间。"

时简："……好。"挂了手机，她抬起头望了望对面饭店的玻璃窗，里面热气氤氲，窗上贴着一些本店的招牌菜名，酸菜鱼、回锅肉、剁椒鱼头……

原来艳红饭店是一家川菜馆子，老板娘大名就叫艳红。时简找老板娘问好地址发了过去。艳红老板娘安排她坐下来，她不想占便宜，直接说：

“不好意思，我不是来吃饭的，等人而已。”

“那也坐里面等吧，外面多冷，店里又不是没位子。”老板娘笑着说，“坐着等，坐着等。”

“哦，谢谢老板娘。”

感动！人间有真爱，好想发朋友圈，弘扬一下社会正能量，可惜现在连微博都没有。时简找了一个空位坐下来，老板娘热情地招待了她，给她沏了一壶热茶。茶水半温时，门外开来一辆黑色奔驰，尾号 06。

时简站起来，同时老板娘快速朝她走过来，“美女，那个茶水钱给点儿吧。”

“……”

生活比段子还精彩，时简付了 50 块。

车是特助张恺开过来的，停在了路边，她快速蹦了过去，朝张恺道了一声好。副驾驶的车窗开着，她看到上面放着打包盒，所以打开车后面的右侧门——“易总……”

想不到易霈坐在后面，她硬生生地，迎着面打了个招呼。

冬日的外面夜凉如水，湿冷的寒气直逼车厢，车里的易霈只穿了一件羊绒衫。大概是感到冷了，易霈对她开口：“时简，你先上来。”

“哦。”易霈居然叫了她名字。

时简不好坐回前面副驾驶，那会显得很刻意，索性大大方方弯腰进去。车子空间人，两人一块坐在后头也没有任何逼仄感受，何况心理上她已经是一个结了婚的女人，有些方面没未婚少女那么讲究。张恺在前面开着车，解释了一下易霈出现在车里的原因：“时小姐不好意思，易总临时有了新安排，今晚就不能宴请你了，你住在哪儿，我现在送你回去。”

原来是这样，所以张恺是特意来接她的？

时简有点儿悻悻然："说不好意思的人应该是我，找错了地方，还要这样麻烦你们。"然后说，"张助，你叫我时简就好了。"

"好。"张恺答应下来，"时简，你是住在易茂宿舍吗？"

"是的。"时简双手放在副驾驶的靠背，身子微微靠前，一副蹭车的样子，"谢谢了。"

"应该的。"张恺笑笑，提起了今晚的乌龙，"真没想到这么巧，这边也有一个同音的宴鸿饭店。这事赖我，没有说清楚。"

时简扯了扯嘴巴，也挺好笑的。她不知道易霈为什么要找她，心里多少猜到了一些缘由，不知道对不对。易家家大业大，关系错综复杂，这样的家族自然容易产生内斗，相互争夺控制权，格兰城项目就牵扯错综复杂的利益。易茂置业是易霈一手创办，现在效益好了易家人都来分羹，格兰城就是被分走的一块豆腐。她那天给易霈的复印文件，正是易霈最需要的，里面有着文章可以做呢。

她最初的目的只是帮姨夫杨建涛避免一场施工意外，没想到歪打正着帮到了易霈。现在就是不知道易霈怎么想她了，故意偷用姨夫的材料这事，正常人基本干不出来吧。易霈找她，大概也是猜不透她的用意。

嘿嘿，就算易霈再聪明，他也想不到原因。

时简想得入神，不小心咳嗽了下，她伸手碰了碰自己刚剪的头发，偷偷掩饰着情绪。然后前面张恺又问起她："时简，你现在在易茂服饰那边实习吗？"

"嗯。"她回答张恺，"人力资源部。"

张恺继续，"你学的专业？"

"工程力学。"

张恺又笑了，"工程力学怎么跑人力资源部了？不应该来我们易茂置业发光发热吗？"

她直言："没学好。"她以前就是因为本专业没有学好，不喜欢，所以通过考研途径换专业。

"哦哦哦，也是啊，女孩学工程力学的确有点儿吃力。"

时简点头，"是的。"

"那份格兰城项目施工力学分析报告，是你自己写的吗？"坐在她旁边的易霈突然说话了。易霈一直靠着椅背，车厢光线又灰暗，她都以为他睡着了，现在忽然开口，她惯性地转头看着他。他也在看她，等她回答。

"是的，我自己写的。"时简回答，她上次给易霈的，除了转包合同复印件和承包人资料外，还有一份项目分析报告。以防万一，她写得很用心，就是希望易霈能重视这件事，避免年底的施工意外发生。

不过现在的问题是，易霈不相信报告是她写的？

"写得很好。"易霈说，看着也不像不相信她，反而肯定了她，"不像没学好的样子。"

时简："呃……谢谢易总。"人命关天，她肯定要好好写。

易霈又问："你毕业的三方协议签了吗？"

时简："还没。"她怎么有一种面试的感觉。

事实是，她就是在面试。

"你可以考虑签给我。"易霈说，"当然你也可以签给别处，不过如果我是你，一定会考虑易茂置业。"

"哦。"时简脑子发愣，一般做决定的事情她都是找叶珈成商量的，叮是叶珈成现在在哪儿呢，他大概还在和其他女人谈恋爱吧。

时简低着头，没有立马回答易霈，不过心里还是偷偷乐了乐：易霈这人还是蛮有眼光的嘛。

车子快开到城市中心了，车厢内很安静，萦绕着一股若有若无的安神精油香，易霈说："不用现在回答，可以下个星期再回复我。"

"不用。"时简决定答应，立马接受了这份工作，"谢谢易总给机会，我一定会好好做事。"

"嗯。"易霈点头，没有继续理她了。

后面，基本是张恺和她说话，什么都聊了一些。车子很快停在了易茂宿舍外面，她肚子也不争气地响了下，有些无奈，她之前想着今晚可能是一场鸿门宴，可是至少也有宴啊。结果空着肚子被送回来。她要下车了，就在这时，张恺拎起副驾驶的打包盒递给她，"知道你没吃饭，易总请客，怎么好让你饿着肚子回去。"

啊？

"谢谢……"时简茫然地接了过来，沉甸甸的两大盒。原来副驾驶这两盒是给她的，她怎么突然有一种跟对主子有饭吃的感觉。

易霈，本是易老先生的外孙，不知道为什么姓了易，还留在了易家长大，身份尴尬；然而，易霈又是易家最有能力的下一代，之后易霈不仅成了易茂当家人，还是多年以后全球金融五十大最具影响力人物之一。

时简做了一个假设，易霈本人知道他以后会那么辉煌吗？

心大的男人，心里想法肯定也是不一样。

回到宿舍，时简打开打包盒，一份酱汁烤鸭，一份石锅豆腐，一份绿色时蔬以及玉米饭。她将餐盒放在桌前，忽然就想念叶珈成做的土豆泥了。

深夜入梦。

家里阿姨请假，叶珈成围着她买的粉色围裙，立在窗明几净的厨房耐心地研究着菜谱，修长干净的手指划着菜谱的说明文字，眉心轻皱起来。

厨房里的净水器安静地运作，咕噜噜的声音很温柔，她咬着苹果蹭过去，叶珈成妥协地转过头，和她商量："要不中午我们继续吃土豆泥吧？"

……

　　时简再次见到叶珈成，是在易茂服饰人力资源部实习的最后一个星期，正赶上易茂服饰年度店庆，她们这些实习生全都被安排到一线支援活动。赖俏直接去了外地，她由于英语好，被安排去了易茂男装在 A 城最大的旗舰店。

　　吹气球。

　　就在她吹得腮帮子鼓鼓时，叶珈成玉树临风地出现在易茂旗舰店，一个人来买衣服。

Chapter 3

一切都是戏

叶珈成是帅哥一枚，不管什么年纪，三十五岁还是二十五岁，他的长相都符合当下社会的审美主流，就算以挑剔的眼光看他，也不得不承认，这人帅得清新俊逸。

叶珈成，时简心里念念想想这个男人大半个月了，现在终于再次见面，还是以这么突然又惊喜的方式，加上今天吹了半天气球腮帮子有点儿疼，她眼泪都要蹦出来了。

冤家!

叶珈成只穿着一件浅灰的高领开司米走进来，头发像是刚理过，脖颈看着修长又匀称；此外，他手里搭着一件外套，是白色的。时简蹙了下眉头，外面有那么热吗？她又看了看叶珈成搭在手臂上的外套，隐隐可以看到上面沾了一些红色污渍。

哦，原来是不小心弄脏了外套，临时过来买衣服。

今天易茂男装搞店庆活动，旗舰店人来人往，见多了大腹便便又挑剔的男顾客，年轻的女导购员们心里已经是不停吐槽的状态，所以当她们看到迎面走进来的男人如此风姿卓然，就犹如感觉到一缕清风恰到好处地吹了过来。

店里两个年轻导购小姐都想要上前提供服务，但彼此又注意到了好姐妹眼里那点儿意图，正犹豫要不要让给对方，这时时简快速放下手中的气球，对她们说："这个客人交给我吧。"

半路杀出一个时咬金，两个导购小姐反应了半秒，最终微笑着挤出一个字："……好。"

所以，有时候心里有什么想法、想要的，一定要抢先说出来，不然所有好事就会落到那些会主动开口索求的厚脸皮的人手里，而你只能在心里偷偷扼腕长叹：为什么没有早点儿开口？

只是，她们真想不到，居然是安安静静的时简，先下手为强了……

时简是总公司下派过来的，今天总共没接待过几个客人，原本看着还挺……与世无争的一个漂亮实习生，没想到比她们都老练。

算了，脸皮厚的优势，也是与生俱来的，羡慕不来。

走进大门，叶珈成踩着光可鉴人的橡木白地板，挑选起了适合自己的外套，一时也没有注意到朝他走来的导购就是上次那个一面之缘的女孩，时简。

他右手划拨着最前排的最新款男士西装外套，取下一件灰蓝棉质的，无聊地问了问身后的"导购小姐"："这款我穿合适吗？"

其实这根本就是废话，他穿什么不合适呢？！

"我觉得不怎么好，不建议你穿。"时简立在后面回答叶珈成，眉眼弯弯，已经是甜蜜蜜的模样。

"……"叶珈成霍地转过身，看着时简，他感冒未好，控制不好咳嗽了两下，然后有点儿难以置信地扯了两下嘴角。

他还是认得她的。

时简主动打招呼："好巧啊。"

"嗯，很巧。"叶珈成回她话。

时简抿着唇，感觉自己快要幸福地晕倒了，没想到这样也能遇上叶珈成。叶珈成不是A城人，他在A城读了七年书，之后就留在这个城市发展，直至成家立业。说起来，她要不要找个时间回青林市一趟，看看她未来的公公婆婆，他们都对她很好。

"为什么不好？"叶珈成审视着她，落地镜照出了他颀长的身姿。

为什么！时简拿过他手中的早春款灰蓝西服，让他摸了摸面料的厚实度，又"自来熟"地说了起来："你摸摸，料子这么薄，外面才几摄氏度，你穿这样出去不冷吗？"

叶珈成没说话，淡漠地收回手，因为不管他回答冷，或者不冷，答案都很奇怪。

相比还算淡定的叶珈成，直接崩溃的，是另外两位导购小姐。易茂男装旗舰店里有冬款也有刚新上的春款，不过春款不打折，她们都喜欢推荐顾客购买早春的款式，提高业绩。

所以时简，她在搞什么？

是呵，搞什么？叶珈成斜了时简一眼，还是走到了对面的冬款区。

时简跟在后面，亦步亦趋。她和叶珈成结婚之后，叶珈成所有的衣服都是她置办的。像所有女人喜欢打点自己的丈夫一样，叶珈成大到正式场合穿的西服，小到袜子、内裤都是她在选购。叶珈成也笑着说过，有老婆的生活就是不一样，然后她就问叶珈成："以前都是你自己买的吗？"

"对啊，瞎买。"叶珈成这样回答她。

男人购物，果然都是瞎买。时简拿出一件羊毛长款翻领风衣，今年某大片热映，男主帅气的经典银幕形象产生了一定的边际效应，比如类似这种长款风衣就卖得特别好。

时简觉得叶珈成穿上这件风衣肯定很好看，好看到招摇。她不想叶珈成那么招摇，又想看他穿这件大衣的样子，最后，她还是找起了叶珈成穿的号。

现在的叶珈成身材和以后的他基本一致，稍稍偏瘦一些。

"就这件吧，你穿一定好看。"她说，样子期待。

叶珈成接受了她的推荐，她上前帮他穿衣，激动得发烫的两只手有点儿不知道怎么放。她多么想摸摸他，尽情地抱抱他。叶珈成一声咳嗽，仿佛看出了她的兴奋点。

时简又帮叶珈成整了整领子，易茂男士的大衣裁剪得很合身，叶珈成这样的衣架子穿着仿佛量身定制的。她看得满意至极，喟叹出声："真帅……"

叶珈成："……"

这样的感慨，过于自然流露，实在令人没有安全感。叶珈成拨开了时简的手，"我自己来。"

"嗯。"

叶珈成立在镜子前，慢条斯理地扣上纽扣，效果不错，另外，确实很……暖和。

"这款多少钱？"他问。

"5888。"回答的是另一个店员，她观察了半天终于插进话来了。

这么贵！时简蹙了蹙眉头，有点儿为难地瞅着叶珈成。

这是什么表情！叶珈成面无波澜地移开目光，对另一位导购小姐说："这件我要了，直接穿走，埋单吧。"

那么快决定了？时简偷偷拉了下叶珈成的衣服，轻轻说："你等下。"

等什么？叶珈成来不及反应，时简已经走向店长，指着他说："店长，他是我的一位……朋友，能不能给个内部价啊？"

不远处的叶珈成："……"

店长有些为难，想搪塞一下。

时简笑盈盈，继续真诚地恳求，动之以情地说："芬姐，你就行行好，通融通融嘛。他才刚工作，以后还要存钱买房讨老婆。现在这个社会男人压力很大的，能省则省，你说是不是？"

叶珈成："……"他以后娶老婆关她什么事？

"好，没问题。"这样的理由，店长居然同意了。

易茂男士大衣内部价能拿到5.5折，易茂这样的市场牌子，即使店庆最多也只有8折，一下子省了不少呢。时简回过头，朝叶珈成眨眨眼，过日子还是需要老婆吧。

呵呵。叶珈成不疾不徐地走过来，店长开始写单了，另外两位导购小姐也释然了，原来这位帅气先生是时简的朋友，难怪时简刚刚那么积极。

"先生你好。"店长芬姐抬起头，笑眯眯地说，"没想到你是时简的朋友，我们就按照内部价给你折算了，一共是3238.4块，你是现金还是刷卡？"

"刷卡。"叶珈成回答，淡淡睨了时简一眼，拿出口袋皮夹里的信用卡，递了过去，并说，"不用给我内部价，谢谢。"

店长芬姐："……"

时简一时也："……"她真想一巴掌拍死叶珈成！

芬姐反应了几秒，才接过叶珈成递来的卡，重新出单。

时简郁闷了，默默无言地拿出袋子装好叶珈成原先那件白色外套，然后递给了他。叶珈成直接扬了扬高昂的下巴，转身走出了店门。

难过。

"你们是闹矛盾了吗？"一位导购小姐好奇地问她。

时简也不知道怎么说，便点了点头，然后她像是想起了什么，说了句"我出去下"，就追着叶珈成的身影走出去。外面的叶珈成已经走了一段路，她对着他的背影喊："叶珈成！"

叶珈成转了过来，隔着熙熙攘攘的人流。

时简忽然有点儿害怕，害怕叶珈成直接走人，幸好叶珈成还不算太讨厌，只是懒懒地望着她，像是等她走过去。

她稍稍释怀，笑了笑，朝他跑了过去。

"嗨。"时简打了个招呼，有时候她也不知道该用什么语气和现在的叶珈成说话，明明是最亲近的人，她却要装成是一个陌生人。

"还有什么事吗？"叶珈成问她。

"我……"时简顿了顿，"我刚刚看见你白色外套的污渍，是红墨水汁。我就是过来告诉你一下，你可以用酒精洗涤它。方法是你先用温水打湿，然后用百分之十左右的酒精搓擦。"

叶珈成的工作偶然需要手工制图，他的衬衫就常染上墨水汁。这个办法还是家里的阿姨教她的。不知道为什么，时简感觉自己都要哭了，鼻子酸酸的。

"好，我知道了，谢谢。"叶珈成又问她，"还有其他事吗？"

还有呢，还有一件天大的事。时简抬起头，还是把最想知道的事情问了出来："那个……你和宋……就是上次那个女朋友……分手了吗？"

话音落下，时简又懊恼了，多么冒失，她好像太心急了。果然，叶珈成神色淡淡，已经做出了闭口不谈的姿态；冬日的阳光打在他的脸颊上，亮晃晃一片。

叶珈成不是不想说，他真的有些无奈了，眼前女孩桃花瓣的眉眼，那么清润灵秀，怎么就生了一副执拗性格。太莫名其妙了，更莫名其妙的是，他的心居然微微颤动了下。

时简还在等，仰着头，心跳飞快。叶珈成以前可是告诉过她，他和宋晓京根本没有谈多久的。他有骗过她吗？她忐忑着，直至叶珈成开口："分了。"

时简的眼睛明显地亮了下，"真的？"接着她又咧着嘴巴追问了一遍，似乎是在确认，"你们真的分手了？"

叶珈成忽然有些心塞……

嘻嘻，他真的没有骗她。时简抬着头，尽量不让自己笑出声，毕竟她老公刚失恋，她再开心也不能表现得太过了，可是嘴角总是控制不好地往上翘。阳光是如此灿烂，世界这么美好，叶珈成刚刚说的"分了"两字，简直是她这段时间里听到的最动听的话，也是最好的消息。

时简好想拥抱住叶珈成欣喜欢呼，又怕吓到未来老公。她下意识伸出的一只手，改成了轻轻落在叶珈成的肩膀上，然后又缩回去；接着她又碰了碰，小心翼翼地、幸福地、满足地。

这样碰碰，应该可以吧，她想。

不可以，叶珈成就这样冷艳地看着眼前人对自己"动手动脚"，她在弹苍蝇吗？

"还有其他事情吗？"他接着问她。

嗯，还有，时简有些紧张，心里暗骂自己挫爆了，跟自己老公要个电话号码也紧张……事实真这样，她心脏都快要跳出来了，眼巴巴地望着叶珈成，"你的……手机号码可以给我一个吗？"

时简没有追过男人，第一次总是很手生。

的确不会追男人的女孩啊，叶珈成没说话，漫不经心的样儿。

时简又拜托地看着他，"不可以吗？"

叶珈成终于轻轻叹出一口气，答非所问，像是提醒地说道："我以前在你们店里留过一次手机号。"

对哦，顾客资料！时简又激动又不好意思，"……我忘了。"

"既然没有其他事了。"叶珈成配合着时简的身高，目光稍稍低垂，再次"冰冰"有礼地开口，"我可以走了吗？我赶时间。"

时简只好说："再见。"

老公……

叶珈成："再见。"

时简回到店里第一件事就是翻阅顾客资料，查找叶珈成的号码。

今年夏天，叶珈成的确在易茂男装旗舰店购买衬衫时，留下一份顾客资料。男人潇洒连笔的签名下方附属了一串手机号码。时简快速将叶珈成号码存进手机里，然后撇了撇嘴，明明可以直接给她，偏要她翻那么多顾客资料。

店里芬姐问时简："刚刚那个帅哥，是你喜欢的人吧？"

时简也不掩饰，不仅大大方方承认，还继续向芬姐讨人情："芬姐，以后他过来，可不可以都给他内购价？"

芬姐笑，促狭地说："我是想给啊，就怕人家不要呀。"

时简只有长叹："……唉！"就在刚刚她给叶珈成发了一条身份识别短信……不过叶珈成没有回她。

今年是易茂服饰成立第61周年，店庆活动长达一个星期。时简作为实习生下派支援店庆，意味着她要在旗舰店待一个星期。

幸好店里气氛不错，还可以聊点儿八卦。

易茂是做西服起家，易老先生曾经是A城响当当的"金剪刀"，易茂就是他和第一任妻子创立的品牌。今年易茂服饰六十一岁，易老先生也已经八十二岁了。

易老先生第一任妻子是一位千金，林家银行的大小姐。大小姐不爱指腹为婚的有钱未婚夫，偏偏喜欢上了俊俏年轻的裁缝先生，偷偷拿出闺房私房钱让怀才不遇的裁缝先生经营人生事业。一代痴女，只可惜红颜薄命。生下大女儿，也是易大小姐，就得了肺病撒手人寰，到下面找那位被她活活气死的钱庄老爹，道歉去了。

易家大小姐，也就是易霈的母亲，运气更坏，不仅遇上了最糟糕的年份，还遇上了最糟糕的爱情。壮烈的女人最终选择生下了易霈，至此终年一直没有结婚。

有人说，林家女人不是短命就是薄命，令人扼腕。

易老先生第二任妻子，郭太太，却是一位福旺十足的女人。小家出身，明明是尴尬的续弦身份，却连生了三个儿子和一个女儿，成了易家当之无愧的女主人。

午休时间，店里几乎没有客人，大家凑在一起聊起易家的那些事，穿着体面熨帖的套装七嘴八舌着，基本以"我家二叔跟我说过""我也听人提起过易老先生以前……"等作为开头话。传闻最有意思的地方，又体现在一个"传"字。

时简听得津津有味。她还知道多年以后有编剧偷用了易家背景写了一部大火的电视剧，剧名就叫《男色家族》，名字有噱头之嫌，不过易家男人的确都是好皮相，尤其是以后备受瞩目的易霈。芬姐又说起一件事，口吻骄傲。每年易老先生的生日宴都会宴请一些优秀员工过去参加，这里的旗舰店是易老先生最看重的一家店，说不准今年会有两个名额。

两个名额，意味着除了店长以外还有一个名额。店里的小美、小王、小珂都露出了向往的神色。芬姐已经参加过两次易老先生的生日宴了，言谈之间有些得意。然后，聊天话题慢慢转到了易霈这里。三十岁还未婚的易霈肯定比八十二岁的易老先生更符合年轻女孩们的聊天话题。她们问芬姐：

易霈长什么样？

易霈和易老先生关系如何？

易霈有女朋友了吗，有未婚妻了吗？

……

以上这些问题，芬姐能回答的基本也只有第一个，所以用词特别丰富："易霈的确是一位美男子，当时我远远看到几眼，真的很帅，可以说是貌若……潘安。"

"哇——"

可惜貌若潘安是一个褒义词，却不是一个好的形容词；大家都知道潘安长得很帅，到底帅成什么样就不知道了。小王姑娘立马找出了参照物，说话之前还有意地看了看时简，再问芬姐："芬姐，你说是之前那位叶先生帅，还是易霈帅？"

芬姐想了想，真在心里比较起来。

这还用想吗？时简半靠着柜台，拨着柜台的笔，真心实意地说："当然是叶先生更帅。"

小美、小王不相信，哼哼唧唧地推推她，取笑说："我看你是情人眼里出西施，中了毒了。"作为易茂的一枚小小导购员，她们都希望是易霈更帅。

时简但笑不语，她还真是情人眼里出西施，在她心里就没有男人能帅过叶珈成的。

不过话说回来，她们看向时简，心里想着：时简已经见过易霈了？

大概讨论了太多易家的事，第二天芬姐带来一个足以震动旗舰店的临时消息：今天大家加班到晚上十点，易老先生可能要过来巡店。

小美、小王、小珂纷纷张大了嘴巴，难以置信。

时简在打气球，听到消息的第一反应停在"加班到晚上十点"，然后也好奇起来：易老先生身子骨不错啊，一大把年纪还亲自巡店。

芬姐说："大家一定要好好表现，机会难得。"

的确机会难得。

下午三点旗舰店又接到上面通知：易老先生大概晚上八点过来，同行的还有其他易家人。大家提前结束正常营业，做好准备活动。

事情发展，感觉已经不是巡店那么简单。

时简有一种即将接驾的感觉，小美、小王、小珂她们也这么认为，然后像是打了鸡血一样开始做事了。擦地，真正做到了洁净如镜；重新陈列柜台的衬衫、西装，一切调整到最好、最恰当的摆放位置；最后是分类。

时简也有好好表现，不过她一心二用，中间不忘拿出手机，看看叶珈成有没有回复她。

"哈喽，珈成，我是时简。"

这条短信叶珈成一直没有回复她，导致"哈喽"两个字都显得特别尴尬。时简想了想记忆中的甜蜜：以前她在卫生间拉屎，叶珈成都会立在外面陪她说话。

店里的小美有追男经验，安慰了低落的她："你这样发肯定不行的，你让他怎么回你呢，发一些他可以回答的问题啊。"

比如？

小美瞎扯了："你吃饭了没啊，你在干吗啊之类的，随便想想，很多啊。"

太无聊了吧，时简有点儿嫌弃，她和叶珈成刚谈恋爱那会儿都没那么无聊。不过她还是听从了小美的建议，一个字一个字地打起来："你在干吗呀？"

呀字，她是琢磨了好久才加上去的。

果然，这条短信叶珈成回复了，不过内容有点儿简单。

"在吃饭。"叶珈成回她。

太棒了，时简惊喜。

"对，就这样聊，慢慢聊了。"小美得意地笑了，"放心吧，只要回复你了就有戏，加油！"

真的吗？！时简笑嘻嘻，看着叶珈成回她的"吃饭"两个字，开心哪。

然后，她接着发。

……

晚上八点，易老先生没有过来。冬日的夜来得特别早，旗舰店早早就挂出了"暂停营业"的牌子，没有人敢懈怠，小美她们已经个个挺着腰板等在门口，打了一半的哈欠都逼了回去。

时简自然也站着。她以前哪儿做过这样的事，不过她等着"接驾"的同时，大脑回味着她和叶珈成那几条来回短信，心里十分甜蜜，也没觉得时间难熬了。

大家等了一个多小时。

九点十分，终于来了。三辆锃亮的黑色轿车一块进来，相继停在了宽阔的店门外面。时简站得轻松又笔直，然后稍稍侧目，观看。

第一辆车下来的，是易老先生和他第二任妻子郭太太，郭太太扶着易老先生。

第二辆车子，下来三个男人，应该就是易老先生和郭太太生的三个儿子，易霈的三个舅舅。

第三辆车子，车牌尾号06，不用想也知道是易霈。

如此龙威虎震，搞得那么浩浩荡荡，怪吓人的。

易茂西服起家，易家男人自然个个西装笔挺，易老先生也是一身银灰色西装穿在微微佝偻的身子上，看起来精神又精明。时简再次想到了那部射影易家的狗血大戏，感慨"男色家族"这个名字还真取得贴切又艳味十足。

易家人还没过来时，店长芬姐就早早带着三位店员站在门口等着迎接。易茂男装在服务这块一直做得很好，秉承着易茂"忠厚诚恳"的四字宗旨。时简站在芬姐那边的最里面位置，以前都是别人给她服务，第一次这样准备服务别人，马马虎虎过关了。

易家人进来了，郭太太扶着易老先生走在最前面，芬姐微笑着弯下腰，"易董，晚上好。"

店员都开始弯腰。

时简也微微弯了弯腰，眼角轻轻往上斜着，用余光瞅着易家人进来的场景。她注意到小美、小王、小珂她们都是整齐的 45 度弯腰，她最多只有 15 度，有些不整齐。

时简有些强迫症，打算偷偷往下一点儿，不小心抬起的目光撞上了刚进来的易霈。

易霈也看到了她，移开视线，不疾不徐地跟在他们的后面。

旗舰店里面配置了手工裁衣区和休息室，易老先生直接去了休息室。裁衣区和休息室隔着一块偌大的屏风，上面墨水江南地写着四个字：上善若水。

这里只接待顶级 VIP 顾客，提供最好的手工定制。

芬姐开始煮水泡茶，一室清香。易老先生坐在中间的皮质沙发上，接过芬姐递上的杯子，轻轻吹了吹气，然后一口未尝地放回前面的梨花木茶几上。

茶水微震，碧波涟漪。

时简抬抬眼皮，想到了叶家那位老爷，每次叶珈成带她回家过年，她最怕的就是见叶爷爷了。她和叶珈成多年没有孩子，叶珈成是独子，婆婆公公不说什么，不代表叶珈成的爷爷对她就没有意见。

休息室气氛有些紧张了，看来今晚真不是巡店那么简单。时简看向相对熟悉的易霈，只见易霈双手插兜地靠着墙面，仿佛他只是陪同过来。

易老先生说话了："今天除了阿霈母亲，还有在英国读书的小雅没有来，你们都来了吧。"

"是的，父亲，我们都在呢。"接话的是一个中年男人，两鬓已有白发，他笑容满面地说起话来，"不知道父亲把我们叫来有什么事？您身子不好，其实直接叫我们回家就好，何必大老远跑来这里？"

"呵呵。"易老先生笑了，"霖东，你知道这是哪里吗？"

易霖东：“咱们家的旗舰店。”

“原来你还知道！”易老先生说，“我还以为你们都忘了，忘了我们易茂是做什么家业的，忘了易茂这块牌子是怎么发展和壮大的。”

易家人噤声了。

易老先生继续说：“我老了，但是不要以为我什么都不知道，你们现在玩股票的玩股票，搞房产的搞房产，个个投机倒把，心术不正，易茂的牌子迟早要砸在你们手里！”

“……”

原来是过来训话的。

时简瞅瞅易老先生，都一大把年纪了，也是一个操心的可怜人。休息室一时间没有人说话；易霈照样靠着墙面，若无其事，好像易老先生那句搞房产的人说的不是他，而是另有其人。

然而，时简觉得易老先生这番话主要还是说给易霈听。她也不知道自己为什么如此笃定，莫非是主角定律，毕竟最后的大 BOSS 是易霈。

果然，易老先生站起来要离去了，临走前特意看了看易霈，交代说：“阿霈啊，我们家的旗舰店，你可能也好几年没进来过吧？既然今晚难得来一趟，你就做一件咱们易茂的西服再回去。”顿了顿又说，“不要老是穿那些外国牌子，我们易茂的西服不比洋牌子差。”

易霈站直了身子，答应下来：“好的，谢谢外公。”

易老先生和其他易家人终于离开了，时简嘘了一口气。易霈还留在这里，她看了看他的衣服牌子，还真是某个意大利牌子。

这人貌似不喜欢自己家的西服啊。

芬姐问易霈：“易副总，您的尺寸店里还有备份，这次做西服，是按照原来尺寸，还是重新测量？”

“重新量吧。”易霈说，“之前的尺寸已经是三年前的了。”

好家伙，易老先生还真没有说错。

易霈要量尺寸了，时简也要离开休息室了，没想到易霈叫了她的名字："时简，你来量。"

她来量？！

芬姐很识趣，临时教了她两句，然后递给她量尺和其他工具。时简烫手山芋般地接过工具。幸好，她给叶珈成量过尺寸，在网上买衣服也是要量一量的。她走到易霈对面，拿着皮尺和直尺比画了比画，然后犯难起来，主动坦白："易总，我不会量。"

其实也不是不会量，只不过量西装尺寸要精准，臀部大腿这些地方还是比较那啥的。她记得看过一个电视剧，老裁缝给男主角测量尺寸，还要考虑小男主放在左边还是右边的问题呢。那么多事，还不如直接说不会。

"不会吗？"易霈没有让她继续测量，而是坐了下来，"时简，这个月我们见了几次了？"

这个月他们见了几次？她想了想回答："三次，一次我找您，一次您找我，还有今天。"

易霈点了点头，说起另一件事："下个星期，你就过来帮我吧。"

帮？！这词用得真是……高看了她啊。

时简握着皮尺，一下子感觉重任在肩，腰挺得更直了，她点点头说："好的，易总。"

易霈站了起来，扫扫她手里握着的裁衣工具，"真不会？"

"真的，不会。"时简回答，笑了笑。

"哦，那你让芬姐进来。"易霈说，口吻奚落，"我还以为你什么都会。"

时简："……"什么都会，这个评价她也是醉了。

简直什么都不会啊！

时简翻着考研数学书，吐槽自己。以前学的东西，她真忘得干干净净了。下个星期，她要到易茂置业那边做事，回来翻翻日历，下周二也是她的研究生入学考试时间了。

B大的入学研究生考试是"以前的她"报名的，"现在的她"不管如何，也要到考场走个形式吧。所以，这几天她从旗舰店回来，立马请了假窝在宿舍看起了书。

赖俏说她这是临时抱佛脚，不如不抱。如果她都能考上，肯定是佛祖睡着了。

时简趴在书桌上，佛祖没有睡着，她快要睡着了。她决定参加考试，主要想验证一件事：同样的自己在相对同一个时间里，去做同一件事情会有同样的结果吗？

她心里的答案是不一样。

然而，到底能不能考上只有真正考过才有答案。当然，她觉得赖俏说得很对，现在的她参加考试，如果真让她考上，那单是佛祖睡着还不够，还要有佛爷给她送答案才有希望。

MSN里的叶珈成上线了，她抱着侥幸的心理，拍了一张题目照片发给了叶珈成。像素不好，不过能看清。昨天，她死皮赖脸要来了叶珈成现在用的MSN号，用处还是很大嘛。

"这题，我不会。"她输入。

意料之中，叶珈成那边照样无声无息。

时简低下头，继续做题，和自己的大脑较着劲儿。大概过了五六分钟，聊天框里弹出了一大串内容，是叶珈成给她发来的解题思路。

天哪。

她亲爱的老公，果然厉害。时简忍不住惊喜，惊起了卧床玩手机的赖俏。

她输入："谢谢谢谢谢谢谢。"

"不用客气,随手。"叶珈成回复她。

噢。时简双手托着脸,面颊红润。这种感觉像又回到了她和叶珈成刚谈恋爱那会儿,少女心跳个不停。之前的她和叶珈成认识到恋爱,没多久就结婚了。之所以赶着结婚是双方长辈都催促了。不过叶珈成向她求婚的时候,她还不肯答应,觉得太快了。那天刚好是西方的情人节,叶珈成搞浪漫开车带她到山顶;后来车子没油了,三更半夜,她和他相拥着蜷缩在车里,仰着头看向天窗外面的星空。

以后的 A 市,难得再有那晚那么漂亮的星空,群星满天的。

然后叶珈成说:"时简,信我一次。"

信他什么?她转头看他。

"信我,能给你幸福。"车里空调停止运作了,天窗微微打开通气,冷冽的夜风不停地钻进车里。叶珈成将她抱得更紧,然后说:"我以前觉得男人求婚的话都是虚情假意,用好话将女人骗进对他们失利的婚姻里。时简,我以前也不相信婚姻,排斥婚姻。可是真奇怪,人会变。我真想结婚了,和你一起。"

她笑着打岔,心里甜蜜又得意,"叶大帅哥,你想结婚的人,为什么会是我?我虽然不错,不过好像也没有特别优秀吧。"

"对啊,我也奇怪为什么会是你,按理不可能是你才对。估计我们结婚后那些洗衣做饭、拖地打扫的活儿还要我来做,亏得要命。"

她不同意,觉得叶珈成冤枉了她。

然后,叶珈成低低地笑了起来,"时简,你相信缘分吗?我开始相信缘分了,看到你第一眼我就觉得你是我喜欢的,想要的那个,对的人。"

你是我喜欢的,想要的,那个对的人。这话她可不可以理解成,她厚着脸皮说了出来:"你对我……一见钟情吗?"

"真肉麻。"叶珈成拍她脑袋,"不过,也差不多。"

……

对的人，不管什么时候都是对的人吧。时简打算过阵子就去看医生，然后提前吃药，这样过个几年，她就可以和叶先生生宝宝了。

想到点点，时简难过了一下，一定是点点太想要来到这个世界了，所以她才回来了。

时简来到 B 大图书馆，啃了一天的书。她以前在 B 大读过书，再次坐在图书馆看书，怀念起了 B 大的 9 号食堂。

可惜，B 大食堂管理严格，从来不收现金，而她没有饭卡。

高彦斐的电话来得很及时，得知她在 B 大图书馆，立马说要请她吃饭。她压低声音说："我还看着书呢。"

高彦斐只说了一句："叶珈成也在我这里。"

"你们在哪儿？"

叶珈成还真在高彦斐那里，两人一块立在天义实验楼外面，等着她。时简开心地跑了过去，高彦斐恶作剧地将她拦截，右手搁在她肩膀上，将她带到了他这边。

她默默甩开高彦斐的手，自觉走到了叶珈成旁边。

高彦斐愤愤道："今天请客的人是我！"

一致决定在学校食堂随便吃点，可是 B 大食堂那么多。叶珈成问："去哪个食堂？"

时简抢先回答："9 号食堂。"

"嘿——"高彦斐笑了，"没想到你对我们学校挺了解啊，还知道 9 号食堂。"

那是当然，她以前也是这里的学生啊。

三个人，只有高彦斐有饭卡，自然刷他的卡。时简没有任何过意不去，毕竟以后的高彦斐吃了她和叶珈成那么多顿饭。不过，时间顺序好像有些……不对。

时简主动去取免费的番茄汤。

叶珈成和高彦斐找地方坐下来。这边刚坐下，叶珈成就递给了高彦斐一张钞票，"给你，今天这顿饭的钱。不用请客。"

高彦斐乐了，大大方方收下来，说："你多给了我不少啊。"

"没多多少。"叶珈成微微侧目，远处是端着三碗汤过来的时简，他解释说："还有一份是时简的。"

去他叶珈成的二老爷。高彦斐抬着眉，"你们……在一起了？"

"没。"

那么逻辑在哪里？还是他已经工作了，比自己更有钱？

叶珈成用筷子夹起了一根鲜嫩清脆的四季豆，像煞有介事地说："时简追的人是我，不是你。"

所以，她的饭钱，不应该由他出吗？

Chapter 4
实习新人生

真是，可——恶——啊！

叶珈成说得那么刻意，高彦斐自然听出叶珈成话里的意思，故意聊起某个人："宋晓京估计要伤心死了。"

叶珈成不认同，"她先甩的我，伤心什么？！"

高彦斐懒得多说，有人揣着明白装糊涂，不过他倒是很佩服叶珈成一点，男女关系向来处理得直接又磊落，合则来不合则去，肆无忌惮。

时简过来了，三碗汤分了分。

高彦斐已经感慨起来："真羡慕咱们叶大帅哥有那么多妹子追求，哪像我孤家寡人一个。"

时简笑眯眯坐下，掰开一次性筷子问："很多吗？"

高彦斐逗着嘴："你以为就你看得到叶珈成的帅和才气，其他女孩都是睁眼瞎吗？"

"噢——"时简发出一声长长的"噢"，不死心，又转过头问本人，"真的有很多吗？"

"不……多。"叶珈成感冒还没有好，咳嗽了两下。

"那就对了。"时简眉眼一弯，"这说明女孩们还是有眼光的多，知道你现在就是一个用情不专、水性杨花，喜欢流连花丛的男人。"

叶珈成："……"瞬间心塞，这是什么鬼评价。

"哈哈！哈哈哈！"高彦斐狂笑起来，快要拍桌子了。他刚刚还以为时简会伤心难过，没想到剧情一下子翻转了。他看了一出好戏，不忘挤对一番："时妹妹，那你为什么要一个用情不专、水性杨花、流连花丛的男人呢？"

"没办法啊，就是喜欢啊。"时简叹口气，很为难的样子，然后她看向叶珈成，真诚建议道，"所以你快跟我在一起吧，不要再祸害别人了。"

什么叫祸害别人。叶珈成慢悠悠站起来——再去打份菜。

男女关系，谁说先喜欢上的那方是输家，往往赢家是脸皮更厚的那一个。叶珈成泰然自若地离开了餐桌，高彦斐深深佩服叶珈成的定力。"饭卡！"他一声吆喝，拿起桌上的饭卡朝叶珈成扔了过去。叶珈成转过身，一只手帅气地接了过去。

食堂窗口排着队，有女孩朝叶珈成走过去，扬着商量的笑脸问："学长，能不能帮我们刷下卡，我们给你现金。"

"不好意思，这不是我的卡。"叶珈成礼貌地回绝。

女孩明显失落了一下，只好换人借。

瞧，这种才是正常的女孩。

叶珈成回过头，稍稍有意地看了眼，不远处高彦斐和时简有说有笑，仿佛多年的老朋友。

时简……她到底从哪儿来的？

叶珈成不缺莫名其妙喜欢自己的女孩，只不过还是会好奇这个叫时简的女孩。

莫名其妙出现，莫名其妙对他情有独钟。这份没有任何依托、横空出世的感情，实在令人没有安全感。

同样，莫名其妙的白娘子为什么对许仙好？

爱吗？不，因为白娘子是一条蛇精，熬不住千年寂寞罢了。

那么，时简为了什么？

午饭结束，时简要继续回图书馆看书了。他因为的确有事拒绝了她提出来的辅导请求。她踏上图书馆台阶，走一步回头看他一眼，然后遗憾地挥了挥手。今天天气暖和，她只穿着宽松的白色毛衣、紧身牛仔裤；不长不短的头发落在肩头，发梢闪烁着金色的午后阳光，干干净净。叶珈成差点儿后悔，其实留下来陪陪她，也是可以的。

然后，时简忽然从台阶上跳下来。

宛若，一只轻巧的灵狐。

"珈成。"她又跑过来，叫了他的名字，笑盈盈的，熟稔的，甚至牵缠的，仿佛已经叫了一辈子。

"不去看书了？"他双手插口袋，注视着她。

"等会儿再看。"时简立在他面前，然后一鼓作气地说，"能不能不要再喜欢上别人了，在你喜欢上我之前。"

他一愣，保持住做男人最基本的清醒以及最得体的骄傲，反问："你这是在要求我？"

"请求。"她笑，落落大方，"毕竟，你也不讨厌我，不是吗？"

对，他不讨厌她，甚至还充满着浓浓的好奇。

"这又算是什么请求？"他扯唇笑了笑，语气慵懒。

"先下手为强，提前预定啊。"她说，然后从口袋里掏出一张钞票，趁着他反应不及，塞进他手里，"这是一百块，我给你的定金，你收好了。"

什么，定金？就算是定金，他叶珈成一百块就够了？

然后，时简快速转身，跑回了图书馆。

"……"

看了看手里握着的一百块，叶珈成还是放进了自己的外套口袋里，开车离开了 B 大。车是前阵子新买的德系车，他比大多数同年人都混得好，不过一辆车差不多花掉了他半年来的积蓄。不要家里任何接济，恣意又潇洒。

路过一家超市，掏钱买烟，他接过售货员找回来的零钱和一包苏烟。

这下好了，他把定金都花了。

……

定金这招，论起来，时简还是从叶珈成本人那里学来的。

叶珈成追她那会儿，也是像她今天这样，没有任何防备地往她手里塞了一百块，然后霸道地说："收下我的定金，就不能喜欢上别人了，在你爱上我之前。"

所以，她只是——师夷长技以制夷，以彼之道，还之彼身。

时简坐在图书馆看书，争取最后几天背出几道题的答案。事实想得美，她根本记不清楚以前考过的那些题目，索性任性地合上厚厚的考研书。

硕士学历，已经得到过了，想想也就没那么稀罕了。

时简坐公交车回易茂宿舍，摇摇晃晃，中间接到了远在国外的时教授的电话。

时教授得知她不打算考研，也不愿意出国继续进修，原本两个星期才有一个电话，变成了两天一个电话。时简按了接听键，听筒里立马传来一阵用流利英语讲出来的儿童音。不是她父亲时教授，是弟弟时小光，Timothy，他一定是偷偷拿了时教授的电话，给她打来了电话。

"Tim。"她叫了弟弟的英文名字。她和弟弟一母同胞，成长环境完全不同，一个从小说国语，一个只会讲英文，Tim 偶尔冒出几个中文句子，都能让全家感到惊喜。

Tim 性格也像外国小朋友，热情好玩，他每次都叫她 Honey，像她的一枚小情人。

"叫姐姐。"时简笑着纠正。

"姐……姐。"Tim 的中文发音，十分"抑扬顿挫"。

时简好笑，Tim 刚刚说了一大堆，特意问她为什么不过来陪他了，小男孩说得伤心又幽怨，就像她要抛弃了他一样。

不用想，她父母已经对 Tim 说了她不能来国外的事。

时简有些抱歉，她也挺想念 Tim 的。Tim 问她为什么不准备过来了，她想了想，用英文解释说："因为，我已经找到了你的未来姐夫啦，我打算和他一起生活。"

她怕弟弟不理解某个词的意思，说得更加直白："就是我喜欢的人，我人生的另一半。"

"请你不要再说了。"Tim 说话的声音听着更伤心了，"我听得懂，只不过这对我来说，是一个非常糟糕的消息。"

"你不应该替我开心吗？"她安慰 Tim 说，"以后我可以带着姐夫一起来看你，他幽默又英俊，你肯定会喜欢他的。"

记忆中，叶珈成和 Tim 玩得还不错。她和叶珈成结婚之后，Tim 每个假期都飞回来，他和叶珈成可是最要好的哥们。

"不，我现在很难过。"Tim 说，"等你带那个男人过来，我一定会找他决斗。"

时简："……"小屁孩事最多。

然后，Tim 第一次不等她，先挂了电话。

很快，一个星期过去了。

再次体验备考心情，时简没有紧张，只有……甜蜜。她每天挑几道题发给叶珈成，叶珈成就算当天没有及时回复她，第二天也会把解题思路给她发来。

真是美妙呀！最好的学习，就是与恋爱同行了。

书桌上搁着一份包装好的礼物，是她前阵子在易茂旗舰店给叶珈成选购的一套衬衫和领带。她打算考完研，就送给叶珈成。其实，她很想给叶珈成买套厚实的内衣内裤，又怕吓到他。大冬天的，老婆总怕老公会冷。

时简接到张恺提前打来的电话，才想起上次在旗舰店，易需让她周一就到易茂置业上班。接听着张恺的电话，时简懊恼自己这几天好像"恋"傻了。幸好，张恺很好说话，得知她想参加一下B大研究生考试，准许她可以晚两天过去。

这么好说话？张恺都不担心她考上B大，撕毁签好的三方协议吗？她真问了。

张恺大笑，"时简，不是什么人易总都亲自招来的。研究生算什么，博士后都不一定能得到我们易总的欣赏。你很优秀，易总很看好你啊，何况，现在研究生毕业能拿到易总给你的工资吗？"

确实……不能啊。时简觉得张恺说话特别振奋人心，瞬间，身体里仿佛有了一个小太阳，阳光普照，烘得她暖洋洋。张恺没有说错，多年以后有多少高级打工者希望得到易需的青睐。

这样一想，更没有考研压力了。

其实，时简之所以没多少犹豫就进了易茂置业，还有另一个难以启齿的原因。用上辈子来说，她前世离开易茂考研又出国，终于镀了一层金光闪闪的真金回来，结果，等她再次气起起面试易茂置业……被刷了！

之后，她进了易茂置业最大的竞争公司，因缘巧合，遇上了叶珈成。叶珈成是她公司老板的朋友……公司年会，她是临时被换上台的蹩脚主持人，叶珈成坐在下方笑得斯文败坏。之后老板莫名对她好，她东想西想以为老板要潜规则她，老板却笑眯眯地对她说："小简啊，我有个很不错的朋友，姓叶，名珈成，他本人才貌双全，事业有成，父母祖辈都是贤良之人……"

看吧，本以为事与愿违，其实上帝另有安排。

时简终于坐进了考场。

重新看到一模一样的考题，不得不说这也是一种缘分，她和这张试卷的孽缘。

接下来，她基本以一种类似"蛋疼"的心情审视试卷题目。原本只是模模糊糊的记忆，在再一次看到试卷之后，熟悉感迎面扑来。

然而，她整个答题过程差不多是这样子的：

对，就是这题啊。她以前做过的，可是答案是什么？

这题很简单，上次她很快就做好了，现在选哪个？

这题最印象深刻，貌似她上次做得就不顺利，现在……更不顺利了！

……

总之这个感觉，还不如什么都不知道。

考前，叶珈成给她发来了一条短信。这是他第一次主动给她发短信，不过称呼有点儿奇怪："加油考，小狐狸。"

她怕叶珈成发错了，问他："小狐狸是谁？"

然后，叶珈成就没有回她了。

仔细想想，莫非小狐狸就是她？！他已经偷偷给她取了爱宠小名了？

后面有考生在作弊，时简感受到了他们那种隐隐的不安分。她握着笔，继续老实地苦思冥想，大部分都是不会。如果这次她真的考上，除非真有佛祖给她送答案。

忽然，"吧嗒"一声，一个小纸团砸在了她面前。

天哪，真有啊？！

半秒后，她反应过来：作弊就作弊，能不能扔得准确一点！

"同学……能不能……将答案还给我？"身后那位男生都要哭了，趁着监考老师不注意，用笔戳着她的后背，小声地求着她。

"哎。"时简随手将答案扔给后桌男生。

……

半个小时后，时简被"请"到了 B 大教研室。

气氛很严肃。

富有社会责任感的 B 大老师们正在商量，要不要告知她签约单位她提供答案帮人作弊的事，因为这件事牵扯到她的诚信问题。

时简坐在教研室，低着头，心里无比后悔着。

B 大老师们要了她签约方的电话，他们没有联系她的本科学校已经是从轻处理了。她给了张恺的手机号，就是张恺每次联系她的那个号码。不过，她也不清楚这个号码到底是张恺用，还是易霈的，也有可能是易霈的工作号，张恺在用。

中午吃饭时间先到了。

事情的调查结果没有出来，她下午能不能继续参加考试也变成了未知。

唉，她刚刚为什么要帮忙呢？现在好，惹事了吧。说到底，也怪她自己，她不仅对这场原本至关重要的考试没有了参与感，还将自己定义为考生里一个"外人"，仗着多走了几年人生路就老油条般地打起了酱油。然而最容易出事的，就是无知无畏的酱油党了。

从教研室出来，外面的雨下得越来越大，B 大校园迷蒙一片，白色玻璃窗凝结了一层雾蒙蒙的水汽。时简背着一只黑色皮质背包走出来，撑开一把格子伞走下台阶。下雨天的台阶有些滑脚，她走得很慢，心事像是天边乌云，轻飘飘地压着她。

今早一出门就是糟糕的下雨天，仿佛预料会有坏事要发生。老实说，时简也没有特别烦恼，主要是心理年龄大了。小时候她书没背好被留校，都觉得天要塌了。

她轻轻叹气，呼出一团白色热气。

旁边，有一个人，也走得像她那么慢，不过有区别，她是慢吞吞，他是慢条斯理。

湿冷空气拨开了原本熟悉的气息，感知也变得慢热。直到旁边人的衣服蹭到了她的手背，她才突然抬头，还真是……叶珈成。

老公！

叶珈成视线落在她头顶，由他先轻轻打起了招呼："考傻了，不认人了？"

细雨蒙蒙地下着，叶珈成同样撑着一把伞，身上就穿着上次在易茂旗舰店买的帅气大衣，看起来挺拔、卓然。

"你怎么在……"她问，不用想她此时的面部表情肯定是丰富的，就像她飘荡起来的心情。叶珈成没有立马回答，他直接伸手拉了拉她，很自然地将她拉到他身边，为了不挡着后面同学走路。

时简眼眶微微发烫着，快要喜极而泣了。明明前一秒她还觉得自己可能有点儿难受……什么是爱人，只要看到他，坏事都可以变成好事。

"叶珈成，你来找我的。"她笃定极了，不过还是问了问，"是吗？"

"算……是吧。"叶珈成微笑，笑意令人炫目，"不是有人说，考完之后……要请我吃饭吗……嗯？"

这个理由，叶珈成自己都说着笑了。他住在城南，B大在城北，绕了半大过来只为了讨一顿饭？他什么时候这么无聊了？！他刚刚在考场外面等她，脑子里想的也是她。他对女孩感觉向来慢热，又不是没有谈过；不过这次真是……看来莫名其妙的不只是她，还有他自己。然后时简经过他，第一次她没有看到他，一个人低头走路，他就跟着她走了一小段路，等她发现他。

听叶珈成说完，时简也笑了。她上次的确说考完要请他吃饭的，就在前两天刚说的。不过她以为是全部考完之后呢，她还打算等那天把衬衫、领带给他。

所以，这顿饭要提前了吗？

"我下午三点就要走了。"叶珈成说，"出差。"

今天研究生入学考试，B大学校外面的菜馆子都要挤爆了，叶珈成不想进去跟人挤，直接开车带时简去别处找吃的。时简坐在副驾驶，车子安静地行驶在雨幕里，这样的空间和世界，时简有个瞬间，觉得一切未变，一切都在。

她说了今天上午考场发生的事。

叶珈成开着车，神色认真地听着，然后发出难以抑制的笑声，说："真倒霉！"

"你相信我吗？"时简问，有点儿在意。

"信啊。"叶珈成拢拢嘴角，理由是："毕竟你那句'我自己都不会怎么给答案'还是很符合事实的。"

叶珈成的奚落，时简也认同，"我可真倒霉。"不知道调查结果如何了，她现在还没有收到继续参加考试的通知。

"你知道主监考老师叫什么吗？"叶珈成问。

"好像姓章。"时简想了想说，"章国……"

"章国栋！"叶珈成轻松地笑了，"巧了。放心吧，我和老章关系不错。"说完，他从口袋里拿出了手机，一边开车一边找手机号。

时简明白叶珈成要做什么，立马伸出手握在叶珈成的手腕上方，阻止他说："不用。"

不用？叶珈成稍稍转过头，看到了时简轻轻握他手腕的手，柔美又白嫩。"死心眼啊，你！"他还是骂了她，另一只手放在黑色皮质方向盘上，往左打方向盘。

时简笑嘻嘻的，她有她的理由啊，"如果你这个电话打了，我就真说不清楚了。"而且，她还有私心，她肯定要成为叶珈成的女朋友和老婆，她不愿意让别人知道以及误会她行事作风有问题。

"如果他们调查不清楚呢？"叶珈成冷冷地反问她，"你就不考了？"

时简难以启齿，她不好意思告诉叶先生，她考了也考不上。

"考不上和不参加考试，是两回事。"叶珈成说，仿佛明白刚刚她的想法。他掉了车头，将车往学校开去。

时简望了望掉转过来的车头，一时语塞，冒出一句："……不吃饭了？"

"吃什么吃！"叶珈成踩了踩油门，"我们现在去找老章，直接跟他理论。你是嘴笨吗，那么简单的事情都说不清楚。你在我这里嘴不是挺溜吗，难道一张嘴都用来骗男人了……"

叶珈成骂骂咧咧，时简被骂得一鼻子灰，反而乐起来。

"骗什么骗。"她学着叶珈成的口气，笑笑咧咧地说，"一个都还没骗上手。"然后脑袋忽然一疼，是叶珈成直接探出长胳膊，弹了弹她的脑袋。

"那就再接再厉啊！"叶珈成开着车，故作正经模样，"继续加油……加油啊。"

"噢。"时简心里甜滋滋的。叶珈成，不管什么时候都是……傲娇兽啊！

坏事来得令人措手不及，好消息同样来得很快。叶珈成车子还没有开回 B 大，时简就接到了学校打来的电话。事情已经调查清楚，与她无关，她下午可以继续参加考试了。

不过怎么调查清楚的？

"先是易茂的易需先生亲自给你的人品做了担保，之后那位男同学也交代清楚了。"章老师在电话里絮絮叨叨着，"时同学，这次我们就不追究了，不过没下次啊，你可不能再这样——好心办坏事啊！"

"嗯嗯，不会了。"时简连连点头，心里又稍稍打了打鼓，没想到她请假考个试也能惊动易需……不过易需到底是如何给她的人格做担保的？

时简和叶珈成还是回到了学校外面的菜馆子吃了一顿。下午她要考试，叶珈成也要赶往机场了。这次又要去几天？时简开口问："你几号回来啊？"

还不是他女朋友呢，都已经管上了吗？叶珈成头也不抬，直接回答："1月3号。"

"3号？"这个日期时简记忆很深刻，还没来得及思考，她已经脱口而出，"那天正好是你的生日啊。"

叶珈成猛地抬头，"你……怎么知道？"

"……"时简说谎了，"我打探来的。"

叶珈成睨了时简一眼，无奈地摇摇头。

时简吃着碗里的滚鱼片，只觉得嫩滑爽口。她再次抬起头，趁火打劫地说："叶珈成，那天由我来帮你过生日吧。"

她想，叶珈成肯定知道他答应了这个要求代表什么意思。代表，她要成为他女朋友了。果然，叶珈成停下筷子，抬抬眼皮，对上她的眼睛，然后才说："可以——啊。"

他还拖了拖音，有一种很是明白的意味。

干锅里的茶树菇快要烧干了，滋滋滋，滋滋滋……

时简手心微微发烫。这种美妙时刻，她也不再动筷子，锅里热气腾腾，她充满爱意地看着叶珈成。叶珈成忽然笑了笑，样子败坏极了，"你那天没在例假期吧？"

呃？

叶珈成见她有点儿发愣，整个人又往后面靠了靠，像是在吓唬小朋友那样，慢慢地说："时简，做我女朋友你要知道的，我不会纯谈情的。"

"……哦。"时简也是慢慢地才应了一声，随后乖巧地点了头。心里感觉呢？她简直哔了狗！谁要跟他纯谈情了，她连他最爱的姿势都知道！餐馆角落摆放着一台立式空调，嗡嗡嗡地送来燥热的暖风。时简呼呼气，鼻尖渗出了一些细汗，红唇微抿着。

然后，叶珈成是，"……"

叶珈成真没想到时简会答应得那么快。不过同样的话他不想再说一遍，或解释更清楚一点儿，会显得男人段位太低，格调猥琐。今天锅里的沸腾鱼真的太辣了，他看着时简的嘴巴都吃成了小辣椒的颜色。还有她的肌肤，叶珈成看向她脖颈那一小块，衬得白腻如凝脂……情或爱，总是从非分之想开始的。叶珈成松开相握着的双手，抽取两张纸巾，递了过去，"喏。"

时简接过来，轻轻擦拭了嘴角，心满意足。

叶珈成同样也是，心满意足。

打酱油似的考试结束，时简要去易茂置业做事了。张恺将流程走得很完整，光明正大地将她从易茂服饰挖到了易茂置业。分公司之间进行人员调动很正常，不过对实习生来说，就十分令人羡慕了，那表明她肯定签了三方协议给易茂置业了。时简呢，倒也能担得住这份羡慕，从工作经验来说，易茂置业比易茂服饰更适合她，毕竟她之前就做房产项目分析这块。

易茂宿舍里，赖俏还是一副想不明白的样子，喋喋不休地说了起来："时简，为什么会是你？这段实习期间，表现最好的是赵依琳，其次是我，最后才是你！"

　　赖俏说得没有任何心机，时简索性也认同地点起了头。前段实习她由于心态调整不好，是有点儿消极怠工。然后，赖俏猛地跳起来，说出一个可能："时简，你说会不会是易霈垂涎你的美色，打算近水楼台先得月啊？"

　　时简："……什么？"

　　哈哈，这个完全没有任何可能啊。她看的传记八卦里，易霈之后会和一位世家千金订婚，不过这位千金也是一位倒霉人，年纪轻轻出门滑雪出了事故，之后易霈一直没有结婚，挺深情的。

　　以后她一定要找机会提醒易霈，千万不要让他未婚妻去滑雪。

　　不过，时简还是拿起桌前的镜子看了看，笑嘻嘻地说："哦，原来我也是有美色之人啊！"

　　她这样一说，赖俏反而不相信了。

　　第二天，时简不小心多睡了半刻钟，然后几乎踩着点赶到易茂置业，被安排进了总经理办公室。她还没拿到毕业证书，换了岗位也先是从实习身份开始，每天要做的事情都由张恺安排给她。

　　张恺是易霈的特助，她算是张恺的实习助理，上下级很明确，都是易霈的人。

　　她的办公桌位于外面靠窗的最角落。这点，时简特别满意。她打开新电脑，第一件事就是登录了MSN，等叶珈成上线。她将台历一块带过来，翻开1月3号那天，用红笔在上面画了一个圈，弯弯曲曲，勾成了爱心的形状。

　　心情倍儿好。

　　第一天上班，很轻松。时简觉得轻松的主要原因，是易霈不在的关系。一直保持心情愉快到下班，然后她直接打车去城南，来到叶珈成目前住的地方。

昨天，叶珈成给了她住址，让她帮忙喂养两天他养的几条热带鱼。她求之不得，立马答应下来。然后，叶珈成就发来了住址。

城南，北溪南路 189 号世纪花园 6 幢，1902 室。

备用钥匙他放在门框上方，有点儿高。叶珈成特意提醒她："如果够不着，就跳一跳。"

时简有些好笑，备用钥匙放在门框上方这个习惯，叶珈成现在就有了啊。

1 月 3 号，如期而至，叶珈成下午三点的飞机。时简请了半天假准备，张恺对她很好说话，反正易霈也不在，准许了。

可是，张恺没有告诉她，易霈也是下午三点左右的飞机。

她早早等在接机厅，翘首以盼，结果没有接到飞机晚点的叶珈成，却接到了徐徐走来的易霈。

时简今天还特意装扮了一下自己，洗了头，化了妆，换了一套前阵子小姨带她买的新衣服：驼色连帽大衣，搭配着她自认为 A 市最好看的一双高跟鞋，打底的紧身长袜将她的小腿衬得修长又漂亮。大衣她原本想买黑色的，小姨不可理解地阻止了她：年纪轻轻穿那么成熟做什么？所以她选择了驼色，宽松的连帽设计看起来很减龄，也符合她现在这个年龄。

今天叶珈成生日，她自然要穿得漂亮一些。领先了十年时尚，"不小心"就在人群里显得亮眼又摩登……

六号出口，易霈走近了，打量了她两眼，直接将提包递给她，开口："走吧。"

时简挪不动脚，"……易总。"

易霈没有听到她蚊子叫般的音量，走在了前面；她低头看了眼怀里的提包，跟了过去。易霈稍稍放慢了脚步，问起："这两天上班感觉如何？"

时简心情复杂成一锅粥，点点头，"挺好的。"

易霈又问："张恺让你过来的？"

不是的……

易霈的车就停在机场一楼这里，时简一路都在琢磨怎么解释这个误会。易霈已经上了车，坐进了驾驶座。他看她还没有上来，稍稍蹙了下眉头，"时简，上车了。"

时简脸一阵红，一阵更红，硬着头皮打开了车门，坐进了副驾驶。

易霈亲自驱车，很快上了机场高速。

时简扒着车窗，看了眼外面飞逝而过的广告牌……哎！转过身，找着话问易霈："易总，您这几天还顺利吗？"

"还可以。"易霈开着车，车速平稳，语气更平稳，"合同都谈下来了。明年易茂置业会比较忙，大家一起辛苦辛苦。"

时简点点头，"……嗯。"

然后，易霈笑了笑，没有了刚刚的正经严肃，像个朋友那样询问她："怎么了，感觉你心情不好的样子。"

"哈哈……有吗？"时简也笑了笑，易霈挺会察言观色的啊，不过——他刚刚怎么没有看出来，她根本不是来接他的呢？！

易霈不置可否，没有继续说笑下去。上司可以和下属说笑几句，可说多了就不好了，尤其和是漂亮的女下属。墨色的镜片里，易霈转了转偏移的视线，收了收心，认真开起了车，中间还接了一个蓝牙电话。

时简也拿出手机，她刚刚在机场还提前给叶珈成发了一条短信，告诉他自己就等在六号出口的柱子旁边。

叶珈成还没有回她，是还没有下飞机吗？

　　叶珈成是晚点了，晚了整整一个小时。他下了飞机马上开机，跳出来的第一条短信便是时简的。他推着行李车走出来，直接往六号出口走去。今天是他生日，手机里出现很多生日祝福，熟悉的、不熟悉的，他挑了几个回复谢谢，略过了宋晓京。

　　和前任女友保持距离，是对现任女友最基本的尊重。哦，不对，还不是女友，不过等会儿就是了。六号出口到了，叶珈成站着望了望，左右，前后。

　　然而，人呢？

　　时简已经跟着易霈先回了公司，车子停进易茂置业专用停车位时，口袋里手机振动起来了。她抱着易霈的文件包下来，关上了车门，心情难以形容，像是口袋里不停振动的手机，抖擞极了。

　　"易总。"时简走到易霈旁边，主动坦白道，"我……就不进去了，今天我请了半天假。"

　　易霈立在车旁，一时静默。

　　实话实说吧，总比误会越闹越大好。时简扬起了笑容，尽量将事情叙述得生动又好玩，"其实我今天去机场是接朋友的，没想到……"有人捷足先登了。

　　当然，她肯定不能这样说。时简继续"幽默"地说："没想到我运气那么好，居然……荣幸地接到了易总您……"

　　说到这儿，时简直觉好笑地乐起来。其实没什么大不了，有误会说清楚，玩笑几句就过去了，做人做事，会减少很多不必要的负担。难道易霈会小气到辞退她？

　　果然，易霈轻松且自在地笑了起来，"如此说来，我运气也不错，今天白白赚了员工的请假时间。"

　　的确可以这样说。时简挥了挥手，道别："易总，那我先走了，明天见。"

易霈："好，明天见。"

时简走上人行道，刚刚的未接电话果然是叶珈成打来的。她按了回拨键，只响了两声，叶珈成就接听了。他直接问她："时简，你在哪里？"

易茂置业附近的安义大道两旁是一些魁梧的梧桐树，夕阳已经落在了树梢，只剩下半边天了。她无奈又愧疚地说："我还……在公司这边。"

电话那边，叶珈成顿了下，仿佛明白过来，"所以，你一直在逗我。"

"没——有。"时简低着头否认，她发短信说自己在六号出口的时候，她的确在六号出口，只不过……

"我……没来得及。"

叶珈成没有声音了。时简转过身，眼前是川流不息的人群和车流，她开心地说："今天你生日，打算怎么过？"

叶珈成没有回她，她知道叶珈成最讨厌别人戏弄他。突然有个感觉，叶珈成下一秒就要挂掉电话。果然，叶珈成几乎冷静的声音从听筒里传来："时简，我有点儿累了。今天先不过生日了。"

"……"

叶珈成挂了电话。

嘟——嘟——

时简放下了手机。

感情里受伤的果然是不被爱的那个……手机突然嘀了一下，时简条件反射地看向手机屏幕，原来是蛋糕房发来的提醒短信，提醒她昨天订的蛋糕做好了。时简抿了抿唇，无所谓地继续往前走。原谅下他喽，今天的叶先生可是大寿星呢。

记忆里，叶珈成会挂你电话吗？哼哼！

叶珈成一个人从机场过来，天色暗了下来。大概是时差没调整过来，他总觉得这天黑得特别快。不过生日了，他直接回了城南的公寓。他不习惯住小房子，一个人也租了一套大房子。高彦斐说他浪费，然后又说他可以在里头金窝藏娇好几个了。

金窝藏娇？恐怕他想藏的那个人，根本不是什么好娇娇。

叶珈成轻哼了一声，开门。不知道这些天时简有没有来过这里，他随手打开过道灯，先看看玻璃缸里的鱼有没有死。

条条活泼，不仅没有死，里面还多了两只龟。他伸手碰了碰，会动，也是活的。

客厅的灯相继亮了起来，叶珈成踩着地板，房子静寂。他慢腾腾地走进来，视线停在客厅的餐桌上，那里多了一束花，黑色桌面上还放着一个礼盒和一些蜡烛。

他错过了……一份烛光晚餐？打开冰箱，里面果然有两份包装好的菲力牛排。

他还真是错过了一份烛光晚餐。

她做的牛排，好吃吗？

夜幕降临，冬日的城市总是雾蒙蒙的，街道下方两排路灯氤氲在夜色里，视线模糊。叶珈成靠在窗边，修长的手指拨动着号码，一个个地翻过，最后停在"小狐狸"这里。

然后，拨号。

手机很快接通。他还是再次问了她在哪儿。

"时简，你在哪儿？"

时简提着一盒蛋糕，走在路上，接听着叶珈成的电话，她看了看路标说："我……应该在你家附近了。"

"……附近是哪里？这样，你告诉我具体方位，我出来接你。"

"好。"时简挂了手机，微笑，低头给叶珈成发起了短信。

很多事情……还是一样的，比如每次她找不到地方，发位置共享给叶珈成，叶珈成就过来找她，他总是怕她会丢了。

时简一个个打字，呼出一团白气，真怀念手机里语音消息和位置定位啊。有点儿冷，她一只手发完短信，立马放进了暖和的衣兜里；另一只手，提着蛋糕，快要冻僵了。

等了五六分钟，时简仰了仰头，感觉要下雪了。

倏然……手里的蛋糕被拿走，冻僵的人也被抱住了，熟悉的声音飘在她头顶，"难道，你不会找个暖和的地方等吗？"

当然会啊，不过她怕他找不着啊。时简笑盈盈地转过身，看着赶过来的叶珈成，他不也只穿着毛线衣就出来了。

这一路，叶珈成都是牵着她走。

对的人，终将是对的人啊。就像叶珈成求婚时说的那句"你是我喜欢的，想要的，那个对的人"。时简心里头暖和，脚步也轻快了，感觉走几步就可以开心地蹦几步。她清清嗓子，问了出来："叶珈成，我现在算是你女朋友了吗？"

叶珈成没说话，下巴轻抬，没让她看到神色。

居然还在犹豫？时简又开口了，有点儿赌气："如果不是，你就松手……我自己走。"

叶珈成没有松手，反而握得更紧了。

紧紧的、温热的，他的掌心还淌出了一层薄薄的汗液。

一切都要回来了。时简咧着嘴，开心哪！她终于回到最爱的人身边了。

和叶珈成走出电梯，她说了说今晚的计划，声音甜蜜："等会儿我们先吃烛光晚餐，我给你煎牛排；然后看电影；等午夜的时候，我们再吹蜡烛吃蛋糕……有人说午夜吹蜡烛明年运气特别好……"说午夜吹蜡烛会有好运的这个人，其实也是叶珈成他自己。

八点多了。进了屋，时简拿起上次一块买来的围裙。

叶珈成也放下蛋糕，看着她，然后走过来帮忙。心血来潮，还是蠢蠢欲动，他伸手，圈住了她的腰。

气息忽然相加，是两个人的。

他以为她会躲开，没想到她还自然地往他怀里靠了靠，然后面对面朝着他，莹莹美眸闪着清浅动人的笑意。

这是一双会说话的眼睛，可是他看不懂。她给了他其他女孩都没有给过他的感受，涩的、苦的、甜的、腻的……以及令人疯狂的冲动。

他克制着冲动。然而，她居然，大大方方地踮起脚尖，用红润的唇碰了碰他的嘴角，"生日快乐，珈成。"

疯了疯了！叶珈成觉得自己要疯了。

她是妖孽吗？如果是妖孽，是一只有着多少年道行的妖孽？无缘无故出现在他的世界里，一会儿扮演乖巧可爱的兔子，一会儿又是优雅迷人的狐狸，不管哪一面都吸引着他的注意……

没关系。叶珈成将头弯得更低一点儿，慢慢地，吐出一口灼热的气息。他也学着她，轻轻碰了碰她的唇，然后一点点撬开了她的唇，没有犹豫。

今晚，就算她要吸光他的精血，他也要将她拆骨卸肉地吃了！

Chapter 5

猝不及防的分手

　　唇很烫，叶珈成吻着时简，故意浅尝辄止。她配合他，熟悉他的唇，像是已经吻过很多遍一样。缸里两条鱼在吐着泡泡，也像是做起了游戏，一个又一个。

　　咕噜噜。

　　今天真是令人开心啊。叶珈成掐着她的腰，时简忍不住笑起来，咯咯咯。她还是先推了推叶珈成，"我去煎牛排啦。"

　　"好。"叶珈成停下来，手依旧放在她腰上，顿了顿，来到她腰后，不留痕迹地，替她将围裙系好。不会打结，蝴蝶结打成死结，导致，她牛排煎好了，围裙解不开了。

　　无所谓的，时简索性一直穿着围裙在厨房和餐桌间穿梭忙活。她像是鱼缸里的一条鱼，有一种自得其乐的快活。两份牛排大餐，都是五分熟，她以前还说叶珈成是个茹毛饮血的男人，慢慢地，她也跟着他喜欢上了五分熟。

　　时简在准备烛光晚餐，叶珈成心安理得地坐在沙发上等着。今夜他是寿星，也是男人，他看着时简像女主人那样摆放起了刀叉，站起来走向了酒柜。他这里藏了一瓶好酒，高彦斐求他一个月都没舍得。

　　今夜，他很舍得，还担心酒不够香。

　　叶珈成开了酒，时简凑过来，看到这瓶酒的样子仿佛看到了绝世好酒。他满意地勾了勾唇，她倒懂得多。

　　时简真的兴奋，很兴奋，原来这瓶波尔多红酒叶珈成现在就有了啊。遥遥记得她以前生日吧，叶珈成替她庆祝，然后拿出了这瓶酒。他还特意强调这是一瓶珍藏多年的红酒。当时她还问他是不是假的。叶珈成气坏了，戳着她的额头说："我叶珈成是那种拿假酒骗女人的男人吗？我最多也只是往里面兑点儿水而已。"

　　这样算起来，这瓶酒叶珈成还真是藏了很多年。

　　现在，他要提前喝了吗？

　　时简笑起来，同一瓶酒，同一个人，都提前了。是惊喜，还是另一种命运安排？

　　外面真飘起了大雪，像是无数只蝴蝶在漫天飞舞。好酒需要用心品味，也需要和心上人一块品尝，这样才更有滋味。

　　时简喝得脸颊绯红。

　　叶珈成也喝得眸光发亮，然后一块等午夜整点吹蜡烛许愿。

　　两人盘坐在了客厅的落地窗前，面对面，中间搁着还没有点上蜡烛的生日蛋糕，只剩半瓶的红酒也一块拿了过来。室内暖和，外面是纷纷扬扬的初雪，搓绵扯絮地下着。

　　时简兴致很好，扬着脸，轻轻哼唱起了多年以后的一首电影歌曲："良辰美景奈何天，为谁辛苦为谁甜。这年华青涩逝去，却别有洞天。嗒嗒嗒嗒嗒嗒，嗒嗒嗒……明白了时间。"

　　叶珈成握着酒瓶，慵懒地背靠着落地窗。时简瞎唱的歌，他听着笑了起来，眼睛微合，里面有着一份不清醒的温柔。

　　快要午夜了，时简一根根插上蜡烛，她有点儿醉了，五根蜡烛都插得东倒西歪。还好，叶珈成不嫌弃。点上蜡烛，关掉客厅所有灯光，跳跃的烛影倒映在光滑的地板上，像是跳起了舞。

　　接着时简唱起了生日歌，眉开眼笑地鼓掌，开口道："祝叶先生生日快乐，年年有今日，岁岁有今朝。前程似锦，万里……无云。"

万里无云都说出来了，叶珈成微微笑，"谢谢。"

时简笑呵呵，捂着脸颊看着蛋糕。终于等到吃蛋糕了，然而一口未尝，"叶先生"已经吻住了她的唇。

甜。

谁的唇角还是沾上了奶油。

时简醉了，开心总能让醉意更加明显。叶珈成抱着她来到卧室，神志已经不清醒，她俯头吻上了熟悉的眉、睫毛、眼窝，然后顺着鼻梁来到嘴角。叶珈成说她的小牙齿会咬人，她咬上他的唇，双手也紧紧地勾着叶珈成的脖子，用这辈子也不想分开的语气说："老公，我爱你……我们再也不分开了。"

"……老公！"

时简哭了，迷迷糊糊，豆大的眼泪哗啦啦流下来。

人醉了，流泪也不自知。

老公，我爱你。

老公，我们再也不分开了……

叶珈成将时简放在床上，眼睛渐渐发冷。他想，今晚还真是应了时简刚刚唱的那句"良辰美景奈何天，为谁辛苦为谁甜"。套了一件外衣，叶珈成离开了自己的房子。

下雪了，外面的气温冷得令人发颤。叶珈成沉着一张脸，扣起两颗外套纽扣。他还真是想多了，他叶珈成早祸害遗千年了，小狐狸就算要报恩，也不会报在他头上。

老公？就算他再自恋，也知道那声老公不是叫他。

时简第二天醒来，叶珈成就不在了。嘴巴有点儿疼，她对着镜子呜呼一声，怎么会有一道那么大的口子！叶珈成咬的？！

　　时简来到公司时还没有吃早饭，总经理办公室有免费的牛奶和饼干提供，她去取了一份，然后立在茶水间吸着牛奶，顺便发发呆。张恺拿着杯子走来，指了指她的嘴巴，笑着问："我那里有药膏，需要吗？"

　　时简靠着橱柜，扬唇一笑，"谢谢关心，不怎么疼，先不需要了。"年轻男女，偶尔开个成熟玩笑也正常。只不过有人讲得油腻令人生恶，有人点到为止也就不会太低俗。

　　秘书小姐进来煮咖啡，易霈专用的几罐咖啡豆放在最上方的柜子，颗颗极品。时简对咖啡上瘾，不再看秘书小姐研磨咖啡。如此醇香，怕自己可能会忍不住，跟秘书小姐讨一小杯。

　　回到办公桌，时简握了握拳。努力赚钱吧，就算不靠叶珈成，靠自己也要回归原来的生活品质。叶珈成宠她，又会赚钱，结婚之后她吃穿用度什么都是最好的。现在一穷二白的，她只能多喝开水多做事了。想起叶珈成，时简有点儿走神，昨夜她醉醺醺的，记忆停在了叶珈成抱她进卧室，然后呢……

　　舔了舔嘴角的小伤口，时简觉得自己也是醉醉的，居然思考叶珈成昨夜为什么没有。心理上她已经是经过人事的女人，即使昨夜不清醒，第二天醒来也是知道有没有发生那种事的。

　　时简算起了格兰城项目的盈亏平衡点预测。张恺走过来叫她，说易总找她。

　　易霈找她？

　　时简站起来，有些不明白，她现在的基本工作都是直接听张恺安排的，易霈找她什么事？张恺给了她一点儿提醒，关于格兰城的。

　　她还真和格兰城扛上了！

　　时简敲门，然后推开了易霈办公室的门。她第一次进易霈办公室，发现里面很大，一时看不到易霈人在哪儿。她立在门旁唤了一声："易总。"

"进来。"易霈的声音从里面传出来。

呃？时简转过头，闻声望向自己对面的落地屏风。原来这里是一个套间，办公室里面还有一个小型会客室。她轻轻合上门，走进会客室，踏着柔软无声的地毯。易霈安然地坐在最里面，低着头翻一份文件。

会客室里面点着线香，味道有点儿熟悉。时简想起来了，上次她在易霈车里闻的就是这个味道，应该是安神用的。另外，易霈似乎很怕冷，他办公室的温度比外面要高一点儿。

时简感觉自己要出汗了，她不像易霈没穿外套，衬衫袖子还挽着，露着手腕。

终于，易霈放下手中文件，抬头看她，开门见山："时简，你和杨建涛关系如何？"

她没有立马回答，仿佛在思考，过了会儿才开口，也没有正面回答："杨建涛是我小姨夫，我十岁就住在杨家了。"

她想，这个答案对易霈是没有意义的，他既然都问了，该知道的肯定知道了。果然，易霈睨了她一眼，说得更明白了，语气幽幽："我这里有份合同，杨董怎么都不肯签。"

格兰城项目叫停了，杨氏可以重新接手，不过合同要大改。格兰城原来的施工签约条件，是杨建涛和易霈的三舅舅易钦东谈下来的。易家三儿子最贪杯好色，杨建涛对付那种人最有办法，一来二去地讨好，就忽悠了易钦东签下这份合同。她之前呈给易霈的那份报告，刚好让易霈大做文章，对付了自己那位胡乱插手易茂置业的亲舅舅。

亲舅舅都解决了，留下来的烂摊子怎么办？易霈不是易钦东，自然不会继续接受原先的合同条款，不过这新合同……杨建涛不肯签太正常了，实在太苛刻了！

她沉默不说话，易霈也是波澜不惊淡淡的样子。

"我其实挺希望和杨总继续合作的，不过感觉他似乎更喜欢我三舅舅。"易霈开口，他靠着沙发，见她迟迟没有表态，朝她稍稍倾过身……像是对一个好员工在推心置腹，"时简，你有办法吗？"

易霈在逼她，逼得不动声色。

时简正襟危坐，抿了抿唇角，一时也不知道做出什么反应。她想打岔问易霈一句：工作是工作，难道他还要她利用亲情不成？然而，如果她真这样认为易霈，那她肯定小看了易霈。

易霈令人捉摸不透，他可以杀伐决断，也可以柔情似水。他对员工好是公认的事实，这也是以后很多高级打工仔想替易霈工作的缘故，他们都以去过鸥鹭湾为荣。

鸥鹭湾，易霈的私人住宅，也是传说中易霈专门招待自己"幕僚谋官"的一个地方。赵依琳在《我眼中的易先生》里还有一段对鸥鹭湾的描写："鸥鹭湾有很多易先生收藏的名画，他除了是一位优秀的商人，还是一位有自我风格的油画家。易先生画风强烈细腻，结构讲究对称平衡，技法精巧。我曾有幸目睹过他的作品，当时就心生巨大震撼。鸥鹭湾的花园是一片绿，没有任何其他颜色点缀。易先生偶尔很任性，记得有一次亲自用烧烤招待我们，还给我烤过一根玉米，味道好极了……"

美好的文字的确容易失真，时简想，她对易霈的判断也不能再参考那些传记了。至于办不到的事情，肯定不能答应下来。所以，格兰城的合同，她摇摇头，直接拒绝了："易总，这事我不方便的。"

"哦？"她的答案，易霈像是意料之中。

"对啊。"时简点了点头，然后像是开玩笑般，大着胆子说出她的想法，"如果易总舍得，多让出两个点，可能就方便了。"

她就不相信，易霈会让她做不可能完成的事，意义在哪儿呢？既然易霈找她，自然有他的最大回转空间。两个点，恰好是她刚刚预测出来的格兰城项目的盈亏平衡点，不偏不倚。

一下班，时简直接去了杨家。

客厅里，杨建涛正陪妮妮玩，玩具小火车沿着长长的铁轨跑了起来，嘀嘀嘀。阿姨给开了门，她背着一个牛皮小包走进来，里面有一罐糖果，是上个月 Timothy 寄给她的万圣节礼物，一共两罐，她自留了一罐。另外，还有一份新合同。

很快，可以吃晚饭了。

晚饭自然是无比丰盛的，时简边吃边称赞阿姨手艺越来越好了。杨建涛喂着妮妮，拖着音接了一句："那就住回来啊。"

"哦。"时简应了一声，先交代起一件事，"小姨夫，我三方签给了易茂置业。"

"不错。"杨建涛继续喂饭，"有句话怎么说来着，近水楼台先得月，向阳花木易为春……不过放心，易茂置业的新合同，我还是不会签的。"

哦，看来小姨夫也知道她今天为什么事回来。时简也不急，过了会儿才说："如果易霈愿意多给两个点呢？！"

"什么？"杨建涛看向她，视线朝她扫过来。她直接将新合同拿出来，"杨董，不知道你有没有兴趣再看一看新合同 2.0 版本呢？"

妮妮交给了阿姨，时简跟着小姨夫杨建涛去了书房。杨建涛没读多少书，自然也不爱看书，一个大男人的书架基本都是妮妮的一些儿童绘画本，里面大概只有一套《孙子兵法》是他看的书。哦，还有《水浒传》。

杨建涛坐在他的大班椅上，仔仔细细地看完了合同。时简坐在旁边说："小姨夫，你也清楚一个大工程拖着对公司的名誉影响有多大，两个点应该是易霈的底线了。"

杨建涛放下合同，想了想，说话的口气也正常了："时简，你说易霈之前不肯给我的条件，为什么现在给了，还通过你给我？"

时简也想了想，说："给点儿甜头，看你的态度？"

“嗯。”杨建涛倒是同意她这话。

时简问了想问的话：“小姨夫，这份新合同，你觉得有签的价值吗？”

“有利就有商。”杨建涛说，“最重要的是，易霈都向我伸出了橄榄枝，你说要不要接？”

这个问题，时简老实回答：“我不是很清楚，不过貌似……还不错？”她笑着，语气轻快。商场的事即使她多吃了几年饭也不好轻易断定以后的好坏。她相信杨建涛在商场打滚多年，对人对事的判断肯定比她要更准确。

她刚刚突然想明白一件事，两个点应该是易霈本就打算给杨氏的利润空间，只是不想直接给；或者说，不想给得太爽快。手机嘀了下，有短信进来了，以为是叶珈成的，时简赶紧拿出手机查看，然而不是。这种遗憾的小错觉，像是一只嚣张的蜜蜂在她心头轻轻蜇了一下。

两个点的让步，杨建涛还算满意，收下了她带来的合同，然后说起了另一件事：“对了，时教授，就是你爸我姐夫，突然说过阵子要回来了，说是要看看你的……”

“嗯？”时简睁大眼睛，她爸要回来看她的什么？

“看看你的——男朋友。”杨建涛将话说完，“他们不放心，Tim告诉他们，说你要被坏男人骗走了。”

Tim这个大嘴巴！时简抬起头，苦恼道：“你们别听Tim瞎说。”

“所以，到底有没有交男朋友？他是什么人，做什么的？我和你小姨怎么都不知道？”杨建涛连续发问。

时简低下头，一时不知道怎么说，慢慢开口：“你们放心吧，我真没有被坏男人骗，Tim乱说话，你们还信了。”

“真的？我怎么看着……真像被骗了。”杨建涛看着她，目光狐疑，“是不是易霈？”

　　小姨夫居然还以为是她和易霈？时简头都痛了，她再次严肃认真以及正式地强调说：“小姨夫，我真只是替易霈工作而已，没有其他任何关系。”

　　“哦。”杨建涛点点头，放心了一些的样子，“不是易霈就好。”

　　哈哈，易霈有那么糟糕吗？时简失笑。

　　“易霈早有未婚妻了，还是华亿赵家的独生女儿。”杨建涛说起了自己听到的传闻，易赵两家要强强联手。即使是别人的婚事，他们这种生意场上的老爷们也是要关心关心的……杨建涛靠着皮椅，继续猜测：“大概是赵小姐一直在外面读书的关系，他们还没有举行婚礼。现在人已经回来了，易霈今年三十岁了，肯定急着要结了。”

　　可惜最后还是没结成……时简在心里幽幽地叹着，世上最悲痛的事，莫过于白发人送黑发人以及有情人失去一生至爱了……可是，她微微蹙眉，不得不思考一个问题：如果她开口提醒易霈千万不要让未婚妻去滑雪，会不会有点儿奇怪？

　　然后，她联系不上叶珈成了。

　　第二天下班，时简和总经理办公室秘书小姐 Emily 一块离开。Emily 走在她旁边给老公打着电话，声音那个甜蜜蜜，“老公，今天我有点儿累了，真的不想做饭啦。我们出去下馆子吧，好不好？等会儿你就直接来接我吧。”

　　时简低下头，忽然难得眼泪要出来了。如果可以换，她宁愿老十岁，也不要年轻十岁。

　　Emily 挂了电话，问了问她：“小简，你有男朋友了吗？没有的话我帮你介绍一个好吗？”

　　“我……”时简怕失态，赶紧道别，先离开了。

　　时简气起起地，直接来到了城南，叶珈成住着的公寓。她先敲了门，没有人。

跳了跳，门框上的钥匙，也没了。

不知道叶珈成什么时候会回来。

时简等在门外。她穿着高跟鞋，两条腿等得又酸又麻，还很冷。没有形象地，她直接蹲在门旁。她以前也这样等过叶珈成，每次都是忘了带钥匙。叶珈成要换指纹锁，她还不喜欢，总觉得用钥匙开门更有家的感觉。

蹲下又站起，站起又蹲下……时简也不知道自己等了多久，就在自己感觉快要睡着的时候，终于听到了脚步声，熟悉的脚步声，一下一下，用力又安静。

她慢慢抬起眼睛，真是叶珈成，他回来了。

叶珈成十二岁那年，帅到臭屁。叶妈妈收养了一只野猫，瘦瘦小小的模样，只有一双眼睛圆溜溜的，黑色的，像玻璃珠子。他讨厌所有来历不明的东西，自然不会和一只猫培养感情。只是每当他一个人在家无聊了，也会听几声猫叫解解闷儿。他打游戏，那只小猫就蹲在他桌椅下方，除非饿了，它从来不打扰他。之后那只猫丢了，再胆小的猫也有调皮的时候，它跳上窗台玩的时候不小心掉了下去，然后就跑走了。

一个月都没有找着，家里恢复了一贯的安静。

好几次，他回家就问妈妈："妈，那只猫找回来了吗？"

"还没呢。"小猫丢了很久了，叶妈奇怪他的反应，笑了笑，"怎么老问，不是不喜欢它吗？"

对啊，是不喜欢，没良心的猫。

叶珈成单手掂着车钥匙从电梯里走出来，一步一步，慢慢停下脚步。他看着蹲在门口的时简，眼神很是平静。

"你可回来了。"时简抬起头说，她还蹲在地上，腿酸得快站不起来了。

叶珈成伸过手，将她稳稳妥妥地拉了起来，然后问："等了多久？"

"我给你发消息那会儿……"

他还是解释了一下："我手机落在公司了。"

"哦。"

叶珈成开了门，时简跟了进去。她又累又饿，还一肚子的难受。叶珈成走在她前面，背脊笔直，落下来的影子轻轻压着她。"时简，我们谈谈吧。"叶珈成倏然转过身，对她说。

时简："好，不过我想先吃点儿东西。"

"嗯。"叶珈成让她坐下来，样子很快恢复了原来的高冷又难以接近的臭德行。他打开冰箱，自顾遗憾地说起来："上次你给我做了牛排，这次应该我给你做点儿吃的。不过没什么食材……时简，我会做土豆泥，你会吃吗？"

真巧。时简安分地坐在沙发上，微笑起来，"会啊，我最喜欢土豆泥了。"

叶珈成摇摇头，拿出了土豆，他才不相信她的话。

叶珈成的土豆泥做好了。他做了很多，满满一大碗。

时简低头吃了起来，她吃得慢，怕一下子吃完就没了。叶珈成也不急，就等在她对面看她吃，她吃得那么慢，他找到了理由："果然，不好吃啊。"

"不是……"时简否定。

无所谓地，叶珈成靠着灰色餐椅，一只手放在桌面，骨节分明的手指无聊地弹了下，思忖了一番，问出一句："时简，你今年几岁了？"

"二十一。"时简说，原来叶珈成还不知道她的年龄。她有点儿明白叶珈成问这话的意义是什么。果然，叶珈成特别温柔地笑起来，话却很伤人："你看，我对你几乎没有任何了解。"

"那可以……慢慢了解啊。"时简抬起头，扬了扬笑脸，"你想知道什么，你问我。"

"不好意思。"叶珈成说，"我可能没什么兴趣。"

餐厅的灯光流水般倾泻下来，打在叶珈成英俊的面部轮廓上，散发着淡淡的柔光。时简看得神色微闪，叶珈成有着一副世上最好看的温柔面相。他一直很坦诚，根本不屑撒谎，真正会骗人的是他的脸。现在他说没兴趣，她要怎么办呢？

那晚不是好好的吗……

像是明白她想问的，叶珈成主动说了起来："对不起，那晚我不理智，你很漂亮……我是一个正常男人。"

他夸了她漂亮，像是一种安慰。时简有些词穷，感觉叶珈成已经慢慢占据了最高领地，她迟迟开口："我们……"

"放心，我们什么都没发生。"叶珈成悠悠地转了转头，然后说了一句特别真的话，"时简，我其实特别讨厌女孩追我，很没有意思，你知道吗？"

时简被堵得脸颊绯红，这句话终于将她一腔底气抽干了。她原本有十足底气的，是他什么都不知道。时简猛地站起来，不甘心地问："叶珈成，你知道我是谁吗？"她是他的……未来老婆……

"哦？你是谁啊？"叶珈成笑，短促的一下。

"我……"时简说不出口，叶珈成的反问，有着说不出的嘲弄。

"时简，就算你是阿拉伯皇室公主，我不喜欢还是不喜欢。"叶珈成样子淡淡的，像是对付一个无理取闹找他要糖的小孩，他弯了弯嘴角，还问她，"感情是不能勉强的，你说是不是？"

浑蛋！时简眼眶红了。如果她现在告诉叶珈成，她是他以后的老婆，叶珈成肯定不会相信，他还会觉得她换着方式继续不死心。

时简将视线集中到碗里的土豆泥上，继续吃了起来。

叶珈成开口："等会儿，我送你回去吧，你住哪儿？"

时简没有拒绝叶珈成，直接让他送自己回去。一路她话都不多，不像之前每次和叶珈成待在一起，她都在说话，她着急地想要他快点儿爱上她。叶珈成没有错，是她错了。

"前面就是宿舍了。"

叶珈成将车停在了宿舍门外，转过头，打开了车里的小灯，突然叫了她名字："时简……"

叶珈成叫她名字，时简以为是催她下车，立马解开了安全带，要走了。这一路她想了不少，如果她不想死心，必须先"死心"。她不能再仗着记忆里的爱，这样不管不顾地追着叶珈成，爱得颜面尽失。这样的时简，她自己都讨厌，叶珈成怎么会喜欢？

"叶珈成，"时简想了想，转过头道，"如果以后你喜欢我了，记得来追我啊。"她会等他的。

"嗯？"叶珈成回头，过了会儿，肯定地点头，"好啊，一定。"

像是赌气似的，时简又说："那你速度要快点儿，追我的男人可不少。"

"我知道。"叶珈成轻松地笑起来，眼睛停在她脸上，眼神依旧像是情人般令人着迷，"漂亮的女孩追的人肯定很多，到时候还希望时小姐垂怜我，好好给个机会才对。"

浑蛋，时简没有答应，也不去看叶珈成，直接推开了车门，迎着冷风钻了出去。这一次，她没有回头看叶珈成。

不要回头，再舍不得，也不要回头。

时简第二天早起，锻炼了两圈，顺便给赖俏带了一份早餐回来。回来后，她又打扫起宿舍，足足拖了两遍地，然后才收拾整齐，准备上班。

赖俏吃着早餐，十分笃定地说："简简，感觉你跟失恋了一样。"

呃？她看向赖俏，一猜就准，有那么明显吗？

"女人失恋基本有两种反应啦，一种是浑浑噩噩什么事都不想做，一种就像你现在这样，各种找事做。"

时简只能笑，叹叹气。

"真的啊！"赖俏站起来，嘴里的茶叶蛋快要掉出来了。

真的，时简倚着床栏，她昨天被自己老公给甩了。以前高彦斐无意间提过叶珈成甩女人很厉害，绝对是个中高手。然后，她还特好奇地问高彦斐：怎么厉害了，快说说。

不用说了，她昨天已经深刻地感受了一回。叶珈成的确是个中高手，将她甩得干干净净又不失漂亮绅士……"天哪！"赖俏夸张地说了起来，"我一定要将你失恋的消息卖给易茂公司里所有未婚男同胞，他们准乐疯了。"

赖俏是一个天生会照顾人的女孩，包括照顾别人情绪这点儿。对失恋者来说，这样的语言比帮她责骂臭男人要好得多。时简用唇膏涂了一下嘴巴，问赖俏："几点了？"

"快八点了。"赖俏看了看时间，得意地提醒她，"奔跑吧，少女！你们易茂置业上班可比我们早——半小时呢。"

时简赶紧换鞋，抱起今天工作需要的文件，结果还没走几步，迎面撞上了临时回来的赵依琳。赵依琳主动朝她打招呼："时简，后面我们一块工作哦，我也进易茂置业了，同样是总经理小公室。"

哦，她点点头，不多聊，赶着上班了。

前两天，赖俏私下偷偷说，赵依琳有关系，她要进易茂置业肯定没问题。至于有什么关系，赖俏不清楚，她知道。

赵依琳和华亿赵家有亲戚关系，赵依琳还叫易霈未婚妻赵雯雯一声"姑姑"什么来着。所以，凭着易霈和赵家的关系，赵依琳进个总经理办公室的确没什么问题。她还知道赵雯雯死了之后，赵依琳依旧留在易霈身边工作，然后才写了《我眼中的易先生》这本书。

想起赵雯雯，时简觉得好可惜，所以她一定要找机会跟易霈好好提醒一下。

结果，根本不用她找机会。

下午，张恺就给她安排了一个任务："易总有个朋友刚回国，她从小不在国内读书，国内这边没什么朋友，大小姐吵着逛街都没有人陪，可怜兮兮的。时简，你可以作陪吗？"

张恺说的这个人，不用说就是赵家的赵雯雯了。没想到易霈还挺有心思的嘛。

不过陪逛街，她没钱啊。难道她要看着别人买买买吗？既然是工作，还是赵家小姐，时简没问题地点点头，"OK，没问题！"

她最会逛街了！

赵雯雯吵着没人陪，主要是想让易霈多花时间陪陪她。她回国之后只见了易霈两次，两次就两次，每次易霈还带了张恺过来，公事公办地陪她说 30 分钟话，然后走人。

"我真的很无聊嘛。"赵雯雯说，"我从小到大在英国念书，在国内连个同学都没有，逛个街都没人陪。"

忙不迭接话的人是张恺，他说："Vivi，要不我介绍一个女性朋友给你认识，陪你逛逛街？"

张恺推荐了时简。时简留在易茂的档案写了家庭资料，父母都是高级知识分子，都在英国工作。他还看过时简写的英文会议记录，语法用词比一般留学归来的人都要厉害。另外，"时简应该不丑吧？"

两个人的时候，张恺故意问易霈，他和易霈是同学，私下两人除了上下级关系，还是朋友。易霈没什么反应，不咸不淡地提醒了一句："张恺，Vivi 不是你可以打趣的人，适可而止。"

张恺扯扯嘴角，他刚刚是仗着朋友身份乱说话了。Vivi 的确不是他可以打趣的人，她可是易霈最好的结婚对象。

"我知道了，那我安排时简陪 Vivi 了。"

时简真没想到张恺会安排这样的差事给自己，如果不是她也要提醒赵雯雯下个月不要去滑雪，应该会拒绝这样的任务。她喜欢逛街没有错，只是陪人逛街就没意思了。

而且，赵雯雯只逛南万。

A 市的南万商场是国际有名一二线奢侈品聚集中心，也是 A 城知名度最高的国际购物商城。时简以前也挺喜欢逛南万，不过那时候叶珈成的金卡在她这里，她和叶珈成一直属于"老公会赚钱，老婆会花钱"类型的夫妻档。

时简陪赵雯雯逛起了南万。

按理说赵雯雯爱玩，朋友应该很多。有钱人怎么会缺朋友呢？赵雯雯主动说起来，她朋友都在国外，国内少得可怜，有，也是各种阿谀求容的恶心样子。她通通不喜欢。

"哦。"时简点头，不发表什么。

赵雯雯提到了赵依琳，言谈之间更有一些不屑。赵雯雯还跟她说了一个秘密，口吻那个得意好玩："时简，你知道吗？赵依琳日记本里写的都是易霈，满满一本全都是易霈，她还只见了易霈一面呢。难道她不知道，易霈是我未婚夫吗……"

这个秘密真是！原来赵雯雯早知道赵依琳喜欢易霈了。当然时简不清楚，赵雯雯又是怎么看到赵依琳的日记的。赖俏说过赵依琳不住宿舍是因为家里很有钱，然而赵依琳父母又是仰仗着赵雯雯他们家吃饭的。

从赵雯雯谈起赵依琳喜欢易霈这件事来看，赵雯雯不仅不在乎，还有一种快活的志得意满。也对，赵依琳根本没办法跟赵雯雯竞争易霈。仔细想想，赵雯雯也不是一个傻白甜。

赵雯雯从试衣间出来，问她："时简，这件好看吗？和上件比你觉得阿霈更喜欢哪件？"

"两件你穿都挺好，这家格子是经典款，大领又很有女人味。"时简坐在一旁认真"观赏"，实话实说地发表意见，"我也……难以抉择。"至于易霈喜欢哪件，她怎么知道？

"好，那我都买了吧。"赵雯雯转回身，对着镜子整了整翻领，不忘嘴角翘着说话，"时简，你怎么不挑挑，这里都看不上吗？"

时简微笑，没钱。

"女人还是要对自己好点儿。"赵雯雯刷卡签单，挽着她走出来，笑吟吟交流感受，"你说是不是？"

时简点头，"嗯。"

从南万出来，张恺已经将车停在了外面，然后彬彬有礼地走下车替她们开门，绅士范儿十足。趁着赵雯雯不注意，向时简做了一个"辛苦了"的动作。

车里，赵雯雯接了一个电话，说的是英文。时简坐在副驾驶，无意间听到滑雪这个单词，她稍稍认真听，果然是有人约赵雯雯到美国滑雪。

还真是巧。赵雯雯挂了电话，时简转过身，随意地问起赵雯雯，几号去滑雪？

她这样问，赵雯雯似乎有点儿不开心，好像她故意偷听了她打电话。赵雯雯扯了扯嘴角，笑容甜美地问她："你也想去吗？你要去我再告诉你时间吧。"

"……"时简心里叹气，有些忧伤，她真多事啊。

张恺先送赵雯雯回了赵家，回来的路上时简坐在车里都没怎么说话，张恺说笑起来："时简，这几天我绝对要给你算加班工资。"

"谢谢——啊。"时简大大方方道谢，其实想想也挺有意思的，陪人逛街也不能说真的很无聊，至少她看赵雯雯挥金如土，更加激励自己要努力赚钱。

张恺直接送她回宿舍，时简提着赵雯雯送她的小袋糕点下来。张恺右手倚着车窗，探出头，问起一件事："时简，我听秘书部的 Emily 说你失恋了，都要帮你物色男朋友，真有这事吗？"

时简一时无语，她是已经把"失恋"两个字写在脸上了吗？走上前一步，她半弯着身子问："张助，这事跟工作有关吗？"

张恺尴尬地呛了半口气，然后朝她挥手道别："明天见，小时。"

"明天见。"

Chapter 6

每天都被误会

叶珈成这几天也无聊，无聊到只能将时间花在工作上，废寝忘食。高彦斐约了他好几次出门鬼混，终于他不胜其烦，对着镜子刮干净了胡楂，出门了。

好久不见，叶珈成出现在朋友面前，照样帅得飘逸宁人。

这段时间，叶珈成很无聊，不过，高彦斐更无聊。"你怎么都没有跟你那只小狐狸待在一起了？"高彦斐弯下腰，打了一个漂亮的跳球，可惜没有击中目标。

叶珈成自动忽略高彦斐刚刚的话，瞄准 8 号球，他运气比高彦斐要好一点儿，进了。

"妈的。"高彦斐谨慎了，嘴里又提起时简，"说说，到底怎么了？"

"没怎么。"叶珈成玩着杆，"谈了不到 24 小时，分了。"

"什么！"高彦斐乐了，"一天不到？"

叶珈成睨了高彦斐一眼，可以闭嘴吗？

高彦斐无所无谓地，继续说："哥们理解你，女人还是主动追求的有把握，不管如何，主动权好歹在自己手里，是不是？"

叶珈成不想理会高彦斐，高彦斐勾上他肩膀，"需要我帮你找个新目标吗？"

"可以啊。"叶珈成弯腰，又进了一球，然后不走心地，还道谢一声："谢谢。"

高彦斐看着台桌的球，他已经追不上叶珈成的成绩，索性靠着桌角说起来："什么要求，你直接说。"

"没要求。"叶珈成俯身，只将目光集中在母球上，秀气的睫毛轻轻颤动……然后，就没了兴致不想打了。他停下来，像是有意为难高彦斐，开口说："很简单，比时简漂亮。"

"我擦，你这叫没要求。"高彦斐一声叫，话锋一转，"不过哥照样给你办到！"

高彦斐手机里有一张照片，招呼叶珈成过去看，"瞧瞧这个。"

叶珈成上前，瞧了眼照片，笑了，不以为然的神色像在说"就这样啊""你逗我啊"之类的。高彦斐愤愤然，他将照片里女人的头发、鼻子、眼睛、眉毛以及胸样样挑出来，然后和时简比较起来："头发比时简长吧，眼睛也大一点儿。然后你看下巴，像范冰冰呢。最重要的——"高彦斐朝叶珈成挑眉，"胸！"

好兄弟！叶珈成拍拍高彦斐肩膀，同意地点点头，走到另一边继续打剩下的球。

所以，要了？

叶珈成懒懒地站直身子，冒出一句："原来比时简漂亮是这样，那不用比她漂亮了，跟她差不多就行了。"

妈的，玩他呢。高彦斐不信这个邪了，他这里还真有一个，真差不多的！

这边，赵雯雯继续约时简逛街。

赵雯雯对易霈说："我还挺喜欢时简的。阿霈，我能让她给我做生活助理吗？"

"这个你要问她本人。"易霈没说可以，也没有说不可以，只是提起了一件事，"时简父亲叫时木子，你在英国待了多年，应该听说过他的名字。"

赵雯雯住嘴了，打消了让时简做自己生活助理的念头。易需没有直接说出来，也明明白白让赵雯雯想到，她是请不起时简的。

她家从小送她出国念书，无比重视教育，理由说穿了，有钱但不是书香门第。人活在世，都是缺什么补什么。

赵雯雯做出惊讶的表情，"哇，没想到时简居然是时教授的女儿。上次她陪我逛街，都没买什么。下次她有什么喜欢的，我直接替她埋单吧，我是真心想交她这个朋友。"

易需："你怎么知道人家是不想买，还是买不起。"

……

第二天，时简恍恍惚惚敲着键盘，突然收到银行发来的短信通知。瞬间，她精神了，手指轻轻发抖地捧着手机，短信消息告诉她，她工资卡里余额多了××万。

她看了很多遍，的确那么多零，一个也没有少。

昨天，时简还在想生计大事。

她这个月生活费只剩 100 块不到了，从来没有这么穷过。她已经向小姨伸过一次手，不好意思再拿了。至于易茂的实习补贴，她还没有正式工作，那点儿补贴哪儿够花的。由俭入奢易，由奢入俭难。她也没有乱花钱，只是什么东西都习惯买好的，钱就特别不经花了。叶珈成早将她惯得不知柴米油盐贵了。终于穷到无计可施，只能让赖俏用塔罗牌帮她算算这个月的运势。"……时简，你这个月财运很好啊，可能会有意外之财。"

时简盯着手机，那么多钱，理智告诉她应该是财务打错了。她站起来，去找张恺了。

张恺刚从洗手间出来，正对着烘干机烤手，上下两面，均匀地翻了翻。她来找他，张恺主动说了起来："钱已经到了？这么快……"

时简真蒙了，张恺的反应告诉她，那笔钱就是打给她的？！

张恺继续若无其事，他和易霈待久了，也将易霈那股子稳若泰山的习性学到了七成。他不顾她瞪大眼睛的好奇，来到自己办公室，随手拿起喷雾浇浇了浇电脑前的多肉植物，然后才开口说："那钱啊，是我替你向易总借的。"

什么，时简无语了，深吸一口气，"我……没有跟你们借过钱啊。"

"是啊，这不是我考虑周到嘛。"张恺笑着，说给她听，"陪 Vivi 逛街的差事就交给你了，只是你也不能只逛不买啊。你和 Vivi 一起买才是朋友之间逛街，不然像私人助理一样跟着，多没劲。"

所以，直接给她打了钱？！时简瞪着张恺，张恺坐下来收发电子邮件，一边做事一边告诉她："放心，无息的。"

时简抚了抚额头，真心地问："我可以不要吗？"

"为什么不要？"张恺蹙眉，不明白了。这样的好事，正常人都会乐晕过去吧。

时简不想说话。

"算了算了，你自己去问易总，这钱也是从易总的私人账号里划出来的。"

"……嗯。"

易霈十点还有会议，张恺找了一个空暇安排她进去找易霈。易霈似乎昨晚没有休息好，正坐靠在里间的沙发上闭目养神。案上香炉袅袅，有一点淡淡的香气，似有若无。这样的易霈，看起来的确像赵依琳笔下那个气质冷清又神秘，矜持又高贵的男人。时简得到允许进来，直接说明来意。

"时简，你后面要和 Vivi 接触，没点儿钱不行。"易霈说起来，萧然物外的口吻。

时简眨了下眼睛，所以，易霈借钱给她，是让她和他未婚妻交朋友的。话没错，和有钱人交朋友没有一点儿钱怎么行。时简望着易霈，样子为难，"我可以只安心工作吗？"

"你陪 Vivi，不也是替我工作？"易霈反问她，他似乎有他的一贯逻辑，"钱既然给你了，你就先花着。你们女人还不会花钱吗？如果不会，那你看 Vivi 怎么花，你就怎么花。"

这话说的，时简差点儿跪了，"易总，钱太多，我还不起的。"

还不起？

"真没出息，你现在才二十一岁，这点钱就吓到你了。"易霈睨了她一眼，语气平实，也透着少许嘲弄，"我还以为你胆子很大。"

"易总可能看错了。"时简低下头，"我胆子一直很小。"

"嗯……可是你还要陪 Vivi 逛街，又不能没有钱。"易霈说，点出了事情本质。

时简想了想，明白了。兜了一个大圈子，其实易霈就是想让她做戏哄 Vivi 开心。她顺着易霈的话说："既然易总安排我陪赵小姐逛街，我一定做好逛街工作。"

易霈："嗯。"

时简低下头，将话说完："购物的时候，我可以先买后退。"

"……随便。"易霈站了起来，丢下一句，"出去吧。"

时简离开了易霈的办公室，今年股市不错，她要不要拿一部分钱出来买几只股票？然后，她又想到了叶珈成，投资这种事，叶珈成最在行了。

她申请去了格兰城的工地看现场。格兰城的施工方还是杨氏建筑，杨建涛闹不明白她为什么这么过分地关心格兰城，但还是给那边的施工队长打了一个电话，安排她过去。

工地里，时简戴着一顶黄色安全帽，和施工队长聊起了天，内容围绕着几项施工安全。人命关天，她还是不放心，她要确认事故不会再发生了。格兰城的施工队长姓窦，杨建涛叫他老窦，每次提到老窦都是那句——"老窦那人还是不错的。"

老窦做工地快二十年了，商品房发展到现在也才二三十年。关于她提出的施工安全，老窦也没有仗着资格老爱理不理，反而认真琢磨起来。他丢掉烟头，认真说："时小姐，你说的这几点想法，我记下了。今天谢谢你特意过来一趟。"

时简摇头，她是特意找了一个点过来的，"我要谢谢您才对，我毕业的论文题目就是关于项目安全的，今天跟您讨教了不少。"

"甭谢，应该的。"老窦笑起来，然后冒出一句，"格兰城项目进展拖了那么久，现在又快过年了，还不知道老板给不给假呢。"

这个她不知道呢。时简仰着头，前方威猛的起重车发出轧轧的运作声，她宽慰老窦说："不管如何，施工安全第一，赶出来的工程不是好工程。"

老窦同意，还夸了她一句："时小姐，你比那些老板有良心啊。"

是吗？时简没接这句话。如果是以前，她没准也会这样认为。不过良心这个事真不好说，只能说每个人站的高度不一样，心的方向也不一样。这话是叶珈成对她说的，当时她还顺着话问过他，那你的方向在哪里？叶珈成反应了会儿才回答她："以前不知道，只想要好的、快活的。现在，它在你这里。"

……

一场突如其来的大雨，把时简困在了格兰城工地。

时简躲在工地上建筑工人用来临时居住的集装箱房子里，心里有少许烦躁，她看着外面的疾风骤雨，估计一时半会儿回不去了。

老窦跑来，给她带来一个消息，今天格兰城对面的君威苑甲方建筑师同样过来看项目进展，现在要回去了。"我已经帮你问了问，可以搭个顺风车一起回市里。"

这雨下的，风一阵，雨也一阵。时简看自己裤子都湿了半条，赶紧对老窦点头道谢："谢谢你，老窦。"

君威苑和格兰城是两个竞争项目，不影响老窦这个施工队长和对方关系好。施工队反正都是谁给钱替谁干活儿。老窦有事不送她了，指了指前面，告诉她："我让他将车停在你出去的大马路旁边，你看到就上车吧。"

时简答应下来，然后撑起老窦送她的广告伞，冲进了大雨里。

整个世界，仿佛是一张又大又厚的雨帘，雨水滂沱，铺天盖地地倾盆而下，前方白茫茫一片，视线不清，时简遥遥看到某处有两盏车灯在雨雾里亮着，一闪一闪。

应该是了。

时简加快了脚步，果然看到一辆白色轿车打着双闪等在路边。车子的主人似乎很懒，喇叭都没有鸣一下，只有不停闪烁的车灯，在催她快点儿上车。来不及看清，她直接打开了副驾驶的车门，快速收好广告伞，弯腰进来。

"谢谢你，久等了……"话还没来得及讲完，刹那回归的熟悉感立马将她围绕得密不透风，伴随而来的，还有温暖的气流。

车内的暖气开得非常充足。

时简转过头，望着驾驶座的男人，居然真是叶珈成。她和他，似乎有段时间没有联系了。

"今天这雨下的，"叶珈成同样看着她，然后开口，仿佛没事人一样，慢悠悠加上一个后缀形容词，"真大啊——"

时简歪着头，干干地收回视线。

"巧啊。"叶珈成打起了招呼，声线清爽。

时简低着头，觉得叶珈成误会她了，闷着声音给自己辩解："是真的……很巧，我没想到会是你。"她真不知道叶珈成还是君威苑的甲方建筑师。今天这样能遇上，是不是代表着冥冥之中他和她也是一对有缘分的人。这样一想，时简又暗暗地欢喜了两下。

"嗯。"叶珈成也正经地点了下头，同样向她表明，"我刚刚没有说，是假的巧。"

"哦。"那算她想多了吧，时简应了一声。小心思直接被叶珈成说了出来，她伸手碰了碰自己被风雨打湿的头发，没什么大不了的。

叶珈成将车里的空调开得更大一些，以逼退她一身潮湿。"置物箱里有毛巾。"叶珈成又说，然后目光直视着前方，继续开车了。

"谢谢……"时简转过身打开置物箱，里面真放着一条白毛巾，她伸手去拿，结果看到了毛巾下方，还搁着两大盒安全套。她咬咬牙，瞅着安全套牌子，真有品啊！

时简莫名停滞不动，叶珈成转过头，然后双手下意识握了握方向盘。他真忘了自己车里留着这东西，猛然间也觉得有点儿尴尬。不过这两盒玩意，他也是上次出门接她的时候脑热之下买来的。

没错，他想上她不是说说而已。

莫名地，燥热起来，人一旦起了色心，心底的火苗就能烧起来。叶珈成望了望时简，他让她看到这"两大盒"是自己一时大意，结果她还看个没完没了、停不下来了是吧！

别告诉他是没见过所以好奇……叶珈成伸出右手，直接合上置物箱，不给看了。

时简脸一红，撇过头。

"我上次买的。"有些事不吐不快，叶珈成索性直接说起来，他向来有扭转乾坤的本事，语气淡淡地提醒说，"在我生日那晚。"

所以……

时简只觉得一口气还没喘上来，又被叶珈成这句话逼回去了。叶珈成语气还透出少许不甘。什么意思，他没用上它们还怪她了。

大暴雨里，叶珈成将车开得很慢，后面有一辆大车按着喇叭不停地催他，他主动换道。然而在男女感情上，他从来不是一个成全别人让自己难受的男人。像是故意作弄，也像是找刺儿，他继续说："算起来，这两盒也是为你买的，你要吗，送你！"

"……"时简哽气，憋住了。

唇角不经意弯了弯，叶珈成打开了车载音乐，选了一首舒缓的轻音乐。

时简靠着副驾驶，不得不承认，叶珈成现在妥妥一枚情场高手啊。默默地，有点儿羡慕原来的自己，居然能让叶珈成收起那股子风流属性，改邪归正，变成一个令女人都艳羡的理想老公。

车子开到市中心了，红绿灯也多了起来。叶珈成进来一个电话，家里来电，他直接用蓝牙耳机接听了。叶珈成是青林市人，青林话被誉为全国最难懂的方言，叶珈成没有顾忌旁边的时简，直接用青林话和自己母亲聊了起来。

时简以前是听不懂青林话的，不过当了几年叶家媳妇，自然能听懂一些。

叶珈成和妈妈聊了起来，他现在二十五岁了，要成家立业了。立业这块家里人向来放心他，他们担心的是成家，叶妈妈开口就问："成成啊，有交女朋友吗？"

"妈，你能不能别开口就这话？每次！"

叶妈妈："妈妈不是担心你吗？"

叶珈成："……"

时简转了转头，不想叶珈成发现她在"偷听"。叶珈成也真觉得她听不懂吧，他继续说下去："叶太太，你就放心吧，你儿子还愁找不到女朋友吗……这不，我现在身边还坐着一个呢。"

时简伸手碰了碰嘴角，用小动作掩饰心虚。

叶珈成继续用青林话和时简的未来婆婆聊着天："长得漂亮着呢，性格……也挺可爱的。"

时简笑了，原来叶珈成对她感觉还是挺好的。

"不过人不太正常，有点儿——"叶珈成接着说。

时简："……"有点儿什么？

叶珈成一边开车，一边和自己妈妈聊着天，终于想到一个贴切的形容词。这词儿用青林话来说一般用来骂人呆。他用余光扫了眼副驾驶，直接说了出来。反正，旁边的人也听不懂，是不是？

心情有点儿好。挂了电话，叶珈成解释了下刚刚这通电话："我妈打来的，问我和谁在一起，我说一位朋友。"

是吗？时简转过头，斜着眼，开口问："叶珈成，你刚刚干吗说我不正常？"

叶珈成一时："……"

反应了一下，还是："……"

顿了顿，他咳嗽起来，解释说："不好意思，我不知道你听得懂我家乡话。"

"坏坏！"时简骂还一句青林话，她讲得不好，不过她想叶珈成肯定能听懂。

果然，叶珈成笑着评价起来："讲得不错。不过发音还不算标准。"

时简：哼！

然后，她以为叶珈成会问她为什么听得懂青林话，不过叶珈成并没有。他继续开着车，根本不当一回事，验证那晚他对她说的那句，"我对你没有什么兴趣。"

没有兴趣，自然没什么好奇了。

懊恼。时简走了神。她前段时间真是太主动了，结果适得其反了，反而让叶珈成对她没了兴趣。记得婆婆也对她提过，叶珈成是反骨仔，很聪明也令人讨厌。其实，叶珈成一直是叶珈成，是她之前没怎么感受过叶珈成的讨厌而已。

叶珈成送她回了宿舍。时简利索地解开了安全带，还是感谢了下："谢谢。"

"不用，毕竟我们……"叶珈成转头，"也算朋友了。"

时简点头，临走前眼睛忍不住扫了下置物箱。她知道自己现在不是老婆身份，有些事不能管，不好管。可是……下一秒，叶珈成顺着她的视线，替她打开置物箱，"真要啊，行……拿走吧。"

"……"

他以为她不敢吗！她是怕他乱来。时简真伸出手，不客气地拿走了，然后一鼓作气说："叶珈成，你拿了我的定金，希望你能做到洁身自爱，不要乱来。"

这个乱来，什么意思，叶珈成自然清楚。他睨着时简，她怎么那么可爱！一百块，他不仅要把心给她留着，身体也要留着是吗？要求那么多，他有需要她帮忙解决吗？

叶珈成悠悠吐了一口气，然后一个字一个字地说："巧了，我最近也正——吃——素。"

"好……再见。"

时简下车，带走了两盒安全套，放进了背包里，心里不停念叨：月老啊，帮帮我，千万不要给叶珈成乱牵线了，正主都已经出现了，是不是？

可是，她又要怎么做，叶珈成才会像上辈子那样爱上她？

总经理办公室里，时简托着下巴听秘书小姐 Emliy 的御夫之术。

Emliy 嫁了一个好老公，和所有婚姻幸福的女人一样，喜欢秀恩爱。可惜还没有朋友圈和微博，Emliy 秀恩爱只能通过聊天途径，所以工作之余，Emliy 最爱的事，就是聊起话题，然后说自己老公怎么疼爱她。

时简坐在 Emliy 旁边，听得心驰神往。她很喜欢听 Emliy 秀恩爱，然后也忆忆往昔。

Emliy 说完昨天那锅好吃又滋补的乌鸡汤，问了问她最近怎么样了。

Emliy 知道她心里有一个人，不过是"落花有意流水无情"的情况。

"无计可施啊。"时简叹气说。总经理办公室的人基本都知道她失恋了，Emliy 更是热心地要帮她介绍对象，她只能告诉 Emliy，她对那个男人还没有死心，对象暂时就不用介绍了。

"可怜。"Emliy 说。

是啊，时简认同地点头。她看了看手表，等会儿又要去南万陪赵雯雯逛街了。她包里已经备好了工资卡，按照易霈和张恺他们的意思，她要和赵雯雯一起买买买，这样赵雯雯才能尽兴。

时简提着包离开，心里有气，经过张恺也没有打招呼，视而不见。

张恺："……呃。"

时简这几天心情低落，总经理办公室里 Emliy 知道，又怎么逃得过张恺这双火眼金睛。张恺喜欢的女作家还是擅长描写细腻情感的张小娴，有些事情，他比一般女人都要敏感。时简离开后，张恺进易霈办公室谈明天的工作，谈好工作上的事情，他有意地提了提时简："好像今天 Vivi 又约时简了。"

易霈："嗯。"

"……唉！"

"张恺，"易霈抬起头，公事公办地交代说，"你有话直接说，不用这样拐弯抹角。"

"我，我就是觉得时简有点儿可怜。"张恺说，半个人靠着易霈办公桌，口吻改成朋友模式，"阿霈，时简貌似最近心情不好……应该是为情所伤了。"

这样无聊的话，易霈不想接下去，不过也没有打断张恺继续说。

张恺继续说："你说，一个女孩每天被自己喜欢的人安排做最不喜欢的事，心是不是很受折磨？"

"拐着弯儿说那么多。"易霈丢掉手中的笔，胳膊离开桌子，望向张恺问，"怎么，感觉时简喜欢上你了？"

得，有资本的男人都擅长揣着明白装糊涂。张恺叹叹气，说起了真心话："我也希望时简喜欢的人是我，至少喜欢我比较轻松吧，总好过现在……每天压抑着心中爱意，喜欢上一个有未婚妻的男人，爱而不得……"

易霈没说话了，重新拾起了签字笔，似乎压了压某种情绪。张恺看了他一眼：原来易霈也不是没有感受到。

"张恺。"易霈开口了，"下个星期替我去趟香港吧。"

张恺："呃？"

"你可能太无聊了。"

张恺："……"

按照正常想法，张恺看再多的张小娴，也不会认为时简喜欢易霈，毕竟时简没有表现出任何不轨行为。她每天安分做事，准时上班准时下班的。只不过时简这个女孩行事积极可爱，谈吐又幽默热情，每次还将他交代的事情完成得漂漂亮亮，老练得难以想象她只是一个实习生……然后张恺每天探究一点儿，每次都有新发现，直至 Vivi 回国，时简情绪开始处于明显的低潮期，他似乎明白了什么。

Emliy 无意间还说了，时简喜欢的那个男人令她一筹莫展，没办法主动追求……想想什么男人会让一个年轻美丽又聪明的女孩都感到束手无策呢?

答案很明显:有未婚妻的男人,还是她老板。

然后张恺还没有说话,直接被易霈安排到香港出差了。"瞎扯够了,出去吧。"

"阿霈……"

易霈抬了抬头,眉头已微蹙。

还是无动于衷啊,张恺碰碰鼻子,有点儿可惜,他还以为易霈也对时简有点儿感觉呢。毕竟时简是总经理办公室里易霈亲自招进来的人,除了他以外。

张恺走出易霈办公室,忽然有些好奇,阿霈渴望过爱情吗? 一个快三十岁的男人从来没有谈过一次恋爱,接触赵雯雯只因为她是结婚对象。但是阿霈对赵雯雯有感觉吗,每次见面他都在场,他可以确定易霈连赵雯雯的手都没有主动牵过,更别说像正常男人那样想"用力"地"狠狠爱"一个女人。从学生时代到现在,易霈不是没有收到过异性的爱慕之情,相反还很多,班花学妹学姐白领名媛小姐,屡见不鲜了。

当然,他肯定易霈是直男,如果易霈是一个弯的,那张恺第一个变弯。近水楼台先得月,从此节操是路人。

咖啡厅里,赵雯雯问时简最近在看什么书。

"我们可以相互交流交流呢。"赵雯雯搅拌着咖啡问,没有等时简回答,先说自己最近看的一本书,一位法国作家的成名作。知道时简出身书香世家,赵雯雯对时简的态度有了细微的变化,细微到时简没有察觉。

不过女孩子交朋友,基本都是逛逛街聊聊天。

时简瞎编了几本名人传记。她最近倒不是没有看书,只不过看的书实在不好意思拿出来交流，类型基本是如何让一个男人对女人充满兴趣，如何做一个有心计的女人。

然而，并没有什么用。

今天暖阳宜人，赵雯雯位子旁边放着一堆战利品；时简这边也有两三个袋子，有两样她明天要退货，不过一样，她不会退。她一直喜欢的轻奢潮流品牌出了几款情侣袜，女人总是容易心动于一些小东西，没忍住，买了两盒。赵雯雯也买了，送的人自然是易霈，"阿霈什么都有，可能更喜欢这样贴心的小东西呢。"

时简同意这话，以前叶珈成也喜欢她买的这种东西。男人应该都有点儿共性吧。

"时简，你送给谁啊？"赵雯雯问她，"我都没怎么听你提起你男朋友。"

"他，还只是我喜欢的人。"时简微笑，心里叹气。

赵雯雯："帅吗？"

时简点头，笑容灿烂了一些，"情人眼里出西施嘛，对我来说，他是全世界最帅的男人。"

赵雯雯不相信，"比易霈还帅？"

都说了是情人眼里出西施了……另外易霈是标杆吗，还是帅到找不到人媲美了？她自然觉得叶珈成比易霈帅，不过话不好说啊。时简摇摇头，给了模棱两可的回答。

"这样啊……"赵雯雯扯扯唇，没有继续追问了。

"Vivi，你几号去滑雪啊？"时简又问起这事。她问得随意，心里也没有谱，不知道想个什么办法阻止赵雯雯。不管眼前女孩是不是华亿赵家的独生女，任何一个年轻鲜活的生命发生意外都令人扼腕。当然，事情本身和她一点儿关系都没有。

"我还不知道呢。"赵雯雯说，抬了两下眼皮，看着时简说，"他们那帮人说不准的，如果阿霈能陪我就好了。"

下午，赵雯雯和她一块去了总经理办公室。赵雯雯要将小礼物送给易霈，又是赵恺过来接的人。赵雯雯说自己有英国驾照，还没有来得及换国内驾照。

赵雯雯说到驾照，时简也有点儿心疼那些自己不复存在的本本了，驾驶证、padi 潜水证、结婚证……全没了！回到总经理办公室，赵雯雯直接找易霈了，她回到位子，大大方方趴在办公桌上小憩了一会儿。

总经理办公室，赵雯雯将小礼物送给易霈，包装很粉红。易霈没有打开，只将它放在一旁，赵雯雯有些失望，"阿霈，你不拆开，看看是什么吗？"

易霈拆了，看了一眼，然后表示感谢："谢谢。"

"是情侣款哦。"赵雯雯走过来，将手放在易霈肩膀上，柔软的身子从后面靠过来，说话的声音也有点儿发腻，"喜欢吗，米家新出的情侣袜哦……时简也买了。真奇怪，我买什么，她也跟着买什么，不知道她要送给谁。"

易霈对这种女人话题没有兴趣，他稍稍掰开了赵雯雯，"我让司机送你回去。"

"我想要张恺送我。"赵雯雯站直，故意说，耍起小脾气。

"张恺很忙，他为我工作是按时间算钱的。"易霈情绪莫名有些烦躁，不想和赵雯雯再讲一句话，他想到了时简，想起那天她对他说的那句"我只想安心工作"。她低着头没让他看到任何表情。易霈想，她若只想安心工作，那以后就只工作好了。

"以后也不要找时简逛街，你应该也不是真想和她交朋友。"易霈开口说，"如果还是觉得没人陪，让张恺给你换个。"

"可以啊……"赵雯雯答应下来，她感受到了易霈的不悦，立马服软了，"晚上一起吃饭？"

今晚？易霈抬起头，"我们吃饭的时间不是已经安排好了，是明天吗？"

是啊，安排好了。每次他俩见面吃饭，都和工作一样，安排进他的行程表里。赵雯雯挤挤笑脸，心里再不满意，还是先离开了。这样的未婚夫，她喜欢什么呢？

最喜欢的地方，大概是别人想要却得不到，而他是属于她的。

时简本想小憩一会儿，结果不小心睡到了日薄西山。她被叫醒的时候，总经理办公室外面的办公区只剩下 Emliy 在收拾包包了。Emliy 推醒她，欢快地跟她告别："小时，我下班先走了。今天我要陪老公到婆婆家吃饭，就不跟你一起走了，拜拜。"

哦，好的。时简还没有完全清醒过来，整个人迷迷糊糊的。她呆滞地拉了拉盖在自己身上的披肩，眯了下眼睛，睫毛跟着动了动，"好的……拜拜啊！"

Emliy 拎着小包走了，时简还有点儿呆愣。以前叶珈成就最喜欢在她刚睡的时候欺负她，说她这个时候最呆。时简下意识地又想闭上眼睛，却无奈地站了起来，然后，她唱起神曲《小苹果》来提神。

"我种下一颗种子，终于长出了果实，今天是个伟大日子。摘下星星送给你，拽下月亮送给你……"

时简边唱边收拾，精神恢复得很快。她今天除了买了情侣袜外，还买了一个包和一双鞋，那些明天全部拿到专柜退掉。然后，钱又回来了！啦啦啦！

"你是我的小呀小苹果儿。怎么爱你都不嫌多。红红的小脸儿温暖我的心窝。点亮我生命的火，火火火火……"时简继续唱，收拾好了，抬起头，然后像是有人封住了嘴巴，她停下来，朝不远处站着的人打起了招呼："……易总。"

……易霈怎么还没有走！

易霈没有走，张恺也没有走，笑眯眯地站在易霈面前。张恺这人学习能力特别快，她刚刚哼唱的小苹果，张恺顺着学唱了一句，朝她开玩笑说："你是我的小呀小苹果儿。怎么爱你都不嫌多！哎哟，这歌虽然没听过，不过真唱到我心里去了。"

哼，时简拎着三个大袋子走过来，轻挑着眉眼说："没听过是吧，学得那么好，赶紧交个学费吧。"她不敢得罪易霈，和张恺说话就无所谓了，主要是张恺也让人严肃不起来，Emliy 都敢直接骂张恺死变态呢。

"不公平啊！"张恺继续嬉皮笑脸，"时简，你怎么就只找我要？刚刚易总也听了啊。"

这是要拉她下水呢，时简转转眼珠，反将了张恺一军："你是你，易总是易总。你这是要跟易总待遇一样，相提并论吗？"

"哦——"张恺笑得更意味不明，了然地点头，"明白明白。"

时简不多说了，明白就好。她要走了，易霈和张恺他们也正准备离开，她不好走在他们前面，索性提着东西跟在他们后面。

电梯里，张恺按了电梯按钮 B1 去地下停车场，她伸手要按一楼，易霈不咸不淡的声音从后面飘过来，像是一种吩咐，他对她说："我去易茂总部，坐公司的车走吧。"

坐公司的车，就是坐易霈自己的车。易茂宿舍和易茂总部差不多是顺路的。时简没继续按一楼，应了一声："谢谢易总。"

易霈立在她后面，语气依旧很简明，"不用。"

电梯里，没有说话的张恺，突然像是憋住了。时简侧目，张恺又恢复了一贯的表情，还朝她眨了下眼睛，好像在勾引……她似的。

呵，有些男人就是这样，只要有异性在，身体里的荷尔蒙就开始乱窜了。

易霈的车停在地下一楼的专用停车场，那儿几乎没有人，时简跟着张恺上车。张恺开车，易霈坐在后面，她不好同坐，拎上三个大袋子进了副驾驶。

"今天你陪 Vivi 买了多少？"易霈坐在后面问她，口气随意了一些。

车子开了出来，外面华灯初上。时简拿出袋子里的发票，她是需要跟易霈汇报一下的，毕竟用的是他的钱。

"一双鞋一个包。"时简看着手里的发票回答，"一共两万三。"她要送给叶珈成的情侣袜没有说，那个花的是她自己的钱。她的汇报结果，易霈没说什么，她也不知道是花多了还是花少了，想想也无所谓，反正明天也要退。

"以后你不用陪 Vivi 逛街了，安心工作。"易霈开口说。

"噢……"时简快速应下来，她也不想这样折腾地逛街了，转过头，感谢易霈的大发慈悲，"谢谢易总。"

她如释重负的神色太明显了，易霈不置可否地笑了下，仿佛知道她心里的抱怨一样。

时简汗，感觉易霈这人也没那么严肃啊。好比他说话的音质，其实非常温和年轻，只是常用公式化表达方式，听起来比较正经严肃。

易霈不再说话，时简转过身。张恺笑着问她："Vivi 说你和她买了一样的小礼物？"

没想到这个张恺也知道。时简点着头，"是啊。"

张恺笑啊笑，一边开着车，一边瞅两眼她袋子里包装好的盒子，然后不要脸地开口道："时简，要不你送我吧。"

"不好意思。"时简直接拒绝，"不能送给你。"

时简将话说得明白，还有一个原因，是不想产生不必要的暧昧。是她的错觉吗？她总觉得张恺想勾搭她。

"哦，难道要送给喜欢的人，喜欢的人……"张恺转转眼珠，继续热心地问起来，"哦，原来咱们的小时好事将近了，礼物什么时候送出呀？"

轿车安静地驶在灯火辉煌的城市中心。张恺问完偷偷看向后视镜里，只见易霈双目微合，没什么表情。

时简懒得搭理，扯了一个微笑给张恺：老板在后面，适可而止好吗？

张恺收到了时简请求的眼神，意识到自己是有些过分了，忙道歉说："对不起，时简。"

呃，道歉什么。时简斜着眼，转过头看向车窗外，莫名其妙！

Chapter 7

瓦妮莎的微笑

时简洗了澡出来。易茂宿舍条件不错，冬天有热水提供。

今晚赖俏和赵依琳都在宿舍里，两人各自做着自己的事情，气氛有些沉默。赖俏和赵依琳好像并不是很合拍，赖俏见她出来，才说起话："时简，快过来看这个笑话，好好笑啊。"

赖俏手机订阅了每日的笑话短信，通信费似乎五毛钱一条？时简用毛巾擦拭着头发，走过去看赖俏手机里的笑话。今日笑话说的是一个小姑娘采蘑菇，带点儿颜色，蛮好玩的，不过这个笑话她已经看过了很多遍，也听人说过很多遍，真心笑不出来。

配合地，时简还是哈哈了两下。

同样，她也没兴趣追看现在热火朝天的电视剧，因为她以前全部都追看过了。有一种忧伤是她已经知道大结局，更忧伤的是，她之前心心念念等着看的某美剧第四季终于要出来了，结果……她还和叶珈成打赌谁是终极大 BOSS，都不知道最后谁赢了。

相反，赖俏很喜欢和她一起看剧，大概她的作用就像那些 bilibili "弹幕"一样，每次都可以给赖俏预告前方有高能。

时简坐下来，打开电脑写论文。她原来毕业论文的题目是《钢板材包装木托架的承载研究和结构优化》，时隔十年，实在没办法写，她联系老师换成了《工程建筑施工中的安全注意事项》，这种"假大空"类型的题目，她用点儿力气还是可以编点儿东西出来的，内容还可以以易茂置业的格兰城为例。

　　写东西就是卡，时简用笔头支着下巴，写一下卡一下，索性放任脑袋跟着笔头微微转动。忽然一道刺耳的声音从左边响起，她猛地往左看，笔头不小心磕到了下巴，有点儿疼。

　　怎么了？

　　赵依琳在找东西，她翻了翻宿舍共同的抽屉，结果像是碰到了什么恶心东西，整个人弹了下，然后直接将它丢了出来。

　　蟑螂吗？

　　结果，是一盒安全套。

　　吐血。时简站起来，大脑不停地运转着，按理说她从叶珈成那里顺来的两盒安全套没有放在抽屉里啊，也不是这个颜色……然后还没有等她做出反应，赖俏已经冲了出去，涨红脸，捡起地上那盒，质问赵依琳："赵依琳，你有病吧！"

　　时简："……"

　　原来这盒安全套，是赖俏的。

　　赵依琳一时没有说话，像是发错了脾气，抿着唇站在抽屉旁边，过了一会儿她才抬起头，视线扫过赖俏，然后慢慢停在了她这里。时简眨了眨眼睛站起来，赵依琳可能真发错了脾气。

　　今天她回到宿舍就感觉气氛怪怪的，不过赖俏和赵依琳向来彼此看不顺眼，她也就没多想。女孩相处本来就微妙，没想到今晚平静的关系像是一个骤然破裂的玻璃镜面，瞬间露出了尖锐的棱角。

　　"不好意思啊。"赵依琳用一种伤人的眼神打量着赖俏，然后转过头，"我不知道这东西是你的，我还以为是……"

　　说到这儿，赵依琳停了下来。

　　时简走了过来。还以为什么，宿舍里除了赖俏，只有她了。时简看向赵依琳，赵依琳也回看了她一眼，然后十分不屑地哼了下。这下时简真确定了，今晚赵依琳想针对的人不是赖俏，是她。

"以为是我的？"轻飘飘地，她直接说出赵依琳想表达的话。

赵依琳大概也想不到她会那么直接，赵依琳看向浴室的毛巾架，上面放着三人所有的毛巾，包括她刚刚用来擦头发的那条。赵依琳接着说："希望你们以后不要碰我东西了。"

赵依琳这话，透着什么意思很明白，大家都能听得懂。时简真想不到，赵依琳可以借题发挥到这个程度。赖俏气得发抖，她握住了赖俏的手，扯起嘴角，同样用一种嘲弄口吻，"依琳，我希望你能适可而止。别自己少见多怪，还继续闹笑话。"

"我少见多怪？"赵依琳一副无法理解的样子，语气很硬，又挤不出话来，"明明是你们太……恶心了。"

"恶心？"时简也无法理解了，吐出一句，尾音透出了两分疾言厉色，"难道你还没成年吗，都不知道你自己是怎么来的？"

赵依琳咬唇。

时简本来觉得自己不能仗着年龄欺负人，不过她现在就要仗着年龄回击赵依琳。女人的气势和年龄真有关系。如果是以前的她，同样的场景她肯定会被赵依琳气得跳脚，现在她根本不用加重语气，照样能堵上赵依琳的嘴。

再怎么说，她做了叶珈成五年老婆，叶珈成是一个不会吃一点儿外人亏的男人。

"……"

现在的赵依琳毕竟只有二十出头，多多少少有点儿外强中干。她稍微几句话，赵依琳就无法还击，直接离开了宿舍，估计以后再也不会回来住了。

赵依琳离开之后，时简自己也反省地想了想，多少猜中一点儿赵依琳针对她的原因。

"赵依琳简直有病。"赖俏坐下来，还是咽不下这口气，"我诅咒她这辈子都是处女。"

太狠了，不过时简更不厚道，她用手指画了一个圈，"诅咒生效。"

赖俏乐了，终于破涕为笑。

"好了。"时简安抚赖俏，"没事了。"印象里，赵依琳真在书里写过自己是不婚族。只能说每个人有每个人的生活方式。

"嗯嗯。"赖俏低下头，慢慢地，也老实交代起来，"时简，我和程子松在一起了。"

时简："嗯……"

时简也不知道说什么，没想到赖俏还是和程子松在一起了。她之前有劝过赖俏：她和程子松异地，两人以后会辛苦。她的话，赖俏每次都打马虎眼。毕竟，现在的程子松对赖俏来说，好到无可取代。

"就是易茂店庆那几天，我不是外派去了外市支援活动嘛，程子松过来陪我，然后我们在一起了……"赖俏说了起来，说到这，瞅瞅她，像是看她反应。

说到程子松，赖俏露出了甜蜜表情，挽着她的手，向她保证说："时简，程子松真是一个很好的男人。"

时简看着赖俏，实在说不出口，说程子松以后可能会不要她，然后娶一个更合适的女人结婚生子。可是，她真确定吗？就算真确定，女人会为了以后假设性、不定性的伤害放弃现在扎扎实实的幸福吗？

感情像洪水，来势凶猛，胜败向来没有定数，只能兵来将挡水米土掩了。

时简弯了弯嘴角，展开一丝微笑，她握了握赖俏的手，正正经经地咳嗽了下，"赖俏，恭喜你，顺利从女孩成为可爱女人喽。"

"时简……"赖俏望着她，"你不会觉得我随便吧？"

"怎么会？"

"也对。"赖俏眨眼，猛地想到了，开口说，"我知道你也是……嘻嘻，太好了。"

其实她……

时简转了下头，算了，就当自己不是吧，反正也没有什么意义。然后大概是她也不是的关系，赖俏很大方地和她交流起欢爱的感受。

深夜，话题变得十八禁了。

赖俏不停地问她一些感受，时简只能说一些记忆中的感受了。躺在宿舍单人床回想曾经拥有过的夫妻 × 生活，这个感觉，真是醉醺的。

她和叶珈成婚姻状况一直很好，那方面合拍也是有关系的。两人老夫老妻了，他和她还可以欢乐地玩 play 游戏。她和他还扮演过白娘子和许仙，叶珈成正激烈的时候，她凑在叶珈成耳边一时兴起，清唱了配乐："西湖的水，我的泪，我情愿和你化成一团火焰，啊啊啊……"

结果就是，叶珈成整个人笑抽在她身上，她以为他要坏掉了，因为叶珈成用力地咬了下她的耳朵，"宝贝，完蛋了，我好像要坏了。"

幸好，恢复了还是可以用的。

……

想着想着，居然有些害羞。时简叹叹气，拉了拉被角，遮住了脸。少女身，长着少妇心啊。憋气又燥热，时简又掀开了被子，将腿高高翘在单人床的防护栏上，实在不行，她先得到叶珈成的身，再得到他的心？

不然纯走心，凭着叶珈成那颗七窍玲珑心，她要走到什么时候？！

春眠不觉晓，老公不见了。

第二天起来，时简对着镜子拍拍脸，气色很好。年轻还是好的，皮肤好到肆无忌惮的。用力戳戳脸，认真告诫自己不能仗着青春就挥霍资本啊。

不然十年后就要打玻尿酸了，知道吗？

赶紧跑了两圈锻炼身体，提前为以后备孕做准备。神清气爽来到总经理办公室上班还很早，时简想着今天自己会不会是最早那个，没想到有人比她还勤快。

这个人，居然还是赵依琳。

赵依琳穿着得体又漂亮的工作服等在了总经理办公室里头，面色有些紧张，大概也没想到等到的第一个人会是她，一张特意涂白过的脸蛋又黑了两分。老实说，从颜值来看，赵雯雯比赵依琳要高很多，难怪赵雯雯每次提到赵依琳都是各种优越感。

"嗨，早啊！"时简路过她，心情不错地打了一个招呼。

赵依琳没理她，照样摆着个脸。果然年轻女孩脸皮比较薄，吵一架就势不两立了。

时简随便她了，直接到茶水间泡咖啡，最近总经理办公室提供的免费咖啡豆还不错。忙活了五六分钟，她端着一杯热气腾腾的美式咖啡走出来，低头心满意足地嗅了一口，差点儿撞上了刚过来的易霈。

没想到易霈也这么早。

Emliy 还没有来，易霈的早间咖啡没有人帮他弄，易霈应该是见她手里正端着咖啡，很快开口吩咐她说："时简，你帮我也煮一杯。"

"好的，易总。"时简答应下来，小事情嘛，她很乐意为大老板效劳。

"易哥哥。"突然插话的是赵依琳，"我煮咖啡不错的，我爸爸喝的咖啡都是我弄的……"

易哥哥……时简捧着咖啡杯的手忍不住抖了抖，幸好稳住了。难怪昨天赵依琳那么趾高气扬，原来她叫易霈"易哥哥"，这个关系比她想得还要亲近呢。不过以后赵雯雯嫁给易霈的话，赵依琳的"易哥哥"就要换成"小姑夫"喽。

到底是她煮呢，还是赵依琳煮呢？时简望了望易霈，如果不需要她帮忙，她就直接回位子做事了。

"时简……"易霈并没有任何的迟疑，他转过头，继续对她说，"你等会儿煮好直接送进我办公室……快点儿。"

快点儿，是易霈见她动作慢，又加上的。

"哦，好的。"时简先端着咖啡走到位子，她总得将自己这杯咖啡放回办公桌嘛。易霈说要快，作为小小一枚实习秘书的她肯定要立马、即刻、迅速地帮他煮咖啡！只可惜了她刚煮好的咖啡，放着凉掉实在太可惜，小小纠结了下，她还是端起来先喝了一口，动作太猛，不小心烫到了嘴，疼得她立马用手捂着嘴，连忙抽了两张纸巾。

"时简。"身后，易霈又叫她名字。

易霈还在？时简用纸巾捂着嘴转过头。还站在赵依琳旁边的易霈望着她，又交代起来："你也不用那么急，先喝你的。"

哦。不过老板体恤她，她也不能真把自己当根葱啊。时简飞着去给易霈煮咖啡了，中间经过易霈和赵依琳。易霈还和赵依琳说着话。他对赵依琳挺亲切的，可能本来认识的关系，对赵依琳说话不像对她那么一板一眼。易霈对赵依琳说："不是总经理办公室不适合你，只不过既然你作为易茂置业签约实习生进来，还是要服从人事安排的……"

时简听到了这一句。原来，赵依琳只是进了易茂置业，但是没有进总经理办公室。

茶水间里，咖啡机发出嗡嗡的运作声，隐隐约约，她还是可以听到站在外面的易霈对赵依琳说："你还是先待在人力资源部，以后如果合适了再进总经理办公室。"

易霈的声音透着少许不耐，就算有易家和赵家的这层关系，他还是没答应赵依琳的这个请求。

"时简也是实习生，她怎么合适了……"赵依琳问了。

易霈回答："是的，她很合适。"

时简边听边想，听到易霈的话又低下头。她感觉赵依琳现在也是一个小糊涂，居然问得那么直接。其实，前世赵依琳也没怎么厉害，就是一直给易霈做秘书，然后出了一本百万销量的畅销书。主要是易霈辉煌了，跟在他身边的人就金光闪闪了。这个情况就像她之前看到的一则新闻，李嘉诚的司机只是每天听李嘉诚打打电话，就可以摇身成为有钱人。

李嘉诚……叶珈成……

哎，为什么她又能想到老公，闭眼收心，认真煮咖啡吧。

易霈的咖啡煮好了，赵依琳已经不在总经理办公室了，办公区已经陆陆续续来了其他同事。Emliy 也过来了，火急火燎的。时简把手中的咖啡递给 Emliy，"易总的咖啡，给你。"

Emliy 迟到了两分钟，正担心易总每天都要喝的晨间咖啡，她赶紧端过来，感激涕零地说："小时，你真是我的贴心小棉袄，谢谢谢谢谢谢……"

"不客气。"时简挑挑眉，利索地回到位子继续做事了。她端起原先煮好的咖啡，抿了一口，不错，还是温的。

里面，Emliy 端着咖啡敲门进来，易霈背对着门站在衣架旁边，他正脱掉大衣外套，下意识认为端着咖啡进来的人是时简。因为心中思忖着事，他一边解开一颗衬衫纽扣，一边开口问起身后人："你的车技是谁教你的？"

Emliy 有点儿莫名其妙，心想易总怎么突然关心上自己了，居然还关心到了自己最近学车的事。然后她纳闷又忐忑地回答了易霈，顺便又秀了下自己的老公。

"虽然在驾驶学校报名了，不过还是我老公教我比较多。"

老公……

易霈转过头，收了收情绪，对 Emliy 说："……咖啡，放下吧。"

Emliy："好的，易总。"

张恺飞香港了，时简要做的事情立马多了。时简坐在窗前伸了伸懒腰，窗明几净，外面阳光正好，她忽然有点儿想陪赵雯雯逛街了。人就是那么不知好啊，她陪赵雯雯逛街的时候想工作，工作多了又觉得还是陪赵雯雯逛街的好，不然现在这个时候，她可以陪赵雯雯喝下午茶了。

赵雯雯给她发了一条消息："时简，我下周二去滑雪哦，要一起吗？"

时简将手机放置一旁，连忙翻了翻易霈下周的行程表。下周二晚上六点，易霈要和赵雯雯吃饭。太棒了！她立马回赵雯雯："Vivi，下周二你不是要和易总吃晚饭吗？"

过了会儿，赵雯雯回她："呵呵，就两个人吃个饭，有什么意思？！"

有办法了！时简心思一动，打算撒一个小小的谎，她一个字一个字认真地回复赵雯雯："你真要去滑雪吗？太可惜了，下周二的晚饭，易总有精心安排哦。"

嘻嘻嘻嘻嘻。时简轻轻转了下椅子，她真是好聪明呀。下周二张恺在香港还没有回来，易霈和赵雯雯的晚饭自然由她来安排，具体怎么安排还不是由她来决定？她稍微弄个小惊喜很简单。比如，他们吃饭中间，拉个吹萨克斯的过来演奏一曲；或者找个会变魔术的，在赵雯雯面前替易霈变朵娇艳艳的玫瑰花出来。

总之事情两全其美了。不仅赵雯雯不去滑雪了，说不准易霈还会觉得她会办事。

很快，赵雯雯回她了："真的吗？"

"真的。"时简舒了一口气，继续回复，"易总特意吩咐我……哎呀，我怎么都跟你说了，Vivi拜托你一定要当作不知道啊，不然易总估计要开除我了。"

最后，时简还小小地心机了一下。她这样一说，赵雯雯果然不去滑雪了，"好的，那我不去滑雪了，周二继续陪未婚夫吃饭吧。"

宾果！时简打了一个漂亮的响指。她这样算不算救了赵雯雯一命？

救人一命胜造七级浮屠，善哉善哉。老天爷，保佑叶珈成快点儿爱上她吧，月老大人啊，也拜托拜托您不要再给叶珈成乱牵线了。

拜托拜托，谢谢谢谢谢谢……

咳咳，月老冤枉，表示自己没有乱牵线，乱牵线的人明明是叶珈成的死党高彦斐。

高彦斐为什么要瞎操心呢？一条单身狗还操心另一条单身狗，这不是闲得无聊吗？不过做人怎能没有一点儿小心思。他知道叶珈成和时简在一起过了，虽然还没有24个小时。其实，他对时简真有点儿意思，只不过如果他现在立马追时简，他和叶珈成基本也就友尽了；如果他安排了更好的给叶珈成，他再下手追时简，事情就体面了。既有情，又有义。

结果最近，叶珈成吃起了素，真吃素。

高彦斐陪叶珈成去了两次素斋馆。青菜拌豆腐、素三鲜、荷塘小炒、黄瓜卷……每道菜叶珈成都能品得津津有味。

叶珈成是什么类型的男人，一句话：挂着温润如玉的皮，干着茹毛饮血的事。

明明是一个凶狠的肉食系男人，居然真改口吃起了全素菜，并已经坚持了十几天。高彦斐真匪夷所思。叶珈成跟他解释了一句："多吃素，多积德。"

高彦斐不相信，嗤之以鼻。

叶珈成放下筷子，悠悠地靠着椅背，一副相当无奈的样子，开着玩笑话说："没办法，我妈千叮咛万嘱咐的，我只能照做了。前段时间她给我算了算，必须让我这段时间戒酒戒肉戒美色，好好修身养性，不然会……被小妖精缠上，深受其害，以后只会当断不断必受其乱。"

这段话，叶珈成纯属瞎扯，事实只是最近他荷尔蒙分泌旺盛导致口生溃疡，叶母就让他多吃水果和蔬菜，另外记得收收心，早点儿找个好女孩结婚成家。

那么麻烦，还不如直接修身养性一段时间，顺便磨磨心性。叶家本就有吃素的惯例，积德行善，他早习惯了。

作为一枚狐朋狗友，高彦斐听不下去了，他直接切入正题，拿出一张照片，保持神秘什么的先不说，直接放在桌上推给叶珈成，然后才挤眉弄眼，说得那个夸张："兄弟，我把全 A 城最漂亮的女人给你找出来了。"

A 城最漂亮的女人……叶珈成猛地咳嗽起来，被不小心滑下喉咙的小豆腐呛住了！他低头看了眼照片，没想到高彦斐几天不见，整个人都幽默起来了。

这叫 A 城第一美，那么时简都宇宙第一美了。

……

A 城第一美在哪里？

A 城第一美最近还挺有名气，是嘉仕铂一位女钢琴师。嘉仕铂又是什么？

嘉仕铂是 A 城最高档、最有格调，同样最文艺的一家夜店。嘉仕铂一共有三楼，和其他夜店不一样，嘉仕铂一楼是一个高档音乐厅，有钱人可以坐下来听听音乐聊聊项目，气氛很放松、很随意；聊得差不多了，上二楼，里面娱乐方式很多，包君满意；如果普通娱乐方式还不够，没关系，咱们上三楼！

时简下班找了一家面馆吃小面，吃得额头都渗出了细汗，浸得晶莹闪亮。耳郭莫名发烫，她越揉越痒，外面夜色正浓，她差不多一碗面快吃完的时候，易霈给她发了一个消息："我在嘉仕铂三楼，你过来一下。"

时简打了个嗝，从小面馆出来。路旁的灯火已经亮了起来，薄雾弥漫，氤氲在乳白色雾气里。

时简拍了拍手，拦了一辆的士，出发去嘉仕铂。

张恺出差，她事情就多了。原本只是张恺安排她做事，这几天易霈直接找她，导致她有一种从易霈的"二等侍卫"荣升成"一等侍卫"的既视感。

嘉仕铂，琉璃色的雕花窗户只开了小半扇，外面的冷风立马灌了进来。透了半会儿气，易霈又随手将窗户合上——"啪！"

倚靠在窗边，低着头，易霈了然无趣地转弄了两下手中的黑色手机。

今晚的局才开始一半，人已经乏味了。

里间，还在热闹。

意兴阑珊，他打算早点儿离开，原本要通知的人应该是司机，结果还将消息发给了时简。外面那么冷，他要她特意跑一趟，她心里估计要骂老板没有人情味了吧。上次他和她在易茂旗舰店遇上，他问她，上个月他们见了几次。她回答三次。答案对他来说应该是四次，他之后才想起，张恺有拿过她的照片给他。易茂新来的这批实习生里，他需要培养几位漂亮又干练的女员工，商场需要男人厮杀，也需要"颜色"调剂。不过那时候他没看中时简，她的长相太温婉了。宜家宜室。

时简回复过来："好的，易总，我人已经在路上了。"

忽然，又有点儿烦躁，他叫了她过来。

易霈微微合着眼，仿佛里面的热闹和他无关。嘉仕铂，这里每天都有男人将大把大把的钞票送给里面的女人。他小舅舅易钦东为了讨好一楼的一个叫何欣的钢琴女孩，最近也是每天过来送钱捧场，风雨无阻。似乎是一种天性，男人为女人花钱，更快乐。

……

嘉仕铂到了。

时简下车之前，不忘找开车的大叔要发票。出租车不能停在嘉仕铂正门口，只能停在路边附近。出租车司机有点儿不情愿给她发票，还望了望对面的嘉仕铂，笑得有点儿不尊重，大概揣测她是来这里上班的女孩，揣测就揣测吧，还嘴贱地直接问她："里面消费很高吧？你们都很赚钱吧？！"

妈的！时简暗骂一声，她先将发票拉扯到自己手里，飞快下车，然后关门前探进头来，开口说："消费高不高您去一趟不就知道了？"

大叔憋气："……"

时简快速地，又来一句："去不起啊，赶紧多赚几个钱养老婆。没钱别老瞎逼逼！"

现在有些老男人，就喜欢仗着嘴皮子欺负年轻女孩，不过她又不是年轻女孩！时简舒服了，用力关上车门，车子都震了震。她走向对面的嘉仕铂，算了算距离上次她特意守在嘉仕铂外面等易需，差不多过去两个月了。

嘉仕铂，现在大名鼎鼎，不过再过几年还是被新潮又规范的娱乐场所取缔，之后改名"似水年华"。至于里面消费如何，咳咳，易需比较清楚吧。

他似乎很喜欢这里。

时简进来，说找易总，易茂置业的易总。登记了名字，一楼帅气的侍者彬彬有礼地领着她上了三楼。

电梯门打开，温热的暖气迎面拂来，然后换了一个更帅的侍者过来，带着她穿过柔软别致的地毯，停在了一扇朱红色门前。

侍者推门进去，她等在外面，他要先到里面通知一下易霈。很快帅气的侍者走出来，告诉她可以进去了。

时简被叶珈成那张脸惯成了颜控，她朝帅哥侍者微笑点头，走进了这个销金窟。一时没有人注意她，而她注意地打量里面，很快看到了易霈。

没有看到想象的光怪陆离，反而里面亮晃晃得令她头晕。

易霈在打牌。

这个样子的易霈，她还是第一次见。可能易霈给人的气质太高洁了，导致她一直很难想象易霈出现在声色场所的样子，感觉易霈待在办公室，或者会议室，或者机场贵宾室等航班，然后忙着谈判签合同，会比较合适。

知道进来的应该是她，易霈抬起头，瞅了她一眼。前一秒他正和对桌谈笑，以至于他抬头看她的时候，笑容未散，似笑非笑地停在脸上，加上灯打的效果，这样的易霈看着也挺世家公子哥的。

她想到第一次见他，也是这个样子，长眉乌目，显得很年轻。不好意思，有时候她对易霈的印象还停在他以后的样子，一个饱满、宽厚、尊贵的成功男人。

易霈目光一收，没理她了，继续出牌。

唉，没礼貌。时简转转头，有礼貌的侍者对她说："易总打完这局就走了，要不你坐着等。"说完，还要帮她脱掉外套。

不行啊，她里面就是性感的打底衫了，时简赶紧拒绝了，"我还是出去等吧，麻烦你告诉下易总。"

侍者点头。

里面实在太热，时简摸了摸又发烫的耳朵。张恺不在，她要做的事情真多，易霈居然让她过来代驾。她给他开了一次车，没想到他还挺相信她的技术，都不介意她无证驾驶。

……

时简悠悠下楼了，嘉仕铂的确有点儿不一样，一楼没有那种俗气的金碧辉煌之色，反而设置了一个相当有格调的音乐厅，舒缓的钢琴曲流水般从里面流淌出来。

旁边站着一个西装笔挺的男人，手里捧着一束花，整装待发的样子。时简觉得眼熟，多看了一眼，原来是上次她在易茂男装旗舰店见到的易家男人，易钦东。

"怎么样，真人比照片好看吧，气质忒迷人了。"高彦斐陪叶珈成坐在嘉仕铂音乐厅的前排沙发上，口吻有点儿卖弄，特意夸大其词，"简直惊为天人啊。"

惊为天人？叶珈成笑了笑，靠着沙发懒散地交叠着双腿，他抬了抬下巴，没有怎么理会高彦斐的话。高彦斐那点儿小心思，他很清楚，只是不想说。不过，这个名叫何欣的女孩，真人的确比照片好看，气质干净，不过这是会弹钢琴女孩都有的优势。

"何欣虽然在这里弹钢琴，不过这个女孩真不错，出淤泥而不染。"高彦斐又说起了一件事，让他看向某个方向，接着说了起来，"易钦东追了她两个月呢，每天风雨无阻地送花，还花钱给她买人气，何欣照样不为所动。"

叶珈成侧侧头，果然看到了不远处坐着的易钦东。他认识易钦东，两人算是有过交集。易钦东之前插手易茂置业的时候找过他，要请他做事，口气很大。结果又舍不得他开出的价钱，磨磨蹭蹭实在令人不快。之后，他再次听到易钦东的消息，是他已经被他外甥易需赶出了易茂置业，很是丢脸。

没想到，居然在这里又碰到了易钦东。易钦东还一副格子衬衫打着领结的装扮，手里捧着大束玫瑰花，这个样子实在令人好笑。

叶珈成实在忍不住，弯起嘴角，轻笑起来。

不远处，有个男人在笑，笑容过于灿烂炫目，吸引眼球。美丽的钢琴师一曲完毕，四面八方都亮起的灯光晃得时简眼睛疼，她眨了眨眼睛，再次望望左前方。没有看错，刚刚这个笑得能引人侧目的男人，就是叶珈成那厮。

叶珈成站了起来，清澄又贵气的样子，直接走向了前方的三角钢琴旁，然后他俯下身，对着今晚的钢琴师说起了话，不知道说了什么。

不过，含笑的眸子几乎对上钢琴女孩的眉睫。

时简深吸一口气，太阳穴跳着，呼气都不畅快了。前面三角钢琴旁，贵气天成的叶珈成已经坐了下来，手指放在了黑白琴键上，弹了起来。

他的手法姿态熟练得堪比专业钢琴家。

叶珈成钢琴弹得好，时简一直知道的。聪明的叶先生兴趣广泛，似乎只要他想学，什么都能学得好。

一首《瓦妮莎的微笑》，叶珈成只弹了半曲，剩下的半曲，他邀请了何欣。

四手联弹。

何欣同意了，整理了一下裙角，坐在了他旁边。叶珈成心里摇头，这样的女孩真的很难追吗？只不过易钦东智商不行，情商也欠佳。剩下的半曲，他和何欣一起弹。

不过，何欣没有原先弹得好，失去了原先的行云流水，只是还能稳住。

哦，大概是紧张了。

有意地，他加快了节奏，她为了配合他，跟上他的音节，弹得越来越急切，终于一不小心，她的无名指轻轻打到了他的手背，"当"的一下，明显错了一个音。

　　钢琴师也就是这个水准啊……叶珈成失笑，他旁边的何欣越来越紧张了，他听到了她几乎快要紊乱的心跳声，跟着美妙的钢琴音符嗒嗒嗒，嗒嗒嗒……

　　有点儿意思！叶珈成回过头，望向易钦东那边，看看吧，女人是这样追的，而不是——

　　钢琴声慢慢停了下来，叶珈成看向前方不远处的时简。她穿着粉色羽绒服，搭配牛仔裤和小短靴，落肩的柔顺黑发微微向里。发型精致像女人，眉眼灵动如少女。

　　巧啊，小狐狸。

　　小狐狸耳朵红红的，眼睛也红红的，样子是直勾勾的、气呼呼的，朝他眨着秀气的长睫毛。

　　怎么又遇上了？

　　哦，她又来勾引他了。

　　坏他修行。

Chapter 8

献给爱丽丝

　　嘉仕铂的经理笑容光鲜地走上台，即兴开口说了起来："乐曲高妙，知音难觅。难得今晚大家都被我们何欣的琴声给打动了，兴致如此高雅，以琴会友。刚刚有个女孩告诉我，她也想挑战台上这位帅气的先生。来，我们掌声鼓励她。"

　　时简："……"呃，她没说要挑战啊，她只是想上台弹一曲而已。

　　掌声已经响起。

　　时简看向叶珈成，叶珈成也看到了她，他还是第一个鼓掌的，高高立在她视线上方，侧着头看她，嘴角噙着笑意，然后一下一下地朝着她鼓起了掌。

　　时简上台，呼呼气，不去在意叶珈成跟在她后面的那道视线，沉了沉心，坐在了钢琴前面。她很久没弹琴了，小时候在兴趣班学了几年，再次弹琴是怀了点点的时候。她最后还是劝说了叶珈成同意生点点，她想当妈妈了，他不能阻止她。后面一个月，她打算用钢琴进行胎教，叶珈成花了十几万购了一架三角钢琴，她也重学琴谱。

　　那是一个阳光很好的周末午后，她坐在窗前弹奏《献给爱丽丝》，叶珈成坐在她后面的沙发上听着。时不时地，他站起身，走过来打扰她一下。他从后面伸过手，像是玩游戏那样，带着她游走琴键，"这段，这样弹。"

　　"错了，琴谱明明是……"

"我们不看琴谱。"叶珈成对她说，"a 小调巴加泰勒是贝多芬那个老男人献给小女生爱丽丝的曲子，根本不能表达出我心中对……我家爱丽丝的爱意。"

她笑得开怀，还故意问叶珈成，那你心中的爱丽丝又是谁？叶珈成懒得回答她这种答案明显的问题，直接吻了吻她的脸颊，明知故问。

阳光清浅的下午，她弹着，叶珈成改着，两个人在一起的心情是那么愉快，黑白琴键在两双手的配合下连连跳动。低音、高音，双手交替，由慢变快，跳跃的音符像那天她和他连在一起的心跳。

最后，《献给爱丽丝》被叶珈成改得面目全非。他总是那么理所应当，理所应当地爱她，理所当然地出现在她生命里……

明晰的琴音持续推进，越来越高……时简弹得投入，直至结束最后一个音，她慢慢回过头，望向叶珈成。

这首改编的《献给爱丽丝》，是他送给她的，她今天也将它送给他。

叶珈成坐在下方，正对着她，照样气定神闲。她看得一动不动，他朝她轻眨了下眼睛，雅致又迷人。

时简站起来，走下台，然后走出了音乐厅。

叶珈成移了移头，望着某人快步离开的背影。她这是要他追出去吗？果然是小狐狸最爱玩的游戏。叶珈成悠悠地站了起来，身后是屁颠屁颠跟过来的高彦斐。哦，差点儿忘了还有一个朋友。他随手将车钥匙丢给高彦斐，"车借你，你自己回去。"

"你呢？"高彦斐问得那个用力，不甘心。

"走路。"叶珈成笑，和小狐狸一起。

妈蛋！高彦斐那个气急败坏，忍住，他继续勾上叶珈成的肩膀，"我刚刚约了何欣吃消夜，她同意了，等会儿一起吃烤肉怎么样？"

"烤肉？"外面风大，叶珈成高抬起下巴，给自己脖颈围上羊绒围巾。他手里整理着围巾，嘴里不忘反问高彦斐："你忘了我最近在吃素吗？"

高彦斐："……"

叶珈成拿起手机，打算拨个电话给时简，今晚他打算跟她好好聊聊音乐，聊聊人生，聊聊那首被她改得别出心裁的《献给爱丽丝》……顿了下，叶珈成还是放下了手机。

他最近真在吃素呢。

修行大半个月，效果甚微啊。

每次她撩他一下，他就跟出来，有意思吗？

叶珈成重新从高彦斐这里拿回车钥匙。高彦斐乐了，像是猜中了他的心思，笑嘻嘻道："决定了，还是去吃烤肉？"

"不，回家。"叶珈成回绝高彦斐，他都没有被小狐狸勾走，还能被一顿烤肉勾走啊？轻轻叹了一口气，叶珈成将围巾牢牢地扎了一个结，走了出去。

嘉士铂的停车区在后门，时简绕了半圈来到这里。易霈没有给她打电话，她也不知道易霈好了没。一路过来，摇了摇头换换脑子，不停地告诉自己：时简，你要的是叶珈成一辈子，不是一时，是一辈子！

所以，不容易到手也是好的。他说对她不了解，她就想办法让他好好了解她！缠得太紧，适得其反。重整旗鼓，时简抬起头，前方寒风里，看到易霈倚靠在车旁，已经在等她了。

真是抱歉，她走到易霈面前，"不好意思，刚刚……"

"你弹得很好。"易霈打断她的话，用赞扬的口吻夸了她一句，表示他已经知道了，不用继续解释。

时简不再说话。所以，她在音乐厅弹琴的时候，易霈也看到了？她有点儿羞涩，莫名其妙上台弹起琴来真不是正常人能做出来的事，弹的还是一首表达情谊的钢琴曲，除非，易霈相信她在当众表白。

易霈坐进了副驾驶，她也准备上车了，眼睛突然被一道刺眼的远光灯晃了两下。谁那么缺心眼，故意晃她眼！还没来得及看清，白色车子已经开出去了，车技那个惊人。

叶珈成！

刚刚叶珈成的车就停在对面？他坐在里面，看到她和易霈在一起，然后用远光灯晃她眼？晃什么晃，到处散发荷尔蒙的男人，有什么资格晃她！

莫名地，心里头又有点儿波动，叶珈成有点儿在意她了？

时简收了收神色，弯腰进了驾驶座。不知道为什么，大概是叶珈成误会了她和易霈有什么，她对易霈有点儿不好意思了。车里，易霈长手长脚地坐在副驾驶，似乎并没有注意到刚刚打来的远光灯，不过就算注意到也不会在意什么。

她将易霈的奔驰车熟练地倒了出来。一直靠着休息的易霈忽然开口，问起她："时简，你还有多少我不知道的本事？"

易霈这话夸得比刚刚那句有心。时简反而谦虚了，提醒了易霈一句："易总，其实我还没有考出……驾照。"

"嗯。"易霈轻轻应了一声，这事他不需要她提醒。握着的手机屏幕亮了下，看了一眼，是赵雯雯发来的消息。没有什么回复的兴致，易霈继续问出前两天他在办公室就想问的事："怎么学出来的？"

他接触的女人里，就算年龄比她大的，比如他的小姑姑，车技都没有她一半熟练。

呃？时简眨眨眼睛，一边流畅地踩着油门加速，一边用半真半假的口吻说："我喜欢玩碰碰车，然后就……会了。"

"嗯嗯……咳！"易霈像是一愣，然后咳嗽了两声，接着闷闷地，笑了两下，扔给她两个字："厉害。"

这两个字，易霈说得爽快，卸掉了老总的架子，声音透着愉快。

时简也笑了两下。不好意思，原谅她的厚颜无耻吧。她车技是不错，毕竟她有六年驾龄，她和叶珈成结婚之后，两人没有孩子，都喜欢自驾游，短途的、长途的。

……

时简回到宿舍，宿舍只有她一个人，对着镜子洗好脸，镜面被热气蒸得有些模糊。心里想着一件事，易霈为什么要找她代驾？时简的心理年龄三十岁了，心思自然不可能像少女时候，容易多想。可能也是受到叶珈成那份性情的影响吧，她也变得不怎么在乎别人的想法。

别说易霈不可能对她有意思，就算真有意思，一个成熟男人对"年轻又貌美，聪明又机灵"的女孩产生一点儿好感也正常。这样的感情，可以称之为欣赏。

易霈都在欣赏你哦！时简对着镜子自恋地挑了下眉头，得意吧，少女！

不过，叶珈成会不会误会她呢？时简出来，倚靠着上下铺，输入短信，打算解释一下晚上停车场的事，想了想，她又将写好的短信删除了。

没有必要。

别说现在她和叶珈成没有关系，她和他还是夫妻关系的时候，都不需要解释。以前公司里有青年才俊对她表示好感，叶珈成不仅不会紧张，还会赞赏那个男人："不错，他眼光可以。"自然，叶珈成也不会相信她会喜欢其他男人，用他自己的话来说："怎么可能，时简又不眼瞎。"

果然，她没有解释是对的。拿起手机，屏幕正巧亮了起来，像是有感应似的，进来一条短信，来自叶珈成。

"《献给爱丽丝》吗？改得不错。"他对她说。

时简笑，他还是听出了是《献给爱丽丝》。当然，本来编曲的人也是他自己。不过，时简想到音乐厅四手联弹的画面，心里还是酸了一下。

"没有你弹得好，"她回复，然后加了一句，"钢琴师更漂亮。"

叶珈成回了她："嗯，是长得挺漂亮，听说是 A 城第一美。"

A 城第一美！原来他今天去捧场 A 城第一美了。时简拍了拍起伏的胸口，假装不在意地回了一个字："哦。"

几乎同一时间里，叶珈成发来一条："不过，没你美。"

发完短信，叶珈成立在厨房，取过刚榨好的一杯蔬菜汁，颜色浓绿，非常健康。他当红酒抿了一口，手机里回复小狐狸的这句"没你美"，他说得真心诚意。

只不过，他真打算修身养性一段时间。

就算，早晚还是要破戒。

易茂置业茶水间小道消息：今年易茂年会和易老先生的寿宴一起办。

一起办？那么场面一定会很大。

作为易茂的员工，大家多少能猜到一起办的原因。易家现在这个情况，以后肯定会有大动乱，时间早晚的问题。只不过家大业大，关系又那么复杂，牵一发而动全身。

易老先生作风强硬了一辈子，现如今年事已高，易家真要内斗夺权，这位老人也是无能为力的。何况这场内斗根本避免不了。可能易老先生心里也清楚吧，所以特意隆重举办今年的寿宴，最后营造一个大家庭"家和万事兴"的兴旺风光场面。

易家上半年公开的财务报表里，经济结构已经有了很大的改变。易茂服饰实现的净利润相比前两年大幅缩水了。现在易茂整体营业利润里，70% 依赖易茂置业的房产和股票收益。时简想起上次易老先生在易茂男装旗舰店说的话：你们一个个搞房产的搞房产，玩股票的玩股票，都忘了易茂做什么起家的吗？

易家人都忘了吗？应该不是。只是鸡都会争鸣啄米粒，更别说是身处利益中心的易家人。

作为易茂置业的员工，大家比较关心的，还是易需目前在易家的处境。易需本来不姓易，然而易茂又是易需嫡亲外婆和易老先生两人创办的品牌，所以易需的身份关系和他接下来的举动，成了众人关注和议论的重点。

上周，易需和赵雯雯约会的八卦新闻出来了，有图有真相，配图是一张大大的两人牵手画面，占了大半个版面。图片里赵雯雯挽着易需的手从高级餐厅走出来，报道标题写得也像港式的那种周刊小报："寒风冷夜，易家易需约会华亿赵家千金 Vivi，两人关系亲昵，易赵两家有望喜结连理！"

易需和赵雯雯交往的这个消息，早不出来晚不出来，偏偏这个时候放出来，里面的原因和影响根本不用明说了。所以，今年的年会，除了是易老先生的寿宴，应该也会是易需和赵雯雯第一次公开亮相，正式向媒体公布两人关系。

想想，真有点儿激动。

时简托着下巴听 Emliy 说话，心里头自我满足地想着，她阻止赵雯雯出国滑雪，相当于是救了赵雯雯一命，无形中还帮了易需一个大忙。有了赵家的支持，对易需来说，无疑是如虎添翼。易需现在要对抗的，基本是整个易家，郭太太可是给易老先生生了三个儿子啊，哦，还有一个女儿。

今天就是周二了，晚上赵雯雯和易需要约会。赵雯雯已经给她发了消息过来："我去做头发了。"

赵雯雯那么期待她的惊喜安排，时简表示压力略大。

总经理办公室里，Emliy 拿着上周这份小报，不敢讨论太多易需和赵雯雯之间的关系，不过打趣打趣张恺还是没问题的，何况张恺人还不在总经理办公室。

　　小报记者拍的照片里，除了有赵雯雯和易霈两个人手挽手，跟在他们后面的张恺也被拍了进来。Emliy 指着报上张恺那招人打的笑脸，问出一个肯定句："好像易总每次约会赵雯雯，都会带上张恺。"

　　时简抬抬眼皮，瞄了瞄易霈办公室的方向，不敢确定地小声回答Emliy："好像是。"

　　"哦哦。"Emliy 连连点头，脸上懋出某种神情，像是被某个好玩又难以启齿的问题困扰住，顿了顿，同样望了望易霈办公室的方向，悄悄跟她一起讨论起来："你说易总和雯雯他们要……比如亲吻的时候，张恺也在场吗？张恺基本是怎么安排自己的，他又不能隐形？"

　　哈哈！这个猜想简直是丧心病狂！时简伏桌笑了起来。想到今晚安排易霈和赵雯雯约会的人是自己，忍不住咳嗽一下，"这个问题，我们等张恺回来，问问他。"

　　"啊呀……"Emliy 摇手，"我可不敢哦。"

　　时简撇头，谁信呢。

　　就在这时，内线电话响起，易霈打来的。时简有些心虚，赶紧拢了拢嘴角的笑意，不慌不忙地接听起易霈打来的内线电话，"易总，我是时简。"

　　时简来到易霈办公室，易霈对她说："等会儿帮我提前约何以的杨经理，今晚我和他吃饭谈事。"

　　什么？！那……今晚他和赵雯雯的约会呢？她把惊喜都安排好了！

　　易霈抬头，见时简迟疑的模样，稍稍蹙了下眉头。

　　时简真为难了，提醒说："易总，今晚你要和 Vivi 约会呢，用餐地点已经安排在庄园。"

　　时简倒不是非要给易霈和赵雯雯安排约会，她只是担心如果今晚易霈不赴约，赵雯雯伤心了，明天照样飞出国滑雪。她是女人，了解女人。

"哦。"易霈点点头，也不像忘记了今晚要约会的事情。他身子往后靠了靠，一时没有说话，清瘦的面庞瞧不出什么情绪。

"易总，何以的杨经理我安排明天吧。"时简轻声开口，感觉自己也是操碎了心，她试着改变易霈的决定，"Vivi很期待今晚的约会呢，刚刚她给我发了消息，现在人已经在弄头发了……"

易霈没有说话，不知道去还是不去。现在下午四点了，外面的夕阳从易霈的左边斜射进来，正好不偏不倚地打在易霈左手拿着的一支笔上，质感的笔头反射了外面的余晖，在桌面留下一道浅浅的光影。

浅浅的光影晃了晃，易霈像是想起似的笑了下，开口说："哦，今天是要和Vivi吃饭，我差点儿忘了。"

时简放心了，点头。

易霈低头，翻开文件，继续工作。

时简嘘了一口气，正要离开，易霈又说话了，声音跟着他翻动的纸张，一块飘了过来，不轻不重，"时简，你现在和Vivi的关系很好吗？"

呃，时简转过身，微笑着回答："托易总的福，我才能交到Vivi这样热情又可爱的朋友。"

"呵。"易霈没有抬头，哂笑一声，"你出去吧，等会儿你直接去接Vivi。"

"好的。"

赵雯雯的新发型是现在最流行的名媛头，波浪卷搭配刘海头，耳边别着精致闪耀的长发夹。当然这个发型以现在人的眼光来看，有点儿过时了。

时简来到赵雯雯最爱光顾的一家形象工作室，赵雯雯在整理衣服，对着镜子拉了拉里面的胸衣，然后转过头说："时简，这套粉色的好看吗？"

时简瞅瞅，认可地点头，"好看，适合约会。"

"其实我更喜欢黑色，sexy 的。"Vivi 挤了挤胸口，口吻无奈，"不过易霈喜欢粉色呢，男人啊！"

咳咳，这句话，赵雯雯说得情趣满满，还透着令人遐想的画面感。时简抿了抿唇，忍住内心的欢乐。易霈喜欢粉色？她怎么觉得易霈不喜欢粉色。上次她穿了件粉色羽绒服，易霈非常不客气地告诉她："时简，你现在工作了，可以穿得稍微成熟点儿。"

可能，男人对女友，对女下属的要求不一样。

时简送赵雯雯到庄园。一个做江南菜的高档饭店，庄园装修风格从内到外都是浓烈纯正的民国范儿，像是民国时期的公馆样子，中西合璧，扇形的青色玻璃窗，红顶黄墙，色彩明艳，精致且奢华。时简不知道赵雯雯和易霈吃饭的时候，张恺怎么安排自己的，为此她特意问了问张恺，张恺在千里之外给她回复了信息："当然一起吃了，尽量扯些话题。不然易总和赵雯雯没有互动。"

时简："……"原来易霈每次带上张恺的作用是不冷场啊。难道易霈不会谈恋爱吗？

没想到，赵雯雯也习惯了三个人吃饭。庄园二楼靠窗的位子，易霈坐在最外面，赵雯雯自然坐在易霈的对面，所以时简坐在了最里面。

时简低着头，拿出手机，联系起之前找好的那个会吹萨克斯的在校大学生，告诉他可以过来了，然后帅气地出场，演奏浪漫的小夜曲。

大学生爽快地回复她："Okay, no problem！"

时简放心地收起手机，如果现在有朋友圈，她肯定会发一条：跟着老板来吃饭，跟着老板来约会。

饭桌前，赵雯雯和易霈面对面坐着。真像张恺说的，两人没有什么互动。时简余光瞟两眼，感觉易霈和赵雯雯还是见面的时候最像情侣，好歹抱了抱。张恺说每次易总和 Vivi 吃饭，最累的是他，真不假。

张恺啊，快教教她，如何做好老板的电灯泡工作。

"阿霈，我今天漂亮吗？"赵雯雯问易霈，大概知道今晚有惊喜安排，赵雯雯说话时的眼神、语气，包括撩头发的动作，都透着一份浓情蜜意。

"很漂亮。"易霈回答，扯唇。

咳，还是有互动的，时简将脑袋低垂。

"嗨，简简。"赵雯雯突然朝向她，眨着调皮的眼睛问她，"上次我们一起买的礼物，你送出去了吗？"

唔，没想到赵雯雯还惦记着她这个事情。时简摇摇头，"还没……"

"哦。"赵雯雯想起什么似的说，"不好意思，我忘了上次你对我说的。"

时简："……"

"不过我觉得礼物既然买了，也可以试着送送。"赵雯雯像是情感专家似的建议她，还问了问易霈："阿霈，你说是不是？"

"嗯？"易霈伸手碰了下刀叉，发出一道清脆的"当"声，显然，他不想聊这个话题，开口说，"Vivi，每个人都有自己处理感情的方式。"

"哦，我只是关心一下。"赵雯雯点了两下头，吐吐舌头，又看向旁边的她，"时简，你不会介意吧。"

当然介意了！你们两人自己没话题，干吗扯上她！时简内心吐槽，但还是摇摇头，"我怎么会介意你的关心呢——"

"阿霈，时简不介意呢。"赵雯雯瘪瘪嘴，继续说，"我觉得送一下还是没错的。毕竟只是一份礼物而已，是不是？"

易霈没回答，波澜不惊，没有什么兴致的样子。

赵雯雯得不到回应，又问一句："阿霈，如果你是那个男人，你会要吗？"

时简："……"

时简默默转过头，当作透明人。好像女孩们都很喜欢玩明知故问这招，赵雯雯这样问，易霈的回答肯定是不要啊，然后赵雯雯接着反问一下，为什么呀！接着易霈回……

男女调情，旁人觉得肉麻，当事人心里甜蜜。

对于赵雯雯的设问，易霈扯起一个相当轻松的笑容，比起刚刚索然的模样，整张脸都生动起来，他回答赵雯雯，语气轻飘飘。"会啊……"易霈说，随意得，像是故意逗赵雯雯一样。

时简继续："……"谁说易霈不会调情的！

"阿霈，你好讨厌！"赵雯雯看向易霈的眼神，更动情了。

不知不觉，晚饭进行一半了。惊喜还没有出现，赵雯雯有点儿坐不住了。时简频频拿起手机，内心同样很煎熬。

终于，萨克斯男给她来电了。

赵雯雯似乎有所察觉，看向她：惊喜来了吗？

时简朝她挑了下眉头，然后朝易霈示意一下，她能不能暂时离开一下。

易霈点头，同意。

时简那个激动，她还是第一次帮别人这样搞浪漫，一颗心跳个不停，就像是胸口揣着一只活蹦乱跳的小鸟，生怕它飞出去。

"你好……"时简找了一个角落，接听电话。这个男大学生是她在B大音乐系论坛找的，吹得一手很好的萨克斯，关键长得还帅。毕竟是惊喜，找个太挫的容易显得没诚意。

"不好意思。"这是男大学生开头的第一句话。

时简突然有了不好的预感，果然——

她沉默地听完男大学生的解释：他有事来不了了，理由是他女朋友莫名其妙要分手，实在赶不过来。

来不了？！这个时候告诉她来不了，这不是逗她嘛！她答应赵雯雯的 surprise 怎么办……

时简崩溃了，控制不住情绪，"那你赶紧分啊，赶紧分，分好了就赶过来，还……来得及！"

"……"

"分你妹！"男大学生直接挂上了电话。

现在最不靠谱的，就是大学生了！

"惊喜"已经箭在弦上，她要怎么发出去？时简不敢看坐在远处靠窗位子的赵雯雯和易霈，真想不管不顾……直接走人了。

几年职场经验告诉她，任何安排好的事情都有出状况的可能。A 计划不行，临时也要变出 B 计划。可是 Plan B，她什么准备都没有。

时简下楼找了庄园饭店里一位面善的服务生，询问店里有没有什么可爱的小东西，她要变魔术！服务生是一个苹果脸的可爱男生，没看到她十万火急的样子，幽默了一下："你看我可以吗？"

可爱的小东西……确定吗？时简憋着不说话。

男服务生见她真没有开玩笑的意向，只好尴尬地笑了笑，赶紧补了一句："不是有那种大变活人吗？"

大变活人……如果她真能大变活人，她就直接将自己变走了。时简环顾四周，寻找道具。她会一个小魔术，以前跟叶珈成学来的。小魔术很简单，手帕转啊转啊，然后变出一朵玫瑰花来。现在没有花，可爱的小玩意儿也是可以的，效果比玫瑰花更好。

只是，她去哪儿找可爱的小玩意儿。

男服务生带时简来到后面的厨房，庄园是很大的饭店，大厨房后面还有一个院子。男服务生指着院子角落的一个笼子，问："你看它们可以吗？"

时简眼睛亮了，忍不住惊叹出声："好可爱的……小鸟。"

这是……鸡啦。男服务生蹲下身，帮忙取出来一只火红颜色的小野鸡。他们庄园提供野味大餐，这批小野鸡是前阵子刚孵化出来的，火红色的羽毛，尖尖的嘴巴，样子的确有点儿像小鸟。

太好了，时简接过这只红色的"小鸟"，"小鸟"圆圆的小脑袋朝她转了转，小模样很神气。棘手问题解决了，时简开心不已，记得有一首歌怎么唱的："树上停着一只一只什么鸟，呼呼呼，让我觉得心在跳，我看不见她但却听得到，呼呼呼，这只爱情鸟……"

等会儿，她就将这只"爱情鸟"变出来。这只"小鸟"不仅长得可爱神气，关键是喻义好，代表赵雯雯和易霈两人的爱情红红火火，展翅高飞！

迈着轻快的脚步上楼，随手，时简还拿了一块红色的正方形餐巾手帕，她转了两圈，藏好这只"爱情鸟"。刚刚走出来的时候，她一颗心扑腾扑腾的，像是飞进了一只鸟，没想到回来，她真揣来一只活蹦乱跳的"小鸟"。

时简回来了。

赵雯雯故作不明白，看了眼易霈，然后望向她。易霈还是正正经经模样，不过，也侧目看向她。

今晚的惊喜安排，时简担心易霈会认为她自作主张，所以想了办法提前跟易霈打过招呼。她说得比较婉约，先是建议易霈约会 Vivi 的时候可以准备一些惊喜，女孩子都很吃这套。易霈的反问正中她心意，他问她："有什么惊喜可以准备的？"她连忙接话："易总，这事你交给我吧，保准让 Vivi 开心。"

……

时简笑吟吟，代表易霈对赵雯雯说："Vivi，易总有个小礼物送给你，我将它变出来给你。"

"谢谢。"赵雯雯弯弯唇角，对易霈说，"阿霈，我很期待。"

"嗯。"易霈单手搁在桌面，点了下头。

好了，魔术开始了！时简拿出了手帕，向赵雯雯展示，干干净净两面，没有任何东西。

这个魔术，是她从叶珈成那里学来的。

叶珈成第一次在她面前变这个魔术，还是他在追她时。中午休息时间，他光明正大来公司约她出去吃饭。那时候，她真不想跟这位老板的好友扯上什么关系，不理会，继续对着电脑写报告。叶珈成在她这里碰了钉子，也不恼火，像是不知道走还是不走，人继续懒懒地靠在她办公桌前，时不时转过头看她一眼。

她回视他，继续做事。还不走？

忽然，她办公桌附近围绕了一拨人，她抬头，叶珈成玩起了小魔术。当时场面真够壮观的，全办公室的人都给他捧场……大概实在没东西可以变，叶珈成变了一张一百块出来，然后拍在她面前，"定金。"

一百块定金，不要喜欢上别人，在你喜欢上我之前。

之后，她和他在一起，她求了他好久，又亲又抱的那种求，叶珈成终于将这个小魔术教给她。她没有他那么聪明，学了好久才学会。叶珈成每次都说她笨，等她真学会了，又来一句："我家宝贝还是挺聪明的。"

……

"呼啦"一声，手帕掀开，"小鸟"变出来了，全身通红的"小鸟"可爱地立在她的左手掌心上，探头探脑。"啊，卡哇伊！"赵雯雯小心翼翼地接过这只"小鸟"，眉开眼笑地问易霈，"阿霈，这是什么鸟？"

时简连忙回答："爱情鸟。"

易霈："……"沉默地，伸手拉了下领带。

"这是我们的爱情鸟吗？我好喜欢。"赵雯雯满面欢喜，站起来，直接倾过身，吻向易霈的左脸，"I love you."

易霈扯动了下唇角，算是回应了。

时简转转头，事情算是圆满解决了。赵雯雯感动于她制造出来的惊喜，她感动于内心满足的成就感。她突然想，虽然她和叶珈成还没有在一起，但也会有一个圆满的结果，是不是？

赵雯雯去了洗手间，易霈突然开口："时简，你先回去吧。"

时简反应了下，然后轻轻点了下头。她察觉出易霈的心情并不是很好，她知道今天她的行为方式的确槽点满满，不过她也想不出更好的办法阻止赵雯雯去滑雪。

"等会儿我要送雯雯回去。"易霈继续说，窗外已经是漆黑一片，易霈声音温和得连自己都意外。事实上，他现在的情绪槽糕到了一定程度，他不想让她看到，看到自己和赵雯雯待在一起。

"好的，易总。"时简站起来，礼貌地告别，"易总，再见。"

易霈："嗯，明天见。"

时简离开。忍不住，易霈的视线又飘向某处，那纹丝未动的餐盘还放在那里。今晚，她一口都没有吃吗？不奇怪，费尽心思整了这么多，哪还有时间吃东西。

好饿……

时简摸了下肚子，双手放在口袋里，夜风呼呼地吹向她的脖子，冷得她缩起了脖子，然后漫无目的地继续往前走。没有钱，她也不知道去哪儿。有点儿后悔，上次易霂给的钱不应该那么快还给他的。口袋里摸不出多少钱来，时简立在公交车站，旁边路灯灯柱的影子淡淡躺在她脚前，仿佛陪着她。

易霂亲自开车送赵雯雯回去。两人出来的时候，远远地，车子还路过走在人行道的时简。不过时简双手插兜走着，没看到他们的车；易霂没有停下来，反而将车开得飞快；赵雯雯，自然也假装看不到。今天晚餐，易霂安排的惊喜，如果是其他男人，她赵雯雯肯定不屑一顾，但换成易霂，她还是挺惊喜的……只不过相比惊喜那种小玩意儿，她更想要易霂这个人。

一路过来，赵雯雯看易霂看了不下十次。他是她未婚夫，她和他的身体接触还只是拥抱和握手，这样不痛不痒的交往，让赵雯雯感觉心里有把小刷子在不停地撩拨着她。

只有两个人的车里，赵雯雯找了一个理由让易霂将车停在半山公路。有一招她百试不爽：男人永远喜欢主动的女人。为了讨好易霂，赵雯雯扮演了好几个月的乖乖女，结果易霂都无动于衷。为了今晚的惊喜，她没有去滑雪，不然现在的她也不会这样心痒难耐。

"阿霂，我眼睛好像进东西了，你能帮我吹吹吗？"赵雯雯进了驾驶座，顺势坐在易霂的腿上，她和他靠得很近，几乎是贴着。

吹眼睛只是一个理由，赵雯雯不相信易霂不懂。

易霂懂了她的心思，所以他没有像那些傻乎乎的男人一样，真帮她吹眼睛。只不过，易霂还是坐着，没有反应，人还往后靠了靠。

"阿霂。"赵雯雯双腿分开，坐进易霂怀里。她喜欢这个动作，像不懂事的小女孩坐进男人怀里，一双眼睛可以故作茫然无知，至于具体什么感受各自都清楚，那种撩拨的滋味是清晰又强烈的。果然，易霂一只手来到她的腰上，握住了她的腰。

易霈掌心贴着她，赵雯雯整个人几乎都软了下来，她赶紧动了动，同时趴在易霈耳边说起话："阿霈，我们已经在交往了……"

易霈没有其他动作，望着赵雯雯。

是的，她现在是他交往的女友，以后她还会成为他的妻子。妻子，多么令人心驰神往的一个名词，他也曾经想过，以后哪个女人会成为他的妻子。

然后，就没有然后了。

易霈原本微合的眼眸轻轻抬了起来，平静地看着赵雯雯，连放在她腰上的手都拿开了，"Vivi，你起来吧，我今天没兴趣。"

赵雯雯："……"

"对你们女人……不，女孩来说，男人的最大用处是什么？"高彦斐贱贱地问起对桌的几位女生，其中一个还是宋晓京。

叶珈成坐在夜宵摊前的白色塑料椅子上，玩着手头新买的旋转手机，手机旋转时发出一道轻微的"咔嚓"声，产生的快感令他无以复加。他面前，还放着一杯倒满的啤酒。

高彦斐受不了，"叶少，至于吗？你真要过苦行僧的日子了？花花世界，你都不要了？"高彦斐夸张的话，立马逗得一桌子女生轻笑连连。

宋晓京望向叶珈成，"珈成，我们难得聚一次，你这点儿面子都不给我吗？"

"不好意思，不是面子的问题。"叶珈成解释了一句。他三戒有一段时间了，只想试试自己能坚持多久。像是试探人性底线，不知道自己的底线到底在哪里。

只不过今晚这样的聚会，打发时间都觉得无聊。叶珈成玩着手机里的小游戏，直至进来一条消息，小狐狸发来的。

"叶珈成，你能借我点儿钱吗？"

　　"呵……"叶珈成支着脑袋，笑了起来。

　　"什么事，那么开心？"高彦斐凑过来，问。

　　叶珈成："没什么，有人找我借钱而已。"

　　高彦斐："……"

Chapter 9

算是交往了吗

"叶珈成，你能借我点儿钱吗？"

时简低着头，打字的手指停留在手机的小键盘上。发出这条短信，时简的心情立马陷入忽上忽下的悸动。原本，她还冷得牙齿打架，现在，为了等叶珈成的回复，她的手心都冒汗了。

攥了攥手机，不知道叶珈成会如何回复她。想想也是心酸又无奈，以前叶珈成的副卡在她这里，随便花。他结婚之前是个败家性子，结婚之后败家任务就交给她了。没想到现在，她跟他借几百，他都要琢磨半天。

不过，他和她还有很长的以后呢！时简信心满满地站了起来，口袋里的手机振了一下，叶珈成回复了她，只有两个字："多少？"

嘴角蓦地一弯，她输入："500可以吗？"犹豫一下，她又改成："300可以吗？"

消息还没有发出，叶珈成直接来电了。她按了接听键，熟悉的声音响在耳畔，叶珈成问她："……那个，你要多少？"

叶珈成周围是一片敲碗击筷的喧闹声。时简有些别扭，突然开不了口。叶珈成像是明白她的纠结，问："你人在哪儿？"这句话，贴心得仿佛昨日重现。

时简低声告诉了叶珈成她的具体地址：A市中阳路附近6路的公交站。

听筒里，传来叶珈成站起身子，椅子往后拉的响声。他走了两步，继续对她说："你在那里等下我。我距离你那边挺近的……我们见面说。"

"嗯，见面说。"借钱这事，的确见面比较好说。

挂了电话，时简仰仰头，没有雾霾的城市冬天，灯火辉煌，美得像童话世界。

其实，叶珈成最近真没什么现钱，虽然没有到捉襟见肘的地步，却也没了原先"叶少"的阔气。君威苑的房子，前几天他作为甲方建筑师优惠内购了三套，这个钱还是预支了部分工程款。离开夜市摊，叶珈成还是将今晚的饭钱主动结了。

时简第一次向他借钱，他也不知道她要多少，电话里一副支支吾吾、难以启齿的样子。叶珈成坐在车里拨了一个电话，电话很快接通，他用青林话开口："……天叔，我是珈成，你那边方便吗……给我转 20 万周转一下……不不，没什么事，放心……你不用跟我父亲说……对，就现在，我把账号发你。"

叶珈成挂了电话，第一次当冤大头，当出了非同一般的滋味。轻哼一声，嘴角勾起一抹笑意，叶珈成右手搭在方向盘上敲了敲：小狐狸的胃口有多大，20 万够塞了吗？

时简心情很好，踮了踮脚，等在街头翘首以盼。叶珈成要过来找她了，这样的寒风冷雨里，身子哆哆嗦嗦，心里扑腾扑腾，胸口变得暖烘烘的。对面的音像店放着歌："岁月如风在耳边，呼啸而过你的昨天……我要陪你到终点。"

心里头暖和，耳朵还是冻坏了，时简伸出手，捂了捂耳朵。前两天她耳朵一直痒，有长冻疮的苗头。

身后，停着一辆白色车子，驾驶座的男人按了下喇叭。

时简没听到。

男人又按了一下，然后下车。他走到了她后面，伸出手，拿开了时简捂住耳朵的两只手。男人力气大，时简几乎转了个身，还被他带到了怀里来。

撞了个满怀。

时简抬起眼睛，看着眼前的叶珈成，高领大衣，短发被风吹得微微凌乱。"刚刚有人放炮吗？"叶珈成问，手又放回了大衣口袋。

"不是，耳朵冷。"时简回答，开心得眉眼弯弯，"长冻疮了。"

"哦。"叶珈成视线落在眼前人的耳朵上，果然和上次他见到的一样，红红的。然后，他一本正经地建议说："捂着没用，你要多搓搓，热了就好了。"

叶珈成记得小时候自己也长过冻疮，家里人就搓他耳朵，记忆犹新。他又从口袋里拿出手，再次放在时简的耳后，像是搓玉米那般，不客气地揉搓起来，边搓边说话："就这样，用点儿力，搓到热……"

时简的脑袋夹在了他的两只大手之间。

慢慢地，叶珈成停了下来。他的双手还留在时简的耳边，贴他掌心的两处软骨，柔软的、温热的，像是两只小蝴蝶。这样的触感，不是用来揉搓的，是用来呵护的。

他刚刚太用力了，时简疼得眼泪都出来了。叶珈成收回手，"就这样……暖和了吧。"

暖和个大头鬼！疼死她了。时简侧了侧头，不过她一点儿也不气他，反而内心充满着爱意。

"对了，你要多少？"叶珈成开口问。

哦哦，对啊，她和他今晚见面的原因是她向他借钱。时简望着叶珈成，和未来老公借钱是一种什么感觉——必须假客气！

"我最近没什么生活费，实习工资也很少，晚饭还没有吃……"时简扯了一大堆，终于抬起眼睛，说出数额，"你先借我500，可以吗？"

叶珈成："……"别过眼，不想说话。原来他跑一趟，她只借500块！逗他吗？

叶珈成这样的反应，时简的一颗玻璃心都碎了……最亲密的爱人，500块都不借给她。郁结，忍不住，小脾气上来了。像是以前她对他赌气的样子，她伤心又难过地瞪了他一眼，难堪地歪过脑袋，愤愤地说了一句："没有就算了。"

叶珈成站在时简身后，看着小狐狸跳脚的样子。他准备了20万，她只借500块，还觉得他不肯借。这滋味，也是挺难以形容的，然后全化成了一声轻哂："呵……"

知道自己被戏弄了，时简尴尬，僵持的气氛不知道怎么打破。叶珈成了然地弯起唇角，问她："……晚饭还没吃？饿了吧？"

"嗯。"她对着叶珈成点头，确实，她今晚什么都没有吃。其实……每次见到叶珈成，她都想不管不顾地抱住他，可最终还是忍住了，慢慢来吧。

"想吃什么？"叶珈成又问她，顿了顿，加一句，"我请你。"

"好啊。"时简转转眼珠，开口，"我要吃烤肉。"

"烤肉啊……"叶珈成拖着音，似乎有点儿为难。半晌，他低头瞥向她，叹口气，扯起一个无奈又无害的笑容，"算了，今天为你破戒了！"

叶珈成带时简来到一家出名的炭火烤肉店。现在这个时间点，店里几乎没什么客人了，两个人找了靠窗的位子。炭烤炉子，他一片片翻着肉，滋滋声响，熟了他就放到她的餐盘里。

小狐狸爱吃肉啊。

一块金黄的鸡翅，叶珈成又夹到了时简的餐盘里。时简有点儿吃不下了，而且她不是很喜欢吃鸡肉，为了让叶珈成多了解她一点儿，她直接对他说："我不爱吃鸡肉。"

"哦。"叶珈成夹回自己碗里。原来是一只不爱吃鸡的小狐狸啊……

时简吸着可乐，桌上的手机响起，易霈打来的。她先吞下嘴里的可乐，拿起手机接听起来，"你好，易总……"

叶珈成慢慢放下筷子，也不再继续烧烤，很有姿态地靠着椅背休息，等时简打好电话。

时简没有离开座位，直接接听易霈的来电。易霈问她在哪儿。她撒了个谎："我已经回宿舍了。"她今天跟着易霈约会吃饭，如果告诉易霈她现在在吃饭，像是故意打易霈的脸。

果然，她这样回答，易霈也不再说什么，如果不是烧烤店的老板突然热情地走过来，并大声地开口说："今天小店做活动，消费 100 送一盘牛肉，这是你们的牛肉！"

时简："……"

对面，叶珈成摇摇头，像是明白了她的窘迫，扯了扯唇。

"你先吃吧，有事明天公司说。"易霈交代结束，挂了电话。

唉，随便了，今天她真倒霉到家了！时简将手机放置一边，望了望叶珈成，不清楚他是否知道她的工作情况，又交代了一遍："我现在在易茂置业总经理办公室工作，易霈是我老板。"

"哦——"叶珈成点点头，像是什么也不知道，其实他已经知道了。

时简笑笑，又低头吃起来。后面，她一边吃肉一边倾诉，告诉了叶珈成今晚她安排易霈和赵雯雯约会发生的事情。叶珈成一直在笑，眼睛湛黑透亮，还透着不可言喻的东西。

今晚，时简放纵了胃，也放纵了感情。前阵子她每次见叶珈成都压抑着情意，结果一顿饭下来，她又前功尽弃了。

"快去付钱吧。"她朝叶珈成眨巴眨巴眼睛，甜蜜道。

"哦。"叶珈成站起来，过了会儿，他折回来，丢给她两张发票。

时简刮了起来，没想到她今天的好运都在这里。兴奋地，她将发票拿给叶珈成看，"一百块！太好了，珈成，我请你！"

珈成……叶珈成感觉自己整个人都酥麻了！悠悠转过身，他将小狐狸一块拎出了烧烤店。从店里出来，叶珈成冷得打了一个冷战，他望了望旁边的人，发问："冷吗？"

时简不再压抑着感情，自然点头，"冷。"

叶珈成伸出手，将她的手握住，放进自己的大衣口袋里。

大衣里面的暖和，只有两个人清楚。

路灯照人影，叶珈成继续走着。

时简又说："还冷呢。"

叶珈成："……"那怎么办！

怎么办？夜风呼呼地吹来，吹得人心飘胆儿大的。时简一个转身，直接扑进了叶珈成的怀里，狠狠地抱住，然后低声告诉他："这样才不冷。"

这样才不冷！

叶珈成停下脚步，像是有什么东西扑向他心里。这滋味，真要人命……

时简将头埋在叶珈成怀里，手紧紧地放在叶珈成后背，像是拥抱住了她的世界，她听到两人的心跳，连在一起的心跳声。

大街上拥抱的爱人那么多，她和他还不是爱人又怎么样？这一刻这一秒，她只想抱着不撒手。她爱他，为什么要遮遮掩掩，爱不应该是大大方方的吗？

像他曾经爱她那样。

"呵……"叶珈成被她抱得措手不及，慢半拍，他也回抱她。是啊，这样抱才不冷，小狐狸比他还聪明呢。

　　夜里十点多了，这里不是闹市的大街，清冷得来来往往只有两三个行人。时简在叶珈成怀里抬起头，叶珈成低下头，然后吻了下来。

　　猛地，两人几乎一块发颤，像是身子都因为寒冷而震颤。

　　记忆中，她和叶珈成在很多地点接过吻，寻常温暖比如家里的沙发，浪漫极致比如世界最高楼顶级房间的大露台。

　　唯独没有像此时此刻，两人像一对年轻的学生情侣，拥吻在城市冬天的街头。

　　又冷又热，哆嗦着分享着唇齿里那点儿温暖。

　　停不下来，也不知道吻了多久。

　　直至，一道欠扁的声音从不远处传来，是高彦斐的——"哎哟……哎哟，哎哟哟！"

　　不期而遇，情况有点儿糟糕。

　　时简还在叶珈成怀里，高彦斐调笑声之后，紧接着，入眼的是宋晓京那张惨白的脸。她松开叶珈成，结果放下的手及时被拽住，叶珈成握住她，然后带着她一块面对他的同学、朋友以及故意捣乱的高彦斐。

　　天地良心。高彦斐真不是故意过来打扰前面这对"冬日鸳鸯"的，反而他恨不得眼不见为净。晚上的聚会，他为了还宋晓京一个人情债，特意找了理由让叶珈成过来埋单。宋晓京想复合的心思，他清楚，叶珈成同样心知肚明，更不会躲着宋晓京，硬是见面之后逼得宋晓京没了臆想的空间。以及刚刚，俊男靓女动情拥吻的画面，像拍电影似的，戳人心，以及闹心。

　　高彦斐可怜地瞅两眼宋晓京，笑嘻嘻地朝前面的叶珈成和小狐狸礼貌地打起招呼："天寒地冻的，我们没打扰两位吧。"

　　叶珈成微笑，坦坦荡荡地牵着时简的手，接受高彦斐的奚落。直至，视线落在宋晓京手里的那条围巾上。

围巾是他的。

今晚，他来找小狐狸走得急，不小心将解下来的围巾落在了夜市摊。没想到，这条围巾被宋晓京带了过来。

时简抬起头，同样注意地看向叶珈成，顺着叶珈成的视线，又一块看向宋晓京。记忆里，她一直没将宋晓京这位情敌放在眼里，原因很简单，她和叶珈成好得如胶似膝，宋晓京对叶珈成就算旧情难忘存在某种心思也是单方面行为，何必瞎理会。她相信叶珈成对她说的每一个字。只不过此时，她就算一样信着叶珈成，有些情绪也没那么笃定了。

对面，宋晓京扯了一个嘲讽的笑容，拿着围巾走了过来。几位女同学也一块跟着过来，像是给宋晓京撑场面。时简抬抬脸蛋；宋晓京睨向她的眼神更闪过一丝嫌恶。

宋晓京的同学，一样用那种眼神看她，血淋淋得恨不得在她脸上看出血窟窿来。

"叶学长，你的围巾落在椅子上了，我给你带回来了。本想明天再给你，没想到今晚还能遇上你……喏，围巾，还给你。"宋晓京开口，然后将围巾递给了叶珈成，最后一句话，还故作了两分俏皮和轻松。

这是一条浅灰色的男士羊绒围巾。时简的视线也淡淡地落在围巾上，原来之前她在听筒里感受到的热闹，是宋晓京和高彦斐他们。叶珈成和他们一块聚会呢。

突然，她的手被捂得更紧了。叶珈成左手牵着她，右手接过围巾，对着宋晓京点了点头，客客气气地道谢了一句："谢谢你，有心了。"

"不用……"宋晓京咬着唇，一句话两个字，已经带着浓浓的哽咽。

宋晓京总归是个女生，大概被叶珈成冷漠的姿态伤害了，立马泪如雨下，捂着脸失声痛哭起来。这个反应，时简转转头，也想哭了。不过在她们眼里，她是最没资格哭的人吧。一个尖脸的女生忍不住对着她谴责起来。B大女生不怎么会骂人，怒火中烧，也只挤出一句："不要脸！"还是另一个比较厉害，问候了她父母："同学，你几岁了？你爸妈没教过你，别人的男朋友不能抢吗？"

时简低低头，没有生气，生气的人是叶珈成。他冷着脸开口："难道你们爸妈也没教过你们，这样是非不分指责别人，真的很没礼貌吗？还是宋晓京没有告诉你们，我和她早分手了？"

早分手了吗？宋晓京告诉她们只是冷战而已啊。两个女生，面面相觑，都被叶珈成的冷言冷语呛着，不知道怎么打圆场。高彦斐走过来担当和事佬的重任，"误会一场，都是朋友同学，珈成，别这样呀。"

高彦斐的话，还是有偏帮的。

"抱歉。"叶珈成扯着讥讽，对她们说。然后，他看向旁边的时简，真有两分抱歉。小狐狸安安静静地杵在他旁边，软软的手被他握在掌心。她仰着头看他，乌黑的眼珠朝他转啊转，白皙的脸蛋漂亮得明晃晃。

其实，小狐狸肯定也不是什么善类，他很清楚，美色惑人。

宋晓京蹲在地上不停地啜泣着，看起来异常脆弱。叶珈成没有继续待下去，带着时简走向停在路边的车子。不理智做出来的事情多多少少都会令人懊恼，大概明天宋晓京也会后悔自己此时的表现。

驱车离开，叶珈成懒懒地打着方向盘，车里的时简不说话，他也没说话。

"你和宋晓京……"过了会儿，时简还是问了，"你们？"

"分了。"叶珈成右手撑着脑袋，不咸不淡地加一句，"你不是已经知道了吗？"

"我……"她要问的不是这个。

叶珈成轻扯唇角，自顾自地问了起来："不要告诉我，你内疚了？"

"我为什么内疚？"时简摸了摸鼻子，满不在乎道，"你都不内疚，我为什么要内疚？"

"笑话，我为什么要内疚？"叶珈成同样反问她，语气像是从来没有在意过那样，"如果对每个前女友都要心存内疚，我这辈子都不用做其他事情了，直接活在内疚里算了。"

时简哑口无言。叶珈成说得没错。不过作为女人，时简还是会觉得这样的男人很可恶，拿走了她们的心却不珍惜。可是现在，这个可恶的男人，又是她的……未来老公。

时简不说话，叶珈成反而叹了口气，仿佛他才是那个更加无奈的人。他扯开话题，意外地问了她一句："小狐狸，你喜欢我什么呢？"

"我……不知道。"时简回答。她不知道怎么说，如果没有记忆，她对叶珈成这种祸水肯定避之不及。

"怎么会不知道。"叶珈成不想放过，甚至幽幽地说了起来，"这个答案很难吗，随便找找都可以啊。比如，我的长相，我的身材，我的钱，甚至我的聪明才智，身家背景，还是……"

叶珈成想起那晚，没继续说下去。不死心，他加了一个更挑衅的答案："还是我的吻技？嗯？"所有的答案里，只要是关于他这个人的都没问题，他无所谓。

"不要脸。"时简骂，同时笑了。

"虚伪的狐狸！"叶珈成也反击了一句，呵呵两声，"难道你对我没有任何的肖想吗？我不相信。"

她对他，当然有肖想，不过他以为她会被他羞得不要不要吗？她可是跟着他混了五六年。时简咬咬牙，顺着叶珈成某句话回答："没错，我现在最喜欢的，还真是你的……吻技。"

"……"叶珈成安静了，默不作声地侧过头看了眼车窗外，良久，无意识地眨了眨眼睛，又伸手碰了碰自己的嘴唇。故作云淡风轻地，叶珈成整了整神色，回一句："哦，是吗，很荣幸。"

……

时简从叶珈成那里借来了 386 块。大晚上不好找取款机，叶珈成将皮夹里的钱都给了她，连同裤袋里的一个钢镚，全部塞到了她手里。

时简回宿舍数了数，一共 386 块。

……原来，他真没有 500 块啊。

第二天，时简来到总经理办公室，看到一个人在摇头晃脑，开心地赶紧上前打招呼："张恺，你终于回来了！"太好了，她终于不用跟着易需约会了！

张恺也没想到时简会这样盼星星盼月亮地盼自己回来，他从香港带了几盒美心的西饼，分给了总经理办公室的同事一起吃。偏心地，他格外加送了时简一盒蛋卷。时简现在给他做事，算是他的小徒弟，他肯定要对她好一点儿。何况，他挺心疼时简的。

他去香港的第二天，易需给他打来电话，让他定制一枚钻石戒指。求婚用的钻戒，镶嵌的钻石自然很大，任何女人看了都会心动。只不过钻戒内圈刻着的"VV"两个字母，表明拥有这颗钻戒的女主人只会是赵雯雯。

张恺眼神复杂地看着时简，异常亲切道："好吃吗？好吃就吃多点儿。"

时简："……谢谢。"

大清早，还没有到工作的时间，两三个人一块倚在时简的办公桌前聊天说笑。初晨的暖阳，刚好透过落地窗，均匀地洒落到桌脚的位置，照得气氛乐融融的。Emliy 忍不住起哄说："我越看越觉得，我们的张特助对时简心怀不轨。"

对，时简心里同样点着头，也觉得张恺有点儿心怀不轨，倒不是真喜欢她那样……感觉说不出来，像是藏着某种不可告人的心思。

张恺笑咧咧，接受 Emliy 的打趣，心里真冒出一个念头：时简这辈子喜欢易霂基本不可能了，如果他的徒弟愿意退而求其次，他未尝不可啊。想到这儿，张恺立马朝时简挑了挑眼睛。

时简受到了刺激，咳嗽出声，被香甜的蛋卷呛着了。

就在这时，一道视线瞟向他们这边。条件反射最快的人是 Emliy，立马整了整神色。易总来了，她要赶紧去煮咖啡了。不知道为什么，Emliy 感觉这几天易霂对自己煮的咖啡不是很满意，明明都喝了两年了。

给人打工，事情都不好做啊。

不过平心而论，易霂还是很不错的老板，念旧，加上年轻，真不是很难相处，更不会有很大的老板架子。当然，易霂肯定也不会像张恺这样不分上下级。大家庭出来的男人，骨子里还是有阶层感的。

今天，易霂心情有点儿不好。

Emliy 端着咖啡进去的时候，易霂翻着资料问了她一句："刚刚你们聊什么？"

"就是开开玩笑。"Emliy 笑着回答，"张恺追时简，我们打趣打趣。"

"哦。"易霂合上了资料，"出去吧，顺便让张恺进来找我，我问问他香港那边的情况。"

"OK。"

张恺很快进来，香港那边的事情他处理得不错，眉宇之间难免有些春风得意，他荡到易霂的办公桌前，样子特轻松地问了问："易总，我不在这段时间，我的小时表现得怎么样？"

易霂没有回答。

张恺有些悻悻然。

易霈头也没抬，"张恺，等会儿你陪我去一趟格兰城。"

"好。"张恺想到了时简，她对格兰城用了很多心，杨建涛还是她的姨夫，心里想给她多争取一些工作机会，便加了一句："我带上时简吧。"

易霈抬起头，心情不好，口气自然也有些冷淡，"随你。"

"……"张恺摸了摸鼻子，老板好冷漠，他这是快要失宠了？明明他只离开了一个星期而已。

时简跟着易霈、张恺又去了一趟格兰城，想到毕业论文还有一半工程量没有完成，特意带着本子和一支圆珠笔，可以记点儿易霈的谈话内容作为论文内容。易霈巡视了格兰城现场，来到售楼处的贵宾休息室里。格兰城售楼处的负责人杜经理接待了他们。

易霈和张恺找来几个经理开私会，非正式会议，一帮人围坐着沙发，像是朋友聊天那样畅谈想法。沙发位子不够，时简搬了把椅子坐在他们旁边。

非正式会议总归还是会议，易霈俯着身，双手握合，简明扼要地提出了一个个关键问题，大家跟着他的问题整理和汇报。

晌午到日落，时简基本都是低着头，拿着本子不停地写写记记。

不愧是易霈，令人学习的地方很多。另外，她发现易霈倾听员工讲话的样子真的很有礼貌，就像传记里写的那样。比如，他听下属分析问题的时候，喝水的动作会自然地停下来。

易霈和杜经理聊完了销售额和市场占有率等工作内容，转到了寻常聊天模式。他见时简还在记录，忍不住提醒一句："刚刚那些不用记下来。"

呃？刚刚哪句？好像是杜经理说他老婆最近刚给他生了一个大胖儿

子，易霈说恭喜来着……时简有些无奈，她都记糊涂了。

易霈用余光扫扫，他还以为她很认真，原来是在开小差。

会议结束了。易霈站了起来，张恺和大伙儿一块站起来，时简也跟着站起来。快到饭点了，杜经理问要不要准备一下。易霈拒绝了，笑笑说："都是自己人，不用安排了。"

"好的好的。"杜经理连连点头，似乎已经习惯了易霈的作风。

回去还是张恺开车，时简照样选择坐在副驾驶。她基本适应跟着易霈、张恺出来办事的感觉，面对易霈也没有了拘束。之前她觉得易霈话少沉默，脾气好像不好的样子，其实易霈脾气挺好的，从来不会轻易批评任何一个员工。

车子开到天悦大道，易霈像是想到了什么事，对张恺说："前面就是瑞和玉雕，外公的寿礼田师傅已经做好了，你去拿下。"

"好。"张恺答应。

时简听着张恺和易霈的对话，也有点儿想见识见识易霈准备的寿礼。张恺将车停在了瑞和面前，易霈没有下车，照样安然地坐在后面。时简望着车窗，易霈没有让她一块去，她也不好下车。

"时简，你也一块去吧。"易霈开口吩咐。

"好的。"时简点了两下头，立马打开了车门，跟上张恺的脚步。

车里，易霈慢慢收回视线。感情很奇妙，不知道什么时候开始，像今天这样一路听着她和张恺说话，他也觉得是件愉快的事，希望她能一直说下去，耳边萦绕着她的声音。只是……身子往后靠了靠，易霈无奈地想着，现在这个情况，他将她调离总经理办公室是最好的选择。

半刻钟过去了，张恺和时简还没有出来。易霈又望了望车窗外：怎么那么慢？

他打了一个电话过去，顿了下，声音凝滞了两秒，"没事，你先带着时简出来。"

顿了下，他直接下车。

十五分钟前。

时简在店里遇上易家的郭太太。郭太太是带着小孙子一起过来看首饰的。她和张恺刚进去，坐在店里欧式沙发里的郭太太就看了过来。郭太太不只认识张恺，还知道张恺为什么出现在这里，摇摇头说了起来："田师傅这次速度真快啊，估计连夜帮阿霈赶工的吧。难怪我最近找他都没时间。"

时简听着一愣，她知道易霈和郭太太的关系不好，没想到糟糕成这样。郭太太这样说话，摆明心里不痛快，对易霈发泄不满呢。"哎呀！"张恺扬起笑脸，走过去和郭太太寒暄起来。没多久，郭太太真被张恺哄得笑起来。这个表面功夫，时简真是佩服。

这边，田师傅展示了易霈给易老先生准备的寿礼——硕果累累，20cm×30cm 左右规格的玻璃种翡翠玉雕，翠绿欲滴，浑然天成。时简感觉自己也算是见过市面的人，看到都忍不住咋舌惊叹，好漂亮。

易霈这寿礼，准备得真有诚意，眼光也好。这要放在以后的翡翠市场，估计都要天价了，时简看得移不动眼睛。同样被吸引注意力的，还有立在她旁边的易家三孙。

田师傅最后擦拭了一遍"硕果累累"，打算放进盒子里。就在这时，那个身高和时小光 Tim 差不多高的易家小孙子跑来，突然抢走了这盘"硕果累累"。

……

时简没想到自己从瑞和玉雕店里出来，直接去了医院。

刚刚在店里，翡翠玉雕被易家三孙抱走之后，怕什么来什么，她为了抢救这盆被郭太太孙子失手打翻的玉雕，膝盖几乎直直地跪在了大理石地面。

膝盖跪落在地的那刻，硬生生的，时简疼得眼泪都滚出来了。

易霈很快过来，然后当着郭太太的面带走了她，执意要她去医院拍片。检查下来，问题不是很大，没有影响膝盖骨。时简坐在急诊室里，由医生给她上药。

外面，传来张恺对易霈的说话声。在张恺生动的描述下，她的行为简直是忠心护主到了极点。"安静点儿。"易霈打断了张恺。

"哦。"

时简怕疼，上药的时候硬是咬牙忍着。上药的是一个老医生，以为她是走路摔倒的，便语重心长地说教起来："你们这些女孩子啊，为了漂亮，鞋跟一个比一个高。"

时简低头看了看地上的高跟鞋，3厘米而已。不过等会儿，3厘米都没办法穿了。

外面，张恺主动站起来，去买鞋了。

易霈走进来看情况，时简还在上药，裤腿卷到了膝盖，小腿露在外面，白皙柔美。伤口有些红肿，问题不大。他问了问医生："情况怎么样？"

"没什么影响，按时上药，几天就好了。不要穿太高的鞋子。"

幸好伤得不重，时简不用易霈扶也能走出急诊室，坐到外面的长椅上等张恺的鞋子。易霈在她旁边坐了下来，又问了她："感觉怎么样？"

"还好。"时简右手放到膝盖上，上了药凉丝丝的，不疼了。

"谢谢。"易霈突然道谢，后面的话却让时简不知道怎么接，"没想到我签了一位好员工。"

"其实，我……"

时简撇了撇头，张恺替她说了太多溢美之词，她都不知道怎么回话了。她做出本能反应抢救那盆掉落在地的玉雕，主要原因还是怕承担责任。

毕竟她是距离最近的一个。

如果她没有抢救回那盆"硕果累累"，就算事情易霈不追究，郭太太也会将责任全部推到她这里。易霈和郭太太关系恶劣，就像今天之前在店里，明知道她伤得不重，易霈还是强制带她来医院。

不知道张恺鞋子买好了没，时简拿起手机给张恺拨了电话，结果张恺还在挑选。时简快要吐血了，"只要女款就可以了……"

时简看了眼旁边坐着的易霈，又加了一句："易总都在等你呢。"

易霈忽然弯弯唇，淡淡地靠着医院的长椅，仿佛在说，他没有她心急。

挂了电话，时简继续拿着手机，她好想拨个电话给叶珈成啊！手指停在按键上良久，最终还是没有按下去。易霈开口问她："听说，张恺在追你？"

时简转过头："……"

顿了下，还是："……"

易霈见她瞠目结舌的样子，抱歉地笑了笑，"开个玩笑。"

易霈也会开玩笑吗？易霈和张恺关系那么好，莫非是……时简低下头，转转眼珠子，她必须想个办法让张恺死心了。

张恺很快买回了一双平底运动鞋，大红色，丑到时简想哭，关键这个牌子还很贵。今天医药费可以报销，鞋子钱可不好报。时简问张恺："多少钱？"

张恺见外地看着她，"客气什么，算我送给你了。"

“……”时简低头换鞋，张恺等在她面前，边等边说：“等会儿你跟着我和易总一块吃点儿吧，然后我送你回去。”

“不用了。”时简笑着拒绝了，她系好鞋带站起来，用一种特别不好意思的口吻说：“易总，张助，今天谢谢你们。不过，等会儿我……我男朋友就来接我了。”

青林之行

"……男朋友？"张恺又问了一遍，无法接受时简居然有男朋友了，还这么快。

时简瞅着张恺，她不能有男朋友吗？虽然叶珈成顶多算她前男友以及心里头的……未来老公，不过身在职场，表明自己有主会省去很多麻烦。

张恺还在回味。

易霈已经走在前面，两三步距离之后，他回过头，叫上站着不动的张恺。

"哦，那你回去的时候也小心点儿。"张恺转身，心情复杂地跟上了易霈的脚步。

从医院出来，来到停车场。

对比张恺，易霈很平静，但是张恺非常想分享一下自己琢磨半天的结果。他越是琢磨，越觉得时简这女孩倔强得令人心疼叹息。实在憋不住，张恺还是找了一个切入口，对易霈说起来："阿霈，时简真有男朋友了？"

易霈不说话，没有配合张恺聊下去，视线却停留在某处，是时简今天带来的本子和笔。他拿起来，翻了翻，流畅好看的笔迹，字体浑圆，真不像一个二十岁左右女孩写出来的字。

　　时简走出医院，膝盖还隐隐作痛，但不影响走路。她还是给叶珈成打了电话，足足响了十下才接通。叶珈成接起电话的时候，似乎还带着轻微的不耐烦，听到她的声音又忍住，询问她："小狐狸？"

　　"叶珈成，你在干吗呀？"时简立在医院门口。

　　叶珈成回答："工作啊，画房子。"

　　"哦。"时简甜蜜地应了一声。叶珈成这样子说话，和多年以后的他简直一模一样，都说画房子。

　　"那你先画房子吧，我没什么事。"时简说，兀自唇角带笑。她知道叶珈成工作的时候最讨厌别人打扰他，他需要绝对安静的空间。结婚之后，她和叶珈成两人家里最大的房间就是他和她的书房，本来各自一个书房，不过叶珈成又给打通了。习惯了两人在一起随时随地说说话，一个人闲暇下来很容易无聊。

　　"真没事？"叶珈成又问，他靠向椅子，大班椅跟着发出了一道"吱呀"声。

　　"没有！"

　　"哦，那是想我了？"叶珈成轻笑一下。

　　"是啊。"时简承认。

　　"哎哎……"叶珈成又笑了，不过没有继续说什么，像是不知道说点儿什么，其实是不打算扯开话题聊下去。不过他也没有挂断电话，手机听筒里传来键盘敲打的声音，清脆悦耳。时简同样没有扯开新话题，然后叶珈成又同她说了两句话。

　　"吃了吗？"叶珈成问她。

　　"还没。"

　　"我也没。"叶珈成叹口气说，"不过今晚我事情多，已经订了外卖，不能陪你一起吃了。"

　　"嗯。"她没让他陪她一起吃啊。

"对了。"叶珈成又说了一件事，"等会儿你发我卡号，我明天找个时间给你汇些钱。"

"不用汇。"她回他。

叶珈成："……怎么突然客气了？"

时简："下次我直接过来拿吧。"

叶珈成笑了，听着很畅快，"哈哈……好的。小狐狸，我不能陪你聊了……"还没有说完，叶珈成那边又传来了细碎响声。

时简对这种声音太熟悉了，那是叶珈成做事时会发出的声音：精密量尺碰撞的咔嚓声，笔在白纸上走动的沙沙声，鼠标点动声以及他喝咖啡思考时身子微微往后仰，椅子发出的咯吱声。

叶珈成性子懒散，但做起事来比谁都认真。

时简拿着手机放在耳边，叶珈成还是没有挂上电话，似乎等着她先挂断。她再舍不得也不愿继续打扰他了，于是开口："我挂了，你加油啊！"

"呵呵……好。"

第二天，时简从张恺那里拿回了本子和笔。张恺挂上电话，快速对她说："时简，你等会儿帮我和易总订两张飞青林市的机票……对了，今天飞青林市航班还有多少？你帮我查查。"

青林市？不用查。时简很快回答："应该只有下午五点的航班了。"她前阵子刚查过 A 市飞青林的航班，现在不像以后，有那么多航班，不过下午五点这趟航班一直是不变的。

"那就订今天下午五点的。"张恺决定了。

时简应了下来，捧着本子正要离开，张恺头疼地说起来："叶清德那人太难搞了，易总要亲自去一趟那边。"

叶清德！时简猛地转过头。

呃？张恺看着她，纳闷地眨了下眼睛，以为她是好奇易霈为什么要去青林市，就又对她解释了两句："易茂置业在青林市那边有业务，下个星期就是年底投标了。"

哦哦哦，时简连连点头。原来易茂置业是这个时候进军青林市的，难怪易茂置业以后会成为全国性房产行业的领跑品牌，易霈的发展眼光真好。房地产喷发期，青林市会遥遥领先，成为房地产高速发展的典型城市，二线城市，一线房价。

毫无疑问，现在进入青林市，对房地产商来说，完全是最好，也是最合适的契机点。

"那个，易总要见叶……叔叔吗？"时简忍不住问，实在不好直呼公公的大名。

"叶叔叔？"张恺瞪大眼睛，"时简，不会吧，你连叶清德都认识啊！"

张恺这样问她，时简心里懊恼起来，她真是太不注意了。她现在哪儿认识叶珈成的爸爸啊！只能硬着头皮说："我喜欢攀关系……"

"好吧，服了你。"张恺受不了地说，"你这关系攀得真够远的，我还是叶清德他儿子呢，不过我姓张，姓不了叶啊。"

时简："……"

时简出去订机票了，打电话到航班公司，开始订购机票。还没有订购成功，张恺走出来，对她说："时简，订三张。"

她放下电话，"为什么三张，还有一张给谁？"

"你跟着我们一起去。"

"……好。"

突如其来的出差，时简坐上直飞青林市的飞机。飞机里，时简忍不住，用口型问张恺，她为什么也要去？张恺当着易霈的面直接说出来：

"你不是会说青林话吗？青林市虽然还不错，不过太排外了，找个会说青林话的好办事。"

时简囧，谦虚起来："……可是我只会说一两句啊。"真没想到是这个理由。

前阵子总经理办公室接听过一位只会说青林话的老板打来的电话，Emliy一头雾水不知道怎么办时，她帮忙翻译过，没想到Emliy告诉了张恺这事。至于今天，易霈这么突然要到青林市，原因大概是预约了叶清德本人。

"只会一两句啊？我听Emliy说，还以为你很厉害呢。那怎么办，白浪费了一人的差旅费。"张恺继续开着玩笑说，"要不你现在跳下去，赶紧下飞机？"

张恺这人嘴巴太欠，时简扭过头不理会，正对上易霈投来的视线。易霈看着心情不错，没有因为工作的事情闹心，大概也觉得张恺太过分了，还帮了她一句："没事，现在如果有人要下飞机，那也是张恺。"

哈哈，易霈都给她撑腰，时简朝张恺轻挑眉尾。

张恺瞅瞅她，反而乐了。

八点半，时简走出青林机场，再次踏上叶珈成的故乡，想到了第一次跟叶珈成回青林市见父母的场景，那个心惊胆战。想想，她也是见过男方父母的人，还有什么事情能让她忐忑和着急呢？张恺在旁边打着电话，时简留意听着，易霈果然预约了叶珈成的父亲明天下午三点见面。等会儿，易霈和张恺还要和易茂置业在青林市的分公司的人见面，连夜洽谈竞标方案。

她没有跟着去，原因是不小心打了一个哈欠，让易霈看到了，易霈让她先到订好的酒店休息。

易需大概也觉得她跟去没什么用处吧。

深夜九点，时简打车来到青林市中心的五星级酒店，推开房间的门，来到落地窗前，鸟瞰青林市的城市景色，心情奇妙得难以形容。

怎么办，她好想告诉叶珈成，她到青林市了。

怎么办，她突然好想吃婆婆炖的老鸭笋丝汤了，可是……已经没有婆婆了。

怎么办，她好想买点儿补品给公公敬敬孝心，同样，她也没有公公了，尽孝心只会变成溜须拍马……

怎么办，她来到叶珈成从小生活的城市了，藏在心里的情绪在踏上这座城市的时候，几乎沸腾了，澎湃不已。

深呼吸，赶紧压一压，压一压！

就在这时，包里的手机响了，像是有征兆似的，她跑去拿起手机，按了接听键，叶珈成带笑的声音响在她耳边，"哈喽，小狐狸。"

"小狐狸，你现在在哪儿？"叶珈成问她，语气随意。

她在……时简直接告诉了叶珈成："青林市。"

她和叶珈成都不喜欢玩猜猜游戏，虽然她觉得自己现在人在青林市肯定会让叶珈成意外，却也没让叶珈成猜猜她在哪儿。

"……我知道。"叶珈成说，"我是问你在青林市哪里，住在酒店吗？"

啊？轮到时简惊讶了，"你怎么知道我在青林市？"

"我虽然不捣鼓房地产，好歹也是混这个圈子的，耳边总能听到一点儿消息。你们易茂要进军青林市，下周是青林市竞标会……"叶珈成说起来，解释给她听，顿了下，"你们易需也在青林市吧。"

后面这句，叶珈成说得很肯定，只是形式地问问她。另外，"你们易需"这四个字听起来真是……时简轻嗯了下，叶珈成的消息也太灵通了。不过也正常，明天易需要见的人是他父亲，叶珈成会知道很正常。叶珈成应该先知道易霈去了青林市，然后猜到她可能也在青林市。

关于这次竞标会，时简想知道叶珈成的看法，索性问了起来："你觉得这次易茂置业能不能顺利进入青林市呢？"

"没什么大问题吧。"叶珈成回答她，语气笃定，"你们易霈明天不是还约见了叶清德吗？老总都亲自出马了，势在必得啊。"

时简失笑，叶珈成这样肆无忌惮地聊起他的父亲，感觉特别……微妙。她转头望了望窗外的夜景，叶珈成知道她也要去见他父亲吗？

"我也要去见叶市长呢。"她告诉叶珈成，语气一时没控制好，尾音轻轻上扬。

"哦……"叶珈成懒懒地应着她，"那么开心啊？"

"是啊，"她得意扬扬地说着，"毕竟要见叶清德本人。"

"呵……"叶珈成笑起来，附和着她的话，"也是，听说叶清德长得还很帅呢，是一位特别有魅力的中年男人。"

这是儿子夸父亲吗？时简明知故问："叶珈成，你认识叶清德吗？你们都姓叶。"

"认识啊，青林市的父母官，谁不认识。"叶珈成说，"我还认识叶清德的儿子，很熟。"

"是吗？"时简没问了，继续装作不知道。叶珈成又问了一遍她住哪家酒店，时简没回答，他对她说话虚虚实实，她为什么要对他那么老实，"你又不在青林市，告诉你干吗？"

"咳！"叶珈成咳嗽起来，"你不是难得去一次青林市吗？我找个人带你好好玩一玩。"

"不用了……"她拒绝，她是过来做事的，不一定有时间。

叶珈成似乎也想到了这个问题，遗憾地叹了口气。

"人在外面，注意安全啊。"叶珈成叮嘱她，然后口气很大地丢下一句，"如果有人欺负你，记得报我名字。"

"好啊。"时简笑嘻嘻，像是不相信一样。其实，叶珈成真没有说大话，她笑只是因为叶珈成将自己说得像是青林一霸。这样的叶珈成和她之前遇上的三十岁的叶珈成真不一样，果然还是年轻气盛啊。

"不信啊？"叶珈成问她，也笑了。

"没有不信啊。"时简愉快地眨巴眨巴眼睛，"只是没想到你在青林市那么厉害……"

她这样说，叶珈成反而谦虚起来，"还好，还好。"

聊完电话，半个小时过去了，好像也没聊什么。时简挂断电话，发现有两个未接来电，都是张恺打过来的。不知道张恺找她什么事，她回拨了过去。

刚刚她和叶珈成打电话，都没有注意到有电话进来。

手机很快接通，张恺那边有点儿嘈杂，他大声告诉她："我和易总在青林市吃海鲜夜市，原本要问你，要不要出来？"

"不过你出来也来不及了。"张恺没等她回答，已经替她安排好了，他在电话那边开着玩笑问易霈："阿霈，我给时简打包带点儿，可以报销吗？"

电话里易霈似乎懒得理张恺，过了会儿，才开口回张恺："你问问她想吃什么？"

"快说，想吃什么？"张恺重新拿起手机，边问边说，"新鲜的海鲜烧烤，生蚝、扇贝、大虾？易总请客，别客气……"

"那你帮我挑贵的点，谢谢。"

张恺爽快地同意。

时简放下睡衣和手机。今天临时出差青林市，她出发去机场顺便路过易茂宿舍，怕易霈等太久，只用了三分钟收拾行李。结果太匆忙，连涂膝盖的药水也忘记带了……

半个小时后，张恺打来电话，让她下楼。时简拿着房卡，快速出了房间，乘坐电梯下楼。不经意，低头一看，真想一巴掌拍死自己，她怎么还穿着酒店的白色大拖鞋！

电梯到一楼了，时简跐着拖鞋走出电梯，转转视线，看到了坐在大堂沙发里的张恺和易需。黑色茶几上放着两大份打包的食物，一袋海鲜烧烤，一袋？

这次在这家五星级酒店订了三个房间，她和张恺都是普通大床房，易需是行政套房，不同楼层。没想到易需还没有上楼，时简穿着拖鞋走过去，茶几上放着的另一袋，是一份清粥。

时简立在旁边，问了问："都给我吗？"

"这酒店还住着另外的同事吗？"张恺说。

时简："谢谢了……"

"哦……哦哦，不用。"张恺抬起头，看向粥，"客气，都是易总付的钱。"

三人一块上了酒店电梯，酒店房间紧张，三人的楼层都是分开的。她 17 楼，张恺 18 楼，易需 28 楼。时简拎着烧烤和粥出来，易需对她开口道："明天早餐在 9 楼。"

"哦。"时简扯笑，"谢谢，易总。"

第二天，时简来到 9 楼大堂吃早饭。酒店的侍者领着她入座，她还没有坐下来，手肘被人一推，转过头，张恺拿着餐盘对她一笑，抬了抬下巴，示意她坐到那边。时简顺着张恺的视线转头，看见易需正坐在那边用餐。她走过去，打了招呼："易总，早。"

"早。"易需回她。

跟着过来的侍者问她："您好，需要热饮吗，咖啡，牛奶，或者果汁？"

"咖啡吧。"时简抬头，抽开餐桌手帕。

早餐时间，易霈和张恺聊起了青林市那边的项目。时简坐在旁边，边吃边听。中间，张恺接了一个电话，放下手机，他重重地叹了口气："叶清德的秘书给我打了电话，说很抱歉，今天下午约不了。"

"没事。"易霈身子往后一靠，"事情太顺利了，反而不好。"

时简抬起头，右手握着调羹。

"你继续和顾意天接触，争取安排明后两天约上叶清德。"易霈接着对张恺说。

张恺压力有点儿大，轻轻嗒了声。

时简低着头，同样思忖着，看来她今天见不上未来公公了。可是，昨天叶珈成不是说易茂进入青林市没什么问题吗……时简不再想，她向来不喜欢多动脑子。不需要她想的问题，她想了也没用。

易霈和张恺依旧没有安排工作给她，时简安分地回酒店房间，坐在靠窗的书桌前，打开电脑，写剩下的毕业论文。不知不觉，外面的天色已经暗了下来，一天很快过去，时简看了看电脑桌面显示的时间，五点半了。

中午，易霈和张恺没有叫她吃饭。时简靠着椅背想了想，晚饭应该也是她自己解决吧。站起来，打算出去寻点儿食物，张恺的电话打了进来。张恺告诉她一个包厢号，要她下楼一起吃晚饭。

跟着老板出差，就是吃住这块特别好。来到9楼的酒店包厢，服务员推开门，一道意外的招呼声从易霈的旁边传来："嗨，时简。"

时简看向大圆桌对面，只见赵雯雯坐在易霈的旁边，朝她扬起了可爱的笑容。

Chapter 10 青林之行 181

张恺站起，带她过去，像是解释地告诉她："Vivi 下午刚过来的。"

对面，赵雯雯打完招呼，继续拿着菜单点菜，她一边询问着易霈，一边对她说了起来："刚刚张恺还说不用叫你了，真是太过分了。"

"呃……"时简眨了眨眼睛，不知道怎么回赵雯雯的这句话。她看了看张恺，真是这样吗？

张恺："……"他是那种有饭吃不告诉她的人吗！他是为她好，好吗？他怕她对着赵雯雯和易霈会难过！赵雯雯这次来得这么突然，难道没有原因？

时简瞅瞅张恺，有些无奈，他这样遮遮掩掩的，真的很容易让赵雯雯误会她和易霈有什么。时简心里叹气，赵雯雯又说了起来："时简，晚上我跟你睡。这里的酒店没房间了。"

时简抬头看向赵雯雯，点了点头，"好。"

这几天，这家酒店没有房间很正常，明后两天青林市举办旅游节，酒店基本都客满了。不过赵雯雯不应该直接去 28 楼吗？

好吧，是她不纯洁。

晚上，时简拿着一支笔，继续对着电脑整理着一部分工作文档，面前，放着一杯赵雯雯请她喝的酒店热牛奶。

赵雯雯找酒店客服要了两杯牛奶，她自己那一杯拿来洗脸了。洗手间传来哗啦啦的流水声，时简靠着柔软的椅子转过头，望着青林市近处和远处连成一片的灯火，悠悠地支着头。

赵雯雯洗好澡，躺在床上玩起了手机。突然，她放下手机对她说："时简，我今晚不能跟你睡了。"

时简看向赵雯雯，笑了笑。明白。

赵雯雯同样对她笑，指了指楼上，"我上去了哦！"顿了下，"阿霈好讨厌，现在又叫我上去……"

"哈……好的。"赵雯雯说得那么露骨有情趣，她没有脸红，时简反而不好意思起来。

赵雯雯直接穿着睡袍离开了房间，上楼了。时简也站起来，去洗澡了，洗完之后，盘坐在大床上，看着膝盖的伤口。这两天，她一直没有涂药，只是用棉纱包好，伤口在洗完澡后又裂开了。怕感染，她重新穿上衣服，打算看看附近有没有药店，买瓶过氧化氢和包扎用的棉纱。

换好衣服下楼。夜里的电梯几乎没有停顿，从电梯出来，时简双手放进口袋走路，遥遥地，她看到了今晚最不该看到的人。

易霈。

易霈坐在左边的转角沙发里，手指间燃着一根烟。他弯腰往烟灰缸里轻轻弹了弹烟灰，转过头看向她。

时简震惊得迈不动脚步：易霈怎么在这里？

那么，赵雯雯呢？

半个小时前，赵雯雯敲开了易霈的酒店房门，她上门的理由很简单，她告诉他："17楼的热水不够热，我可以在你这里洗个澡吗？"

易霈从来都是一个有风度的男人，加上她还是他的未婚妻，易霈不可能会拒绝她。没错，易霈侧了侧身，礼貌地让她进去了。

赵雯雯进了屋，心里就不打算今晚出来了。男女交往，情分不够，情面来凑。因为有这三分情面在，赵雯雯洗完澡出来后，从后面柔软地环抱住易霈，易霈没有推开她。

酒店28楼，夜景比17楼好很多。易霈立在窗前，白衬衫黑色长裤。易霈穿西装衬衫向来得体，外人面前袖口纽、袖叉纽几乎都会扣上。这样的男人，就像他的穿衣风格，太克制、太禁欲，真不知道燃烧起来是什么样子。

赵雯雯趴在易霈后背，伸手来到男人前面的胸膛，涂着鸡冠红指甲油的十指稍稍收了收，情难自禁。

然后，这双手被按住了。

"阿霈。"赵雯雯像是耍赖的小孩般叫了易霈的名字。以易霈的聪明和性格，今晚他既然留下了她，就不会拒绝她。易霈向来不是一个会玩欲盖弥彰的男人。

易霈没有拒绝她，他只是将她转向窗前，然后以桎梏的方式将她抵在窗前。

男人，还是喜欢掌握主动权的，尤其是易霈这样的男人。赵雯雯配合着易霈，易霈逼近的气息几乎将她的身子化成了一摊水。她像水蛇一样勾上易霈的腰，直至易霈带着她来到了酒店的大床，压着她。

事情发展到这一步，除非易霈有问题，否则不可能再出差错了。巨轮终于起航了，除非设备出问题，浪那么大，怎么会触礁呢？赵雯雯微微开着红唇，意思是让易霈吻自己。

对不起，易霈扯开了赵雯雯，道歉。他是个正常男人，赵雯雯是他未婚妻，他有权利也有义务行使现在的事情，只是脑海里，不受控制地浮现出另一张脸。赵雯雯身体的香气又快速地抓回了所有思绪。

赵雯雯张开眼睛，气得快发抖了，"易霈，你凭什么这样对我！"

易霈恢复了之前的样子，没有任何解释，符合他的一贯办事原则，从不对人轻易解释什么。易霈转过身，赵雯雯还坐在大床上，睡袍微微开着，露出白花花的胸口，她朝着易霈愤愤开口："易霈，如果今晚你离开了房间，我就去找其他男人。"

这样的话，还是没有留住人。

易霈下楼，来到了大堂，临时在酒店的前台买了一包烟。他不喜欢抽烟，容易上瘾的东西他都不喜欢，不过一个人做决定的时候，他喜欢抽根烟。

有时候大脑不够清醒，需要那么一点儿尼古丁来刺激。

人都趋利避害，这个节骨眼儿，他知道什么选择最好，而且是必须要做出的选择。易家那么多人，可是拥有林家血液的，只有他一个人。有些责任谁也没办法帮他一起扛，这是他从小就知道的事。不过，他也是男人，也会渴望，渴望一些不可能的。

其实，也有可能……是不是？她明明走进了他生命里，明亮鲜活地立在他眼前，触手可及。他本想拔掉心里的芽，结果事与愿违，像是下了几场春雨，心里的野草肆意疯长。大概就是这几天，他非常想和她说话，想看到她，甚至想……

易霈灭掉了手里头的烟，站了起来，看向迎面碰上的时简，开口询问："这么晚，要出去吗？"时简指了指外面，对易霈稍稍解释了一下，她要去买消炎的药。

"附近没有药店。"

"嗯？"时简立着，"我打个车，很方便。"

"我送你。"

时简："……"

易霈走在了前面，时简看着易霈，觉得今晚太神奇了。她想到了上楼的赵雯雯，追上易霈，对他说："真不用，易总，我……"她不买了！

她就算不买了，也不好让易霈陪着她。

"时简。"易霈转过头笑了笑，大堂灯光的关系，即使笑容未达眼底，易霈扯嘴轻笑的模样看起来也很温柔，令人反应不及。

"我只是心情不好，刚好有个理由可以出去走走。"易霈说。

时简不好说什么了，硬着头皮，走在了易霈的旁边，寻思着易霈和赵雯雯是不是吵架了？

易霈陪她去买药，不过附近没有什么药店。时简对青林市的印象停在十年后，十年的发展，城市可以焕然一新，突然倒退了十年，感觉路边的灯火都比记忆中的要暗一点儿。

车里没有导航，易霈打开车窗问了一个本地人。男人的方向感基本不错，很快他们找到了本地阿姨指的一家药店。不过药店在巷子里，需要下来走一段。

下车了，时简替自己掖了披脖子上的围巾，感觉眼前这条小巷很熟悉。她进药店买药，易霈没有跟进去，立在外面等着她，看着的确像是出来散心的样子。随便买了一袋子消炎水和棉纱，时简推开玻璃门出来，对外面的人说："易总，我买好了。"

"嗯。"易霈应了她一声，开口说了一句什么话。青林市的夜风比A市还要大，易霈的声音夹在风里，仿佛被风吹散，轻得听不到。

"时简。"原来，易霈只是叫了她的名字。

时简跟着易霈走在后面，视线不忘在这条小巷里流转打量，然后，她忍不住欢乐起来。为什么这条小巷那么熟悉，因为叶珈成带她来过啊。

叶珈成特别喜欢这里的一家豆腐丸店，后来市规划拆了，店也搬到了新区。记忆最近的一次过年，叶珈成又带她找到新区那家豆腐丸店，不过老板已经生病去世，儿子继承了豆腐丸店。叶珈成边吃边叹气说，儿子没有父亲一半的手艺啊。

……

时简停留在一家红色招牌店门口。现在，豆腐丸店这位父亲老板还在呢，正笑逐颜开地在里面招呼着客人。时简眼眶突然有点儿红，仿佛被热气熏着了眼睛。易霈停在了她旁边，同样抬头看看招牌以及外面煮丸子的热锅，对她说："好像今晚酒店的饭菜没什么味道。"

五星级酒店的饭菜再糟糕，也不会没有味道啊。

时简不反驳易霈。

易霈兴致有点儿高，看着锅里的丸子，像个普通的青年人一样，又说了起来："这样的东西，看着还真有点儿馋了，进去吃点儿吧。"

时简："……好。"易霈居然会说馋！馋？！

店门口，时简用半生不熟的青林话向老板点了两大碗，然后回到座位。面对面坐着的易霈问起她："你怎么学的青林话？"

这个嘛，时简用对 Emliy 解释过的话，告诉易霈："我有个朋友是青林人，我和他学的。"

"嗯。"

中国话的第三人称，有个不好的地方，是听不出性别的，只能靠猜测。时简话里的"他"，易霈没有猜，只是笑了下。老板的丸子端上来，易霈掰开筷子，学着她的吃法，加了一勺辣椒和醋。时简抬起眼睛，无意地瞅了瞅，和赵雯雯，到底怎么了？

"Vivi……"酒店里，张恺深吸一口气，此时此刻，他的内心几乎是崩溃的！他来不及想阿霈去哪儿了，更无法思考上楼前乱七八糟的想法，他现在只想着如何让赵雯雯穿上衣服！

五分钟前，赵雯雯用 28 楼的房间电话给他打电话，让他上来一趟。挂上电话，他的心情也是忐忑的，他想到赵雯雯是不是发现了什么？难道赵雯雯已经发现时简喜欢易霈这件事，然后像电视剧里演的那样，从易霈这里问不出什么，找他逼问情况了？

忙不迭，他掀开被子，立马套上裤子飞快上楼。如果赵雯雯真怀疑什么，现在只有他能替时简解释两句了！

张恺几乎是冲了进来，不过事情的发展方向总令人难以想象。

……

作为一个正直，也正常的青年男人，张恺一边抗拒地拨开赵雯雯，一边瞄了瞄赵雯雯的胸。眼睛像是进了沙子，眨巴眨巴的，这是正宗的36D吗……

张恺别开眼睛，看什么呢，不该看的不要看！

"Vivi……"张恺尽量拉开赵雯雯，将她的睡袍往上拉，不小心，又扯了下去。妈的！赵雯雯吃药了吧，易霈滚哪儿了！

赵雯雯冷笑起来，"阿恺，别说你对我一点儿意思都没有！"

没有，没有！张恺将手放在赵雯雯的肩膀上，"Vivi，你能告诉我为什么吗？"

为什么？！

易霈离开之后，赵雯雯气得失去理智，直接拨了18楼张恺的房间电话。张恺不是易霈最好的朋友吗？易霈不是不在乎她找其他男人吗？那她就找他最好的朋友。

不管是生气，还是有意报复，张恺也算是一个人模狗样的70分男人了。赵雯雯拥着张恺，易霈禁欲她相信。张恺？别以为她不知道，她在夜店可不止一次看见过他！

没错，张恺和全世界80%的男人一样，喜欢大胸和长腿，不过，他上之前也是会睁眼看看，现在对着他的是属于谁的大胸和长腿。

"NO NO NO NO……"张恺呼呼气，吃力地抵挡着诱惑，为了表明立场，他抬起真诚的眼睛直视着赵雯雯，"Vivi，不可以的！"

结果，对着他视线的不是赵雯雯的眼睛，是赵雯雯的36D！

经过巨烈的思想斗争，张恺拨开赵雯雯逃到了门口，然后挺了挺身板，开口说："Vivi，今天的事情，我会当作什么都没发生，希望你也一样。"

"啪——"张恺用力甩上了门。瞬间，他两腿都软了下来。哆嗦着，他从裤袋里摸出手机，琢磨着要不要给易霈打个电话。

不过，他要怎么说？

你女人要上我，但是我宁死不从，终于保住了清白？不……是我用顽强的意志力，替你女人保住了清白……妈蛋啊！

这种话，怎么说得出口。

张恺实在拨不出这个电话，忍不住，嘴里又是一道啐骂：这都是什么事啊！难道赵雯雯对他？已经是……不顾一切，狠狠爱吗？

Chapter 11

他的招待

时简买好药，回到酒店 17 楼的大床房，意外看到赵雯雯回来了。

赵雯雯已经换上丝质睡衣，靠在床头看着电视，脸蛋上敷着一张面膜。时简确定了心中的猜测，赵雯雯和易霈应该真吵架了。她朝赵雯雯打了一个招呼，赵雯雯撩了撩眼皮，没有搭理她，继续看着电视。

直接看了一整晚。

时简是那种如果睡不着就不会强迫自己入睡的人。后半夜，赵雯雯订了一份消夜过来。时简靠着床头，终于熬不住，迷迷糊糊地闭上了眼睛，根本不知道自己什么时候睡着的。

第二天她醒来，赵雯雯正在收拾行李。

来了又走？时简睡眼惺忪地想着，看来昨晚赵雯雯和易霈闹得很不愉快。

赵雯雯是准备走了。

昨晚易霈选择离开，这个态度差不多表明两人的婚事要黄了。现在这个情况，如果她继续待在这里，怕是没有一点儿回转余地。赵家是易霈最好的选择，但易霈也不是那种只看重女方利益的男人。如果他最后选择一个人抗衡整个易家，赵家在易霈眼里又算什么？

赵雯雯离开之前，在酒店吃了一顿早餐。

四人一块吃早餐，时简喝着侍者送上的咖啡提神，忍住打哈欠的冲动。看了一夜电视的后果就是，感觉眼睛一闭，随时随地都能睡着。

　　脑子迷糊，时简还是感觉到今早的餐桌气氛很怪异。怪异在哪里呢，连平时话最多的张恺都低头安分地吃东西，一声不吭。昨夜，大家都没有睡好吗？

　　易霈放下刀叉，开口对张恺说："等会儿你送 Vivi 去机场。"

　　"吧嗒"一声，张恺握着的刀叉不小心掉在了地上，他弯腰捡了回来，抬头，为难地看着易霈，纠结地开口："……我肚子疼。"

　　易霈："……"

　　张恺加了一句："可能是这几天海鲜吃多了。"

　　"不用了，阿霈。"赵雯雯对易霈笑了笑，懂事地说，"我一个人可以的。"

　　张恺低下头。

　　易霈不再坚持。张恺嘘了一口气。

　　时简舀了一勺蟹膏，看向张恺，"我昨天买了一些药，你要吗？"

　　她以前吃很多海鲜也会肚子疼，不过当了五年的青林媳妇，胃也变成了青林胃了。昨晚她到药店买药，刚好看到以前叶珈成给她买过的那种，顺手买了回来。药她买来还没有吃，没想到第一个吃海鲜吃坏肚子的人不是她，是张恺。

　　张恺看着她，眼神感激，都不管她说的是什么药，迫不及待地说起来："要要要……时简，我们现在就去拿吧。"

　　时简对张恺说："我没吃好……"

　　张恺已经如坐针毡了，"那我去你房间等你。"

　　时简："……"

　　赵雯雯也看向易霈，对易霈说："我先走了，一切顺利。"

　　"好。"易霈站起来，送赵雯雯，刚好，他有些话要说。

　　赵雯雯没有给易霈开口的机会。她赌这样的大事，易霈肯定会亲口当面说，她不给易霈开口的机会，临走前还道歉了："阿霈，我只是太爱你了……"

张恺终于从顾意天那边约上了叶清德。时简认识顾意天，叶珈成的天叔，她和叶珈成结婚之后，天叔已经调到了 A 市来。

青林市竞标会即将举行，这个时间点会面还是很合适的。下午三四点，张恺给她打来电话，让她准备一下。张恺说话的口气有着说不出的兴奋，"上午的见面非常顺利，叶市长还邀请了易总晚上到他家做客，时简，你准备一下，易总带我们一起去！"

张恺这人真是，原本一口一个叶清德，现在又改口叫叶市长了。时简放下手机，抓抓头发，慢半拍地反应过来，刚刚张恺说什么，她也要去？

晚饭，她要去公公婆婆家做客了吗？

啊啊啊啊啊！时简从床上跳了下来，打开了行李箱，把所有的衣服全部倒了出来，一边琢磨一边深呼吸，告诉自己：不要急，慢慢来，年轻穿什么都好看。

女人，只要稍微打扮，就会被男人发现。时简精神十足地走过来的时候，易霈和张恺都多看了几眼。"不是要见叶市长吗？"时简解释了一句，受不了看着她琢磨不停的张恺。

张恺笑，收拾一下当然正常，他还担心她会穿着随意，随即，歪打正着地说了起来："我就是……感觉你像是去见公婆一样。"

是吗？时简眼睛一亮，谁说不是呢？

张恺和易霈确定拜访礼物。礼物准备了两份，一份是普通的金丝楠木象棋，属于礼轻情意重；一份是名家真迹，价值远远高于前者。

　　易霈让张恺准备这样的两份礼物，心里还是没有底吧。他虽然和叶清德见面了，还是摸不清叶清德真正的属性。这也很正常，叶珈成自己也说过，我爸这人有时候深有时候浅，捉摸不透，不过对她这个儿媳妇就另说了。这份名家真迹画作，易霈倒是选对了，她公公的确非常喜欢这位画家。不过易霈真送了，结果反而适得其反。

　　"叶市长作风清廉，属于真正高风亮节的人。"时简对易霈建议说，"……我觉得送象棋比较好。"

　　"嗯，送象棋吧。"易霈也做出了决定，他看向她，眸光闪过一丝浅浅的笑意，"关于叶清德这个人，我跟你想的一样。"

　　易霈这样说，时简还真是荣幸之至。

　　青林市市政大楼后面有一个小区，这里有好几幢二楼半的小洋房，叶市长就住在这里。十年前，这片洋楼还很新，白墙红瓦，周围都是郁郁葱葱的常青树，环山绕水，非常漂亮。

　　车子停在外面的柏油路上，时简和张恺作为易霈的下属过来，跟在易霈的后面一块进屋。

　　开门的是婆婆本人，时简进了屋，熟悉感扑面而来，忍住汹涌翻滚的情绪，由婆婆带着她进屋。婆婆脸上的皱纹还没有多少呢，看着她很亲切。

　　当然，不是记忆中对媳妇的亲切。

　　今晚是提前说好的宴请，公公自然在家等着。易霈的象棋礼物，公公也收下了，说明这份礼轻情意重的礼物没有选错。时简立在后面抿唇微笑，大概笑得太明显了，公公视线转向她，也对她笑了笑。

　　时简心满意足，又望了望这个家，对比她第一次来叶家的时候，好像就是沙发不一样啊。

　　沙发还是旧时的那种花色沙发，盖着洁净的白色蕾丝沙发套。貌似就是她第一次过来拜访的时候，公公婆婆才换掉了这套旧沙发。叶珈成还因为这事打趣过，"时简，你看你面子多大，多少年了，他们为你终于舍得换个新沙发了。"

时简跟着张恺在花沙发上坐下来，对面，易霈和公公相互对坐着，聊着寻常话题。比如，南北差异之类的。不过，时简低头思忖着：公公为什么要请易霈来做客？特别欣赏易霈？觉得易霈会给青林市带来良性发展？还是……

"你们吃点儿水果先。"公公和易霈聊天，不忘对她和张恺说。

张恺扬起礼貌的笑脸，回话："好的，叶市长。"

不过，桌上的苹果，张恺没有拿。突然，一只手伸过来，拿了一个苹果。张恺转过头，抿嘴笑着。时简伸手从桌上拿了一个苹果，想找找水果刀在哪儿，如果婆婆习惯不变的话，水果刀放在……水果刀真在左边斗柜最上方。时简眼睛不小心对上公公，公公看她的目光露着笑意，然后公公抬起头转转视线，像是找什么人。

呃，家里还有其他人吗？

就在这时，一道透着笑意，又带着两分含蓄的年轻男声从楼上飘下来，"爸，家里来客人了吗？"

这个声音……

时简抬起头，拿着一个苹果，循声望着二楼，叶珈成正风度翩翩地出现在她视线上方。

叶珈成立在长廊边，轻靠着二楼长廊的木质栏杆，一双长腿微微斜站着。他身上穿着叶母手织的普通棕色毛衣，搭配着一双暖和黑色军棉鞋。这样的叶珈成，一副这样寻常居家的穿着，照样风姿迷人。

叶珈成对着楼下的易霈和张恺，包括她微笑致意，就像一位温润又含蓄的公子哥，终于彬彬有礼地走出房间招待客人啦！

　　这孩子，家里来客人，他不是知道的吗？叶市长抬起头，对二楼走出房间的儿子开口："珈成，快下来给客人削苹果。"

　　二楼长廊的边上，叶珈成望了望某个方向，轻轻应了声："……哦。"

　　叶市长招呼叶珈成下楼，接着，对大家解释了一句："犬子刚好也是今天回来的。"

　　叶父说得简单，话里没有告知叶珈成是从 A 市飞回来，主要因为易需是 A 市人。不同的身份关系，有些事情言之无意，还是会令人敏感。不管作为父亲还是市长，他都不希望易需因为他的关系，等回 A 市之后对珈成额外照顾。幸好珈成向来也不会乱来，做事有分寸，这也是一直以来他对儿子最满意的地方。

　　今晚的宴请也是珈成提议的，易茂置业目前在建工这块属于业内良心，既然确定了易茂置业进入青林市，有朋自远方来，以鸡黍之膳招待也不为过。至于今天珈成还特意飞回来一起吃饭这事，叶市长品着茶，知子莫若父，以珈成的性子，肯定存在着其他原因和心思。

　　易需也抿了口茶，同样想起一件事：如果前阵子易钦东同意叶珈成开出的高额条件，不管碰面方式如何，今天他和叶珈成应该已经是对立关系了。

　　客厅左边，叶珈成慢条斯理地下楼，橡胶底踩着实木楼梯，发出的声响不轻不重。

　　时简垂着眸，她应该是这里面最留意叶珈成的一个人吧，留意到听起他下楼的脚步声。眼睛假装盯着手里的苹果转啊转，心里又忍不住想：叶珈成什么时候回来的？他最近不是很忙吗？上次通电话，叶珈成还对她隐瞒了市长公子的身份。

　　哼，谁稀罕！

　　叶珈成走过来了。她放下苹果，跟着张恺一起站起来。叶珈成走到父亲旁边，似乎只打算扮演好儿子的角色，他主动朝易霈伸出了手，"易总，久仰大名。"

易霈回握叶珈成，面对叶珈成的寒暄客套，面露微笑，"叶工，同样久仰大名。"

很多人都称叶珈成一声"叶公子"，不了解叶珈成的人通常也只看到他市长公子的身份。易霈处事向来滴水不漏，他这样称呼叶珈成，不仅没有任何奉承的意思，还是一个男人对另一个男人的尊重和欣赏，同时，表明了他已经知道了叶珈成在 A 市工作这件事。

不过，世上的父亲都爱打击儿子，叶父也不例外，他笑着对易霈说："易总夸张了，珈成年纪尚轻，哪有什么名气。"

叶父这样的自谦里，还是透着两分骄傲。

好像不管叶珈成什么年纪，公公对他的态度都差不多啊。三分谦让，三分骄傲，三分无奈，还有一分耳提面命。时简轻轻抬了抬下巴。

易霈淡淡地笑着，顺着叶父的话，开口："叶公子已经非常年轻有为了。"

易霈这声叶公子，某种意义，才真正抬高了叶珈成。两句话下来，不管公公还是叶珈成，都笑了笑。

时简侧了侧视线，还是望向了叶珈成。叶珈成微笑着回过身，继续跟着张恺握手寒暄。他走了过来，两人距离拉近，时简低头就能看到他的军棉鞋。叶珈成一直很喜欢这双军棉鞋，每次回家都要穿它，后来穿坏了，还特意找人到乡下买了一双差不多的。他还推荐给她，告诉她，真的很暖和。那么丑，她一点儿都不想接受……

叶珈成和张恺握手差不多了，时简默默将右手伸了出来，不经意地动了动，等着叶珈成来握。

结果，没有握。

　　时简又默默地将手放回口袋里，转了转脑袋，重新坐了下来：没想到叶珈成不仅装作不认识她，还这样忽略她。

　　就在这时，沙发往右边一凹，叶珈成在她旁边随意地坐了下来。本来面积就不大的三人沙发位，突然多了一个人，柔软的沙发立马往他那边微微凹陷着。

　　天，她和他屁股都快要碰到了！

　　很快，叶珈成又站起来，走到不远处的斗柜，拿过苹果刀。

　　叶珈成再次坐下来，两人的屁股真的快碰到了。

　　嗯，这沙发的确太小了……

　　"快给客人削苹果啊。"公公对叶珈成说，笑了下，"珈成削苹果技术不错，哈哈，这是他很难得的一个优点。"

　　叶市长这样轻松地开起玩笑，大家都笑了笑。

　　显然，叶珈成不想承认苹果削得好这个难得的优点，没有回应父亲的玩笑。时简也被叶珈成气得笑不出来。旁边，叶珈成弯腰拿起她的苹果，放在手心转了转，又给她放回了水果篮。

　　时简："……"连个苹果都不给她吃了吗？

　　她尴尬地悄悄转过头，叶珈成用轻柔的声音同她说了起来，像是解释给她听："刚刚那个苹果不够甜，我给你挑个更好的。"

　　这样无聊的解释，他只是对她说，不过大家都听到了。

　　"……"时简又转回了头，轻声回他话，"……谢谢啊。"

　　"不客气。"

　　叶珈成真给她挑了一个不算大，但足够红的苹果。以前，叶珈成也常常给她挑苹果，他特别擅长挑那种又甜水分又多的香脆苹果。

　　时简这样低眉顺耳，叶市长自然发现了儿子对漂亮姑娘献殷勤，注意到了易霈投去的视线，叶市长忍不住开口提醒："珈成，你给我们都挑个甜的。"叶市长这样说，是不想易霈误会，自己儿子好像调戏了他员工。虽然，看着是有点像调戏。

"嗯。"父亲的吩咐，叶珈成点了点头，开口说："我先给她削好。"

时简有点儿坐不住了，感觉心里的粉红泡泡都冒出来了，如果她表现出来，就是当着市长的面对他儿子犯花痴啊。

"谢谢。"她看向叶珈成，不过拒绝说："我不吃了。"

叶珈成拿着挑好的红苹果，眼睛对着她，"不吃吗？"

时简点头确认，理由说得特别不客气："等会儿就吃饭了。"

"哦，是的。"叶珈成放回了苹果。

同样，张恺和易霈也不吃苹果，叶珈成没事做了。叶市长看了看厨房那边，支使儿子做事说："珈成，你快进厨房看看。"

"好。"叶珈成站起身，往厨房走去。

时简听到公公这话，意识到自己刚刚那句话，好像是在催饭一样。叶珈成很快从厨房折回来，像是不知道情况地问了问："爸，今天张阿姨不在啊？"

叶珈成这话的潜在意思是：现在就妈一个人做饭，估计今天晚饭还要等着。

叶父没有回叶珈成，稍稍抱歉地对易霈笑了笑，继续和易霈聊了两句。今晚的宴请本来就是临时安排，凑巧阿姨不在，只有他妻子一个人忙活，的确不知道什么时候能吃上饭。

时简突然站起来，"我进去……去帮阿姨吧。"

"……怎么能让客人帮忙？"叶市长看向赖在单人沙发扶手上的儿子，"……珈成，你刚刚不是进厨房了吗？怎么又出来了？快进去帮你妈。"这个嫌弃的口气。

叶珈成眸光似有似无地瞅向某人。

时简真去厨房帮忙了。就算只作为小辈，她进去帮忙打打下手也是没有什么问题的。何况，她得到了易霈允许的眼神。厨房里，只有婆婆一个人在做饭。她进来帮忙，婆婆对她和善地笑了笑。大概真忙不过来，婆婆安排了一些简单的事情给她。

时简安静地立在水槽旁边洗菜，时不时偷偷回头看做菜的婆婆。这辈子，她还能幸运地继续当这个善良女人的儿媳妇吗？

当了婆婆五年的媳妇，时简打起下手那个熟练，婆婆看着她满意地说："还是生女儿好啊。"

嘻嘻。

时简给土豆削好皮，不知道婆婆要切丝还是切片，或者切块？三种切法婆婆都有不同的做法。她将圆滚滚的土豆排着队放在菜板上，打算问问婆婆再下手，一时没留神，转身直接叫了一声："妈——"

妈……

天哪，她刚刚叫啥了！时简身子僵硬，同时僵硬的，除了叶母，还有刚刚进来的叶珈成。叶珈成瞅着她，歪了歪嘴，像是在忍着笑。

"抹……布……在哪儿？"时简扬起了灿烂的笑容，快速圆回了话。不远处，叶珈成又撇了撇头，告诉了她："在你左手边。"

"哦，好的。"

时简低头偷笑，转了转视线，拿起了抹布。

发现只是一个听觉误会，叶母也笑了起来，刚刚这一声"妈"，叶母真感觉自己好像瞬间多了一个儿媳妇呢。

叶珈成也过来帮忙了，一边做事一边问了问张阿姨。

"你张阿姨的儿媳妇前阵子生了，张阿姨请假回去照顾媳妇月子了。"叶母告诉儿子说。

"哦。"叶珈成百无聊赖地听着，他将土豆又洗了洗递给时简，还是问了问："儿子还是女儿？"

"孙女。"叶母回话，借题发挥了，"你呢，张阿姨比我还小几岁，现在都抱上孙女了。"

"这怎么比。"叶珈成无法理解，目光停留在时简切土豆的这双手上，看了好几眼，他转过身回母亲的话，"……我现在女朋友还没有呢。"

时简切土豆的手停了一下，然后继续切，嚓嚓嚓嚓嚓！

叶珈成继续说："就算我今天追上女朋友，我和她认真交往到结婚，也要好几年吧。所以，您就等着吧，等个三年五载，可能就差不多了。"

叶母叹口气，不想和儿子继续说下去了。

时简切好土豆，交给了叶母。最后一道菜了，叶母不再让她帮忙，叶母看了看她切块的土豆，惊讶地问她："咦，我都忘了说，你怎么知道我要切块？"

时简笑笑，她只是按照婆婆做菜的习惯猜出来的，后面这道菜，应该是土豆牛腩。她洗好手，走出了厨房。

外面，夜色也已经深了。

客厅开着暖灯，灯光下易霈和公公……是叶市长，正在下象棋。张恺立在旁边看，观棋不语，易霈和叶父一来一往，两人也没有说话。

这样的气氛有一种非常和谐的安静，时简也立在旁边看了会儿，直至叶珈成替叶母过来叫大家吃饭。

晚饭做好，易霈和叶市长这盘棋也刚好结束。叶市长对易霈说："易总棋风很稳啊，每一步都全局在握，这点儿真难得，不像犬子……"叶市长摇摇头，没说下去，毕竟稳的反义词也不是贬义词。

"是不得不稳啊，和叶市长下棋，必须深思熟虑才行啊。"易霈跟着站起来，继续含笑道，"不然只会一子错，满盘皆输。"

易霈说得并不夸张，还非常真诚。叶市长连连失笑，又看了看走来的叶珈成，语重心长地说："我常常告诫我儿子珈成，不管做什么事都要谨小慎微。如果珈成有你一半的性子，我对他也就少了一半的操心了。"

叶珈成隔桌立着，懒得说话。

易霈浅笑："父亲对儿子的谆谆教诲，都是爱的体现，我很羡慕。"

易霈陪着叶市长入席，两人都是主座。

易霈的话，时简有些走神。如果别人说这样的话，应该只是一句寻常的称赞。不过易霈，他好像都不知道自己的父亲是谁……那句羡慕，听着像是发自内心的触动。

突然，后背被人推了下，她转过脸，看向叶珈成。

"吃饭了！"叶珈成说，移了移目光，加了一个他专属的称呼，"小狐狸。"

小狐狸……时简瞅着叶珈成，她还以为今晚他会一直装作不认识她呢。撇回头，她走向张恺旁边，作为易霈的下属，陪着叶父一起用餐了。

叶母准备的晚宴很丰盛，基本都是本地的特色菜。宴请的主菜，是老鸭笋丝汤。时简坐在餐桌最远处，望了望中间的褐色大炖锅。对面，叶珈成站起来给每个人都盛了一碗。他盛得很均匀，每个人差不多都是半碗汤，然后两三块鸭肉搭配着一些笋丝。

轮到她了，时简接过来一碗汤。只有汤，没有什么料。时简默默低着头，拿起银白色的调羹舀了一勺。不留意，舀出了一颗鸭心来。

原来她这碗，不是什么都没有，还有一颗心啊。

鸭身上最好的一块肉是什么？

时简和叶珈成结婚后讨论过这个无聊的问题，叶珈成的答案一直是鸭心。他第一次夹鸭心给她，也是她第一次来叶家上门吃饭的时候，同样也是老鸭笋丝汤。只不过那时候，叶珈成是牵着她的手进屋，对特意等着她过来的公公婆婆说："爸，妈，我将时简给你们带回来了。"

对面，是漫不经心的叶珈成。

时简看着勺子里的鸭心，放回了碗里。

叶珈成半靠着椅子，也有点儿不走心，转过头听着父亲和易霈他们聊天。

长桌的最前方，叶市长问起易霈什么时候回 A 市。易霈用抱歉的语气回答："最近 A 市那边琐事太多，打算明天下午就飞回去，青林这边项目问题不大，交给分公司负责人。"

关于易霈的行程安排，叶市长不多说什么，还理解地点点头。

易霈的回答，时简听得心里一阵发愣，原先的安排不是等竞标会结束再飞回青林市吗？她看向张恺，张恺的神色告诉她，易霈应该是临时决定明天回 A 城。张恺恢复神色，继续扮演好陪坐的角色。她琢磨了会儿，明白过来：今晚易霈和叶市长接触下来，心里大概已经确定易茂置业进入青林市没有问题了。所以，易霈告诉叶父急着回 A 城，一来表明他这次是特意为见面才过来，二来强调这里的公司负责人完全可以担当大任，三来就是完全信任的态度。

当然，易霈 A 城事情的确很多，下个月就是年会和易老先生的寿宴，青林这边少待一天，对他来说，是利大于弊。

既然聊到了回 A 城的话题，叶母也问起了旁边的叶珈成："珈成，你什么时候回 A 城？这次回家打算待几天啊。"

"也是明天。"叶珈成抬起头回答。

"啊，这么急？"叶母蹙眉。

叶珈成伸手，拍了两下叶母的肩膀，像是亲儿子对妈妈特有的安慰手法，"我这几天真挺忙的，突然想您才飞回来看看，过几天我还要赶着去德国一趟。"

叶珈成这样说，叶母也不说什么了，还心疼起来。

叶母和叶珈成的话，张恺听到了，"都是明天啊，正巧大家可以一起回去。"说完，张恺对旁边坐着的人使了使眼色，意思是让时简把叶珈成的机票一块买了。

时简："……"需要这么客气吗？

张恺表达得如此含蓄，叶珈成还是理解到了意味，他又对母亲说了一句："我回来的时候已经订好了回程的机票，明天下午的航班。"这话，他是说给叶母听，也是说给张恺听。

张恺笑笑，作罢。

空气里多了一份浓郁的酒香，从厨房飘过来。叶母反应过来，念叨地说起来："我这记性，把酒都忘了。"

叶母去取酒了。

酒香醉人。时简闻了闻味儿，花雕打蛋。

叶家自酿的好酒，盛情难却。叶珈成给大家倒酒，先是易霈，自己父亲，然后是张恺。张恺摆手拒绝，微笑着解释说："叶少，我就不用了。我等会儿还要开车。"

"哦……没事。"叶父听到了这话，告诉张恺，"珈成不要喝就好了，等会儿让他当司机。"

"……"叶珈成给张恺满上，温和有礼地说，"张助，放心喝吧，等会儿我送你们回去。"

"怎么好意思麻烦叶少呢？"张恺还在犹豫。

时简转过头，不想让张恺为难，她对张恺说："张助，回去车我开，你喝吧。"

她这样说，易需也同意了，对张恺说："张恺你喝吧，时简不会喝酒，等会儿她可以开车。"

易需都这样了，张恺也想起似的说："对啊，我们小时开车技术不错，刚好小时不喝酒。"

"……"叶珈成收起了舀酒的勺，望向她，"既然时姑娘不喝，我就不给时姑娘倒酒了。"

时简望着叶珈成，抿唇笑笑，低头吃起面前的一道青林小菜来。不知道为什么，她不想等会儿由叶珈成开车送他们回酒店。

像今晚这样，她和他装作不认识，所有想法都要藏在心里，什么心情都不能表露出来，她不喜欢这样。

五年夫妻生活养成了太多的亲昵习惯，在人再多的地方她叫他老公也不会不好意思；他呢，总叫她宝贝。他不叫她老婆，说是怕把她给叫老了。

她大概还是贪心了吧，现在叶珈成装作不认识她很正常，她对他来说最多只是有点儿兴趣，还是她主动挑拨起来的兴趣。不然她让他怎么当着叶父叶母的面介绍她？她和他没有一点儿交集，不是同学，不是同事，甚至连朋友都不是。或者算朋友吧，他上次说的。

女性朋友吗？差点儿要上床的女性朋友，却又不是女朋友。

时简想得明白，不代表心里没有气。餐厅开着电暖炉，正对着她的方向，热烘烘地烤着她的后背。晚饭结束，走到外面，温差太大，冷得她打了一个寒战。张恺立在她旁边，对她说："我怎么觉得南方冬天比A城还冷啊。"

叶珈成也走出大门，替父亲送行。冷冽的夜风吹得他神清气爽，余光不远处，小狐狸和易需的特助站在一块，他走上前，替她打开车门。然后，看到小狐狸不客气地上了车。

呵，连谢谢也不说一声。

没礼貌。

这样的夜，似乎差点儿什么。叶珈成回到客厅，父亲果然坐在那里，做出了逼问的架势。今晚的宴请，是他提议的，不过他没有告诉父亲，他会赶回来。

市长大人应该要问他今晚到底存着什么心思吧。

叶珈成实诚地回答："为人。"

"为……什么人啊？"接话的是叶母，比叶父更关心地看着儿子，不得不说女性的直觉更准确一点儿，叶母一猜就准了，"珈成，你不会是为了今晚的小时回来的吧？"

叶珈成点了下头，坐了下来。客厅开着电暖炉，他伸手烤了会儿。

叶母叶父相继沉默了会儿。

其实也不冷。叶珈成收回手，懒洋洋地靠着沙发。今晚，他陪着易霈也喝了不少酒，现在酒劲上来，心底那点儿情动心思也懒得藏起来。同样，他也不愿意藏着掖着。

小狐狸那么漂亮，他喜欢她又不丢人。

"原来你喜欢人家姑娘？"叶母笑眯眯，很快追问起来。

"……有点儿喜欢。"叶珈成垂着眼眸，似有似无地吐出一口气。

"你喜欢今晚这个女孩，所以飞回来，中间还利用了你父亲一把？"叶父发问了，话里带点着儿火气。

叶珈成抬起眼睛，承认自己居心不良。

儿子那么乖，叶母看着心里就想笑，她不忘加一句，语气酸溜溜的："那你吃饭的时候还说是想妈才回来的……"

叶珈成侧过头，扯了下嘴角，"当然，我也想你了。"

叶母轻笑出声，望了望丈夫，"清德，你觉得今天的时姑娘怎么样？"

"我们现在讨论人怎么样是不是太早了？"叶父一盆冷水浇下来，

"你要先问问你儿子，他对人家是不是认真的？"

认真的吗？

叶珈成靠着沙发，望着头顶的花色吸顶灯，土得掉渣。过了会儿，他坦诚回答："……不知道。"他清楚他们话里的认真是什么意思，以结婚为基础的男女交往。他不想骗他们，也不想骗自己。

真的，不知道。感情又不是人生事业，有明确的发展方向。

唉！叶母叹着气，又寻思了一些问题出来。叶珈成被问得烦了，用一句话打发："你们别问了，我现在还不知道她在想什么。"小狐狸的心，不可捉摸啊。

呃……

傻孩子，叶母笑着建议："那就问她啊。"

叶珈成："……"

"关于追女孩呢，"叶市长倾了倾身体，开始教育儿子如何追女孩，"第一，你要足够认真；第二，你要拿出你的认真；第三，你要坦诚你的认真。最好的方法，你找她好好谈谈话，认真地说说你的想法，包括你对以后生活的规划和理想。这样，人家姑娘就会觉得你很尊重她，你是一个可以托付终身的男人。"

"对对对！"叶母同意，差点儿没鼓起掌来。

"……"叶珈成没忍住，笑起来，"爸，你教我做人做事我都听着，受益匪浅。我的感情事，你们就别掺和了，我心里有数。"

"你现在像是心里有数的样子吗？"叶父直皱眉。

叶珈成好脾气地望向父亲，反问："你的纸上谈兵战术就好用吗？"

"纸上谈兵？"叶父不满意地望着妻子，再问一遍，"我这是纸上谈兵吗？"

叶母还是偏心儿子，"儿子的话没错啊，难道追女孩这块，你经验很丰富吗？"

"我没有经验？"叶市长对着叶珈成扔出一句，"至少我能追上你妈！"

"呵呵。"叶珈成呵笑两声，慢慢站起来，朝着父亲开口，"爸，你刚刚这句话不错。"

叶市长："……"

叶母瞅瞅丈夫，难得从丈夫嘴里听到顺心话，心满意足地笑了笑，"我去给成成整理行李啊。"

视线一转，门厅，叶珈成已经在换鞋了。

叶母忍不住，用青林话问："珈成，这么晚了，你还出去啊？"

"嗯。"叶珈成转过头，立在过道灯下方，一本正经的模样，然后回话说："我突然觉得爸爸说得有道理，所以打算找她认真地谈谈话。"

叶母："咳！"

叶市长猛地站起来，声音跟着情绪倏然加重，"叶珈成，我没让你大晚上找人家姑娘谈话。"

"哦。"叶珈成当成了耳边风。

……

明天就要回 A 城了。

时简开着车，副驾驶座张恺打着电话交代剩下的事情，完毕，转过身对易霈汇报一遍。今晚易霈将青林市这边的事情全部安排好了，的确是赶着明天回 A 城。

张恺说起了叶珈成，提了一个不知可行不可行的建议："叶市长的儿子，如果能请来为易茂置业做事就好了。"

"不可能。"易霈否定张恺的提议。

张恺："为什么……"不可能？他们易茂置业又不是出不起价钱。

"叶珈成给易钦东开过一次价钱，"易霈说起来，"结果直接吓走了易钦东。"

事情是关于叶珈成的，时简也竖着耳朵听。居然能吓走易钦东，叶珈成到底开出了什么条件？

张恺猜了下，已经是一个高额价格了。

易霈笑了笑，然后说："更高。"

更高？时简："……"

不只是钱，叶珈成还要股份分红。心太高的员工，就算能创造同等价钱的价值，对老板来说也不是最理想的员工。当然，叶珈成有条件心高气傲。

易霈收了收心，开口问前面的人："时简，你怎么看待叶珈成这个人？"

Chapter 12

恋上小狐狸

　　他要不要去找时简呢？叶珈成走出家门，想了两下。

　　他刚刚说找时简认真来一次夜谈的话，只是顺着父亲的那番像是找人共建社会主义核心价值观的建议过个嘴瘾。虽然他心里真挺想敲开酒店的房门，找小狐狸说会儿话，不过男人夜里上酒店找女人，不管是什么理由，这种行为实在太没品了。

　　这次回来，他主要给小狐狸带了一样礼物。

　　小狐狸难得来青林一趟，他总不能让她空手回去。可惜礼物买得匆忙，都没有包装好，他出门是打算到文具店买两卷包装纸。上一次亲手包装礼物，还是小学那会儿。受人尊敬的班主任过生日，他和大多数同学一样送了礼物。礼物是他用自己的零花钱购买，然后认真地做手工包装好。之后，他发现那位老师也不怎么值得尊重，导致他对送礼物包装这事，也不喜欢了。

　　他讨厌失望。

　　文具店里，叶珈成立在货架前，翻了翻五颜六色的彩纸，选了橙色的。

　　"叶珈成是一个聪明人。"时简回答易霈的问题，"其他的，不好说。"她站在爱人的角度对一个男人进行了评价，这样的评价肯定不够客观，所以简单地说一下。

叶珈成是一个对人对事大方又坦荡，相处起来同样精明又不吃亏的男人。两人在一起，和他比起来，她很多时候真有点儿缺心眼。所以，他总让她多吃点心，好长点儿心。话虽这样说，她不长心的表现，也是他纵容出来的。生活中的烦心事，叶珈成都给她想好，告诉她问题出在哪儿，她怎么做比较好。

"还长得很帅，对吧？"张恺啧啧有声，以讨论的口气插话进来，"个子也高，南方男人很少有他那样的高个子，叶市长好像就一米七多。"

张恺的评价角度，一下子转了风向。

时简承认张恺的话，"好像是挺帅的……"迷人电眼，高鼻梁，笑容勾人又干净，长相属于英挺又斯文那种。

张恺："……"

时简巧笑，微抿着红唇。她心里气叶珈成，只是听到张恺夸他帅，心底又升起少许欢喜。

"是的，不过看着花心。"张恺继续说，补刀一句，"属于女朋友很多那种。"

时简撇了撇头，不说话了，很想反问张恺这个夜店小王子。好吧，她护短了。

张恺今晚心情轻松，的确多说了几句。他想到今晚叶公子时不时撩起的眼神，总往他和时简这个方向瞟，总不可能是在撩他吧？"时简，你是A城人吧？以后还是找个A城男人好啊。"张恺又说起来，"最好是知根知底那种，大家都认识，聊得来。"

时简："……"

张恺继续真诚地说着："不过千万不能找花心的，尤其是叶珈成那种的，高门子弟，容易受伤。"

时简："……"

张恺不放心，再次强调一下："男人，真不能找花心的。"

张恺这唱的是哪一出？时简幽幽地，回击一句："听张特助的口气，张特助似乎被男人伤害过了呢？"

"唔！"张恺捂着胸口。太过分了！这世上哪个男人能伤害他，除了老板。

时简不罢休，又来一句："张特助每天除了管我的事，还管我嫁啊，是不是管得太多了？"

张恺："……哎哎！"他为她好，好吗？

时简真觉得张恺烦人，直接告起了状，当着张恺的面，对后面的易霈说："易总，你说张特助是不是管太多了？每次还特无聊那种。"说完，时简偷偷扯了扯嘴巴，她好像真的太没大没小了。挤对自己的上司就算了，还找老板一起挤对。

不过，每次她和张恺这样没大没小地说话，易霈听着都还挺愉快的。由此推算，易霈是一个正常年轻人，偶尔也需要人在他面前说笑。

果然，坐在后面的易霈轻轻笑了一下，回了她："嗯……的确有点儿。"

时简笑嘻嘻，睨了张恺一眼：易总都说你烦人了，以后注意点儿！

张恺："……"

时简回到酒店，已经夜里九点多了。她穿着白色软底拖鞋，立在卫生间手洗贴身衣物，一双手都是肥皂沫儿，一根头发使坏地落在她鼻尖，痒痒的。她伸手拨了一下，不小心鼻尖沾了泡沫，白白的一点。她对着镜子看看，好傻。

放在盥洗台的手机响了起来，是叶珈成来电。

她用两根指头捏起手机，手太滑，结果"咚"的一声，手机掉进了盛满水的洗手盆里。

时简听到自己心碎的声音。

等吹干手机，她开机给叶珈成回过去，已经是夜里十二点了。她告诉他，手机掉水里了，她用吹风机吹了半天。

"我想也是这样。"叶珈成说，声音带着笑，"所以我一直没睡，等你电话。"后面一句话，叶珈成说得比较轻，像是情人的口气。

时简："……"

闷闷地，她问他："你确定我一定会回你吗？"

"不确定啊。"叶珈成扯着话，"所以，我也不知道今晚能不能等到你的电话。"

叶珈成淡淡的声音里听不出真假。没有视频通话，她看不到叶珈成的脸，感受不到他说刚才那句话的神色，到底有几分真，几分假。

安静的夜里，时简关了灯，靠在柔软的枕头上。叶珈成说的每句话都像是在她心口挠痒痒。一个心太急，一个慢慢来。她无奈，又没有办法，心底甚是煎熬。

眼泪，悄悄流了下来。

叶珈成不知道她哭了，手机里又传来他好听的声音，"小狐狸，我想你了。"七个字，叶珈成说得特别缓慢，像是在吐露心声。

叶珈成的话，明明是让女人都开心的情话，时简今天听着却感觉很委屈。莫名地，脾气也上来了，也是被他宠出来的坏脾气，她直接对他说："叶珈成，你不要说了，我现在很难过……"

叶珈成："……"

叶珈成挂了电话。接听小狐狸电话的时候，他坐在窗边的书桌前。老旧的四脚长方形老书桌，年份久了，修补过一次白漆，看着洁白如新。

只不过是他初中用的书桌，搭配的椅子现在用起来，实在令人不舒服，腿都不知道怎么放。

叶珈成躺靠在椅子上，将一双长腿放在了桌面上，伸手拿起桌上包装的礼物，瞅了瞅。刚刚他还想来一次真情告白，结果被打断了。

她不稀罕他想她吗？

小狐狸真是他见过的最厉害的女人。她随便地给他来一下，他就受不住了，她说难过的时候，他恨不得立刻飞过去陪她，拥她入怀。

真是，好计谋啊……

小狐狸会勾人，会算计，会卖乖，会投他所好。人还长得漂亮，吻技好，皮肤也是他见过的女生里最好的。只要她静静望着他，他就能乱了心智，身体里的荷尔蒙胡乱分泌起来，像是坏掉了一样。她说她难过，她怎么难过了？

他现在还难过呢。

不过作为一个男人，难过一下就够了，难过两下就可耻了。

没关系，明天就要一起回 A 城了。

叶珈成这次回来没带什么行李。第二天，叶母整理了很多青林小吃让他带走。以前，叶珈成每次都是嫌麻烦拒绝的，不过这次他任由母亲将一堆瓶瓶罐罐的特产小吃打包起来。其中一瓶是腌菜，叶母笑嘻嘻地对他说："昨天我看那位小时姑娘挺喜欢张阿姨腌制的这个小菜，妈妈也给你放进去了啊。"顿了下，不放心，"成成，你知道怎么做吗？"

这有什么不知道的，他又不是傻子。

时间差不多了，叶珈成拎着两袋特产和礼盒悠悠登机。一个男人拎着特产袋登机，形象基本大打折扣了，叶珈成也一样。不过他颜值太高，就算拎着两大袋，里面装着的还是自家做的瓶瓶罐罐青林小吃，依旧帅得逼人眼球。

等在头等舱的空姐眼睛都闪了一下，立马微笑着上前，"您好，先生。"

叶珈成拒绝了服务。

易霈挺客气的，第二天就安排了这边的司机联系他，要接送他来机场。不想接受易霈的安排，叶珈成踩着点过来，头等舱只有那么几个座位，没想到他的位置刚好在易霈对面。男人之间的客套，有时候比女人还要来事，两人又是握手。视线稍微环视一下，头等舱里没有小狐狸。难道小狐狸在后面的经济舱？

外界传闻易霈不近女色，看来不假。小狐狸那么漂亮，都没办法用美色将经济舱升级成头等舱啊。

同时坐在易霈旁边的张恺，很快站起来，对他说："叶少，我们换个位子吧。你和易总坐，你们可以聊聊。"叶珈成没有拒绝，先坐了下来。张恺拿起放在地上的两个袋子，要帮他放到行李舱里。他开口："不用，等会儿就送人了。"

张恺："……"送谁？！

"时简呢？"叶珈成问了起来，大大方方的。他当着易霈的面，一点儿也不掩饰想泡他女助理的心思。没什么好掩饰的，老板还管着恋爱吗？

他找时简的原因，他对易霈解释了一句："我有东西送她。"

易霈点点头，对叶珈成说："时简不在。"

张恺也低头看了看手中的两个袋子，一袋特产，一袋礼盒。才吃一顿饭，叶珈成下手这么快！不过他还是要告诉叶珈成："时简还留在青林市呢，后面几天的竞标会，她留下来学习帮忙。估计多待两三天再回A市。"

叶珈成一时没说话。

张恺语气藏着愉快，想不到吧。

"嗯，这样啊。"叶珈成扯起彬彬有礼的笑容，轻轻地应了声，倒也没有流露出特别的神色，只说了一句，"可惜了。"

叶珈成表现到这个份儿上，明眼人都知道他表达了男人那点儿心思，不，是居心。

飞机快要起飞了。易霈微微注视了两眼，收回了视线，拿出手机，关机。

叶珈成也拿出手机，靠着座椅发出最后一条短信："你今天没有回A市？我有两袋东西要给你，怎么办？"

小狐狸很快回复过来："你交给张恺吧，谢谢。"

"好。"哦，这才是最后一条。

果然有礼物收，短信回复都快一点儿。叶珈成关机，收起手机，然后，他侧了侧头，对张恺说："张特助，有个事情要麻烦你。"

张恺将耳朵朝向叶珈成，客客气气地开口："叶少直接吩咐就可以了。"

"这两袋帮我捎给时简吧，我过阵子要去德国一趟，里面有吃的，我怕等我回来给她……会坏掉。"

"好的好的。"张恺尽量语气从容，"叶少有心了。"

"没什么。"叶珈成笑得好看，"追女孩，没点儿心思怎么行。"

时简为什么没有回A城？

距离竞标会还有两三天，原本易霈安排张恺暂时留下来。时简是自告奋勇的，她以前做过项目竞标会，还算有这方面的工作经验。

她主动请缨，易霈也没有吝啬工作机会。回A城之前，易霈特意带她和分公司的负责人见面、交代事情。对于易霈真同意她留下的决定，不放心的人是张恺。大概是担心她办不好事情吧，临走前还偷偷给了她六字箴言："少做事，少说话。"

作为她的师父，张恺这样交代有他的考虑。作为一个实习生，少做事少说话，就不会出太大的差错。张恺的话，基本也表达了易霈本人的意思。

收到叶珈成短信的时候，时简正和分公司的人吃晚饭。等她回复短信，叶珈成没有回复她，应该是关机了。

三个小时后，她坐着公司的车回到酒店，叶珈成简单回复了她："东西我已经托给张助理了，你回去就看到了，有两大袋。"

叶珈成不告诉她……他明明知道她很好奇，偏偏不告诉她。不告诉就算了，还提示她有两大袋。

时简是从张恺那里知道那两大袋是什么的。

她打电话给张恺，没等她开口，张恺先絮叨起来了："谁说南方都是小男人，叶珈成就是一头来自南方的狼啊！怕男人是头狼，最怕那狼还有文化。"

"……"她问张恺："怎么了？"

"其实也没什么。"张恺语气回归正常了，"他就是托我带了两袋东西给你，一份礼物，一些青林特产，没什么别的。"

她："……噢。"

张恺听不出她话里的愉快，还问了问她："需要我帮你处理掉吗？"

处理掉？时简赶紧回话："不用！"

"……"

张恺估计心塞了，一时没有回她，过了会儿，听筒里传来易霈突然说话的声音。易霈让张恺问问她下午的情况。时简别过脸，刚刚她和张恺通话的时候，易霈也在啊。

张恺问她下午的情况，她打开电脑开始汇报。电话那边，张恺应该是把手机交给易霈了。果然，下一秒易霈温和的声音隔着电波飘到她耳边，"时简，你可以说了。"

时简开始汇报，下午事情比较多，她整理了20多页的内容。她一边点着鼠标，一边口述给易霈听，她每说两三点，易霈都回复她几个单音节，比如"嗯""好"，或者两音节的"可以""继续"，非常公式化。

电话打久了，耳朵微微发烫，信号也不好了，断断续续的电波像是拨开了她的声音。她听不到易霈讲话了，连问了两遍："易总，你能听得到我的声音？"

还是没有声音。

2G网的年代，信号真不好啊。时简拿着手机站起来，她也不知道易霈能不能听到，一边走出酒店房间一边开口："易总，你等会儿。我这里信号好像不好，我走出房间试试。"

酒店长廊外面有提供休息的大厅，时简走到那边，信号终于恢复正常了。易霈的声音顺利传入她耳边，"听到了。"

"……"

汇报完毕，外面没有暖气，她没有穿外套走出房间，手和脚都有点儿冷了。不知道易霈还有没有吩咐。她站起来走动两步，打算产生点儿热量，就在这时易霈开口了："我都清楚了，你先回房间睡觉吧。"

"好的。"原来刚刚信号不好，只是她听不到易霈说话，易霈还是能听到她讲话的。

时简回到酒店，蒙头大睡，手机开着机，放在床头柜上。她以前好不容易养成的睡觉关机的好习惯，又没了。

第二天，竞标会。

　　她本以为事情没那么多，结果还是忙到了夜里十一点才回到酒店。白天太忙了，她没有顾到电话有没有响过，稍有空闲，检查了两次手机，都没有叶珈成的来电。

　　真是令人沮丧！时简洗澡的时候一个人唱歌助兴，浑身白皙的胶原蛋白都在告诉她，她真的有变年轻哦。然后，也没有那么难过了。浑浑噩噩，一晌贪欢，然后大清早她还在睡觉，手机响了。遮光窗帘严严实实地挡着外面的光，房间还是一片晦暗不清。

　　时简伸出一只手抓起手机，眯着眼睛按了接听键，犯懒地将手机放在耳边的枕头旁。

　　电话，是叶珈成打来的。

　　"还在睡？"叶珈成问她，声音那个干干净净，比她神清气爽多了。

　　"嗯……"时简咕哝道，睁开一点点眼缝儿，看了看手机里的时间，才五点！她忍不住提醒叶珈成说："现在才五点。"

　　"哦。"叶珈成回她，"我算错时差了，还以为你醒了。"

　　还是一个越洋电话啊。时简翻了个身，"你在德国了？"

　　电话里，叶珈成叫了酒店服务，英文流利，还夹着一两个她听不懂的单词，还是德语。时简稍稍坐起来，靠着床头。越洋电话那么贵，多讲一分钟是一分钟，她拿着电话放在耳边，大脑浑浑噩噩，一时不知道说什么。

　　叶珈成问她："你还在青林？"

　　"嗯，不过今天事情就结束了，打算出去走走。"

　　"不错。"叶珈成大方地对她说，"我告诉你几个好玩的地方，你记记。"

　　"好啊。"她笑笑，心里的想法是，他要推荐的地方，她哪个没有去过。叶珈成很快说起来，随着他报出一个个地点，她脑海里的记忆跟着他的声音一点点浮现出来。

这些地方，他全带她玩了一遍。只不过，现在只剩下她一个人的记忆罢了。

天华小吃街，她和叶珈成在那里吃过同一碗豆腐丸。

青铜寺，她在那里买了同心结。

凛湾大桥，叶珈成深夜背着她走过一次。兴致高昂，两人还唱了歌，她前一句，他后一句，谁也不嫌弃对方越唱越跑调。

叶珈成说得差不多了，时简也醒得差不多了。她跳下床拉开酒店窗帘，低头鸟瞰下方笔直的大道。清洁工已经在打扫了。

"你去德国，是工作吗？"她问。

"不算工作。"叶珈成否定，语气轻松地问了问她，"时简，你知道 Union International des Architectes？"

"UIA？"时简抓了下头发，轻轻问了叶珈成，"……你入围了吗？"

"嗯，挺没意思的比赛，不过入围了，还是过来一趟。"叶珈成说了起来，浑然不在意的口吻。

不是的！时简突然急了，又不知道怎么说。

她认识叶先生的时候，叶先生已经是国内国外先锋派里很出名的建筑师，一身才华一身名气。他有很多出名的设计作品，包括曾经在 UIA 里没有获得任何奖项的"灵鸟"。叶珈成，别人提起他都是年少成名，顺风顺水。没有人知道，就算再炫酷的年少成名，人中骐骥，也会有被否定才气的时候。

叶珈成颠覆传统设计思潮的作品就被否定过。UIA，他乘兴而去，败兴而归。

之后，叶先生继续做建筑设计，只是不再参加任何比赛了。他玩参数化，玩结构，对方案把握得更加透彻，作品也变得更加务实精炼。

"他们那次的否定，对我来说连挫折都不是。"叶珈成向她提过那次 UIA 的比赛，口吻相当云淡风轻。三十五岁的叶先生，当然不需要向她遮掩什么，他真的将那次比赛当成了云淡风轻的往事。

可是，二十五岁的叶先生呢？

时简鼻子忽然酸了。叶珈成这趟去德国的结果是令人失望的，她知道，可她不能说。

"德国好玩吗？"她忍住鼻音，问他。

"怎么了？"叶珈成还是听出了她说话声音的不一样，"不要告诉我，我一打电话给你，你心情就不好。"说到最后，他笑了，还是一种无奈的愉悦。

今天，叶珈成的心情应该不错吧，尾音都飘起来了！时简跟着笑了起来，然后她用力告诉他："是感冒了——"不够，她又说一句："都是你，这么早叫醒我，害得我鼻塞了。"

"噢，赖我啊——"叶珈成拖了拖音，"好吧，是我的错。"

时简笑着，望着外头的晨曦之光，心情突然有些感激。她陪叶珈成庆祝过很多次成功，以叶太太的身份分享着他的辉煌成就。然而，最应该陪伴的，不应该是他失意的时候吗？

"小狐狸，这里很冷呢。"叶珈成又说了起来，声音年轻、悠然，"听人说明天这里会下雪，德国下雪很漂亮啊。小狐狸，你想看吗？"

"好啊……我要看。"时简想了想，"如果下雪了，你就拍照发给我。"

"可以，"叶珈成答应了她，"如果下雪的话。"

时简回 A 城，面子很大，青林分公司李经理亲自送她去机场。

李经理这个人，出身草莽，但是办事能力强，行事圆滑，特别擅长和施工队那群老油条打交道。按理说李经理这个人做事极有目的，不可能亲自送她这个小实习生来机场。等到李经理谄笑胁肩地打开后备厢，时简看到那一摞礼品时，她明白了。

"这是我对易总的一些心意，麻烦时小姐了。"

时简："……"

李经理一件件地提出礼品盒，大致拎了拎重量，不好意思地对她说："好像有点儿多啊。"

时简轻轻点了下头。这么一大堆，怎么会是有点儿多，是非常多啊！李经理要她全部带回 A 城送给易霈吗？

李经理送她来到候机厅，又是帮她办理登机，又是打包特产走托运。伸手不打笑脸人，时简不好说什么，临走前李经理拿出两包零食海鲜塞给她，"拿着，路上吃。"

"……谢谢李经理。"

时简下了飞机，面对着大堆礼品，犯难地给张恺打了电话。晚上八点，她总不好将这些礼品都带回宿舍吧。

手机接通，张恺正开着车，张恺听她把事情说完，好像放下手机问了问易霈本人。得到了易霈的回复，张恺又拿起手机对她说："这样吧，小时……我现在送易总回汤泉。你可以直接打车来汤泉，或者你在机场等我也可以。"

两个选择。时简呼呼气，她还是打车吧。等张恺来接，她要等到什么时候？

汤泉是易霈的一处私人住宅，时简去过一次，不过她只到过汤泉小区的停车场。艰难地拎着大包小包排队上车。汤泉小区门禁管理严格，她提早给张恺发了消息。

一路飞驰。

出租车还没进小区，她先看到了一辆停在外面的黑色轿车。易霈的车，安静地停靠在路灯下方。他们也没进去？时简下车走到后备厢，前方张恺也下车了，人模狗样地朝她走来。后备箱搁着那么多礼品，张恺看到也咋舌了，"我去，李经理这也太过分了！"顿了下，"有我的吗？"

时简笑眯眯，摇摇头说："没。"

"都一样。"张恺无所谓，朝她嘚瑟道，"这些东西，等会儿易总也是分给咱们的。"

哈哈，时简有点儿好笑。张恺这个口气，让她想到了敬事房里的大管事，一级大红人。呃，如果张恺是一级大红人，她算不算二级小红人？

乐呵呵地，时简提了两袋轻的，跟着张恺上了前方的黑色轿车。易霈坐在车里，她双手放在车椅靠背，转身打了招呼："易总好。"

"这几天怎么样？"易霈问她。

"挺好的。"

易霈点头，过了会儿，他对她说："昨天赵总跟我夸了你，说你表现很好。"

赵总是青林易茂置业的负责人。时简抿唇微笑，不忘谦虚地说："我跟赵总也学到了不少。"

易霈："能学到东西就好。"

时简不知道说什么了，易霈又开口对她说："下次这种事，你不用替他们帮忙。"

有时候作为 BOSS 跟前的人，最重要的不是办好事情，而是揣摩好BOSS 的心意。时简最不擅长的就是揣摩人心了。难道这次她帮李经理带礼品，易霈不开心了？

易霈认为她做错事了，所以他前面提到赵总对她的表扬只是一种先扬后抑的手法？

……可怜的李经理，可怜的她。时简确定易霈刚刚的话应该是责怪了她。反省了一下自己的行为，然后要说点儿什么保证的话的时候，易霈笑了，脸上没有任何责备之意，口吻还带着笑意，他样子认真地反问她一句："你不嫌重吗？"

"以后遇上这个事，你都不用理会他们。"易霈继续对她说，像是将原因解释给她听，还额外加了一句，"你不需要给他们做事。"

时简点点头，她知道怎么做了。

张恺将车开进汤泉的地下停车场。汤泉是 A 城的高档小区，停车场设施完善，里面还有保安 24 小时提供指导倒车的服务。张恺要将车停进易霈前方的私家车位，结果看到前方有一辆红色轿车正在倒着车，旁边站着指导的保安小哥。

车窗贴着膜，看不到里面的人。这种抢私家车位的行为，张恺直接骂人了。等看到红色轿车走下的人，噤声，神色复杂。

时简憋着笑，明白张恺操蛋的心情。刚刚有人当着易霈的面骂了他未婚妻呢。

"对不起，阿霈。"张恺尴尬极了，还打起了友情牌，"我不知道这辆车是……Vivi 的……"

易霈下车了，没有理张恺。

时简笑出声，安慰旁边一脸苦大仇深的张恺："好了，没事了。"

张恺撇过头。没事？他心里的事情大着呢。

时简将手放在车门的内把手上，问了问张恺："张助，我们要下去搬东西吗？"

张恺深吸一口气，"搬搬搬！"

时简："……噢。"她怎么感觉张恺情绪有点儿不对，难道刚刚易霈不理他的原因？不至于吧。时简自顾自地下车，视线不经意一抬，不远处，赵雯雯扑到了易霈怀里，两只手圈在易霈的腰间。她默默转了个身，当作没看到。

张恺终于死皮赖脸地出来了，走到她旁边。时简撇了撇头，只见张恺一副外表平静内心很丰富的模样。不远处，赵雯雯还赖在易霈怀里，逗着易霈笑。易霈对她说了一句什么，赵雯雯收了收笑意，悠悠转过身，走了过来，"时简，听说你今天刚回来？"

她点头。

赵雯雯又开口："这么晚还来这里，辛苦了哦。"

这话没有什么不对，不过赵雯雯表情有些不对。时简抿抿唇角。旁边的张恺立马替她解释，说了李经理礼品的事情。

"这样啊。"赵雯雯语气柔软下来，像是误会了她，"谢谢。"

就在这时，一直立着的易霈对她和张恺说："张恺，你顺便送下时简。"

"好。"张恺应了一声，没问题，只求快点儿走。时简也告了别，赵雯雯靠了靠易霈，笑着朝她摆摆手。

"拜拜。"时简转过身。呃，张恺呢？

第二天，张恺请了半天病假，理由是重感冒。张恺不在，时简忙了半天的周一会议记录，做事的时候心里不忘惦记着：叶珈成托张恺带给她的东西，放哪儿了呢？下午，张恺一脸倦色地来上班了，她从张恺那里拿来了叶珈成送她的青林小吃和包装好的礼物，乐得眉眼弯弯。

迫不及待，时简回到座位，立马对着电脑拆礼物。叶珈成会送她什么？

礼物方方正正，用橙色的彩纸包装着，包装得平整又漂亮。时简看着包装纸的边缘，心头一乐，这礼物一定是叶珈成自己包装的。彩纸黏合用的胶水，不是市面普通的胶水，是叶珈成工作用的那种专用胶。

蛛丝马迹的小发现，意外得美好。小心地拆开包装盒，盒子里面还有一个盒子。啦啦啦啦，时简打开，取出里面的礼物，是两只水晶狐狸。

两只狐狸，一公一母，样子灵活得惟妙惟肖。盒子里还藏有一张卡片，上面有叶珈成的手写字。他的字迹，和他的人很像，清新飘逸。

卡片只有一句话，时简对着卡片看了一遍又一遍，心里的一角仿佛有什么东西跑了出来。

噢，是汹涌又柔软的爱意。

洁白的卡片上，叶珈成这样写道——"小狐狸，我喜欢上你了，可以给个机会吗？"

时简趴在电脑前，脑海浮现那天夜里的她在车里对叶珈成说的话："如果以后你喜欢我了，记得来追我啊。"叶珈成是怎么回答的？他非常肯定地回答了她："好。"不过那天她太难过了，不管他说什么话，她心情都是糟糕透顶。

办公室暖气充足，Emliy看到桌上的两只小狐狸，打趣地问："时简，你这是恋爱了吗？"

"呃，快了。"时简笑吟吟，一脸恋爱的模样。

柏林已经下雪了。

时简看到了那边的天气情况，下了一场很大很漂亮的雪。她等叶珈成的照片，可等了好几天都没有等到。

柏林那边颁奖也结束了，叶珈成电话打来的时候，她故作忘了他是去柏林参赛。她知道叶先生没有获奖，无法做到像是不知情似的问他获得了什么大奖。

"……对不起，时简。"叶珈成道歉，为下雪照片的事。他已经从柏林飞到了英国。朋友约他玩两天，所以，他没有等到柏林下雪。

时简眼眶微微泛红，"你什么时候回来啊？"她问叶珈成，躲在总经理办公室的女卫生间。

她突然变得那么难过，叶珈成以为她是因为看不到下雪的照片。电话那边，他笑得特别无奈，又很愉快。他道歉、安慰，还想了一个折中的办法："要不你请假飞过来，我再回去，我们一起看。"

　　叶珈成这样表现得没事儿的样子，时简忍不住，眼泪冒出来，声音变得稍微含混不清，"可是……我没有签证。"她像个面对糟糕问题却没有办法的小孩。她明明知道结果，可是没有办法解决它，甚至现在，她想陪在他身边，都没有办法。

　　"哦。"叶珈成回她，"没事，那明年我们一起过来看。"

　　时简用手擦了擦眼泪。

　　她哭得莫名其妙，叶珈成声音温柔，开着玩笑问她："小狐狸，你哭得那么伤心，真不是被老板骂了，特意算我头上？"

　　"是啊。"她说，眼泪不小心又飞落下来，语气倒是轻松了不少，"……难道你不认吗？"

　　"认，当然认。"叶珈成笑了两下，"有那么漂亮的女孩为我流泪，是我的荣幸。"

　　……

　　挂了手机，时简来到外面的盥洗台。她刚哭过，眼睛红红的，赶紧抽了一张纸巾。旁边的水龙头突然多了一只男人的手，手腕戴着一只朗格男表。这手，这表……

　　时简转头，看向旁边的易霈，"……易总。"怕易霈看出端倪，快速低下头。

　　易霈移开视线，开口："如果工作累了，可以请几天假。"

　　"噢……谢谢易总。"

　　"不用。"

　　大概感情真出了错，易霈这个星期没有约会赵雯雯。年会快到了，总经理办公室私下讨论比较多的，就是易霈和赵雯雯交往的情况。以往，张恺会爆料一些内幕给她们听。不知道为什么，最近张恺对赵雯雯三个字闭口不谈，犹如洪水猛兽。善于观察的 Emliy 小声问她："时简，你偷偷告诉我……在青林市有没有发生什么事啊？"

"……呃？"时简顺着 Emliy 的话想了想，大脑瞬间冒出一个可怕的想法，然后她像是否定自己一样否定 Emliy："没有！"

"哦。"Emliy 没想到她反应这么大，又说起一件事，"赵雯雯好像去英国了，难怪最近易总和赵小姐没约会了。"

哦……时简想到了叶珈成，不知道他什么时候回来。

第二天，叶珈成就飞回来了。之前那通电话里，他对时简说是去英国玩，其实是他从柏林飞英国聊明年的项目。年底了，事情都多，还要居安思危。他本来不用那么赶，如果不去柏林，如果不用那么急着回来。飞机里，叶珈成靠着椅背，戴着眼罩闭眼休息。

耳边絮絮叨叨，他过道左边坐着两个女的，一直在讲，讲讲讲个不停。她们聊名牌、聊美容、聊易霈……叶珈成忍不住，拨开眼罩，望向她们。

赵雯雯这次去英国是为了陪失恋的易碧雅。易碧雅，易家的小女儿。这两年易碧雅爱上了一个公费留学的穷小子，结果这个男人人穷志不穷，为了理想甩掉了易碧雅。赵雯雯听到这事立马乐了，想到易霈对她的态度也在变化，正好有个理由飞英国拖住这事。

对女人来说，治愈失恋最好的办法是什么？那就是找到一个更好的对象。赵雯雯觉得易碧雅这人挺装的，不过不妨碍她和她成为好闺密。赵雯雯让易碧雅看向右边。

对面的男人，戴着黑色眼罩。从上飞机到现在，他一共没醒几分钟，要么睡，要么吃点儿东西。

即使这样，这个男人也是帅得令人心动，让女人身体里的荷尔蒙噌噌噌地往上涨。高挺的鼻梁，微微抿着的嘴角；最好看的，还是他的下颌线条，柔和又不失男人味。

　　赵雯雯用眼神偷偷问易碧雅："怎么样啊？"

　　果不其然，易碧雅眼睛也闪了两下。

　　就在这时，男人摘掉了眼罩，侧过头，"请问，看够了吗？"

Chapter 13

失意的灵鸟

"请问，看够了吗？"

这样硬生生、不留情面的一句话，着实让一般女人颜面受损，不过赵雯雯也不是一般女人。她撇了撇橘色的唇，俏生生地反驳一句："帅哥，你可真敏感啊。"

叶珈成没有回话，扯着嘴角，有着说不出的嘲讽。睡得差不多了，他不再戴上眼罩。如果他没有判断错，对面这两个女人，一个是易霈的未婚妻，一个是易家的小女儿。

易家一家人，七七八八的，他已经见得差不多了。

这种懒得搭理的神色，像是有人用封条贴上了赵雯雯的嘴巴，赵雯雯没有话说了。易碧雅偷偷扯了扯她的衣服，算了吧。

算了？男人越这样不以为然，越说明他们内心迫不及待。赵雯雯俯身，凑在易碧雅的耳边，怂恿易碧雅过去要个电话号码。

意料之中，易碧雅摇摇头。

赵雯雯嘟嘟嘴，以好闺密的口吻说："……我帮你要？"

易碧雅犹豫了下，点了点头。

赵雯雯又往右边看几眼，以引起注意。叶珈成心里发笑，回视了两眼，似笑非笑。

这样的男女眼神，赵雯雯很了解，有戏。

赵雯雯拿出包里的一支橘色口红，得意地在纸上写上一串英文：

"What's your phone number ?"

然后，她将这张纸递了过去，连带那支橘色的口红。

叶珈成接过纸和口红，真是无聊啊。这个段数，连小狐狸的十分之一都没有吧。清脆的"咔嚓"声，叶珈成还是打开了口红的小盖子，转了半圈出来，然后，快速写下一串流畅的手机号码，艳红的 11 个数字。

下午五点半，高彦斐同学在家中认真地打游戏，桌上的手机突然响了两下，进来一条消息。高彦斐拿起手机，打开短信箱，一条奇怪的短信来自本地的一个陌生号码。

"你今天穿的衣服很好看。"

谁啊？高彦斐玩了快一天的电脑了，眼神迷离，低头看了看自己的蓝色格子夹棉睡衣，一股凉意"噌"地从脚底冒上来。鼓起勇气，高彦斐问："你好，你是？"

"坐你旁边的人。"

高彦斐望了望旁边，只见高高的书架旁边放着一把家里的老躺椅，空空的。不知哪儿吹来一阵妖风，躺椅摇了摇，发出咯吱咯吱的响声。

妈的，哪个浑蛋在玩他！高彦斐摔门离开房间。

高彦斐没想到叶珈成这么快就回来了。叶珈成这次在柏林那边没有获奖，作为死党高彦斐也觉得非常可惜。作为业内最有希望的一个，叶珈成这次参赛格外受人瞩目，结果落败，以叶珈成那高傲的性格，心里肯定难受吧。不说难过，失望肯定有。

高彦斐打电话问叶珈成要不要出来喝酒吃肉，叶珈成正好没有吃晚饭，便答应了。

今天这一顿，高彦斐请客。除了请吃饭，还请唱歌，中间差点儿没给好友整个大保健。两人有段时间没见面了，高彦斐问了问叶珈成："要不要把……你那只小狐狸一起叫过来？"

叶珈成回高彦斐："她还不知道我回来。"

高彦斐没说下去。

叶珈成吃着东西，胃口不错，又要了一盘牛肉。高彦斐看叶珈成这样，心里滋味挺奇妙。"怎么了，又不想联系了？"高彦斐问。

"呵，不是。"叶珈成扯了两声笑。他只是这几天不想见时简，他心情不好，不想影响了她。他提不起劲儿，不想对着小狐狸也是这个样子。

高彦斐理解不了，结账付钱。两个男人可以一起喝酒吃肉，不过一起去 K 房唱歌是不是有点儿奇怪？高彦斐想起了宋晓京，扯话说："那个，上次的事情，宋晓京一直想跟你道个歉，要不叫上她吧。"

叶珈成睨了眼高彦斐，双手放在口袋继续走路。

A 城市中心的天西路有一家新出名的 24 小时 K 歌厅。半个小时之后，某个包间只有两个男人。叶珈成俯身坐上最里面的贵妃榻，握着麦克风，唱着歌。

叶珈成唱歌是出了名地好听，没有原唱堪比原唱，不过高彦斐已经免疫了。手机又进来一条莫名其妙的短信，高彦斐明白了，指向叶珈成说："你干的好事，是不是？"

叶珈成十指交叉，握着麦克风，回过头说："补上次的生日礼物，不用谢。"

高彦斐心里那个恨，他又问了问叶珈成："我们两个男的，不无聊吗？"

"是很无聊……所以你先走吧，我自己一个人待会儿。"叶珈成不客气地说，继续唱歌。就在这时，他放在茶几上的手机响了。

小狐狸来电。

高彦斐假装没看到，叶珈成拿起手机，盯着手机屏幕闪烁的三个字，犹豫了两秒，挂断。

今天他有些糟糕，不想见她。

高彦斐的手机也响了，是宋晓京。宋晓京这个前女友，对叶珈成这个前男友可谓用心良苦啊。得知叶珈成在柏林没有获奖，宋晓京差不多一天一通电话打给他，要他组个聚会。聚会干什么呢？前男友失意，当然想尽办法送安慰了。男女感情最讲究什么，天时地利人和，拼的就是"时机"两个字。

宋晓京这人有股子作劲，关键时候还是懂得拿捏轻重。高彦斐报复性地叫了宋晓京过来，当着叶珈成的面。叶珈成听到了电话内容，浑不在意，又找了一首歌练习。

装，还是真的不在意？

高彦斐咬着口香糖，看着叶珈成清唱情歌的迷人模样，有点儿明白为什么那么多女人对叶珈成投怀送抱了。

不到 20 分钟，宋晓京过来了，手里提着一份打包的餐盒。

外面下了雨，宋晓京收了雨伞走进来。上次的不愉快，宋晓京丝毫不提，她还给叶珈成打包了一份 B 大有名的过桥米线——叶珈成在 B 大念书时，最爱的食物。

"我想你应该不喜欢吃飞机餐，所以给你带来了一份你以前喜欢吃的米线，还是热的，要不要吃点儿？"宋晓京蹲下来，一边打开餐盒，一边说着话。

叶珈成拿着麦克风转过头，说了句："谢谢。"

宋晓京坐在了叶珈成旁边，温温柔柔的模样。

高彦斐给宋晓京一个面子，暂时离场了。"我出去买包烟啊。"高彦斐说。外面雨下得很大，他拿起叶珈成的那件更厚实的大衣外套，套上，出去了。

高彦斐在外面的小卖铺接到了时简的电话。手机里他同样将时简的号码存为"小狐狸"，他拿着手机看了一会儿，等到他以为时简会挂上电话，他按下了接听键。

晚上八点多，时简人还在公司。年底了，事情多到做不完，加班在所难免。她给叶珈成打了电话，没想到直接被挂断，所以电话直接打到了高彦斐这里。

她趴在办公桌前问高彦斐："叶珈成是不是回来了？"

……

挂上手机，时简穿上外套，先下班了。Emliy 坐在她旁边，听到了她刚刚的电话内容，张了张嘴，用口型八卦地问她："约会吗？"

时简点头。

Emliy 做了一个"偷溜吧"的动作。

背运地，时简刚走，张恺叫的港式消夜就到了。有人提前走了，消夜多出了一份。同时，易需要咖啡了。

易需有时候会直接点名要时简煮咖啡，比如今晚加班。

Emliy 实在很为难，好在易需向来是一个深明大义的老板，他不喜欢员工撒谎，如果员工有事提前离开，说明原因就 OK 了。所以，Emliy 实话告诉易需："时简有事，先走了。"

易需抬了下头，望了望外面的大雨，忍住询问的冲动，示意 Emliy 去煮咖啡。

Emliy 煮好咖啡放在易需桌前，想起一件事，"易总，下个月就是情人节了，需要帮您挑选送给雯雯小姐的礼物吗？"

"不用。"易需拒绝。

外头大雨滂沱，整座城市都是风雨飘摇的味道。

时简拦了一辆出租车，来到高彦斐告诉她的市区 K 歌厅。这是一家新潮的 KTV，最近在年轻人圈子里很火爆。包厢基本满了，时简走在长廊上，时不时听到包厢里传来鬼哭狼嚎的嘶吼声。她找到了高彦斐说的包厢。相对其他包厢，这间包厢最安静，没有人在里面唱歌，隐隐约约，只听到里面放着一首英文歌，酥酥软软的小调，很动情。

包厢门非常厚实，时简用两只手推开。包厢几乎空着，没有人。

除了……躺在沙发上的一对男女拥抱着，吻着。

猛地，时简用力按下门旁的开关。"啪——"开关响了，包厢亮了，沙发上的高彦斐转过头。

"对不起，对不起，对不起……"时简点头哈腰，连说了三句对不起。

里面，高彦斐骂了一句脏话，宋晓京脸色也好看不到哪儿去。

时简很抱歉，真心觉得自己很过分，不过她还是要问一下："抱歉……可以告诉我，叶珈成去哪儿了吗？"

此时此刻，里面两个人，不管是高彦斐还是宋晓京，都不愿意回答时简。

今晚，宋晓京过来没多久，叶珈成就走了。高彦斐穿走了叶珈成的厚外套，叶珈成嫌弃高彦斐留下的夹克外套有一股子骚味，离开的时候连外套都没有穿。

宋晓京特意打包带来的过桥米线，叶珈成同样一口也没吃。宋晓京一声不吭地掰开筷子递过去，叶珈成又将筷子轻轻放回茶几。两人分手以后，叶珈成第一次认真地对宋晓京说话："晓京，别留心在我这里了，不可能了。"

宋晓京默默收起米线，过了良久，问："你喜欢上那个女孩了？"

叶珈成点头承认，没必要隐瞒。

宋晓京不想相信，低声问出来："怎么会那么快啊……"她花了两年，那个女孩有两个月吗?

叶珈成站起来,扔出一句:"你就当我变心了吧。"

这世上,将变心两个字说得大大方方的,只有叶珈成了吧。她的室友,每天都安慰她:叶珈成肯定是为了气你跟他分手。这种话听多了,宋晓京也真就那么认为了。

谁会想到,好端端的,平白无故出现的一个女孩,真让叶珈成快速心动了。

叶珈成走掉之后,宋晓京独自坐在 K 房,点了一首叶珈成以前对她唱过的情歌,边听边流泪。高彦斐买烟回来,先是诧异,然后作为朋友安慰了她两句。后面为什么会吻在一起,宋晓京自己都不知道,可能接吻本身不需要多喜欢吧……

包厢气氛怪异。

"对不起。"时简又道歉,她真是急糊涂了。硬着头皮离开包厢,还没走几步,又被叫住了。她转过身,看向立在包厢门前的高彦斐。

高彦斐看着有些尴尬。因为刚刚那一幕吗?

时简还好,她和高彦斐也算多年朋友了,见多了他不要脸的行为,心里早习惯了。虽然她和高彦斐有过的朋友关系,同样随着时光倒退消失了。

高彦斐是出来送外套的。

"叶珈成应该回南城公寓了。"高彦斐把外套递给她,解释说,"我之前出去买烟拿了他的外套。你等会儿去找他的时候,顺便帮我还给他。"

没问题,时简点了点头。

时简来到城南的世纪花园。夜里的大雨慢慢停了下来。她想给叶珈成发条短信,来来回回的几个字,写了又删除,用短信说话,总归还是差点儿情绪。

然后，短信还没有发出，叶珈成的公寓已经到了。她站在门外，门缝里没有透出一丝光亮，屋里没有开灯。敲了敲门，也没有人回应。

不在吗？时简踮着脚尖，动了歪心思，不知道叶珈成有没有将钥匙放回去。她伸手，摸索着上方的备用钥匙，从左到右，一点点移动……

突然，门开了。漆黑里，一道人影笔直地立在她面前。

叶珈成门开得太快，冷不丁的，她直接杵在他面前，手还往上举着……

"嗨。"叶珈成朝她打招呼，打开灯，脸上的笑容随着满室的灯火亮起来。过道灯下，他笑得灿烂，又招人惦念。

时简看得发愣。

看着叶珈成临时扬起的笑容，心里难受，二话不说，她直接抱住了叶珈成。默默地，叶珈成任由她抱着。过了会儿，他将手覆在她脑袋上，低声问她："怎么了……"

时简摇摇头。

叶珈成收回手，大致明白过来。今晚有宋晓京的过桥米线，还有小狐狸的怀抱。其实，他真不是很想见她，不过这样见到了，又觉得挺好的。

时简抬起头，"叶珈成，我带你去个地方吧。"

"嗯？"叶珈成低头，琢磨了会儿，"现在吗？"

时简想了想，"你累吗？如果累的话，我们明天去也可以……"

"我怕你累……我不累，在飞机上一直睡。"叶珈成笑了笑，"我进去拿车钥匙。"

"好。"时简跟着进来。客厅左边是书房，门开着，她侧过头，看到地板上散落了好几张稿子。它们像废稿一样，被丢了。

时简看得眼睛发疼；叶珈成拿了车钥匙走过来。他顺着她的视线，主动说起来："一些废稿，忘记整理了。"

时简抬起头，把话说开了："比赛的结果，不重要。"

"是不重要。"叶珈成又问她，"我们去哪儿？"

时简带叶珈成来到易茂置业最高楼的天台。这个地方，她前阵子刚发现。这里原本不允许员工上来，不过张恺有钥匙，然后将钥匙交给她负责。钥匙都给她管，她自然有上来的权限。

高楼的风和地面不一样，更大更嚣张，忽上忽下的，都不知道从哪边吹过来。吹得人秀发乱飞，时简转头看两眼后面的叶珈成，他懒懒散散地跟着她走出天台。

时简先走到了前面，举起手指了指左边。风大，她的声音也扯得很大，"叶珈成，看那边。"

"嗯，星星吗？"叶珈成先看了眼时简，顺着小狐狸所指的方向望去，数了数天际闪烁的星星，"1，2，3，4……6颗？"

"不是。"时简摇头，她头脑发热迫不及待地想分享自己的新发现，突然又意识到，她的发现对现在的叶珈成没有任何意义。她要怎么说呢，怎么告诉他，十年后，他的"灵鸟"会在那里动工，会成为A城最漂亮的标志性建筑。"灵鸟"作为叶珈成先锋派的代表作，这次没有获奖只是一个意外。不是所有的优秀的超前的作品，出世的时候都会被大家认可，有时候需要一点儿时间来等待，以后"灵鸟"建筑会得到全世界的瞩目。

就在那里啊，她所指的方向，但是她要怎么说……

冷冽的夜风又吹进了眼里，时简挤了挤酸涩的眼角，再次抬头对叶珈成说："叶珈成，你所有的作品里，我最喜欢'灵鸟'了。"

多年后叶先生问过她这个问题，现在，她提前将答案告诉他。

叶珈成笑了，轻轻应了一声，继续迎着风站着，没有多说。时简望着更年轻的叶珈成，想起一段话，叶先生对她说过的话。"灵鸟"动工的庆祝会结束，叶先生重提了往事，那天她和他也像现在这样站在高高的楼顶，叶先生说："时简，我后面一直没有参加过比赛，不是像外界说的那样因为当年参赛落败，心里意难平。我只是，从那之后想明白一件事。我根本不需要向别人证明什么，他们的评价，对我一点意义都没有……"

叶先生自己说过的话，她今晚也同样说给他听。

风大，时简声音带着情绪。叶珈成足足愣了好几秒，慢慢转过头，开口："小狐狸，今晚谢谢你了，不过……我真没有很难过。"

"真的？"

"真的。"叶珈成不骗人地点点头，原本是有点儿失望。他讨厌失望，厌恶这样糟糕的情绪。现在想明白了，真没什么了。何况……叶珈成轻轻呼出一口气。他没想到，小狐狸安慰人的功夫也是一流。

一股股湿冷的寒流迎面扑来，叶珈成勾了勾唇角，模样温柔地问了问旁边的人："冷吗？"

时简点点头，"冷啊。"

然后，叶珈成伸出手，将她带到怀里，包裹着。他学着她那天的语气，磁性的声音在她耳边轻轻喟叹一句："这样才不冷，是不是？"

时简转过身，面对面抱住叶珈成，闷声道："是这样，才不冷。"

叶珈成笑，搂得更紧。过了会儿，他慢慢开口："时简，我们交往吧。"这话说得有些快，不过的的确确是他现在想说的。

交往啊……

怀抱那么暖，时简没有立马回答，过了会儿她抬起头，缓缓地瞅了叶珈成几眼，样子像极了一只嘚瑟的小狐狸，"可是你才刚开始追我。"

是啊，刚追呢，那怎么办啊？叶珈成微笑地望着怀里的人，提出一个建议："一边追一边交往怎么样？"

这个，时简想了想，露出一排雪白的牙齿，她冲叶珈成挑挑眉，点头同意了，"好，成交！"

……

这个夜，真是温暖得令人着迷啊。叶珈成牵着时简，没有放手，直接将她牵回了他的公寓。小狐狸乖乖地跟他走，像是和他回家一样。

然后，叶珈成洗了热水澡出来，总感觉还是有些不对。

房间里，小狐狸在铺床。

小狐狸套着他的宽大衬衫，露出两条细白的腿，若隐若现地晃荡着。接着，她趿着拖鞋，哼着歌儿，一一将床上被子的四个角拉平，铺整齐。

这个睡前习惯，像是她多年养成的一样。

叶珈成一副探究的神色，看着时简愉快地忙活着。她是不是开心得太过了……

这种开心，就像少女终于圆梦一样，仿佛她今晚做的一切，只是为了将他……骗上床？这个猜想，真是清新得令人神清气爽。

的确，时简现在真的很开心啊，今晚她和叶珈成终于又要同床共枕地睡觉了！她整理好两人的床铺，麻溜地掀开被窝，钻了进去。

卧室门口，叶珈成已经穿着睡袍立在那里，看着她。

唔……

叶珈成的眼神，让时简突然有些羞耻起来，也意识到节奏好像有点儿不对。不过她已经爬上床了，难道还要下来吗？她能不能让叶珈成快点儿适应有老婆热炕头的幸福生活啊……想到这，时简抬了抬下巴，开口："叶珈成，你快点儿啊……我都把被子给你焐热了。"

"……哦。"叶珈成默默点了下头。今晚睡了，是缘是劫就知道了。

他一步步朝床头走过去。

等会儿，如果他还能忍住什么都不干，他敬自己是条汉子！

　　多年同床共枕的睡觉习惯。叶珈成卧室里这张原木色大床，时简没有多想，本能地选择了右边。

　　通常，叶珈成在这张床上睡觉也喜欢睡在右边，今晚既然小狐狸已经抢了他的地盘，他愿意让给她。不过，叶珈成还是先走到右边的床头，俯身，对着时简落下一个吻，"晚安。"

　　随着晚安吻落下来，叶珈成将开关轻轻一拨，卧室立马黑了下来。气息相近，黑灯瞎火里，两双眼睛相互对视着，时简伸出手，勾了勾叶珈成的手。

　　叶珈成握住时简的手，握了握，将其放回了被窝里；他还替时简掖了掖被窝，捂得严严实实。

　　时简："……谢谢。"

　　"不用。"叶珈成收回视线，走到了床的左边，掀开被子一角，慢条斯理地上床了。盖上被子，心里稍稍嘘了一口气，就这样吧，睁着眼也能到天明。

　　时简："……"

　　一时间，一张大床，躺着两个人，各怀心思。

　　快乐是藏不住的，隔着被窝也传到了叶珈成这里。小狐狸又乐了？叶珈成压了压复杂的情绪，低低地问出声："时简，你在笑什么……"

　　这个嘛，时简对叶珈成说："你过来点儿，我告诉你。"

　　"……"叶珈成挪了半尺。

　　时简也挪了半尺，两人距离拉近，她伸手就能抱住叶珈成结实的腰身。

　　叶珈成："……"

　　时简笑嘻嘻，望着叶珈成的眸光一闪一闪的，眼底汲着一份可爱的湿润，像是在期盼什么。只不过，修行了一个月的人，一晚的道行还是有的。他大概真是长着反骨的关系，从小到大，他父母都很爱拿他后脑勺的那块反骨说事，有些事的确差不多。

夜深了，叶珈成还没有睡着，怀里的时简已经安然入睡。她右手搭在他腰间，脑袋贴着他的胸膛，是一种特别亲昵又熟悉的睡姿。叶珈成心里默默地失笑，可能小狐狸真想和他一起睡觉吧，单纯的睡觉。

是他想多了。

突然，放在他腰上的手又将他抱了抱，像是怕他会消失了一样。叶珈成伸手戳了戳时简的脸颊，小狐狸睡得那么美，是梦到什么了吗？真想进入她的狐狸梦看一看。

就在这时，小狐狸溢出一道轻轻的呢喃，柔软又缱绻的两个字。

又是那声："老公……"

上次听到老公两个字，叶珈成主动推开了怀里的人，现在虽然心里照样有些情绪，但他还是抱着时简继续睡。小狐狸有喜欢过的人吗？关系亲密到已经叫老公了？

叶珈成不再多想，有什么好想的。别说时简心里真有一个老公，就算有一百个，他叶珈成也能以一敌百，早晚有一天将小狐狸心里那点儿不舍，揪得干干净净。

今天时简上班，自然是叶珈成送她过来，车子停在易茂置业楼下，她解开了安全带，招呼叶珈成靠近一点儿，快速在他脸颊落下一个吻。

半秒之后，叶珈成伸出右手，同样拨过她的头，"别忘记吃早饭。"

时简心里愉快，下车，立在路边对叶珈成挥了挥手告别，直至车子渐渐远离了她的视线。昨晚到现在，似乎只有金星老师的那两个字可以形容她的心情，那就是："完——美！"

提着背包，走进电梯，时简看了看里面的人，礼貌地道早。

"易总早。"

"早。"易霈回她，口气一如既往地平实。

时简又瞅瞅张恺，"早啊，张特助。"

"早早早。"张恺笑，似乎看到了她的好心情，开口问："昨晚的约会还好吗？"

时简："……"Emliy 这个大嘴巴！

透露约会这个事，真不能怪 Emliy，昨天张恺多订的那份消夜还放在时简的办公桌上呢。时简回到办公桌，Emliy 也凑过来，问了她同样的话。

时简打开电脑，假装正经地回答："还好吧。"

"还好，是有多好呀？"Emliy 又问。

时简撇过头，伸出两根指头，吐出两个字："完美！"

Emliy 了然，拍拍她的肩膀，说："恭喜，恭喜。"

时简明白 Emliy 的意思，无所谓，反正早晚的事情。办公桌上，一大堆昨夜完成的工作，时简整理了下，抱着它们走向张恺办公室。

张恺办公室，张恺正在打电话。时简敲门进去，里面的张恺连忙放下手机，人站了起来，看起来那个心虚。时简狐疑地放下一摞文件，张恺手里握着手机，没有多说。时简收起心里的奇怪，不打扰张恺走出办公室。结果她还没走两步，里面又传来张恺接电话的声音，"不是的，Vivi，事情和那晚没有关系……"

那晚，是青林那晚吗……时简快步回到了座位，眨巴两下眼睛。

前不久才发生的事情很好回想。先是赵雯雯上楼，说是找易霈，可是她在酒店大堂看到了易霈，易霈说他不知道赵雯雯在哪儿；那天易霈还是心情很不好的样子……张恺最近又很奇怪。时简握了握手心，如果张恺真和赵雯雯有什么的话，她这辈子都不要和张恺做朋友了。鄙视他！鄙视他！

办公室里，张恺坐在办公桌前，喝了一口热茶，不小心烫了嘴。妈的，刚刚赵雯雯居然还敢打电话给他，让他过去接她！

外面办公室，时简也将脑袋扣在办公桌上……拜托拜托，不要继续想下去了！她真的好想将大脑里的这个猜想甩出来。为什么她要想到这个，都没办法做事了！

Emliy 催她煮咖啡，时简站起来。十几分钟之后，她将煮好的咖啡端给易霈。易霈坐在办公桌前，看起来没睡好的样子，无名指抵着太阳穴揉了揉。

时简背转过身，易霈突然开口，问了问她："时简，情人节快到了吗？"

呃？时简转过身，立在办公桌前，望着易霈点点头。好像是要到了，今年情人节和公司年会好像是前后两天。

有些感慨，易霈忽然一笑，有点自嘲地说起来："你看我，连这个都不知道……"

呜呜。时简心情复杂，易霈问她情人节，无疑是想和赵雯雯一起过。时简替易霈不值起来，希望一切都是她胡思乱想吧。

虽然这样想，今天一整天，时简对张恺没有了好脸色，心里总忍不住鄙视他、鄙视他……

下午，张恺神色凝重地从易霈办公室出来，一脸猪肝色。他快速消化易霈刚刚对他说的话："昨天我和 Vivi 提出了解除订婚关系，她同意了，不过提了几个要求，这事你联系律师来处理。"

解除订婚关系？！在这个节骨眼儿。易霈说得很平静，平静得张恺都无法揣测他为什么和 Vivi 解除婚约。易霈既然不说，就不会让人知道他的原因。

作为助理他只需要帮易总处理后续，将面临的损失降到最低。贸然解除婚约，其中的影响有多大，易霈不可能没有考虑清楚。

跟了易霈这么久，张恺很了解，易霈做出任何决定都是经过深思熟虑的。

这么大的一件事，易霈平静，张恺平静不下来。他来到时简办公桌前，敲了敲，"时简，你过来一下。"

时简睨了张恺一眼，跟着他进了办公室。

张恺还是需要找人说说这件事，包括接下来如何处理。他关上了门，强忍着纠结的情绪，尽量平静地说出来："易总和 Vivi 解除婚约了……"

时简："……"什么？

这个炸弹一样的消息，时简同样消化了很久，然后她什么话都没说，只是翻了一个特别有力的白眼。《甄嬛传》起来的时候，时简也学过华妃娘娘那个经典的翻白眼模样，她还翻给叶珈成看过，叶珈成夸她学得特别到位。

此时，时简这个白眼，翻得才好。她从上到下、彻彻底底地将张恺，狠狠地鄙视了一番！发自内心的鄙视，不用掩饰。

Chapter 14

年轻的浪漫

这段时间的相处，时简对张恺的印象其实不错。张恺虽然给人不正经的感觉，但行事作风还是正派的。易霈的自传里，张恺作为易霈的高级助理，也露过几次名字。赵依琳那本书里还写过张恺结婚的时候，易霈不仅送了大礼还是证婚人。

时简愤愤不平，觉得张恺对不起易霈的厚爱和大礼。

张恺看得愣愣的，也很受伤，"……时简，你为什么这样看我啊？"

时简撇过头，又翻了一个白眼。

张恺："……"好生气哦！不管如何，他除了是她的师父，还是她的上司吧！她一个白眼不够，又来一个，他真心把她宠坏了！张恺坐回办公椅，摆了摆脸色。情面没了，还有情意在，他主动下台，"时简，如果你对我有什么意见的话，可以直接说。我……我有则改之，无则加勉，好吗？"

喊——

时简直接发问张恺："易总为什么和 Vivi 解除婚约？"心里，她还是将张恺当朋友对待，不只是共事的同事。

可是，张恺真的让她失望了，还没有开始试探，张恺已经面露做了坏事的心虚样。

"好端端的，怎么突然解除婚约了？"

"……"心虚败坏事，张恺扯出的笑容都是僵硬的，"易总没有告诉我原因，我……我怎么会知道呢？”

“呵呵。”时简轻轻哼了哼，慢慢地，她撩起眼皮，看着张恺说，“你和赵雯雯……”后面的话她不想说，也不用说。

果然，张恺瞬间：“……”

所有的一切，张恺的神色都写明了，时简转了转头。她也是多事，还不如不证实呢。

张恺继续眨巴眨巴眼睛，抬起头，非常无力地解释了一句：“时简，你相信我吗？其实……我也是受害者。”

这话真是，时简低声道：“无耻。”

张恺忧伤，“我真的什么都没做，是赵雯雯她……”

“张恺，你不用跟我解释。”时简蹙了蹙眉，她都难以启齿了，“这话，你应该和易总说。”

张恺快跳起来了，“时简，你坐下来，我们说清楚。”

“不好意思，我出去做事了。”时简已经不想在这个办公室待下去，直接踩着高跟鞋离开了。临走前，她顺手带门，留下一道不轻不重的——“啪！”

张恺快速离开办公桌追过去，鼻子几乎碰到了门面。他打开了门，门外 Emliy 他们都关心地瞅了过来，咬牙，他又关回了门。

时简和张特助叫板了，原因不详。这样的办公室风云还是挺常见的。Emliy 安慰了时简两句：“你和张特助也算师徒一场，咱们不生气哦。”

时简敷衍地点点头，撩了撩耳边的头发。算了，事情和她有什么关系呢？她只是一个小小的实习助理，义愤填膺什么？今天的好心情都没了，时简望着办公桌上的两只小狐狸，她还是想想自己的事情吧。比如，今晚她要睡哪儿？以前交往这种问题都是叶珈成安排好，现在轮到她来想吗？

就在这时，总经理办公室的前台过来找她，说她有快件需要面签。

面签的快件？国外发来的吗？时简在心里头琢磨了一下，会不会是Tim给她寄过来的正版专辑，她前阵子让Tim给她买几张以后绝版的珍贵专辑，Tim答应她了，虽然也表达了为难态度。Tim说他最近很穷，需要好好存十几天的零花钱再买给她的。

时简来到前台，不是Tim寄过来的，只是一个同城特优件。时简嘴角微微上扬，飞快地签了快件。是叶珈成的。

快件盒不大不小，很轻，摇了摇，里面还叮咚叮咚会响。时简暂时想不出里面会是什么。她折过身，门外进来了一个人。

赵雯雯。

赵雯雯头发烫直了，造型比之前的名媛头好看很多。赵雯雯的颜值和身材都是女孩里的佼佼者，穿的又是一身名牌货，很是亮眼。时简心里有点儿感慨，她之前还天真地觉得她阻止赵雯雯去美国这个事情，不只救了赵雯雯一命，还替易霈留住了人生伴侣。谁想到变故来得那么快。可能，易霈和赵雯雯注定成不了爱人吧。

赵雯雯直接去了总经理办公室。

时简也回到位子，拆开叶珈成寄来的快件，没想到是一把钥匙。里面还有一张字条，同样是叶珈成行云流水般的钢笔字——"钥匙给你，以后不用在上面找了。"

时简哧哧地笑了起来，好像不管什么时候，叶珈成都是那种把所有事情安排好的男人啊。时简从抽屉里拿出包装好的情侣袜，这份礼物她放在办公室里那么久，可以送出了。

很快叶珈成的短消息发来了，绅士地问她："等会儿可以请我的女朋友吃个晚饭吗？"

时简有点儿为难，今天要加班。昨天她已经翘班约会了，今晚不好不在。她回复叶珈成："今天要加班。"

叶珈成："哦。"

然后呢，没然后了？不是还有消夜吗……内线电话突然进来，易霈打来的，快速吩咐："Emliy，两杯咖啡。"

易霈拨错了内线，时简拿着听筒回话："易总，您稍等。"巡视了一圈，秘书小姐 Emliy 人不在，应该去了卫生间。

里面，易霈放下了电话，他是听到时简的声音，才发现自己拨错了内线电话。时简端着两份咖啡来到易霈办公室，赵雯雯和易霈都坐在里间的休息室。

赵雯雯双腿交叠，拿着一只手机；易霈身子微微弓着。时简放下咖啡，打算快点儿离开。

沙发座上，赵雯雯突然开口，带着一丝恶意的嘲笑："时简，恭喜你哦。你那份礼物终于可以送出去了。"

什么意思？时简站直身子，看向赵雯雯，很快明白赵雯雯误会她了。不过她现在很怀疑，赵雯雯是真的误会了，还是自己做了亏心事往她这里泼脏水。

"时简，你先出去。"易霈对她说。

时简转过身，身后赵雯雯又说了起来："阿霈，我们分手了还是朋友吧。时简也是我朋友啊。有些事对你来说没什么，不过对时简来说，可能很重要哦。我是想帮她。"

"Vivi……"易霈倾了倾身，提醒了四个字，"适可而止。"

赵雯雯装作听不明白，继续好心道："阿霈，你可能照顾时简的心情，不过我觉得还是说出来比较好，毕竟我们分手后，时简还是有机会的，对不对？"

易霈身子往后靠了靠，脸色非常难看。

"Vivi，你误会了。我对易总没有任何非分之想。"时简开口。

"哦，是吗？"赵雯雯同样看着她，"难道我误会了……不过每次我们聊起阿霈，你好像比我更了解他哦。"

这是什么话！时简挺了挺背脊，保持着微笑，回答赵雯雯："我当然喜欢易总。"

易霈抬头，微微蹙着眉。

时简继续说，语气坦荡："易总是我老板，就是我的衣食父母，此外易总行事英明，对下属关心照顾，我实在没道理不喜欢他。"

赵雯雯："……"

"不过这种喜欢真不是你理解的那种。它是一种敬重，一种景仰，还是下属对决策者的敬佩和爱戴。我想拥有这样感情的不只是我一个人，易茂置业很多员工都很喜欢易总，我们都希望能一直跟着易总做事情，为易茂发光发热呢。所以，作为一名员工喜欢自己的老板，我真觉得没什么不可以，是不是，Vivi？"

好一会儿，赵雯雯才抬着下巴，生硬地扯起抱歉的笑容，"对不起啊，时简……"

"没事。"时简也笑了笑，情绪回来得比赵雯雯还快，还自然。同时，她给赵雯雯留了最后两分面子，"想想你应该也只是好奇我男朋友的事情，开开玩笑。没关系，下次找机会大家一起见见面。"

不用找机会，叶珈成已经来到易茂置业了。

小狐狸要加班，吃饭的时间总有吧，叶珈成来到总经理办公室，找了一个样子和善的，长得比较像已婚妇女的女人问了问："你好，我找时简。"

天哪，好帅的男人。眼前这位，莫非就是时简口中的那位——完美？！Emliy指了指方向。

时简从易需办公室出来，低了低头，吐出肺腑里的郁气，过了会儿，她才抬起视线。前方，她的办公座位已经被人占了，有人正长手长脚地坐在她的白色椅子上，手里还拿着她的那盒袜子，模样认真地看着。

叶珈成怎么来了？

对面，Emliy他们全部看了过来。叶珈成安安分分地对她眨了下眼睛，告诉她来意："我来接你吃晚饭，就在附近。有时间吗？"

时简点点头，藏起眼角眉梢过于明显的笑意，"有的。"

叶珈成坐在她的椅子上，瞥了两眼她搁在电脑前的两只水晶小狐狸，站了起来，将位子还给她。距离下班还有半个小时，时简安排叶珈成坐在请假同事的空位子上。她可能已经过了秀男友的心理年龄，觉得叶珈成这样大大方方站靠在她办公桌旁的模样实在太显眼。

不过叶珈成就算低调地坐在空位上，样子也是显眼的。张恺走出办公室，视线稍转就看到了叶珈成。张恺先是顿了下脚步，以为自己看错了，看了两眼才迎上去，"叶少，难得难得，今天来我们易茂有何贵干？是来找易总吗？我现在就帮你安排。"

随即，张恺转过头问了问Emliy："易总现在有客人吗？"

Emliy回答："雯雯小姐还在里面。"

"哦哦。"张恺连连点头，朝着叶珈成抱歉一笑。叶珈成同样回了一个抱歉的笑容，开口解释说："张助误会了，我今天过来是找……小时助理。"

张恺嗓音干干的，"时简啊……"

"是的。"叶珈成颔首，礼貌地说，"约她吃个饭。"

"哦哦哦……"张恺愣愣地扯了扯嘴角，看了看腕上的表说起来，"咦，差不多到吃饭的点了。要不叶少再等等，我安排你和易总……小时，我们大家一起吃个便饭？"

叶珈成客气地笑了下，明显不想接受张恺一起吃饭的提议。

咳咳，张恺这样提议，一方面是想拉拢叶珈成，另一方面，他和时简虽然刚吵架，心里还是想替时简拦住叶珈成这只来自南方的狼。

不过张恺都说了叶珈成是来自南方的狼，是狼怎么拦得住呢？叶珈成彬彬有礼地站起来，"张助费心了，不过我订的是情侣餐厅，今天实在不好一起相聚，我们还是下次好了。"

情侣餐厅……张恺脸皮再厚也不好凑上去，还不如给叶珈成一个面子。他走到时简那边，开口道："下班吧，陪叶少出去吃个饭。叶少难得来一次，别让他久等了。"

"哦。"时简点头，收拾了下东西，站了起来。

心塞，他没办法拒绝，她不是可以拒绝吗？

呼呼！时简越过张恺。叶珈成朝着张恺感激一笑，不急不缓地跟着时简离开了总经理办公室。

张恺："……"

易霈办公室，赵雯雯也刚走。张恺进去的时候，易霈正立在落地窗前，笔直的黑色西装长裤，挺括的衬衫搭配着一件灰色羊绒衫。今天易霈难得穿的是易茂自己的男装牌子。

"时简在外面吗？"易霈主动问起张恺，收起语气里的关心。他还是担心她，明明她漂亮地反驳了 Vivi，言辞漂亮得听不出任何不妥。真奇怪，他喜欢看她漂亮又神气的样子，偏偏希望在那一刻，能看到她少许的狼狈之色。

可惜，没有。

"刚刚……走了。"张恺说，"叶珈成过来找她吃饭，我让她提前下班了。"

　　张恺这样办事没有任何问题，易需说不出什么不应该的话。现在已经是下午五点，外面是一片青灰交接的天色，很快要暗下来。

　　易需说起另一件事："易钦东那边应该答应了叶珈成的条件。"

　　张恺诧异，叶珈成开的可是天价，易钦东虽然没什么经商天赋，也不是傻子。易钦东好几次找叶珈成，除了看中叶珈成的能力和才气，还有就是叶珈成身后的背景和资源。易钦东离开易茂置业自己捣鼓了一家房地产公司，如果叶珈成同意和易钦东合作，对易茂置业来说，真是来了一匹狼。外面已经谣传顾意天就要调到 A 市来了，叶珈成可是叫顾意天一声天叔的人。易钦东大概也是得知了这个消息吧，才这样忙不迭答应了叶珈成之前提出的条件。

　　张恺想了想，问了问易需："阿需，你觉得叶珈成还会同意和易三少合作吗？"

　　易需转过身，语气平实地回答："不知道。"

　　外面，时简和叶珈成一起走到电梯间，想到袜子忘记拿了，折回了办公室。再次拎着袜子礼盒出来，她看到电梯间除了叶珈成，还有赵雯雯。

　　赵雯雯和叶珈成已经说上话了："为什么我每次打你电话，你都不接？"

　　"咳！"叶珈成手捂着嘴巴，咳嗽一下，视线默默掠过走来的时简。时简一声不吭，显然都听到了。赵雯雯回过头，也看到了时简，挤了挤嘴角，一副没有什么话好说的样子。时简也没什么话好说，刚好电梯门开了，直接拎着礼品盒走了进去，看都不看她一眼。

　　三人陆续进来。电梯门合上，叶珈成倚靠着电梯扶手，视线一直瞅着时简，有点儿无奈。

　　赵雯雯立在电梯最外面，对着镜面看了看自己的姿容，继续熟络地开口："想起昨天你给我发的短信，很好笑。"

　　昨天……想不到昨天叶珈成还有时间发短信啊？时简心里很快闷足了气，攥着袜子礼盒，恨不得立马甩到叶珈成这张招摇的脸上。原本叶珈成只按了负一楼，三人都要去负一层停车场。这时，时简快速上前按了一楼。

　　叶珈成同样快速地握住按在电梯按钮上的手，同时转过头对赵雯雯说："你搞错了，给你发短信的人不是我。"

　　赵雯雯看向两只相握的手，咬着牙说不出话。

　　时简的手被叶珈成抓着，心里有气无法发作，只好哼了下，抬头，"你和雯雯也认识吗？"

　　叶珈成："不算认识。"

　　赵雯雯："……"

　　一楼终于到了，叶珈成跟着时简上前。电梯门合上，时简爆发了，她几乎想跺着脚表达自己的愤怒。"你快解释。"时简说。

　　叶珈成点点头。

　　事情很简单，三言两语就说清楚了，不是什么大事，用叶珈成的话来说，事情和他一点儿关系都没有。两个人来到了外面，叶珈成的车子还在地下停车场。时简继续往前面走着，像是没有听到解释一样，叶珈成只好慢悠悠地跟着。大概过了一个街头差不多，叶珈成疾步走到了时简前面，按住她，认真地开口道："以后我真不做这样无聊的事了，连理都不理一下。"

　　上次飞机上，他本就烦那个赵雯雯，又想捉弄一下高彦斐，没想到踩了自己的脚。现在，他看着时简那么难过，心里真挺抱歉的，没想到第一天恋爱就让小狐狸难过了。他还以为小狐狸不会很计较。一直以来他并不指望小狐狸真有表现的那么喜欢他，甚至很多时候他觉得她像是演戏一样喜欢他，只是慢慢地，他也入了戏。

"小狐狸，别生气了，好吗？"

时简调整心情，其实，如果不是赵雯雯，她可能也不会那么生气。叶珈成说他和赵雯雯她们在飞机上遇上，然后她们找他要号码，他就给了高彦斐的号。好端端的，她们为什么和他要号码，他是不是又像上次撩那位钢琴师一样撩妹了。火气又有点儿上来，时简低低地问了一句："叶珈成，有那么多女人喜欢你，你是不是挺得意的？"

叶珈成摇头，"没有。"

"真没有。"叶珈成又说了一句，转了话题，"好了，生气那么久，饿了吧。我们先吃饭。"

她不是很想吃了，心情还是有点儿糟糕，两个人吃饭应该是开开心心的。

"如果你不想吃了……"叶珈成继续说，"如果不想吃，我先送你回去吧。"

时简："……好。"

叶珈成送时简回了宿舍，在宿舍外面时简遇上了赖俏，两人结伴一起走了。临走前，时简将袜子礼盒交给了叶珈成。叶珈成轻微愣了愣，拿在了手里。

……

宿舍外面的一家面馆，时简和赖俏面对面坐着，赖俏问了问叶珈成，然后像是藏着话。时简抬头看向赖俏，赖俏笑嘻嘻，面容可爱地对她说："时简，我明天就不住宿舍了。"稍微停顿了一下，"我决定了，跟着程子松去 C 城。"

满心欢喜的爱情，谁也不知道以后结局会如何。

赖俏很开心地说起了去 C 市的美好安排，时简嘴角挂笑地听着，心里有点儿发胀。她对赖俏去 C 市后的事情知道得并不多，唯一一次记忆就是她和赖俏在校庆时遇上，两人因为当年都在易茂实习过，活动结束之后又找了一家咖啡厅叙旧聊天。当时她已经嫁给了叶珈成，赖俏从 C 市回到了 A 城，因为程子松变心娶了更令他心仪的女人。那天赖俏也像这样坐在她对面，不过没有现在的神采，更不会像现在这样说着说着就笑出来。

"如果当初我没有跟着去 C 市就好了，不至于这样狼狈地回来。"

赖俏懊悔的话还回荡在她耳边。时简看着赖俏此时此刻的样子，年轻、可爱，充满活力。她拉了拉赖俏的手，还是想拦住赖俏，就算拦不住也要给赖俏提个醒。只是话还没有说，赖俏先扬起了甜蜜的笑容，对她说："时简，以后你来 C 市一定要找我和子松玩啊，我和子松打算一起买房了。"

"……"

"我们要买那种大三房，你过来肯定有地方住。"

"……好。"

美好的未来计划总是有着打动人心的温暖。时简听着笑了，好一会儿，开口说："俏俏，我问你一个假设的问题，你必须想好再回答我。"

赖俏点头。

时简问了起来，语气认真："如果以后你和程子松的结局是他喜欢上了别人，你们不在一起了……你还会去 C 市吗？"

"时简，你……"

时简只是看看赖俏，赖俏似乎不明白她为什么要咒她，皱了皱眉头说："时简，你好像一直不喜欢我和程子松在一起呢。"

"我没有。"时简放下碗里的汤匙，她吃面最爱喝汤，面还剩半碗，汤已经没了。她没有不喜欢程子松，只是……如果她什么都不知道，她会很开心赖俏能找到那么好的男人。时简望着赖俏，"我只是假设一下。"

赖俏舒了一口气。

时简继续说："只是两个人相爱，我们都不知道结果是不是？你跟着程子松去 C 市，这对你来说加重了恋爱的风险指数。如果你和程子松最后的结果是我刚刚所说的最糟糕的那种，你会跟他一起走吗？"

时简问得那么认真，赖俏终于收了收表情，良久之后，像是找到了一个反驳她的点，眼睛亮亮地回答她："如果以后子松要和我分开，那我就更爱他啊，爱到他舍不得和我分手。"

时简继续不客气地说："如果你很爱他，他还是要和你分开呢。"

"如果这样，我肯定不爱他了。"赖俏瞅着她，"但是时简，现在我爱他，他也爱我。我干吗要想那么多？"

我干吗要想那么多……

时简本想劝说赖俏，有个瞬间反而被赖俏劝说了。她以前和叶珈成谈恋爱，就是什么都不想。整个人还稀里糊涂的时候，她和叶珈成两个人的名字就绑在了同一本户口本里。当时她拿着红本本对着民政局的小哥露齿微笑，心里还冒着疙瘩，难道这就嫁了啊？

稀里糊涂，恋爱到结婚，连孩子这个问题，因为叶珈成骗她是丁克，她都觉得刚刚好啊。那时候她也是真缺心眼儿，还想着如果叶珈成以后想要孩子，她就和他离婚呗。她再找一个比叶珈成更帅的男人……

真的，干吗想那么多呢？如果以后她和叶珈成相处都像今天这样没有安全感，她肯定要忧思成疾了。女人的安全感从来都是自己给自己的。时简忽然转过头，对着老板说："老板，再给我加点儿汤。"

老板已经是熟人了，爽快地答应她。

"不够，"她又对老板说，"再炒两个小菜，还有你们这里的米酒也来半斤吧。"

老板："好嘞！"

"太好了！"赖俏的情绪也被带了起来，"时简，今天我请你啊。"

"不用，我请你。"时简对赖俏说，"以后我去 C 市找你，直接喝你和程子松的喜酒。"

"嗯嗯！"赖俏眉开眼笑，都要拍手了，"你也一样，祝你和你那位——帅到冒泡的男朋友长长久久。"

时简同样答应着，都不知道自己乐什么劲，好像突然觉得一切都不是什么事了。

"赖俏，我们庆祝一下。"时简端起一杯酒，"祝我们都能和所爱之人相守一生，白头偕老。"

"好，干杯！"

时简抿了一口清甜的米酒，然后像人生导师一样对赖俏说："俏俏，你一定要记住我的话。你为了程子松去 C 城，没有其他原因，只是因为他现在值得你这样爱。"如果有一天不值得了，我们还有自己。

心灵鸡汤一样的话，时简说得抑扬顿挫，她说给赖俏听，同样也是说给自己听。

赖俏又点头，一副获益匪浅的表情，"没错！"

时简又喝了一杯酒。

时简的酒量是不好，不过心情好也会抿那么几口，叶先生就是喜欢美酒又不贪杯的人。抬起头，时简视线迷离，讷讷地打了招呼："叶珈成，你怎么又回来了？"心里，已经没有任何恼气了。

为什么回来，当然是……拿她没办法了！半个小时前，叶珈成回到车里，借着车里淡黄色的灯光拆了时简塞给他的礼盒，里面安安静静地躺着五双男袜。他半开着车窗，感觉这个天好像是越来越冷啊。

叶珈成送时简回宿舍，穿堂风呼呼地吹来，叶珈成紧紧搋着时简的手，赖俏识趣地先回了宿舍，他还有些话要说，结果找不到一个背风的地方说说话。最后，两人来到了易茂宿舍一楼内楼梯角。易茂宿舍一楼是厂库，灯前阵子坏了，所以这里的楼梯角又黑又静。时简一个人夜里肯定不敢下来，不过叶珈成陪在她旁边就不一样了。

"对不起。"叶珈成又道歉，声音动听。

没关系，她也有不对的地方。时简突然倾过身，吻了叶珈成的左脸，轻轻的一下。叶珈成蓦地转过头，她笑，又在他右脸留下一吻。

亲吻左边脸颊表示原谅，亲吻右边脸颊是更爱对方了。这是她和叶先生两人闹别扭拟定的小协议，如果一方不再生气，原谅另一方，就亲吻对方的左边脸颊一下。

"呵……"叶珈成伸手摸了摸自己的脸，低低笑了起来。

两人都坐在阶梯上，水泥地的阶面有些冷意，叶珈成带着时简来到自己怀里。情绪温柔地翻涌上来，他低头，嘴唇慢慢俯下。时简捂着嘴，"那个……我喝了酒。"

喝了酒怎么了，他和她又不是没有喝酒之后接过吻。叶珈成没有说话，黑暗不透光的楼梯角，就算小狐狸用手捂着她的嘴，他也吻了上去。唇落在她白嫩的手背上。

叶珈成吻得缠绵又认真，这是一个介于男人和男孩中间的吻，既有着男人的温柔，也有着男孩的青涩心思，终于时简慢慢放开了手，双唇彼此紧紧地触碰着。过了很久，时简的手习惯地放在叶珈成的后脑，那里有一块小小的突起，是叶珈成天生的反骨。

叶珈成真是天生的聪明人啊，谈起恋爱来也让女人无法招架。

……

某些情动心思，像是长在树梢的春芽，一个又一个地冒出尖儿，稍不留意就是春意满树梢了。夜里叶珈成回公寓一个人睡觉，醒来已经是一片湿漉漉，还冒了一身汗。

梦境十分旖旎，整个过程都很畅快，比青春期第一次还令人回味，只是最后身下原本是动人模样的时简，好端端的，突然变成了一只小狐狸。

吓得他出了一身冷汗。

叶珈成起来洗了一个澡，没有睡意，煮了咖啡到书房继续制图，灵感鲜活。他将这次的作品取名"灵狐"，作为"灵鸟"的姐妹建筑。

凌晨三四点，叶珈成趴在书桌上直接睡着了，再次醒来，已经十点多了。

……

赖俏走了，时简请假送行，中午回到总经理办公室，Emliy 她们正在讨论年会穿什么。既然是易茂年会，今年总经理办公室的员工都有资格出席。作为曾经拥有过一个衣帽间的女人，年会时简真想不出穿什么。

下个星期就是年会了，总经理办公室加班通知也出来了。时简看着表格，从星期一到星期五，她几乎每天都要加班！

公司年会和情人节是前后两天，易茂置业的女同事明显要比男同事兴奋许多。因为这两天，女同胞可以名正言顺地打扮自己。

Emliy 已经买了两件美衣了，鞋子还没有买好，约时简下班再一起逛一逛。Emliy 的提议，时简爽快地答应了，她刚从小姨那里领到一笔生活费，感觉可以小败一下。

临近年底了，商场充满着浓浓的节日气氛。时简这个月生活费不少，加上拿到手的实习津贴以及上次出差青林市的补贴，林林总总加起来终于不那么穷了。某二线专柜里，时简试穿着一件大 V 领的枣红色裙子。枣红色裙子腰间设计有点儿心机，掐腰，后背露出小块空白的肌肤。这种款式在现在的年头还是非常大胆的，时简对着镜子越看越满意，Emliy 赞叹地表示："时简你年纪轻轻，还真敢穿啊！"

这有什么不敢穿的？年轻有资本的时候不穿，难道等老了对着漂亮裙子懊悔不及吗？时简从包里拿出工资卡，对后面的导购小姐微笑道："这件我要了。"

Emliy："时简，我就喜欢你这劲儿劲儿的。"

嘻嘻，她也喜欢和 Emliy 这种真正的同龄人相处。她推推Emliy，"你也选件差不多的？"

对她的建议，Emliy 一脸跃跃欲试，又有点儿怀疑："我可以吗？！"

当然，可以！Emliy 有点儿丰满，很适合穿性感款式，时简连连拨着一排专柜春款裙子，拿出了以前扫货的气势，找出了一件适合Emliy 的。

她对着 Emliy 挑眉，是不是很——完美？

Emliy 试穿裙子时，时简收到了叶珈成发来的短信，关于情人节的事——"情人节一起过吧？"

这话客气的，时简回复："当然，难道不一起吗？"

叶珈成："嗯。"

嗯？所以到底要不要一起过？时简坐在店里的沙发上，支着头，耳朵微微红了红。情人节做什么，应该是做情人能做的事情吧。

五六分钟之后，她手机里又进来一条大胆直接的短信："小狐狸，你把身份证号码给我吧，我订个房间。"

这样的短信内容，叶珈成发得如此磊落，时简都可以想象出叶珈成慢悠悠发出消息时的样子。咳咳……她认识的叶珈成，一直是一个坦诚的男人。叶珈成这样坦坦荡荡向她说了意图，也算是一种绅士的提醒了，像是特意给她时间做准备一样。

不过，她还需要做准备吗？

时简想起她和叶珈成有过的第一次。她和叶珈成恋爱没谈多久就结婚了，所以两人的第一次的的确确在新婚之夜。有人表现得那么含蓄，她还以为叶先生是食草系男人，结果连续十天的蜜月旅行下来，叶珈成身体力行地证明了他是妥妥的食肉男。

时简拿着手机，输入了一串身份证号，心情小小地起伏了一下。莫名其妙地，突然有点儿紧张了。紧张什么？时简表示不理解自己。

电梯间恰好撞上易霈和张恺。她和 Emliy 大包小包提回来，张恺笑笑咧咧说起来："感觉每年的年会都是这样的景象啊。"

Emliy 也调笑张恺一句："张特助准备好了吗？"

张恺："你们美就好，我就负责欣赏吧。"

张恺的话逗得 Emliy 乐不可支，不过听在时简耳里，更显得品行不端了。时简微微撇过头，视线正巧撞上了易霈。不清楚易霈知不知道张恺的事，时简心里有点儿愧疚，低着头，直接回到了自己的办公位。

有些事情，稍微留点儿心，就可以观察出端倪。电梯间里，易霈问了问张恺："这几天你和时简怎么了？"

"我们……我们没什么啊。"张恺不敢看易霈，尽量淡定地回答，"估计抱怨我给她安排太多工作吧。"

易霈没有认同。

"……"张恺失语，收起暗戳戳的小心思。不过他感觉易霈现在心情貌似不错的样子，趁机问了问易霈为什么和赵雯雯解除婚约。这个节骨眼儿，阿霈做出这样的决定真的很任性。不过作为朋友，他又完全支持阿霈。

张恺的问题，易霈过了会儿才开口说："没什么理由，不想接受，不喜欢。"这样的话，似乎有点儿不可思议，易霈说完自己都笑了下。

的确，这个回答，一点儿都不像……易霈的风格。从小到大，易霈还有喜欢和不喜欢的事情吗？他只有要做和不要做的。张恺立在易霈旁边，莫名有点儿激动，他能感觉到：虽然解除婚约让阿霈失去了赵家的帮助，不过阿霈整个人都愉快了不少。

"老实说，阿霈，我也觉得你和 Vivi 一点儿都不适合，不配。"

"哦，是吗？"听了张恺的话，易霈淡淡道，"你倒是和赵雯雯……挺合适的，不争取一下吗？"

张恺斯巴达了："……"

易霈整了整视线，懒得多说一个字。

张恺顿时生无可恋，感觉自己高级助理的日子就要到头了。

"今天都做什么了？"叶珈成放下刀叉，发问。

时简零零碎碎地交代了一些事情，这样啊，那样啊。

助理这份工作，时简感觉自己已经越做越上手，估计很快就不用跟着张恺混日子了，最好还能取代了张恺高级特助的职位。

她和叶珈成去了前天没有去成的情侣餐厅吃饭。这是一家新开的意大利餐厅，汤和沙拉都很出名。不过她最喜欢的还是甜品，带着酒味的提拉米苏非常清甜可口，mascarpone 和奶油的混合口感稀松又香滑。

时简用小勺子咬着，美味需要好好品味，可惜这顿饭结束了她还要回去加班。叶珈成边吃边看她，挤对了她一句："没想到你一个小小助理还挺忙的。"

那是当然，她现在差不多已经是易霈身边的红人了，以后她负责赚钱养家都没问题。

叶珈成招呼了侍者，要埋单了。

餐厅侍者拿着一份宣传单过来，临近情人节了，各类餐厅都加大了宣传，比如充值多少钱情人节那天不需要订位子。

侍者说到情人节三个字，叶珈成对推销的侍者说："不好意思，情人节我们已经有安排了。"

侍者明显有些失落。

情人节的安排……时简没忍住，又想笑了，就在这时，耳边突兀地传来一道夸张的招呼声，有点儿熟悉。她抬起头，看向迎面搂着一个女孩走来的面熟男人，这不是易三少吗？

易钦东看着叶珈成正在结账，眉头皱了皱，夸张地对着侍者开口道："会办事，会认人吗？"服务员愣了半秒，表情都变了，易钦东继续嘱咐，"以后叶少来这里吃饭，全部记我账上。"

侍者连连点头，赶紧归还叶珈成的信用卡。叶珈成没有接受，笑了笑，站起来说："易三少客气了，今天我和女朋友吃饭。请客事小，面子事大，还是我自己来吧。"

叶珈成说到女朋友，易钦东旁边的女孩眼睛明显一暗。时简抬起头，何欣？嘉仕铂的钢琴师，没想到真给易钦东追上了。

叶珈成大大方方拒绝易钦东的好意，易钦东也不再勉强了，临走前还对她做了一个夸张的告别动作。易钦东这个人，时简第一印象是夸张，第二印象是……好夸张，总之是一位行事作风特别高调的主。不过作为郭太太最小的儿子，易钦东在易家很受宠。

易钦东搂着何欣离开，叶珈成重新坐下来，靠着椅背若有所思了一会儿。

时简问："你和易钦东也认识吗？"

"接触过。"叶珈成点头，回答她，"易钦东想找我合作。"

合作？合作什么？大概是开发房地产的事吧。时简又问："那……你们会合作吗？"

"不知道。"叶珈成看着她，"小狐狸，你这样问我，是自己关心这个事，还是替你们易茂置业关心？"

"当然是，我自己关心。"时简有点儿生气。

叶珈成笑了笑，风度翩翩地站起来。他拿起挂在椅背的大衣，拉着她起来，"事情我还没决定，现在没办法告诉你。"

时简点点头，不再多问，问多了反而影响叶珈成。

有些事情，还是按照原来的轨迹发展，比如易钦东找叶珈成合作。记忆里有一次她和叶先生聊到梦想和金钱哪个重要，叶珈成对她说："当初如果我愿意，现在估计都成为房地产大咖了。"是吗？当时她还故作可惜地感慨起来："那真是好可惜啊，如果你成为房地产老板，现在就是巨富了，我也就是巨富太太了。"叶珈成戳戳她的额头，"今天才发现我家宝贝也挺爱钱啊。""当然，所以梦想和金钱，哪个更重要？"

"梦想……不，是你。"

时简回易茂继续加班。

她这个星期都加班，所以一直住在宿舍里。赖俏走了，赵依琳也不回宿舍睡，宿舍只剩下她一个人，夜里回来的时候，感觉格外冷清。

如果再加上停电，真是要命。

叶珈成打来电话，时简正借着手机屏幕发出的微弱光亮洗漱。手不小心撞到沐浴瓶子，"吧嗒"一声，掉落在地砖上。叶珈成问她怎么了。时简蹲在伸手不见五指的洗手间里，闷闷地对叶珈成说："宿舍停电了，刚刚我不小心撞上了沐浴瓶子，掉了下来。"

"没事吗？"叶珈成问她。

"还好。"

……

一个小时后，叶珈成爬窗进来，落地的时候还帅气地拍了拍手。叶珈成还带了很多红色蜡烛过来，一根根地点上，一排整齐地点亮在宿舍中间的长桌子上，明晃晃地照着她。

这一刻，时简才真正觉得能和二十五岁的叶先生谈一场恋爱，是一件多么浪漫又美好的事情。

　　浪漫得，不怕以后会如何。

　　美好得，只要和他的以后。

Chapter 15

易茂风云

烛光温柔地摇曳着，宿舍时而亮时而暗。

时简玩心大起，将十根蜡烛重新排列组合。叶珈成面对面地和她一起玩着，烛火连成一片，烛影互相映衬在对方的脸上，留下一点淡淡的红光。

时简一双眸子熠熠生辉，心血来潮地说起来："……像是洞房花烛一样。"

哦，是吗？叶珈成默默地听着，回了一句："洞房花烛可不是这样子的。"

扫兴！时简低下头，她当然知道洞房花烛是什么样子的。她已经洞房花烛过了。他洞过吗？没有吧。

叶珈成嘴角微微勾着，一时没有说话。

时简真想到了她和叶珈成有过的新婚之夜，蜡烛满室盛开，红艳艳的玫瑰花瓣铺满大床，墙上贴着大大的喜结良缘……

"小狐狸……你在想什么呢，嗯？"叶珈成看眼前人又恍惚出神，问了问。故意压低、放慢声音。

没什么啊，时简摇摇头，实在不好意思回答她刚刚想的是洞房花烛的事情。

叶珈成不以为然。

夜黑风高，小心烛火。时简不玩蜡烛了，叶珈成靠了靠椅背，然后大大方方说出他的需求："你们宿舍卫生间在哪儿？我要……洗洗睡了。"

洗洗睡？

卫生间就在宿舍门进来的最外面，时简带着叶珈成一块进去。她住的易茂宿舍虽然比不上叶珈成的公寓，不过也是麻雀虽小五脏俱全。叶珈成自然也是客随主便。他立在毛巾架前，上面挂着的好几条毛巾，使用之前转过头问："小狐狸，哪条毛巾是你的？"

时简取下自己平常洗脸的毛巾，汲了汲热水，拧干，递了过去，"给。"

"谢谢。"叶珈成轻轻客气了一下，接过她的粉色毛巾，慢悠悠又认真地洗了起来。

一张脸足足洗了好几遍。仿佛会越洗越帅一样。

时简又给叶珈成接了热水洗脚。手机照明度太低，她用脸盆接着哗啦啦的热水，差点儿溢出来。看到叶珈成脸还没有洗好，她站起来，不管他了。

叶珈成终于洗漱好出来了，时简已经穿着睡衣盘坐在椅子上，对着一台笔记本电脑看起了电影。厚重的老式笔记本电脑还有百分之五十的电量，她打开了上次没有看完的电影。

莫名地，心底有点儿发烫，像是刚刚那盆差点儿溢出来的热水。

无聊地比较了下，今年红遍天的男明星好像还没有叶珈成好看。叶珈成穿着背心走过来，影子轻轻地朝着她压下来。他用了她的洗发膏，弯下腰的时候，熟悉的气息滞留在她的头顶上方，是一种淡淡的清爽味道。

她买的是她和他结婚之后习惯用的牌子，她很熟悉这样的味道，不过叶先生现在还不知道吧。时简抬起头，望了望叶珈成，心里隐隐又有些得意。

"这是什么电影？"叶珈成问，舍不得，还是站直了。

"……这个电影，你没看过吗？"时简反问叶珈成，有些奇怪。这部电影还是他推荐她的，有一次两人聊起国产老电影，叶珈成给她推荐了它。现在这部电影还不算老电影呢，是去年刚刚出来的。

"有点儿印象，不过还没看，等会儿睡觉的时候，我们一起看吧。"

哦……

叶珈成自觉地来到最左边的下铺，坐了下来。宿舍只剩下一张床，他确定这张是小狐狸的。的确，赖俏离开之后，时简将床搬到了下铺，她还是不习惯睡上铺。

时简的床上还搁着两个衣服袋子，叶珈成将它们放到了另一个空床铺。宿舍的床铺本来就小，他要考虑一下等会儿两人的睡觉问题。

不知不觉，时简回过头，看着叶珈成铺床的动作，视线落在被叶珈成放置在另一边的袋子，眼睛随着前方桌面的烛光闪动了两下。

她问叶珈成，要不要看她穿年会的新裙子。

时简这样雀跃，叶珈成自然期待地点头说好。小狐狸有多美他很清楚，小狐狸能不能更美他也已经想象过。

红融融的烛光里，时简换上新裙子，光亮朦朦胧胧地映照着，"叶先生，好看吗？"

好看，很好看。挑灯看美人怎么都是美的，何况小狐狸本就已经美到了他的心里头。叶珈成夸得真心实意，小狐狸将一张笑脸得意地抬着，烛光在她脸上迷人地晕开。

这样的花烛红妆，这样的娇俏花颜，像是有什么撩着他的心。叶珈成微微移开目光，小狐狸的确是真的漂亮啊，既有着少女的明亮清澈，又有着女人的精巧细致，还有一股同类女孩都不具备的矜傲。

有些事情似乎怎么也等不过情人节了。

叶珈成还是克制了半个小时。他和时简挤在小床上，真对着笔记本电脑看起了电影。50% 的电量看不完整部电影，笔记本断电黑屏了，时简有些遗憾，叶珈成也有些遗憾。

时简说："差点儿看到结局了。"

有些心思已经炽热起来，叶珈成接下来其实可以将自己的话表达得更加浪漫又动情，结果说出来，意外得像个愣头青。

"小狐狸，我们要不要做一下？"

做……叶珈成要和她做什么，时简非常清楚。没有犹豫，她直接点点头。其实她以为叶珈成会等到情人节的，前阵子他还在她这里展示他那老厉害的自制力。所以，二十五岁的叶先生和三十五岁的叶先生，还是有些不一样的。

不过，那又如何呢，一样都是她的叶先生。

夜，很快热烈起来。

两人的衣服一块褪去，挂在床的栏杆上，挡住了部分的烛光，叶珈成咬着时简的耳朵问："小狐狸，上次你从我那里拿走的两盒，在这里吗？"

时简点头。

然后，叶珈成问在哪儿，他打算起来去拿。

时简阻止了，理由是："不用戴。"

"嗯？不用吗……"叶珈成问得有些客气，然后继续吻着，边吻边问："安全期？"

"不是。"时简不知道这个关键时候要不要说出来，她脑子发热，不多想已经告诉了叶珈成，"没关系，我现在不会受孕。"

"咳咳！"叶珈成身体撑在时简的上方，骤然停下来。

"为什么？"叶珈成问，好好的，怎么不会受孕？他都箭在弦上不得不发了，她告诉她不会受孕，为什么？

难道小狐狸初潮还没来？不带这样刺激的。

还是……物种不同？这个可能性，更刺激啊。叶珈成觉得自己不能再想下去了，再想就要坏掉了。

不能受孕的原因，时简心里难过，还是告诉叶珈成原因，是她身体的缘故。

叶珈成点着头，他不学医，正常知识还是有的。小狐狸样子难过地说自己很难受孕时，一时间心底同样复杂着，什么感受都有。

只是更多的，此时此刻更强烈的感受都集中在下半身，那些在心里交杂的复杂情绪，叶珈成全部抛开不管了。

叶珈成再次吻上时简，由浅入深。

时简犹豫片刻，也不再想着难过事，回吻着叶珈成。

熟悉的身体，很快再次热烈起来。

直至，一床冬被不停地起起伏伏，持续不断。

气喘吁吁的冬夜里。

被衣服隔开的那一排红烛，安静地燃烧着最后一小截，滚烫的烛油一滴滴地流淌成水……结束的那刻，蜡烛早已经全部燃尽熄灭，沉沉的深夜里，释放出来的那一刻，叶珈成紧紧地抱住时简，所有浓烈的、奔涌的、不可遏制的情意全化为一声"小狐狸……"

小狐狸，小狐狸，勾人的小狐狸。

有些事情，叶珈成作为男人，昨晚还是可以感受到不一样的，只不过他和小狐狸欢爱起来的感觉实在太好，他和她就像是一对天生的爱人。那种身体的第一次亲密接触都不需要磨合的默契，无意识地亲密缠绕……

小狐狸明明表现得那么好，身体却又是无比青涩和敏感的。

第二天，叶珈成看到小床的那一抹红色，还是愣了愣。

一整天，时简做事的时候耳朵都有点儿红。Emliy 给她涂了点儿冻疮膏，并将它送给了她。此外，Emliy 还给她带来了一整盒护肤品，全部都要送给她。

无事献殷勤，时简抬头，慢慢地打量着 Emliy，问："怎么了？"

"当然是感谢你帮我煮了那么多次咖啡啊。"Emliy 说，说得非常若无其事。

"不对，"时简笑着摇摇头，不相信地说，"肯定还有其他事情。"

嘿嘿。Emliy 点点头，就知道瞒不过时简这个小人精。迟疑了一下，Emliy 悄悄说起了自己的喜事："……我怀孕了。"

"啊，恭喜啊。"时简很开心，轻声地问出一句关心，"什么时候的事？"

Emliy 有点儿不好意思，也没打算瞒着，开口说："前几天确定的，已经两个多月了……我实在太糊涂了。一直以为是例假不准确呢，没想到快三个月了。"

快三个月了？ Emliy 也太马大哈了吧！时简哭笑不得，看了看 Emliy 的肚子，上次试裙子 Emliy 还说自己胖了。有点儿羡慕，像是本能反应一样，她嘱咐 Emliy 说："前三个月很关键的，你一定要好好注意……检查做过了吗？"

"嗯嗯……做了，都还好。"Emliy 连连点着头，顿了下，想到自己居然和一位未婚小姑娘聊孕育经验，忍俊不禁起来。她瞅着时简说："时简，你这个小姑娘年纪轻轻的，懂得比我这个已婚女人还多啊。"

咳咳，那是因为她心里住着一枚已婚少妇啊。

Emliy 终于说起正事："我想下个月就请假休息。不过我担心请假时间太长，易总不会准我，所以我可能要离职了。"Emliy 说完，可惜地叹叹气，怕是以后重新上班，很难回来。

易茂置业请假都是人事负责，不过总经理办公室是为易需服务的一个部门，Emliy 是易霈多年的秘书，怀孕了肯定要告知易霈的。时简想了想 Emliy 的话，Emliy 的担忧不是没有道理。以前她出个国，再次面试易茂都被 PK 掉了。

就在这时，内线电话进来了，易霈要咖啡，Emliy 突然笑成一朵花，讨好地对她说："小时，你帮我煮下咖啡，我怕咖啡机有辐射。"

咖啡机的辐射量……时简点了点头，答应了。

"你送咖啡的时候，顺便帮我探探易总的口风，拜托了！"

时简："……"

Emliy 指了指自己带来的一堆大牌护肤品，挤挤眼，"拜托。"

"……我试试。"

时简到茶水间煮咖啡，她当然知道 Emliy 打什么主意，一方面不想离职，另一方面又想休长假。员工打这样的如意算盘前自然要探探老板的态度，如果 Emliy 直接走人事请假，人事那边肯定按照公司规章执行，但是 Emliy 给易霈做事多年了，多多少少想求个人情。

人情这事就是自己不好开口求，假他人之口比较好。

时简端着咖啡进来，易霈正打完电话挂上，她将咖啡放在易霈的旁边，没有立马离开。易霈抬起头，望了望她，似乎在等她说。

易霈还是一个非常不错的老板，时简开口："……Emliy 怀孕了。"

"哦。"易霈点了下头，似乎明白是帮 Emliy 过来试探口风的，开门见山地问她，"请假多久。"

"下个月……"

"嗯。"易霈轻应了一声，表示他知道了。

"易总，我先出去了。"

"等下。"易霈抬起头，"这个周日年会，帮我一个忙。"

呃，帮？时简立在易霈面前，扬了扬嘴角，"易总尽管说就好。"

易霈放下笔，身子微微后靠，样子不像吩咐，反而像是朋友之间的拜托，"今年碧雅回国需要在年会现场露个面，临时缺个钢琴师伴奏……"

易霈没有说完，时简已经明白了。因为上次她在嘉仕铂弹过琴，易霈想到了她？这不是什么大事，易霈都亲自开口了，她肯定是答应的。

不过，时简说："我很久没弹了，可能弹得不好。"

她的话，易霈一笑置之。

时简有些不好意思，也有些不明白，易霈为什么要开这个口？他和郭太太不是关系不好吗？易碧雅这次要在年会公开亮相，原因不必多想，易家女儿回国肯定要进入易茂做事了，最好就是趁着年会在易茂所有股东员工面前露个脸。

时简思忖着，易霈将目光停留在她脸上，像是猜到她好奇什么，明了地告诉她："时简，你是我易茂置业的人。你给郭家人伴奏，差不多表明了我易家的态度……"

易霈将话说得那么推心置腹，时简点头，表示自己能明白，不过易霈会这样做，和他解除婚约有很大关系吧，现在的局势并不是利于他，"易总，我一定会好好弹。"

易家人里，时简对易霈的确有着先入为主的偏爱，感觉自己像是入了戏的配角，要亲眼见证易家的风云。信心满满地，时简点着头。

她表态表得如此有诚意，易霈道谢："时简，谢谢你。"

时简又想起了《男色家族》。

《男色家族》是编剧影射易家风云编出来的一部狗血豪门大戏，里面男主角的形象像极了易霈，加上当红小生出演，无疑是年度红剧。不过，这剧出来后不久就被易霈的律师团告了……

之后两天，时简每天都到酒店陪易碧雅彩排。

易碧雅和她想象的不太一样。对比赵雯雯，易碧雅是一位真正的豪门淑女，长相也是属于文文静静类型的，有一种空谷幽兰的气质。老实说，时简对易碧雅的印象不错，对比赵雯雯客套又敷衍的待人之道，易碧雅没有赵雯雯那么会来事，但待人接物似乎多了一分真挚。

不过，她是易需安排过来的人，人心隔肚皮，还是不要轻易揣测比较好。她已经站队易需，不能东倒西歪。

易碧雅胆子有些小，年会的诗歌表演，练习了好几天还有点儿紧张。

周六下午，时简打车到城南公寓。这两天叶珈成同样很忙，她就没让他来接她，现在叶珈成还在外面做事，她一个人待在公寓里，整理她搬过来的东西，转了一圈，总感觉缺了很多东西。叶珈成回来的时候，时简正在卧室整理衣柜，叶珈成靠在旁边看了一会儿，觉得小狐狸整理得井井有条，仿佛以前常做这样的事。

"回来啦？"时简回头看叶珈成。

"嗯，回来了。"叶珈成走了过来，伸手。时简转身，惯性地圈住叶珈成的腰，抬起头说："我改变了一下……你的公寓。"我们的家。

"嗯，可以啊。"叶珈成没有意见。

时简觉得自己可能有点儿过分，刚同居就当起了女主人。可是她真的忍不住……好在叶珈成不计较，他欣赏着她每处的改变。看完之后，他从后面抱过她，将头轻轻靠在她的肩膀上。

"明天你们的年会……"叶珈成开口说，"据说有位漂亮小姐还要上台弹钢琴。"

有人消息那么灵通啊。

"关于你的消息，我肯定灵通一点儿。"叶珈成笑。

噢——时简转过身，说起她觉得更重要的事："叶珈成，家里缺好多东西。"

咳，家？叶珈成承认自己刚刚听到这个字，有轻微的不适应。用窝不是更合适吗？他和小狐狸的爱情窝。

哎哎哎！时简又被叶珈成扑倒在床上，二十五岁的叶珈成精力是不是太好了？时简转过身，想到后面两人都没有时间，难得现在两人都有空，她开口建议："叶珈成，我们去超市吧。"以前每个周末，她和叶先生都会去超市采购生活必需品。

人都躺在床上了，叶珈成真不想去超市，又不想拒绝小狐狸。

不想去吗？时简转转眼珠子，开始撒娇了。作为老婆大人，她在叶先生那里早已经练就了撒娇三十六式。低头，她将眼睛对着叶珈成的睫毛，玩起了睫毛打睫毛的游戏。

一下，两下，三下……

她和叶珈成的睫毛都很长。两人结婚以后，迟迟没有要孩子，有一次叶妈妈和叶爸爸在厨房洗碗，她本打算进去帮忙，却在外面听到叶妈妈对叶爸爸说："简儿什么都好，就是没办法要孩子……你说她和珈成都长得那么好，他们的孩子生出来会有多漂亮啊。"叶爸爸打断了叶妈妈的话："别说了，你这话如果让小时听到，会伤心的，珈成也会跟你生气……"

"去一下嘛。"时简撑着身子，笑吟吟地对叶珈成说，"就当是陪我好不好……珈成？"珈成两个字，时简用青林话念了出来。以前叶珈成就特别喜欢她用青林话叫他名字，他说她和他是爱人，珈成两个字，她用青林话念出来，让他有一种夫妻的缠绵味道。

不过现在，不知道对二十五岁的叶先生有没有效果呢。

"珈成……呵！"叶珈成学着她的音，笑了起来，然后慢悠悠地闭上眼，妥协了。

有些事情，还是不一样。

叶珈成虽然谈过一些女朋友，但是第一次和女孩同居。他跟着小狐逛转超市，没想到真有那么多东西要买，像是过日子一样。

他本以为年轻男女同居只需要，安全套呢。

货架前是一片花花绿绿性感包装的安全套，时简眼睛不停地在上方流转，注意到叶珈成投来的视线，大大方方回视了他一眼，然后故作纯情地说："叶珈成，你来选吧。我没买过这东西，不……懂。"不懂。时简说完稍稍撇过头，快要笑死了。

真不懂吗？叶珈成目光从时简脸上收回，刚刚他还以为她很懂，比他还懂的样子。叶珈成轻轻咳嗽一下，伸手揽过时简的肩膀，低声对她说："那我教你。"

"好啊。"时简点着头，眼眸带着澄清的水光，像是一个好学的好女孩，面对叶珈成故意的调戏，她装得更加不明白，"上次你买的什么牌子，好像是什么……冈？"

"冈本。"叶珈成回答，带着她来到冈本的货架，"喏，就是这个。"

时简："对对对，就是它。"

叶珈成："……"

旁边的售货员阿姨："……"

然后，叶珈成往购物车里扔了一盒又一盒。时简装不下去了，看得太阳穴一跳又一跳的；同样太阳穴跳个不停的，还有不远处用余光偷窥着这边的售货员老阿姨。

简直了，世风日下啊！

现在这个年份，未婚同居的确比较前卫啊。时简和叶珈成都注意到老阿姨投来的眼神，她抿了下唇角，抬头对叶珈成说："老公，我们走吧。"

又是……老公。叶珈成同样抿了下唇角，低下头，看时简的眼神也像新婚丈夫看妻子一样，他开口说："再拿几盒吧，我们用得比较快。"

"嗯嗯。"时简心里欢乐，又拿了三四盒到车子里，她和叶珈成的确用得快，用得很快啊。两人不管后面的老阿姨，一起笑着推着满满的小车来到超市前方结账。

周六晚上，超市客流量很多，几乎每个队伍都是排得长长的。时简和叶珈成排在队伍的最外面，身后就是超市的水果区。

水果区最惹眼、最有存在感的，就是散发着"勾人"气味的榴梿君。新鲜的来自泰国的"金枕头"看起来又大又黄，好几个已经爆裂开来。

叶珈成回头看了两眼，然后视而不见地转过头，对她微微一笑。

某人不是很喜欢吃榴梿吗？时简瞅了瞅叶珈成，有意地问他："叶珈成，你喜欢吃榴梿吗？"

她的问题，叶珈成似乎想了一下，回答她："味道太大了。"

所以到底喜欢还是不喜欢……时简"遗憾"地说："我挺喜欢的。"

叶珈成："那就买一个。"

时简摇摇头，"算了，味道太大，我怕你闻不习惯。"

"其实……还好。"叶珈成转了转口气，对她说，"我能接受。"

"真的吗？"时简眉开眼笑，仿佛一点儿都不知道叶珈成喜欢吃榴梿，她开心地说起来，"没想到我们都会吃。"

叶珈成也有点儿开心，"走，买个。"

时简："好！"

时简喜欢吃榴梿还是被叶珈成带出来的。两个人结婚之后常常买榴梿回来，高彦斐就属于特别受不了榴梿味的人。高彦斐住他们对门的时候，每次敲门进来借个东西，看她和叶珈成看着片子互喂榴梿就吐槽他们，说她和叶珈成是臭味相投的一对。

臭味相投，同样是情意相投啊。

两人买了很多同居用品，叶珈成一个人提两大袋，时简就抱两人一起挑好的榴梿。两人走在一起，回到了公寓，还没有进屋，就撞上了一位熟人，高彦斐。

时简和叶珈成立在一起，高彦斐站他们俩对面。反应了好一会儿，他才开口说："你们……速度真快啊！"

高彦斐话里的"速度"，意思很明白。时简低下头，她还觉得慢了呢。

高彦斐今天过来，是想在叶珈成这里借宿一晚，他给叶珈成打了电话也发了短息，都没有得到任何回复，所以直接杀过来了。敲了半天门没反应，折回身就看到那么"恩爱"的一幕。

高彦斐真没想到叶珈成和小狐狸已经开始同居了，有人不是拒绝和女朋友同居吗？用叶珈成本人的话说，就是："如果同居了，以后甩起来会麻烦。"

所以，叶珈成不怕麻烦了？

叶珈成开门进屋，和高彦斐解释了下："我手机没带。"

"哎。"高彦斐立在外面，今晚肯定不能在叶珈成这里借宿了。就在这时，"女主人"说话了："进来吧，高彦斐。"

这个口气，真的很像女主人……时简还给高彦斐找了一双鞋，然后来到厨房处理超市买来的大堆鲜食。

高彦斐看呆了。这个架势，两人同居已经很长时间了吧。

餐厅的餐桌还放着一大袋，里面杂七杂八的一大堆东西，高彦斐眼尖地只看到那一堆安全套，一二三四五六……高彦斐心塞，准备告辞了。

时简在厨房处理榴梿，找事地探出头，"高彦斐，我们要吃榴梿了，你要吃吗？"

"不用，谢谢。"高彦斐更想跑了。

叶珈成客气地送他到电梯门口，替高彦斐按了下楼的按钮。高彦斐装作无所谓地问了问："你们住在一起多久了？"

"三天。"叶珈成实诚地回答，没有隐瞒的必要。

高彦斐："……"他还以为小狐狸和他住了三年呢！

叶珈成当然明白高彦斐那点儿心思，得不到的永远都在骚动，不过小狐狸是他的，多年的朋友和同学了，叶珈成好心地劝他："周六还一个人，不无聊吗？"

高彦斐觉得自己这条单身狗受到了严重伤害。电梯还在二十几楼没有下来，高彦斐想了想说："我打算追宋晓京了，你这边没事吧？"

宋晓京怎么说也是叶珈成的前任，高彦斐这个话，一方面是打个招呼，另一方面也是一种试探。不过他觉得叶珈成不会在意，果然，叶珈成理解地朝他点了点头，"加油。"

高彦斐："多谢兄弟。"

"谢我干什么。"叶珈成笑得得体，"我和晓京是谈过，难道我和她在一起过，分开了还要对她存着占有感？这对她对我都不合适。"

高彦斐不说话了，他觉得叶珈成的话没有错，既然叶珈成那么大方，他还是别追宋晓京了，还不如期待一下小狐狸呢。

"再见。"

"不送。"

……

第二天是美好的星期日，时简还是调好了闹钟。今天易茂年会，年会开始之前她要陪易碧雅再排练一次，然后去趟总经理办公室。

不过时简不是被闹钟叫醒的，而是叶珈成的早安吻。

半睡半醒间，熟悉的气息钻了进来。时简本能地伸手圈住叶珈成的脖子，眼睛还没有睁开，身体已经先动情起来，她回吻着叶珈成，然后叶珈成故意停了下来。

浑蛋，时简睁开眼，脸颊绯红。

"早。"叶珈成撩拨了下她的耳朵，低声问了问："小狐狸，喜欢我这样叫醒你吗？"

呵呵，她以前又不是没享受过这种待遇，时简同样碰了碰叶珈成的下巴，青茬都出来了，手感痒痒的。"早啊。"她也道早。

叶珈成又碰了碰她的鼻子，拨了拨她的头发。

时简享受着叶珈成充满爱意的抚摸，同时也发现，叶珈成有话要说。

叶珈成是有话要说，他不是藏着事烦恼自己的人，他好奇小狐狸青涩敏感的身体和他如此合拍，也好奇她每次脱口而出的那声"老公"。前者他可以忍住好奇不问，毕竟享受的人是他，小狐狸这种极致的反差给他带来了极致的愉悦；后者，他是不是可以问一问？一直憋着真没什么意思。

"小狐狸，你为什么常常叫我……老公？"叶珈成将目光定格在时简的脸上，看她反应。

嗯……时简愣住了，叶珈成这样提醒，她也意识到问题。老公这个称呼对她太自然，但是对叶珈成不一样。不过事情很简单不是吗？因为老公就是他啊。时简犹豫片刻，索性将之前编好的话说给叶珈成听："叶珈成，我第一眼看到你，就喜欢你了，感觉你是我梦里多年的 Mr. Right……"

"一见钟情？"叶珈成下床，露着两条笔直的长腿。他背转过身，气定神闲地走到衣柜前，两只手一颗颗地扣上衬衫纽扣。

"嗯……"时简点了下头，看了看叶珈成的反应，心里有点儿懊恼，她还不如什么都不说。

的确啊，她还不如不说，听着就像忽悠。叶珈成忽然转过身，单手撑着床边，靠近着，一只手摸时简的脸颊，最后停在了嘴巴那里，眨了眨眼睛发问："那么你的梦里，你和那位 Mr. Right 接吻吗？"

突如其来的调戏，时简有点儿凌乱。叶珈成的声音本来就带点儿沙质，现在他还故意压低声音，简直了……啊啊啊啊！反应过来，时简推开了叶珈成，"……我起床了。"

他爱信不信，反正她和他在一起了。

时简带着今晚的礼裙出门，外面有些冷，她打算带到公司再换上。今天她要参加公司年会，叶珈成是知道的，出发前她又特意提了提："如果年会有什么特别好吃的，我带回来给你。"

"叶少我不缺吃的。"

嘁，时简笑呵呵，她说这话还不是从他这里学来的。以往叶先生有什么聚会，她没有参加的话，叶先生都会说一句："有好吃的，我给你带。"

时简想得忍俊不禁。

叶珈成也乐了，"行啊，那你给我打包贵的，什么贵的打包什么，鲍鱼、海参、鱼翅……"

时简没有理叶珈成了，其实她说要给他打包食物，还不是暗示叶珈成晚上结束能来接她。那么聪明的男人，他听不懂她的意思吗？

还是犯懒，故意装听不懂啊？

时简坐在总经理办公室，她作为易霈的实习助理，张恺已经提前和她打了招呼，等会儿她和他一起过去。时简已经换好了裙子，外面套着黑色羽绒服，她在华水街买来的黑色大羽绒服，买大了一个尺码，穿起来像几年后开始流行的韩范。距离年会开始还有两个小时，总经理办公室很热闹，议论纷纷的，大家基本都回来了，Emliy 也过来了，还携带了家属——她老公。Emliy 老公是一个胖乎乎的男人，对 Emliy 呵护备至，时简看得笑眯眯的，靠着转椅想了想，打算掏出手机给叶珈成发短信。

外面的天色慢慢暗了下来，总经理办公室的同事差不多都去现场了。时简望了望张恺的办公室，张恺还在里面打着电话，不急不慢的样子。

什么时候出发呢？

终于，张恺出来了。时简站起来，要走了吗？结果张恺问了她一句吐血的话：“时简，你看到易总了吗？”

什么？时简看了看易霂办公室的门，易霂不在办公室吗？

张恺无视她的反应，顿了下，“找下。”

找？

去哪儿找？

时简站了起来，带上手机出了总经理办公室。今年年会那么重要，以易霂的性格不可能出差错的……时简站在电梯里，想起一个地方，按了易茂置业的顶楼按钮。赵依琳在《我眼中的易先生》里写过这样一句话：“易先生非常喜欢在顶楼想事情……”不管了，碰碰运气吧。

时简来到易茂置业的顶楼，门开着，易霂真在外面。上次她发现这个天台，也是想起赵依琳书里介绍过这里，就好奇地上来看看，意外发现站在这里还可以看到以后出现的“灵鸟”建筑。

“易总。”时简打了个招呼。

易霂看了看手腕的表，仿佛知道她为什么会出现在这里，用一种抱歉的口吻对她说：“还有半个小时。”

是的，距离出发还有半个小时，易霂一直很有时间观念，怎么会在关键时候出差错。时简站着，见易霂没有站起的意思，不知道要不要先下去。

易霂又问：“张恺让你上来的？”

时简轻轻应了声，含糊处理这个问题。

“这里看晚霞很漂亮。”易霂转了转头，又看了看手表，“等会儿会更漂亮。”

所以易霂还要待一会儿？时简同样抬头看了看霞光似火的天际，刚刚是她的错觉吗？觉得易霂开口说话的样子轻松又寂寞。轻松，是因为没有任何架子；寂寞，因为他后面的话，像是一个拥有最好玩具的小孩，但是找不到玩伴。

　　下一秒，时简立马推翻了心里的想法。

　　易霈是不会寂寞的，会寂寞的男人不会像他这样成功。不过再成功的男人，也会有一时的无聊和失落吧。

　　就像易霈此时这个样子。

Best Time

白 马 时 光

时　间
都知道

随侯珠———著

下

百花洲文艺出版社
BAIHUAZHOU LITERATURE AND ART PRESS

目　录

Contents

Chapter 16　　"情人节快乐！"　　001

Chapter 17　　我喜欢的想要的那个对的人　　020

Chapter 18　　带你看更高的风景　　032

Chapter 19　　比他更好的男人　　050

Chapter 20　　二十二岁生日　　063

Chapter 21　　告白和坦诚　　081

Chapter 22　　没有独一无二　　093

Chapter 23　　雪花纷乱迷人眼　　107

Chapter 24　　那镯子是假的　　121

Chapter 25　　与世浮沉　　139

目　　录
Contents

Chapter 26　　不要等了　　　　　　　　156

Chapter 27　　小狐狸，对不起　　　　　170

Chapter 28　　来自南方的大尾巴狼　　　184

Chapter 29　　无言的结局　　　　　　　200

Chapter 30　　时光新生　　　　　　　　217

Chapter 31　　无尽的等待　　　　　　　236

Chapter 32　　真正的结局　　　　　　　264

番外　　　　　那些深藏不露的爱（一）　270

　　　　　　　那些深藏不露的爱（二）　279

　　　　　　　那些深藏不露的爱（三）　288

　　　　　　　那些深藏不露的爱（四）　299

Chapter 16

"情人节快乐！"

时简立在易霈三米外，打算先下去，易霈侧过头看了看她，霞光的余晖恰好斜射在他清瘦的面庞上，有两分灼眼。

"时简，你也再等会儿。"易霈交代说。

"嗯。"时简低头，将下巴藏在厚实的羽绒服里，鬼使神差地，她突然想起了赵雯雯和张恺。好烦人，每次想到这件事，她就没办法面对易霈，仿佛心里揣着一颗定时炸弹。她不清楚易霈对赵雯雯的感情，是深爱，喜欢，还是男欢女爱的心动？多多少少心存着感情吧。在她先入为主的印象里，八卦论坛里每每提起易霈曾经的未婚妻，对那位赵家逝去的小姐，都是唏嘘的。这个世间一直迷恋传奇的爱情故事，原来的易霈和赵雯雯的故事就被很多八卦友脑补成一段情深不寿的爱情传奇。

可是现在一切都变了，赵雯雯没有去美国滑雪，也没有和易霈成就一段金玉良缘，自然以后存在在八卦友间的"传奇爱情"也就没了；对易霈来说，赵雯雯给过他的美好也消失了吧。这样一想，时简有点儿自责起来，可是，她也不能因为这样就后悔救了赵雯雯。

高楼起风了，时简抬了抬头，易霈同样微微仰着头，声音像是风吹进了她的耳朵里，"时简，我和赵雯雯解除婚约了，你……知道了吗？"

时简转过头，藏起内心的自责，点了下头。

易霈笑了下，"明天就是情人节了，时简。"

时简："……"心里更难受，更纠结了。她看了看易霈，易霈嘴角勾着自嘲的笑意，仿佛在可惜什么。

"易总，你和 Vivi 为什么解除婚约？"时简大脑发僵，直接问了出来，随即耳边嗡嗡地响了起来，"对不起，易总。"她道歉说。

"对不起什么。"易霈转过头，还安慰她说，"事情和你又没关系。"

时简轻轻嗯了下，的确和她没有关系。

随后，易霈又顿了下，"不过和你也有点儿关系。"

什么？时简猛地咳嗽起来，被风呛住了，她看向易霈。易霈看着她措手不及的反应，很快告诉她说："时简，还记得上次你和张恺聊天时说的一句话吗？就是人生最好的四个阶段。"

"我有说吗？"时简一时想不起来。

易霈提醒她说："你说最美好的人生是快乐在童年，奋斗在少年，相爱在青年，安稳在中老年。"

哦，这话是她说的。时简想起来了，她和张恺聊人生经的时候胡扯的。所以，易霈的意思是……易霈轻轻靠着白色的躺椅，像是享受城市余温的一点点消散。

"我不想一下子失去两个最好阶段。"易霈开口，"奋斗和相爱的人生，我都想要。"

这样的易霈太认真、太真实了。时简听得动容，慢慢犹豫之后，问："易总，你和 Vivi……"没有相爱吗？她想知道这个问题，如果答案是否定的，她心里的纠结就少了。

"我和她不合适。"易霈回答她，很直接，"男人都有点儿贪心，不喜欢就觉得不合适。"

真的吗？易霈不喜欢赵雯雯？时简突然很畅快。易霈看向她，时简拢了拢嘴角，神色自然道："易总，你加油。"

"好。"易霈笑了起来，像是回应她的加油，"希望有那么一天。"

会有的。相爱她不敢保证，不过以后的易家一定会回到他手里。时简笃定地抿着嘴角,不再说话。头顶的晚霞暗淡了下来,易茂置业对面的高楼大厦也逐渐消失在越来越暗的暮色里。在楼顶看晚霞真的很美,可惜只有十几分钟的美景,难怪刚刚易需说要再等会儿。

对面的广告牌亮了起来,时简在心里算了算时间,是不是要出发了?其实她还有几个问题想问问易需,感觉就像是读完一本书,有着一堆的读后感,现在终于有了面对面交流的机会……不过还是算了吧,她的问题太八卦了。

年会和易老先生的寿宴现场,炽热又白亮的闪光灯一拨接着一拨过来,时简跟在张恺后面,过道的两边已经被到场的媒体记者挤得水泄不通。整个过程中,张恺刻意帮她挡住了一些镜头,下车前还特意提醒她,让她站在他旁边,距离易需远一点儿。

张恺想得周到,时简也同样明白张恺的意思。所以整个过程,她都跟着张恺的脚步,低着头,像极了小助理模样。张恺还担心她会被今晚的架势吓到……其实她也算是见过世面的人。

今晚,人真的好多,场面也很大,会聚了易茂一多半的员工。上次她在易茂男装旗舰店认识的店长芬姐她们,都在这里。除了旗舰店,全国各地易茂男装的店长和优秀店员也都赶了过来,这是和往年完全不一样的,因为这两年,易茂服饰这块业绩整体下滑得非常厉害。今晚这样的举动,似乎是在向所有媒体朋友证明什么。

时简和易碧雅碰面了,易需亲自带着她过去的。易碧雅挽着易老先生的手走向最前方的座位。易老先生穿着正装,即使年纪大了,看起来也精神抖擞。易老先生身边围着一帮易家人,每个人都衣着体面又光鲜,比如郭太太今晚戴的翡翠,绿得惹眼。

易家人里,大概只有乖巧的易碧雅最让易老先生省心吧,所以易老先生最疼爱的孩子,也是小女儿易碧雅。时简想起了易老先生那个叛逆的大女儿，易霈的母亲。今晚这么重要的年会和寿宴，易大小姐也没有出席。

"等会儿辛苦时小姐了。"易老先生对她道谢。

时简回了话，不卑不亢，然后易碧雅带她去位子坐下来，对她说："怎么办，我越来越紧张了。"

易碧雅是真的紧张。

这个易家小姐如果有赵雯雯一半的胆子就好了。时简教了她一个上台不紧张的方法。以前她上台也紧张，她和叶珈成第一次见面，她就是上台紧张出错，叶珈成坐在台下嘲笑她。

手机突然嘀了一下，叶珈成回她短信了："好的，我等会儿就过来。"

呃，等会儿就来？

时简环视了整个年会现场，易茂服饰的人来得比她想象得还要多。全国地区的店员穿着统一的店服，很好辨认。时简又看了看郭太太，今天郭太太虽然在笑，不过面色不是特别好，不过易家人里面色最糟糕的，还是负责管理易茂男装的易霖东，郭太太的大儿子。

很快，时简知道为什么了。

年会开始不久，易老先生亲自讲话，宣布易茂服饰正式结束家族经营模式，解除易霖东执行董事职务，聘请高级职业经理人担任……同时，今晚易老先生向易茂所有员工介绍了小女儿易碧雅会进入易茂工作，不过只从基层做起。郭太太的脸，变得比她脖子上戴着的翡翠还要绿一些。

易碧雅要上台了。

时简来到台上的三角钢琴架前坐了下来，面对着富有质感的黑白钢琴键，静了静心后，便随着易碧雅婉转悠扬的朗读声弹了起来。钢琴曲是易碧雅和她都喜欢的《少女的祈祷》，乐谱十分简单，时简享受着弹琴的过程，直至易碧雅的声音突然中断了一下。

时简稍稍转过头，只见易碧雅憋红了脸，但很快又继续朗诵。时简收了收心，尽量将配乐弹奏得更加轻柔。台下，似乎有道视线，直直地看向台上。时简用余光扫了两眼，叶珈成！

只见叶珈成坐在最前面的左边，双腿优雅地交叠着，笑得斯文又败坏。

这个场景，像是记忆里她和他的第一次见面，她在台上，他在台下。明明感觉不出两人会有什么缘分，冥冥之中命运又将他和她牵在了一起。

似乎感受到她用余光看着他，叶珈成支着头，朝她微微眨了下眼睛，眼神迷人。

二十五岁的叶珈成比她遇上的三十五岁的叶先生更吸引女人眼球吧。三十五岁的叶先生除了对她很多时候都是正正经经的模样，很多场合还特意戴着一副平光眼镜，藏起他那双迷人的电眼……五年时间，完全让叶珈成从大男孩进化成了成熟男人。重回过去，才发现时间真奇妙，重叠了大部分，但是剩下的那不一样的小部分，才是将每个阶段区别出来的地方。

今晚，叶珈成来得如此出其不意，时简心里偏偏有些懊恼……其实叶珈成也没骗她，她让他来接她，他回复的短信是"等会儿就过来"，是她自己没想到叶珈成居然还有请帖。

台上绽放的九盏水晶吊灯，有着不可一世的明亮。

易碧雅朗诵结束，时简也结束最后的一个音，站了起来。今晚她只是钢琴伴奏师，不需要走到前方谢幕。她双手交叠，立在钢琴旁，跟着易碧雅微微弯了弯腰，然后走到了后台。

易碧雅来到后台，眼眶立马红了，担心地问起来："时简，我刚刚的表现是不是很糟糕？"

"还好。"时简真心真意地说，"明明是，你反应很快呀。"

　　安慰无效。易碧雅情绪还是有些糟糕。时简能理解易碧雅的压力，不过每个人都有自己的人生角色定位。易碧雅作为郭太太最小的女儿，郭太太对她不可能没有一点儿要求。

　　叶珈成坐在前方贵宾席，旁边是顾意天。时简当然认识顾意天，叶珈成的天叔，一直以来对叶珈成疼得像是亲儿子，不过她认识叶珈成的时候，顾意天已经调到了 A 城，一路平步青云……所以今晚叶珈成是跟着天叔过来的？

　　还好，不是因为要和易钦东合作的关系。

　　时简刚下来，张恺立马将她叫走了。她跟着张恺走向易老先生旁边，路过叶珈成的时候不忘瞅了他和天叔一眼，叶珈成给了她一个没事又大方的眼神。

　　没事个大头鬼，她看天叔好吗？

　　不过，张恺带她过去干什么？时简立在易老先生和郭太太面前，郭太太从手包里拿出一个红包，递给了她，然后客客气气地说："时小姐，今晚谢谢你的帮忙，这个你收下吧。"

　　呃，还有红包拿？时简不知道要不要拿，坐在一旁的易霈对她说："时简，拿着吧。"

　　哦，易霈让她拿着，她就拿着吧。时简笑盈盈地接了过来，对着易老先生和郭太太道谢了一番。今晚除了是年会，还是易老先生的寿宴，她又说了两句道贺的祝寿词，像是找准时机抱起了大腿。一帮人大概谁也没想到她一个小实习生那么能说话，连易霈都轻轻扯起了笑意。

　　时简也好奇今晚的自己竟然如此不"低调"，大概是每个小配角都有一颗想抢戏的心吧，她作为易家风云里突然进来的一个小小配角，可能过了今晚就没有上场的机会了。

"时小姐，真是谢谢你。"易老先生笑了起来，口吻和善地对她说，"刚刚你弹得也很好，让我想起了……"易老先生没继续说下去，顿了下对张恺说，"带时小姐去吃点儿东西吧。"

嘻嘻，跑龙套结束。时简跟着张恺走了，走到一半，她对张恺说："张恺，你不用管我了，我自己能安排自己。"她知道今天张恺事情很多，没必要这样照顾着她。

唉，张恺摇头叹气，他觉得自己好像也管不了时简了。作为时简的顶头上司，今晚他还担心她会不会怯场，想不到有人不仅钢琴弹得优雅大方，还将祝寿词说得得体又漂亮，哪像什么初出茅庐的小姑娘，压根儿就是一枚江湖老手啊。

张恺忍不住，还是交代了几句，时简点了两下头，表示自己知道了。

张恺帅气地走人了。

时简抬了抬头，不远处，叶珈成跟着天叔也对着易老先生贺寿，不管从哪个角度看，都是风度翩然的贵公子一枚。收了收视线，时简在人声鼎沸的大会场找到自己该坐的桌位，坐了下来。她也不饿，口袋里揣着一个郭太太给的红包，倒是满肚子好奇。

不知道里面有多少？

这笔钱，算是她今晚作为龙套的演出费吧。时简将手伸进口袋，捏了捏红包，不算薄。

终于，找了个机会，时简寻了一个角落，打算打开红包看一看。郭太太出身不好，远远比不上易霈的亲外婆。不知道是不是这个原因，外面传闻郭太太是一个对外很小气的贵妇人。时简半靠着墙面，摸了摸红包厚度，五六张的样子？还好，不算很小气。

笑眯眯，她打开一看，瞬间惊呆了。居然是五张十块钱，也就是……五十块！

老实说，时简已经很久没有收到这么小的红包了……虽然现在年份不一样，钱也比较大，不过作为一个豪门贵妇，郭太太是真如同外人说的那样啊，还是故意打发她啊？时简将红包揣回了口袋，突然身后传来一道忍俊不禁的嘲笑声，"小狐狸，今晚拿到多少出场费啊？"

叶珈成！时简转过头，只见叶珈成眸底闪过一丝笑意，很快视线又瞟到她的口袋上，目光里满满都是奚落。不用想，她刚刚数红包的样子叶珈成都看到了。

奚落什么，没见过"人穷志短"啊。

呵。叶珈成只是忍不住笑，刚刚他看到时简像个领了压岁钱的小女孩，还特意找了一个角落偷偷看里面的金额，那模样，真像一只小狐狸叼走一块美味的香肉，还偷偷摸摸找个角落开心一下。

"多少？"叶珈成又问了问。

时简知道叶珈成有意调侃她，于是转移着话题问叶珈成："你怎么过来了？

叶珈成笑得差不多了，回答："有人不是说要给我打包好吃的嘛，我怕麻烦她，所以自己过来了。"

这样的回答太敷衍了，时简哼了哼。

"易家的请帖我很早就收到了，不过一直犹豫要不要来。"叶珈成认真了点儿。

时简抬眸，"为什么犹豫？"

叶珈成伸手点了点她，"傻，来了就要送礼啊。"

时简哧哧笑起来，不过叶珈成的话，她还是半信半疑，总觉得不会那么简单。当了五年老婆养成的习惯，她顺口问了问："……你送了多少？"

小狐狸关心得真多，叶珈成叹口气，"懊悔"地说起来："早知道你只拿到五十块，我觉得送个零头就差不多了。"

撇头，憋不住，时简还是笑了起来。她瞅了瞅叶珈成，真说了出来：

"叶珈成，我们真是一对极品……情侣啊。"

夫妻两个字，她临时改成了情侣。

"嗯。"叶珈成十分认同，伸手拍了拍时简的头。小狐狸笑得真好看，眉眼弯弯，露出一排雪白又整齐的牙齿。望了望时简那桌，狼藉一片，小狐狸估计没东西吃了。"看来等会儿我还需要给你打包吃的。"叶珈成说，他那桌还没有动筷子。

喊，时简没理叶珈成，她也望了望叶珈成那边，转着眼珠子问："那个跟你一起过来的人是谁？"

"哦，我的债主。"叶珈成回答。

天叔变成了债主？时简轻轻嗯了下。

叶珈成真没说谎，他是欠着天叔二十万没有还。他见时简不相信，不再多说。结果时简还是担心地问了问："你欠了多少，很多吗？"

小狐狸这个口气，是想帮他还吗？小狐狸能有多少钱啊？！叶珈成勾了勾唇角，心情愉悦。就在这时，易钦东走过来，"叶少，时……助理。"

叶珈成回过头：噢，要给他送钱的人又来了。

易家人里，最有能力的无疑是易霈。如果选择跟着人做事，像小狐狸这样的，的确跟着易霈最好。不过男人和男人的合同，易钦东比易霈可要好太多了。

时简回到了自己的座位；叶珈成和易钦东也只说了两句，便回到了前方的座位。

年会结束，已经晚上十点多了。易茂员工和宾客陆陆续续散场离开，张恺过来找时简，叶珈成不知道去哪儿了。时简先跟着张恺出来，外面豪车多得吓人，到处是香车宝马，易霈已经坐在车上了。

张恺过来找她是要带着她一起走吗？时简对张恺道别，不用麻烦他了。

"你自己回去吗？"张恺问。

时简点头。

车窗降下，里面的易需对她说："注意安全。"

时简弯了弯腰，"谢谢易总。"

酒店门厅，叶珈成出来了，手里还拎着一袋打包食物。他找人似的望了望后，便朝时简这边走了过来。时简顺着视线，看了两眼叶珈成手里的两个打包盒子。不会吧，他真给她打包了？

吃酒席打包剩菜这事，叶珈成可干不出来。他是交了礼金过来吃的，所以吃到几道口感还不错的好菜，便直接让服务员再做了一份。

张恺还没有上车。叶珈成拎着两袋打包食物走到时简旁边，形象居然还很好。他朝着张恺扬了扬笑容。张恺也笑起来，客套得像是换了一个人，"哎呀，叶少好。今天真是太忙了，都没有时间好好招呼叶少。"

叶珈成温文尔雅道："张助客气了。"

张恺笑笑，见叶珈成立在时简旁边没有离去，又说："叶少，要一起走吗？"

"不了，我是过来送我女朋友回去的。"叶珈成没说一起回去，还是出于为小狐狸的清誉考虑的，虽然小狐狸的清誉已经在他这里了。

不过张恺还是这样了："……"

叶珈成话里的女朋友，不用说就知道是谁了。张恺愣了好一会儿，惊讶又"惊喜"地说："没想到叶少和我们小时……"

"我和时助理已经谈朋友了。"叶珈成接了张恺的话。

南方的狼，下手可真快！张恺忍不住看了眼时简，时简立在叶珈成旁边，夜风吹得她一头不长不短的黑发往后飞，露出光洁的额头。这阵风吹得人有点儿冷啊，张恺视线往下，叶珈成温柔地将时简的手放进自己的大衣口袋里，时简抬头对叶珈成抿了下嘴角……

这样的画面，张恺都看羞涩了，时简居然没有任何的羞涩，神色自然又大方，就是嘴角那丝溢出的笑，有点儿像……被骗的傻姑娘。

旁边的黑色轿车，打开的车窗还没有合上，易霈一声不吭地坐在里面，晦暗的光线看不到他面上的表情。叶珈成和张恺结束了场面话，礼貌地对着里面的易霈说一句："易总，我先带时简走了。"

相对外面，车厢里面，很安静。易霈一时没有反应，过了会儿，才应了一声："好。"

"情人节快乐！"

"情人节快乐。"

第二天，时简来到总经理办公室，大家互道情人节快乐。Emliy 请假半天去做产检了，时简哼着歌来到茶水间帮易霈煮咖啡。易霈来到办公室后，时简端着咖啡送进去，她本想跟其他同事一样，对易霈说一句"情人节快乐"，想到易霈和赵雯雯都解除婚约了，便保持了沉默。没想到易霈先对她说了一句："情人节快乐，时简。"

"谢谢易总……"

也许是易霈昨晚看到她和叶珈成在一起，今天出于礼貌恭喜她吧。今天是情人节，时简的心情从起床到现在一直处于美妙状态，今早上班她还收到了一条来自五星级酒店的短信，浪漫地祝她和叶先生情人节快乐，同时温馨地提示她今晚准时入住。今晚会是她和叶先生度过的第六个情人节，然而美好的设想维持了不到半个小时……就被一通电话打断了。

电话是远在国外的时教授打来的。时教授告诉她，Tim 昨晚已经提早飞回来，需要她到机场接一下。此时，时教授对她说话的语气还当她是一个会想爸妈的大女孩。时简一时没说话，时教授似乎担心她的情绪问题，还说起好话哄着她："简儿，我和你妈妈都很爱你，Tim 也是，所以他特意挑在情人节这天回来陪你，说要给你一个 surprise……"

"还有，你和你小男朋友的事，简儿……"时教授开始提到话里的重点。

什么是小男朋友？时简有些无奈，如果叶珈成知道她父母这样形容他，恐怕要吐血了。

时教授语重心长地说了起来："这事我和你妈妈已经讨论过了，都觉得你年纪还小，不要太早谈感情比较好。我们还是希望你完成学业再谈感情……你现在那么小，能谈到什么好男生。"

时简："……"她，其实真不小了。

时教授继续谆谆教导。

时简轻声说："爸爸，我是认真的。"

"……好吧。"时教授妥协说，"春节后我和你妈妈回来，既然你们认真交往，你带他来见见我们，我们也认真看看，怎么样？"

呃，这是见家长的节奏吗？

"噢——"时简长长地应了一声，挂上了电话。她慢慢地靠向转椅，静音滚轮带着她往后滑动，离开办公桌。

时简从桌上拿起一支笔，思忖了起来……年后见家长，叶珈成没问题吗？好像上次叶先生见她父母，两人还没交往多久。她父母回国了，叶先生知道之后主动安排了见面，千方百计要请她父母吃饭。叶珈成那么积极，她的态度却是抗拒的，觉得两人交往的时间太短，然后被叶先生硬生生地质问说："时小姐，你这人怎么这么没诚意？都交往了还不见家长，请问你在玩弄我的感情吗？"

时简玩着手头的笔，叶珈成应该会同意见她父母吧？呜呜，她怎么有点儿没底呢。如果叶珈成不想见面，她是不是也可以反问他一句："叶先生，你这人怎么这么没有诚意？都上床了，还不见家长，请问你在耍流氓吗?"

    Tim 的航班快要到了,时简到张恺那里请半天的假。Tim 回来得那么"惊喜",她几乎赶着来到机场。时教授和方女士是一对工作狂,每天忙着研究,陪伴子女的时间很少。她和时小光年龄相差十来岁,成长待遇却相差无几。以前她羡慕小光可以跟在父母身边,后来她也出国了,发现小光过得比她还惨。她在国内见不到他们很正常,小光跟在他们身边,很多时候也只是他一个人待在家。

    事情都有两面性,好事就是:慢慢地,小光养成了独立的好品质。

    来自伦敦的航班已经到了,时简来到接机口,没有找到 Tim。转了两圈,怎么办,她有点儿忘了时小光十岁左右的样子了。直至一道稚嫩的男音在她身后响起:"Honey, I'm here."

    时简回过身,看向比她矮了一截的 Tim,乐了。差点儿没认出来。她的记忆还停在 Tim 十年后的样子,个子拔得高高的,美少男的臭屁模样。内心有些触动,时简弯腰,抱住 Tim,"Tim,好久不见。"

    Tim 撑着手任由她抱着,手里拿着两杯在机场买的饮料。时简松开 Tim,伸手去拿饮料,Tim 有些抱歉地对她说:"这杯不是给你的,等会儿我再给你买,可以吗?"

    "哦。"时简眨了下眼睛,只见 Tim 拿着两杯饮料走向不远处一个哭泣的小女孩,用磕碜的中文对她说:"我请你喝果汁,不要哭了。"

    "……"泡妞的时候,中文还是蛮好的嘛。时简帮 Tim 取来行李,想将他先带回杨家,毕竟她心里还想着晚上和叶珈成的情人之夜。结果不管她说多少好话,Tim 就是要跟着她。

    没办法,时简只好将 Tim 带回了易茂置业的总经理办公室。

    她带 Tim 回去上班没问题,可是今晚她和叶珈成的情人节,也要一起吗?叶珈成酒店房间都订好了,突然三人行,斗地主的节奏吗?

时简又和 Tim 商量说："Tim，今晚我要约会，你可以回避吗？"

Tim 很坚决，摇摇头说："不可以。"

"为什么？"

Tim 低下头，好看的大眼睛忽闪忽闪，"因为我也想和你过情人节啊。"

瞬间，时简心软了，三人行就三人行吧。时简蹲下来，看向 Tim 说："小光，晚上我带你见你未来的姐夫，你要表现好一点儿，知道吗？"

Tim 有些不乐意，但还是答应了。

城市渐渐暗淡下来，却也热闹起来。

三人行的情人节，不知道叶珈成能不能接受。约会之前，时简发了一条消息给叶珈成："叶先生，今晚我们玩 cosplay，你扮演爸爸怎么样？"

她的提议，叶珈成很快给予回复："……可以。"

呃。时简看了看短信，叶珈成应该没有想歪吧。

时简的短信，叶珈成想想歪，而且也真想歪了，然后便抱着不正经的心思出门了。

叶珈成心情不错地开着车，心里想着：如果时简真是一只狐狸，应该也是那种善良又可爱的狐狸。她那勾人的本事，只是她天生的一项技能，不然哪个年纪轻轻的女孩，能想到在情人节玩 cosplay，还要他扮演爸爸，太……重口了！

不知道小狐狸喜欢他扮演什么类型的爸爸，霸道型的、温柔型的，还是变态型的？

咳咳，这不废话吗？都演上床了，还有不变态的吗？

车还没有停下来，远远地，叶珈成看到时简牵着一个男孩等在路边。原来时简说的 cosplay 真的只是 cosplay 而已，她让他演的爸爸，也不是变态那种的啊……路边的广告牌下方，时简蹲下来给男孩的外套扣严实，还掖了掖围巾。立马，限制片变成了亲情片。弟弟？堂弟？表弟？总不可能是儿子吧！叶珈成看得心里发笑，从车里下来，双手插兜，走了过来。

不过想想，的确是"儿子"啊，今晚他和时简的假儿子。

叶珈成漫不经心地哂笑一声，他叶珈成还没有给人当过爹呢。不紧不慢地走过去，微微弯下腰，扯了一个温暖大哥哥的笑容，叶珈成将手从大衣口袋里拿出来，伸了过去。

再小的男孩，都应该得到属于男人的尊重。

对面的时小光犹豫了下，也伸出了手。

大手握小手。时简微笑地看着两只相握的手，心里有点儿暖。不管什么时候，叶珈成在她家人面前表现都是极好的。就在这时，叶珈成笑眯眯地和小光打起招呼："你好，儿子。我是你今晚的老爹，叶珈成。"

"喂……"时简咳嗽。真演啊。

结果时小光中文不好，不知道老爹是什么意思，顺着叶珈成的话真叫了一声："你好，老爹，我是 Tim。"

时简笑了。

叶珈成也笑，愉快极了。触碰到时简投来的视线，叶珈成神色认真了两分，"Tim，请问你和我女朋友是什么关系？"

Tim 抬了抬下巴，有点儿挑衅地回答："情人关系。"时小光是姐姐取的名字，因为他们家先有了时简，后有了时光，所以时光是时简的小情人。他名字的解释，Tim 一直记着，包括自己小情人的身份。

叶珈成笑得更加和煦，顺着 Tim 的话说："哦，原来是我女朋友的小情人啊，久仰久仰。"

叶珈成的话，Tim 听得半懂不懂。时简忍不住了，揉了揉 Tim 的头，和叶珈成解释说："Tim 是我弟，今天刚回来，一定要跟我过来。"

　　小狐狸的话带着解释，不过叶珈成不是那种不解风情的男朋友：情人节每天都可以过，弟弟难得回来。他见时简有些抱歉地看着自己，笑着表示自己一点儿都不介意。

　　另外，他还安慰了时简一句："没事，我挺喜欢小朋友的。"

　　叶珈成真的挺喜欢时小光。时小光没有其他男孩讨人厌的坏毛病，相反还是一个十足的小绅士。关键时小光和时简长得还很像，两人有着一双一模一样的眼睛。

　　只是晚饭原本订好的情侣餐，改成了家庭欢乐餐。

　　叶珈成边吃边观察，没想到小狐狸还很适合当妈妈呢。吃饭的时候，时简轻声询问 Tim 的口味，时不时给 Tim 递一下纸巾、番茄酱……这样温柔又温暖的小狐狸，叶珈成看得都快嫉妒时小光了。恍恍惚惚，叶珈成有些入戏了，真觉得自己是 Tim 的年轻爸爸，小狐狸是他美丽又温婉的妻子，他们一家三口，开心地吃着家庭欢乐餐。

　　画面感很不错，不过只持续了不到半秒。实诚地说，现在的他对妻子和儿子还没有任何的向往和憧憬。

　　不一样的。

　　时简看到叶珈成用流利的英文逗 Tim 说话，奢侈地想象这是叶珈成陪点点玩的场景。他们一家三口一块出来过情人节，手拉手出来，手拉手回家，然后点点累了，趴在叶珈成的肩膀上甜甜地先睡了。

　　点点梦里，一定是爸爸妈妈带着她到处玩。然后，微薄又温暖的路灯之下，她和叶珈成抱着点点回家。夜风再冷都没有关系，因为他们永远在一起。

　　……

　　Tim 精力旺盛，不过坐了一天飞机，精力再旺盛也累了。吃完了晚饭，Tim 昏昏欲睡地靠在她怀里，快要睡着了。

叶珈成过来，直接将 Tim 扛在了自己肩头，然后丢给她钱包，让她结账。

时简结账出来，Tim 已经安然地在叶珈成的肩膀上睡着了。臭小子过来之前还说，如果他对未来姐夫不满意，就要决斗。决斗个大头鬼，以前叶珈成就是 Tim 的偶像。时简走在叶珈成旁边，叶珈成个高肩膀宽，抱着十岁的 Tim 丝毫不费力。时简还是第一次看到叶珈成抱孩子，姿势那么温柔。时间啊时间，她已经找到了爱人，什么时候，她才能找回她和叶珈成的点点呢……时简心里想着事，差点儿撞上迎面走来的人。

叶珈成一只手抱着小光，腾开一只手，轻轻一下，将她拉了回来。

"小狐狸，走路要看路。"耳边，叶珈成对她说。

街头闪烁着五颜六色的彩灯，时简回过神，望了望对面的橱窗，陈旧的摆设再次提醒她：现在不是十年后，是十年前。抬起头，她朝着叶珈成扬了扬微笑，不管是什么时候，只要她和他在一起，她都是幸福的。

叶珈成抱着时小光来到了原本订好的酒店房间。三个人，一块躺在了柔软的大床上，小光睡在中间，她和叶珈成各自一边，两两相望着。真没想到今天情人节，她和叶珈成是这样度过的。叶珈成已经脱掉外套，只穿着一件羊毛衫，显得脖子格外修长。这是理过头发吗？时简伸过手，将叶珈成沾在高领上方的头发拿掉。

叶珈成顺势握住了时简的手，问："小狐狸，今晚我这爹当得还好吗？"

很好呢，时简点点头，眸光微微闪动。

叶珈成笑，侧头看了看熟睡的 Tim，终于觉得他有些讨厌了。情人节之夜，多少男人都在挥汗如雨地猛干，他只能这样躺着吗？

叶珈成起身洗澡，不忘走过来俯身告诉时简一句："明晚，补偿我。"

叶珈成的话，时简不作答，耳朵有些发热。

只是年轻的身体，怎么也等不到明晚。叶珈成不能将时小光丢到外面，只能再开一个酒店房间。运气不错，新房间开在隔壁。叶珈成带着时简来到隔壁，立马化身夜里的一头狼，将她扑在自己身下。

叶珈成已经忘了自己遇上小狐狸之前，他还自认为过着有理性、有节制的夜生活。

两次结束，已经快凌晨了，叶珈成还想再来一次，时简拦住了，"不要了，对身体不好。"

哦。没想到小狐狸还懂得养生。叶珈成抱着时简继续温存，心情很好。这个时候，如果小狐狸让他摘星星月亮给她，他也是会答应的。

叶珈成这样想着，还一根根地亲吻着时简的手指，又轻啄着时简的嘴巴，温柔极了。

嘻嘻。时简窝在叶珈成怀里，她知道叶珈成现在心情很好，以前只要叶珈成亲吻她的手指头，她提什么过分要求他都会答应。犹豫一下，时简抱着叶珈成，撒娇地说了起来："我爸爸妈妈春节也要回来了。"

叶珈成："……是吗？"

有时候，叶珈成真的很讨厌自己的聪明，刚听个开头便猜出了后面的内容。这样温存相依偎的时候，他真不想小狐狸对自己失望。

可是，他更不愿意骗她，他一点儿也不想见小狐狸的父母。春节见家长，他没有见过，也知道代表什么意思。此时此刻，时简期盼地看着他，这样的期盼带着小心翼翼，证明今晚的话可能是小狐狸预谋已久的念头。叶珈成低下头，吻了吻时简漂亮的大眼睛。

时简不再说话，只是默默地抱了抱叶珈成。她心里，还真是一点儿底都没有。

小狐狸那么乖。

叶珈成突然有点儿鄙视自己，刚刚他还想要小狐狸一次，可是现在他恨不得从来没有碰过小狐狸。所以，有些事情啊，根基都还没有奠定，急吼吼上床干什么？片刻之后，叶珈成问："时简，你想嫁给我吗？"

"嗯！"时简点着头，她和叶珈成的手还握在一起，不同的是，以前他和她无名指上戴着两枚婚戒。

"对不起啊，时简。"叶珈成再次开口，"我还没有结婚的打算。"

时简愣了愣，然后努力笑了笑，"没关系。"以前叶先生也是三十岁之后想结婚，是她太急了，她不应该将她的急切强行加在现在的叶珈成这里。她会等到他想结婚的那天，只要她和他在一起就好了。虽然，她有点儿难过，难过现在的自己没办法让叶珈成和自己结婚。

"珈成，没关系的，我们还小，哈哈……"时简尽量让自己笑得灿烂又轻松，假装一点儿都不在意的样子。可是，她觉得自己快哭了。

"我不着急的，一点儿都不急。"时简又说，为了证明自己不急，她接着说，"老实说，我还想再玩几年呢，结婚了就要生孩子，我不喜欢宝宝……"

宝宝……她的点点。时简低下头，将脸埋在叶珈成的怀里，不要叶珈成看到她眼中闪烁的泪花。因为她还要，假装说得很好玩的样子。

其实，时简的演技一点儿都不好。这样的假装，没有一点儿技术含量。

叶珈成看得难受，他讨厌失望，也不想让小狐狸失望。他不知道自己什么时候想结婚，难道他要骗着小狐狸等到自己想要结婚的时候吗？一边索取着小狐狸的身体，一边欺骗着她的期待。后面两人会如何，谁都不知道。

"男女交往，贵在坦荡。"这是叶珈成对高彦斐说过的话。所以，他从来不会骗女孩，你情我愿的事情，何必弄虚作假。

还不如，把问题说明白了。

叶珈成清了清嗓子，认真地开口："小狐狸，其实……我是不婚族。"

什么，不婚族……时简没想到叶珈成会告诉她，他是一个不婚族。

Chapter 17

我喜欢的想要的那个对的人

有时候命运有着神奇的巧合。

同样是交往没多久遇上了西方的情人节，不同的是那晚叶先生跟她求婚了。气温很冷的夜里，繁星如盖，叶先生和她甜蜜地蜷缩在车里，仿佛被浩瀚的银河浪漫又盛大地包围着。她说自己还没有做好结婚的准备，叶先生让她相信他一次，信他能给她幸福。

叶先生说："我以前觉得男人求婚的话都是虚情假意，用好话将女人骗进对她们失利的婚姻里。时简，我以前也不相信婚姻，排斥婚姻。可是真奇怪，人会变。我真想结婚了，和你一起。"

叶先生还说："时简，你相信缘分吗？我开始相信缘分了，看到你第一眼，我就觉得你是我喜欢的，想要的，那个对的人。"

……

只是现在，她还不是叶先生喜欢的，想要的，那个对的人吗？

时简真的很理解现在的叶珈成没有结婚的想法。叶珈成说自己是不婚族，也没有骗她，甚至他已经清清楚楚将他的底牌亮给她看。

他一直很坦诚，尤其是在男女关系方面，她知道的。

叶珈成保留他的底线，把选择的权利留给她，她也知道。

她还知道，叶珈成只是没有爱上她。叶先生说过喜欢和爱是不一样的，喜欢可以轻易放手，但是爱不会。爱是就算两人之间存在天大的问题也只会想着解决而不是放弃。叶珈成坦承他不会娶她，已经表明了他的态度，他宁愿接受分手也不会改变态度。

怎么办？她什么都知道，却不能控制自己不要难过。如果叶珈成不要那么坦诚就好了。时简微微转了个身，背对着叶珈成。她难过的样子太明显了，破坏了今天情人节原本快乐的气氛。她不想怪他，只好怪自己。

如果，今晚她不提见家长的事就好了。

一时间，两个人都没有说话。

慢慢地，时简轻轻开口说："叶珈成，其实我也是……不婚族。"时简想撒谎，像叶珈成骗过她他是丁克一样。不过下一秒，时简已经笑了起来。

"对不起，我开玩笑的。"时简笑得泪花出来了，然后解释说，"我不是什么不婚族。"

"嗯。"叶珈成也轻轻地点了两下头。

时简收了收情绪，转过身来。她没有小心翼翼地爱过一个人，真不习惯自己可怜的样子。过了好一会儿，她笑眯眯地说起来："叶珈成，其实我刚刚也撒谎了。"

有些事情，叶珈成表现得那么坦诚，她遮遮掩掩的样子反而很奇怪。

"就是那个我想晚点儿结婚的话啊……哈哈……我撒谎了，其实我很想和你结婚，不止结婚，还想跟你生宝宝……宝宝的名字我都想好了，就叫点点，繁星点点的点点。"时简继续说，真实的心声听起来比谎言更可笑。

时简又哭又笑，她告诉自己不要再说了，不要再说了！事情只会越说越糟糕。

"小狐狸。"叶珈成沉默之后，叫了她名字。他伸手，大概想抱一抱她。时简连忙低下头，将外套穿上，爬下了床。

　　两人望着，一样的叶珈成，不一样的叶珈成，一样的时简，又是不一样的时简。

　　这一刻，时简非常讨厌时间这个东西。

　　"对不起。"

　　"对不起。"

　　两人几乎一块道歉。

　　谁也不愿意这样，谁也没想到甜蜜的情人节会发展成这样，就像谁也不知道时间会改变什么，不会改变什么。

　　"我先过去陪 Tim 睡了。"时简再次开口，为了不让两人关系变得难堪，她还是找了一个轻松的理由，"那个……我怕 Tim 醒来看不到我，他是一个胆小鬼。"

　　其实，Tim 不是胆小鬼，她才是今晚的胆小鬼。

　　"好。"叶珈成同意了。然后，他送她到门口，过道的灯光将他的面容照得清晰又明净，依旧是她喜欢的那张脸。

　　时简逃离了。叶珈成表现得越好，她越是难过。

　　因为他越好，越表明他的歉意。

　　而她要的从来不是叶珈成的抱歉，她想要的是他的爱。

　　时简回到 Tim 房间，才发现今夜一点儿星光都没有。窗外的浓雾，让今晚的城市都暗淡下来。

　　后面几天，时简几乎都待在杨家陪 Tim。她请了两天假，张恺批准了，连理由都没有问。她现在还是实习生身份，请假都不需要走人事，直接和张恺打招呼就好，很方便。

　　只是，小姨还以为她前段时间都住在宿舍。

　　Tim 人小鬼大提起某人："我已经见过我未来姐夫了，他是一个英俊又厉害的男人，我决定喜欢他。"幸好 Tim 用英文说的，小姨没留神，一下子没听懂。时简用十块钱收买了 Tim。Tim 有着腐国小孩对金钱独立存蓄的好习惯，存的零花钱比她的还多，根本不稀罕她的十块钱，不过 Tim 还是答应替她保密。

两个人的时候，Tim 像个懂事的小情人，问她："Honey，你心情不好，是珈成哥哥让你伤心了吗？"

"没有啊。"时简摇摇头，"不要乱想。"

Tim 不相信，敏感地握着她的手，童言童语地表明了他的立场："我，我也不喜欢他了。"

"真的没有。"时简捏捏 Tim 的脸蛋。Tim 那么可爱，难以想象以前的她居然还会和他吵架。她和叶珈成结婚时，Tim 已经长成一枚绅士少年，非常喜欢叶珈成。叶珈成除了是 Tim 的姐夫，还是他的朋友和偶像。因为叶珈成的关系，Tim 的理想也是成为一位出色的建筑师。

时简又和 Tim 解释了几句。她不愿意 Tim 就这样讨厌叶珈成，那对现在的叶珈成非常不公平。

春节假期开始的前一天，时简回了一趟易茂的总经理办公室。本来临近春节假期，她不打算回来了，结果头天晚上张恺给她打了电话，告诉她今年易茂置业发的年货很丰富，让她过来领取，如果她有事不来，那他就找个机会给她送来。

年底谁都忙，没必要劳烦张恺跑一趟。张恺却说："不劳烦不劳烦，都是易总交代的差事。"

张恺油嘴滑舌的，易需怎么会交代这样的小事。

时简精神饱满地回到总经理办公室领取年货。这几年房地产大热，易茂置业发展迅速，公司福利自然好，年货一大堆，每个员工还有一千块易茂的超市卡。时简觉得自己专门回来拿年货太明显，便装模作样地上了半天班。

还在易需面前露了个脸。

时简和 Emliy 聊天的时候，被易霈叫到了办公室。易霈找她聊职场规划，刚好考研的成绩出来了，还问了问她的成绩。

易霈是担心她考上 B 大毁约吗？一百个放心，她考不上的。

分数没有查，直接说自己考不上。易霈笑了起来，提起一件事："上次 B 大老师给我打过电话，我挺意外的……还以为你考上 B 大没任何问题。"

易霈这是奚落她吗？事关诚信，时简还是替自己解释起来。易霈听完笑了笑，然后和她提了正式签约的事："你的签约条件和原先有些不一样，公司按照个人能力有所调整，具体张恺会告诉你。"

时简点点头，有点儿好奇：应该是提高了吧，如果还降低了，易霈不会说。

果然，易霈又是一笑，像喂她吃糖的聪明老板，"条件还不错，我觉得你应该会满意。"

真的吗？时简也乐了，她不知道正式工资提高多少，不过她知道易霈想留住她。被认可的感觉很好，时简先道了谢："谢谢易总。"

"不用谢我，你应得的。"

时简从易霈办公室出来，第一时间查了查自己的考研成绩。

她差点儿忘记这个事，想着反正考不上，也就没往心里记。查询了下成绩，时简惊喜地发现，她居然考到了以前分数的一半多！时简本能地拿起办公桌上的手机，要给叶珈成发个消息，告诉他自己的考研成绩。

这一半的成绩，大部分还是他的功劳。

最终，时简还是慢慢地放下手机。情人节之后，她和叶珈成就没有见过面了，唯一一个电话，还是她睡得迷迷糊糊的时候叶珈成打来的。只是一个问候电话，两人简单地聊了两句。

叶珈成似乎在给她时间考虑。

他不知道的是，她根本不需要考虑。其实她更想问问他是不是感冒了，因为她听他的声音有点儿哑。他每次一感冒，嗓子就容易发炎。

时简也感冒了，在除夕夜这天。小姨夫杨建涛给她和 Tim 买了一整箱鞭炮，她带着 Tim 和妮妮玩了一会儿，药效就上来了。她回到房间睡觉，放在枕边的手机嘀嘀嘀地响个不停。除夕夜，大家都忙着发祝福短信，她一条条拨过，除了亲戚、朋友、同学，还有来自易霈工作号和易茂置业群发的新年祝福，短信应该都是张恺群发的。

以及叶珈成的，简简单单的一句："新年快乐。"

呜呜呜。

时简难受得头昏脑热，浑身乏力，连说话的力气都没有了。

Tim 上楼陪她，搬着一条板凳坐在她旁边，像个小天使一样望着她，还学着不知道从哪个电视剧看来的方法，拿一条热毛巾要给她热敷。

"Jane，你好点儿了吗？" Tim 关心地问她。

"好多了。"时简枕着柔软的枕头，摸了摸额头的小方巾，对 Tim 说，"你不用陪着我，下楼玩鞭炮吧。"

Tim 摇摇头，不打算走。

时简笑了下，"那你吻吻我，吻一下就没事了。"

Tim 点点头，俯过身在她脸颊上落下一个吻，轻轻的、软软的。时简摸了摸 Tim 白白的脸蛋，心底暖得一塌糊涂。爱是柔软的，也是有力量的，对不对？

Tim 下楼了，时简起来，靠在床头编辑短信，打算认认真真写一条消息。来来回回，又不知道说点儿什么，然后只剩下："新年快乐。你回家了吗？我有些话想对你说，有时间给我打个电话吧。——想你的小狐狸。"

想你的小狐狸，是时简硬生生加上去的。什么是夫妻，床头吵架床尾和喽。叶珈成不够爱她又怎么样呢，她多爱他一点儿吧。

短信编辑好了，按了两下发送键，下意识感觉不对。

眯着赤红的眼睛盯着手机小屏幕，时简看着短信像雪花一样，一条又一条地发送出去，整个人都呆若木鸡了：她怎么群发了……

赶紧按键阻止。怎么回事啊！一定是她前面群发了新年祝福，加上脑子烧糊涂了，还没有转过弯来，结果将原本只想发给叶珈成的短信也群发了……时简恨不得关掉手机，将脸埋进枕头，直接一命呜呼算了。

幸好，她反应还算快，只群发了五六个。可是，里面好像有……易霈。

易霈啊……

易霈啊……怎么办！

莫名出了这样的差错，时简心里头原本那点儿伤春悲秋的情绪都没有了，只剩下一股恨不得撞死自己的英勇决心。接下来，叶珈成真的完完全全被她抛在了脑后，因为一个又一个电话打来了，时简硬着头皮挨个解释，超常发挥地编出了她在玩真心话大冒险的游戏。

年三十，大家都很理解这样的聚会游戏。

直到，易霈来电了。

深吸一口气，时简接听了易霈的电话。易霈还没有开口，她先道起歉来："对不起，易总。我，我发错短信了。"

她不能也对易霈说她在玩真心话大冒险，小实习生玩到老总头上，脑子吃屎了还差不多。呜呜呜，易霈应该不会在意吧。时简觉得自己接听电话的时候，手都在抖。

电话那边，易霈一时没有说话，隐隐约约传来机场广播提示去香港的航班即将登机。易霈除夕夜还要去香港？

时简更抱歉了，易霈那么忙，还要因为这条发错的短信特意打电话过来。

"对不起，易总。"时简又道了下歉。

"没事，我想也是，"易霈说话了，似乎还笑了下，"你应该只是发错消息了。"

时简糗极了："……"

"新年快乐，时简。"易霈轻轻说道，还算愉快的声音消除了她的尴尬。

"新年快乐，易总。"时简连忙回应易霈的这声新年祝福，然后礼貌性地问了问，"易总，你现在人在机场吗？"

"对，我等会儿登机。"易霈说，后面还有一句，"我去香港过年。"

为什么去香港过年……时简没有问，顺着话开口："那我先挂了，您先登机。实在不好意思，打扰到您了。"

"没事。"易霈主动挂了手机，心里有些似有似无的遗憾，再次看向手机里进来的短信，按了删除键。不属于他的，就不要留着念想了。原本他想过，如果她也愿意，等所有事情风平浪静之后，他会给她想要的一切。总归他顾虑太多，一身责任，感情快不过别人，没有什么好抱怨。时简是一个好女孩，值得在最好的年纪里谈属于她的恋爱。

实在没必要陪着他，那么无聊的一个人在一起。吃饭，工作，睡觉，除此之外他都想不到还有什么事情可以两个人一起做。

甚至有时候他忙起来，可能陪她吃饭的时间都没有……虽说如此，他还是嫉妒了，嫉妒另一个男人，可以幸运地得到她的爱恋和想念。

叶珈成吗？她本该发送的人，是叶珈成吧。

这个幸运的男人，叶珈成，感冒了。从情人节之后到现在，一直没有好转，嗓子还发炎。叶珈成想放纵自己睡个三天三夜，然而叶父忙到过年前后都没有空闲，家里客人一拨又一拨，他必须全天帮忙招待。

热热闹闹的亲朋好友不知道从哪儿冒出来的，每年都会找机会过来走动。叶母性格好客又热忱，当了十几年市长太太，也没有学会虚与委蛇的待客之道。

只能由他来周旋，以及推托。凡事当留余地，得意不宜再往。

滴水不漏的推托之词，叶珈成很小就跟着那帮叔叔伯伯学会了。他不喜欢这样的客套，偏偏大家都爱吃这套。就像有些吹捧的好话，他听得不能再多了。听多了，习惯了，再夸张的赞美也只是吹向他耳边的一阵风。这世上本就不公平，有人高高在上，有人看人脸色；有人福气绵长，也有人一辈子都在倒血霉。所以，"不要忘记本心"是叶市长一直教他的话。

大过年的，叶珈成没有买新衣，穿的还是上次在易茂买的大衣。叶母希望儿子穿得喜气一点儿，不要老穿黑啊灰的，叶珈成无奈地换上了母亲刚织好的暗红色套头毛衣。麻花织法，叶珈成嫌幼稚，偏偏每个人看到他穿这件毛衣，都说好看。的确好看。如果时简看到了，肯定也会看得眉开眼笑，然后心里大呼一声："我老公最帅。"

叶家旧式的老客厅，放着两个暖炉，吸顶灯笼罩着雅白的灯光。叶珈成一身暗红色毛衣搭配着黑色长裤，加上头发在上次情人节刚理过，整个人面如冠玉，玉树芝兰。有个老阿姨直接说起来："咱们的成成真是越看越帅，帅得像是新郎。"

叶珈成扯唇笑了下，连应对的心情都没有了。他敏感"新郎"这个词，可老阿姨还格外热络，拉着他的手说："你妈妈说你还没有女朋友，我这边有个刚留学回来的姑娘，长得很漂亮……"

逢年过节，要给他介绍女朋友的人都可以从青林市的凛湾大桥排成队了。

老阿姨的热心，叶珈成彬彬有礼地拒绝了："我有女朋友了。"

"啊，有女朋友了？"老阿姨转过头问叶母。

叶母削着香梨，同样惊讶地看着叶珈成，惊喜地发问："哪个姑娘，是不是上次那个时小姐？"

　　叶母追问起来，叶珈成却没有心思回答，刚刚那句话，只是他的一句推托，没有过心就直接说了出来。

　　老阿姨又说："我就说咱们成成又帅又优秀，怎么会没有女朋友呢。什么时候带回来看看呀，趁着过年带回来多好。"

　　瞧，有些话一说出口，事情立马变得麻烦又复杂。叶珈成找了一个"乏了"的理由，上楼休息去了。

　　房间里，叶珈成双手放在后脑，自嘲地笑了两声。他不知道自己是怎么想的，有些情绪糟糕得比任何一次恋爱快崩的时候都让他烦心，不过有些情况按照以往恋爱经验还是可以总结出来的：这是要分手的节奏。

　　他要和小狐狸分手了吗？

　　好像从认识到交往，再到情人节结束，他还没有认真分析过他对小狐狸的感情。小狐狸像是谜一样的女孩，他对她产生了深深的兴趣，时不时想着如何去探究她，了解她，从而都没有认真想一想，他对小狐狸的感情。

　　其实，以前每次交往的时候，他总是习惯性地忽略这个问题。男女感情不就是那么一回事嘛，你来我往的互动，没意思了，就好聚好散。

　　他确定自己喜欢小狐狸，时不时被吸引、被撩拨。她在吸引着他，他也想办法吸引她，互动的感觉很美妙。小狐狸喜欢他吗？喜欢吧，甚至远远超过了喜欢。如果刚开始他怀疑过小狐狸的感情，交往下来之后，有些感情和情绪他不会感受不出来。小狐狸对他的爱意比他想象的还要强烈，澎湃，甚至难以言喻又无法抑制。

　　这样的爱不会没有来源。

　　他不知道小狐狸想在他身上找什么样的感情，但他确定自己这里没有，没有她想要的爱意去回馈她。这样一想，叶珈成觉得好像什么都变得了无生趣。

　　这样想想，这份感情也走不了多久了。

　　年后，时简隐隐约约意识到一个问题，她可能要被叶珈成冷暴力分手了。这个春节，从发错短信到父母回国逼问她男友情况，每一天，都是火烧火燎的刺激。

　　她又要被叶珈成甩一次？！时简已经无法形容自己的心情了，她和叶珈成通了电话，她装作什么事都没有地和他说话聊天，她特意说各种好玩好听的俏皮话吸引他，她忐忑又不安，装得很吃力又很无力。

　　然后她听到叶珈成对她说："时简，我们先静一静吧。"

　　时简挂断手机。如果叶珈成笨一点儿就好了，不要那么聪明，不要这样隔着电话也能感受到她的伪装。

　　那么小心翼翼的时简，一点儿都不可爱。

　　以前她和叶先生讨论过两个人谁爱谁更多的问题。叶先生笃定地说："不用说，肯定是我爱你更多。"她不服气，"你觉得我没有那么爱你吗？"说着说着，她脾气很大地来一句，"既然你觉得我没那么喜欢你，那你还那么喜欢我干什么？"

　　叶先生笑得很开心地告诉她："时简，我就喜欢你这样爱我。不用多，因为我就喜欢你大大咧咧，又趾高气扬的样子。"

　　只是，原来爱一个人是需要另一个人配合的。曾经爱她纵容她宠溺她的叶先生没了，她要去哪里找回那个大大咧咧又趾高气扬的时简呢。

　　时简心里难过，还是忍住没打扰叶珈成。

　　幸好，她还有事情要忙。

　　春节之后，时简忙着实习和毕业。叶珈成也很忙，虽然她也是从高彦斐那里听来的，不过高彦斐也没说叶珈成在忙什么。

　　直至，她从张恺那里听到一件事：叶珈成摇身一变，已经从叶工变成叶总了，他捣鼓了一家地产公司，大名"叶茂地产"。

"时简，你怎么了？"张恺过来恭喜她。

没事，她只是快被叶珈成气死了。时简趴在桌子上，一句话都没有说，只是伸手放在自己胸口，一下一下抚平快失去节奏的心脏。

叶茂地产！好厉害啊……

Chapter 18

带你看更高的风景

时简请半天假，张恺同意了。

她的脸色很差，张恺以为她是身体不舒服的缘故，还问她需不需要黑糖姜茶，他那边有。

张恺有意说笑，时简却挤不出一个笑容。时简这样严肃，张恺自责了。因为叶珈成的关系，今天他对时简是有点儿生气，忍不住过来"恭喜"她。结果事情和他想的不一样，他看时简的反应，好像一点儿都不知道情况。

叶茂地产原来就是易钦东离开易茂置业新开的公司，不知道叶珈成和易钦东达成了什么协议，直接改名叫叶茂地产，而叶珈成也顺势成为叶茂地产的总经理和大股东。

不用说，易钦东下了血本和叶珈成合作。

叶珈成和易钦东合作的事，张恺知道之后和易霈讨论，出于公司的考虑，他认真向易霈提议解除时简的三方合约，不过易霈没同意，理由是还没必要。想想也是，说不准他们不用解约，时简也会主动毁约离开吧……

可是这么大的事情，时简怎么会一点儿都不知道？张恺看着时简离开的背影，一声轻叹，想想自己也是操心。想到叶茂地产，张恺咬咬牙，想笑又笑不出来：叶珈成那厮是故意，故意，故意的吧！

叶珈成倒不是故意，他和易钦东开玩笑提出将公司改名为"叶茂地产"，只是试探易钦东的底线，想不到易钦东真同意了。老实说，易钦东这家证件各种不全的破公司，他真心看不上眼。只是新年新气象，房地产势头太好，加上前段时间他想过得更忙一点儿，易钦东又将条件开得那么好，送着钱给他折腾。

这几年房地产发展好，跃跃欲试的土老板多之又多，不过机会存在时效性，势头越好越担心崩盘，没有一点儿底气和胆量的人不敢轻易尝试。

偏偏这两样，叶珈成都有。

既然答应合作，公司还是股份制，那叶珈成也不会乱折腾。何况都改名叫"叶茂地产"了，挂了他大叶的姓氏，后面做不好就要成为业内笑话，叶珈成丢不起这个脸。

幸好，经营房地产公司不难，他已经在这个圈子混了几年，早摸清楚里头利益关系的基本面，里头的游戏规则和道德准绳，只有处在利益中心的人才最清楚。

所以，必须恭喜一下，这个世上又多了一位有着道德准绳的房地产老板，简直是万民之福，世间之幸。

叶珈成坐在他全新的办公室里，眯着眼睛晒了一会儿太阳。手机像是有预感地响起：小狐狸来电。叶珈成犹豫了一下，接听了。拖了那么久，他不是故意对时简冷淡，只是想分手的心一旦起了，他就知道他和小狐狸走不远了。既然这样，冷静一下关系，提分手的时候，是不是可以减少一点儿伤害值？

当然，前段时间，他的确也忙。

万事都需要他来处理，简直是日理万机般繁忙。忙成那样，他想小狐狸的时间就少了，心也就不会痛了，那种想见不愿意见的情绪也少了。手机里时简的照片，他一天删一张，最后只剩下一张最喜欢的，实在舍不得。

罢了，留着做纪念吧。

叶珈成清醒地躺在大班椅上晒了半个多小时的太阳，内线电话进来，秘书小姐告诉他："叶总，有一位姓时的小姐找你。"

"哦。"叶珈成微微侧了下头……

时简从易茂置业出来，给叶珈成打了电话后，便直接来到叶茂地产。她真没想到叶珈成动作那么快，才多长时间啊，就捣鼓出了一个地产公司。更意想不到的是，整个叶茂地产已经有模有样了。也对啊，叶先生聪明又厉害，别说成立一个叶茂地产，成立叶茂集团都没什么问题吧。时简本以为自己会很生气，可撞上出来给她开门的叶珈成，看着他那张光洁白皙的脸庞，情绪就分散了。

何况，她知道自己现在不能生气。"嗨。"她抬头，打招呼。

"嗨。"叶珈成回她，眼眸低垂地看着她，长而微卷的睫毛，根根清晰可见。

嘻嘻。时简笑了笑，样子愉快地走进了叶珈成的办公室。她大致地看了下，转过头问："你的新办公室？"

叶珈成点头，"是的。"

"很赞。"时简真心夸赞，望了望城市下方的风景，感觉她和叶珈成好久没说话，都不知道怎么说话了。明明已经是最亲密的人了……时简立在落地窗前，指着不远处，没话找话地问后面的人："你看那片，是不是城南新区？"

"应该是。"叶珈成姿态挺拔地走过来，立在她旁边。

然后，两人相继沉默地看了会儿远方。时简回头，像是刚想起来似的说："祝贺你啊。"

"谢谢。"叶珈成眸光带笑，很客气，也很温柔。

"那个，我可以参观一下吗？"时简笑得更加明显，藏起急切的情绪。

"当然可以。"叶珈成绅士地伸出一只手，在空中停留了半秒，来到了时简的肩膀，轻轻放了上去。时简挺着背脊，感受着叶珈成放在她肩膀上的手。

叶珈成有一双特别好看的手，会弹钢琴，会画房子，手指长且干净，是一双艺术家的手。

叶珈成带着她参观整个叶茂地产。"吃过了吗？"回到办公室之后他问她。

中饭，还是晚饭？时简摇摇头，"还没有。"

"等下，我带你去吃。"

"嗯。"时简点头说好，又问他，"你有时间吗？"

"有，今天都有空。"叶珈成靠在桌边。

"是吗？"时简歪了下头，看了看外面大好的阳光，生机勃勃的树梢已经冒出了绿芽，真是一个好天气啊。"我们出去约会吧。"她向叶珈成提议，"好吗？"

她近乎请求的建议，叶珈成都没有考虑，点了下头，"好。"

立马，她开心地给叶珈成拿外套，递给了他，并提醒他一件事："我忘记带钱包了，你记得带。"这样的提醒，是她和叶先生出门前最常见的对话。她这样说，叶珈成也配合地摸了下口袋，扯着笑说："放心，我这里有。走吧。"

整个下午，时简都在和叶珈成约会。开春了，阳光很好，感觉走在哪里都可以被太阳暖洋洋地晒着。公园湖里的小船又开始做生意了。时简有些心动，不过她要划船的提议，被叶珈成拒绝了，理由是："时简，天气还有点儿冷。"

"哦。"时简有些遗憾,的确有点儿冷,不过很快气温就回升了,再过半个月就好了,"那我们过一阵子再来划吧。"她说。

叶珈成没回她,时简忍住想哭的冲动。

叶珈成去买热饮,她却想吃冰。叶珈成真买回了两根棒冰。她牙口好,清脆地咬了半截,冰得她连忙捂着嘴。叶珈成关切地看向她,她囫囵吞枣般吃了小块下去,回头对他说:"好冰的。"

叶珈成笑了下。眼睛闪过笑意,是她今天看到他最好看的样子。嘴里还有小块冰,时简突然伸出手,直接勾上叶珈成的脑袋,吻了下去。

冷的冰,热的唇。

下一秒,脑袋同样被用力地控制住,叶珈成狠狠地回吻她,直至冰块融化,什么都没了。

晚饭结束,两人又看了一场电影。最新上映的国际大片,时简已经看过了。叶珈成的话越来越冷漠,看着实在太讨厌,时简"报复"地剧透了。她告诉叶珈成:"最后反派是×××,我们要不要打赌?"以前她和叶先生最爱玩打赌游戏,现在的叶珈成却没心思。时简转过头,心里用力地骂一句:"叶珈成,你这个大猪头!"

约会最后一站,是易茂置业的楼顶。今天的全部约会内容,都是她说什么叶珈成配合什么。只有去易茂置业楼顶,是叶珈成提议的。这是"从哪里开始就在哪里结束"的节奏吗?男人一旦起了分手的心,真是一点儿都拖不住。

楼顶的风一如既往地大,时简坐到了天台地上,叶珈成陪她一块坐着。时简不知道叶珈成下一句说出的话是不是她最想听到的那句,所以她先说了:"叶珈成,你能不能继续做建筑设计啊,不要做房地产……"

"为什么?"叶珈成问,身子无聊地往后仰。

时简心里发凉,她都快下台了,有些事情就不要操心了,轻松一点儿不好吗，不然两个人只会越来越远，可是她是他的妻子啊，她怎么能看着叶先生丢弃他最爱的梦想，成为自己最讨厌的房地产老板？可是她该怎么说？时简慢慢开口："因为……我觉得你可能，不会喜欢当大老板。"什么时候，她说话那么没有底气了，还特意加了"可能"两个字。

"哈哈。"叶珈成笑了，双手放在后脑，平躺在地面上，眼睛看着头顶的夜色，淡淡地反问一句，"你怎么知道我不喜欢？"

"因为你喜欢建筑设计啊，比起画房子，当大老板有什么意思。"时简说。

"哈哈。"叶珈成又笑了，过了会儿，他回她一句，"时简，你可能不了解我。"

时简沉默。

叶珈成继续，"我很清醒我做的所有决定，难道你比我还了解我自己吗？现在的我，眼前的我，你确定你了解吗？"

时简被问住了。

叶珈成不再说话，嘴角轻轻扯了下，有些嘲讽。

"那你能不能不要和易钦东合作……"时简再次开口，她还没有说完，叶珈成又打断她，"时简，你爱我吗？"

"爱啊，我爱你。"时简回答，眼眶有些湿润。她那么爱他，他感受不出来吗？

第一次，她将爱说得那么直白，叶珈成笑了，笑得格外好看。他看了时简好久，然后伸手替她擦拭眼泪，低声反问她："你爱我，不应该支持我吗？"

"我当然支持你啊。"

叶珈成又抿了两下嘴角，"我很开心你替我想以后，但是我不要以后，我只要现在。你明白我的意思吗？"

"叶珈成……"

叶珈成站了起来，他有些累了。其实，他有些感动，上次小狐狸同样在这里告诉他，他会成为很厉害的建筑师。可是他会成为什么样的人，只有他自己最清楚。他喜欢建筑没有错，但是不代表他这辈子都要画房子。

"我怕你会不开心……"时简低低道。

"我很开心，时简。"叶珈成说，夜风呼呼地吹着他的头发，露出他那好看的额头，"如果今天你能真心实意恭喜我，我觉得我会更开心。"

"……对不起，我错了。"时简道歉，配合地，露齿笑了下。她道歉道得那么快，令叶珈成微微惊讶。时简收起满肚子苦涩，心想只要不说分手就好，哪有不吵架的情侣。她上前，圈住叶珈成的腰，将头轻轻地靠在叶珈成的胸膛上。

"叶珈成，你希望我怎么支持你啊？"时简说了起来，"这样吧，你还缺助理吗？我过来帮你。"

"时简……"真的不需要这样子。

感情到了命悬一线的时候。时简抬起头，脸上扬起灿烂的笑容，眼眶却再次湿润。她这样低姿态地请求他，叶珈成那么聪明，不会不知道。她用女人最可怜的一招，堵住了叶珈成要说出口的"分手"两个字。

时简不知道女人是不是天生存在第六感，她仿佛有预感，如果叶珈成今天开口说分手了，那她和他就再也不能在一起了。那么她以后，也就没有叶先生，没有点点了……

幸好放低姿态这一招，真的有用。她说要给他当助理，叶珈成望了她很久，最终点了下头，"好啊，只要你不嫌弃。"

时简松了一口气：还有希望，只是过了今晚，她再也不能自以为是了。

第二天，时简就向张恺说了她要离开易茂置业的决定。张恺先是愣了一下，不过对于她的决定，张恺很快接受，同时无奈地说了一句："你这么快就做出决定了……"

时简点头，她必须快。

"好的，我会和易总说。"张恺朝她点点头，"你是易总亲自签下的人，我必须告诉他一下。"

"嗯。"时简也点头。

"时简……"张恺欲言又止。

还有什么事吗？时简平静地看着张恺，等张恺的后话。张恺深深吸一口气，神色认真地道："女孩应该被好好疼爱。男人有时候很贱，你越稀罕他，他越不以为意，知道吗？我是男人，我很清楚……"

张恺说得那么明白，时简不至于听不懂。可是他们都不知道，叶珈成对于她来说，不是普通的男人。不过这一刻，时简真的感谢张恺，"谢谢……"

张恺摊手，"加油。"

"嗯……"时简不知道说什么，朋友之间的气氛都尴尬起来。她摸了下头发，触碰到张恺善意的眼神，赶紧走出了办公室。

她真的不需要这样的同情，他们都不知道，她有多甘之如饴，她有多快乐。她享受过那么好的叶先生，现在陪着叶珈成成长、经历他想要的一切，她没什么好遗憾的。

爱一个人，也是快乐的，根本没有什么委曲求全。

其实想想也不错啊，叶珈成要涉足房地产，以后房市风险大，她可以帮他规避风险。她不一定要当什么建筑师妻子，当房产大亨老婆也不错啊。他赚钱了她开心，他倒血霉破产了，她也能养家糊口。说不定到时候，叶珈成又继续做建筑设计啦。只要她还是叶太太，都一样好。不管叶珈成会成什么样的人，一样都是叶先生。

时简打算给叶珈成发消息，告诉他她可以过去帮他了。然后她看到，手机里已经躺着一条消息，叶珈成发来的，时间显示他早上就发来了。

她好大意，一直没有看到。

时简望着手机，默默地看了几秒，最后什么话都不说，低头趴在了桌面上，整个人微微发抖。手机里，是叶珈成凌晨五点发来的信息——"时简，对不起，我们分手吧。"

原来从头到尾，叶珈成都不需要她的支持，不需要她离开易茂置业过去帮他。只是，为什么？叶珈成连一天时间都不愿意给她……

因为她不是他的小狐狸了，连最后的分手短信，叶珈成都没有再叫她一声"小狐狸"。

"时简！时简！时简……天哪，张助，你快过来！"

时简听到有人叫她名字，周围越来越乱，Emliy 的声音越来越夸张，好多脚步朝她走来，她很想站起来告诉他们她没事……真没事吗？

不停地心慌，手脚快速发冷，是身体里肾上腺素突然失常的反应。第一次心脏强烈疼痛到几乎麻痹，心脏里的血管快速收缩，一股股血液不停地转圈，却冲不到大脑，最后导致大脑暂时性缺血休克，然后她真的什么都看不到，听不到了。

失去意识那一刻，时简觉得就那样睡过去，也是挺好的。

有人说晕倒是身体对伤害的最后一种自我保护，本能地逃避那些承受不起的悲伤，缓和心脏麻痹带来的精神疼痛。身体承受不住就倒了，像手机会突然死机，其实没什么大不了，重新启动就没事了。时简醒来的时候，觉得这个说法挺对的，她这样睡一觉，好像真的好多了，至少没有了刚看到短信时那种难过得要死的感觉。

就是，大家是不是都知道她被甩失恋了？

……好糟糕。

时简侧了侧头，看向不远处坐着的易霈，不敢说话。慢慢地，她又闭上了眼睛。

"感觉怎么样？"张恺的声音。发现她醒了，他俯下身来询问她。

时简硬着头皮睁开眼睛，对着张恺放大的脸，特别抱歉地一笑。

张恺也笑了，"醒来就好。"

"……"好尴尬啊。

她居然躺在易霈的休息室，如果是医院还好点儿吧。他们为什么不送她去医院……时简转着眼珠子，一时间不知道说什么。

"看样子是没事了，瞧这眼珠子转得多灵。"张恺对着易霈说笑起来，易霈也顺着张恺的话，朝她看了过来。

时简默默地，不转了。

易霈不出声地看着她，看神色似乎松了一口气。然后他低头，温和地询问她："时简，你现在感觉如何？"

"我也不知道……感觉差不多。"时简轻轻回答。其实她现在很清醒呢，明明那么蛋疼的事情，她为什么有一种"雷声大雨点小"的感觉，现在还要处理这种不尴不尬的情况。

他们为什么不送她去医院啊，晕倒都不值得送吗？他们料定她能自己醒来……

张恺很快解释了这个问题，依旧带着玩笑的口吻说："那个救护车已经在路上了，估计快到了，你要不要再睡会儿？"

时简依旧不说话，看来脑子还没有完全好呢，还以为自己睡了很久，心底突然有些轻松，好像没什么事情是过不去的。

她平静地坐了起来。

易霈又问了她几个问题，有些专业，像是经历过家人突然晕厥的情况。

时简开口，一一回答，表示自己真没事了。

易需笑了起来，特别轻松那种，然后又安慰她一句："应该问题不大，等会儿救护车过来，你到医院做个详细检查……别担心，时简。"

别担心，时简。易需的话有着令人心安的力量。

"谢谢易总。"时简摇摇头，表示自己不担心，只是眼眶有些刺痛，她连忙低下头。她真是好差劲。前段时间还自以为是，觉得自己老牛气了，又变魔术又弹钢琴，阻止这个阻止那个……老公也追上手了，仗着自己对叶珈成的了解，各种快进人生，恨不得最快速度和叶珈成回到原来的生活。

她讨厌时间对她开的这场玩笑，异想天开地想用爱去跑赢它。可是时间是没办法快进的，它从来都是一分一秒地度过。可能爱是可以战胜时间的吧，不过那种爱需要时间去酝酿，她都舍不得花时间，拿什么去战胜……这样独角戏的爱，何其单薄，何其可笑，再磅礴、再汹涌都只是她一个人的想当然。这场和时间的比赛，从开始的那天，似乎就注定了她惨败的结局。只是她真的承受不起，输掉的人，是叶先生。

"时简，你不知道，你刚刚快吓死我了，"张恺在旁边说，"莫名其妙晕倒，还脸色惨白……幸好易需过来冷静地处理了。"

"对不起。"时简道歉，抬起头，不知道手机里的短信他们看到了没？突然发现，做人面子好像也……挺重要的。不过，没关系，多在意一些有的没的，分散一下注意力也好，不然她想起叶珈成，心脏又该受不了了。

咳咳，手机里的那条分手消息，张恺的确看到了，情况突然这样，张恺私心不希望时简离开易茂，就是不知道易总怎么想了。

救护车来了，时简硬着头皮上了车，总经理办公室的李阿姨陪着她。李阿姨是总经理办公室的清洁工，女儿和她差不多大，一路对她照顾有加。

　　来到医院，各种检查。

　　心里的难过情绪，CT 照不出来。很幸运，身体没什么大问题，连小问题都没有，不过医生还是建议她住院观察。如果住院，那就需要联系家人，时简拿起手机要拨号，父母还在国内，她完全可以打他们电话……算了，还是不要让他们担心，时简选择不住院，挂了舒缓身体的盐水。有时候依赖会习惯成自然，她和叶先生结婚五年，两人成立了小家之后，她对父母的依赖慢慢转移到了丈夫这里。当然叶先生也将她照顾得很好，她和他是爱人又是亲人，拥有着世间最亲密的感情……

　　时简接到了易霈打来的电话，她向他汇报了情况，一点儿事都没有。电话里易霈让她注意休息，给了她假期。关于她要解约离开易茂的事，她不知道易霈知道了没，不过易霈从头到尾都没有提及这个事。

　　算了，都搁着吧。

　　旁边李阿姨笑眯眯地听着，开口说："小时，如果你能抓住咱们易总这个金龟婿，你这辈子福气就大了。"

　　她和易霈？怎么可能，时简没有说话。

　　保洁阿姨还以为她不相信，以过来人的口气说："阿姨我看人的眼光还是很好的，咱们易总平时话不多，结婚了绝对是那种特别疼老婆的男人。"

　　时简笑了下，温温和和地打断李阿姨的话："一般女人哪抓得住易总，何况……我也不想要成为房地产商的太太。"

　　昨晚，她阻止叶珈成不要涉及房地产，不完全是为了叶珈成吧。

　　她的两句话，李阿姨只信了前面一句，后面一句李阿姨摇了摇头，意思很明显：这世上哪有女孩不想嫁给钻石王老五。时简没心思反驳，挂着点滴慢慢冷静下来了。有些事情，真需要安静下来才能想明白。时简不好麻烦李阿姨一直陪着自己，让李阿姨先回去。李阿姨干干地看着她："我走了，你没事吗？"

"没事的。谢谢你，李阿姨。"

"好的，那我先走了。"李阿姨站起来，找了一个理由说，"我家那位今天提早回来，还等着我做饭呢。"

时简点点头，从皮包里拿出一张钞票，给李阿姨打车以及买菜。李阿姨客气了一会儿，拿走了，临走前对她说："我还真没带钱。回头我找司机要张发票，你一起找易总报销。你在公司晕倒，算工伤。"

工伤……她自个儿被甩晕倒活该，怎么也不能算到易霈那里啊。李阿姨的话，时简随口应了下来，她都不知道自己还能不能留在易茂置业呢。

李阿姨走了。时简一个人躺了一会儿，刚才她拿钱的时候掉出一把钥匙。

叶珈成的公寓钥匙……时简握着钥匙，手心有些发疼。还有半瓶盐水，她给叶珈成拨了号，只响了半下，手机就接通了。

快得，有些冷不防。

"时简……"叶珈成叫了她名字，主动开口。

叶珈成的声音平和又好听，对比她突然昏厥的激烈反应，时简沉默了好一会儿才开口道："……你今早的短信，我看到了。"

叶珈成："嗯。"

随后，时简还解释了一下自己为什么"反射弧"那么慢，她说："我今天事情很多，一直没有看手机。"

终于，叶珈成也沉默了下，"时简，我们见面说吧。"

"好啊。"她答应。

"你今天上班吗？"叶珈成问她，"我这边事情快结束了，等会儿直接去易茂接你……我顺路，很方便。"

的确很方便，叶茂地产和易茂置业不远，不过她不在公司。

"不用了。"时简拒绝，对叶珈成说，"我今天没有上班，我在……家里。"

叶珈成："……哦。"

时简想了下，继续说："你晚上回……公寓吗？我去你那里找你吧。"

叶珈成没有立马答应。时简明白叶珈成的顾虑，选择在两人亲密相处过的公寓分手太伤情了，可是她实在不想坐在外面的咖啡厅和叶珈成分道扬镳。

城南的公寓再不像家，她也将它当成过她和叶珈成两人的"小家"。只可惜上次她买了那么多东西，也没有好好扮演几天女主人。

人都没了缘分，更别说人和房子的缘分。

"我还有东西在你那里呢。"时简说，"方便的话，我一块拿回去……"

最难说的一句话，她也说出口了。

然后像是轮到叶珈成说不出话，慢慢地，他回她的话："好的，那我下班直接回公寓，你过来……你人在哪儿，需要我来接你吗？"

"不用，我自己过来。"时简看着自己正在输液的左手，声音都有点儿紊乱了，赶紧挂上手机，"等会见。"

"好，等会儿见。你路上注意安全。"

"嗯嗯……拜拜。"

"拜拜。"

叶珈成挂上手机，原来他铁石心肠起来自己都难以置信。一直以来，他都奉行"及时分手，方得善终"的理念，如果察觉两人出现不能解决的问题，一定要趁早分手。不然为了心里那点儿不甘心，毁了原先所有的美好，值得吗？多少恋爱里的男男女女出现问题也舍不得分手，最后成了一对反目成仇的怨偶。好聚好散不好吗？非要找个两两生厌失望透顶的结果？自认为爱得轰轰烈烈、刻骨铭心的，其实是自作自受的愚蠢……这样一想，叶珈成整个人都轻松了。善良又可爱的小狐狸，还是不要太喜欢他吧。时简虽然有些莫名其妙，不像普通常见的女孩，可她在他心里，还是一只很好很好的小狐狸，只是他想要善始善终罢了。

叶珈成回到公寓，翻起了一本专业书。书是时简从宿舍拿过来的，她每当有空就补给知识。奇怪的是，那么好学又聪明的人，怎么会忘得那么快，明明书里的内容都是她刚学过的。

叶珈成没有等多久，门铃响了。

时简还是选择了按门铃，虽然她兜里有钥匙。从医院出来的她，样子有些糟糕，从头发到脸色都不对劲，可没有时间让她好好睡个觉，她只好简单将头发绾起，补了点儿口红，好在也不赖。

她剪短的头发长长了不少，刚好可以让她绾个松松的丸子头。现在还没有流行丸子头，不过丸子头才符合她现在的年龄，而不是之前成熟的发型。

然后，门开了。叶珈成站在里面，一身磊落。

分手最难过的事，就是算账了，算不清的感情账。时简不想算这笔账，甚至她过来的时候，还是不想分手。好笑的是，她和他已经分过一次……不一样的，上次她被甩，心里还是充满着十足的希望：终有一天她能让叶先生爱上她。

因为她坚信着，她始终是他对的那个人。

可是这一次，她的希望似乎大打折扣，何止是大打折扣，她心底剩下的已经不是希望，而是奢望了。可是人就是这样，即使到了绝望临死的那刻，还是会产生出一丝希望，虽然她也清楚这样的希望只是最后的垂死挣扎。轻轻地，她还是开口说："叶珈成，能不能不分手啊……"

叶珈成的回答，还是一句："对不起。"

时简低垂着脑袋，很安静。过了一会儿，她还是开口发问："可是，我还是有些不明白，好端端的，我们怎么就要分手了……"她抬起头，忍不住心底的悲伤，"不结婚不见家长，也要分吗？"其实她明白，答案只是叶珈成还不爱她。

"时简，不是这个问题。"叶珈成说。

叶珈成靠着椅背，看着对面的时简，灯光打在她的脸上。他那么喜欢的这张脸，不管是眉角眼梢，还是鼻尖那颗小小的痣，都是他喜欢的。

最近有个女明星，鼻子上也长着痣，据说很好看，不过还是没小狐狸这颗好看。

"不知道为什么，我觉得我们谈恋爱，有些累。"叶珈成说，这样的话不好听，他不想说。时简同样猝不及防地低下头，像是本能地逃避这句话。

"对不起。"叶珈成又道歉，抿了下唇角，也不知道如何表达，最后只是沉默地看着她。

"……我有原因的。"时简又说话了，声音很轻，像是蚊子一样。

叶珈成点了下头，表示他很愿意洗耳恭听。

"叶珈成……我是你的妻子，真的。"时简说完，哭了，今晚她根本不敢看叶珈成，但是她还是鼓起勇气看着对面的男人，"我是你以后的妻子，真的，叶珈成。如果我骗你我立马……"

"不可能，小狐狸。"叶珈成很快打住了她即将脱口而出的毒誓。他难得再叫她一声小狐狸，因为他觉得她的话滑稽得像是小孩的胡言乱语，仿佛是为了挽回他，想出的无赖招数。

的确不可能啊，因为前阵子叶珈成刚说了他是不婚族，她的话像是打他的脸。时简嘲讽地笑了下，"其实……我觉得我像是一个没喝孟婆汤的人。"

"我也觉得是这样。"叶珈成说，眼睛微闪。

为了找回原先的爱人，小狐狸没有喝孟婆汤……这么无稽之谈的话，叶珈成反而信了。像是所有事情终于找出了一个线头，顺着这条线就可以全部清楚明白。

"你的爱人是一位建筑师吧。"叶珈成主动发问,"长得和我还很像?"

"对啊,他是一位很厉害、很有才华的建筑师,长得……跟你真的很像啊,简直一模一样。"没想到叶珈成会主动说,时简眼泪婆娑,几乎喊出了心中的爱意,"因为他就是你啊——"

"呵……"某个瞬间,叶珈成的眼泪也差点儿流出来。老实说,这样的小狐狸他真的很舍不得放手,不过他还是要告诉她:"时简,你要找的人,不可能是我。"

"为什么不可能?"时简眨了下眼睛,眼眶里的泪,簌簌地往下落。

接下来的话,叶珈成觉得像是推托,却是他发自内心之言。小狐狸的感情太深刻,深刻到他觉得很美好。美好应该被保护起来,而不是摧毁。

遗憾地眨了下眼睛,叶珈成扯起嘴角,认真地回答:"因为我想,你的那位爱人,一定是一个比我更好的男人。"

"……"时简彻底失声痛哭。叶珈成不知道,那么好的叶先生就是他,可她再也没有机会拥有了。没有叶先生了,也没有时简大宝贝了,更没有她和他的繁星点点了。

这一刻,叶珈成同样很难过,难过得说不出一句话。一定是一个很好的男人,才能得到小狐狸汹涌又澎湃的爱意,不过那个男人不会是他,因为他并不会为小狐狸成为那个男人。还是不够喜欢吧,这才是这次分手最根本的原因。足够的喜欢是可以解决所有问题的,但他不想解决。

"对不起,小狐狸。"叶珈成再次开口,"不要太难过,说不准你很快就可以找到他。"

"我找不到了,"时简艰难地抬起头,"找不到了……"

"没关系,"叶珈成安慰她,"那就找个更好的。"

"叶珈成，你不要说了。"时简匆匆撇过头。

叶珈成也撇过头，安静下来。

后面的对话，似乎回到了叶珈成最喜欢的分手模式，平静、冷静又有温度。可是，为什么，他心更痛了？其实他一点儿都不希望小狐狸再找那个男人，自我矛盾地，他又开口说："时简，不要再找了。"

时简也点点头，"是不会再找了，最多……再等等吧。"

"好。"叶珈成点点头，"那我祝你早日等到他。"

"谢谢。"

"时简，不要让自己太累，如果等不到……"叶珈成有些想笑，他居然想泼冷水。

"那就不等了吧。"时简挤了一个笑脸，尽量轻松道，"像你说的，再找一个，更好的。"

心更疼了，叶珈成微微颔首，表示同意，薄凉又细腻的灯光打在他白皙又英俊的面庞，像是一位最绅士的年轻王子。

他祝小狐狸早日找到比他更好的男人。这样的祝福，这一刻，是真心的。

……

时简请假休息了。

易霈和张恺他们应该都知道她被叶珈成甩了，虽然他们没有说，因为她提出的解约请求，被易霈"无情"地拒绝了。

易霈还将拒绝理由写成一封邮件，亲自发给她。

几个理由都非常官方，除了最后一句——"时简，跟着我，我会带你看更高的风景。"

Chapter 19

比他更好的男人

Tomorrow is another day！

时简放下这本粉红色笔记本，这句话好像是她二十岁的时候摘录下来的，作为勉励自己的人生格言。当时年纪小，没遇上太多的挫折和痛苦，一场考试失败都觉得人生灰暗，心情跌落低谷。可是好心情很快又会被一顿美味的食物找回来，继续开开心心、大大咧咧地过日子。

多好。时简羡慕以前的自己，又觉得没必要做回原来的自己，即使她回到了过去，生活还是要向前走的。心血来潮，时简拿起笔，重新在笔记本上书写下这句英文。明天又是新的一天，明天会更好……明天真的会更好吗？可能她拥有过已经很好的"以后"，现在还想不到，没有叶先生的以后，她会怎么样？

她还是进步了。

以前她根本不敢想这个问题，现在她会让自己想一想没有叶先生的以后。

时简伏在书桌上安静地写东西，母亲方柔敲门进来。时简转过头，朝进来的母亲漾起一个笑脸。外婆生了两个女儿，母亲方柔和小姨方雅，不过性格如其名的只有她小姨。母亲长相温婉美丽，性子却是典型的好强干练。年轻时担任助教，和帅气教授情投意合相爱，中间分分合合，出国进修，再次回来两人都成了大龄未婚男女，然后顺理成章继续在一起。

"简儿。"方女士坐在她对面，俨然一副找她好好谈话的架势。

时简放下笔，准备听着，心里多多少少猜到母亲要对她说什么。方女士和时教授都希望她出国，这次她 B 大研究生没有考上，他们更觉得她应该出国完成学业。

时简已经没有回绝的理由了，只是，她还是坚持留在国内。见她态度这样坚决，方女士叹口气，似乎料到了。时简为了让妈妈放心，保证说："妈妈，我已经能决定自己的人生了。"

方女士不再勉强了。

"简儿，妈妈觉得这一年不见，你变化特别大。"方女士感慨起来，"感觉你，像是突然长大了，有了自己的决定和想法……前几天我和你父亲还讨论过这个问题，作为父母，我们一方面很开心，同时也很抱歉，这些年是我们太自私，错过了你的成长。对不起，简儿。"

时简笑了笑，她变化大，是因为她多拥有了十年的记忆。"哪有什么对不起啊。"时简开口，"如果你们觉得对不起我，就多陪陪 Tim，不要再错过他的成长了。"

方女士很感动，"爱你，宝贝。谢谢你，宝贝。"

"妈妈，我也爱你们。"时简说，主动伸手抱住方女士的腰。她这几天情绪不好，又怕被发现，每每面对家人，都是嘴角带笑的样子。现在，反而轻松了一些，只想好好赖在母亲的怀里，躲着难过。

从春节到现在，时简都住在杨家。她父母这次回国待的时间特别久，还有一个星期才飞英国。这次回来，母亲方女士也一块住在杨家，不过父亲时教授因为和她小姨夫杨建涛性格不合，一直选择住在酒店。时教授那么做，没人管他，连 Tim 都不愿意陪他住酒店，每天待在杨家陪妮妮，陪时简。

这些天，时简吃吃喝喝睡睡，关于她的感情状况，他们还不清楚到底是怎么回事，也相继沉默闭口不谈。

知道最多的 Tim，也被她成功收买。

易霈的邮件，她回复了，答应留在易茂置业认真工作。最高的风景令人心动，但真正让她做出决定留在易茂的原因，是她想找一个新的生活方向。

重回以来，她最大的目标就是找到叶珈成，然后让叶珈成快速地爱上她。她编织了一张情网，希望叶珈成乖乖落网，结果叶珈成逃走了，而她自己却困在里头了。

她一下子失去了人生重点，迷茫到不行。这是一种非常糟糕的状态，没有方向，没有节奏，连最基本的活力，也慢慢地消失了。什么都提不起劲，什么都觉得无所谓，什么都可以，什么都差不多。每天睡觉的时候想着这一天终于过去了，可是睡醒了，第二天又重复着昨天的样子。

现在这个情况，差不多是抑郁症的节奏。她失去点点的时候，得过一段时间的抑郁症，不过当时叶先生带着她走了出来。现在呢，她已经没有了叶先生。

她开始跑步，每天跑完就睡；她看最搞笑的电影，乐得开怀大笑；她和 Tim 打游戏，性子越来越像小孩；她还一个人跑到 K 房唱歌，歇斯底里地疯狂。

唯独，不想去旅游。

她和叶先生去过太多地方，她实在想不到还有什么地方，两个人没有去过。

她和时间的战役，输得一塌糊涂，剩下的，她还要像战士一样，对抗抑郁这个病魔。抑郁症有多可怕，她比谁都清楚，她不能由着它摧毁自己的人生，她每天严格地逼迫自己，将身体里的活力和快乐逼出来。

她对自己狠心，最后爆发出来的潜力，连她自己都惊讶。

　　为了找事情做，她还看了自己以前写的日记。以前的时简真是一个特别简单的女孩，居然在日记里写了 200× 年要做的三件"大事"。

　　这些事，好像都没有完成吧。

　　时简打算完成这三件大事。其实这是一个非常有趣的游戏，就是十年前的"她"在日志里写下这些心愿，让十年后的她去完成。时间相对重合，仿佛重遇了十年前的自己。

　　第一件大事，打完游戏"天奇"全关。时简有点儿发怵。她二十来岁的时候迷上了打游戏，常常玩得忘了学习，可是她以前都没有通关的游戏，现在怎么通关？

　　无论如何，时简还是找回了多年前的号。相对来说，"她"也只是几个月没玩游戏，所以一上线，游戏里的好友纷纷找她了，问她这几个月去哪儿了。

　　第二件大事，看一场男神的演唱会。这个容易，时简上网查询了下，这个月男神刚好来 A 城举办全国巡回演唱会。

　　第三件大事，和衬衫男表白。

　　可是衬衫男是谁啊？时简恨不得趴进日记本里，她真想不起来了。幸好日记里写了，记忆慢慢复苏。衬衫男是她在 B 大图书馆考研复习时看到的一个男生，当时还给她占过座位……时简捂脸，看着这些少女心的日记，无比羞愧。

　　当时她为什么没有表白，没胆子表白呢，还是忘了？

　　气温一天天回升，春光生机勃勃地在冒芽的树梢上放着光。

　　时简参加了一个公益性的演讲俱乐部。俱乐部每周有一个 Joke Session（讲笑话训练），大家一起有技巧地用语言分享幽默和快乐。部长是一位男英语老师，结束之后找她，问她有没有兴趣当他的助理。时简想想还是拒绝了。"那你以后还来吗？"男教师问。

"还来，有活动都叫我。"时简回答，笑吟吟的。她参加这样的公益性俱乐部，为的就是训练自己尽量投入到每一件有益的事情中。只有对生活认真，才能得到生活的回馈吧。前段时间，就像是写过的高分作文要她重写一遍，她下意识地按照原来的模板去写，可是她已经失去了原先认真构思每个句子的态度。

以至于一步错，步步错。

另一边，叶珈成已经当了一阵子的叶总了，每天事务繁忙。开着车不想回公寓的时候，他想起自己有一个朋友很久没联系了。他打电话约高彦斐打球以及喝酒，高彦斐以要打游戏为由拒绝了他。以前都是高彦斐联系他，他找理由推托不见面；最近高彦斐耍起了大牌，各种不想见他。越是这样，叶珈成心里越发明白：他这边分手了，高彦斐那边要下手了。

死党当成这样，真的太没意思了。

两人坐在以前常去的小酒馆喝酒，叶珈成懒懒地靠着身子，高彦斐低头玩着一部手机，不停地发着短信。叶珈成面色有些难看，收了收视线。

高彦斐不知道叶珈成脸色难看什么劲，不过这几天高彦斐是有点儿心虚，不过既然见面了，高彦斐也打算将话说明白了。他不是背着兄弟捡漏之人，何况叶珈成也是大方之人，不是吗？

"这几天我和小狐狸是联系挺勤快的……"高彦斐实诚交代，主要是想到上次叶珈成说的那番话：前任如浮云。

果然，叶珈成很平静，只是眼皮轻抬，似有似无地扯出一句："是吗？"

高彦斐心里得意，嘴上还是谦虚，"算是吧。"

"哦……"慢悠悠地，叶珈成又问，"你们怎么……熟悉了？"

叶珈成的声音听不出任何情绪。

"就是小狐狸最近喜欢打游戏啊，我教她通关呢。"高彦斐说。

时简找了一个午后时间到 B 大看书。她按照日记里写的，坐到了原先她最喜欢坐的靠窗的位子。以前是有个男生一直坐在她前面，该男生喜欢穿衬衫，每天都是衬衫搭配着各种毛衣，她就给他取小号"衬衫男"。可是，时简早忘了当时为何心动，也忘记了为何没有表白，更忘记了衬衫男长什么样子。

托着下巴看向坐在她前面的男生，时简琢磨了好久。不知道前面那个，是不是？男生一个人，正低头写着作业。瘦瘦的，后颈露出一截衬衫领子，看起来就很乖。

压了压心情，时简走了过去，轻轻开口："你好，我可以坐一会儿吗？"

衬衫男抬起头，看着她，连忙答应："可以，可以。"

时简笑了笑，问了一句："你还记得我吗？"莫名地，她居然有些紧张。明明对方只是一个乳臭未干的小男生。

衬衫男一愣，点点头，同样像是鼓起勇气和她说话："你有段时间没来了，考研怎么样了？"

"没考上。"时简说，这样的对话，真有一种穿梭时间的感觉。

"好可惜。"衬衫男说，"不过不要紧，你还想考吗？我可以帮你……"

"没关系，我不考了。"时简说，然后想起了表白，表白，表白……天哪，还是算了吧，"那个，你有女朋友吗？"

腾地，衬衫男脸红了。他摇摇头，有些紧张地回答："没有。"

"……没有就好。"时简也脸红了，"我有句话想告诉你。"

衬衫男点点头，眼睛明亮。

时简一鼓作气，"就是，你穿衬衫的样子很好看、很帅。"

衬衫男艰难地说："……谢谢。"

时简看衬衫男不相信的样子，声音更加确定，"真的，以前有个女孩真觉得你穿衬衫的样子很好看。"

衬衫男："……"

时简："好了，再见。"

衬衫男："再见……"

时简逃走了。她走得很快，脚步越来越轻快，嘴边扬起的笑意也越来越明显。骑上新买的粉色自行车，时简飞快地穿过校园里的林荫路。她按了两下清脆的车铃，丁零零，丁零零。

一切都重新开始吧，时简，你一定可以的！

认认真真地去生活，去努力，即使自己努力的结果，可能还没有以前叶珈成带给她的好。可是她只有更加努力了，才不会辜负曾经得到的爱意。

男神的演唱会也来了。可是，没有票了。

想起之前张恺提过这场演唱会，还问过她要不要票。没忍住，她给张恺打了电话，果然张恺那边还可以拿到票。

"没想到，时简你还追星。"张恺说。

"对啊。"她大大方方承认，一时嘴误，"我喜欢他很多年了。"

张恺挤对她："他出道才几年。"

时简一笑置之，从张恺那边拿到一张普通站票之后，骑着自行车赶到了 A 城的体育馆。原本张恺还可以弄到 VIP 入场资格，她感激地谢绝了。

杨家的联排别墅和体育馆距离不远，骑车只需要半个小时。时简到的时候，夜幕已经降临，体育馆周围越来越热闹，水泄不通，证明她选择骑车出行是无比正确的决定。追星那么潮流的事情，时简今晚的打扮当然也要格外青春：连帽毛衣，头发披着，还有门口买的戴在头上的兔耳朵，十块钱，一闪一闪的亮眼。

进场之后，演唱会就开始了，她是最普通的站票，每张票有个幸运号码。晃着荧光棒，周围粉丝都是兴奋又幸福。时简看着，感受着。

男神一首慢歌，一首快歌，荧光棒不停挥舞，然后是疯狂呐喊。现场很多女孩都激动得哭了。时简的眼泪，不小心也跟着流出来。以前她和叶珈成假设过一个无聊的问题：两人如果谈一场学生恋爱会做什么事？

看一场 ××× 的演唱会。这是她和叶珈成共同的答案。

男神越跳越嗨，最后全场沸腾。时简眼眶蓄满眼泪，一波又一波的呐喊声潮水般朝她盖过来……"对不起喽，叶先生，"时简在心里轻轻说着，"说好的演唱会，我还是一个人先看了。"

演唱会结束，作为福利，现场抽取幸运号。时简没想到自己运气好到抽到了男神的签名照一张。上万名的粉丝里，100 个名额，她是其中一个。

谁说她运气差！

时简将签名照送给一个不认识的女孩，看到女孩从遗憾到幸福得快要哭泣的样子，心里十分满足。她也不是不稀罕男神的签名照，只是觉得把机会留给现在更喜欢 ××× 的人，更合适一些。

可惜赠人玫瑰，手有余香的快乐，在她发现自己的自行车找不到后，立马消失殆尽。

这时的她，只想跺脚三下，发泄怨气。

浑蛋，浑蛋，浑蛋！她刚买的自行车呢？时简痛苦地踢着脚，恨不得将心里的坏脾气踢出去。突然，身后有人叫她名字："时简。"

这个声音……时简有些反应不过来地转过头，硬生生收住腿，挤出一句招呼："易总……你也来看演唱会吗？"

"是的，刚看完。"易霈立在她面前，带着浅浅的笑意。

"好巧，我也是。"时简说，也不想着丢掉的自行车了，主要惊讶于易霈居然会来看演唱会。眼前易霈依旧是西装衬衫的穿着打扮，刚刚粉丝那么疯狂，他会是什么样子的？想起易茂是演唱会的赞助商之一，易霈应该坐在嘉宾位吧。

嘉宾证……时简笑得不好意思，然后她望了望易霈周围，张恺和其他助理司机都不在，易霈是一个人吗？

"车子进不来，只能停在后面。"易霈对她说，解释她的疑惑。

"哦。"

一时间，周边人流涌动，熙熙攘攘，易霈却有着一股岿然不动的气场，实在很显眼，像她脑袋上的兔耳朵一样显眼。兔耳朵……时简连忙伸手抓下来，作为一枚助理，她很少在易霈面前这样幼稚。

易霈眼底的笑意更浓了，像个朋友般问她："对了，你刚刚怎么了？"

刚刚的踢脚动作吗？

"……我的车丢了。"时简一笑置之，假装无所谓的样子。万恶的小偷！

"什么车？需要报警吗？"易霈皱了下眉，又问。

"不需要，不需要。"时简摆摆手，"就是普通的自行车，不贵。"

"还是找一找吧，什么样子？"易霈侧头看了看上方的摄像头，给了她一句肯定的话，"应该可以找回来。"

易霈这是要帮她吗？

果然，易霈拿出了手机，对她说："我帮你问问这边的负责人。"

为了一辆自行车吗？时简赶紧拒绝说："易总，谢谢你，不过真的太麻烦了。我那车子也是……二手的，不用找。"

她撒了一个小谎。易霈也不再勉强。对于她的客气，易霈开口说："时简，这对我来说，只是一件小事。"

因为是小事，才不敢劳烦啊，时简心里说。

车丢了，她和易霈这样遇上，易霈说要送她一程，她不再拒绝。不知道易霈车停在哪儿，时简就乖乖地跟着易霈走。

　　晚风习习。天气已经回暖，夜里的风也没有原先那么冷冽，反而带着一股早春的甘凉。不远处还有人放烟火，空气里夹着轻微的火药气味。易霈咳嗽了两下，以寻常朋友的语气和她聊起来："对了，你喜欢×××哪首歌？"

　　时简有些梦幻了，抬起头瞄了眼易霈，回答了两首，一首是×××的成名曲，另一首比较小众。易霈听完，点了下头，"一首我听过，不过另一首，没什么印象。"

　　没印象的那首，是还没出来……时简亡羊补牢地说："我记错了。"

　　"难怪。"

　　时简侧过头，也问了问易霈："易总也喜欢×××吗？"

　　"嗯……喜欢。"易霈回答她，"他很多歌，我都听过。"

　　时简惊喜了，她看过所有的易霈那些半真半假的传记里，都没有写易霈喜欢×××的歌，以后她是不是可以出一本更真实的传记呢？！

　　她这样的反应，易霈似乎有些无奈，低着头问她："时简，我喜欢一个歌手，很奇怪吗？"

　　"不是，不是。"时简连忙解释，"我刚刚只是在想……以后易总你成为大名人，我也可以给你写本传记什么的。"

　　咳咳！时简说完，感觉自己这话像是在开玩笑。易霈会介意吗？

　　她的"无稽之谈"，易霈先是愣了下，然后顺着她的话，爽快地答应下来："好啊。"

　　时简开心。易霈继续说，声音愉快："说不准以后等你写出来，我可以替你提名写个序什么的。"

　　这是金口玉言啊。时简先谢了："谢谢易总，我以后肯定写。"

　　易霈笑了起来，似乎非常喜欢这个聊天话题，"不过，你要好好写，还要取个好名字。"

　　好名字……时简借用了赵依琳那本书的名字，"《助理眼中的易先生》怎么样？"

易霈居然摇摇头，对她取的名字表示不赞同，像是笑她不会取名字。时简还心虚呢。

易霈扯着唇，回答她："还不如叫《时简眼中的易先生》呢。"

《时简眼中的易先生》……时简抿唇一笑，低下头。没想到易霈开起玩笑来，一点儿都不输人。他知道吗，以后真的会有一本书叫《我眼中的易先生》呢。不过这"以后"还有没有，就不知道了。

是她取代了赵依琳吗？这样的想法，时简一秒就否定了。谁能取代谁的人生呢？如果说她取代了赵依琳，她的人生又会被谁取代呢？

那个幸运的叶太太……会换人吗？

慢悠悠地，时简跟着易霈走完了一段路。不长不短的新路，她和易霈聊着天，大概走了十来分钟。

不远处，司机已经含笑地立在车旁等候了。

时简坐着易霈的车回杨家，公路外面是一片橙色的路灯，杨建涛正牵着妮妮的手跑步，一二一，一二一。易霈的车，杨建涛自然认得，抱着妮妮迎面走上前，大家一块打了一个愉快的照面。格兰城的项目进展顺利，杨家和易霈商场关系经营不错，杨建涛笑得热情洋溢，邀请易霈进屋坐坐，易霈委婉拒绝。

时简收到了小姨夫投来的视线，心照不宣地撇了撇头：绝对不是他想的那样。易霈离去，她立马被杨建涛抓住。杨建涛人高马大，像是拎小鸡一样带着她往回走，还没进屋先开始审讯："怎么回事？"

时简一五一十地解释，从演唱会说到她的车被偷了，证据就是她那辆新买的自行车，骑着它走，没骑着它回来。杨建涛信了她的话，不忘笑她一句："开心坏了吧。"

时简懒得理会，杨建涛反而从她这里打探消息："听说易霈和赵家关系崩了，真的吗？"

时简点了点头：真的。

"好端端的，易需和那位赵家小姐怎么解除婚约了……"

因为……时简脑海里想起易需在易茂楼顶说的一句话：相爱和奋斗的人生，他都想要。

"易总比较有追求吧。"时简浅显明白地"翻译"了易需那句话的意思，"他不想靠女人获得成功。"

杨建表达了欣赏之情："没想到易需那么有志气。"

不过欣赏易需是一回事，杨建涛为生意的事情发愁是另一回事。今年势头大好的叶茂地产，接连拿下好几块大地皮，动作很大。他现已成为易茂置业的长期合作伙伴，叶茂那边就不好沾边了。不是不好沾边，是根本不能沾边，也沾不上边。

易钦东肚量小得像鸡肠子一样，现在哪还会把机会给他们杨家。杨建涛心里有点儿不是滋味，本来易钦东捣鼓的小公司根本不成气候，没想到换了总经理之后，快速成为 A 城最有发展潜力的地产公司之一。

叶茂总经理叫什么名字……叶珈成？杨建涛觉得这名字耳熟，时简上楼休息，他歪打正着地问了问："时简，你认识叶珈成吗？"

时简无意识地挺了挺背脊，没回头。

"不认识算了，上楼休息吧。"

时简轻嗯了一声，继续上楼。就在这时，站在后面的杨建涛想起什么似的问："对了，上次你告诉我，你男朋友叫什么名字？"

唉！时简慢慢转过身，杨建涛也记起来了，指着她说："你上次告诉我，你男朋友就叫叶珈成，对吧？"

"前男友了。"时简回答，承认了叶珈成已经是叶茂的负责人。

杨建涛："……有没有被欺负？"

无厘头的一句问话，时简摇摇头。不想小姨夫和叶珈成扯上经济牵扯，时简逞能说："还是我甩了他……所以你不要找叶珈成，小姨夫。"

"嗯。"杨建涛摇头，挥手让时简上楼休息。莫非他以后见到叶茂那位叶总，还要绕路？

五月底，时简的论文答辩开始了。论文答辩非常顺利，第二次本科毕业，她弥补了毕业照没有好好微笑的遗憾。当时她拍照的时候，后面有个男生一直拍她肩膀，刚好拍到她回头的动作。叶先生看到她那张毕业照的时候，还嘲笑了她好久。

这一次拍照，讨厌的男生居然又拍她后背了。时简挺着肩膀，对着前面镜头，扬起最灿烂的笑容。"咔嚓"一声，终于顺利地留下了她的青春笑脸。

再次毕业，时简又和同学一块完成毕业旅行，因为已经去过，她给他们当起了导游。轻轻松松，忙忙碌碌，她的性格变得比以前还好，还乐观。对比大多被实习打压得苦不堪言的同学，他们将原因归结于她签了易茂置业。他们不知道的是，半夜睡着的她会哭着醒来，只因想到叶珈成对她说的那句："你的那位爱人，一定是一个比我更好的男人。"

Chapter 20

二十二岁生日

毕业旅行结束，时简衣着整齐地来到易茂置业总经理办公室报到。半年没来，总体变化不大，除了 Emliy 请假待产，赵依琳上来顶替了 Emliy 的工作。

时简挺开心赵依琳能回到总经理办公室，毕竟赵依琳是《我眼中的易先生》的著作者，关于易霈的传记，还是留给赵依琳本人写吧，毕竟她……文笔真没有赵依琳好。

赵依琳是临时秘书，她是正式入职的助理，做事不可能没有交集，幸好赵依琳性子收了不少。何况赵依琳再不待见她，还是要叫她一声"时助"。

时简来到易霈办公室报到。天气热了，易霈只穿着一件衬衫，照样是干净利落的老样子。易霈知道她毕业旅行刚回来，特意问候她："玩得如何？"

"不错。"时简笑着回答，"除了钱包瘪了。"

她的话，易霈轻笑出声，看着她说："时简，我给你的工资，希望你能满意。"

"非常满意。"时简诚心实意地回答，她的合同已经重新签了，易霈对她非常大方。时简笑眯眯的，为了表示自己的做事决心，又说："我现在只想快点儿进入工作状态，回报易总，回报易茂置业。"

"好啊。"易霈站起来，"等会儿陪我见个客户。"

等会儿就要见客户？

易需抬起头，像是上司，又像是朋友般反问她一句："刚刚不是还有人说想要快点儿进入工作状态吗？"

"……好的，易总。"

重新加入易茂置业，时简快速找回了工作状态，或者说生活节奏。令人奇怪的是，易茂和叶茂那么近，两人还是同一个行业，不管是工作还是别的什么，她都没有遇上叶珈成。

一次都没有遇上。

虽然，她一次也没有遇上叶珈成，但还是常常听到叶珈成的消息，比如叶茂发展好，叶茂的总经理如何年轻有为。值得庆祝的是，她把驾驶证重新考了出来，比第一次考出来更令她开心，她也不知道为什么，大概是靠自己的努力把失去的东西重新找回来了吧。

有驾驶证了，时简有时候直接开着公司的车出去办事，非常方便。

晌午，阳光猛烈。时简开着车来到银行帮张恺办事，车里开着空调，外面热浪滚滚，她鼓足了勇气下车，跑了两步。视线不远处，停着一辆显眼的进口跑车。

时简走到建筑下方的阴凉地，习惯性地看了两眼，不比以后街头各种顶级名贵豪车满天飞，现在 A 城出现这款车，还是非常吸引眼球的。不过时简留意的原因，是因为叶珈成说过，他以前最喜欢的车子就是它了，可惜他年轻的时候没那么多钱买它。

"那我们现在买它，好不好？"

叶珈成拒绝，表示不需要，还告诉她："我觉得人生留着一些遗憾挺好的。"

可是，她希望将他的遗憾补上，就像她之前加入易茂工作时还做着白日梦：以后赚钱了，给叶珈成买一辆。难得叶先生有心头好。

　　时简慢慢收回目光，看到那车里下来的熟悉身影，又停住了。原来，叶珈成已经提早开上了他喜欢的车了。真是恭喜啊……

　　视线不远处，叶珈成慢悠悠地从车里下来，双手插兜地等着。他在等谁？

　　就在这时，副驾驶的门也打开了。

　　有些事情，老天安排得非常平衡，叶珈成提前开上了他想要的车，同样，他也会提前遇上更好的女人。看到易碧雅从叶珈成车里下来，时简不奇怪；奇怪的是，时简发现自己居然如此平静，就好像已经可以平静地接受重来的一切。

　　其实，她前些日子就听到一些传闻，说叶珈成和易碧雅走得很近，这个近到底是哪种意义的近，外人如何讨论都不知道真相，具体只有他们本人清楚。本身般配的男女即使站在一起也是惹人关注，何况两人男才女貌，身份背景又相当。

　　就像以前的易需和赵雯雯一样。

　　时简摇摇头，轻松一笑，其实时间早已经安排了每个人的先后出场顺序，是她提前出场捣乱了一切。立在银行门口，她没有回头，不知道叶珈成有没有看到她。如果他叫她，她现在心态那么好，肯定可以轻轻松松打个招呼。

　　绝对不会让他难堪。

　　时简抿了下唇角，转过身，上了石阶，一级级往上走。

　　台阶上那抹浅蓝色的背影很是熟悉，是时简。叶珈成的视线忍不住追着：头发长了，夏裙显得腰身更瘦，无袖中裙的款式，露出细白的胳膊和小腿……

　　他和她真的很久没见了，像是断了缘分一样。

　　这半年多，她应该过得不错，除了研究生没有考上。众所周知，易需身边有一位漂亮又会办事的助理，羡煞旁人。叶珈成淡淡地移开目光，下车的易碧雅看向他，"谢谢你送我过来。"

"顺路。"叶珈成站在车旁，开口说，"我不进去了，还有个事。"原本他下车是想送易碧雅几步，回报她送他的小礼物，只不过他现在没有那个心情了。

"好的，再见。"易碧雅朝他挥了挥手。

"好。"叶珈成看到易碧雅眼里流露出的遗憾，微微低下头，聪明地视而不见。

回到车里，叶珈成侧头看了看副驾驶的一盒手工点心，开车离开。取代一份感情的方法是开始另一份感情，他身边资源很多，好像发展哪个都差不多。

他和时简，已经不可能了。

不是没有后悔，相反后悔多了已经成为家常便饭，也就无所谓了。他也不喜欢回城南的公寓里了，在那里他一个人睡觉后悔，一个人吃榴梿后悔，一个人应酬结束回来后悔，一个人洗袜子更后悔……时简送他的袜子，有一次他发现丢了一双，找了半天。

一定是小狐狸太好了，给他的感情太深刻，他才会分手了还会时常想起她。

好几次，他都想单纯发个普通的问候短信，像朋友那样聊两句也好。

只是，每每想起分手那天，时简失声痛哭的样子，他就又放弃了。做人不能太可耻，那晚他为了让自己断得干净，手段太猛。结果，真的断了一切可能。小狐狸那么好，如果他只是因为偶尔想起就找她，那样的心思和行为，他自己都看不起自己。好在，一个男人可以让自己的心变得更大，大到不在乎那点儿小情小爱的纠缠。

时简下班之后，认真地审视自己，她每天认真工作，积极参加业余活动，可是总差点儿什么。答案不用想已经呼之欲出。

是感情生活。

叶珈成会喜欢上别人，难道她不会吗？绝对不是赌气，只是觉得自己有些可怜，明明回到最好的青春年纪，拥有满满的胶原蛋白，可每天回来就要看各种心理治疗的书，是不是有那么一点儿悲催？

更悲催的是，她如果发展新感情，根本没有对象。无聊地躺在床上，时简拿了一支笔，将生活圈和工作圈的男人都写在了纸上，看看有没有合适的。

感情嘛，就是从周围合适的人开始发展的。

时简把自己所有接触到的男性名字都写出来，很快完成了，因为名单实在太少：张恺、高彦斐、男英语老师、同事丁、同事王、同学丙……以及易霈。

第一个排除，易霈。时简用红色笔在易霈名字上打了一个叉叉，排除原因：如果她要开始一段新的恋情，第一要求就是轻松，她可不想去征服雪山一样的男人。

高彦斐：叶珈成的死党，算了。

男英语老师：好像长得有些老？

同事丁：长什么样子？

……

一轮下来，最合适的人居然是张恺。张恺啊，张恺！时简将头埋进本子里，从叶先生这样的档次掉到张恺……她的人生啊！

咳，其实张恺挺好的，高学历，单眼皮很俊俏，个子也有一米七五，何况赵雯雯的事她也相信了张恺没有做，说明张恺人品正，还有自制力。

最重要的是，她和张恺在一起会很轻松，就像和好朋友在一起。

当然，就算她选择了张恺，那也绝对不是将就，只是她接受了这个世界除了叶先生以外，还有其他男性。可是，张恺，真的可以吗？

张恺绝对没有想到自己在爱徒心中分量有那么高。相反，这几天张恺越来越确定一件事，他的易总一定是看上他家的时简了！一个男人喜欢女人的神情是藏不住的，虽然阿霈藏得很深。这话怎么那么别扭，不管如何，他要感谢叶珈成那只南方的狼放了他家的羊。

……然后，张恺留意了一下，发现时简的生日快到了，就是这个星期六。

时教授和 Tim 的礼物漂洋过海来到她手里时，时简也意识到自己的生日快到了。七月份的尾巴，八月份的前奏，没错，她是一头小狮子。

这个星期就是生日了，她要怎么过？

蛋糕要的，庆祝新生；鲜花要的，祝自己越活越漂亮；朋友也要的，能带来开心和快乐，还要一些生日祝福，祝一年更比一年好。像以前二十来岁的生日那样，不知道未来如何，但也对以后抱着十足的热忱和期待。

时简没想到张恺也知道自己快生日了，工作之余还特意向她询问这个事，并提出建议："我们一块庆祝，前提是你要请我们吃饭。"

时简倒是没意见，考虑到钱包问题，将文件放下说："没问题，不过地方必须由我定。"

时简有个不好的毛病，一旦她认为这个人不错，就会往不错的角度观察，反之亦然。她的观察结果是，张恺还是个不错的可爱的人。

周六就是生日了，既然要邀请总经理办公室的人吃饭，现在就要挨个通知了。时简在总经理办公室人缘不错，除了赵依琳。不过邀请不能少，如果赵依琳周六愿意过来，她也会很开心。

"好啊，既然张助组织的，我肯定参加。"

时简囧，什么时候变成张恺组织的？

"好，周六联系。"

中午吃饭的时候，时简有项工作需要直接找易霈接洽。刚好易霈有时间，她敲门进来，易霈正拿着一份文件从休息室里走出来，同她聊了两句工作问题，突然问她："周六是你生日？"

易霈也知道了？时简感觉事情有些折腾大了，然而她必须承认："是的，易总。"

易霈抬起头，"听说，你请了所有总经理办公室的人吃饭？"

"嗯……"时简又是点头。

易霈没说什么，只是从她身边走过，走了两步像是提醒她说："你忘了请我了。"

时简："……"

易霈笑了下。

时简还是："……"

幸好，她还算是一个聪明的助理，"我怕易总你没时间……"

"我除了工作，也是有个人时间的。"易霈回过头告诉她。今天，他穿着一件深蓝色衬衫，一如既往干净整体的穿法，除了袖口挽着，露出那块沉稳的朗格男表。

"易总，我现在请你……还来得及吗？"

易霈靠着办公桌，将文件随手往后一放，正视着她说："还好，不算太晚。"

下午一点，A城有个重要的房地产全国性发展讨论会议，张恺陪易霈出席。这样的讨论会对时简还是很有学习价值的，张恺建议带上自己的徒弟，易霈拒绝了。

为什么不带时简？

　　张恺揣摩着易霈的心意，很快找到了答案：联系之前的几次招标会，好像所有能见到叶珈成的场合，易霈都将时简照顾到不和叶珈成碰面。

　　这样的心思，以阿霈的性格绝对不会是为了自己，阿霈应该只是替时简考虑。大概是心有余悸吧，时简上次晕倒的画面实在令人后怕……真真的，英雄难过美人关。

　　张恺越想越动容，可是女人不是这样追啊！要激情，要 feeling，要霸王硬上弓啊！张恺看着他家易总还是淡淡的样子，太着急，恨不得自己上了。咳，不要误会，他的意思只是帮忙追的意思。电梯里，张恺主动说起来："阿霈，我追女孩很有经验，你有需要可以问我。"

　　易霈睨了他一眼，不发表评价地问了一句："失败经验吗？"

　　张恺笑呵呵，谦虚地抿了抿嘴角，"失败是成功之母嘛。"

　　易霈不再说话，不过可以看出，心情很不错。

　　下午会议，叶珈成果然在场。对比大多西装革履的行业老总，只有叶珈成是简单的 T 恤搭配西装，样子清贵又闲适，十分惹眼。张恺从男人角度都觉得叶珈成这厮长得好看，不过这不影响他对叶珈成的反感。叶珈成选择和易钦东合作，有些事只是个人立场追求不同，道不同不相为谋。同样，叶珈成将叶茂地产经营得有模有样，张恺私心还是认可欣赏叶珈成的才能和本事的。他对叶珈成看不顺眼，单纯是因为叶珈成对感情的态度，伤了时简的心。追的时候各种殷勤，分起手来那么决然。多狠心，才会伤得一个女孩直接晕倒。

　　张恺有些义愤填膺。

　　不过感情就是这样，旁人看到的总是带着个人感情色彩的。那些分不清道不明的情啊爱啊，在旁人眼里可能就是一两句话的事。没有好与不好，不过旁人总归只是旁人。

　　不远处，叶珈成正侧过头和助理交谈，注意到张恺投来的视线，便朝着张恺和易霈点了点头，张恺立马回以笑容。商场如战场，兵刃相接的同时，也要有握手言和的客套和气量。叶珈成收回视线，对面的易霈照样是衬衫西装，靠着皮质的椅子，神色一如既往地平淡，发表言论又能一语中的。叶珈成欣赏易霈，但也觉得易霈这人挺有意思，尤其是对时简，有些照顾真对得起"用心良苦"四个字。不过，一个老板对员工有了超出上司对下属该有的关心和照顾，用"居心不良"来形容更合适。

上半场会议结束了，叶珈成靠在外面的大露台，顺手拿过了侍者端来的红酒，上好的颜色，他兴趣泛泛。不远处，张恺又看了过来。叶珈成无奈至极，朝着张恺举了举酒杯。叶珈成知道，不管是他和易钦东合作，还是时简的事，张恺多多少少对他有些不愉快的想法。没关系，不愉快就不愉快吧，他也没兴趣讨一个男人的喜欢。

只是，张恺非要笑脸相迎，明明心里又在骂他……叶珈成感觉自己都替张恺憋气。

张恺朝着叶珈成走过来，同样靠着栏杆，两人各自心照不宣。叶珈成接了一个电话，内容很短，只说了一句："好的，那晚上见。"

那么温柔的语气。张恺问："叶总，新女友？"

叶珈成扯了扯嘴角，不想多做解释，只说了一句："不是。"

张恺也撇了撇嘴角，不得不承认，叶珈成是典型的高智商、高情商男人，太聪明了，从来不吃亏，包括感情，所以只有他伤别人的份。听说易钦东有意将自己的妹妹介绍给叶珈成，以稳定两人的合作关系。真是乐见其成啊。

最开心的，应该还是郭太太。

叶珈成这样的身价条件，对郭太太来说，简直是妥妥的乘龙快婿呢。

只不过，对时简来说，应该有些伤情吧。张恺望了望远处的风景，幸好时简今天没有来，有些事不得不承认，易霈考虑周到。

呃，时简还是过来了。

下午，易霈带张恺继续出席会议，市场部经理火急火燎地来到总经理办公室：张恺带走的下半年地产分析报告弄错了两个数字。不是大事，不过易霈非常在意细节，所以市场部经理发现之后立马上来拜托她，帮忙将新打印出来的报告送给易霈。

时简来到会议大厅，由工作人员敲门进来，立在门旁寻了寻易霈。视线的正前方，看到了叶珈成。叶珈成虽坐得规矩，可还是有一股子闲散劲。

注意到易霈示意她进来的视线，时简走到易霈旁边，轻声说了说资料出错的事。易霈点头表示知道了，时简弯着腰又说："易总，我先走了。"

"既然来了，就听一听。"易霈开口。

时简："……好的。"

工作人员送了椅子过来，放在了易霈的旁边。时简吸了吸气坐下来，她临时参加这样大的会议，没有带笔，易霈将他的钢笔递给了她。他不用写字。

时简接过来，看了看钢笔，真是一支好笔，握在手里沉甸甸的。她又从张恺那里拿来会议本，收了收思绪，低着头做起了会议记录。

尽量不注意，对面的，叶珈成。

写会议记录养成的习惯，时简先写日期，今天是 8 月 7 号……因为明天就是 8 月 8 号，她的生日。时简认真书写起来，笔好，出墨流畅又细腻，写出的字格外漂亮。

旁边，易霈的视线看向了时简的会议本。他一直很好奇，为什么有人写字可以那么快。

对面，叶珈成半靠着椅背，同样想着事。早在前几天，不知道什么时候，他突然想起时简的生日好像快到了。现在看到本人，他又想起了生日的事，发现就是明天了。他知道时简哪天生日，还是从她给他的身份证号里看来的。8月8号，非常好记的数字。

生日快乐啊，小狐狸。叶珈成抬起眼睛，对面时简坐在易霈旁边，像个小学生做着作业的样子，哪有什么聪明又能干的样子。

从头到尾，时简没有抬起头，倒是易霈朝他看了过来。

平静的眼神，却藏着力量。

叶珈成唇角兀自带着笑，直到无聊的会议终于结束。他站起来，让旁人先走。

终于结束了，时简手都酸了，不经意的收手指小动作，被易霈看到了。易霈问她一句："写酸了？"

"是啊。"时简笑了笑，"易总，你的笔太重了。"

明明你是自己写得快，易霈笑。

时简跟着易霈站起身离开，张恺也走在易霈旁边，两人像是左右护法。时简脚有些疼，她今天穿着高跟鞋，过来的时候太急跑了两步，导致后跟有些磨皮。

今天的会议是在国贸二楼举行的。结束了，大家都自发地选择走楼梯下楼。一群西装笔挺的男人，鱼贯而下，同时，相互寒暄着。

时简本分地跟着易霈下楼，身后，有人不停地殷勤地叫着叶总叶总，那个热络，那个追捧。时简有些好笑，叶珈成现在真是老厉害了。她心里想着事，加上高跟鞋本身不好下楼梯，不小心，踩空了一级。本以为自己要出丑，一只手快速扶住了她，稳稳地扶着她着地。

只是，依旧扭了脚踝，疼得她……那么多人，再疼也要忍住。时简稳住自己，对扶住自己的易霈说了声："谢谢易总。"

易霈无视了她的道谢，直接看向她的脚踝，"……扭到了？"

叶珈成跟在后面，时简扭到的时候，他一只手插在口袋，另一只手本能地伸出来，明明他和她这个距离，根本也是徒劳。

易霈对时简的关心话，同样落入他耳里。

男人的关心有很多种，客套的、绅士的，比如问了一句："没事吗？"真正关切走心的，才会下意识直问情况，比如易霈刚才这句——"扭到了？"原来，不只是"英雄救美"，还是"英雄情长"。叶珈成冷眼旁观着，旁边已经有一群人奉承起来了。

"还是易总反应快，才能英雄救美。"

"是啊，我们看得真羡慕……"

一群老男人，说出这种话，真是够无聊的。叶珈成靠了靠楼梯边，素着一张脸。

一群人的奉承，易霈没有回应。时简也有些尴尬，偏偏脚还疼着，她很快看向同样笑眯眯观望的张恺，直接开口："张恺，你扶下我。"

呃，不是易总扶着很好吗……张恺笑得憨，他不好伸手呢。

干吗？时简睨了他一眼。

张恺伸手，易霈也将时简交到他这里，让他先扶到车里。张恺连连点头，心情大好，恨不得将时简当成正宫娘娘一样挽到车里。

"小心，轻点儿啊……"张恺一路关心了过来。

时简囧，感觉扭伤的腿都利索起来。

第二天生日，时简在自己最喜欢的店，给自己订了一个蛋糕。天公不作美，她提着蛋糕出来的时候，下雨了。八月份的雷阵雨就是这样，说来就来。时简从包里拿出伞，外头雨点很大，她站在蛋糕店门口有些退缩。

前方，叶珈成正撑着一把伞走来。

难得，两人能那么巧在蛋糕房遇上。时简笑了笑，主动打了个招呼："嗨。"

"嗨。"叶珈成停下来，回应她的招呼。然后，他低头看向她手里提着的蛋糕，问了句："……今天谁过生日啊？"

时简有些难过，还是指了指自己，回答叶珈成："我自己……过生日。"

"对不起。"叶珈成轻轻道歉，然后加了一句，"生日快乐，时简。"

"谢谢。"时简点了下头，只觉得时间过得真快，去年冬天的时候她也在这家店订过一个蛋糕，当时店里还给了她蛋糕券。半年有效期，她今天想用已经过期了。

"我先走了。"时简对叶珈成打了个先走的招呼。

"你去哪儿，我送下你吧。"叶珈成快速开口，"雨这么大。"

时简先是一滞，然后回答："好啊，我就去前面的春天大厦，你方便的话，就载我一下吧。"

叶珈成："方便。"

"谢谢。"时简又笑，大雨滂沱，不影响她脸上笑容的灿烂。叶珈成的新车也很好认，就停靠在路边，帅气逼人又牛气哄哄。

就像他本人一样，厉害又惹眼。

"你的新车，真好看。"时简夸了一句，这是她一直想说的话。

"谢谢……其实也就那样。"叶珈成不在意，将手放在了副驾驶的车把上，想要开门。

然而时简没注意，已经打开了后面的车门。

雨那么大，时简是真没留意叶珈成要给她开门的动作，面面相对，两人都有些尴尬。很快，时简找了一个理由说："春天大厦很近，就在前面，系安全带太麻烦了。"

对于她的解释，叶珈成挤了下唇角，收回了手。时简不管了，倾盆大雨的，先倾身进了叶珈成的新车。随后，回忆像是带着雨水的潮气蔓延在心底，她以前刚认识叶先生的时候，叶先生开的是一辆非常男性化的轻奢牌子车，后来她和他结婚了，叶先生换了一辆更是街车级别的奥迪 Q7，胜在空间大，适合家庭用。每次他来接她，不管她买了多少大包小包，全部都能塞下。

她和他还喜欢自驾游，两个人，一辆车，什么地方都可以去……

"生日怎么过？"叶珈成开口问，将车慢慢开上主道。

时简将蛋糕放在一旁，回答："和同事们一起。"

"几个人？"叶珈成继续问，其实不用问，蛋糕那么大，今晚应该会很热闹。

的确，今晚会很热闹，时简抿了下唇。Emliy 虽然请假了，得知她今天生日，也要一块过来。大家商量在春天大厦碰面，春天大厦六楼以上都是美食，具体餐厅她还没有定，等会儿见面了再决定，只要不是选择最顶楼那家餐厅都 OK，实在是——太贵。

另外，易霈来不了了。张恺告诉她，易霈今晚有个重要的商业酒会要参加。其实，时简觉得易霈今晚即使没有重要的商业酒会，他应该也不会过来。身份有别，她今天请的还都是同事，易霈如果过来给她庆生，其他同事会怎么想？！以易霈的性格和做事原则，他也不会过来。关于那天易霈说要过来，应该只是一句玩笑话而已。

春天大厦快到了，就在对面。时简开口，对前面的叶珈成道："叶珈成，你停在前面就可以了。"

叶珈成没有停，告诉她："外面雨大，等我掉个头。"

就是因为掉头麻烦，她才让他直接停下来。既然叶珈成要掉头送她到对面，时简也不再坚持，客气地道谢："谢谢。"

叶珈成一时沉默。什么是最好的分手关系，两人见面也保持着基本尊重。没想到小狐狸交往的时候是最佳女友，分了手还是最佳前女友，没有过度生硬的冰冷样子，也不会找理由继续纠缠。叶珈成在前面掉了个头，将车停了下来，完全没有起步时那股冲劲。

　　车子停在春天大厦外面，时简要下车了，其实今天这样遇上，她应该请叶珈成吃块蛋糕的。心里还是有些难过，朝夕之间全然不同……伸手要开车门，叶珈成叫住了她："等下。"

　　时简缩回手，望着叶珈成，"什么事？"

　　"你时间急吗？不急的话，下车挑个礼物吧。"叶珈成说。

　　时简："……"

　　叶珈成解开安全带，作势要下车。

　　"不用了。"时简提着蛋糕，语气藏着僵硬，"叶珈成，真不用了。"

　　她口气这样坚决，叶珈成不再坚持，只有声音淡淡地从前面传来，"时简，这没什么。"

　　时简明白叶珈成的意思，一份礼物没什么，没什么特别意思，也代表不了什么意义，更改变不了他和她现在的关系。对啊，就是什么都没有，她干吗还要花心情和时间去挑选呢？她又不缺礼物。

　　时简抿了抿嘴角，尽量说得轻松："……刚刚你已经祝我生日快乐了，够了。"

　　差不多，是够了。叶珈成将手放在方向盘上，笑了两声，接着点了两下，然后再次转过头，"行，生日快乐……今晚过得开心一点儿。"

　　"谢谢。"时简点头，以及道别，"再见。"

　　"再见。"

　　时简弯腰下车，关上车门，加快脚步朝春天大厦走去。

　　叶珈成收了收视线，掉了下车头。

　　时简和张恺他们见面，待人基本到齐之后商量去哪家餐厅。赵依琳穿着白裙提出建议："日料吧。"Emliy 反对。

　　Emliy 反对很正常，孕妇不能吃太多生食。时简立在大厦指示图旁边，基本定了一家餐厅，正要同大伙儿商量，张恺已经将她拉进了电梯。

他已经选好地方了？简直是怕什么来什么，张恺选了顶楼的空中旋转餐厅。

人均消费 500 块的旋转餐厅，有没有搞错？！这个年份里，这样的消费可谓高到不能再高了。时简心里戚戚，有些后悔答应请客了。她尽量淡定，等着大伙儿都上了电梯，转头看向张恺，用眼神问怎么回事？

张恺很无辜啊，他今天可是带了易总的金卡过来，难道只刷个几百块吗？张恺笑嘻嘻地说了起来："今晚这顿，易总来不了，所以他请客。我们先吃，点再多都没事……"

时简一时无语。张恺说得大大方方，时简找不到回绝的理由。

高级餐厅变成了生日趴。张恺最擅长的就是搞气氛，时简真的挺开心的。大家一块唱了生日歌，切了蛋糕，拍了照。生日愿望，也许了。许愿的时候她怕愿望许大了，不灵验，最后许了一个小小的心愿。然后在心里对自己说了句——"生日快乐"。

今天是她二十二岁生日，也是她三十二岁生日。

晚饭结束，张恺又建议到酒吧继续 happy，没有人反对。时简当然也不反对，只是有些不安心。张恺给了她一个放心的眼神，"放心吧，我心里有数。"

时简笑了笑，无所谓了。

大家一块出发去酒吧，结果半路赵依琳突然开口："酒吧这种地方，不安全吧。"

后面发生的事，张恺今晚最后悔的，就是继续带赵依琳到酒吧，还提议玩什么真心话大冒险的游戏。

东祁江附近的酒吧里，众人在张恺的提议下，玩起了真心话大冒险。

真心话大冒险，以后玩烂的一项游戏，不否定这几年还是非常流行的一个聚会游戏，插科打诨，不失幽默有趣。时简是寿星，得到了三次幸运问话的机会，不过她的问题多半比较含蓄，尤其是问女同事。结果有人说忒没意思了，张恺一个巴掌拍过去，"明明很有意思，好吗？"

张恺这犊护的，Emliy都看不下去了，"张助，你是不是对我们时简有意思啊，今天表现太殷勤了啊。"

懂个屁！时简以后是正宫娘娘好不好。张恺给时简又倒了杯果汁，阿霈交代了，酒吧可以去，不过不能让时简喝酒。

Emliy那个心酸，这个果汁不是给她这个孕妇点的吗？

嘻嘻。时简望了望张恺，越观察越觉得张恺是一个不错的对象。

大家继续玩真心话大冒险，刚刚被张恺拍了一巴掌的男同事，阴笑着报复了，大胆问张恺："张助，你第一次几岁？"

"哈？"张恺笑了，"第一次接吻嘛，十六岁。"

男同事："哈……"

张恺笑哈哈，时简也笑哈哈，继续投入到这种无聊的游戏里。玩了一阵，张恺手机响了，易BOSS来电，连忙捂着耳朵出去接听了。

留下来的人，继续玩。

时简看着转盘，停了下来，轮到赵依琳问她。时简微笑地看着赵依琳，赵依琳也看着她。单看外貌的话，赵依琳真是一个长相无比正气的女孩。赵依琳忽然笑了下，时简心生不好的预感，抬了抬眼皮，赵依琳已经问她："时简，你第一次几岁呀？"

其实，这不是什么过分的问题，如果她没有看到赵依琳刚刚眼里闪过的恶意。这个问题，算是赵依琳报复她上次的奚落吗……

时简靠了靠沙发，笑了笑，算了，不跟小姑娘计较了。正要开口，几个同事大概怕她尴尬先解了围，导致张恺回来，微妙地发现气氛有些变了，蹙眉问："怎么了？"

"时简，对不起呀，我是不是问了不该问的？我还以为什么都可以问呢。"

赵依琳抢先道歉，立马显得她小气了。时简放下酒杯，回答张恺："没什么，赵秘书只是比较好奇我的私事罢了。"

张恺不再多问，有些明白。平时赵依琳方方面面都很正常，做事也有一股子拼劲，唯独面对时简时，带着小女生的斗气，或许他该要找个理由，安排赵依琳到其他部门……对了，他进来，是有话要告诉时简。

"易总来了，在外面。"张恺俯身，凑到时简耳边，用只有两个人能听到的声音说道。

时简："……"

张恺又从包里拿出打包过来的一块蛋糕，递给她，"一起带去。"

时简又是："……"她看着张恺手里打包的小蛋糕，真没想到，张恺居然还留了一块蛋糕带过来，什么时候留的？这样办事，真是滴水不漏啊。

外面夏风袭人，时简立在酒吧门口，视线一转，前方的路灯下方，真停着一辆熟悉的黑色轿车。远远地，还可以看到车里亮着灯。

酒吧喧闹，路灯安静。时简吹吹风，让自己恢复好心情，提着小蛋糕走了过去。

Chapter 21

告白和坦诚

酒吧对面是Ａ城的东祁江。东祁江算是Ａ城一个旅游景点，夜里还有导游带着一帮人一边拿着小喇叭一边介绍。热热闹闹的一拨人，成群结队地从易霈车旁走过。不远处，易霈从车里下来，身形颀长，眉目宁静。莫名地，时简有些却步，没想到易霈会特意过来，心里感受除了"受宠若惊"好像也找不到其他形容词了。

今晚的账单也是易霈支付的，她能给易霈的，只有她手里拎着的小蛋糕，更加觉得拿不出手。有些恩惠就是这样，超额又越界，容易受之有愧。

"易总。"时简走到易霈对面，笑着打了个招呼，没有往常那么恭敬客气，寿星最大嘛。

易霈同样神色轻松，接过司机送上来的小袋子，对她说："车里闷，找个地方走走？"

时简不好拒绝，也不能拒绝，点了点头，"好。"

夏夜的东祁江行人很多，她又看到了刚才那一拨游客。易霈气场显眼，酒会刚结束的关系，他一身正式装扮，头发还打着蜡，比以往工作模样更添了两分男人姿色。所以，游客里不少人回头看向易霈……顺带她。

"今天生日过得怎么样？"易霈开口问，"还开心吗？"

时简点头，扯了一个特别舒畅的笑容，表达了开心，也表达了感谢：

"谢谢易总。"

"无须客气。"易霈走在她旁边，像是知道她介意什么，开口说，"按理说是我太唐突了，不顾你的意愿，直接安排张恺帮你庆生。"

易霈话说到这份儿上，有些意思不用言说了。时简眨巴眨巴眼睛，觉得不可能，可又觉得自己再把易霈的感情视为不可能，就有点儿刻意装傻了。

"易总……"时简犹豫要不要把话说明了，最难处理的就是感情了。

易霈缄默，不急不缓地走，直至来到东祁江的江心公园。树影重重，没有什么可以坐的地方，易霈走到一处石阶，回过头询问："如果不介意，在这里坐一会儿？"

时简立在石阶上，点了下头。

夏夜，石阶还是有些凉。时简只穿着夏裙，易霈脱掉了自己的西装，将外套铺在了石阶上面。没来得及阻止，易霈已经让她坐下。

上万的高级西服，时简压力很大，收了收裙子坐下来，将蛋糕放在自己旁边。哦，蛋糕，都快忘了。

石阶两旁的灌木丛亮着淡蓝色的观景灯，时简任由夜风吹拂，悠悠地呼出一口气。视线转动，易霈突然将一个包装好的盒子递过来，并说："生日礼物，看看，喜欢吗？"

"……谢谢易总。"时简局促地接过来，拿在手里，还有些烫手。今晚，她的心情从张恺拿着易霈的卡帮她庆生开始，已经从不明所以变成不知所措了。

不明所以，因为还不是很确定；现在确定了，变成了不知所措。从小到大，她不是没收到过异性示爱，相反还不少，一直也能轻松以对。

只是，易霈不是一般男人，越是相处，她越是发现易霈对人对事的认真。

"不打开看看？"易霈对她说，声音里夹着一丝笑意。

"哦。"时简抬了下眸,打开了礼物盒子,是一个……钻石发卡。小小发卡镶着六颗钻,看起来十分可爱、闪亮以及名贵。手,不自然地摸了摸自己长长许多的头发。

"喜欢吗?"易霈问。

时简没回话。

有些感情,似乎已经遮掩不了了,在这样月色宁静的夜晚,炙热的心思和心情都被照得一清二白。他越来越着急,想成为那个可以呵护她的男人,明明知道,现在还不是最好的时候。易霈抬起头,郑重地说出心声:"时简,到我身边来,让我照顾你。"

"……易总。"时简很动容,可是她清楚,她只有动容。时简别过头,有些自嘲地笑了下,她前段时间还信誓旦旦觉得自己也要开始新的感情,现在真有一份那么好的感情摆在她面前,下意识地,她只想拒绝……易霈是她要不起的男人,也是她辜负不起的男人。

"对不起,易总。"时简开口,拒绝。

答案似乎在意料之中,易霈没有太大感觉,可还是有些淡淡的失落。今晚是他第一次向女孩表白,也是第一次被拒绝。

"易总……"时简真挚道,"是我配不上你。"

江面驶过一艘轮船,载着一船通明的灯火。易霈收了收笑容,开口:"时简,你很好,不用这样说。"

时简低下头,任何女人听到这样的话都会感到开心吧,何况这个男人还是易霈。之前易霈只是欣赏她,亲自给了她 offer,为此,她还自得意满了很久。可是,事实不是这样,曾经她同样应聘过易茂置业,第二轮就被刷了下来。

"时简,你考虑下我的话。"易霈又说,语气庄重,"今晚是我着急了,不过我可以等。"

我可以等。时简伸手摸了摸有些温热的眼眶，易霈话里的承诺，像是镶在发卡上的钻石，太珍重了。珍重得她无法自私地享受，因为她现在，也在等。

她知道等一个人的难受，假装不在意，假装无所谓，甚至不能给对方一点儿压力，不敢靠前一步，又不敢完全远离他的世界。她能做的，只有让自己变得更优秀，活得更开心，可以让自己更轻松地等下去。她不知道自己能等多久，轻松一点儿，说不准可以等得久一点儿。

这样的滋味，想起来还是太难受；这样的感情，因为有着确切的体会，更加没有资格要。

"对不起，易总。"易霈的提议，时简更加明确地拒绝，"我不会考虑的，不要等了。"

真是意外，易霈想到自己可能会被拒绝，没想到自己会被拒绝得如此决然。"时简，为什么？"易霈问，声音很平静，也很温和。

时简转了下头，不知道怎么表达。易霈帮她说了出来："因为叶珈成吗？"

是啊，时简点点头。

易霈目光炽热，"那就忘了他，时简，忘了他。"

忘了他……三个字，时简眼眶红了，怎么忘？五年的记忆怎么忘？时简抬起头，今夜的星星虽然只有几颗，可也是有星光的。有些感情，就像她现在看到星星就会想到她和叶珈成的繁星点点，她的点点。

时简这样的反应，易霈同样难受着，他心里珍重的女人，因为其他男人，郁郁寡欢。吐出一口郁气，易霈低低道："时简，他不值得。"

时简默默听着，没有回应。易霈又说了一句："叶珈成不值得，不值得你这样爱。"

易霈声音带着难得的戾气，时简本能地否认，脱口而出道："他值得，易总。你之所以觉得不值得，是因为你根本不知道，你不知道……"

不知道什么？易需沉默，眼神有些冷漠。

时简掩面，泪水从指缝里流出来。叶珈成值得的，这是不能被否认的事实。一块手帕沉默地递了过来，时简擦掉眼泪，收拾了心情，平静地说："对不起，易总，让你见笑了。"

易需扯唇，样子无奈。

时简摊手，同样自嘲地幽默起来，"易总你看，我其实很糟糕，我甚至对一个伤害过我的男人念念不忘。"

"没有什么值得不值得。"易需声音淡得寡味，却落地有声，"你在我心里，很好。"

时简也不知道说什么了。她有些好，只是占了年龄的便宜，比如令易需刮目相看的车技，甚至做事效率。她想，任何一个女孩回到十年前，都有着令人惊讶的不一样……

易需侧了侧目：有人不相信。他要怎么告诉她，她真的很好，好到应该被人好好珍重呵护。易需第一次懊恼自己不会说情意绵长的话，后面说出的话也像是上司对员工的夸赞之词。事实上，这也是他看到的她。"时简，你很优秀。"易需开口，触碰到眼前人不是很相信的眼神，举例说，"你车开得好，工作完成得好，钢琴也弹得好，还有很多……"其实只是比普通女孩更优秀，只是成了他眼里的人，这些优点，都变成了他眼里的闪光点。

易需说着，时简听着，嘴角微微扬着。是吗？

"当然更重要的是，你很善良，真诚，用心。"易需想了想，又说，"同样，你有着很多女孩没有的阔达和自在。"最多还是自在吧，她每天跟着他做事，像是一股自在又清新的风。只要她在他身边，他就觉得舒服，再大的烦恼都没有了。这是爱吗？易需不知道。只是如果这还不是一个男人对一个女人的喜欢，那这个世间，什么才是男女之间的喜欢？

他第一次喜欢一个女人，想拥有这份喜欢，拿出了他所能拿出的最大坦诚和诚意。

"所以，时简，不要急着拒绝。"易霈轻声说，声音里带着一种力量，"没有什么感情是忘不掉的，我确定我比叶珈成更适合你，会对你更好。我会给你想要的一切，我也不会逼你，可以让你慢慢忘掉他。"

易霈的话，诚意满满。

时简除非是眼瞎耳聋，不然不会感受不到。她已经找不到理由拒绝了，她得到易霈珍重又诚恳的对待，可她却没办法告诉他真相。如果易霈知道了真相，他应该就知道：他所喜欢的女人，是一个结过婚的女人。

"易总，我车开得好，是因为有个男人手把手教的。我刚开车的时候，别提多糟糕了……"时简真说了起来，没有犹豫。感谢今晚她喝了一些酒，酒能不能壮胆她不知道，却容易让人袒露心扉。

易霈慢慢转过头，望着她。时简笑了下，继续说："我工作效率好，是因为我参加工作多年了，已经有着五六年的职场经历，真正的我毕业回来，面试易茂置业，被刷了。"

"我钢琴弹得不错，是因为我曾经一首又一首地弹给我肚子里的宝宝听……"时简说着笑了，同时有点儿想哭。她不知道自己为什么一股脑儿都说了出来，而这个人还是易霈。可能易霈本身有着令人信服的力量，让她信任他。

或者是，有些感情压抑太久了，她也想找个人说说，也想问问别人，她应该怎么办。她这段时间很好，却比任何时候都迷茫。

"时简……"易霈似乎要打断她的话。他看着她，觉得不可思议。

时简释怀许多，告诉了他事情真相："我结过婚，有过一个很相爱的爱人，不过因为一场飞机失事回到了十年前。"

话说到这份上，什么都清楚明白了，只有信和不信。

"易总，你还记得那份格兰城报告吗？我小姨夫非法转包，其实事情不大，如果我不是提前知道有严重的施工意外发生，我不会送报告给你。"

月光静静地照着两人，易霈缄默不语，他在消化，也在接受。从头到尾，他有很多感受，唯独没有怀疑。那么不可思议的事情，他居然连怀疑都没有，因为说这话的人，是时简。

"你原来的……爱人，是叶珈成？"易霈问了出来，他还是不想用"丈夫"这个词。

"嗯……"时简点了点头，"我提早去找了他，结果什么都乱了。"

"你没有告诉他吗？"易霈问。

时简没有回答，因为答案很可怜。那天分手时，她为了留住叶珈成已经说了，只不过他不愿意相信她，而她又不能强迫他，让他相信她，相信她带给他的荒谬。

易霈笑了笑，答案已经不重要，沉默了良久，"时简，我还是很荣幸，能够认识你。"

是吗？时简像煞有介事地点头，也赞同地说："我也这样觉得，毕竟很意外，不是吗？"

"嗯，很意外。"易霈收回看向前方的视线，突然看向她，"你说你来自十年后……你认识十年后的我吗？"

很多事情，真真假假，信或者不信，都是一念之间。易霈选择相信时简，也顺着时简的话，提出了假设的可能。

"认识啊，十年后的你很厉害，是……"

"嘘。"易霈打住，以开玩笑的口吻说，"不要告诉我，我怕我会得意。"

易霈怎么会得意，只是有些事情知道了结果，就会更加在意得失。自发地，两人默契地相互一笑。"对了……蛋糕！"时简终于想起了蛋糕，连忙拿起打开，慢慢地，又停下来。蛋糕早已经变样，不能吃了。时简尴尬一笑，易霈顺着视线看过来，脾气再好，看到这样的蛋糕，也冷不丁地说了她一句："真敷衍。"

时简："……"忍不住，又呵笑起来。这个夜晚，恍恍惚惚，又真真切切。

易霈也是，今夜他心情已经不能用普通的惊讶或者失意形容，更多是一种庆幸，庆幸什么，明明示爱被拒，对方连同希望都不给他，他居然还庆幸着。

庆幸能遇上吧，他才有了对感情的渴望。

……没想到，她居然都说了出来！时简回到杨家，才意识到自己好像太随意了，躺在床上仔细琢磨一番，易霈真信了她？是易霈这人太礼貌了，以为她是撒谎拒绝他，看在她编得那么有诚意的分上，没有否认她？

然后，时简收到了一份生日礼物，一份没有写任何寄件人的礼物，却价值不菲，一块积家的手表。谁那么有钱，送这么贵的礼物给她？记忆里每年生日她几乎都会从叶先生那里收到一块手表，因为时简，音同时间。

时简还是拨了叶珈成号码，直接问："表，是你寄来的吗？"

叶珈成没有否认。

"……怎么买那么贵的？"不得不承认，她问这话的时候，心里还是抱着一丝的侥幸。

然后，叶珈成的声音通过轻微的电波声传过来，平静，淡漠，只是像个普通朋友一样告诉她："没什么，这本来就是我欠你的。"

哦，原来叶珈成觉得愧疚啊。时简心里有些想笑，又不知道说什么好，只好说："那我收下了，谢谢。"

"好，如果以后有什么需要，你尽管说。"

"嗯。"时简不再说了，直接挂了电话。她还能有什么需要，难道还要找他借钱不成？还是让他送自己一套房啊……

叶母以前说自己儿子有时候很讨厌，确实啊。

叶珈成最近也觉得自己有点儿讨厌，甚至非常不爽自己这张帅气的脸，今早剃胡楂不小心还刮到了下巴，冒了血。他对着镜子皱了皱眉头，男人单身太久，脾气是容易不好。

偏偏现在财经杂志越来越没底线，老是拿他的长相做文章，敢情现在买房的人还看房地产老板长得帅不帅？叶珈成嗤之以鼻，今早开会特意批评了宣传部。他不希望再看到这种没有营养的宣传软文了，有损他的颜面。

宣传部经理继续嬉皮笑脸，还拍起了他的马屁："叶总，这绝对不是我们的意思。上次过来采访你的记者是女的，应该真是被你的非凡品貌迷倒了。"

呵，叶珈成继续面无表情，反问一句："所以还是我错了，因为我长得帅。"

宣传部经理瞬间冷汗直流："……"

坐在宣传部经理旁边是刚过来的小助理，忍不住，直接笑了出来，连忙地，捂住嘴巴。

闹心！叶珈成开了一半的会，走人了。他招的都是一些什么人啊！个个笨得像头猪，他还开什么地产公司，还不如去养猪。

不过即使是猪，只要老板能训人，照样能训上树。叶珈成对员工还是很好很"温柔"的，基本不训人。偶尔实在生气，最多说两句提醒的话，让他们自己好好体会。

没必要影响了自己心情。

好像，和小狐狸分手之后，他心情没好几天，实在有违他的初衷。

挂上时简打来的电话，叶珈成立在办公室落地窗前，久久没有动。视线前方可以看到他叶茂新近的楼盘，进度比他想的还要快。

他会越来越好，不管是事业还是……他真的一点儿都不担心。

小狐狸呢，她还在等她的那个 Mr. Right 吗？

"我觉得叶少应该是潇洒人呢。"耳边，响起时简生日那天张恺对他说的话，"既然选择分手了，叶少就算有悔意，也盼望你及时收手，别惹我们家时简了。"

"你们家？"

"可不是，说不准时简就会成为我家老板娘。"

老板娘，喜欢小狐狸的男人真不少啊。就算她没有遇见她想要的那个 Mr. Right，也能遇上更好的男人，比如易霈。小狐狸和易霈有可能吗……都分手了，时简和谁在一起和他无关了。小狐狸以后会不会成为易太太，还是张太太，高太太，都和他没有关系了。

手机进来一张彩照，易碧雅发来的，带着一句祝贺的话："刚路过清水苑，感觉快要封顶了，恭喜。"

叶珈成回复："谢谢。"

坐回大班椅，叶珈成问秘书有没有什么安排。

没有。

没有吗？他真是一个可怜的孤家寡人啊……叶珈成靠着椅背，又给易碧雅发了一个短信："晚上有约吗？如果没有，方便一起吃个饭吗？"

易碧雅前几天上了一个采访节目，节目主持人讨巧地问了问她最近的感情情况，还针对地提到了叶茂地产的叶珈成。易碧雅连忙否认了，解释的语气还有点儿着急："我们真的只是朋友，相对来说，比较有缘分。"

缘分，真是一段感情开始之前很好的托词。主持人自然要追问一番。

易碧雅想了想，说："我们第一次遇上是在飞机上，那时候我正失恋；后来有一次夜里我车坏了，不知道怎么办，他遇上帮了我……"

叶珈成和易碧雅用餐的时候，易碧雅提到了自己上电台节目采访的事，然后说："居然还被问了我和你的关系。"

再没有心思的简单女人，面对自己喜欢的男人，还是会耍点儿小心机的。实诚地说，叶珈成不排斥女人有点儿心机，甚至可以从耍心机的厉害程度看出一个女人的智商差异。小狐狸也有她的心机，耍起来大大方方的；相比起来，易碧雅真是简单极了。

"是吗？"叶珈成抬头直视着问，"那你怎么回答的？"

易碧雅扯了下尴尬的笑容，"……就是朋友啊。"

叶珈成没有说什么，突然有些意兴阑珊。真奇怪，和小狐狸分手之后，他兴趣大减，连情趣都失去了，甚至连欲望都没了。

他今晚没有碰过荤，易碧雅好奇地问："珈成，你最近吃素吗？"

"是啊。"叶珈成回答，"吃素对身体好。"

最近，他就是如此清心寡欲。

夜里，叶珈成结束约会，在公寓回复了易碧雅的晚安短信后，静静地站在书桌前，视线不小心撞上了灵狐的设计图，嘴角发出一丝轻哂。小狐狸睡了吗？她好像睡眠质量一直很好，基本躺下就能睡着……不像他，那么难入眠。

夜里，时简并没有入睡，她在听一档名人电台节目，然后听到了易碧雅的采访。默默地听了一会儿，时简按了停止键。闭眼，睡觉。

第二天，时简眼皮莫名有点儿乱跳。到易霈办公室处理工作，易霈都发现了，抬头问她："昨晚没睡好吗？"

"不是。"她摇头，昨晚她睡得别提多香了。

易霈摇摇头，时简走出办公室。生日之后，她和易霈的对话区别好像蛮大的，都没有什么上下级了。易霈时常会像朋友一样问候她几句，偶尔还会聊聊天，不过关于那晚她说的话，易霈没有任何提及。她还以为易霈会问问她未来的商业方向，帮他打造更强大的商业帝国呢。

越想越觉得，易霈那晚根本没有相信她。

时简轻松笑笑，感觉眼皮又跳了，清早起来就一直跳个不停。时简瞎乐观地想着，直到她看到新闻，才知道是，叶珈成出事了。

Chapter 22

没有独一无二

叶茂地产总经理叶珈成和疯狂民工一起从高楼坠落……

A 城的房地产新闻网站，时简看到第一条跳出来的最新资讯，整个人差点儿眩晕过去。

"什么，叶珈成跳楼了！"同个圈子消息传播得很快，张恺同样接到了电话消息，惊魂未定差点儿从椅子上摔下来，又听了一遍，原来是"坠楼啊……"

上网搜索现场图片，叶珈成陪跳楼的年轻民工高高地站在清水苑即将封顶的高楼台面上，没有任何安全措施。如果下面没有明显的安全气垫，张恺光看这些图片，有恐高症的他，腿都要软一软。不能不佩服，叶珈成这是要上天啊！

叶珈成也没想到，自己会演这样一出坠楼大戏。今早他本来脾气就不顺，喝水还烫了嘴，听到清水苑那边有一位闹事的民工要跳楼，放下玻璃杯就摔门而出。他对每个员工都如春风般温暖，居然还有人要跳楼，闲得蛋疼嘛！

要跳楼的年轻民工是施工队里的新人，矛盾引发不关叶茂，可是如果真跳了下去，还是在叶茂即将封顶大吉的清水苑，关系就摆脱不了了。这几年各行各业都在规范和整理，行业还是鱼龙混杂，尤其是建筑承包队。叶珈成最重视的就是施工乙方的问题，没想到还是出事了。

　　一路赶了过来，大致明白了缘由。心理脆弱就不要出来混，混不起就跳楼？只是人命关天，现在也不是追责的时候。叶珈成沉着脸上楼了，身后跟着助理和两位经理。

　　跳楼的是一个刚出来做事的小年轻，情绪各种错乱，站在没有任何防护栏的高楼边角，根本不顾劝说。不过，他跳楼的决心并没像他嘴里说的那么坚决，风一阵吹，腿就哆嗦了。

　　越哆嗦，地下观望的人看得越着急，还惊叫了。

　　然后，小年轻又是一阵哆嗦。

　　急救的警察和消防车也来了。警车低鸣，小年轻两条腿更抖得厉害。叶珈成闭上眼睛：真替这小年轻着急。小年轻要见他，他来了；还没有完全弄清楚事情缘由，就答应了小年轻提出的条件，可小年轻不相信他。

　　叶珈成看着小年轻，腿都抖成这样，还不下来？真想死吗？

　　像是给自己壮胆，小年轻用力喊了一句："你们都别过来。再过来，我就真跳了。"

　　那就跳啊。安全气垫都弄好了，叶珈成大致打量了角度和高度，摔下去也没事。只是明天出来的新闻叶茂会比较难办事。个人方面，叶珈成也非常讨厌一个年轻人动不动就用跳楼威胁人，什么玩意儿！

　　"别看不起人，有本事你也上来啊。"小年轻终于不抖了，威胁起来，"你们这些搞房地产的老板，没事的时候个个厉害，遇上事了立马尿得像龟孙子！"

　　呵，龟孙子。叶珈成故作的脾气再好，也显露了他的嘲讽，更何况今天他本身就气大。为了表明自己根本不会拦他，叶珈成双手放在裤兜，动了两步。

　　两步，已经很吓人了。

　　一起跟叶珈成上来的助理、秘书、宣传部经理全部都腿软了。叶珈成还没有上去，宣传部经理就几乎跪了，求着自己的老板说："叶总，你别，别冲动。"

叶珈成回头，换个建议说："那你上去？"

宣传部经理立马噤声了。老板不带这样吓人的。

叶珈成胆子从小就很大，和他温润清俊的长相不符合，行事做派包括性情都少了一份真正的谦和礼让之气。只是叶父有意地培养和耳提面命，将儿子教育成了一个还算合格的谦谦公子哥。老实说，叶珈成真没有什么不敢的，别提下面还有安全气垫。更何况现在新闻记者、警察、武警官兵都来了。事情闹得这么大，只有他站上去，才能扭转对叶茂所有不利的局面。

叶珈成继续上前，面不改色，一双长腿稳稳地站在边缘。对比小年轻不停哆嗦的样子，叶珈成还可以走两步。

高楼的风很肆意，四面八方地涌来，呼啦啦地乱吹。叶珈成照样站得又稳又直，像是一尊雕像，立在小年轻面前，真有一种稳如泰山的胆量和气度。

小年轻抿了抿嘴，收回了龟孙子的评价。

还很有种，今天所有人看到这样的场景，都会这样承认。毋庸置疑，这年头搞房地产的人有几个是没种的，更多的是性情野蛮又贪婪之人。只有那样，才能冲破道德束缚，无法无天。

叶珈成站在风中，格外心平气和地问一句："现在，可以下来吗？"

……

老实说，叶珈成上去之前，根本不认为自己会摔下来，他还是低估了这位要跳楼的小年轻的心理素质，不小心失足摔了，还连累了他。某个瞬间，风声在他耳边快速呼啸而过，真正摔下去那一刻，叶珈成不是没有害怕，大脑本能地抗拒死亡，清醒地想着一个问题：他叶珈成今天会这样死掉吗？

真要命，太不值得了。

他都还没有好好享受人生，享受成功……

之后想了什么，落到气囊里，冲击力让他眼睛一闭，没想到他最后想的事，居然是，如果他真这样闭上眼，小狐狸会来参加他的葬礼吧。如果她过来，那么他一定要睁开眼吓吓她……顺便看看，她会为自己流多少眼泪。

真是无聊的想法，他还能这样轻松地想事情，看来他真没事，死不了。

叶珈成艰难地看向已经晕过去的小年轻，真是作死，恨不得踹几脚，好好泄愤。

可惜腿，动不了，然后是"嘟——嘟——嘟——"

叶珈成被送到医院，除了小腿骨折，没有其他大问题。陪在他旁边的，是匆匆赶过来的易碧雅。

叶茂地产火了，像是新闻炒作的热点事件一样，总经理亲自上楼宽慰情绪失常的员工，事情真相全部公布于众，舆论全部偏向叶茂地产这边。

况且，叶茂地产的叶总太帅了。网友已将整个过程拍摄记录下来，放到了网上……叶茂宣传部也不是吃白饭的，立马抓住这个事件往有利的方向推进，全方面推动和维护叶茂公司的良好形象，最后，再一次深深感谢了关心叶总伤势的所有社会人士。

叶珈成住院这件事，张恺和易霈说了情况，易霈将笔帽盖回，抬头说："大家同行，还算相熟的朋友，我们装作不知道和关心太过都不合适，就送束花过去吧。"

张恺："好的……"

张恺离开去订花了，易霈靠了靠座椅后背，丢掉了手头的钢笔，拨了一个电话，"……没事吗？"

"没事。"时简在医院回了易霈的电话，她现在人就在叶珈成医生的办公室。

"会不会脑震荡？"时简挂上手机，又问了问医生。

问几次了！这样关心，除了母亲就是妻子吧。医生无奈了，好奇地问："姑娘，你和叶总什么关系啊？"

时简只低头回答："……亲人。"

"妹妹吧。那就进去看看啊，他人醒着呢。"医生指着病房说，"今天就有两个女的来看他。"医生说这话，不是没有八卦之心。

如果能进去，她早进去了。时简说了道谢的话，站起来出去了。人没事，就好了。叶珈成病房距离医生办公室不远，就在对面的高级单间。

她路过的时候，看了几眼。

很宽敞，里面放满了鲜花，叶珈成一条腿打着石膏，宋晓京和易碧雅一左一右坐在旁边……原谅她，她实在没办法再挤进去。

何况，叶珈成已经赶人了。有些原则叶珈成一直做得很好，处理感情问题从来不会拖泥带水，如果是新欢旧爱，他照顾的永远是眼前人。

时简走在长廊上，宋晓京出来了，看到她先是一愣，接着扯起嘲讽的笑容，对她说："幸好你没进去。"时简明白宋晓京的意思，进去也是自讨没趣。

宋晓京找她聊天，她请宋晓京喝冰咖啡。

两人一人一杯冰咖啡坐在医院楼下的长椅上。时简看着纸杯里逐渐融化的冰块，想不出什么开场白，宋晓京先说了起来："放心吧，他有易小姐照顾着。"

时简抿了下红唇，有些好笑。

宋晓京看着她，有些不理解，慢慢也理解了，跟着她一块笑起来，"没想到你那么快也被甩了。"随即哂笑，"然后他选择了条件更好的易小姐。"

时简望着前方，同样思忖着：两个人为什么会在一起，缘分，条件，性格？如果各方面都合适，还有不在一起的理由吗？其实易碧雅和叶珈成真挺有缘的，好比去年年会，她在台上弹钢琴，叶珈成在台下笑，她以为是命运的再次奇妙重叠，其实根本是命运故意开的玩笑。是她从头到尾都忘了，那天易碧雅才是台上的主角。

爱情里，根本没有那个独一无二对的人，只有对的时间对的人。

"你说我们为什么爱叶珈成？"宋晓京双手捧着咖啡，"我承认，我爱叶珈成各方面条件都好，性格有魅力会办事。当然我自己也有问题，总觉得他应该还有点儿喜欢我，所以我一次又一次放下面子，去找他……事实上我在他那里早已经成为过去了，是我自己不想承认罢了。"

是啊，谁都渴望自己是独一无二的那个，只是现实会比较打脸。时简同情宋晓京，更同情自己。真没想到，有生之年她也成为叶珈成的前女友，和宋晓京这样开诚布公地说话。

"你知道叶珈成在 B 大有多受欢迎吗？唱个歌，都有女的主动投怀送抱。"宋晓京看着她，声音有些夸张，"所以他对女朋友要求特别高，要漂亮，要性格好，要聪明，还要善解人意……后来我成为他女朋友，我总觉得自己是不一样的。"

宋晓京说到这儿，笑了，眼睛却红了。

"……别找他了。"时简同样望着宋晓京，真心实意地开口，"如果你有一天遇上对的人，你会发现，叶珈成根本不值得你这样。"

"是啊。"宋晓京同意，还是要反问她一下，"那你呢？"

"我也不会了……"时简回答，还是有些底气不足。终归，她和宋晓京还是不一样。

时简再一次见到叶珈成时，他的腿已经好了。A 城 10 月份，天气开始入秋了，易茂楼下有一条特别漂亮的梧桐路，路旁有个绿色报亭。时简下班无聊的时候，就会过去买本时尚杂志看一看。卖报的老人都熟悉她了，每次都和她聊几句闲话。

随便翻了翻今天的 A 城娱乐报头条，没想到看到叶珈成和易碧雅的。有身份的人就是麻烦，谈个恋爱也要公之于众。"今天的报纸要吗？"卖报老人问她。

"先不要了。"时简付了杂志的钱，没想到那么巧，回头就看到了叶珈成。叶珈成从驾驶座下来，像是路过看到她，过来打个招呼。

时简本能地看了看叶珈成的腿，能开车了，应该问题不大。叶珈成注意到她的视线，回答她说："出了点儿小意外。"

"我知道。"时简捧着杂志说，"我看了新闻，很吓人。以后你别那样了。"

"不会了，当时真没注意。"叶珈成笑了笑，又问，"你这是下班了？"

"嗯……"时简点头，"我等同事，等会儿我和他们一起吃饭。"

"哦。"叶珈成望了望不远处，不再多说。

时简想到了刚刚看到的报纸内容，这么巧见到本人，多嘴问了一句："你和易碧雅在一起了？"怕突兀，还怕叶珈成尴尬，时简是笑着问的，像是打探喜讯一样。

叶珈成还是有些意外了。过了会儿，他点了点头，"对啊，我们交往了。"

"恭喜。"时简脱口而出。

叶珈成眼珠一转，语气很轻，"又不是结婚，恭喜什么？"

时简解释："没事，我只是客套而已。"

"是吗？"叶珈成微微颔首，直视着她说，"那我是不是也要客套地恭喜你，身边有易霈这样的追求者。"

时简没说话。

"你们呢，会在一起吗？"叶珈成也问了问，也像是寻常朋友的关心口气。

时简走了两步，忍不住笑了起来。

叶珈成不明白，她笑什么。

怎么解释好呢？她只是突然想到，如果他和易碧雅，如果她也和易霈……前世的丈夫岂不是变成了……好搞笑，不过这样的搞笑，叶珈成永远不会知道。

"我和易霈……"时简回过身，正要开口，一辆黑色轿车倏然停在叶珈成车子旁边，是易霈的车。车窗很快降下，然后易霈的声音传来，像是命令一样吩咐她："时简，上车。"

感情变成泥潭，快速抽身离开，一直是上上之策。

时简回头看了眼车里的易霈，车里的易霈面色严肃，眼神沉沉，口吻高高在上，像是命令：用强硬的姿态，让她上车。

意外地，这一刻时简特别感谢易霈。人会失足，情会失意，这世上有太多冷眼旁观、落井下石之人，如果有人能在关键时候伸以援手，拉她一把，不管结果好坏，心里都会感激的。何况她一直自作自受，怨不得人。

自作自受，怨不得人。叶珈成也在想这话，分手是他提出来的，主动放弃两人感情的人是他；祝小狐狸找到更好的人也是他说的话……放手到现在，小狐狸的表现一直很好，是他太令人作呕了。明明已经决然地抽身离开，还贪想小狐狸能继续爱，即使出事到出院，他也在想她会不会担心，会不会来看他一次。

时简没来，连电话都没有。这段时间，他真没有怪她吗？有的，他难受了，心里自然怪她了，就在刚刚，她平静地问他和易碧雅有没有在一起，他还在怪她，怪她比他更潇洒，更懂得收放自如。

说出他和易碧雅交往的鬼话，想要她和他一起难受。

幸好，小狐狸走出来了，没有受到他的影响。叶珈成看着时简上了易霈的车，低下头，微微抿了抿嘴角，看着易霈的车快速从眼前消失。

恭送离开。

他错了，估错了自己的感情，可惜亡羊补牢，为时已晚。好在人生从来都是可以将错就错。

晚上，叶珈成约了易碧雅吃饭，正式提出了交往的请求。有些话他先说明白，他本以为易碧雅会考虑，没想到她直接答应了他。"感情是自私的，虽然我觉得很抱歉，不过我还是想给自己一个机会。"易碧雅看着他，清秀的眼睛闪着微光，"珈成，我们都给彼此一个机会吧，说不准会更好呢。"

是啊，说不准会更好呢。小狐狸，又不是世间独一无二的那个人。

这世上根本也没有什么独一无二的那个人，大多数的世人只是被爱情的皮相一时迷了眼。人心向来易变，谁离开谁会过不下去？那些执迷于过去的，只是因为前方没有更好的人。如果有了更好的人，得到了更好的爱情，有了对比之后，谁会留念，只会嫌弃。

易霈对小狐狸，不就是这样吗？

A 城的秋夜，开始有了凉意。夜空是迷蒙的，仿佛笼罩着一层轻纱。时简跟着易霈吃了一顿饭，地点是上次易霈和赵雯约会过的庄园。

易霈做东，请他亲外婆这边的一个林叔叔吃饭，这位林叔叔是易霈亲外婆的表叔后裔，早年一家子就定居新加坡，前阵子回来探亲，追溯家族往事，自当一聚。其实，关系已经偏远，亲近也是故作的形式。这位林叔叔都没有见过易霈的母亲，还是一口一个妹妹，关心地问候易霈："我妹妹最近如何？"

易霈回答："母亲一直定居在香港，身体比之前康健许多。"

"哦哦哦，那就好，那就好啊。"

一顿饭，多半是寒暄的话，真心实意的关心并没有多少。晚饭结束，易霈派人送这位林叔叔到酒店休息，事无巨细，都安排得妥当又体面。

林叔叔上车之时，又拉起易霈的手一顿感慨，说要去香港看自己的妹妹。没想到一直礼数周到的易霈直接拒绝了："恐怕不便，母亲喜欢清静。"

林叔叔有些汗颜，临走前对着时简笑笑，终于热络又感慨万千地结束这次见面，离开了。时简立在易霈后面，易霈回过头看她，"不好意思，还让你作陪。"

时简扬唇，"要道谢的人应该是我吧，免费解决了一顿晚饭。"

话里各自轻松，有些事情并没有想象中那么难。时简想了想去年除夕打错的电话，易霈说他出发去香港过年，当时她心里有些奇怪，原来是易大小姐定居香港。

两个人从庄园出来，时简走在易霈旁边，刚刚易霈提起自己母亲的样子，像是在保护？事实好像真是这样，这么多年来，易家大小姐对外一点儿消息都没有，应该都是易霈刻意压着。这世上大多是母亲保护儿子，也有强大的儿子将母亲保护在自己的羽翼之下，不让她受到一点儿流言蜚语之痛。直到以后，易霈的父亲到底是谁，外界都没有人知道。

庄园出来是一条私家路，又高又细的路灯笼罩在欧式的玻璃格子里，是一排复古的红黄颜色。易霈突然建议她："时简，你后面这段时间，可以多找一些事情学一学，兴趣之类的。"

时简抬眸，易霈说得正正经经，她也知道易霈的意思。

多找事情分散注意力，的确是一个真心的好建议。时简正要回答，易霈笑了下，开口说："工作除外。"

时简乐了，她前阵子是找事情做，什么可以静下来做什么，比如涂鸦、绘画。她对易霈说："我有啊，我最近在画画。"

"是吗？"易霈蓦地开口，"那你可以找我请教。"

时简："……"想起来了，易霈除了是企业家，还是一个油画家啊！

她这样蒙了下，易霈以为她不相信，特意说："我画画不错的，真的。"

她没有不相信，只是觉得……时简说："我知道，不过我学的不是油画。"她玩的就是填图游戏啊。

"你知道我画的是油画？"易霈也一愣，随即明白过来，轻笑起来。

时简也笑，是啊，她知道。赵依琳在书里这样写过："易先生除了是一位优秀的商人，还是一位有自我风格的油画家，画风强烈细腻，技法精湛。我有幸目睹过本人作品，心生巨大震撼……"

"我画得有那么好吗？"易霈不是很相信她的夸赞之词。

时简老实回答："其实我也没有看过易总你的作品。"

易霈失笑，目视前方，自顾想着事。他以前最不擅长的就是画人物，如果可以，希望有一天他可以作画《妻子》一幅。所以，人都是自私的，如果他不自私，就不会停下来叫她上车。

时简第二天上班，发现赵依琳的办公桌已经空了，已经安排回原来的部门了。赵依琳和她有些不合，这种情况在她生日之后愈演愈烈，她对赵依琳没多大感觉，甚至还抱着求和的心思。只不过求和需要两个人配合，只有她一个人求和，赵依琳还觉得她扮演老好人，挺没意思的。赵依琳是被张恺调回到原来部门的，时简本想问问缘由，想了想还是装作不知情：赵依琳被调离，原因并不在她。

昨天易霈建议她多学点儿东西，分散注意力，时简原本想静下来学画画，画了几天发现不适合自己，思绪一琢磨，学什么画啊，她应该去打拳击啊。

嘿嘿哈嘿，嘿嘿哈嘿，左勾拳，右勾拳。健身房学得不够尽兴，可惜附近没有拳击馆，倒是有个跆拳道班。一个星期四节课，时简两个星期下来，已经可以完成一个姿势标准的旋风踢，就是差点儿劲。

要生气！要嚣张！要蛮狠！"吧嗒"一声，周末跆拳道馆，时简帅气地踢断了挡板。回到换衣间，发现手机里有五个未接电话，都是易霈的工作号打来的，张恺打的，还是易霈？

时简回拨了电话，是张恺接听的，"张恺，什么事？"

张恺那边压低声音，"易老先生进医院了，正在急救，情况有些……危险。"

时简沉默了，先不说话。

张恺让她别挂手机，交代说："时简，你等会儿，我把手机给易总先。"过了会儿，手机交到了易霈那边。时简耐心地听着，那边易霈拿过手机，走了好几步，像是找一个没人的地方说话。半分钟后，易霈的声音从听筒里传来，只有一句话："时简，我外公能不能熬过这次，化险为夷？"

易霈问得直接，他第一次在意地问她亲人的性命。他信她，所以特意问她吗？时简立在更衣室里面，大脑飞快地想着，但一时想不起来了。

用力想，还是想不起来，越急越想不到。好抱歉……易霈那边淡淡地开口："没关系，时简。"

"易总，易老先生会没事的！"有印象了，时简脱口而出，用力地保证道，"易总相信我，易老先生这次一定没事的，因为……我都知道。"

"谢谢你，时简。"易霈似乎一笑，语气依旧平和，只是低哑的声音和平常还是不一样。

挂了手机，时简靠着墙面的柜子，一身的汗。

幸运的是，易老先生如她所说，化险为夷。易霈在医院陪同，时简过去送文件的时候，顺便买了一束花看望。易老先生躺在病床上，面色不错，丝毫看不出动过手术的样子。

病床旁边，易碧雅低头削着一个黄色小梨，一圈又一圈的皮从她指间滚落。削好了，易碧雅抬起头，样子期待地将梨递给了她。时简犹豫片刻，还是接了过来，并说了声："谢谢。"

她和叶珈成之前的事，易碧雅不可能不清楚。

她带了一束马蹄莲过来，易老先生意外地看着花，惊喜地说："时小姐，谢谢你……我最喜欢的花就是马蹄莲了。"

"很开心买到您喜欢的花。"时简同样微笑，"易老先生，请你好好康复。"

"谢谢，不知道为什么，我特别喜欢你。"易老先生一直笑着，想了想说，"时小姐，下个星期我出院，然后有个宴会要在家举行，能不能请你帮忙弹个琴？"

易老先生话音落下，不远处易霈先望了过来。时简视线轻抬，对上易老先生含笑的眼睛，答应了："……好的，我很荣幸。"

易老先生入住的是易家自己投资的私人医院。

易茂医院位于 A 城的半山，空气清新，风景怡人，里面的设施设备都是一流的。外界传言易老先生有意将这家医院过给最疼爱的易碧雅。既然只是传言，不一定成真，用张恺的话来说，郭太太现在手里能打的牌就是易碧雅了。

不过张恺说，易老先生最疼的孩子还是易霈的母亲，只可惜……作为易家人里有能力的一个男人，易老先生对易霈感情更是复杂。

从医院出来的一路，张恺打着哈哈问她："时简，有没有发现易老先生很喜欢你？易老先生很少这样喜欢外人，我都花了很大功夫才讨好他。"

"有吗？"时简抿着嘴笑，不客气地说，"我比你长得好呗。"

"……我说认真的。"

时简不以为然，看着张恺打趣："认真的，也是我比你长得好啊。"

张恺失笑，回过头来打量她，直至时简被看得有些发毛，张恺才终于说出了他的结论："时简……你长得有点儿像阿霈的母亲。"

"……嗯？"长得像易霈的母亲？她长得很老吗？

"年轻的时候。"张恺补充说，"我看过照片，是一个弹琴的背影，气质特别像。"

"是吗？"时简走着路，并不是很相信。

不听张恺瞎说了，既然她答应了易老先生帮忙弹琴的请求，就代表她要出席易家宴会。

这次易家宴会，张恺说一方面，是易老先生感激亲朋好友的关心和探望；另一方面，张恺也是瞎猜的，老人年纪越大越喜欢热闹。

时简觉得张恺这个猜想倒是挺对的。她家这边没什么老人，以前做叶家媳妇的时候，叶珈成那边有个年迈的爷爷，多多少少感受过一些老人心态。

不可避免地，时简又想到了叶珈成，不管是易钦东合伙人的身份，还是易碧雅的男朋友，叶珈成肯定也要出席易家宴会。算了，叶珈成又不是洪水猛兽，她怕什么？

Chapter 23

雪花纷乱迷人眼

出席宴会，自然要准备礼服。时简找了一个空闲逛街，顺便换换心情。Emliy 那个大肚婆知道后还要出来陪她一起逛，说是怀孕日子太无聊了。

Emliy 肚子很大了，还有半个月就到预产期。时简和 Emliy 走在一起，时时帮她看着前方，她这样小心谨慎，Emliy 反而取笑她："时简，怎么感觉你比我更担心啊。"

因为……

时简不想了，将注意力放回名牌店里漂亮的裙子上。她选了一件中规中矩的，价格也中规中矩。对比有一件她非常喜欢，水蓝色，一字抹肩袖，款式很仙、很漂亮，就是太贵了，足足比这件贵两千块，真的舍不得。以后她不知道怎么样，所以必须有个计划，赚了钱就多存点儿，总不是坏事。

"不行。"Emliy 强烈要求她买贵两千的那件，理由是，"时简，你穿这件真的很漂亮！你不买下它不会觉得可惜吗？"

"贵两千啊。"时简轻轻提醒 Emliy 说，她有些心动，可还是坚定地摇摇头。

"宝贝，你这是怎么了？都不像以前的你了。"Emliy 劝说她，"作为易总看上的女人，你能不能对自己狠狠心，打扮得漂漂亮亮的，好抓住易总这棵大树啊。"

时简："……"

Emliy 继续劝她："之前还是你告诉我的，喜欢就要买，不然等以后后悔吗？"

那是以前啊，人都会变的嘛。

Emliy 不死心，"何况明天你要惊艳所有人，好好打击那个易碧……"

时简想了想，还是决定买了，好像省个两千块也当不了富翁，她还是多赚钱吧。

Emliy 满意了，"这才对。"

对个头，败家还有理了，嘻嘻。时简怡然自乐地埋单了，又买下一双搭配的高跟鞋，细带系脚踝的款式，可爱又别致。Emliy 也要买一些婴儿用品备着，时简同样陪同，虽然她不是很想进去，怕一个不小心，Emliy 察觉到她的怪异。

好在，她已经很能控制自己的情绪了。粉嫩可爱的婴儿用品专柜里，时简抚摸着柔软的小毯子，给 Emliy 一些建议。她和 Emliy 相处起来没有年龄差，Emliy 也相信她的推荐，直夸她什么都知道。

终于大包小包出来，两人立在商场外面等出租车。这里是 A 城的购物中心，对面是奢侈品更齐全的南万大厦，Emliy 抬头看看南万，认真地说："我们应该逛南万的。"

"好了。"时简笑了笑，语气带着叹息，"我可不想下个月还不起信用卡。"

Emliy 怂恿："那就勾引易总去，别说区区信用卡，整个南万都能买下来。"

要不要那么夸张，还勾引易需？时简告诉 Emliy："别乱出主意，到时候我真勾引去了，连工作都丢了，你养我？"

Emliy 打住了。有些事情，玩笑归玩笑，Emliy 作为已婚女人就算看出一点儿猫腻，也不敢瞎说。时简也不像其他之前接触的小姑娘，清醒着呢。"不行了……"Emliy 突然眉头一皱。

天哪，不是要生了吧，时简差点儿丢掉手里的大包小包。Emliy 已经将手里拎着的两个袋子丢给了她，开口说："孕妇太麻烦了，我要再上一次卫生间。"

"……"时简接过袋子，"需要我陪你吗？"

"不用，你拿这么多东西，陪我更麻烦。"

Emliy 回商场找卫生间了，时简回过头，嘴角笑意未散，拎着大包小包继续站在商场外面。太重了，时简受不了换了换手，抬起头，视线不远处停下一辆眼熟的车。

叶珈成的车很显眼，她不用怎么注意，都能看到。隔着车流人流，叶珈成的车停在对面南万，车窗降下，叶珈成似乎也看到了她。

两人视线撞上了，视而不见不符合叶珈成性格，别别扭扭转过头更不是叶珈成风格。果然，叶珈成对她扬了扬唇，打一个自然又随意的招呼。

轻松地，将两人的过去掩盖过去。商场门口，易碧雅拎着购物袋从南万出来了，上了叶珈成的车。

Emliy 出来的时候，Emliy 的丈夫也过来接 Emliy，Emliy 让先生一块送送她，时简婉转谢绝了。别人老公还是少用为妙，即使是好朋友。打了个的士，时简拎着战利品回到杨家，看到小姨和小姨夫都在家。两人坐在客厅一起看着她，眼神有点儿奇怪。时简笑了，问："怎么了？"

杨建涛先说："那个，简儿，刚刚易家那边来下聘了。"

什么鬼？怎么可能？小姨也不满意小姨夫这个玩笑，瞪了他一眼，对她开口："易总让人送了宴会小礼服以及一些首饰过来。"

"啊？"时简低低地发出一声疑问，这才看到客厅沙发上放着两个包装精美的盒子。

除了礼服，还搭配着一整套首饰，难怪小姨夫开玩笑。

回到房间，时简给张恺打电话。张恺还屁颠屁颠地道起歉来："这事易总早交代了，是我这几天忙得忘了，今天才想起来……时简你快试试。"

"谢谢啊。"不过，时简还是要告诉张恺一声，"宴会礼裙，我已经买来了。"

她的话，张恺以为是客气之词，"时简，这没什么的，你的礼裙本应该易家来准备。"

"礼裙你用完可以自留，首饰嘛……你想留，也可以留着。"

想留，也可以留着。张恺说得随意又轻松，何尝不是一句试探。好像不管是 Emliy，还是张恺，他们都希望她抱住易需这棵大树。当然，人往高处走，不是没有道理……

只是想到之前她还脑热地想跟张恺发展发展，好想吐血。

裸色裙子是今年巴黎时装周的走秀款。小姨摊开来，也感叹漂亮，笑着问她要不要试一试。时简摇摇头，不试了。美好又奢侈的事物太容易令女人心动，可能她穿上了这件名贵礼服，就会嫌弃她自己花钱买来的那件。

何况她一个助理，穿了不该穿的衣服，会惹人非议。

时简一个人躺在床上闭眼休息，手机进来几条短信，不想回复。忽然胸闷，直至窗外的风吹进来，才赶走了少许倦意。

明天，明天，刚刚张恺在电话里，已经"无意间"与她提起，易钦东邀请叶珈成参加明天易家的家宴。时简将手按在额头，转了个身。

易家的宴会，叶珈成的确收到了易钦东的邀请，原本寻个理由直接拒了，直至易钦东说起了时简："时助理说不准真要嫁到易家了，这次宴会弹琴的人又是她，还是我父亲钦点的。"

"是吗？"叶珈成淡淡回道，语气不带任何情绪。

"原本易家的宴会，易钦东想让嘉铂仕那个女孩过来，易老先生请了你……"

第二天，时简跟着张恺去了易家，易需下午还有商务活动，安排张恺带她先去易家。风光的易宅，她没有去过。不过她知道易老先生去世之后，易宅三幢房子落入易钦东手里，之后易钦东败光了遗产，重新将易宅卖给了易需。今晚的宴会就设在刚修葺过的主宅，气派非凡。时简望了望后面两幢房子，那是原来的老易宅。

宴会还没开始，易宅已经很热闹了。一进门，张恺便带着她八面玲珑地打起了招呼，郭太太同样热情回应她："时小姐，又要麻烦你了。"

"不客气。"时简微笑，然后到客厅试音，弹了几个音，发现这架三角钢琴的音并不准，甚至有些偏。"do re mi……"时简坐在钢琴前，郭太太端了水果过来，问她："怎么了？"还没有说话，郭太太先说了起来："时小姐，钢琴绝对没问题，是今年刚买的。"

郭太太的话，一下子堵了她后面的话，如果她还硬说钢琴有问题，就是打郭太太的脸了。可是钢琴的音，真有些不准，现在估计也找不到人来调音了。

调音，她倒是知道有个人会调音，等会儿那人肯定也会过来。

又试了两个音，郭太太无法理解地看过来，声音有些尖锐，"时小姐，这钢琴昨天还用过，绝对是好的。"

时简正要回答，已经有人先开口了："郭太太，你家钢琴是有点儿问题。"

叶珈成是和易钦东一块进来的，嘴角带笑，整个人带着一份如沐春风的清贵之气。他刚进易家第一眼就看到坐在钢琴旁边的时简，也听出了这架钢琴的音不对。

叶珈成都这样说了，郭太太不想承认也得承认钢琴的确有问题，干干道："今年新买的琴，不可能坏的。昨天钢琴老师过来教小天，用的也是这琴。"

"琴肯定没有坏。"叶珈成面带微笑，解释说，"只是音有些不准。"

"啊，那怎么办？"

叶珈成继续说些什么，声音不疾不徐地在身后响起。时简挺了挺背脊，站了起来，易碧雅也想出办法说："现在去找调音师，还来得及吗？"

"不用急。"叶珈成安慰她说，"我试试吧。"

叶珈成会调钢琴，时简是知道的，她主动将位子让给了他。叶珈成对她扯唇一笑，客客气气。时简不说话，只是看着叶珈成调琴，并不是什么陌生的画面。

整个调琴的过程，都离不开弹、听、调……叶珈成有着非常准确的音感，以前她感慨他怎么连调琴这活儿都会，叶先生这样回答她："没有一点儿本事，怎么能入你的眼。"

现在，又是入谁的眼？时简勾了勾唇角，心里的讽刺只有她清楚。叶珈成调好了，继续彬彬有礼地对她说："时小姐，你再试试。"

时简回一句："谢谢，叶总。"

叶珈成："不客气。"

宴会开始了，易家的灯火亮了起来，每棵树都挂着闪动的小灯，像是在过节。这次宴会是易碧雅操办的，可以看出来各方面都费了心思。

易碧雅真的挺好的，除了身家背景好，漂亮，善良，就是有些胆小，不过叶珈成一直挺喜欢这样的女孩，让他有保护欲望。

唉，她居然自卑了。钢琴演奏结束，时简又拿到了郭太太给的感谢红包，她没有打开，直接放到了手包里。她弹琴结束的时候，易霈上来将她请了下来，他握着她的手，掌心温热，紧紧地贴着她手心，像是同样紧紧地抓住她的心。

　　不知道为什么，她今天有点儿怕面对叶珈成，也怕面对易霈。

　　幸好，易宅很大，不需要大家时不时面对面，眼对眼。

　　吃不下精美的食物，时简找了理由出来，走到了外面。天色完全黑了下来，除了一片闪烁的彩灯，人群里时不时爆出一阵欢笑。

　　就在此刻，即使她不想见叶珈成，视线还是在下意识找他。

　　怎么办，她真是一路走到了黑，完全不知道怎么往前走了，这个时候如果有人拉她一把，她说不定就跟着走了。

　　所以，她怕面对易霈。

　　易宅到处都是人，时简离开了主宅，踩着高跟鞋，走到后面的两幢楼。头顶月色迷人，她突然想哼哼曲，消除烦闷。

　　不过，时简还是安静下来，连脚步都停了下来。视线前方，她的"好老公"正抱着他的新女友，浪漫地拥吻在火树银花下，画面感很温柔。

　　醉了吗？明明今晚只喝了一点儿鸡尾酒，时简感觉自己摇摇晃晃，大脑却清醒地提醒她，她应该快点儿从这里消失，脚步偏偏挪不动。

　　好糟糕，装了那么久，还是功亏一篑了，她还是忘不了，叶珈成依旧是那个疼爱过她的叶先生。

　　怎么办，还是忘不了！

　　这一刻，时简是恨的，恨不得捡起花坛里的石头，狠狠砸过去。她痛了，所以也想让他们一起痛。时简咬着发抖的嘴唇，结果最要命的是，她都找不到恨叶珈成的理由。

　　恨他不够爱她，还是恨他潇洒风流？

　　什么都恨不了，要怪只能怪自己，怪时间。怪时间开的这场玩笑，让她轻轻松松就失去了叶珈成。哦，她还可以怪叶先生，因为是他骗了她，骗她说她是那个独一无二的人，害得她信以为真，才会像现在这样难过。可是，她连好好质问叶先生的机会都没有，问问他为什么要骗她。只要有了答案，她也不用这样难堪又无力地坚持下去了。

前方的叶珈成，似乎有所察觉。不过喝了酒胆子就是大，时简抬着头，什么都不怕，照样看得一动不动的，直到一只有力的手，猛地将她带到怀里。

"别看了，时简。"易霈的声音带着难掩的情绪，飘入她耳边，随后又低低地问她一句，"何必这样？"

何必这样，他问她，也问自己。

时简被易霈按在胸膛，微微抖着肩膀，无声地抽噎着，昏天黑地。一条路走到黑了，如果这个时候有人拉她一把，她说不定真跟着走了。

时简跟着易霈来到后面这幢楼，古老的房子楼梯都是陈旧的，却没有什么难闻的气味，上了二楼，还有一股子她常常在易霈身上闻到的檀香味，同样淡淡的。二楼的起居室，开着一盏落地台灯。她哭得难堪，易霈将灯光调暗，不刺眼，也少了一份尴尬。时简拿起纸巾吸了吸鼻子，挤了一个自嘲的笑容，"我可能喝多了。"

易霈不说话，静静地看着时简哭红眼的模样，他应该说什么？

他被她吸引，像是人心不自觉向阳。每每看到她生动又鲜活的样子，感觉就是他想要的样子，不知不觉入了心。真正想拥有她，不是因为她的笑颜，而是藏在她笑容背后的眼泪。他本以为时简是一道明亮的光，其实她更像如水的月亮，有着月圆花好的美。真正像光的人，是叶珈成，有着刺眼的嚣张威力。他呢，更像是一个夜里赶路的人，每个赶路的人，都希望有一轮只为他照着的明月。"如果忘不了，就别忘了。"易霈开口，"只要别为难自己，时简。"

"……"时简抬抬眼睛，抿着唇角，不管如何，她都要说一句，"易总，谢谢你。"

"时简，我觉得以我们现在的关系……你可以叫我名字。"

时简没吭声，主要是不习惯。

易霈再次开口："我只带朋友来这里。"感情的事，易霈第一次尝试，没想到就遇上了最难的情况。他不怕困难，只是怕她和他在一起了也不开心。易霈突然想起很小的时候外公对他说的话：非分之福，无故之获，千万不要贪图不属于自己的。

玻璃墙外可以看到前一幢楼，一片灯火通明。时简情绪慢慢收好，稍微打量了这间起居室的格局和摆设，陈旧、精巧、雅致，不像易霈住过，更像是那位易大小姐的闺房。

张恺说，易霈偶尔会回来住。

左边的墙面挂着一幅画，时简停了下来。视线落在画里的人身上，不由得愣了愣。她仔细地端详着，易霈顺着她的视线，同样将目光落在画里的人身上，半晌之后说："这幅画的名字，叫《妻子》。"

时简脸颊腾地红了下。幸好，易霈没有看到，继续介绍道："我父亲的作品。"

今夜，时简同样知道了易霈一个秘密，他的父亲是一个画家。

入了秋，天气很快转冷，年底一天天接近。

时简发送邮件的时候，收到一条来自 Emliy 的短消息，特别周全地提醒她："下个星期，易总生日，别忘了准备礼物。"

Emliy 是一个有心的秘书，每年易霈生日都会准备一份小礼物，以表心意。时简托着腮想了想，貌似易霈的确这个月生日。去年易霈生日的时候，她刚来总经理办公室，自然没准备礼物；今年易霈生日，她于情于理都应该送个礼物给易霈，只是真不知道送什么。

随手翻了翻电脑前的台历，易霈和叶珈成性子完全不同，没想到是同一个星座。

Tim 也放假了，像上次一样，提前飞回来陪她。幸好 Tim 提前回来，不然可能就没办法飞回来了。今年年底会迎来一场五十年难得一遇的大雪，她还记得上次大雪，她被滞留在机场没办法登机，打父母电话的时候还哭了鼻子。

时简接到了时教授打来的电话，他们正把 Tim 送到机场，告诉她 Tim 晚上九点半左右会到 A 城机场。时简笑着应着，聊了几句，时教授的手机已经交到了 Tim 手里，很快 Tim 越来越清朗的声音，愉快地从手机传来，"晚上见，Jane。"

"晚上见，小光。"

伦敦机场 VIP 休息室，Tim 挂上手机，忽然惊喜地发出一道"Oh"声！

不远处走来的男人，大衣围巾，长长的腿。Tim 记忆很好，当然能记住这个年轻男人，就是上次情人节背过自己的"假爸爸"，珈成哥哥。

"珈成哥哥……"Tim 挥手打起了招呼，"哈喽，哈喽……"

孩子都是念好的人，叶珈成留给 Tim 那晚的记忆快乐又美好。他和 Jane 虽然分手了，但是 Jane 告诉她，珈成哥哥是一个很好很好的人。Tim 打完招呼，像是担心珈成哥哥忘了他，指着自己用手势询问叶珈成："珈成哥哥，我是 Tim，你还记得我吗？"

叶珈成看到了 Tim，嘴角蓦地扯起一丝笑意。他望了望 Tim，个子拔高了不少，穿着一件蓝色棒球棉服，运动鞋，脑袋还戴着一顶帅气的帽子，帽檐下方的眉眼也越来越像他的姐姐。

叶珈成这次来英国，是亲自联系一位脑科医生为父亲做手术，具体事项都谈好了，才准备回国。他看向不远处不停朝他挥手的 Tim，心情异常温柔；Tim 身后还站着两位家长，身份很明了，他朝他们点点头。

Tim 抬着头，又正式地问好："珈成哥哥，你好。"

"你好，小光。"叶珈成微微低下头，含笑地对上 Tim 的眼睛，像上次见面一样。

这是遇上熟人了吗？时教授和方女士都很好奇，Tim 怎么会认识眼前这位英俊的年轻男人，他们看着自己的儿子问道："小光，你认识这位哥哥啊？"

"认识啊。"Tim 眨巴着眼睛，样子兴奋，一时也不知道怎么介绍，所以实话实说了，"他是 Jane 的前男友。"

咳咳！时教授和方女士面面相觑，叶珈成有些尴尬，也朝时简的父母恭敬地点了两下头。

"你好。"时教授伸出了手，"……我们终于见面了，没想到在这里。"

还是见"家长"了，不过他已经不是小狐狸的男朋友了。叶珈成礼貌地回以两只手，"你们好，叔叔阿姨。"

这样的见面，对时教授和方女士来说，并没有多少尴尬。他们只知道，自己的女儿曾经信誓旦旦地想要和这位长相英俊的高个子男人结婚。正常思维里，上次他们没有见到他，更倾向理解是自己女儿一股脑儿想嫁给对方。不过，父母都是偏向自己的孩子，时教授和叶珈成这样遇上，还是要替自己女儿说说话。

候机厅里，时教授和叶珈成坐在一块，温和地开口道："我们家女儿从小是一个直肠子，性格又单纯，没经历过什么感情，你应该是她第一次喜欢上的人。孩子嘛，总要经历几段感情才会成熟，明白自己想要的是什么。你和 Jane 都年轻，时简现在很好，希望你也好。"

叶珈成低下头，终于知道小狐狸为什么是一只善良的小狐狸，因为她的家人都是存着善念的。叶珈成扯唇，幽深的眼眸掩藏着情绪，"叔叔……是我没福分。"叶珈成说。

　　叶珈成和 Tim 一块登机，空姐帮忙换了座位，两人一块坐在头等舱并排的两个座位。Tim 是一个不需要照顾的男孩，累了就睡，渴了就礼貌地找空姐要水喝，无聊了找他聊天说话。Tim 和小狐狸很像的地方，就是聊天都喜欢瞎扯。

　　叶珈成是一个很好的陪聊角色，什么都可以聊两句，不管 Tim 说什么话题，他都可以接下去。可惜天气不好，气流颠簸得厉害，空姐一直提醒系好安全带，不要离开座位。Tim 毕竟是孩子，面色隐隐有些害怕，"老实说，我有些担心。"

　　"没事。"叶珈成安慰他，还摸了摸他的头。

　　Tim 依旧有些伤感。

　　"你姐姐会来接你吗？"叶珈成问 Tim，他也有点儿担心，不过是担心机场那边的情况。飞机已经晚点，时简会不会同样处于担心中。

　　Tim 点点头。

　　时简去接 Tim 的时候，A 城已经开始下雪了，风里夹着雪粒子，吹在脸上冷飕飕。好担心今晚的航班情况。坐在出口外面的椅子上，时简时刻关心着航空公司播报的消息，等得心急如焚，只能安慰自己，今年不会出任何航空安全问题。

　　伦敦的飞机足足晚点三个小时，终于平安着陆。

　　时简立在出口，目不转睛地看着里面的人流，Tim 欢悦的声音从前面传来，"嗨，Jane！"

　　时简上前抱 Tim，想到 Tim 一个人坐在飞机里，急切地问："有没有害怕？"

　　"没有。"Tim 坚定地回答，他刚开始是有点儿害怕，不过后面他一直和珈成哥哥聊宇宙的奥妙。对了，珈成哥哥……Tim 欲言又止。

　　不远处叶珈成拿着两件行李，走了过来。时简站起来，叶珈成走到她面前，"我们刚好坐同一航班。"旁边，Tim 抬起头，瞅着她说："我和珈成哥哥一直在聊天，所以不害怕了。"

"这一路，谢谢了。"时简开口。

"不客气。"叶珈成握着行李杆，"天气不好，一起坐我的车走吧。"

"不用了，打车很方便。"

这样的大雪，现在已经是凌晨，打车又怎么会方便。机场出租车寥寥无几，队伍排得长长的。时简抱歉地摸了摸趴在栏杆上方的 Tim。Tim 转过头，开口问她："Jane，你还在生珈成哥哥的气，对吗？"

时简摸了摸 Tim 的头，不知道怎么告诉他，已经不是生气不生气的问题了。作为前女友的她，应该和有新对象的前男友保持一定距离，将心比心，谁也不会很难堪。

就在这时，一辆显眼的车从出租车另一头驶过来，速度很快，然后 Tim 的眼睛就亮了。

出租车上车点，叶珈成摇下车窗，对着排队的她和 Tim 说："上车吧。"时简没办法拒绝。

叶珈成开出了机场，时简告诉叶珈成地址。小姨家距离易茂置业太远，她在公司附近租了一间公寓。叶珈成开着车，点了下头，"好。"

下雪路滑，叶珈成车开得很慢。到的时候，Tim 已经昏昏欲睡，时简狠狠心捏醒 Tim。Tim 也不娇气，很快摸摸自己的脸，准备下车了。

"回去的时候，注意安全。"时简临走前，还是交代一句。

叶珈成跟着下了车，一路沉默，放在大衣里的手掌握成拳，"小狐狸……"脱口而出的一句称呼，太久没叫了，导致有一种恍然如梦的感觉。

"小狐狸……"时简也愣了好久，真的好久没有听到这个称呼了。跟叶先生全然无关的小狐狸，同样区别了叶先生和叶珈成的不同。时简转过头，"我上楼了。"

"好。"

时简上楼了，叶珈成还没有离开。雪越下越大，纷纷扬扬，楼道外面的边边角角都堆满了雪，幽蓝的路灯投射下，一片雪亮，仿佛淌着冷色的月光。叶珈成双手放在口袋，走了两步，吐出一口气，忍不住喟叹出声。

真是雪花纷乱迷人眼呵。

"柏林下雪了吗？" "如果下雪了，拍照片给我看吧。"结果，去年还是他忘了拍照，直接从柏林回来了。

"那我们明年一起去柏林看雪……"

今年，柏林都没有下雪，没想到 A 城雪下得这么大。不知道为什么，他永远欠着小狐狸一个承诺，无法兑现。叶珈成想起分手之后，他和高彦斐说的话，"如果我和时简再谈几个月，我们可能就分不掉了。"

几个月吗？可能都不用几个月，只要好好再谈几天，或者晚点儿上床，两人可能就再也分不掉了，而不是变成了现在这样……

Chapter 24

那镯子是假的

　　时简和 Tim 约法三章后，带着 Tim 来到总经理办公室。Tim 不吵人，她做事，他就趴在空办公桌上写作业，算她从网上下载的国内数学题。Tim 也不怕生，长得好看又绅士，不管是张恺还是易霈，都是张恺哥哥、易总哥哥地叫着。

　　易总哥哥……她叫易霈易总，Tim 跟着她在后面加个哥哥，就变成了易总哥哥。因为一句易总哥哥，易霈让 Tim 到自己办公桌写作业，外面办公室有些吵。

　　Tim 很自然地跟着易霈走了。

　　时简来到易霈办公室，易霈两张办公桌，他和 Tim 各用一张。时简进来是想把 Tim 叫出去，怕 Tim 话有些多，影响了易霈，结果看到易霈正在给 Tim 讲题。她要带 Tim 出去，不能打扰易总工作，易霈告诉她："没事，正闲着。"

　　时简不信易霈的话，不过低下头没有反驳。

　　"如果我都那么忙，以后真是谁当我孩子谁遭殃。"易霈说笑起来，同时站起来穿上外套。易霈要去哪儿？ Tim 先兴奋地说了起来："易总哥哥刚刚告诉我，等我这题做好，我们可以去堆个雪人玩。"

　　堆雪人？

　　……这熊孩子！时简笑着让 Tim 看外面，告诉他："Tim，没有雪了，你看街上的雪都被运走了。"

时简不允许的态度，立马令 Tim 有些沮丧。易霈立在实木挂衣架旁，打住了她的话："有个地方还有，走吧。"

时简："……"

易霈说的地方，她知道，是易茂的楼顶。

易茂楼顶一片白雪皑皑，堆积着厚厚的一层雪，落日余晖，给雪镀上了一层暖意的金色。"好多雪！" Tim 感谢地看着易霈，高楼的风吹得他脸颊通红，但他还是不忘礼貌地问，"现在我可以使用它们吗？"

"不客气。"易霈回 Tim，配合 Tim 的话，"尽管使用，它们全部是你的。"

时简忍不住笑，除了被 Tim 欢悦的情绪感染，还有易霈的话。她伸手将 Tim 的围巾系得严实，慢条斯理，Tim 有些急不可耐了。他踩着雪，"咯吱咯吱"地响着，小可怜似的催她："宝贝，可以快点儿吗？"

时简安抚："OK。"

Tim 和易霈动手堆雪人了，朝她喊："Jane，我们可能需要你的帮助。"

时简应了一声。

心情像是被阳光照亮的白雪，松松软软，不知不觉融化。可是雪化成了水，什么都没有了。时简想到了她对叶先生的感情，会不会有融化成水的一天。

三人一起堆了雪人。时简怀疑易霈根本没有玩过雪，好在动手能力不错，三人完成了一个胖雪人，就是没有鼻子，易茂楼顶没有什么东西可以当雪人的鼻子。

"有办法吗？"易霈问她，用商量的口气。

时简摇摇头，表示自己也想不出办法。其实有个办法，以前叶珈成和她在北海道一个山庄堆雪人，当时叶珈成直接扯下外套纽扣当雪人的眼睛和鼻子。太烂的主意，时简没有说。风吹得她有些冷，她缩了缩脖子，打量着雪人道："我觉得……没有鼻子也不错。"

"是吗？"

"没有鼻子，晚上它就不会冻坏鼻子了。"Tim 同样说笑起来，然后吸了吸鼻子，他的鼻子已经快冻坏了。

易霈笑，掏出一块手帕递给 Tim。Tim 擦了擦鼻子，不好意思直接还给易霈，商量说："我下次还你。"

易霈温和地点头，"都可以。"

Tim 回国，时简还是带他回了杨家住，不仅住得舒服一些，白天还可以和妮妮一起玩，她也不用带着 Tim 上班了。易霈和张恺他们不介意，不代表没有影响。

晚上，Tim 手洗好易霈的手帕，用吹风机吹干，折叠好打算还给易霈。Tim 做事认真仔细的优点，随了方女士，她更像时教授一些。

杨家二楼的小客厅，时简半躺在沙发上。做好事情的 Tim 突然认真地问了起来："Jane，你在为情所困吗？"

Tim 都可以说出"为情所困"这种词汇了。时简微笑地看着 Tim，也很想找人聊聊天。可惜她的烦心事，没有人可以帮到她，易霈那么厉害，都没有办法给她。

时间过去快一年了，时简有时候以为自己好了，事实只是所有的郁结变成了她心里的一个瘤，不会像感冒一样有着明显的症状。至于情况到底是好是坏，肿瘤到底是良性还是恶性，她不知道。Tim 望着她，已经说了起来："你现在选择珈成哥哥，还是易总哥哥？"然后，Tim 也想起了自己的烦心事，和时简交流感受：Abby 和 Cherry 都想当他女朋友，他也不知道怎么选择，如果他选择一个，另一个会伤心，他不希望另一个伤心。

时简笑，以聊天的口气问 Tim："Tim，我打个比方，比如有一天姐姐忘记你了，有了新弟弟，不喜欢你了……Tim 你会怎么办？会讨厌我吗？"

时家孩子泪点真的特别低，仿佛天生敏感细胞多。她只是这样打比方假设，Tim 想了想，眼泪已经出来了，较真地问她："你为什么不要我？"

"因为我忘了你，想不起你了。"时简解释，见 Tim 红着眼睛，连忙开玩笑，"Tim，假设而已。"

Tim 擦擦眼泪，扭过头，表示他一点儿都不喜欢她这个假设。

时简抱歉，讨好地推了推 Tim。Tim 过了一会儿，才回答她的问题："我想我应该不会讨厌你，可是我也不会跟你好了。"

"为什么？"时简问，莫名地，她的眼泪也要出来了。

Tim 低着脑袋，抽噎了两下说："我不愿意看到你有了新弟弟，我会很难过。Jane，如果你有了新弟弟忘了我，我会很难过，所以我也不会跟你好了。"

时简又问："Tim，比起我有了新弟弟不要你，和忘记你不要你，哪个更让你难过？"

Tim 不愿意回答了，好久，闷声道："忘了我。我可以接受你有新弟弟，但不能忘了我。"

是啊，比起失去，更难过的是被忘记。

Tim 的性格一直单纯简单，刚刚的假设性问题让他的样子充满抑郁，好像真担心她会忘了他，一定要她保证不能忘了他。时简保证了三遍，Tim 才满意。

令人发糗的，小姨和小姨夫知道了她和 Tim 因为这种无聊的假设都哭了，十分无语。小姨夫还毒舌说："你们姐弟爱哭的劲，肯定不是遗传了你妈……Tim，快说说你爸是不是也是个爱哭鬼？"

Tim 摇头否认："NO！"

时简第二天上班，易霈还没有过来，她把 Tim 交代自己带给易霈的手帕，夹在了今日文件夹里，一块放了易霈的办公桌上。

易霈今天过来，已经是下午休息时间，路过外面办公室，远远看到时简靠着躺椅睡觉，身上盖着一个毯子，外面阳光静静地笼着她，照得她白皙的面庞清晰又美好。

易霈回到办公室，今天的工作内容时简已经整理好放在他桌上。助理这份工作，她越来越擅长，甚至因为助理的身份，她将他和她的关系同样维持得不会越界，真是一点儿机会都不给他。如果他要靠前一步，他失去的不只是爱她的机会，还会是一个好助理。

可是，人性的贪字，怎么会让他轻易满足现在的境地，不然怎么会有"痴心妄想"这个词。

易霈打开文件夹，看到里面还夹着一块折叠好的手帕。他身子往后靠，又将文件合了回去，有一件事，不知道要不要说。

叶市长和叶太太前阵子已经来 A 城，叶市长身体健康出了问题，要做一个成功率只有百分之五十的脑瘤手术。张恺代表他已经探望过，他今天也去了一趟，已经确定手术安排在下个月，等叶珈成联系好的国外最权威的脑科医生过来。这一年来，易茂置业在青林的发展一直得到叶市长照拂，相反叶市长对自己儿子……应该是不满意叶珈成成立了地产公司。

"爸，我知道你生我气。"叶珈成坐在病床旁，好脾气地哄着，"不过你下个月就要手术，你能不能配合医生，调节调节心情？"

叶父继续语重心长地说："珈成，你为什么不听我劝？捣鼓房地产，你要知道……"

"好了，这些问题，等你手术之后再谈，我都听你的。"叶珈成每句话都在妥协、安抚。

叶父摇摇头，自己儿子的品性他太清楚了，非要抽筋剥骨才知道什么是痛！

叶珈成无奈，削着一个苹果玩，手法熟练，果然像叶市长之前当面夸奖的那样，削苹果是叶珈成一个很好的优点。叶珈成有很多优点，可是从小到大被夸奖的反而是叶珈成自己最不以为意的。好像一直以来，他爸对他很多行为方式都不认同。

叶珈成一直觉得这是一种父子代沟，可是再大的代沟，在父亲的健康面前都变得无足轻重了。叶父即将做这样的大风险手术，操心的自然是叶珈成。这段时间，叶珈成挺累的，心里也不是没有慌过。只是一个家，像大树一样的父亲倒了，叶母性子一向柔弱没主意，很多事情必须都由他来决定。

他费尽心思，手术成功率还是只有百分之五十，像是在空中抛一枚硬币，不是生就是死。这个概率，叶珈成连说都不敢说，比起强硬又有原则的父亲，他更担心他妈妈。

万事有坏就有好，叶母活了半辈子，不可能不明白这个人生道理。丈夫病了，儿子变得更强大了，从头到尾担当了一切，不需要她这个母亲操一点儿心；此外，感情方面也有了苗头，儿子出国请脑科医生这段时间，易家小姐一直过来陪着她。儿子在的时候，反而很少来。

不得不说，叶母很满意那位易家小姐，家世好背景好，长得漂亮性格又温柔，简直是最好的儿媳妇对象。叶母常常想借着这个话题和儿子好好聊聊：是不是可以等他父亲做好手术，把两人的事情定一定？可惜每次她聊到这个问题，叶珈成都不耐烦，想尽办法敷衍她。叶母被儿子敷衍了多年，也习惯了。

原先那位时小姐，叶母待在医院陪床无聊的时候，也会八卦地探探儿子口风，到底怎么回事。结果珈成似乎更不想回答她这个问题，知子莫若母，八成是没追到。

叶珈成削了皮递给叶母，叶母眼里满意地看着自己儿子，多帅、多孝顺，心里更觉得那位时小姐可能眼神不好。不过感情的事，她这个做母亲的，自然偏向自己儿子。

每次叶母在叶父面前夸自己儿子好，叶父都是摇头，"你就不能看到他的那些缺点吗，他再这样下去，有他后悔的。"

"那你说说，我儿子哪里不好？"叶母不认同，"你没有缺点吗？你说儿子脾气不好，我看你的脾气才不好。"

叶父不再说了，再说，只能丢一句：慈母多败儿了。

叶母当然知道自己儿子缺点在哪里，自己生的儿子她会不了解，只是从小到大儿子表现都好，长得还那么好，偶尔反骨闹心令人牙痒痒，但是她这个当妈的就不能护着一点儿吗？没错，她的珈成年轻气盛，用叶父的话来说，自视甚高。自视甚高怎么了？叶母还埋怨起叶父，谁让你是市长啊？总之，她的成成已经很好了，叶母不允许叶父每天说教，烦都烦死了。好了，叶父不说话了。

时简第二天上班，知道了叶父在 A 城住院的事，还有叶珈成请了英国脑科医生为叶父动手术的事。叶父动过一个大风险手术，时简一直是知道的，在她嫁给叶珈成之前。脑瘤手术之后，叶父为了遮盖头上的疤，常常戴着一顶鸭舌帽。她第一次见叶父还觉得戴鸭舌帽的叶市长特别帅，随后听叶珈成说起爸爸动过大手术的事情。

叶珈成说，当年那个手术简直要了他半条命。他去英国请了最权威的脑科医生，可惜那位脑科医生当时没有买他的账，他又没办法砸钱。手术最后还是请了国内一位非常年轻的外科医生，手术风险更大了。结果手术成功了，那位年轻的外科医生，从此一举成名。之后每年叶家和那位外科医生都有来往。

所以上次叶珈成去英国，是为了请那位权威脑科医生吗？只是，如果用国内这位年轻医生，时简知道的成功概率是百分之百，那位砸钱请来的英国医生，只有百分之五十。

人生真是充满着选择题，时简揉了揉太阳穴。她到易霈办公室交代工作，易霈抬头看她，"要去看望一下吗？"

易霈这样的心意，时简不是不明白。

"正好我今天要探望叶市长，答应陪他下个棋。"易霈将目光集中在时简的眸里，感受着那份柔润，"你可以陪我一块去。"

"……谢谢易总。"

"小事。"易霈笑，"比起你帮我的，我是不是也要对你说谢谢。"

时简低头，她那哪是帮，只是做事而已。她现在每周过去陪易老先生聊聊天，弹弹琴，不算什么难事，易霈额外付她酬劳。

时简跟着易霈来到叶市长的病房：A城最好的公立医院的高级干部病房。下午三四点，叶珈成不在，病房除了叶母和叶父，还有一个叶珈成请的高级看护。时简以易霈的助理身份过来探望，不知道买什么，就买了一些叶父以前爱吃的水果和两袋营养品。这些东西，叶父的病房不缺，堆得比上次她看易老先生时的都多。

叶母给她剥了一个甜橘，分开两半递给她。时简接过橘子，吃了一瓣，很甜。易霈陪叶父下了一会儿棋，接了个电话，先离开病房。叶母带她来到里面的休息室，继续聊天说话。时简坐在沙发上，她已经不是叶家儿媳妇了，只能以普通晚辈身份说两句安慰话。

"谢谢你，小时。"叶母拉着她的手，问，"那个你……有喜欢的人吗？"

叶母这样问，不是没有原因的，自己儿子都追不上的女孩，心里肯定有人。

时简没有回答，转了话题，看着不远处放着的一个檀木盒子，有些移不开眼睛。

叶母见她看着檀木盒子，就拿了过来，还打开了。时简看向里面的镯子，样子微怔。这个镯子，原先是她的。叶珈成带她第一次见家长的时候，叶母给了她，当时打开给她看的时候，也是像现在这样，雀跃又期待，"你喜不喜欢啊，时……"

耳边的声音有些重叠，时简收回神，才听到叶母说的是："我打算把它送给小雅作为见面礼，小时你看看，还可以吗？"

"可以啊，当然可以，很好。"时简连忙点头。这只通体碧绿的镯子，是叶母最好的首饰。老实说，刚刚她看到这个镯子，下意识还觉得它是自己的。

叶母要她看看，时简小心翼翼地从叶母手里接了过来，拿在了手里。镯子和她第一次看到它的感觉，没有什么区别，沉甸甸的玻璃种翡翠镯子，水头很足。

"对了，我给你倒点儿水。"叶母站起来，去倒水。

叶母不知道的，开水壶底松了，正要提起来，红色开水壶瓶底往下掉落。时简急切地喊了一声小心，猛地放下镯子站起来。"吧嗒"一声，热水壶的胆还是掉了下来，跟着热水壶胆一块落地的，还有镯子。不小心，放空了；落在地上，断成了两截。

全身僵直。

一时间，时简感觉那壶开水不是洒在地上，像是全部浇在她心里。她说不出话来了，像是傻了，连道歉的话都说不出来。这镯子太名贵了，又有着不一样的意义。

她赔不起这个钱，也赔不起这个情。

发生这样的变故，易需打完电话，立马进来了。后面所有道歉的话，都是易需帮她说的。时简只觉得耳边一片嗡嗡嗡，不敢抬头，也不敢看叶母的眼睛。叶母干干地笑着，反而安慰她没事。

不可能没事。

叶珈成从公司过来，带来一份母亲喜欢的米线。他脱掉外套，穿着黑色高领衣走向家人休息间，看着他妈又坐在一旁抹眼泪，心里无奈，慢条斯理地走过去。叶珈成眼睛浅笑地望着叶母，哄小孩似的问："叶太太，你这是又怎么了？"

叶母一直是一个心宽体胖的好妇人，可是再心宽，也没办法接受好好的镯子突然没了的事实。叶母不怪时简，怪自己。

好端端的，秀什么秀。她承认，秀镯子的时候，还是想替自己儿子"出出气"，时姑娘不是看不上他儿子吗？她拿出镯子的时候，除了想得到一定的认同和赞美，还有在时简面前秀一脸的小私心。

作死！叶珈成知道整个事情经过后，只想感慨这一句。

"呜呜……"叶母哭得伤心，想到时简离开时的愧疚样子，更纠结万分。什么事啊！

其实上，叶母也没打算立马把镯子给易碧雅。珈成和易小姐交往的事情，她还是从叶珈成的顾叔叔嘴里听来的。易小姐是 A 城的名门闺秀，两人交往的事情上了娱乐报纸，她打电话给珈成，珈成也没有反驳她，事情是真的。

儿子这样大张旗鼓地搞对象，应该是有点儿眉目了。叶母即使担心易家人难相处，还是接受了，只要珈成自己喜欢。想不到，易小姐性子比她还软乎。她和珈成父亲来 A 城准备手术，珈成到英国联系脑科医生，这段时间一直是易小姐过来照顾。

第一次儿子的女朋友交往了这么久，叶母不动一点儿心思是不可能的。何况，丈夫病了，她更希望儿子能早点儿定下来，让她心里落实下来。易小姐是名门闺秀，里里外外地帮她，她怕普通的见面礼对方看不上，特意让人将这个镯子带过来，近期内打算再探探儿子口风，如果可以了，她也就给了。

唉！叶母越想越难过，心里更担心时简那边，那孩子看着都吓傻了。后面事情怎么处理，叶母没有主意，所以问了问自己儿子："珈成，这个事情怎么办？我看小时已经吓坏了……"

怎么办？

叶珈成没说话，沉着个脸。这个事情其实不怪他妈，怪自己。

从头到尾，是他没有把话说清楚。他一直知道，他妈盼着他结婚，结婚，结婚！他呢，敷衍，敷衍，敷衍！父亲病了，他妈希望他定下来的想法更强烈。这段时间，他不提自己和易碧雅的关系，一方面是没心思，另一方面也是没时间。

他心里即使烦得要命，也不希望在这个时候，打破他妈的幻想。下个月他爸就要做手术了，风险很大，一个不小心可能就直接瘫了。难道在这个节骨眼上，他要对他们说，他根本没有结婚的打算？"时简，她怎么了？"叶珈成还是问了问，压着心里的火气。

"她应该挺难受的，我看她整个人都傻了。"叶母说完，又叹气。

小狐狸吓傻了吗……怕他找她赔？叶珈成把碎了两截的镯子收起来，声音很轻："妈，回头我买个更好的给你。"

叶母擦擦眼泪，去哪里找更好的？她心疼这镯子不只是因为它是一个好镯子，更因为："成成，这镯子是你外婆给我的，我一直想把它给你的媳妇……"

叶母还没有说完，叶珈成脸色已经变了。

给他媳妇？叶珈成舔了舔干裂的唇，这段时间逼出来的火气都噌地起来，烧得他有些怒火攻心。儿子在母亲面前的样子总是最真实的，尤其是现在几乎绷不住的时候。叶珈成放下镯子，忍不住问自己妈一句："既然你打算给我媳妇，那你还那么轻巧，随便给？"

叶母被问得愣愣的，下意识想解释："成成，妈妈没有想现在给，我只是希望你……"

"希望我结婚对吧，和易碧雅？"叶珈成问了句，没等叶母说话，已经把话说明白，"易碧雅只是我女朋友，不是我媳妇，更不是你儿媳妇！"

叶母："……"

病房里，叶珈成压低了声音以及情绪，可是说出来的话，着实让人伤心："你要把这镯子给易碧雅……给了好玩啊？难道我交个女朋友你就给一个，你有几个镯子啊！我和易碧雅是交往着，不过我和她也快分了，你了解什么……你起个什么劲！"

叶母握着手，忍不住发抖。

"妈，我已经跟你说明白了，我五年内不打算结婚，更不会娶易碧雅。如果不相信，我明天就找她分手。这段时间我太忙了，忘了分。"

"啪！"响亮的巴掌声。

叶珈成右脸足足被打出了红印，十分触目惊心。第一次，叶珈成被自己妈打了。

叶母终于打了自己儿子，从小到大，她舍不得骂一句说一句的好儿子，她今天狠狠地甩了他一巴掌，颤抖着手。自己疼大的儿子，叶母打完，心也揪了揪。只是她儿子，真的太让她伤心了。

叶珈成被打偏了头，没反应过来。第一次被打巴掌，心里很不是滋味。他知道自己刚刚说的话有多讨打；他也知道，自己这个样子有多讨厌。刚刚他是怎么了，情绪会这样糟糕？

可是，他就是控制不住，只要想到他妈当着时简的面说要把这镯子给易碧雅。良久，叶珈成扯起了唇，望着自己妈，又说："妈，如果你要给易碧雅镯子，那你应该也给时简一个，我跟她也在一起过。我们不只交往过，我和她还同居过……"

什么？！叶母气得发抖，更生气的是病床前的叶市长，直接挥手摔了茶杯。混账！

一巴掌以及叶市长的怒火。叶珈成终于冷静下来了。

"对不起，妈……对不起，爸。"叶珈成道歉，将带来的米线留下，"我出去一趟。"

走出病房，叶珈成愣了愣，看向门外的人。易碧雅立在他对面，满脸通红，似乎想听解释。"珈成……"易碧雅叫他名字。

他在里面说的话，她都听到了吧？叶珈成微微低下头，又说了句"对不起"，还是走了。

叶珈成到医院楼下买了一包烟。他不爱吸烟，读书时代就偷偷学过，学不会，很丢脸的事情。不过哪有男人不会抽烟，只是骨子里，知道父亲不允许，他照样做了。

做人啊，有时候真是没一点儿趣味，连抽个烟都没滋味。叶珈成灭了烟，丢了，医院门旁坐着乞讨的残疾男人，立马捡起他丢掉的这根烟，吸了起来。

叶珈成看了两眼，"哐当"一声，将整包烟都丢了过去。

叶珈成开车来到时简租的公寓楼下，发了一条短信："时简，你在家吗？我们聊一下。"放下手机，叶珈成望了望前方，将手机丢在副驾驶，等着。

时简不在家，她去了一趟银行保险柜。时家在银行有个保险柜，她真没有办法了，只能想到取出保险柜的东西。幸好父母出国了，办卡的时候用的是她的证件，钥匙在小姨那里。时简从小姨那里拿来钥匙，小

姨问她怎么了，她只好编了一个理由。她不能说，她打算把外婆留给她
的那支翡翠古董簪子赔给叶母。

翡翠簪子是外婆留给她的，可能比不上叶母的镯子，不过据说是古
董。她和叶先生结婚之后，叶先生倒觉得翡翠簪子更名贵，怎么也是娘
娘用过的古物。

时简收到叶珈成短信，知道叶珈成肯定清楚事情了。不过也好，她
没脸见叶母，把簪子赔给叶珈成也一样。叶珈成在她公寓楼下等她，她
带过来簪子和一本存折，心里不是不难过的。从出租车下来，叶珈成看
到她，也走下了车。

"嗨……"叶珈成立在车旁，朝她打了个招呼。

"嗨。"心里难过，还是要笑，打碎叶母镯子的人是她，她理亏。
"对不起。"时简觉得解释很无力，还是苍白又吃力地给自己辩解一句，
"我不是故意的。"

"我知道。"叶珈成跟在时简后面，小狐狸果然吓坏了。

叶珈成跟着时简进了小屋。房子有些老，布置得不错，很有家的
感觉。正常，小狐狸心里藏着爱。有爱的女人，才可以将小房子布置得
这样舒服又精心，像她曾经布置他那间公寓一样。叶珈成立在门旁，问
了问："需要换鞋吗？"他这样问，还是想知道，时简这里有没有男士
拖鞋。

"不用，你进来吧。"时简立在里头。

叶珈成点点头，进来。他在沙发上坐了下来，气氛有些尴尬，他主
动拿起茶几上的一罐糖，英国牌子，应该是 Tim 带回来的。叶珈成拿了
一颗，"我可以吃一颗吗？"

气氛轻松了一些，时简点点头。

叶珈成笑了笑。

叶珈成调节气氛的本事一直很厉害，因有着天生的操控能力。时简在沙发上坐下来，直接说事情了："叶珈成，镯子我会赔的。"

"时简……"叶珈成也要开口说。

时简不知道叶珈成要说什么，不过她知道叶珈成的性情，叶珈成和叶先生有区别，但性情是一样的。叶珈成可能不会让自己赔偿那个镯子，越是这样，时简越抢在前面说："我知道那个镯子很重要，对叶阿姨重要，对你……也很重要。不过镯子碎了，我没办法赔个一样的。"

嗯。叶珈成先听着，一时没说话。

时简从包里取出外婆留给她的簪子，难过地想了下：如果这个簪子送出去，会不会转手到易碧雅手里？算了，她本就打算将它赔给叶母当见面礼。

"你看看这个簪子。"时简把簪子递给了叶珈成，为了给自己一点儿底气，她笑了笑，自夸说，"都是玻璃种翡翠，水头很好，价值可能跟镯子差不多。"

"是吗？"叶珈成接了过去，打量起来，看了看正面，又看了看反面。

不相信她的话吗？"如果你不相信，我们可以去鉴定，如果不够赔，我补差价。"

"呵……"叶珈成笑了下，"我没有不相信。"叶珈成弯腰，轻轻将簪子放在了桌上，怕弄坏了。

所以，叶珈成会接受她的赔偿方式吗？

叶珈成只是靠着沙发，过了会儿，叹了口气，似乎在琢磨什么。"哈哈！"叶珈成笑了下，很愉快的样子。

时简一愣，还没有反应过来，叶珈成突然伸手拍了下她的脑袋，"吓坏了？"

时简："……"

"哎，我刚刚还想着是说好呢，还是不说好。"叶珈成笑了起来，侧过头看，英俊的眉眼闪着轻松的笑意，"不过我觉得你运气真的很好，小狐狸。"

运气好？她摔了他们叶家的镯子，还运气好？

"那镯子是假的。"叶珈成说。

时简撇过头，怎么可能……他当她没见过真的啊。

"真的，不骗你。"叶珈成见时简不相信，说得特别认真，以及肯定，将谎话编得逼真令人相信。

"那镯子早被我换了，我……小时候就把那镯子不小心打碎了，不敢说，然后我就……"

"换了一个？"时简接了叶珈成的话，心里说不出感受，那个镯子她戴过，拥有过，和叶母给过她的一模一样，怎么可能是假的。

"是啊，我换了一个。"叶珈成朝她眨眼，"想象不到吧。"

时简问："你几岁的时候打碎的？"

"大概八九岁吧。"叶珈成继续编，"我小时候很皮，什么贵摔什么。"

时简笑了笑，反驳叶珈成一句："你那时候那么小，怎么去找一模一样的假镯子？"

叶珈成望了望时简，小狐狸是傻吗？非要把这个簪子赔给他？！叶珈成继续笑，理由在过来的时候也已经想好了。

"我顾叔你知道吧，就是易茂年会咱们一块见到的那个，他小时候可疼我了，那镯子就是他帮我找来的……假货，完全可以以假乱真。"

时简撇过脸。

"好了，"叶珈成站起来，"我走了，你真不用愧疚。我已经和我妈说清楚了，她还很抱歉，让我替她说声对不起。"说完，叶珈成真准备走了，怕时简否定他的话。

"珈成……"时简叫住了走到门口的叶珈成。

叶珈成回过身，样子有些怔，因为这声脱口而出的"珈成"。

时简把镯子的事情先放下，她后面要说的是叶父的手术："你之前是不是也联系了国内的医生，姓吴？"

叶珈成点头，"……你怎么知道？"

"我希望你选择吴医生，我觉得叶市长可能更相信国内的医生……手术是双方面的，叶市长的心态很重要。"

这样的劝说，很没有说服力。如果她告诉他她来自以后，知道以后的事情，叶珈成会相信吗？还是像上次分手那样，立马否定她。时简还是打算把事情都说出来，叶父手术安全最重要，叶珈成相不相信，她都要说，可能说了会影响他和易碧雅的感情，她的处境也会变得尴尬……但是她没办法。她必须告诉叶珈成，一定要选择吴医生给叶父做手术。

"没错，我也这样想。"叶珈成回答她，"所以我已经选择了那位吴医生，我和我爸也商量过了。"

"哦……那就好。"

"谢谢你，时简。"

"谢我什么？"她什么都没有做。

"谢谢你的关心啊。"

"哦。"

原来，叶珈成已经选择了吴医生。叶珈成离开，时简松了口气，好了，不要再操心了，以后叶家有什么事，都留给易碧雅操心吧，她能做的，能说的，差不多了。

叶母的镯子，依旧很快得到了赔偿，一样的珠圆玉润，一样的碧绿剔透，光泽、透明度和水头都是极好。镯子是张恺出面送来的。赔偿人，自然是易霈。

　　叶珈成要走了镯子。叶母和叶父都同意，他们也没打算要时简赔偿，本来时简打碎镯子就是意外，何况——"我和时简还同居过……"儿子的话再次响在耳畔，叶母只想好好静一静。

　　叶珈成有易霈的工作号，打电话过去，接听的是张恺。叶珈成让张恺过来将镯子拿回去，张恺连忙解释说："叶少，镯子是时简打碎的。价值在那里，我们肯定要赔的。"

　　"原来张助也知道镯子是时简打碎的，不是你们易总啊。"

　　"我们帮忙赔。"

　　"帮忙赔？"叶珈成不怒反笑，又问一句，"你们以什么身份帮忙赔？"

　　张恺把话说得模糊："叶少，我想你应该明白的。"

　　叶珈成笑了下，手里捏着镯子，同意地说："行啊，既然你家易总钱多，那这个镯子我收下了。"只是下一秒，"吧嗒"一声，叶珈成直接将镯子砸到了墙上，镯子立马四分五裂。这段时间，戾气像是嚣张的魔鬼，在叶珈成身体里横冲直撞，他恶劣、嚣张、暴躁，情绪多变，又阴晴不定。

　　张恺："……"

　　叶珈成又继续彬彬有礼道："好了，张助，替我谢谢你们易总的心意。"

Chapter 25

与世浮沉

　　"吧嗒"的声音，镯子真碎了。电话另一边，张恺有些承受不住。这个镯子是他经手买的，多少钱来着？他去……给跪了！

　　挂上手机，张恺给自己压了压惊。叶珈成把镯子砸了，他有着不可推卸的责任，本来阿霈出面赔偿，理由是公司连带责任，是他有意把话说变味了。谁能想到那么贵的镯子，叶珈成说砸就砸？实诚地说，他这个助理是做得越来越不专业了。厚着脸皮，张恺又给叶珈成发了条消息解释，厚颜无耻到极致。"叶少，刚刚我是开玩笑的，其实这个镯子……"巴拉巴拉，张恺把赔偿理由说清楚，主要为了后面的话，"希望叶少大人有大量，这事就不要和时简提了，也不要找她赔了，往日情意值千金啊，谢谢谢谢谢谢。"

　　这世上，最难对付的人，就是厚脸皮之人。叶珈成收到短信后，难以置信地扯了下嘴，呵……靠着医院外面的长椅，叶珈成晒了一会儿冷太阳，寒风吹进眼睛里，十分干涩。

　　去年冬天，今年冬天，全然不同。

　　叶珈成给易碧雅打了一个电话，约她晚上一起吃个饭。易碧雅在电话那边默了一会儿，说："珈成……这段时间你太忙了，我们的事，可以晚点儿再谈吗？等叶叔叔手术之后。"

　　易碧雅性格胆小，却不笨。相反，还有一股不知从哪儿来的勇气和坚持。

这点儿，和时简意外很像。

分手这档事，叶珈成一直自认为处理得很漂亮，除了上次他和时简的分手，实在不堪。他真只是承受不起时简那份不属于自己的深情吗？不是的，他像是一个在赌桌玩乐的玩家，遇上了小狐狸，牌底还没有揭晓，他已经担心再玩下去会输了自己。为了保全自己，他选择及时离场。如此没品的行为，他还故作潇洒。

叶珈成还是约了易碧雅吃饭。易碧雅一如既往地迁就他，选择斋菜馆陪他吃素。叶珈成挑了一家日本料理店，他难得知道这家餐厅是易碧雅喜欢的。

餐厅的卧榻区靠着窗，墙上的两幅画，色彩鲜艳，很有禅风味道。叶珈成喝了两杯清酒，易碧雅望着他，眼睛红红的。她问他："珈成，我是哪里没做好吗？"

"没有，你挺好的，是我不好。"

易碧雅低下头，似乎能想到他这样说。

"我在病房说的话，你听到了吧？"叶珈成继续开口，"那些话，都不是气话。"

易碧雅抬起头，看着他，轻轻说了一句："我都知道……"

叶珈成靠着榻榻米，外面月色清冷，夜空显得特别湛黑。他谈过几次恋爱，高中女友、系花、宋晓京……小狐狸以及易碧雅。谈得最投入的是和时简；最没办法投入的，是和易碧雅。当然问题不在易碧雅这里，是他目的不纯粹，导致谈个恋爱像演戏一样，也不知道演给谁看！

易碧雅哭了。叶珈成将手肘搁在案前，有些抱歉。有些事情，他以前一直没觉得自己伤害了谁，谈恋爱嘛，你情我愿，彼此给对方带来快乐、兴趣以及新鲜感。他从来不自诩是什么好男人，也不说誓言，甚至好听的情话，他说得也少。他也不需要多说，她们都会爱着他。

　　他唯一许下的誓言，是陪小狐狸到柏林看雪，可惜他失约了。归根到底，他还不是仗着自己条件好，为所欲为。

　　"……我爱你，珈成。"易碧雅再次开口，眼里噙着泪水。

　　叶珈成抿着唇，不知道说什么好。他不想伤人，还是伤了人。只是这样的话，他真听多了，每次听到都是无趣很多，感动很少。她们都说爱他，爱他什么？大概只爱他的好吧。当然，她们也恨他。

　　"我知道啊。"易碧雅重复地说了起来，看着他，"珈成，我从来都知道你是一个什么样的人。我爱的，只是你这个人。"

　　……

　　时简这两天情绪很不对，她知道自己是怎么回事，反而更担心自己。预约了一位心理专家，结果比她预想的还要糟糕。"你是我接触到的最了解自我病情的患者，时小姐，你说你以前有过患病经历，可是病历并没有写……

　　"每个抑郁症患者都渴望自我痊愈。不过时小姐你的情况，我还是建议服药治疗。

　　"如果你觉得是生活圈子加重了病情，你父母都在国外，要不要考虑出国？自我调节很重要，但是人的承受能力就像一个气球，我们一开始想到的都是自我调节，自己帮助自己，只是产生抑郁的原因一直没有消除，自我调节只是一种逃避行为，抑郁症状只会加重和顽固。你之前之所以觉得没事，不是因为你好了，而是你了解症状，比其他病人更擅长自我调节。简单来说，一直以来，你一直压抑自己的病情以及自己的感情。"

　　"……"

　　时简离开了心理治疗室，她应该是被心理医生说糟糕了，她连自杀的念头都没有，怎么会是重度病患？

初雪过后是响晴。周六的太阳依旧很好，不过外面气温太低，窗沿剩下的小撮积雪都结成了冰。雪可以化成水，也可以冻成冰……时简坐在房间里发着呆，一个人不想说话不想做事。外面传来三下礼貌的敲门声，Tim 走了进来，以商量的口气对她说："Jane，你可以陪我聊个天吗？"

时简望向 Tim，时家的孩子好像特别喜欢聊天说话，她以前也是这样……叶先生之前还笑她和 Tim 两姐弟是两话痨。时简收了收烦乱的思绪，叶珈成既然不让她赔镯子，那就不赔吧，不要再想这事了。

"你今天都没怎么理我。"Tim 又说话了，瞅着她。

"对不起……"时简漾了一个笑脸，"我们聊什么？"

Tim："我们聊……"

Tim 要给她介绍一个男朋友。介绍男朋友没关系，可是对方只有十六岁，真的可以吗？Tim 还特意强调地说："Barton 已经十六岁了。"

Barton 是 Tim 在伦敦学滑轮的时候认识的一个朋友，两人算是好朋友了，也是 Tim 崇拜的偶像。知道 Barton 想找一个中国女孩当女朋友，Tim 就想到了她。所以，两人刚刚在网上聊完天，Tim 立马跑来问她了。

"谢谢你，Tim。"时简转了转口气，遗憾地说，"……不过我真觉得 Barton 有点儿小。"

Tim 叹口气，仿佛知道她会拒绝。时简将手放在 Tim 的肩膀上，认真地问 Tim："Tim，你是不是有什么目的？"

"没有……"Tim 被问得有些心虚，诚实地说了起来，"Jane，我希望你可以到伦敦陪我，像我们之前说好的。"

原来是这个事……所以他想出给她介绍伦敦小男友的办法？时简想笑，又笑不出来。算起来是她一直放了 Tim 鸽子，她不去英国读书，除了留在易茂实习，更多的原因，她心里很明白。她之前非常坚决，她不会出去。只是曾经那些坚持的、相信的、笃定的都被否定的时候，她也变得不那么坚定了。

"Tim，你让我考虑一下。"时简回答。

Tim 惊喜，"Great!"仿佛她已经做出了决定。

时简捏捏 Tim 的鼻子，她也不好继续留在易茂工作了。等叶珈成和易碧雅结婚了，叶珈成也算半个易家人了。她能接受这一切，可是接受是一回事，留下来继续给自己找虐又是另一回事了。人心都是肉长的，她忘不掉记忆，就离叶珈成远一点儿吧。

不知道为什么，只是因为格兰城一份报告，她和易家人都牵扯了起来。周日，时简还要去一趟易家，给易老先生弹琴。

时简在易家弹的琴，是易老先生书房里的一架白色老钢琴，不是原先客厅里新买的三角钢琴。这架钢琴应该是易大小姐的，年份久了，上面黑白琴键都有些磨花了，琴音也有些沉郁。

易老先生手术之后，身体也大不如从前，时好时坏。偶尔精神恍惚，比如她弹琴的时候，易老先生会出神地叫她"小君"。易霈的母亲就叫易碧君。偶尔，易老先生又像一个无奈的老人，仿佛知晓了一切，"……时小姐，你说我可以相信阿霈吗？"

时简帮易霈做事，却不敢帮易霈说太多好话。有些事情，易老先生不可能一点儿也不知道，只是囿于易霈的外系身份。

"小君不相信我，她气我……"易老先生又赌气地说了起来，"所以，我为什么要相信她的孩子？"

时简愣了愣，回易老先生："如果易大小姐不相信你，又怎么会将易霈留在你身边？"

易老先生："你是阿霈的人，自然帮他说话。"

瞧，果然不能多说好话。

　　时简从易老先生书房出来，易霈正坐在外面客厅。正巧易家人要开饭了，易碧雅、易钦东等易家人都在，郭太太对易碧雅说着话，声音有些高："小雅，有时间记得带珈成回家里吃个饭。"

　　"等他有空吧。"易碧雅小声地应诺了下来，回答自己母亲，"他现在很忙……"

　　郭太太又操心上了，"公司的事，可以让你哥哥帮帮他啊！虽然公司珈成在管，可你哥哥也是大股东啊，以后大家还是一家人……"叶茂地产，时简听张恺说过，叶珈成拥有叶茂独立经营权，难怪郭太太会这样说。

　　易家人的谈话，时简尽量避着不听，偏偏有道视线特别令人不舒服，是易钦东。

　　时简准备告辞，郭太太客气地留她用饭，口气依旧不冷不淡，无疑是客套之词。这段时间，她每周过来给易老先生弹琴，以郭太太的性格和为人，哪会真心留她吃饭，不恨她就好了。

　　时简同样客气地拒绝了。不远处易霈站了起来，走了过来。

　　"时小姐，一起吃吧，多个人多双筷子，热闹。"易钦东还帮她拉椅子，"难得阿霈也回来吃。"

　　"易少，真不用了。"时简话音刚落下，易霈手里搭着西装外套，已经走到她旁边，对易家人说，"我们出去吃。"

　　易钦东作罢。

　　易霈这样说，时简也有些蒙。易霈直接对她说："走吧，时简。"

　　时简跟着易霈出了易宅。刚刚她还以为易霈是会留在易家吃饭的……转而想到，今天是周日，是易霈的……生日。易霈在易家的身份，她这个外人都可以感受到那份不融洽。

　　"想吃什么？"易霈问她，亲自开着车，沿着公路一路向下。两边树干光秃秃的，路旁停着一辆私家工人的红色皮卡，正在维护这些树，阳光清透地洒落下来。

时简开口："易总，今天应该我请你。"

"嗯？"易霈似乎一愣，转头看了她一眼。

时简转过头，"生日快乐，易总。"

一声生日快乐，易霈眼睛漫上了温润的笑意，眼底透出了淡淡的光，"没错，今天理应你请我。"

难得，易霈这样不客气。

易霈生日和叶珈成生日只相隔一个星期。时简打算请易霈吃饭，一时也想不到请吃什么。港式餐厅？太随意！泰国菜？不好！她和易霈吃过不少顿饭，知道易霈的口味比较清淡，要不……时简没有头绪，请老板吃饭，真不是件容易事。

见她这样为难，易霈一边开着车，一边和她讨论起来，仿佛帮她解决这个难题。

"生日应该吃什么？"易霈问起来，兴起地加了一句，"时简，你小时候生日吃什么？"

"长寿面……"

车子平稳地开着，易霈面色愉快地看着前方。他什么东西没吃过，即使她请他吃满汉全席又如何，对他来说只是一个饭局。他不缺饭局。"我以前也吃过生日面，不过很久没吃了。"易霈回味地说起来，停顿了片刻，问旁边的人，"时简，你会做吗？"

时简："……"

易霈抿了下嘴角，等回答。

"会……"时简应着，接下易霈的话，以玩笑的口吻自夸道，"那就这样，我做碗长寿面给易总吧，聊表一下心意。讲真的，我厨艺还算不错……毕竟当了五年的太太。"

五年的太太，非要这样提醒他吗？易霂心中无奈，笑了两下说："那我真应该尝尝了。"

时简买了食材回到公寓。她说自己厨艺不错，绝对是自夸。她厨艺绝对算不上好，相反，她特别不喜欢下厨。以前阿姨不在的时候，常常也是叶珈成拿着食谱折腾美食，每次他还故意将分量做得极少，她求一下，他给一口，最后两人抢着吃。

再不会下厨，她也是当了五年太太的人。公寓厨房里，时简用心地做了一份双蛋长寿面，汤料是熬过的小排骨。卖相不错，至于口感如何，要等易霂尝过才知道。

易霂尝了两口，"很不错。"

时简坐了下来，打算和易霂说她决定辞职出国读书的事。既然她要辞职出国，于情于理都应该当面和易霂谈谈这个问题，易霂是她的老板，还是这个世界知道她秘密的人。

"辞职理由，是打算继续出国读书吗？"易霂问。

时简点头，还有一个理由，她不能说。她后面出国，可能需要接受很长时间的心理治疗，她实在不愿意承认自己心理有疾病。即使她能面对叶珈成和易碧雅在一起，心理状态也不适合再做助理这份工作了，工作强度和压力都是问题。

"时简，我会考虑你的辞职请求。"易霂放下筷子，望着她，"给我一些时间……你应该也不会马上走，对吧？"

不知道为什么，时简有些难过，"……谢谢易总。"她明明可以拥有更好的人生，可如今她却无能为力。她病了，最重要的已经不是活得多出彩，而是好好活下去。

"别难过。该难过的人，是我。"易霂自嘲地说，"一碗面，我失去了一个好助理。"

易霈的轻松安慰，时简努力配合，笑了下。

易霈也是，嘴角扬起，又笑不出来。他失去的，真的只是一个好助理吗？有些事情，易霈想得很明白，只是不愿意一直想。比如她对他的感情，只有敬没有爱；比如他和她好像真没有一点儿可能。两人若能在一起，必须翻越千山万水，他可以一个人走完所有的路，也不能要求她等他。现在叶珈成还和易碧雅在一起，他更没办法勉强她。

易霈吃完了这份生日面，看着时简收拾碗筷，还是不甘心，叫住了转身的人："时简，我们……"

"我去洗碗。"时简回易霈。

易霈要说的话，时简多多少少有些知道。她心里很抱歉，也有遗憾，可是她真的回应不起。时简来到厨房，立在水槽旁洗碗。不小心开错了水龙头，出来的是冷水，冻得她一双手立马缩了缩。瞧，这就是本能反应，人都是害怕伤害，她真的不想自己再卷到易家风云里了。

洗好了碗，时简擦了香皂洗手，满手泡沫。

易霈过来了，站在厨房门口，没有说话。沉静的气场也能震慑人心，易霈什么都没有说，时简心里已经升起一些压力。她低着头洗手，没有回过头。

空气也静默，又流动着，仿佛藏着一股股暗流。

这世上，更多的感情是奔腾流动着的小溪、河流、江水，它可以涓涓细流，也可以波澜壮阔。而有些感情，只是暗涌一样的存在，即使汇聚着强大的力量和旋涡，表面依旧平静，永远不会兴风作浪。易霈静静地看着，依旧找不到感情的出口。

想了很久，也犹豫了一番，时简回过身，慢慢开口："易霈，有一件事，我不知道要不要告诉你，关于……"

易霈这样的男人，以后即使没有结婚，身边也不可能没有红颜。她以前不认识易霈，不过以后网络社交那么强大，各国总统的私生活都可以扒出来……易霈是她崇拜的企业家，每次看到他的新闻，她也会关注一下。相比赵依琳在书里透露出的那种似有似无的暧昧，易霈后来正式交往过一位女友。易霈身边难得出现女性，那位女性很快被大家讨论，据说是一位独立创业的优秀女性，一个非常有魅力的女人。

她之前没有提这个事，一方面是太八卦了，另一方面她已经破坏坏了自己的姻缘，不想再破坏易霈的。不过易霈和她不一样，所以时简打算提前通知一下易霈。

他以后会遇上一个非常优秀的女人，与他真正并肩而战，看更好、更远的风景。他会拥有非常好的人生，他想要的，奋斗的人生和相爱的伴侣，他一定都能拥有。

她的话，易霈听完了，非常平静，看不出信还是不信。"谢谢。"易霈对她说。

"不用客气。"时简眉眼一弯，轻轻道，"易霈，你加油。"

"嗯。"

"我以后有钱了，就买易茂置业的股票，不要让我赔钱。"

"好。"

易霈来到沙发前坐下，时简给易霈倒了一杯茶，轻轻放下。

"那你呢，以后有什么打算？"易霈开口问，同时加了一句，"除了买我的股票。"

治病算吗？时简放下茶，抿抿唇角，想了想易霈这个问题，语气平实地说了起来："我后面要做的事情很多，不过目前只想换个专业读书……"

她说起一连串废话，易霈也不打断她，只是礼貌地听着，没有发表意见。过了会儿，易霈问她一个问题，直接得令她反应不及。"还会结婚吗？"易霈逼视她的眼睛。

时简吸了吸气，下意识逃避这个问题，可是对着易霈的眼睛，她说不出谎话。"我不知道。"答案非常诚实。

……

晚饭，小姨夫要请吃大餐。Tim 打来电话，提醒她别忘了。时简告别易霈，一个人回到杨家，门外大家已经整装待发，只等她了。她出国的事情已经定了，家人聚会就变多了。大餐地点选在 A 城的高级食府，一家高档餐厅。

晚饭丰盛，还有 Tim 爱吃的铜锅。Tim 吃着吃着，要上 WC；时简带着 Tim 到卫生间，等在外面。Tim 还没有出来，看到一个还算面熟的男人，时简侧了侧身，打算视而不见。

她不喜欢易钦东这个人，刚开始存在着一定的偏见性；现在不喜欢易钦东，单纯是易钦东看她的眼神。时简不想和易钦东碰面，结果易钦东还是晃了过来，上上下下地打量了她一番，目光油腻，然后喷了她一脸酒气说："咦，这不是时助理吗？"

有些感觉是相互的，时简不喜欢易钦东，易钦东也非常不喜欢时简。格兰城的事易霈压了下来，难道他查不到是谁害他吗？之前他忍她，因为她是叶珈成的女人，现在她算什么？！一个破助理傲什么傲，仿佛赶明儿就要成为易家女主人……不过长得真不错，难怪被叶珈成甩了，还能找到易霈来接手。

"易霈给你多少工资，我出三倍，给我做事怎么样？"易钦东再次开口。

时简没回应。

易钦东更加不屑，"哦，看样子舍不得，难道爬上了我外甥的床不想下来了？"

何曾受到这样的侮辱，时简猛地回过头，瞪向易钦东。

"呵呵，还装上了，摆个高贵样给谁看！"

时简没理会，往前走了两步，突然手被抓住，整个人被带着往后拉。"别以为我不知道你和易需安的什么心！我劝你们，省省心，易家的一切都是我的，易需算他妈什么东西！"

时简甩开易钦东的手，收了收眼底的愠色，提醒易钦东一句："易少，你喝醉了。"

"呵呵，还横着呢。"易钦东靠近时简耳边，恐吓道，"信不信，老子能弄死你。别这样看我，你以为你是谁，一只没人要的……破鞋，只不过易需现在需要你，才稀罕你。"

"Jane……"就在这时，Tim 的声音传来。

时简不想 Tim 看到她与易钦东这样对峙着，一个用力的踢腿，易钦东一个不注意，直接被她踢折了腿。前头的跆拳道不是白学的，时简立在易钦东面前，看着蹲下来的易钦东，一字一句道："易少，走路要小心，别摔了。"

宁圆食府的玉兰包厢里，亮着六盏玉兰花吊灯，光线清雅，室内暖气将冰冷的落地窗户镀上了一层白茫茫的雾气。面对一桌子好酒好菜，主座的男人食欲并不佳，旁边还有人劝他喝酒。叶珈成拿起杯子碰了碰，对方先干为敬，他轻轻放下了酒杯，找了个理由说："最近胃不好。"

"没事没事，叶总随意就好。"

"抱歉。"

面对易钦东他们这帮人，叶珈成还是客气的。推托打太极一向是他的强项，几番虚与委蛇下来，叶珈成差点儿都怀疑自己要和他们"同流合污"了。

难怪父亲对他那么生气。

只是叶珈成有些不明白，人为财死鸟为食亡，大家利益面不同，即使他真帮了易钦东，也算不上什么"同流合污"吧？只能说……叶珈成将手放在桌面敲了两下，想了一个词，只能说是——"与世浮沉"。

包厢门推了开来，易钦东扬着笑脸进来。瞧着右腿有些不正常，摔了，还是被打了？叶珈成打量着易钦东，易钦东看着他，对着旁边人说："大家给叶少倒酒啊。"

旁边人都为难了。叶珈成端起酒杯，慢慢扯唇道："不急，还满着。"

今晚，叶珈成本不打算来，有些火已经烧了起来，作为旁人自然隔岸观火比较好。只是有人已经踏到了易家那个火坑里，所以今晚这出鸿门宴，他还是过来感受一下。

易家越来越乱，没有天大的情面和理由，叶珈成不会蹚这摊浑水。他的态度一直很明确，易钦东没办法讲情，只能说利。

人性趋利没错，不过这个世界比利益更重要的事，还是有的。比如父亲的健康，比如……叶珈成按捺下心思，易钦东偏偏还提到了小狐狸，说起她帮易霈给易老先生弹琴的事。有些事，不用易钦东说他也知道；有些感受，别人提醒一下，他的确更能意识到自己有多在意。

他帮易钦东一定是为了利，时简那样帮易霈，利字肯定放在后面。易家现在是浑水，小狐狸不可能不知道。那么，她那样子帮易霈的理由是什么？易钦东继续"说三道四"，叶珈成支着头，微微合着眼睛，仿佛听得认真。易钦东话里藏着掖着，叶珈成还是感受到易钦东对小狐狸的那股子咬牙切齿的恼恨。易钦东可不是大方男人呵……当然，他也不是。

叶珈成抬起头，回敬了易钦东一杯酒，易钦东惊喜，连忙端起酒杯跟他碰了碰。叶珈成微笑，一张脸有着说不出的英俊风流。

包厢外面有个露台，气闷，叶珈成站出来吹吹冷风。露台正对着下方的停车区，远远走来一拨人，叶珈成视线追着，从远到近。是小狐狸，和她家人。

举头望明月，低头看美人。心情起了涟漪，整个人仿佛微醺，叶珈成凝了凝神，恨不得他和小狐狸从不相识，然后在下一个转角，他重新遇上了她，明明厚着脸皮，还要假装礼貌地朝她要个号码。像她曾经对他那样。

真的好想，重新认识一次，他一定会好好对她。每天好好爱她，更不会气她。

叶珈成结束饭局的时候，有意无意地问了问易钦东的腿。易钦东支支吾吾，说是自己摔了。摔了吗？饭店里面基本都铺着柔软的地毯，除非是在男厕所摔了。

叶珈成简单地"关心"了两句，不再多问。希望真是摔了，不是他所想的那样。

叶珈成一直是一个有着百转千回心思的男人。心思多，心眼自然也多，有些事情，叶珈成不可能不留着心眼。易钦东那点儿心思，叶珈成不说十拿九稳，猜个七成还是没问题，包括最近那些动静，他多多少少有了解。该留的底不能少，该防的万一更是不能少。

叶父即将动手术。

叶珈成的生日是在医院过的，叶母在医院煮了生日面，双蛋。叶珈成吃得很满足，叶母看得也满足。母子哪有什么隔夜仇，上次打了儿子一巴掌，更心疼的人是叶母。

"味道怎么样？"叶母问儿子，"还喜欢吗？"

叶珈成点头，真有些饿了，加上很久没吃自己妈做的东西，连汤带面都吃了个干净。

叶母主动妥协了，"成成，妈妈再也不逼你了，你想晚点儿结婚就晚点儿结婚。"

叶珈成愣了一下，知道自己妈说这话，肯定还有后话。

果然，叶母叹口气，继续语重心长道："不结婚没关系，但是你谈朋友要专心啊，不要随便辜负人家姑娘。你是我儿子，如果被人伤害了妈妈会心疼。她们也是别人家的女儿，你伤了她们，她们父母是不是也会心疼？"

叶珈成像个小孩一样坐在自己母亲跟前听道理，不习惯又抗拒不了。他妈说的这番话，应该是他爸和他妈一块商量出来的。莫名地，叶珈成想到了小狐狸的父母，那天在伦敦的候车厅，他们对他说的话，轻松的谈话里，他也能听出其中的心疼。

面对母亲善良又温柔的目光，叶珈成点了下头，"我知道了。"

叶母站起来收拾碗筷，她在丈夫劝说下明白有些事情急不来，尤其是儿子这反骨的性格。不过爱唠叨的性子还是改不了，叶母看着儿子把这碗生日面吃了个精光，忍不住，又期盼地说了起来："以后你有媳妇，妈妈就把做生日面的手艺教给她，以后由她来做给你吃。"

"好，没问题。"叶珈成答应下来，想了想那光景，眼底也露出了浅浅笑意。

不过现在最重要的，是父亲明天手术的成功。

第二天，叶父手术。

时简坐在易茂会议室开会。三十多楼的高空，落地窗外是一片湛蓝的天，澄碧的颜色仿佛过了水。时简坐在易霂后面，这是一个高强度的会议，会议开到一半，易霂终于叫停休息了。

今天本来她要发言，易霂直接略过她，她一直低头做会议记录，存在感很低。会议暂停，休息十五分钟。易霂对张恺说："张恺，去拿两杯咖啡和一杯清茶。"

"好的。"张恺连忙站起来，离开了。

易霂继续靠着会议椅，没有离座，也没有说话。市场部经理过来送一份文件，本想说两句，最后选择聪明地放下文件，先不打扰了。

桌上手机振动起来，是易霈的私用手机。易霈先看了号码，按了接听键，说了两句话："好，我知道了。"以及"谢谢。"

"时简。"易霈挂了手机，叫了下后面的人。时简放下笔，抬起头。易霈往后靠了靠，压着声音道："……叶市长手术很顺利。"

"……谢谢易总。"

叶父的手术，主刀医生已经换成了吴医生。只是不知道为什么，她依旧有些心绪不宁，可能和她本身心理状态有些关系。易霈慢慢坐正，同时她口袋里手机振了一下，时简拿出手机，里面进来一条短信，叶珈成发来的："时简，我父亲的手术一切顺利。"

时简收起了手机，没有回复，怕不小心又关心了她不应该关心的。

时简下班接到了一个电话，好久不见的赖俏打来了电话，语气热烈地同她说起来："时简，我和子松要结婚了！"

是吗？真是一个突如其来的好消息。

"你知道吗，我们不仅要结婚了，子松还愿意陪我回 A 城生活，好不好？"赖俏在电话里分享自己的幸福。时简往地铁站走着，回了一句："很好啊……"

赖俏继续说，也问起了她："你和叶先生呢？等我和子松回 A 城，我们一起吃个饭。我带上子松，你带上叶先生，怎么样？"

时简转了转头，不知道怎么开口。她和赖俏两个人，她之前还替赖俏心里着急，不过赖俏和程子松能修成正果，她心里还是高兴，只是她现在感受快乐的能力越来越糟糕。

电话那边传来程子松叫赖俏的声音。赖俏又愉快地嗔叹两句，挂了电话。时简嘴角微微翘着，手机还没来得及放回包里，整个人猛地被拽了下，包已经被抢了。

……

"年底有些乱，你这个情况已经不是第一例了……"

时简从警局出来，天色愈来愈暗，黑压压地压着人心。她突然很怕黑，不敢往前走，总感觉自己被人跟着。时简害怕地哭了起来，都不知道真有人跟着她，还是她心理出了问题……

一辆警车倏然停在她对面，警官摇下车窗对她说："时姑娘，刚刚我看你手受伤了，我们正要去一趟医院，上车，我们送你。"

时简眼圈通红，上车之后什么话也没有。年轻的警官赧然一笑，对她说："对不起，是我们没有保护好你们的人身安全。不过请你放心，我们会努力做得更好。"

时简羞愧不已，温暖的感受还是一点点注入了心底。年轻警官又笑着看着她，说了好几个出行注意事项。警车停在 A 城的第一医院，一个警察去办事，另一个帮她挂了一个急诊，最后接到电话，才离开。时简包扎之后，取了药，快速离开了。

等叶珈成十分钟后赶来，已经找不到人了。

Chapter 26
不要等了

　　叶珈成不是 A 城人，不过在 A 城待了多年，动用人脉查点儿事情还是不难。易钦东私下找人办事那一拨人，他刚好有个朋友牵线搭桥，可以认识认识。

　　然后他发现，查易钦东这边的人，除了他，还有易霈。他查易钦东，时简被抢包只是一个怀疑，主要还想知道易钦东会不会有什么动作。该留的底不能少，该防的万一更是不能少。

　　叶珈成跟着朋友一块过来，在九街一个老酒吧见了大名鼎鼎的"丁哥"。午后的酒吧基本没有人，丁哥自己的酒吧，里里外外都是他们的人。叶珈成从小不怕事，只要他在意的事，更不会嫌事多。包间里，他倒酒又点烟，将别人对他那一套路数全部熟练地用来招呼丁哥。

　　丁哥面上还算满意，加上朋友打了包票，悠悠开口："给人办事，钱多钱少都不是事，最重要的还是投缘。"

　　叶珈成赔着笑，同样点了一根烟。太烈，"不小心"呛着了，他拧断了烟头，无可奈何地说："没办法陪丁哥抽了，真不会。"

　　丁哥哈哈大笑。

　　在什么角色面前扮演什么角色，叶珈成不在话下。他今天找丁哥，更多的是想探探易钦东那边的动静，然后丁哥将一段录音放给他听。

　　"易少，是像上次那样吓唬吓唬，还是真做啊……行，我知道了，不过有些难下手……哈哈哈，你别急，急了容易出事……"

　　包间光线晦暗，叶珈成的脸隐藏在灯光下有些看不清，即使绷着一张脸，面部轮廓看着也照样温润清俊，眼底神色更是掩在那一片黑幽深邃里。

　　过了会儿，他挑出了录音里的重点，低低问了问："迷——奸？"叶珈成控制着的语气，还是显露了情绪。丁哥察觉到了怪异，挑了挑眉毛。

　　朋友连忙安抚，实话实说："易钦东要……那啥的女孩，是我们珈成的……心上人，心上人。"

　　气氛微妙地凝滞了下。

　　"对不住，这个我们真不知道……"丁哥连忙开口，交代说，"叶少放心，我们还没动手，没动手。"

　　丁哥笑着说，作为道歉之意，说起另一件事："这可不是易三少第一次做了。之前对付那个嘉仕铂弹琴的女孩，易三少也是找我们办的。那个女孩也奇怪，被害成那样反而跟易钦东好了……"

　　叶珈成压着情绪，一时没有说话，如果他晚点儿过来，如果他没有查易钦东这条线，小狐狸会不会就受到伤害了？他之前只是有顾虑，怕时简会得罪易钦东，没想到易钦东真动了心思。易钦东要怎么伤害小狐狸，迷奸？叶珈成握了握发颤的手……想杀人的心情不过如此，他更想杀了自己。要伤害小狐狸的人，不是别人，是他捣鼓房地产的投资人，是他选择同流合污之人，他还扯什么与世沉浮。

　　叶珈成面色泛白，猛地灌了一口白酒下肚，浑身冷不丁地激灵一下。他紧紧抿了下嘴角，还是说不出话来。事情还没有发生，后怕的感觉已经狠狠折磨着他，控制着他。当然，事情肯定不会像他想的那样糟糕，易需应该会将小狐狸保护好，那个男人一直都比他好。

　　不像他，伤了她，还要气她。

　　随后，丁哥把时简的包放在了桌上，特意开口说："叶少，你看看，有没有少了东西？"

叶珈成拿回了这只白色女包，一起过来的朋友开口："丁哥，你这话见外了，是不是，珈成？"叶珈成点了下头，顿了下，把带来的钱送上，比起易钦东给的，只多不少。

不过，丁哥拒收了。

民不与官斗，丁哥又不傻，混久了也会看人。叶珈成不是易钦东，更不是什么好惹的角色。即使在他面前装得文雅无比，身上那股气骗不了人，玩大了真得罪不起。刚刚叶珈成对他客气是有求于人，意思一下就好了，可不能真将自己当根菜。

"都是熟人，叶少别客气了。我这边可以给你打包票，不会再动那位时小姐一下，有消息也会及时告诉你，不过……"丁哥把烟头摁到茶色烟灰缸里，把话说明白，"易钦东还会不会找别人做这个事，可就不一定了。"

A 城的海川大酒店，名字听着挺正规，海纳百川，却不是什么干净的酒店，是有些有钱男人喜欢消费的高级场所。夜色已经深了，易钦东洗了澡穿着睡袍出来，见人还没有过来，忍着脾气打电话过去催，猴急猴急的。

电话刚挂断，门铃立马响起，易钦东过去开门，立在门口有些发怵，"珈成……"

外面下着雨，淅淅沥沥，叶珈成穿着一双黑色皮鞋进来，还潮湿着的鞋底踏上柔软的花色地毯，静寂无声。

"我过来给你送份文件，你看看。"叶珈成拉了一把椅子坐下来，把文件丢到桌面上。

"大晚上的，叶少…"易钦东迟疑地坐下来，不明所以，还是看了起来。

越看，一张脸越是绷不住地难看。

叶珈成开口："你在叶茂的股份，我全额高价回收。可以现在签字，或者等你的律师过来再签字。"

易钦东丢了文件。

叶珈成一副料定的样子，好心提醒道："我建议你现在签字，不然就没有这么好的条件了。"

"叶少，你这不是过河拆桥吗？"易钦东问，很生气。

"生气了？理解。"叶珈成倾了倾身，"我告诉你，我现在比你更生气。"

"珈成……"易钦东尽量笑起来，好脸色地问起来，"我们是不是有什么误会？何况一下子那么多钱，你哪儿来？"

叶珈成无须一一解释："钱不需要你担心，你签字了，该给你的，我一分不会少你。"

叶茂现在势头那么好，易钦东肯定不会签字，他直接丢了笔。这世上哪有那么便宜的事，叶珈成想过河拆桥，没门！心里更加怪起了自己妹妹，连个男人都抓不住。

易钦东不想签字，叶珈成也不急，就等着。

"珈成，我们肯定有误会，是不是易需对你说了什么？"易钦东琢磨了一番，猜想叶珈成肯定和易需联手了，一定是！他见叶珈成照样是面不改色，讲起了法律："叶珈成，你这是逼迫，是犯法的！"

"犯法……哈哈。"叶珈成直视着易钦东，冷冷问出声，"你跟我讲法？"

易钦东咬咬牙，"叶少，就算你是市长公子，咱们做事还是要讲法律。"

"可以。"叶珈成还算平静地回易钦东，"既然你喜欢讲法，我们就讲——法——"

　　猛地，叶珈成站起来，心中的戾气已经蹿了出来。他铆足了劲踹倒了易钦东的椅子。易钦东措手不及，连人带椅子，一块倒在了地上。

　　易钦东姿势难看地躺在地上，瞪着圆溜溜的眼睛，一时爬不起来。

　　叶珈成蹲下身，然后将手机里的录音放给易钦东听，一句易钦东自己说的话："有本事她们去告我强——奸啊！"

　　易钦东明白过来了。

　　叶珈成丢掉手机，更是靠近他说话："易钦东，她们不敢告你，我敢。"

　　"叶少……"

　　"A城法院我很熟，你喜欢哪一家？"

　　"或者我们可以换个方式，既然你那么喜欢上法庭，你也可以上法庭告我，当个被告多没意思？"叶珈成扯着嘴角，真心给了建议，"比如可以告我违反合同，恶意胁迫。"

　　"或者……"叶珈成丢开易钦东，用皮鞋踩住易钦东的手，接着说，"故意伤害什么的，会不会更好？"

　　张恺有一次在易钦东面前，扯了一句话："那可是一匹来自南方的狼啊，易少一定要慎重考虑呀……"

　　易钦东躺在地上，起不来。叶珈成不吃亏他知道。他会选择跟叶珈成合作，也是在给自己下赌注，毕竟两人之间他比叶珈成更怕撕破脸。不过叶珈成一直是按合同条款办事之人，外界对叶珈成有个评价非常高：尊重合同。只要叶珈成签了合同，根本不用担心会中途翻脸不认人。所以之前叶珈成将条件开得苛刻，易钦东也签了，赌的就是以后叶茂能成为和易茂匹敌的房地产公司。现在叶珈成要踢走他？易钦东就算明白缘由，也不想轻易认栽。

　　的确，叶珈成非常尊重合同，不会轻易变卦。叶茂独立经营权在他这里，原本他对易钦东完全可以选择眼不见为净，不过现在真不行了。当然他也没那么天真，以为说几句话易钦东就会发屃地签了合同，毕竟法院真不是他家开的。

该留的底不能少。叶珈成松开易钦东，还拉了易钦东一把。

易钦东："……"

叶珈成直接把合同往易钦东手里一丢，慢条斯理地站起来，说起了两件事，两件易钦东万万没想到他会知道的事。叶珈成说得很慢，似乎在给易钦东时间反应以及选择。

"如果强奸罪你不怕，后面的呢？当然易少胆量过人，你们易家更有钱，可能也无所谓。"叶珈成挂着笑，语气却带了两分疾言厉色，"不过你既然喜欢用法律解决问题，我们就以法论法，那些数额加起来，咱们算算可以判多久？噢，再加上几个故意伤人罪，乱七八糟的，事情还挺大……"

易钦东身体已经坐直，浑身冒汗，但面色仍有怀疑。

"不信我都知道？"叶珈成瞧着易钦东的神色，讥诮着，"本来我是不知道，不然也不会跟你合作，不，是狼狈为奸。即使我自认清白，个人形象也大打折扣，是不是？"

易钦东："叶少……"

"怎么，这样就害怕了？"叶珈成嘴角翘着，酒店房间雅白的灯光照着他澄清贵气的眸子，看起来无害又无赖，"易钦东，本来我也不想多事，你可以说是自己——找死，打什么恶心主意……时简是你能动的人？"叶珈成说到这儿，眼底的寒气骤然升起。他话已经到位了，如果前面都只是铺垫，后面才是他今晚过来的真正目的，"千万别去惹时简，你惹不起。"

易钦东好女色，在女人这里栽过很多跟头，无疑这次的跟头是最大的，他妈的一个破鞋、破助理！他对时简起了那种心思，一方面是看不顺眼她那股矜傲气，另一方面是他父亲越来越喜欢她了，真怕她给他整出什么幺蛾子。所以，他先找人吓唬吓唬她，想再找时机做那事，也尝尝叶珈成和易霈都玩过的女人。当然易钦东也不敢光明正大地来，事情安排好谁知道是他做的，到时候那位助理小姐只能打掉牙往肚里咽，自认倒霉。

结果事情还没有做，先阴沟里翻了船。易钦东面如土色，心里不是没有害怕。

叶珈成冷声发问："明白我的意思吗？"

"叶少，我真没有，我没有……"易钦东自然明白他的意思，急着解释，"我什么都没做……"

"别着急。"叶珈成看着易钦东，反而和颜悦色起来，"我知道你还没下手，所以你现在还好好的，不是吗？"

易钦东的气息不由自主地加重了。

叶珈成轻轻一笑，面色有两分真诚，"我们怎么都是合作一场，我不至于一点儿情面都不给你，但是钦东，你这次真踩到雷区了。"

"珈成，真是误会一场。"易钦东见叶珈成脾气真有些下来，赶紧扯了扯笑，"我是看那位时助理和易霈，我替你气不过，所以我……"

叶珈成面色再次凝结下来。

易钦东不再作声。

该说的话说明了，该处理的事情处理好了，叶珈成站起来准备走。临走前不忘贴心地将两位年轻小姐给易钦东叫回来，拍拍易钦东肩膀，说一句："夜晚愉快。"

夜晚愉快，这样的夜晚如何愉快，不糟心就谢天谢地了。叶珈成走出酒店，将易钦东签好的文件丢回车里，狠狠关上了车门，然后用力地踢了两下车门。

有些气，他始终没办法消除，因为那些都是他生自己的气。

　　小狐狸……他的小狐狸，是他自己丢了她，还能怨谁？他还祝她找一个更好的人，她也找到了。如果他现在愿意为她成为那位建筑师先生，她会愿意回来吗？

　　"你最近会生气吗？"在心理治疗室，心理医生问时简。

　　时简摇摇头，说："……可能最近没有事情可以生气。"

　　"……时小姐，虽然我还没有完全清楚你发生了什么事，但我的建议还是跟上次一样，不要压抑自己。"

　　时简微微垂眸，不知道怎么办。

　　"其实你自己也意识到了这个问题。你根本不是感受不到情绪，而是你刻意压抑了它们。你潜意识里希望通过压抑情绪的方式来控制心情和想法……时间久了，身心自然会崩溃，觉得自己失去了感受情绪的能力。允许我冒昧地问一问，你是不是想控制自己的……感情？"

　　世间那些令人痛苦的感情问题，大多都是庸人自扰。心理医生猜对了，时简没有什么难堪，事实差不多是这样。她是在控制自己的感情，控制自己不要爱叶珈成了，控制自己不要再想叶先生了。她强行告诉自己，所有事情都已经改变，叶珈成和易碧雅在一起了，他已经不是她的叶先生了，所以应该快点儿放下。可是，放不下怎么办，那就控制自己的感情，感情控制不住怎么办，那就控制情绪。只要控制好自己，她就不会打扰叶珈成，就可以解脱自己真正开始全新的生活……只要她放下，什么问题就都解决了。

　　她想方设法控制自己的感情，忘了叶珈成，忘了叶先生，忘了满天繁星的誓言，忘了点点的遗憾，忘了她和他一起改的《致爱丽丝》，忘了那些所有甜蜜的记忆和想要弥补的遗憾……

　　她之前急于求成，是为了让叶珈成能爱上她，现在急于求成，是为了让自己放下。她知道有些事快不得，可是她真的太痛苦了。她好怕自己不小心，又会去找叶珈成，哭着告诉他一切，逼着他相信自己是他的妻子，逼着叶珈成承受不属于他的感情负担，逼着他回应她的爱……

他是她的叶先生，曾经那样爱她疼她呵护她，她怎能自私地逼他？她又拿什么逼他，她已经不是什么独一无二的大宝贝，甚至从来都不是。

她不能逼他，她只能逼自己。终于，把自己逼出了问题。

时简抽空的时候，收拾了下行李。叶珈成送她的那对水晶小狐狸，她犹豫了一下，还是和那块名贵的女表放在了一起。记忆里叶先生也送过她很多块表，一方面她喜欢戴，另一方面"时简"寓意"时间"，时间很宝贵，时简更宝贝。

时简坐在行李箱面前，低笑出声。如果记忆也可以打包就好了，可是如果记忆真可以打包，她会打包丢掉吗？答案是否定的，她很清楚。

这两天状态好了不少，她真的不应该压着自己的感情。她会有放下的一天，不过需要时间。

时简开始办理离职手续，最后一个星期，她越发要把手头的工作都处理好。接替她工作的人还没有来，张恺说不需要。

时简要走了，总经理办公室的气氛也微妙地变了。张恺莫名伤感，又说不出什么责备的话，时简只是出国读书，易总都同意了。

舍不得，是肯定的。

时简在办公室整理文件，张恺走过来，忍不住，拍了下时简后脑，毫不留情。

时简揉了下后脑，望了望张恺。

"这脾气，怎么好了？"张恺笑嘻嘻，靠着桌边问，"真要走啊？"

时简一时没说话。

唉，看来真是心意已决了。张恺摊摊手，幽幽道："……英国不错，易茂在那边也有业务，以后我跟着易总出差，记得请我吃饭。"

"没问题啊，你想吃什么都行。"

时简最后一次到易家弹琴，亲自告别易老先生。易霈陪她一块到易家，易老先生依旧在主宅的书房等她。这应该是她最后一次来易家了，可能也是最后一次见易老先生。书房里，易老先生没让她弹琴，反而和她聊起了易茂服饰。易茂服饰是易老先生的心结，既然易老先生主动说起，时简便实话实说。

易老先生问："你怎么知道阿霈会做好易茂服饰？"

时简用易老先生之前的话回他："我是易总的员工，当然替他说话。"

易老先生先是笑了下，然后叹口气，"你既然那么信任阿霈，为什么还要走？"

"我……"时简一时想不出应答的话。好多人都问她为什么要走，可是很多事情根本没办法交代。易老先生看了看她，眼睛浑浊又老于世故。

"阿霈非常喜欢你。"易老先生开口说，"不过看得出，你不喜欢他。"

听易老先生这话，时简低了低头。

"时小姐，阿霈那么优秀都得不到你的心，易家的富足也留不住你，你的心还要往外飞。我真的很好奇，你想要的是什么？"

时简抿了下唇。她觉得易老先生弄错了一个问题，这跟心大不大有什么关系？壮着胆，时简反问易老先生一句："难道易大小姐的心很小吗？"或者林大小姐。

易老先生不说话，望着她，目光如炬。

时简微微颔首，以示抱歉，她没有任何冒犯的意思。

时简走出书房，刚好撞上易碧雅进来，似乎是找自己父亲商量事情。易碧雅对她笑了笑，看她的目光又有些退缩。时简直接走了，她不讨厌易碧雅，但也不喜欢每次易碧雅对她的样子，仿佛想求得她的和解。两人本身没多少交情，扯那么多表面功夫做什么。

客厅，郭太太正在打麻将，和一帮贵太太聊天说话。时简听到一句话，已经清楚易碧雅进书房找易老先生商量什么。

"哎，老实说，两家早该见面了，如果不是叶市长做手术，事情一拖再拖。"

那边郭太太话音刚落，奉承话接二连三地响起。郭太太客套地应答，然后又问起："……你们说我明天穿什么好？等会儿你们给我一些主意，我听人说珈成妈比较朴实，如果我穿得比较隆重，反而不太好……"

"小狐狸，其实我是不婚族。"耳边想起去年情人节温存结束，叶珈成对她说的话。

骗子，大骗子！

"时简，既然你决定放下出国，可以把事情完完全全告诉叶珈成。"易家的公路外面，易霈不疾不徐开口道。时简怔了下，看向易霈。

"如果叶珈成真爱碧雅，就算他相信你的话，也不会受到影响。如果叶珈成还是不相信，那就痛快地骂他一顿，不用留情。"

时简转过头，有点儿不相信。易霈在怂恿她，以他的方式，真心又诚意。

易霈也觉得不可思议，自己居然会给出这样的建议。原本他已经没什么胜算了，现在真是断了最后的可能，"时简，你可以自私一点儿，真的。"

叶珈成来医院给叶父办理出院手续，然后安排了酒店让父母入住。

儿子这段时间改变很大，叶母看在眼里，猜在心里。酒店套房里，叶母温温柔柔地开口说起来："我们要回去了，易小姐说请我们吃个饭，我们待在 A 城那么久，也得到他们的一些照顾，于情于理是应该见个面。不过我们到时候是感谢，还是道歉？你父亲让我问问你，你到底怎么想？"

"易碧雅什么时候来找过你？"叶珈成没有回答，只是问了这句。

叶母："……前两天。"

叶珈成："我和她上个月就分了。"

叶易两家见面，时简最后一天来易茂上班。原谅她胆子太小，还是没有勇气跑到叶珈成面前说出一切。易霈将她品格看得太高，比起担心破坏叶珈成和易碧雅的感情，她更怕说出一切之后，叶珈成还是选择了易碧雅，她又该如何自处？最怕，她还会像之前那样怀疑叶先生的爱，对叶先生不公平，对叶珈成也不公平。

时简转过头看向落地窗外，天际已经染了霞光。易茂最后一天班，也快下班了。时简打开抽屉，发现易茂楼顶的钥匙还在她这里，突然想上去看看。

或许还应该拍张照片，留作纪念。

不知道以后还会不会出现"灵鸟"。好多人和事都改变了，城市会改变吗？时简上楼，对着还没有"灵鸟"的方向拍了一张照片，还没有高楼大厦的前方，视野宽阔。时简眺望了一会儿，心里依旧迷惘。

她把钥匙还给张恺，张恺收起了钥匙，抬抬头，轻松道别："再见，小时简。"

肉麻兮兮的，时简嘴角一翘，"张恺，再见。"

张恺失笑，心里也有些惆怅，指了指易霈的办公室，"需要到里面道个别吗？"

时简神色一滞，开口："……已经道过了。"

张恺："好。"

时简和易霈的确已经道过别，昨天结束易霈送她回去的时候。昨天易霈还说了，今天她不用过去和他道别。

缘聚缘散，人合人散，都是人生常事。

张恺觉得自己不应该再多事了，只是驱车看见时简抱着箱子低头走在前方，还是忍不住问问后面的易霈："易总，需要载一下小时吗？"

张恺的问话，易霈过了好一会儿，才回答："不需要。"

张恺立马不再多话，将车缓缓地从时简对面开过，汇入了川流不息的车流里。车来车往，尾号 06 的黑色奔驰车其实不怎么显眼。张恺心里是遗憾的，他都遗憾了，阿霈又怎能没有遗憾？

一秒，两秒，三秒……

红灯仿佛有感应地亮起，车子停了下来。易霈还是侧了侧头，回头看了一眼。时简已经走到路口，她似乎往某个方向望了望，仿佛习惯性的，因为那边有叶茂。

很多次，他坐在车里，看到她走到路口的时候往叶茂的方向看，就像那里有她的另一个世界。她不是找不到方向的人，踟蹰前行只是因为背负着一腔情深。不累吗？所以昨晚他建议她同叶珈成说出来，她想了很久还是摇摇头，理由同样是之前他给她的那个："既然决定走了，还是不要说了。"

他能明白她的想法，只是作为观看的旁人，他希望她轻松一些。可是有些感情，大概注定没办法轻松。她比他想得更爱叶珈成，更爱那位只能活在她心里的爱人。

"如果不打算说了……时简，我有个不情之请。"

"易总，你说。"

"如果有一天你考虑结婚了，可不可以考虑下我。"

"易总……"

"我会等你十年，时简。反正你说了，我十年后还没有结婚。"他开着玩笑，强人所难，还强词夺理。

　　"易总，如果我们可以在一起……我不会让你等十年。"

　　……

　　她还是拒绝了他。等一个人太辛苦，她连等的机会都没有给他。她还笑着说："易总，你看我都不等了。"

　　她真的不等了，所以她选择彻底离开。

　　每一次他诉说心意，她都能将心比心地给他最好的安慰，犹如天边明月，照得人心底明亮……易需收回了视线。如果有一天月亮失去了明亮，作为赶路人的他，最期待的还是它恢复光芒那天，即使以后只能盈盈如水地挂在他的视野里。

　　所以没必要了，最该留她的人，从来不是他。

Chapter 27

小狐狸，对不起

　　君合酒店十九楼高级宴会厅，易家人差不多到齐了。易碧雅穿着一件白色外套等在外面，电梯开了，只有叶珈成一个人从里面出来。侍者连忙上前，要帮他脱大衣，叶珈成礼貌地拒绝了。

　　叶父叶母都没有来。

　　易碧雅扬着笑问："珈成，叔叔阿姨呢？"

　　"他们不会来了。"叶珈成回答，直视易碧雅，再次开口，"我以为上次说得很清楚了。"

　　"珈成……"不好的预感强烈地席卷过来，易碧雅面色泛白，"只是吃个饭。"

　　"是吗？"叶珈成望望里面，"那可能是我误会了。不过既然是误会，大家当面说清楚会不会更好？"

　　这一刻，易碧雅也是恐惧以及愤恨的。面对叶珈成的坚决和无情，叶父叶母是她最后的希望……只是今晚他们都没有来。易碧雅的脸已经又白又红。叶珈成再次开口："所以你进去说，还是我？"

　　叶珈成将她逼得无地自容。为什么，所有人都逼她？母亲，哥哥……以及眼前这个她期盼可以带着她站在易家中心的人。

　　时简回到了杨家，小姨夫居然也知道今晚郭太太要见女婿这件事，还想找她打探事情。小姨夫有些话当着 Tim 的面说了出来，Tim 听得很难过。小姨夫拍拍 Tim 的肩膀，"我说你这孩子，泪窝怎么这么浅。"

Tim 郁郁，出去玩了。

时简也上楼，一个人关了门。打开一首轻缓的小调，开始整理东西，最后整得快没思绪了，她终于停下来，坐在书桌前，抬头看了看墙上的钟。

现在已经是晚上七点，叶易两家见面了吧。

有气无力地，时简趴在桌上，默默地没有抬起头。这一刻，她还是难受，以及难以接受。慢慢坐直，桌面放着一张买好的火车票，明天出发去青林市的。距离出国还有一段时间，她打算找个地方走一走，前两天买票的时候不知道去哪儿，最后直接买了去青林市的票。那些叶先生曾经带她去过的地方，她再去一次吧，好好告个别。

心理医生问她有没有其他方式可以宣泄她的感情，认真想想还是有的。时简拿出了两张信纸，仔细地将它们摊平，拿出一支黑色钢笔，熟练地写上"珈成"两个字，冒号……她写叶珈成的名字，比写自己的名字还熟练。两人结婚之后，她总有很多机会写丈夫的名字，有时候都可以以假乱真了。

这封信，时简不知道会不会寄出，如果寄出什么时候寄出。洋洋洒洒两页纸，她写得很快，又流畅，仿佛叶珈成坐在她对面，她同他说话一样。时简又将信装进了信封里，地址写什么？时简眼眶泛红，匆匆写上："A 城东区，林溪路 192 号，天美嘉园……"

是她和叶先生曾经的家庭地址。

所以这封信，注定还是寄不出去，就算寄出去了，也寄不到……

君合酒店十九楼，叶珈成对着几个易家人，弯了弯腰，直接转身走出了宴会厅。

酒店暖气太热，叶珈成扯了扯里面的领子，耳边响起小狐狸对他说的话："叶珈成，你能不能不要和易钦东合作？""叶珈成，听说你和易家小姐在一起了？"

以后他真不会和任何易家人存在一点儿的纠缠和关系。他执迷不悟、自作自受那么久，该醒了。叶珈成抿了抿唇角，来到电梯间，伸手按了往下的按钮。身后易碧雅追了过来，面色难堪，她拉住了他的胳膊。

叶珈成回过头。易碧雅说话都吃力了："珈成……你为什么要这么对我？"

叶珈成回答："我只是将你没说的话说出来。"

易碧雅本能地想给自己辩解，着急又不甘："叶阿姨对我好，他们要走了，我想请他们吃个饭，难道这也不行吗？"

"不是不行，不过你真这么想吗？"叶珈成反问，样子轻轻松松，"碧雅，我真以为上次我们已经说清楚了。"

没错，上次都说清楚了，但是她不想分手。

"我不接受分手。"易碧雅开口，语气坚决，说出的话连她自己都意外，"我不接受分手，珈成……你不能这样玩弄我的感情，由你说分就分。"

易碧雅话音落下，叶珈成一顿，不再出声。

易碧雅期盼又紧张地看着，继续补上："珈成，我爱你，我真的爱你……"

"呵……"叶珈成有了反应，他侧了侧头，看着易碧雅；易碧雅抬着头，神色像她性格一样，看起来谨小而慎微，可事实并不是这样。

空气变得僵硬，易碧雅不接受分手，叶珈成很无奈，他低了低头。老实说，易碧雅不想分手没有错，不能所有事情都由着他来，只不过后面的话……

"碧雅，有些话我本不想说，不好听。"叶珈成开口，声音平静。

易碧雅握了握手，有些猜到叶珈成要说什么了。

"不过我真有些不明白，你每次说爱我不觉得……"叶珈成弯弯嘴角，语气不自觉带着两分自嘲，他没有嘲笑易碧雅，而是嘲笑自己，"我承认我是抱着不纯正的心思跟你在一起，你没有吗?

"本来我觉得我们两人交往，各有心思，挺公平的；之后有些事的确是我对不起你，你是我女朋友，我做一些事的时候没考虑你的心情。不过你说爱我，我真不知道你爱我什么，上次你前男友回国，大概以为我们还在一起，他给我发了两条短信……"

"珈成!"易碧雅出声，音质都变了，阻止叶珈成说下去。

叶珈成顿了顿，颔首，"对不起。"

这声对不起，不是为了之前他的行为，而是刚刚的这番话。不留情面的语言总归是伤人的，当然这也是他最后的道歉了。本来他觉得有些话心知肚明，没必要说出来。

易碧雅松开了手，叶珈成进了电梯。他同情易碧雅，更同情自己。事情归根到底，错得最离谱的人还是他，错了还选择将错就错，负气选择了易碧雅。叶市长前几天对他说了两句话："珈成，爸爸一直教你忠义仁信，你一直记得很好，很多事也都能做到七分。爸爸虽然老说你，心里还是很为你骄傲，除了你对男女感情的态度。可能你觉得爸爸思想老旧，有些话不爱听，不过男女感情更讲究忠、信两字，你明不明白……"

电梯一路往下，心一直往外。叶珈成立在电梯中间，面无表情，明晃晃的电梯光面照着他的面目，样子清晰明净，神色又有些陌生。

他父母已经提前回了青林市，叶太太临走前心情还十分愧疚，只是最后相信她的儿子能处理好。酒店外面风刮得厉害，叶珈成的眼睛被吹得生疼。一直以来，他不愿意改变自己，父亲也好，小狐狸也好，所以分手的时候，他祝小狐狸找一个更好的人。

路过一家水果店，叶珈成神思恍惚，然后进去挑了一个大榴梿。店员问他要不要取肉，叶珈成摇摇头，"不用，谢谢。"

"叶珈成，榴梿要这样吃才够味。"

"是吗？"

"你试试……哇塞，这块好大，给你吧。"

"哦。"

"嘻嘻嘻，好吃吗？"

"嗯……"

"哈哈。"

"呵……"

"叶珈成，你刚刚笑什么？"

"小狐狸，从头到尾都是你在笑好吗？我只是看你笑个不停，配合一下。"

"噢……"

"……小狐狸。"

"干吗！"

"啊，叶珈成，你别乱碰……"

"珈成，我爱你。"

"珈成，快说你也爱我……"

"我爱你，小狐狸。"叶珈成上了车，整个人趴在方向盘上，有些失控。他爱她，他爱她……他只爱她。一颗心酸涩不已，还发胀，发疼，车子往前开着，速度很快提了上来。

他要成为更好的人，给她最好的爱，变成她心中那位建筑师爱人，然后完完全全取代"他"。他以后都不会惹她伤心，更不会辜负了她。

所以，她还能不能给他一次机会，再相信他一次？

第二天，时简出发去青林市。

叶珈成认认真真地想了一夜，不管如何，他都要找时简好好聊一聊，像他父亲之前说的那样：第一，你要足够认真；第二，你要拿出你的认真；

第三，你要坦诚你的认真。你找她好好谈谈，最好告诉她你以后的人生规划和理想……

他给时简打了一个电话，想问她有没有时间，他过去找她。手机无人接听，呼叫转移。

叶茂对面有个商场，外面最中间是醒目的钻石广告，闪耀的钻石戴在女人漂亮的无名指上，仿佛爱情会发光。叶珈成立在落地窗前，目不转睛地看着。

"叶珈成，我撒谎了……其实我很想和你结婚，不止结婚，还想跟你生宝宝……宝宝的名字都想好了，就叫点点，繁星点点的点点。"

点点，男孩还是女孩？他刻意拒绝期待，以不婚族的理由，现在回想起来只剩下好笑。

叶珈成来到钻石专柜，认真地挑选，指着一枚周围镶着星星点点碎钻的钻石戒指对导购小姐说："这个帮我拿出来看看。"

"先生，你眼光很好呢，这款钻戒有个很好听的名字，繁星。"

繁星……叶珈成很快决定，"就要它。"

不远处，有人对着他打招呼，叫着他叶先生。叶珈成转过头，对着一张幸福灿烂的笑脸，记起来了，"你好，赖俏。"

赖俏和程子松一块选钻戒，没想到在这里遇上了叶珈成。她离开 A 城一年多，有些事情自然还不知道，看到叶珈成在这里选钻戒，热络地过来打招呼，顺便介绍自己的准老公："程子松，我们快要结婚了。"

导购小姐将叶珈成的钻戒包装好。赖俏瞧了两眼，忍不住问："你是打算送给……"

赖俏还没有问完，程子松咳嗽一声，叶珈成已经点头，"是。"

赖俏嘘了一口气，颇埋怨地看了眼程子松，很是感慨地说起来："你们在一起这么多年，是该结婚了。"

"这么多年……"

"不是吗？"赖俏有些疑惑，又怕自己说错话，用力扯着自己准老公的胳膊：快帮她圆话啊，她会不会害了时简？

"是，我们在一起很多年了。"叶珈成意外地接下这话。

赖俏轻松地笑起来，回想起往事，心里更是甜蜜。她望了两眼旁边的程子松，说起来："当时我和子松在君合酒店第一次见面，时简吃得好好的，突然追着你出去，我还奇怪……"

赖俏还没有说完，叶珈成作势要走了，临走前不忘说一声："谢谢。"

他和时简第一次见面的确在君合酒店，当时她拦下他要号码；然后在易茂男装店里，她变成导购员俏生生地给他推荐衣服，无比熟悉他的尺寸……她考研故意找机会问他题目，他无聊做好题将答案发给她，然后一次又一次地交集。她追求着他，仿佛他是她的爱人；直到她给他过生日，她醉酒哭着叫他老公。

她还会说青林话，她常常熟稔亲昵地唤他珈成；他梦想失意，她带他到易茂大楼让他坚持做建筑设计……她告诉他，"灵鸟"会成为举世瞩目的作品，请他一定不要放弃。

他原本以为时简爱他，只是因为他同样是建筑师。

是不是还有很多，他不知道的事情。那些她藏在心里没有说的事，那些她没办法表露的感情，那些被他一次又一次伤害的期盼……

所以分手那天，她对他说："不会找了，最多……再等等吧。"

青林市的豆腐丸店，时简要了一人碗，然后往里面放半勺辣椒，半勺香醋，是叶先生告诉她的独家吃法。老板转过头瞅了瞅她，"姑娘，我是不是见过你？"

老板用青林话问她，时简也回了青林话："老板你记性真好，我去年来过。"

老板又有些想不起来，头疼道："人老了，记忆越来越糟了。"

时简望着老板，离开之时，试探地问了问："叔叔，你最近是不是常常头疼，这个地方？"

叶珈成一直很喜欢青林市这家豆腐丸店，后来老板脑溢血去了，儿子手艺又不争气，他每每提起来还有些遗憾。

"姑娘，你是医生吗？这都能看出来。"老板打趣着，慈眉善目。

时简没有解释自己不是医生，算是默认了。她思量着开口："叔叔，有时间去医院做个检查，别拖着。"

时简声音温和，样子认真。豆腐丸店老板真相信了，连连点头，"……哦，好好好。"

叶珈成直接来到了易茂总经理办公室，时简的办公桌已经空了。重新上班的 Emliy 跟他过来，再一次疏离地提醒："叶总，时简真的已经离职了。"

"她去哪儿了？"叶珈成声音有些发抖，微微的、难以察觉的。

"出国。"Emliy 回答，语气没有客气。

叶珈成转了转头，心仿佛撕裂开来。真相是什么，他需要切皮剥肉才能看清楚；心意是什么，非要等到抽筋剥骨才明白。分手那天，小狐狸告诉他："我不会再找了，最多……再等等吧。"

她找了多久，她等了多久？她终于不再等了。

叶珈成很难过，一颗心仿佛被钢绳捆绑住，用力往外拉，阵阵剧痛席卷上来，真真的挖心掏肺之痛。

叶珈成现在这个样子太……Emliy 原本想为时简抱个不平，看到叶珈成的面色，还是告诉了他："小时只是出国读书，所以辞职了，不过她应该还没走。"

叶珈成转身就走，脚步匆忙。Emliy 站在身后，忍不住说起一件事：

"去年时简在公司里工作，原本是好好上着班，因为看到一条短信，她当场昏倒了。"

叶珈成面色煞白，像白纸一样。

张恺出来，也是第一次看到这样的叶珈成。昨晚叶易两家的见面情况虽然郭太太瞒住了，可消息还是传了出来，郭太太的脸丢大了。有些事，外人只能揣测个三分，张恺不敢再多加乱猜，他走过来，以特助的口吻道："叶总，你还有时间吗？我们易总想见你。"

易霈在易茂的楼顶。

易茂的楼顶，叶珈成来过两次，没想到他还会在这里和易霈见面说话。

易霈也没有想过，他会选择告诉叶珈成一切。即使她已经走了，他也是唯一知道她秘密的人，他并不想分享它。叶珈成不信她，他信她，不是吗？

可这世上，没什么公平事；这世上，却存着真缘分。老天特意安排这样一场提前到来的缘分，是属于叶珈成的，而不是他的。

叶珈成站在易霈旁，心情一直在起伏。他头发长得快，前段时间又长了。风一吹，全部呼啦啦地往后卷，手放在围栏上，前面是一片偌大的商业中心。

一些话，易霈留有余地，甚至建议说："如果不信，不要找她了。"

叶珈成没说诂，过了会儿轻笑出声，面对易霈投来的视线，扯唇道·"就算不是真的，我也相信，更希望一切是真的。"

易霈抿了下唇，后面的话他已经不需要说了，他不想说什么虚伪的祝福，只是他不想祝福叶珈成，却要祝福时简。

"易霈，谢谢。"叶珈成准备走了，临走之词真心又真意。

易霈："不用。"

"呵……"叶珈成点点头，其实他很吃醋，给他拨开迷雾的人是易霈，"等我和时简结婚，请你吃喜糖。"叶珈成再次开口，玩笑话又带着真。

"不用。"易霈再次拒绝，随后他转过头，停顿了半秒，"如果真有那么一天，时简会请我，不用你请。"

叶珈成颔首，样子谦虚地收下这话。

时简的手机在火车上被偷了，只能用青林市街边小店的收费电话机给杨家打电话。Tim 接听了电话，对于她出去玩不带他的行为，说了两句伤心话，又很快被哄好了。

"Jane，你还要玩几天？"Tim 问。

"后天，我后天就回来了。"

"好吧，祝你旅途愉快。"

"谢谢……"

Tim 挂了电话，继续在时简房间玩电脑。电脑旁边两本书下压着一封信，Tim 看了看信封，信是写给珈成哥哥的，他有些好奇里面写了什么。

可是他再好奇，也不能打开看。想到昨晚小姨夫的话，Tim 托着下巴叹气。珈成哥哥要结婚了，没机会成为他的姐夫了。

结果下午，Tim 就在杨家门口看到了即将当别人新郎的珈成哥哥。他过来找 Jane 吗？Tim 瞅着叶珈成，一股愤愤之气油然而起。

"Tim，我想找你姐姐。"外面，叶珈成神色着急。

Tim 摇摇头，"她不在。"

叶珈成想继续问，Tim 已经想关门了。叶珈成低下头，"那你知道她去哪儿了吗？"

Tim 不想说，一双像极时简的眼睛转啊转，然后他抬起头，"你要和别的小姐结婚了吗？”

　　“没有……”

　　Tim 不相信，又问：“从来都是你不要 Jane，对不对？你令她难过了……是不是？”

　　孩子的质问最直接，也最入心。

　　叶珈成没有反驳，Tim 继续道：“我不喜欢你了，我和你以后也不是朋友了。”

　　上次在飞机上，叶珈成陪 Tim 聊美丽的地球，聊深奥的宇宙，两人秘密地成了朋友。即使 Jane 和珈成哥哥分手了，可她每次都说珈成哥哥是很好的人。可是很好的人，为什么不要 Jane，Jane 也是很好的人。

　　Tim 很伤心、很生气，不过还是告诉了叶珈成：“Jane 去了一座城市旅游，秦……林。后天才能回来，你后天再过来找她吧。”

　　Tim 说得一字一顿，青林因为陌生说得十分不准。Tim 说不准，叶珈成更是听不准，秦……林，是哪里？秦林，青林……叶珈成，你真是一个笨蛋、浑蛋！

　　叶珈成心里充了气，鼓鼓胀胀地压着他的胸腔。

　　Tim 又想到了那封信，犹豫之后，叫住叶珈成：“等等，有一封信，Jane 好像写给你的。”Tim 中国字认识一半，把信拿过来给叶珈成的时候，不放心地问了问：“是给你吗？”

　　叶珈成看着地址和上面的名字，回答：“是。”

　　“那你拆开来看看，看完告诉我，Jane 对你说什么了。”Tim 会把信给叶珈成，一方面觉得自己当了小邮递员，Jane 就不用再寄了，同时信是给珈成哥哥的，他再好奇也不能拆了看，所以换个方式，希望珈成哥哥看完告诉他。

　　“不好意思……”叶珈成“无情”地拒绝了 Tim，“我不能告诉你。”

当晚，叶珈成直接回了青林市。他在飞机上看了时简的信，看得眼眶发疼。

叶母以前常说自己儿子没有泪腺，好像生出来就不爱哭，小时候做错事被打了，更不会抹眼泪求饶。"你觉得他需要求饶吗，我看他是没有一点儿悔意。"叶父想法不一样，却更了解儿子。是啊，从小到大叶珈成都没有后悔过，现在第一次尝试后悔滋味，已经是入髓之痛。

珈成：见信如面。不知道你什么时候看到这封信，会不会看到。如果你看到这封信，请你相信，我以十二分的真心告诉你后面的话。想想这封信应该是不会到你手里，我就开始说了。还记得我们去年分手吗？我告诉你，你是我的爱人。你猜我的爱人是一位建筑师先生。很抱歉，我必须告诉你，你真的只猜对了一半……

青林市，时简立在一家古老的玉店前。老板问她有没有喜欢的，她摇摇头，问："老板，你这里有没有镇店之宝啊？"

叶先生第一次带她逛老街，也是以这样的话问老板。"这是我女朋友，有最好的吗？最好是你们的镇店之宝。"两人出来，她得意地把活灵活现的小狮子展示给叶先生看，多好看的镇店之宝。只是现在，老板还没有镇店之宝，更没有那只小狮子。

时简回了酒店，走过叶珈成背过她的凛湾大桥。夜里八九点，凛湾大桥很热闹，高高的铁桥下方是波光粼粼的大江，她拢了拢身上穿着的大衣，走过一半，停下来，抬头看了看上空的星光。"宁静的夏天，天空中繁星点点……"她伏在叶先生的后背，忽然提出一个建议，"以后我们的孩子叫点点怎么样？"

珈成，我很遗憾，不能跟你在一起。不知道我说了这么多，你会不会有一些遗憾呢？或者一点儿的难过，不过都不重要了，我爱过你，盼过你，等过你……够了。

可能两人在一起，适当的时间真的很重要吧，不然怎么会说对的时间对的人。所以如果你看了信心里有了遗憾，希望你不要遗憾，也不要难过，这世上会有很多'对的人'出现，对你是这样，对我也是这样……

叶珈成从飞机上下来，连夜赶回了青林市。他上了一辆蓝色出租车，打了好几个电话。只要人在青林市，他一定能找到她。时简的信，他看完认真折叠好，将它放进了大衣的口袋里。

时简第二天去了青林市一个叫"海角"的地方。在她和叶先生结婚之后，海角作为旅游区已经被开发得很成熟，当时怕人太多，叶珈成是夜里带她过来玩的。

夜里两人平躺在沙滩上看星星，宇宙很大，人心很小。叶先生突然站起来，"时简，你敢不敢这样喊？"

"怎么喊？"

"就这样。"叶珈成对着前方的海水，大声喊出，"时简，我爱你！时简，我爱你……"

她没有喊，第一次见到了叶先生幼稚的一面，哭笑不得。她踮着脚，趴在叶先生的旁边，轻轻说："叶珈成，我也爱你。"

时简坐在石岸边，久久没有动。周围很安静，几乎没有人，她差不多待了一个下午。夕阳快落了，她终于要走了，以后所有美好的回忆都会留在她心里。她不会忘了，也不会丢了，也不会去否定它。她会将它们全部珍藏，然后好好生活。

如果有什么需要放下，只有遗憾。

耳边，不断地响起叶珈成清朗又好听的告白声："时简，我爱你。"

一声又一声，像是这个世界最好听的呐喊声。

"时简，我爱你，我爱你，我爱你，我爱你……"

时简流泪了，仿佛叶先生站在她的对面，她看到他好看的眉眼，挺拔的身姿，快活的模样，他不停地对她喊着"时简，我爱你"。

她感受着那份不羁、温柔以及珍重。

"对不起……"时简终于将话轻声说出口，因为她要回应的是，"叶先生，再见。"

叶先生，再见。

点点，再见。

真正说出再见的时候，所有的情绪像是海水一样席卷上来，几乎将她整个人都淹没。如果一切不能弥补的遗憾成为一种束缚，那就挣脱束缚；如果那些深情誓言都成为她坚定不倒的信念，那就摧毁信念。

叶珈成，再见……

告别总是痛的。时简哭了，泪流不止。同样哭了的，还有站在后面的人。他穿着高领大衣，短发，面目俊雅。

这一刻，叶珈成完完全全感受到小狐狸的深情、她的痛苦，明白她之前说过的每一句话、她眼里流露的爱意以及她不知从何而来的底气和她的小心翼翼。

叶珈成哭了，眼眶通红。对不起，时简；对不起，小狐狸。

对不起，是他混沌太久，来得太晚。

Chapter 28

来自南方的大尾巴狼

夜晚降临，游人反而多了，尤其是海鲜烧烤店快速热闹起来。青林海湾两边的海鲜烧烤店，错落有致，每家都闪烁着霓虹彩灯，亮着各色各样招牌，吸引着游客。

约好的出租车迟迟不来，时简低头看了看手腕上的表，苦恼地扯了下笑，心情意外很平和。回过头，夜色已经沉了，前方海水满盈盈，海的波浪一道又一道。行人来来往往，腥咸的海风迎面吹来，时简靠在海岸边的铁栏杆上，索性听了一会儿对面流浪歌手的吉他弹奏。

快乐是可以感染的，一首快乐的歌，留下了很多脚步。时简听着歌，心也跟着轻轻地哼唱。两人异国度蜜月的时候，她对叶先生说起一个有趣的设想："等我们老了，我们也可以到街头这样唱歌，说不准还能赚几张船票。"

"你唱？"

时简笑嘻嘻的，"当然是你唱我收钱嘛，正所谓夫唱妇随。"

"可以。"叶先生爽快地同意，"不过为什么要等老了？"

"天哪，珈成，你别冲动……因为我是不会拦着你的！"

……

时简嘴角带着笑，一个人有很多办法让自己快乐起来，不努力永远不知道。她失去了叶珈成，但是她可以将叶先生当成心中的宝贝永远珍藏起来啊。

她的叶先生，她连告别也舍不得的叶先生，只属于她的叶先生，这个世界只有她认识的叶先生……其实，她也不想将叶珈成和叶先生分开，甚至很长一段时间她以为只要叶珈成爱她了，叶先生就能回来。她分不清他们，也分不清心中的爱意，直到叶珈成离开了她。

其实她的爱人，早在她出事的那天已经失去了，是她一直想不明白。叶先生以前老说她死脑筋，幸好找了他这个脑筋活络的老公在她身边帮她指点迷津。然后她特别不服气，她哪有死脑筋？事实上，他不在了，她真这样犯糊涂……

一首结束，时简后知后觉地跟着大家鼓掌。掌声朗朗，心境也豁然开朗。

时简听得投入，后面的叶珈成看得也很投入。小狐狸盈盈伫立在他的视线里面，面庞静好，令人移不开视线。他不敢上前，仿佛是近情情怯，心却被什么填充、占有以及桎梏着。

这一路叶珈成感受到了太多的情绪，陌生的、温柔的、缠绵的、前所未有的……他快被逼疯了，恨不得上前用力抱住时简，又怕自己会伤害到她。

时简在一家纪念品店用收费电话给杨家打电话，一边挑选着礼品，一边问 Tim 喜欢什么。Tim 对礼物兴趣不大的样子，支支吾吾地告诉她一件事："Jane……珈成哥哥找过你。"

电话机质量不好，带着电流滋滋的杂音。

Tim 又说："……然后我帮你把信给了他，就是你放在书桌上的那封信。"

时简没有声音了，耳朵有些疼，像是被电流击中，大脑也忘了反应。直到 Tim 懊恼出声："Jane，对不起，我是不是帮错忙了？"

"没有。"时简回 Tim 的话，"那封信本来就是给他的。Tim，谢谢你。"

叶珈成拿到信了？时简一时间真有些哭笑不得，叶珈成看到那封信会有什么反应？好像也没什么……反应啊。哦，她手机丢了。如果他看到信，应该会给她打个电话吧。

"老板，多少钱？"时简挂上电话，问不远处的女老板。

女老板正向游客们推荐纪念品，时简等在一旁，见女老板有空，又用青林话问了一遍。女老板笑吟吟走过来，忙得停不下来，刚查询好话费又抬起头招呼她后面的人："先生，进来看看吧。买个风铃回去送女朋友……"

女老板话音落下，身后脚步也停了下来。没有缘由，时简下意识心一缩。

身后人说话了，回答女老板的也是地道的青林话，声音清晰又熟悉，隔开了外面所有闹哄哄的杂声。时简慢慢回过头，怔怔然。叶珈成正立在她身后，唇角微抿，抱歉地笑着。

放在电话机上的手猛地移开，像是触电一样。女老板提醒了两句，时简连忙把零钱给女老板，视线一时不知道放哪儿，像是丢了什么东西。

"时简，我找你，"叶珈成开口，目光灼灼，"想跟你谈谈。"

时简立在叶珈成面前，点头答应："好。"

感谢 Tim 在电话里提前告诉了她，让她不至于太措手不及。

叶珈成朋友在青林市海湾这边有一套闲置别墅，难得一个安静的好地方，落地窗正对着无边无际的海域。夜里海天一色，黑茫茫里亮着灯塔，远远看过去像是星光坠入了海里。

时简坐在沙发上，她对这套房子并不陌生。她和叶先生结婚的时候，叶先生就从朋友那里买了过来，半卖半送的形式，连同别墅里的藏酒。

这是叶市长都不知道的秘密，房子便宜只是因为叶先生和朋友交换了业务，不过市长公子身份着实烦人，就算正大光明地交易也要顾及着一些。后来房子的事被叶市长知道了，叶市长果然发了通大脾气。

时简坐在客厅靠窗的沙发里，叶珈成立在斗柜旁，他身后放着一个花瓶，里面放着的假花花团簇簇，样子逼真。有些事情，真真假假，眼睛是会骗人的。

"那封信，Tim 说给你了……"时简主动提了这件事。她不知道叶珈成和易碧雅怎么样了，既然叶珈成已经看到信了，不如说明白。"本来我……我是真没想到，不过你应该看到了吧。"话有些乱，时简思绪更乱,她还是不敢问叶珈成，相信她吗？即使这个问题似乎已经不重要了。

"时简，我都已经知道了。我，我很惊喜。"叶珈成主动开口，表明心意。

叶珈成惊喜什么？他不止相信，还惊喜吗？时简心里摇摇头，不是很相信。

"那你和易小姐呢？"时简说起这件事，声音淡淡的，"你和她都要结婚了，你怎么会惊喜，你应该苦恼才对，即使你相信……"时简没说下去，垂下眼眸。

"我和易碧雅没有要结婚，我和她早分了……"叶珈成说起他和易碧雅的事，颇自嘲地笑了下，连个理由都找不到。他腿摔折了那段时间，他真悠悠地想过，如果小狐狸和易需在一起了，他就和易碧雅在一起……有些事情，现在回想起来只有可笑，当时他不是腿摔折了，应该是脑子摔坏了。他曾经仗着资本伤害一些女孩不以为意，然后以同样的姿态伤害了小狐狸，轻车熟路。

叶珈成说了很多话，都是那晚他想了一夜的话。他不想为自己的一些行为做太多解释，那样像是给自己找理由，只是他必须坦诚地告诉小狐狸他心里的一些想法，包括他之前的幼稚、他的自私以及他现在的爱意、心意和决心。

知道了时简心里那个建筑师先生是自己，他真的很开心，是一种失而复得的纯粹喜悦；看到了小狐狸那封信，他才深刻明白他之前的那些行为对时简是种怎样的伤害。他伤害的不是别人，正是抱着十二分期待来爱他的小狐狸⋯⋯

时简听着叶珈成说话，心里有着缓缓的动摇，只是很快她像是本能地否定了所有。她自以为是太多了，已经没有什么底气去相信叶珈成的话了。

甚至，还有些害怕。她觉得自己好不容易清醒过来，又要被带进去了。

她之前不止一次想过，如果有一天叶珈成知道了一切，过来找她，她会怎么办？很多次她只要想到心里都是气鼓鼓的。她一定要好好骂叶珈成一顿，不管他说多少声对不起，她都不要原谅他，直到气消了。只是现在，她反而迷茫了，失去了原先坚决的态度。

叶珈成一颗心同样又乱又麻，抿着唇角，看着不远处的酒柜道："一起喝点儿，可以吗？"

时简点头，接受了叶珈成的提议。她也想喝两杯，喝两杯庆祝叶珈成知道了一切并相信了她。说不准等她喝醉了，她会很雀跃。毕竟，得偿所愿的人是她。

只是这场迟迟而来的庆祝，在她决定放弃的时候迎来，反而变得像是告别会。

落地窗前铺着柔软的羊毛地毯，两人像叶珈成生日那天，面对面坐着，外面的海浪时而平静，时而随风起来。世间万事，真是没有定数，有时候还会开玩笑。

"时简，可以说说我和你是怎么在一起的吗？"叶珈成望着她问，目光期待又忐忑。

酒还没有喝多少，先醉了吗？"你忘了吗？"时简开口说，"君合酒店我主动拦下你要号码，当时还有高彦斐他们……"

"不是这个。"叶珈成摇摇头，指着自己的脑袋，"你这里的记忆。"

可是，那些记忆和他并没有什么关系……时简触碰到叶珈成的眼睛，话到嘴边又收了回去。叶珈成秀气的长睫毛仿佛打在她心里，一下又一下，她想了很久，开口道："原来是你追的我……"

有些事情一说出口，记忆便纷至沓来。时简喝了两口酒，难过的情绪越来越少，大脑同样畅快了不少，恨不得长醉不复醒。她说得断断续续，尽量不带太多个人情绪，不过喝了酒，顾不上太多。她也不知道自己该不该说，把叶先生的记忆告诉叶珈成好不好。

"小狐狸，真的很奇妙。"叶珈成倒酒。

时简拿起来碰了碰，忍不住还是问叶珈成一句："叶珈成，你真的相信吗？"

"相信，我相信……"叶珈成眼里带着温柔的光，"就算不是真的，我也希望是真的。"

"真的吗？"时简靠着窗，白瓷一样的皮肤，脸颊透着红，又黑又亮的眼睛轻轻眨着。然后，她苦恼地蹙着眉，好像醉了也不相信真假。

叶珈成目不转睛地看着，有些苦笑，又觉得很美好。

"小狐狸……"

"嗯？"时简抬着头，眼睛里照进了叶珈成忽然局促的神色：他又想问什么？

叶珈成已经开口："可以说下……点点吗？"

"点点……"时简突然没有了反应，右手的高脚杯松开，里面红酒轻轻震荡，泛出涟漪。然后，她抬起头回答："没有点点。"

叶珈成面色已经红了，发问："点点不是我们的孩子吗？"

"叶珈成，你想多了。"时简歪过头，半醉半醒地提醒叶珈成，"我们没有孩子。"

叶珈成没有被制住，更加认真地问："小狐狸，能不能都告诉我？"

时简更加认真地回答："叶珈成，真的没有点点。"

叶珈成垂下眸，良久没有出声。

"我不能生，所以我们一直没有孩子。"时简坦然地说，大脑清醒了不少。其实她已经对叶珈成说过，不过那晚叶珈成可能没有听进去。这样的话她在叶先生对她求婚的时候也坦白过，当时并没觉得什么难以启齿的，大大方方地把事情告诉了叶先生：她受孕困难。叶先生继续求婚了，亲吻她的手说："时简，我觉得这不是什么问题。其实我一直不是很喜欢小孩，以前还想着怎么跟我以后的妻子商量一起过丁克生活。你说我们是不是天生一对？"

浑浑噩噩地想着事，叶珈成突然说："没关系。"

什么没关系？

"那我们可以当时髦的丁克夫妻……小狐狸。"叶珈成笑笑，对她这样说。

时简愣住。

如果叶珈成没有喊这声小狐狸，她差点儿以为叶先生回来了。

叶珈成双手放在桌面上，手指握了握。他想了想，用一种郑重的口吻说："小狐狸，如果你想要孩子，我们就努力生一个，或者领养几个都没问题；当然我觉得两个人生活也很好，我们会有更多的时间在一起，没有孩子也不会无聊，比如我们可以……周游世界，有空了就到处玩，国内国外，上天下海。"

国内国外，上天下海。时简不自觉笑起来。

她和叶先生真去了不少地方，一起自驾游，一起潜水，一起翱翔。

如果她没有出事，叶先生的飞行执照都要考出来了……

"珈成，你喜欢孩子吗？"时简打住了叶珈成的话。

叶珈成望着她，随后摇头，回答说："……不喜欢，太吵了。"

叶先生骗她，叶珈成也这样骗她。时简眼眶酸酸的，然后她看到叶珈成变魔术似的拿出了一枚钻戒。今晚真是一个神奇的夜晚，叶珈成不仅突然出现，还突然求婚。

不可思议到，无法相信。

叶珈成拿出钻戒的时候也觉得很突然，他不小心碰到一块带来的钻戒，想也没想就拿了出来。没彩排，没经验，也没想过这辈子会跟谁求婚，甚至以前还觉得求婚是傻子做的事……各种原因，以至于叶珈成发挥得特别不好，但是他说的每个字都是真心实意的表述。

"……小狐狸，原谅我，我们重新在一起吧，再相信我一次。"叶珈成深深地吸了吸气，说着保证的话，求时简相信他的认真，相信他会成为更好的人，相信他不会再让她难过。

时简忽然很紧张，紧张得不知所措，更多是落泪的冲动。

"时简，相信我一次。"叶先生求婚的时候，也对她这样说。当时她心里保留哼哼唧唧的怀疑，但还是将求婚钻戒美滋滋地戴在了手上；现在，叶珈成也说这样的话，他递出的钻戒一样闪着迷人的光亮，像星星那么漂亮。

时简低下头，按了按额头：快清醒回来吧！叶珈成终于向你求婚了，快答应啊，答应他……这不是你梦寐以求的期待吗？

只是期待，她的期待呢？

怎么办，她失去的不只是底气，慢慢消磨的还有期待和信心。她真的很想相信叶珈成这一次，她宁愿不相信自己也想相信他。只是这一刻她真的不相信，更多的是她已经不知道怎么相信自己，甚至不知道该怎么爱叶珈成，她还病了，不知道两个人以后要怎么走下去……刚刚面对叶珈成求婚的时候，她多么希望两个人能回到最初，或者再早一点儿就好了，她一定会高兴疯了，而不是这样忐忑不安，像是心理病在作怪。

"对不起，珈成……"时简开口，"我就要出国了，下个月。"

……

如果两个人不能在一起，时简无疑是最难过的那个，只是她该难过的都难过了，心境已经变了。夜越深越凉，时简趴在羊毛地毯上的矮桌上睡着了，叶珈成将时简抱上了二楼的床，然后安静地坐在一旁。外面是海浪拍打的声音，隐隐约约地传来，叶珈成站起来关了窗户。

贸然求婚被拒，叶珈成心里苦涩，还有一些说不清道不明的心疼。时简要出国，对他来说没什么影响，他也希望她出国读书，怎么开心怎么来。她已经辛苦了那么久，以后换他来追她，爱她。想到这儿，叶珈成笑，心情还是很好，未来一定会美好的那种好。

现在他在国内还有一些事情要处理，叶茂那些楼房不能烂尾，还有易钦东的事，都要解决。相信他，一定能很快处理好，然后完完全全变成"叶先生"，好不好？

不，他要比"叶先生"更好。

叶珈成俯下身，小心翼翼地触碰着时简的唇，浅尝辄止。她和叶先生的一切，他其实很吃醋，不过他很感谢叶先生。

即使叶先生是他自己。

叶珈成将自己代入叶先生的身份，是一种亲密又排斥的体会，还有一种难以言喻的感谢。真神奇，他都会感恩老天了。叶珈成想起了小狐狸之前梦里无意间叫出的那几声"老公"，低低失笑……

这个夜晚，叶珈成是睡不着了，一夜未眠，不过第二天照样神清气爽地起来做早餐。

　　时简酒量不好，反而借着酒意睡了很长的一觉，梦里光怪陆离，醒来的时候反应了好一会儿。下了床，叶珈成已经在楼下，她立在楼上的玻璃房里刚好看到楼下的他。

　　叶珈成抬起头，朝着她漾了一个笑意，"早。"

　　时简下楼，叶珈成回到厨房继续手忙脚乱。时简恍恍惚惚到不行，叶珈成先开口说："……牛奶热好了，粥还要等会儿，熬熟一些。"

　　小火上方熬着海鲜粥，已经咕噜噜地响着，仿佛隔着时空回到了两人有过的婚姻生活。时简继续杵在移门旁，默不作声，样子呆呆的。

　　叶珈成弯着腰，有模有样地先尝了一口，差点儿烫了嘴，幸好味道还可以。他转过头，眼神期待地问："好像差不多了，要不要尝下？"

　　时简："……"

　　叶珈成盛了小半碗，吹了吹热气递过来。时简接过来，用汤勺舀了一口，口感香浓。粥里还有一些干贝和鲜虾。

　　这些东西，叶珈成上哪儿找的？

　　所有食材都是叶珈成上附近的农家买来的，然后大清早打电话给叶家的阿姨咨询海鲜粥的做法。不是特意想表现什么，是真的想好好疼小狐狸，那个笑起来唇角眉梢都带着可爱尖的小狐狸，被他丢了，他要找回来。至于机会嘛，都是自己找的。昨晚求婚被拒，醒来继续做一条不要脸的好汉。

　　叶珈成心满意足地看着，时简轻声点评一句："味道不错。"

　　"哦哦……那就多吃点儿。"叶珈成自得地笑着，穿着套头毛衣、黑棕长裤，模样俊雅好看。他打开另一边的小蒸笼，"对了，还有小包子和小馒头……小狐狸，你要吃豆沙馅的小馒头，还是肉馅的小包子？"

　　小馒头和小包子，叶珈成自然是买来的，连老板的小蒸笼也一块买了过来。

　　时简看了看蒸笼，一个个小馒头、小包子，白乎乎，还冒着热气，心底也软了好几分。

叶珈成挑了几个好看的，提前当了"已婚"好男人。叶珈成不小心又问了一个病句："小狐狸，我们以前过日子的时候，是你做饭多，还是我做饭多？"

时简先坐下来，回答说："……出去吃比较多。"

"哦。"原来他娶了一个败家娘们啊，叶珈成连连点头，以当事人的口吻说，"和我想的差不多。"

时简不再吭声。

A 城。

易霈出席了易茂的股东大会。易家人都是股东，除了易大小姐全部都出席，另外还有赵家。赵、易两家相互持股，赵雯雯替父亲出席会议，今天她穿着一件桃红色连衣裙，搭配时尚的皮草，很惹眼。会议过程中，赵雯雯时不时将视线落向易霈，不想注意也难。

这是一个低气压会议，易霈没有任何发言。董事长位子坐着的人依旧是易老先生。易老先生的身子已经很差劲，出席会议的时候，陪同的除了律师还有医生。

易茂目前还是属于家族模式，股本结构也不复杂。大股东们基本都是易家自己人和一些元老，以及林家几位外亲。

这么多年，易家越来越有一种土崩瓦解的兆头。易霈对面坐着郭太太的三儿一女，律师的消息让郭太太嘘了一口气。易霈靠着椅子，无聊地想着几个问题，他明明不喜欢当易家人，为什么要参与这场争斗？真是为了所谓的易茂服饰？恐怕不全是，没有人不渴望着名利，只是他更擅长遮掩自己的渴望。他对易家是这样，对时简也是这样。

易霈前段时间还是问了时简一件事情：易家后面会不会乱？答案不用问也能预料，或许他外公心里也清楚着，所以要这样努力地维持易家的平衡。

外公这样的用心良苦，易霈很能明白，只是易家早已经失衡，就像一幢高楼都已经要倾斜倒塌，暂时的补救措施只能让高楼看起来不那么岌岌可危罢了。

……

会议结束之后，易霈坐在休息室接了一个电话。门被推开，赵雯雯若无其事地走了进来，还是那一贯的姿态。张恺得到示意之后立马站起来。

"哈喽，张恺，我们好久不见了。"赵雯雯问候张恺。

张恺连忙弯腰做了一个"请"的姿态，快速离开了休息室。易霈面前，放着一杯泡开的金骏眉，还没有尝一口。

赵雯雯坐在了易霈面前，看着这个西装笔挺、气质坚硬的男人，觉得易霈对她的吸引力还是很大，即使他多次毫不留情地拒绝她。人都是得不到才有新鲜感。赵雯雯握着涂着朱红色指甲油的手：易家现在如此紧张，难得易霈还可以这样处变不惊，难道他真的一点儿也不想要易家吗？易霈向来是一个不会表露野心的男人，即使两家之前联姻对他来说可能更是顺应他母亲的意思。不过赵雯雯知道易霈的野心比易家任何人都大。当然有能力的男人，更有资格拥有野心。

"阿霈，如果你需要，我还是会帮你。"赵雯雯甜甜地笑着，开口说，"易阿姨和我父亲安排我们在一起，也是为了现在的这个时候，是不是？"

……

"小狐狸，以后我多学几样早餐，换着花样给你做。"叶珈成死皮赖脸地示好。

"叶珈成。"时简思绪纷乱，叫了叶珈成名字，整理思绪后开口说，"你没必要这样做。"

"怎么没必要？"叶珈成口吻带笑且认真地说，"我是你的……丈夫。"

时简目光直直的，"你真这样觉得吗？"

"小狐狸，我知道你在想什么。"叶珈成端着早餐慢慢坐下来，循循善诱地说，"你觉得我和那位叶先生不一样。的确，我们肯定有不一样的地方，他比我好，比我更早清楚心意，不像我让你伤心了。可是我们还是爱上了同一个女人，就是你，而且只爱你……给我一个机会好不好？你什么都不用想不用管，什么事情都交给我，我会让你知道，一切都可以回来。"

时简突然觉得烦，特别不想理叶珈成。

叶珈成好脾气地笑着，他还有他的好理由，"时简，你看老天爷都要安排我们在一起……我们应该在一起，这叫顺应天命。"

时简眼睛微闪了两下。

"好了，我不逼你。小狐狸，我会给你时间，很多时间。"叶珈成咳嗽两下，又拿出了昨晚被拒的那枚钻戒。

时简撇过头，刚刚谁说不逼她的。

"昨晚你不是没答应我的求婚吗？"叶珈成笑了笑，"小狐狸，我要告诉你，昨晚只是练习。以后你不答应，我就当练习。你想我练习几次都没事，钻戒我会一直带着。"

当惯了风度翩翩的骄傲公子哥，叶珈成其实也适应自己突然没脸没皮的样子，只是现在面对时简，他就自发变成了这样。

叶珈成像一条大尾巴狼，厚着脸皮跟着时简回了A城。这次回青林市，叶珈成连家门也没回，同样没有提前购票，幸好买到最后一张头等舱的票。叶珈成来到经济舱，对时简右边的一位男士，彬彬有礼地提出了换座位的请求。

"我靠窗，太麻烦了，你让过道的人跟你换吧。"一个靠窗的好座位，旁边还有漂亮的姑娘，靠窗而坐的叔叔不想换哦。

过道的阿姨很热情，已经站起来，"年轻人，阿姨和你换。"

"谢谢，不用。"叶珈成继续和靠窗的大叔商量，告诉他自己的座位在哪儿。没想到对方是以头等舱交换，大叔坚持了两秒就答应了，叶珈成顺利地坐到时简旁边，"小狐狸，我们终于坐在一起了。"

叶珈成这样烦，这样博存在感，绷不住的是时简。这样的叶珈成，和曾经追着她的叶先生几乎一模一样。时简没理人，倒不是拿乔，只是不知道要以什么态度对叶珈成，又要以什么态度思考两个人的以后，心不是一丁点儿烦。

叶珈成当然知道时简烦什么，她烦他说明她还爱他，这个"他"可不是指叶先生，而是他叶珈成，不过又有什么区别，叶珈成想明白了之后，真的将时简当成了自己的小媳妇。

小狐狸不理他，叶珈成就自己看着；小狐狸闭上了眼睛，叶珈成还是忍不住地看啊看，瞅啊瞅，看着小狐狸粉粉白白的脸，胸腔间噌噌噌地冒出一股股情难自禁的爱意，心疼的、澎湃的、温柔的……

这些感情叶珈成差不多压抑了一年多。一个控制不住，叶珈成望着时简的脸，直接在时简的右脸颊，绅士地来了一下……

"啾"的一声，时简醒了，难以置信地捂着脸，感觉像是被幼稚园小朋友非礼了。

叶珈成不是故意耍流氓，被发现后还表现得很无辜……难以想象且震惊的还有同排的阿姨，立马热心肠地问时简："姑娘，我们要不要换个座位？"

叶珈成回到A城立马处理叶茂的事，心情依旧有些飘以及高昂。忙了大半天，趁着晌午眯了一会儿眼，叶珈成感觉自己做梦都要笑出声来。

这是一种豁然明白的畅快。叶珈成挂了一个电话，准备找个时间见易钦东，处理两人的解约后续。他上次为了逼易钦东签署合同，的确存在恶意逼迫性质，不过他该给易钦东的也不会少。他卖掉了自己手头大部分叶茂股份，钱一分也没少易钦东的。

小狐狸的事，叶珈成挺感激易霈的，他不是什么"滴水之恩当涌泉相报"的好人，不过也不喜欢欠人情，所以他想准备一份大礼送给易霈。既然易霈对叶茂感兴趣，他可以做个顺水人情。易家那阵势，易霈应该正需要资本，他愿意助易霈一臂之力。

叶珈成要解决他和易钦东两人的纠纷，自然要见见易钦东。不过易钦东暂时没办法见叶珈成。没办法，是真的没办法。

易钦东是前两天在易家吃晚饭的时候被带走的。

这天易霈难得回易家用餐，长形的大餐桌旁，立着两位家佣，都是郭太太自家的偏远亲戚，一桌子菜也是郭太太那边的偏辣口味。这样的饭菜易霈吃了很多年还是吃不惯。要说血缘基因没有一点儿影响，是不可能的。

外头雨声哗啦，雨下得很大。偌大的餐厅暖气横流，照样化不开气氛里的阴霾。

易家人很久没有这样齐整地吃饭了，可惜易老先生胃口不好也没吃两口。他先对着沉默不语的易碧雅说："小君，你今天怎么吃得那么少啊？"

易碧雅抬起脸，小声说："爸……"

易老先生这才想起小君已经离开了这个家。易老先生感觉自己真的老了，他叹口气，又对易霈说："阿霈，你什么时候去趟香港，将你母亲接回来吧。"

易霈转过头，微微迟疑了下，没有立马答应易老先生。

谁都有无法触及的原则。易霈这样的态度不能令易老先生满意，易老先生咳嗽起来，笑的人是易钦东，"好心好意"地劝起来。

易霈吃得差不多了，放下了筷子。

随之而来的，是一道道警笛声。易家外面传来的警笛声，令易家人面面相觑，不慌不乱的只有易霈，还有易老先生。易家保安先进来，易钦东已经如惊弓之鸟一样动弹不得，面如死灰。不好的预感强烈地冲击着他的神经。

老实说，那晚被叶珈成恐吓教训了之后，易钦东这段时间真的安分守己了很多，他的把柄被叶珈成握着，也不知道叶珈成知道多少。所以，这两天易钦东最多动点儿心思约会赵雯雯，然后见见赵家的人。赵家现在很生易霈的气，对他来说也算是好事一件。

只是赵家的心思还没有打好，易钦东先因涉嫌故意伤人被带走了。

Chapter 29
无言的结局

　　周六，时简接到了 Emliy 的电话。Emliy 借着关心她的感情情况，问起她和叶珈成的事："时简，看得出完美先生要回头了，那个，你会……原谅他吗？"

　　完美先生，Emliy 很久没叫叶珈成这个称呼了，时简听到一笑。叶珈成哪是什么完美先生，只是在她心里瞎完美罢了。就像这世上没多少十全十美的好事，想开了，就是十全十美了。

　　Emliy 又和她讨论叶珈成到底值不值得原谅，时简尽量把事情说得轻松以及简单一些："看他表现吧。"

　　有些事情没办法说明白，她已经不怪叶珈成，甚至她还很爱他、只爱他。只是失去信心之后，她不想带着悲观的情绪和叶珈成在一起，对两个人都不合适。她真的想两个人能开开心心在一起，继续好好地爱叶珈成，像以前的小狐狸那样。只是目前她都做不到，那么还不如再等等，不要像之前那样着急地在一起，觉得两人在一起就不会分开了。

　　Emliy 明白她的意思，大概觉得她早晚还是会和叶珈成复合，调笑地说起："唉，放弃易总这个钻石王老五，时简，我都替你可惜。"

　　时简笑笑，她对易需只有尊敬之情，从来没想过要在一起，哪有什么放弃的可惜。不聊烦人的感情问题，Emliy 说起了易茂的股东大会，借题发挥地说："认真想想，你不选择易总也是明智之举，易家太乱了。"

大局未定，易茂要乱。

　　周六，时简和小姨小姨夫先送 Tim 去机场飞回英国，至于她，还得过一阵子才能出去。国际出发平台，不管是小姨还是小姨夫，面色都有着轻微的别扭，只有妮妮是一路兴奋的。

　　因为，后面跟着叶珈成。

　　机场增值服务台前面，叶珈成主动帮忙办理好了登机手续，叮嘱 Tim，从头到尾语气都很"姐夫"，然后他将自己带来的一份小礼物放到了 Tim 的行李包里，摸摸他的头，"下次见，Tim。"

　　时简注意到小姨夫瞟来的视线。她真没有叫叶珈成过来，相反这些天她心里烦，特别不想见叶珈成。至于叶珈成怎么会知道 Tim 今天要走，他肯定有他的打探途径，时简看向 Tim，Tim 正对叶珈成偷偷比画了一个 V，不用说没有别人了。

　　Tim 转转眼珠子，要登机了，临走前问了自己关心的事："Jane，你还会来英国吗？"

　　"当然过来。"回答的是过来偷听的叶珈成，"放心，你姐姐会来英国陪你的。"

　　时简："……"

　　Tim 的飞机起飞之后，时简跟着小姨小姨夫来到停车区，正要打开车门，一道自然无比的"小姨夫"突然从后面传来。时简看向叶珈成，旁边叶珈成已经对着杨建涛开口道："小姨夫，等会儿一起吃个饭吧？"

　　小姨夫……真是好自然啊！杨建涛嘴角一扯，歪了。

　　叶珈成微微抿着唇，同样含笑地叫了时简的小姨一声："小姨。"

　　人长得帅是可以刷脸的，小姨一不留神真应了下来："呃，好的……"

　　杨建涛怒其不争地撇过头，时简也没了话，看着叶珈成的模样，心里没有一丝触动是不可能的。

之后，叶珈成更成为缠男一名。

时简要上好几节培训课，几节课里她的同桌都是叶珈成。叶同学是一个只要上课就偷看女同桌的坏分子，还时不时打扰自己的女同桌。时简如果埋怨叶珈成影响自己听课，叶珈成就将他记好的笔记给她，笑着说："亏你以前已经上过了。"

叶珈成太轻车熟路，时简从来不是对手。

"小狐狸……"叶珈成又开始打扰自己的女同桌了，"问个事。"

时简回过头，叶珈成拿着一支钢笔，咳嗽了两声问："林溪路 192 号的天美嘉园是不是我们的家庭地址？"

时简一时没了声音，好一会儿，轻轻点了下头，"是。"天美嘉园，她和叶珈成的家。

午休时间，时简没有离开座位，叶珈成坐在她旁边在两张草稿上画房子。笔尖流畅地游走在白纸上，发出沙沙沙的好听声音，午后的阳光也从明净的窗户抖落下来。

轻轻浅浅。

叶珈成画起了天美嘉园，他画几笔，问时简几句。有些事即使没办法回到最初，他也愿意努力试一试。叶珈成画着，时简也看着。叶珈成画得不对了，她就告诉他。比如这里有一个湖，湖后面是一片天然湿地，她和叶先生饭后出门常常可以看到小松鼠。

"有小狐狸吗？"叶珈成开着玩笑。

"好像没有……"时简摇摇头。

叶珈成简单几笔，画了两只小松鼠，像狐狸的两只小松鼠。时简低低地笑了，叶珈成侧头，也不自觉露出了笑意，心里更有着说不出的柔软。他已经很久没有看到时简这样笑了。

午后时光，落座一隅。叶珈成继续画"天美嘉园"的景观，环环相扣，搭配张弛有度。他没有全部问时简，更多是他心里的想法……这是一种默契到不可思议的配合，原本天美嘉园也是叶珈成自己的作品，后来成为 A 城开盘之后轰动一时的住宅小区。

一张设计图不可能那么快完成，叶珈成停下笔的时候，时简慢慢转过头。叶珈成支着头，乐悠悠地想一件事：等他将她和他两人的家画出来，小狐狸大概就能原谅他了吧。

只要用心，只要努力，一切还是能回来的，是不是？

叶珈成接到了叶母的电话，站起来，离开了培训教室。他前段时间回青林没有过家门，还打电话给家里的阿姨咨询海鲜粥做法的事，还是被自己母亲知道了。

结果叶母还没有开始问，叶珈成先自己笑了起来。

叶母真奇怪了，这是有好事吗？

叶珈成立在教室外面的窗户前，晌午的阳光还是有两分灼眼，斜斜地映着叶珈成的侧脸。叶珈成视线偶尔瞟向里面的时简，不只没有隐瞒，还愉快地说起来："……妈，我努力把时简娶回来，给你当儿媳妇，可以吗？"

什么！叶母差点儿没反应过来，她的儿子不是说五年内不结婚吗？仔细想想又明白了。做母亲的哪有不了解儿子的，丈夫住院那段时间，时小姐将手镯摔了，儿子就不正常了。不过想起儿子之前说的那些铁板钉钉的话，叶母哼了哼，挤对起来："成成，妈妈现在不急了，你也不用急啊。"

叶珈成笑呵呵，随便说。

人的性子是会变的，叶母很久之前就指望着有女孩出现收收儿子的性子。聊了两句，叶母笑得合不拢嘴地说："成成，小时是好女孩。你既然明白了心意，就好好加油追回小时，不要让小时伤心了。如果有什么问题，你就打电话问问家里人，爸爸妈妈都帮你出出主意。"

叶珈成谦虚地笑着，答应下来："好。"

叶珈成回到了座位旁，时简正翻看叶珈成的两张设计草图。叶珈成坐下来，时简又缩回手，扭过头。还在别扭吗？叶珈成心里偷乐又甜蜜，因为小狐狸的那股气性慢慢回来了。

这两天，叶珈成都在画天美嘉园，天美嘉园像是两人重归于好的契机。每当叶珈成打电话问她关于天美嘉园的一些细节，她就知道叶珈成目的不纯粹，但还是会一五一十地告诉他。然后叶珈成完工一部分，就发过来给她看。

中午饭后，叶珈成又打来电话聊天美嘉园，时简正坐在书桌旁看设计稿。手机振动了两声，拿在手里按了开机键，放在耳边轻声开口："喂……"

不知道是不是叶珈成最近都在画天美嘉园的关系，时简好几次做梦都梦到天美嘉园的那个房子，整洁科技的厨房设计、挑高宽阔的跃层客厅、浪漫怀旧的花园露台……她陌生又熟悉地走着，看着房子里的每一角，温暖欣喜的感觉快速回归，她几乎跑到了书房，又小心翼翼地推开了书房的门……叶珈成真的在里面画房子。画累了，他靠着旋转椅背望着她，然后扬着笑朝她伸出了手，开口却是："小狐狸，来，抱抱。"

梦里不知身是客，晌午睡到傍晚，时简醒来的时候，叶珈成的声音真飘入了耳里。她下楼，叶珈成已经坐在杨家客厅和杨建涛聊着天。

前两天杨建涛这样对时简说："时小姐，这个吃回头草的男人肯定对你上心了，记得还是你甩的叶珈成吧……没想到他甩了易家小姐回来找你，你们方家的女人魅力就是大。"

小姨不满意小姨夫这样说话，"瞎说什么。"

叶珈成是过来约她出门的，斯文又礼貌地坐在沙发上等她，看着还剪了头发的样子。前段时间，叶珈成的头发应该好久没修剪了，头发稍长的样子特别像港式电影里那种复古帅哥。今天他剪了头发，面容都干净雅致许多。

时简跟着叶珈成出门了，无论如何她都应该和叶珈成说说她最近的想法。现在和之前不一样，叶珈成已经知道了一切，她也知道了他和易碧雅交往的事情。有些烦忧，她已经不用藏在心里。她和他变成这样，除了最初她的心急，不是没有阴差阳错的误会，两个人最遗憾又最常见的分开，就是误会了。

现在她也不是不爱了，她只是需要时间，不知道叶珈成愿不愿意等等她。如果他愿意，她会非常努力地调整好自己，为两个人的幸福努力……就像失去点点时她得了抑郁症，叶先生对她说："时简，加油好起来，就算是为我们的以后加油一次，好不好？"

时简没想到叶珈成居然又开车带她去了天明山看星星，叶先生求婚的地方，不，是他自己求过婚的地方。他还故技重施，车子没油了。叶珈成将车停在山顶，转过头对她说："小狐狸，我们今晚可能要住在山顶了，怎么办？"而记忆里求婚成功之后是叶先生自己有一次说漏了嘴："宝贝，那次我可是放了不少油。"

然后，叶珈成还在装，"不过没事，我带了一些吃的，热水也有。"

时简突然好气又好笑，咬牙切齿地瞪着叶珈成，叶珈成还在装无辜，走到后备厢把他准备的东西给她看，告诉她就算夜里住在山顶也没事。

时简撇了撇头，冷哼了一声，面上是快要发作的坏脾气。

叶珈成有些发愣，不是因为时简突然生气，不，就是因为时简突然生气，她这样生气的样子和前段时间完全不一样。的确，好像是不一样。各种情绪强烈地冲撞着，在她身体里反复激荡，不停地冲击，给她最真切的感受，曾经悲伤的、痛苦的、遗憾的、愤怒的……全部都冒了出来。女人果然是最记仇的，尤其是面对爱人给予的伤心。她前面太平静了，根本不正常。

"叶珈成，你是不是故意放油了！"时简愤怒地质问，眼眶忽然微红。

"哦……"叶珈成点了点头，连忙握时简的手。

时简甩开，不出气，接着狠狠踢了下叶珈成的小腿，毫不留情。见过心思多的，没见过心思像叶珈成那么多的，可是这样的人，偏偏是她的爱人。叶珈成任由自己被踢一脚，反而觉着身心都畅快。他握住时简的双手，低着头放在嘴里吻了吻，"原来你已经知道了啊……"顿了下，又笑着说，"我还想着等会儿在这里，再练习求个婚。"

求婚……时简更生气了，叶珈成也笑得更灿烂了。他多久没看到这样的小狐狸了，看着时简这样真实的模样，感受如此饱满的气愤，油然而生的是阵阵欣慰。

叶珈成伸手给时简擦拭眼泪，疼爱着、轻哄着，拥入怀里，"小狐狸，原谅我好不好？"

"不原谅！"时简赌气地说，抽噎了两下，反问叶珈成，"你还想求婚……"

"当然想啊。"叶珈成点头，又拿出了他随身携带的求婚钻戒，"你看，我都带着。"

夜里的山顶，风声走动。时简撇过头，继续红着眼发问："求什么婚啊，你不是不婚族吗？！"

时简问完，眼泪已经哗哗的，当时受的委屈……简直记忆犹新！

"不婚族是一个浑蛋说的扯淡话……"叶珈成抿了抿唇，低低回答。他的眼眶也微微冒出了红，"小狐狸，你能不能原谅那个浑蛋？"

时简不回答，顺着叶珈成的话骂："浑蛋！"

"对，浑蛋。"叶珈成连连点头，承认着。

"你还和易碧雅交往……"时简翻着所有压在心里的旧账，只要想到这件事，还是难过得心脏抽痛，然后一股脑儿的委屈全部出来了。

"叶珈成，你不知道我看到你和易碧雅在一起，有多难过……我以为你再也不会回来了，我们这辈子都没办法在一起了，你要去当别人的老公了，你知不知道……你骗了我，你说过你这辈子只爱我的，你只娶那个独一无二的人……结果你甩了我一次又一次，你还和易碧雅在一起了！你这个浑蛋，骗子！"

时简哭着，骂着，发泄着，她也不知道自己现在是在问叶珈成，还是在问叶先生，因为这一刻，她觉得他们只是一个人，就是她的爱人。

叶珈成揽着时简入怀，不停地道歉："对不起，小狐狸，对不起，小狐狸……"

时简将脸埋在叶珈成胸前，还在哽咽，双手愤愤地握着拳，微微发抖着，"你这个骗子，大骗子……"

"对，我这个骗子。"叶珈成将双手放在时简的头上，继续一下一下地安抚着，他的确是一个大骗子，他骗了小狐狸，也骗了自己。

这样的夜，叶珈成觉得意外地完美，他感恩这一切。

时简终于停了下来，自己擦了擦眼泪，眼睛赤红地瞅着他。叶珈成低下头，顿了一会儿，温柔地问："……还有吗？"

还有吗？当然还有！时简直接朝叶珈成这辆惹眼的车踢了一脚，"你还开着这破车来气我，几百万的车，你一定很得意，对不对？！"

"当时还真有点儿得意……还想跟你显摆显摆来着。"叶珈成回答，满足又短促地笑了下，眼睛不知不觉有些湿润。

浑蛋！时简也笑了下，即使仍然红着眼，心也不知不觉静下来，柔软得仿佛回到了最初……

头顶，星光漫天，仿佛幸福在坠落。

最后一个星期，就要去英国了。时简出国之前回了一趟易茂，出国需要带一封易茂的推荐信，打电话给张恺，张恺让她直接回来拿。

时简来到张恺的办公室，张恺结束了好几个电话才腾出时间。再次回到易茂，时简心里愧疚着，易茂现在兵荒马乱，她却走了，像个逃兵。

不过人和人，人和公司的缘分大概也有定数吧。

她上辈子和易茂没缘，这辈子原本是打算好好在易茂工作，结果缘分好像差不多也到了……

张恺拉开抽屉，拿出了夹在文件里的推荐信，递给了她。时简看了两眼推荐信，没想到还是易霈亲自写的。

时简不知道要不要进去谢一下易霈。张恺先说了："直接拿着吧，易总不在办公室……"张恺还想说，又停了下来。

时简点头，"替我谢谢易总。"

"明白。"张恺笑了笑，也看了两眼这封推荐信，开着玩笑说，"我原本还想着你可能不需要它了，还是决定走吗？"

张恺借着话打探消息。时简笑着点点头，没多说。

既然已经决定出国读书，也不需要特意更改。她和叶珈成也说好了，等她读完硕士回国，时间刚好不早不晚，两人再结婚。

有些事不用提前去做。

时简离开易茂总经理办公室，总经理办公室的门紧紧地关着，易霈不在。她没有太多地停留，只是临走前，还是回过头看了看她的办公桌。没想到空了，还放在那里。

易霈是不在总经理办公室，人在易茂的楼顶。时简走过楼下大道的时候，他站在楼顶想着易家的以后，刚好巧合地目送了时简。收起了视线，心情不是没有一点儿无奈。他没有特意送别，还是送了她。他甚至挺不想见到她，却还是让她看到了她。

那就再看几眼吧，缘分散了，心思也要散了，谁知道以后还会不会再见面。他和她一起聊过天，交过心，但是算起来他只是她的一位上司。

以后真没有什么见面的理由。

他不是叶珈成，不是她的爱人，即使她和叶珈成缘分还没有到，她也会提前找他。时简和叶珈成，他们应该是一对命定的爱人吧。就像这个世间存在命定的情缘，算起来他也算是时简和叶珈成的见证人。

真羡慕，羡慕那个比他幸运许多的男人。

只是这样的羡慕，是求之不得的。名和利都可以用来争，不属于他的爱怎么争？

认输吗？

是认命！

时简要走的那天，易霈同样最后见到了叶珈成一面，那个幸运的男人，满面春风地笑着，风度卓然，看起来谦逊又自得。

仿佛在说，他运气真好。

叶珈成是一个幸运的男人。

叶珈成是一个非常幸运的男人。

叶珈成真是一个非常幸运的男人，易霈曾经是真心这样认为的。

叶珈成的死讯，易霈是在他和叶珈成见面之后的第二天听到的。A城出了一起大车祸，易霈怎么也不会想到这个消息的当事人，是叶珈成和时简。

那天夜里还下了大雨，第二天出了很大的太阳，晒得人出了汗。

那天，易霈脱掉外套回到办公桌，然后接到了电话。

人会有预感吗？他根本不知道这个电话是谁打来的，电话也还没有接听，可他感觉响着的电话铃声就像是魔鬼的响铃。他压着烦躁，接了电话。铃声还在耳边不停地绕着，仿佛永远不会消失。

　　他得到了消息：昨天发生的重大交通事故，当事人是叶珈成和时简。驾驶座的叶珈成几乎当场死亡，副驾驶的时简陷入重度昏迷。

　　易霈挂了电话，人一时没站稳，整个人往办公桌靠了靠……

　　叶珈成死了，在他要成为更好的叶先生的时候，死在送时简出国的高速公路上。

　　时简办理好了出国的各种事宜，叶珈成这边叶茂要处理的后续还很多。他按照自己一贯的行事风格快准狠地收拾自己整出来的摊子，大小破事一大堆。不过叶珈成一直是一个不怕事的男人，不怕事多，也不怕事大。这是很好的优点，却一度让叶市长非常头疼，因为这样的性子同样擅长惹事，尤其儿子年轻又气盛。

　　如果叶市长知道这些天叶珈成已经将他很多教诲记在心里，凡事都留有三分情面，应该是会感到欣慰的。最近叶珈成脾气也很好，尤其对比过去一年，像是换了一个人。只要想到小狐狸，叶珈成立马变得不急不躁，整个人犹如春风拂面。

　　不用着急，小狐狸说她会等他，她只爱他。

　　当然这些话都是叶珈成自己扯出来的，逼着时简点头，然后就变成时简对他说的话了。有些幸福就是这样，一来二去，少一分计较，多一分自我满足，就是完美了。

　　同样人生在世，有时候少一些牵扯，也少一份纠缠。

　　时简出国的前一天，叶珈成还是见了三位易家人，易霈、易碧雅和前段时间刚出来的易钦东。

　　下午，叶珈成早早开车来到杨家，等着吃晚饭。

　　时简的小姨已经非常喜欢叶珈成了，晚饭八个菜里有一半是特意为叶珈成准备的，惹得时简都有些吃醋；妮妮也被叶珈成收拢了心……不过杨建涛还是不表态，打算再观察一阵子再下定论，看叶珈成有没有存着不良居心。

毕竟叶珈成长着一张会骗人的脸，笑着眨个眼，杨建涛都觉得叶珈成在使用美男计。

明天就要走了，时简收拾好的行李又多了一半，都是叶珈成买过来的东西。有人觉得麻烦，叶珈成负责整理好，终于弄得差不多了，叶珈成坐在椅子上瞅着那人。一双长腿悠悠地伸着，很是勾人。

时简莫名有些脸红，开口说："好了，叶珈成，你可以回去了……"

叶珈成看看表，"还早着呢。"

卧室的门已经关了太久太久了，真的不合适了。楼下还有小姨和小姨夫他们，时简直接告诉叶珈成待太久不好，叶珈成更是胆大妄为地过来亲她。

叶珈成愈来愈过分了，时简想起他和易碧雅的吻，又狠狠揪了叶珈成一下。叶珈成还真变得过分了，不仅不求饶还反咬一口："……那天明明是你先让易霈牵你的手。"

时简："……"

那天她在易家弹琴结束，的确是易霈上来请她下来的。

然后，时间都变得慢悠悠，甜滋滋。

时简和叶珈成双双躺在白色的床上，望着天花板。时简放在中间的手又被覆盖，她转过头，干吗！

"……老婆。"叶珈成突然厚着脸皮叫了声。

老婆……什么鬼……时简没有应。她才不应他，她现在是未婚姑娘，不要当已婚妇女。

叶珈成自己叫了老婆，心里还想着时简能叫他几声老公听听，他很想听。

"不要……"时简就是不想让叶珈成如愿，叶珈成缠得讨厌，她也有她的"虚与委蛇"。时简问叶珈成："我现在就叫了，以后叫什么？"

好吧，那就以后再叫……叶珈成爽快地同意了。顿了下，叶珈成又开口说："小狐狸，等你出国了，我去找你吧。"

时简以为叶珈成只是偶尔出来看她，点点头，"嗯。"

叶珈成笑，"最近事有点儿多，对不起……"不能陪她一块出去了，不然他一定送她去英国，然后拜见岳父岳母。

时简侧过头，忍不住关心地问："事情麻烦吗？"

"不麻烦，很简单。"叶珈成突然又想起时简没原谅自己这事，凑过脸问，"小狐狸，你到底原谅我了吗？"

时简扭过头，懒得搭理……她没有原谅他，还跟他这样躺在一张床上，冒着被家人逼问的风险？

时简送叶珈成下楼，两人一块走出了杨家大门。然后时简立在大门前的大理石台阶上，叶珈成依依不舍地走下了台阶，一步，两步。大门台阶前的两盏照明灯将叶珈成的影子拉得长长的，仿佛拖着他不让他走。

的确舍不得啊……叶珈成回过头，还想要一个福利。还没有开口，仿佛是爱人之间的心有灵犀，时简已经快速亲吻了叶珈成，左脸以及右脸，然后说："快走吧，路上小心。"

叶珈成立马变得乐不可支。他学着时简，也迅速地在时简左右脸各来两下，"小狐狸，明天见。"

亲脸颊是一个小秘密，叶珈成还不知道。时简打算明天登机之前，把这个秘密告诉叶珈成。她早已经原谅他这个浑蛋了，所以以后他不要再问她有没有原谅他。

好像，她很小气一样。

……

这个世上，存在着太多来不及说的话，来不及做的事，还有来不得回应的感情。

第二天时简去机场，叶珈成送她。

临走前，叶珈成还偷偷地，将一张卡放进了时简背包里的米色钱包里，他特意办的卡。小狐狸是他提前遇到的"老婆"，他来养她天经地义。

半路，时简剥了一个橘子吃，叶珈成开着车，她喂了叶珈成一瓣，像她曾经喂他一样，动作很熟悉，又亲昵。

夜里天气不好，下着大雨，雨刮器快速地刮着。时简喂好了叶珈成，还拿过了叶珈成的手机，将他的手机屏幕换成了她的照片。

雨天路滑，安全驾驶。

叶珈成一直将车速控制得很好，他开得很稳，真的非常稳。

他开的还是这辆讨厌的车，V12 的发动机引擎，马力 600 多匹，还搭配着六速手排变速箱，扭力可以达到 80kg·m……那天小狐狸说这辆车很可恶之后，他也想换车，换辆小狐狸喜欢的。

……可恶的车。这辆车如此可恶，最后出事的时候，叶珈成还是感谢这辆车，因为它保住了他的小狐狸。

医生开的死亡证明显示，叶珈成几乎是在车祸时当场死亡的。

几乎，还是有几分钟的时间差，叶珈成还是醒了那么几分钟，仿佛是老天给他的最后一点儿时间。

最后的一点儿怜悯。

夜里外面下着大雨，冲刷着严重变形的车头，车玻璃剧烈震碎，有雨水流了进来。雨水冲淡了车里血液的腥味，依然浓浓地压着叶珈成的气息。

然后雨水里带着血，血里又混着雨水，分不清了。

叶珈成很快开始喘不过气，呼气都困难，肺腑严重被挫伤，身体里血液流失太快，他无能为力。

同时，无力地清醒着。

叶珈成从小到大都是一个聪明人，总能清醒地面对各种情况。不管是人还是事，他都能保持着从容的冷静。此时此刻，他同样清楚自己可能要面对什么。

他清醒地感受着死亡逼近的绝望以及恐惧。

太强烈的绝望，叶珈成自己都慌张，他睁开眼的第一件事，是看向自己旁边的小狐狸，检查她的情况，还好她应该不太严重。

为什么会有这样的"意外"，叶珈成已经没时间追究了。愤怒、悔恨、不甘，还是嘲弄……这些情绪通通变得无足轻重，他只有害怕。

叶珈成从小天不怕地不怕习惯了。现在，他真的很害怕，前所未有的害怕。

小狐狸已经原谅他了，他要和她幸福快乐地过一生啊。

他还有很多事没有做，没有成为更好的儿子、更好的叶先生，没有将小狐狸娶回家，没有带小狐狸国内国外、上天下海地玩……甚至，他都没有将小狐狸平安送到机场。

时简是被叶珈成叫醒的，她被安全气囊压着，动不了。

叶珈成看着时简慌乱地流着泪，像是在找什么，她想找手机叫救护车吗？叶珈成望着时简的情况，说的话却是："时简，你不要动……"

时简呜呜地哭着，叫着他的名字，珈成，珈成，她问他怎么样，怎么样了。

叶珈成没办法回答，他不好。

小狐狸这样担心着他……他更担心她，担心她以后。叶珈成真的很担心她，小狐狸那么死脑筋，她特意回来找他，他却要离开她，她以后要怎么办啊？

"别担心，会没事……"叶珈成快说不出话来了，疼痛的感觉反而不强烈了，清醒的知觉也慢慢从身体里抽离，毫不留情地离开。

他无力反抗。

叶珈成说着最后的话，第一句是："……时简，记得出国。"他没办法护她了。

第二句话，意外和去年分手时几乎一样的话，叶珈成说得断断续续，时简应该能明白他的意思："不要等了……找个更好的。"更好的叶先生真的没办法回来了，所以不要再等了。

第三句："时简，告诉我爸妈，给我领养一个妹妹……"他们的儿子，还是让他们失望了，养个女儿省心。

叶珈成多么希望他有个信仰什么的，可以祈祷多给他几分钟，他会感激不尽。

叶珈成还是说出了最后一句话，是一句请求："小狐狸，叫我一声老公吧……"

原谅他的自私，他这个时候还是想满足自己的美梦。人活着是为了美梦，但愿也能死在美梦里。结果一声老公都来不及听，叶珈成已经吃力地闭上了眼睛。多么希望一切只是一个梦……好羡慕去年他从高楼坠下来的时候，他还可以轻松地对自己开玩笑，真好。

然后小狐狸怎么还没有叫他老公……这是一只坏狐狸！

最后一颗眼泪从叶珈成闭合的眼角滚落下来，或者他再叫她一声小狐狸也是好的……无能为力。他连最后一声小狐狸，都没办法叫出来。

"不……"不要，时简失控地叫着，她不要现在叫叶珈成老公，她还要等他再次娶她，她还要等他天天叫她大宝贝。时简痛哭着，眼泪惨痛地流着。她看着叶珈成慢慢闭上的眼睛，几乎绝望地喊出来："老公……"

时简不管不顾地挣扎，抓住叶珈成，一声声地喊着老公："老公……珈成……珈成……老公，老公……"

叶珈成的眼皮突然轻轻动了下，仿佛是奇迹出现。只是轻轻的一下，轻轻一下，然后，是完完全全的安静。

时简也不知道过了多久，外面越来越吵，只是救护车还没有来……最后时简一动不动地看着叶珈成，绝望地没了声息。她看着叶珈成平整修长的眉毛、又长又秀气的睫毛、高挺的鼻梁……又如同蚊子般讷讷地发出声音，继续叫着一声又一声的老公。

叫了多少声老公她已经不知道了，可还是没能将叶珈成叫醒。

她叫不醒叶珈成，永远都叫不醒他了。她都还没有告诉叶珈成，亲脸颊的秘密。

左脸表示原谅，右脸表示今天比昨天更爱你了。她真的一点儿也不气他，她还很爱他，以后只会越来越爱他。

珈成，不要离开我……不要离开我，不要以这样的方式离开我。

求求你。

……

如果是这样的结局，她宁愿这辈子都不出现，也不要过来打扰他。

她到底知道什么？

时简都知道，时间都知道……时简觉得自己陷入了一个无边无际的深渊里。飞机失事的时候，她曾经从恐惧的深渊里醒来，因为她要醒来找回她的爱人。

现在，她多么希望回到那个无边无际的深渊里，再也不要醒来了。

再也不要醒来了……

时光新生

  无底洞一样的深渊，不停地坠落，仿佛时间在耳边快速地随风呼啸，宛如白驹过隙。时间可以追回来吗，可以吗？时间不是为她倒退了十年，她不是知道很多事情了吗？她不要十年，她只想早知道一会儿，一会儿就好了。

  天可补，海可填，南山可移。日月既往，不可复追。

  能不能再给她一个奇迹，她一定不会提前出现在叶珈成面前，一定不会，分秒都不敢相差……

  时简坠入无边无际的深渊里，又陷入一片耀眼的日光里。时简抬起头……热烈的大太阳，晒得人头晕又胀热，她从露台取下衣服，回到清凉的房间折叠衣服。时简收拾行李的时候，门铃响了，一份快递需要她签收。她一边签收医院寄来的快递，一边接起叶珈成打来的电话。

  时简接听了手机，叶珈成带笑的声音立马从听筒里传来，"宝贝，中午吃了吗？"

  真烦人，她正忙着。时简回答："吃了。"

  "吃的什么？"

  时简不想交代，还是说了："……阿姨昨天留好的饺子。"

  "真省事……我就知道。"叶珈成口吻纵容又无奈，"要出发了吗？"

  "行李还没收拾好。"

  "磨蹭。"

“叶珈成，我有我的时间概念……”时简为自己辩解，走到两人的衣帽间，问了问电话那边的叶珈成，“明晚的宴会，你有正式的西装礼服吗？我要不要帮你带上一件……好的，你要黑色，深蓝，还是银灰？”

“都差不多，老婆决定。”

叶珈成长了一副谦谦君子的好面相，不过穿衣方式向来随意，没有太多的要求。时简愉快地挑选着西装，同时对着手机开着语音，语气悠悠地说起甜蜜话：“真烦，老公穿什么都好看，好难决定啊。”

叶珈成接受她的吹捧，然后替她解决难题：“那就搭配你的裙子颜色。”

这是 2016 年，时简去日本的当天。

……

耳边，呼啸而过各种声音，然后变成了救护车的呼叫声，急切又慌乱，还有医生的死亡确认声音，“记下死亡时间，死者叶珈成，男……”

“女方情况应该还好……抢救室！”

然后不知道过了多久，时简一下子感觉回到了以后，一下子又回到现在，最后回到了无声无息的深渊里。

“什么时候醒过来很难说，病人求生意识很弱，手术成功还需要配合……”医生的声音再次隐隐飘入脑海。

人陷入深渊里都祈祷有人能拉自己一把，只是现在时简真的不想有人将她拉上来，她希望自己能一直沉睡，永远不要醒来。

她的世界变得安静，然后有一点儿声音她都觉得很吵，很反感，反感得快要得失心疯。

她不要醒来，不想醒来，宁愿一直活在自己的世界里。病房里来来往往很多人，大家都没有提叶珈成，好像都在刻意帮她逃避，直到有一道声音传入她无望的世界里。

所有人都不提叶珈成，只有易霈在她耳边说了，易霈以逼迫的口吻告诉她："时简，如果你还想见叶珈成最后一面，那醒过来。"

最后一面，最后一面……

易霈以最无情的方式逼她，明明他最清楚她和叶珈成的夫妻关系。某一刻，时简反感着易霈，同时又产生了一点点希望，渺茫的希望。

易霈那么厉害，他能不能将叶珈成救回来，他不是喜欢她吗？她跟他好，只要他能将叶珈成救回来……

人绝望到一定时候，是没有心智的，何况是衍生在心智里的善意和清醒。时简被救了回来，但是失去了心智。

然后，什么时候能醒过来，什么时候能好起来，都成了未知数。

时简还能变回之前那个幽默又乐观的时简吗？张恺真的不知道，也不知道时简清醒之后，要怎么面对以后。

是啊，以后。叶珈成没有以后了，她还有那么长的以后。

张恺觉得自己这个大老爷们，一时间都无法接受这个突如其来的噩耗。生离死别面前，再强大的人都无力回天，比如易霈，比如叶珈成他自己。

那匹来自南方的狼，张恺讨厌又不得不佩服的男人。

张恺一直不喜欢叶珈成这个人，不只是因为叶珈成和易钦东合作，叶珈成身上那股子劲看不顺眼的人会特别不顺眼。之后，他知道时简还和叶珈成复合了，张恺连时简都讨厌了，这个世界只有叶珈成一个男人了吗？叶珈成让她伤心伤肺，她还一往情深。

有些感情，外人看不懂后就看不顺眼了。不过，叶珈成的确是男人里的真绝色没有错，人帅聪明有风度，面善心冷有手段。只是到底是无情似有情，还是有情似无情？

叶珈成性情爷们，最后关头也用最爷们的方式保住了时简的性命。

唏嘘吗？感慨吗？感动吗？

有些感情旁人大多都是品个滋味，然后发个感慨。他们不是当事人，难过遗憾一下，也就过去了。医院几个护士，知道事情真相都无限感慨，好几个偷偷抹了抹眼泪，她们的难过遗憾是真的，但是她们下班后还是可以甜蜜地和男朋友约会。

然后想到医院里的时简，她们心里更加珍惜自己当下的幸福，即使她们男朋友不帅也不富有，甚至也没有那么爱她们，但是这些都变得不那么重要了，最重要的是，她们和男朋友还在一起啊，他们还可以牵手亲吻看电影，甚至是吵架拌嘴生气以及分手。

她们私下还代入地讨论，如果自己男朋友用这样的方式救了自己，她们会怎么办？讨论之后都庆幸不已，谁希望用这样的方式证明爱情的伟大。

旁人再叹息，生活都是照常进行，医院的医生护士是这样，普通的亲朋好友是这样，张恺当然也是这样。

时简出事之后，张恺的生活还是和以前差不多，只是更忙了。每天上班下班开会接电话，陪阿霈处理各种商务。易家越来越乱，很多事情都要提前准备。

偶尔有个时间他还会到酒吧跳个舞喝个酒，想起时简的时候，只能无奈叹叹气，真是一个可怜的人。作为朋友，如果能让她好过一点儿，他很愿意帮她。

只是怎么帮，安慰陪伴吗？她都不需要……真的什么都帮不了啊。所以，他只能释怀，收起怜悯之心。

张恺觉得自己是这样，阿霈应该也是吧。

时简出事之后，阿霈去过医院一次，后面也没有去了。一方面应该是顾及身份，另一方面不再关心过问，是最好的方式。

没有人能成为别人的救世主，何况阿霈当下的事情还很多。

叶珈成不在了，易钦东重新回到了叶茂，打算改名。原本叶茂股份里，叶珈成占了大头，后来叶珈成手头的大部分股份转进了易茂置业。当时叶珈成急着卖自己的股份，原因不明，也没有公开消息。不过易茂是卖家，张恺当然知道叶珈成售出股份要和易钦东分道扬镳，至于具体为什么，不清楚。

同样车祸事故还在调查，没有结果。

先打经济纠纷的官司吗？不过，叶父叶母不想打这样的官司。

叶茂这摊子，叶家不管了，张恺也没有办法。用叶市长的话来说：只要他儿子还活着，惹出多大的摊子他都帮忙收拾，现在死了，他叶清德不愿意再操心儿子任何事。

不愿意，是真的不愿意。叶珈成死了，叶市长反而恨起自己儿子。是的，恨。

张恺见过叶市长两面，一次陪易霈慰问，一次征求股份转让的事。叶珈成剩下的股份他们这边想全部买走，叶市长排斥处理这样的事，连律师都不愿意委托。

他们不需要叶珈成留下的钱，一点儿也不需要。

不处理这件事，儿子在他们心里都是好好的。不用面对了，也不用记起他们失去儿子这件事。

叶父叶母这样，时简也这样，甚至更过。

常常来陪时简的，反而是叶母。叶珈成生命最重要的两个女人，一个是生他的母亲，一个是他愿意付出生命的女人。张恺最后一次去医院，看到叶母和时简不说话地相互坐着，都怯步了，不敢进去了。

人都是抗拒悲伤的，谁喜欢流泪啊。

张恺不敢进去，高彦斐也差不多。高彦斐是叶珈成的死党，也是人模狗样的有钱公子哥一枚，学的也是建筑设计。

两人交了个朋友，一块喝了酒。喝得差不多了，高彦斐笑呵呵地说起来："小狐狸出国的时候，我还想着追着她出去，继续挖我好兄弟的墙脚。唉，你说我兄弟怎么不在了，他倒是拦着我啊……"

张恺同样笑呵呵，问了问："你还会喜欢时简吗？男人对女人的那种喜欢。"

高彦斐没说话，要打人了。

的确是无聊无趣，又刻薄的一句问话。不过张恺真的只是好奇而已，因为他现在无法揣摩阿霈的心思。

一个男人想拥有一个女人，出于她美丽、聪明、大方、善良等各种令人心动的原因。如果一个女人突然失去了所有光彩，甚至她所有的爱都随着爱人逝去而枯竭，这个男人还会继续心动、渴望她吗？

张恺觉得不会，男人渴望一个女人源于心动，如果心动的要素都没了，还会渴望吗？

用现实的话来说，人是会思考的，即使不权衡利弊，也知道知难而退，即使心里还有一些爱意，但是不会心动了，还不如回归朋友。然后给予一些力所能及的帮助，不多不少。

有时候，心疼是一回事，心动又是一回事。

五个月了，时简还是那个样子。张恺很心疼时简，也庆幸阿霈终于收起了心思。

晚上，张恺陪易霈出席一个慈善晚宴。易霈最近需要在很多媒体前露面，即使不喜欢还要亮相参加这样那样的公益活动。

今晚的慈善晚宴来了很多女明星。张恺看着宴会的衣香鬓影，大饱眼福。女明星就是女明星，个个都有着光鲜靓丽的美，巧笑倩兮，仪态万方。

坐在易霈旁边的是一位公众形象很好的财经女主播，漂亮又谈吐幽默，眼底带着一份似曾相识的矜骄之气。

张恺想到了时简，曾经的时简。

这个世界不缺美人，也不缺迷人吸引人的性格，两者合二为一的美女，同样也很多，只是少了时简一个。

"易总，可以给我签个名吗？"女明星递了一支笔和本子过来，"我超级崇拜你的。"

别人都找女明星，女明星又找男企业家签名，果然各行各业出偶像。

易霈望了望女明星，拿过了笔和本子，礼貌地在翻开的第二页签上了自己的名字。

这个世界不缺一个时简，也不缺一个叶珈成。只是什么是独一无二，其他人再好，时简也只缺一个叶珈成。时简是自己清醒过来的，她一个人在病房靠窗的地方坐了很久，然后对进来的护士说，她需要办理出院手续。

病房里的窗户已经全部封死，外面是一个艳阳天，还起了风，枝叶纷披。

时简说要出院，时家请的专业心理护士先是一愣，然后笑眯眯走过来，开始耐心地哄着她。还认为她在发病吗？时简转过头，尽量把话表达得正常以及意思明确——她要出院，她可以出院了。

心理护士连忙给方女士打电话。

时简出事之后，时父时母立马都从英国回来。昨天方女士问女儿想不想吃小时候给她常常做的汤面炸糕，女儿意外点头。所以，今天方太太特意到杨家亲自下厨了，人不在病房里。女儿好的时候她不在身边，出事了开始弥补欠下的母爱……方女士前两天和丈夫说过了，他们下个月就将女儿带出国，好好照顾着。简儿即使这辈子都这样他们也能接受，痴痴傻傻地活着，总比没了好。想起叶父叶母，他们更是愧疚万分。叶市长反过来安慰他们说："珈成除了是我儿子，他还是一个男人。我很骄傲他最后时刻保护了自己心爱的女孩，我很骄傲！不然我会对他更失望……"

惨剧已经落幕，留下的悲痛要怎么面对，时间还能平复一切吗？有些伤痛是没办法平复的，除非时间能再倒退一次。

时简没想到自己能清醒过来，她坐在关闭的窗户旁看着外面的日头，思考着这个世界到底是不是真实的？为什么一切全然不同了？

再一次真真切切地回想着车祸所有的场景、叶珈成最后对她说的话……时简忍不住，狠狠咬住了自己的手。

她的右手已经惨不忍睹，还包扎着白色绷带。人就算疯了，也逃不开绝望。

记忆一幕幕重回大脑，组成了半年来她知道的所有事，耳边是他们每个人对她说的所有话，叶父叶母、她自己的父母、小姨小姨夫、张恺、高彦斐、易碧雅……还有易霈。

时简出院之后，第一件事就是去了青林市，她以为自己这辈子都没有勇气走进那个家。她害叶父叶母，她的公公婆婆失去了唯一的儿子，他们居然还请她进门，高兴她能好起来。叶母煮了茶水给她，时简道歉，一声声说着对不起。

"小时，是车子出意外啊……我们不怪你，也不应该怪你……"叶母哽咽着，话里不应该，心里怪还是怪过，但是时简同样是她儿子用命救回来的女孩……用丈夫的话来说，她要尊重儿子的选择。叶母忍不住，还是问了问时简当时的场景。丈夫告诉她车祸事故调查结果是车子出意外，只是好好的车子，怎么会出意外？

"会不会是有人故意害我们成成？"叶母着急地拉着自己丈夫。

"怎么害，谁敢害他？他不去害别人就谢天谢地了！"叶市长打住了叶母的话，有意阻止，深深吸了一口气，继续说，"小时，珈成的案子已经结了，的的确确是车子意外故障导致的车祸……我们叶家也不要求汽车公司赔偿，我们不需要任何赔偿，只希望事情到此为止不要再提及，我还能当我儿子活在我心里。"

叶市长这样说，就是不希望时简介入车祸调查。他儿子到底为什么会出事，叶市长不是不会查清楚，只是比起儿子是自作自受的结果，他宁愿儿子是被老天爷带走，是他没有将儿子教育好。他从小教到大的儿子，永远不听他的话，非要去捣鼓房地产！

"小时，你原先不是要出国读书吗？"叶市长接着说，"忘了这事，出国吧。跟着你父母出去，让他们都有个盼望。你还很年轻，要开始新的人生。"

叶珈成希望她出国，她公公也希望她出去，时简不吭声地坐着。当了叶家五年媳妇，她不会听不出公公的心意。公公继续说："出国之后好好读书，多交朋友，忘了这个事，也忘了珈成……你看他之前不仅不负责任，还三心二意……"

叶市长眼眶眶红了，一个父亲这样说自己儿子，哪有不痛心的。

时简只是摇着头，不停地否定着叶市长的话。三心二意，不负责任，她心里以前不是没有这样怪过叶珈成……眼泪轻轻落了下来。她也没办法忘，他们不知道，叶珈成不只是她遇上的一个哄她开心惹她生气过的帅气男人，他还是她亲密无间的丈夫、家人以及心里永远的爱人。

叶市长还在生气，生叶珈成的气，捶胸顿足也无法消气。以前叶珈成同她说过，他和父亲是天生的不合拍，不过在父亲手术之后改变了很多，毕竟他要学会让老啊！叶珈成心里觉得父亲不理解他，也清楚叶市长对他是爱之深恨之切。

　　时简说了叶珈成交代给她的那句话，也是他对爸妈最后的一个请求，给他领养一个妹妹。时简说出这句话之后，叶母失声大哭，原则强硬的叶市长也哭了。时简情绪一块失控，同样悲痛得不能自已。她没有办法地安慰着，直接失声叫了两声爸妈，像"曾经"她叫着他们爸妈一样，以儿媳妇的身份陪在他们身边。

　　对啊，儿媳妇！时简把戴在无名指的钻戒给自己公公婆婆看，对他们说："……我已经答应了珈成的求婚了。"

　　所以，能不能让她这辈子继续当叶家的儿媳妇，能不能让她代替珈成照顾他们，爱他们……

　　时简在青林市住了很长一段时间，然后去了英国。

　　兜兜转转还是出去了，只是心境对比之前已经完全不同。时简跟着方女士一块等在候机室，等着时教授办理好登机手续，她戴着方女士买给她的新帽子，将帽檐压得低低的。

　　病了大半年，时简面色和样子都非常不好看，尤其是体重，整整轻了十多斤。

　　张恺跟着易霈一块从贵宾通道出来，他是先看到时父时母，然后看到时母旁边的时简的。时简是要出去了吗？或者这对她来说，的确是最好的安排。

　　视线远处，时简一直低着头，头顶戴着一顶帽子，身上穿着一套干净整齐的白色运动装，但是面容不佳，对着拉杆箱呆呆地坐着。

　　面容怎么会好，她病了那么久。她看起来是那么瘦，又那么安静。

　　张恺感觉自己的心跳都停了两下，望了望走在他前面的阿霈，要不要对阿霈说下，过去道个别？

　　这段时间太忙，张恺好一阵子没去医院了。既然阿霈不再提及时简，他每次去医院回来也不好对阿霈多说时简的情况。真的不好再多提了，他对时简，和阿霈对时简的感情不一样。他可以一直心疼时简，但是阿霈不能。所以，有些心思刚好可以适可而止了。

张恺叹气，原来他是一个现实主义者啊。他之前想撮合阿霈和时简，觉得时简那股子气质明亮的劲，特别适合阿霈。后来发现阿霈也中意时简，更希望两人能走到一起……后来时简和那匹来自南方的狼在一起，两人应该也是真爱吧，结果半年多前又出了那样的事。

唉！时简能好起来他当然高兴，不过张恺真的不希望阿霈还对时简存着什么心思，爱一个心里有了太多烙印的女人，太辛苦。

所以，有些事可能他更偏向阿霈吧。时简毕竟只是他喜欢一个的朋友和下属，甚至有段时间他还挺烦她，死心眼儿，眼光更是差劲。

张恺远远地看到，易霈当然也看到了，脚步停了下来，看向那个方向，眼神沉静地看着，似乎……并不想上前。

张恺吸了吸气，说："阿霈，我过去一下……"

时简已经站了起来，她要拿自己的随身行李，被时教授阻止，然后一家三口往安检方向走去。张恺打算上前道个别，易霈叫住了他："张恺，不用。"

现在的时简，不会想见什么熟人。

机场公路上，张恺想着一个问题：时简还会回来吗？

还会回来吗？真的不知道。

易霈同样想着，他望了望车窗外，眼前浮现时简失去心智时微弱希冀的乞求模样："易霈，你那么厉害，你能不能将叶珈成救回来，求求你……"

他厉害吗？他现在只是一个身在局中、利益缠身的男人，就算以后他成为那个她在商业名人传记里看到的易霈，他也没有办法。他可以给她爱，她需要吗？

叶珈成出事那天和他的见面内容，他已经全部告诉了她，后面她还会不会回来，只能由她自己来决定。

因为他也存着他的私心。

两年后的又一个深秋。

"近日易茂服饰增资配股人民币 4.68 亿元，加速易茂品牌男装多元化计划实施，形成核心品牌结构……这也是易茂集团易需继今年 6 月份担任执行主席之后，针对易茂服饰做出的第一个经营决定。据易茂集团 2009 年上半年财务报表显示，易茂集团目前已经完成股制改革，确立以房地产、品牌男装、金融投资为核心主体多元化发展，旗下全资关联公司 36 家，房地产依旧作为核心业务……"

"A 城本月一次性挂牌四宗地总起始价逾 6.24 亿元。"

"易茂置业即将启动林溪计划，天美嘉园预计是 A 城 2011 年最受瞩目的住宅项目，天美嘉园……"

时简浏览着一条条房地产新闻，身子靠着椅背，突然肩膀被轻轻拍了下，她转过头看向旁边的同事。同事约她吃饭，时简站了起来，换上了笑脸。

中午两人各点了一份商务套餐。同事好奇地问她："Jane，你为什么不面试一下易茂置业，今年易茂招不少人。"

时简抬起头，没有任何遮掩，"被刷了……"

"哦哦哦……"同事理解地点点头，继续说，"现在易茂是越来越难进了，不过没什么，易茂工作强度也很大。我有个朋友在易戉上班，天天找我诉苦，工资和福利倒是都很好。"

时简点点头，表示遗憾。

易茂的确很忙，忙起来常常加班加点，比如易茂大名鼎鼎的张助，忙得都没时间解决终身大事了。

张恺趁着午休时间见了一个家人安排的海归女孩，相亲市场里张恺完全是一枚妥妥的黄金单身汉，每次要给他介绍对象的人都络绎不绝。然后下午会议结束，易需临时安排他出席一个商务宴会，张恺有些为难地说："易总，我好像跟你说了……我晚上还要……"

张恺这小媳妇模样，易需点了下头，作罢。

张恺无奈，他也是被家里人催得太急没办法，年龄到了总要解决人生大事。不过话说回来，这两年他跟着阿需赢了易茂这一仗，是要考虑个人问题了，生活和工作总要转变转变。这两年易家变动也大，易老先生已经去世，郭太太这边会做事的儿子几乎没有，然后易钦东又倒了大霉，像是被人故意整了，所有的行径都被挖了出来判了重刑。只是关于两年前时简和叶珈成那场车祸，明明事有蹊跷，叶家不仅没有追责，反而平静地接受了是车子故障导致的意外车祸。

叶家为什么会这样做，张恺百思不得其解，唯一能解释的是，叶家希望时简安心出国，或者不希望时简知道叶珈成和易钦东为什么闹矛盾。如果是这样，叶家真是用心良苦。

易茂置业在青林市的分公司发展很好。张恺每次去青林市都会看看叶市长和叶夫人，然后才知道，这两年时简几乎每隔几个月都会回青林市一次。

时简每几个月都回国一次，张恺真是一点儿不知道。时简出国之后，和他们所有人都断了联系，明明之前还说她到英国读书会请他吃饭。没良心的女人……怪她吗？

他怎么可能会怪一个被命运那样伤害的女人。

时简出国之后，张恺和她没有任何联系，也没碰过一次面，自然不知道她在国外的情况如何，倒是有一次他和阿需到叶家拜访，看到了一张时简和叶父叶母出游的合照。照片里时简笑盈盈地将手分别放在叶父叶母的肩膀上，阳光下笑容清浅，气色看起来不错。

至少比上次在机场看到的样子好很多，比起她住院那半年，更是好太多了。

这张像是一家三口的合照，不，原本应该是一家四口……总之，张恺看到的时候心里特别唏嘘，又感慨无比。

阿霈看到照片的时候，嘴角也染上了一丝笑意。

……

张恺又一次相亲回来，被 Emliy 拦住问情况，张恺乐悠悠地交代。今天这个他挺喜欢的，性格大大方方，谈吐可爱，不过具体如何还要进一步接触。

张恺已经不那么喜欢大胸长腿的女人，夜店也去得少，用他狐朋狗友的话来说，性格越来越无聊……越来越像他老板了。所以，有时候性格无聊的人，遇上一个能让自己不那么无聊又舒服的人，那种感觉像是看到光一样。

易宅重新翻修了一次，住着的依旧是郭太太那房人，郭太太总是想着办法从易茂这边拿钱。令人感到意外的是，易碧雅嫁人了，嫁在易老先生去世之前，为了多要一份份子钱。男方姓方，也算是 A 城世家有钱男人，一直和离异的前妻分分合合玩相爱相杀，三天两头上娱乐小报让八卦好事者津津乐道调侃，然后前妻找了一个金发碧眼的男朋友之后，易碧雅成了方太太。

有人将日子过得折腾，有人将日子过得平稳，各人有各人的过法，彼此看不顺眼。同样，有人对生活宁死不屈，有人选择委曲求全。

这两种都不是什么聪明人，只是相对这两种更令人可惜的是：明明是聪明人，偏偏做着不聪明的事，为情所伤，为情所困。

张恺今天下班难得有空闲，一个老朋友过生日约他到酒吧聚一场。

他人一到场，几个朋友立马吹捧揶揄："现在不是一般人都见不上张总了，我们哥几个还算有面子。"

张恺乐得不行，瞅着场面说："这不是过生日吗，怎么连个蛋糕都没有？"

"谁上酒吧吃蛋糕……"朋友受不了，拉扯他坐下来，倒了一杯酒，"先罚一杯！"

张恺跟着易霈做事之后，尤其是这两年，已经很少有自己的私人生活，不过做人做事都知道孰轻孰重，张恺现在也越来越喜欢忙于工作的生活。偶尔还能这样放松，不错！至少比阿霈好，阿霈那日子过得才无聊……当然这只是张恺偶尔瞎操心，一个忙于家族事业和人生奋斗的男人，他有太多的事情和责任要完成，即使一时缺少一些别的颜色点缀人生，他的人生依旧是强大以及不可撼动的。不然阿霈也不是阿霈了，也赢不了易家。

这两年，阿霈身边不是没有女人出现，想要嫁给阿霈当易太太的女人更是海了去了，不管是名媛、女明星，还是女强人……当然男人对婚姻有时候不那么急，阿霈现在又没了催他的家人，不像他。如果家里人不催他，张恺也不想这么早结婚。

张恺有一次相亲结束，以朋友的口吻问阿霈："易家是不是缺个女主人了？"易霈先是愣了愣，知道他想表达什么，口吻淡淡地回答了他："我不能因为易家缺个女主人，就选择结婚……张恺，我不想让我的婚姻也变成一种家族责任。"张恺明白了。他很久之前还觉得阿霈不仅没有性取向，也不会渴望爱情，因为那种东西对阿霈来说没有意义。事实好像变得正相反。只是一个男人一旦越成功越有钱，有些纯粹的感情反而成了一种求之不得的渴望。如果那个能让阿霈心动愿意结婚的女人一直没出现，阿霈难道要放弃每天忙碌的事业，变成悠闲公子哥像偶像剧那样追逐所谓的真爱吗？

　　问题又回来了，阿霈遇上过那么多女人，心动过多少次？这个问题，张恺已经不敢问了。事实这两年出现在阿霈身边的女人，不说阿霈，张恺也觉得不适合。

　　酒喝得差不多了，一个朋友突然指了指不远处一个女人，开口："唉，那个怎么样？"

　　"哪个？"张恺反应过来，原来朋友在问他对面坐着的女人感觉如何。

　　现在酒吧越来越流行文艺系静吧，少了劲歌热舞那股子嗨，更多成为上班族休闲放松的场所。所以，酒吧不缺大胸长腿的夜店女，也不缺干练知性的女白领……前方坐在旁边同一个男人说话的女人，依然很快抓人眼球，仿佛整个人散发着淡淡的柔光。

　　"是不是气质特别好？不过这种气质安静的女人，怎么会来酒吧？"朋友说个不停，"还有她对面的男人真是不咋地，老混混……"

　　"长得像老混混的人，是这家酒吧的老板。"另一个人提醒。

　　"哦……"

　　张恺眯着眼，还在打量着。他没有戴眼镜，两百多度近视没有朋友那么火眼金睛。他看了好一会儿，觉得这个女人真熟悉，好像头发短了的时简。

　　不可能啊。张恺下意识否定自己，时简怎么会在Ａ城，即使在Ａ城，她怎么会在酒吧，还同一个男人在说话？

　　朋友不管不顾，已经拿出手机，对着那个方向，笑嘻嘻地拍了两张。

　　不道德！

　　张恺回去之后优哉游哉地洗完澡，继续工作。做完所有事情之后刷新社交网，发现朋友已经上传了今晚偷拍的照片。两张照片光线模糊，角度同样抓得糟糕，一张正面，一张背影，然后搭配一句调笑的话。

"偶遇心中女神一枚，嘻嘻嘻，求问如何要号码？"

装！还是语文不及格的水平。张恺看着照片，再次怔了怔，真觉得照片上的人很像时简啊！不过这个世上存在相像的人很正常……张恺盗了照片发给 Emliy，让 Emliy 同样感受一番。

Emliy 直接打来电话，开头就问："……时简回来了？"

张恺没想到时简真回 A 城了。

第二天，张恺就在 A 城的华粤食府看到了时简。他陪着阿霈宴请易茂的几个董事。阿霈刚成为执行主席，该维持的关系要维持好，该绑定的利益更是不能少。

途中张恺接一个电话，对面包厢出来一个女人，穿着职业套装，助理模样，皮肤白得惹眼，短发及耳……张恺放下手机，他上次在酒吧看到的女人是时简，没有错。

时简真的回国了，她还重新做事了？！真是一个令人惊喜的发现……他以为她……张恺即使在叶家看到过时简和叶家人的合照，但他对时简更深刻的印象，还是两年前在机场看到的样子，戴着帽子低着头，样子苍白得仿佛将周围背景都染成了灰色。

张恺直直地看着，时简也看到了他，同样轻轻愣神了一下。

这样的意外碰面，激动的人是张恺；主动打招呼的人，是时简，她朝他走了过来，开口："张恺……好久不见了。"

张恺眨眼，惊喜了好几下，确认地问："……时简，真是你啊！"

时简笑，"我变化很大吗？"

张恺说不出话来，他心情起伏很大，都快要哭了。看到时简这样的职场打扮，他自然问："你什么时候回来的？还工作了？哪家公司……"

张恺无法淡定，一下子问出了三个问题。时简顿了顿，先回答了前面两个问题："前阵子刚回来，先找了一份事情做着，做的还是老本行……"

张恺还想问，为什么不回易茂工作，话到嘴边又打住了。

时简说她做老本行，那就是助理工作了，张恺有些好奇是哪位老板。曾经易茂总经理办公室最得力的女助理，被谁捡了一个大便宜。

张恺望了望包厢，时简主动回答："天华。"

天华？！张恺自然知道天华，A城最大的一家承建商，易茂要开发林溪那块地，天华是承建商。前阵子张恺还和天华的老板王总见面，居然一点儿不知道时简在天华做事。

时简解释了下："刚工作两天。"

原来这样，张恺还是不明白，时简为什么不回易茂？难道是对易家人……不应该啊，阿霈虽然是易家人，张恺觉得时简不是因为这个，她也不是那种人。何况叶珈成出事到底和易钦东有没有关系，叶家没有追查也不好断定。他只知道，叶珈成出事之后，易钦东立马出国了，后来叶家认定了车子意外故障，易钦东才回来。结果好日子没过多久，所有行径全部被挖出来，还是进去了。

就在这时，时简所在的包厢门被推开了，走出来一拨人，为首的男人顶着一个会发光的脑袋，土帅土帅的。

他就是天华的老板，王文。

很快，王总惊喜的声音飘了过来，两手伸得更快，"这不是张助吗？你好你好……好巧，在这里遇上……"

张恺回应王文的热情，原来这个捡了大便宜的人是王总啊！张恺望了望后面的主包厢，王文忙不迭地问："易总在里面吗？"

"易总在里面。"张恺知道王总的意思，阿霈的确在里面，不过里面是易茂的董事，不好见面。张恺先将意思说到位，"易总在里面宴请。"

易霈宴请，王文明白张恺话里的意思：不方便见面。

时简和天华这边的人先告辞了，临走前天华老板又握了握张恺的手，

"替我向易总问好。"

张恺："一定。"

张恺回到包厢，心里特别纠结难耐，他收到了易霈的眼神，稍稍低下了头。这两年，阿霈几乎没怎么提时简，时简就像一个出现在阿霈一板一眼人生里的插曲，意义到底如何，不得而知。

张恺陪易霈回汤泉公馆的路上，憋不住，还是提了时简，"阿霈，时简回来了……"

易霈回张恺的话："我知道。"

张恺："……"阿霈知道？

易霈没有多说，张恺也没有多问。这两年，阿霈越来越沉稳，本来就老成，现在更有一种稳如泰山的气度。张恺跟了易霈七八年，原本特外放的性格都收敛了不少，变成了一名具有成熟气质的男特助。

前面又开始造高架，司机需要绕路前行。黄金年代里，城市建设似乎每天都在瞬息万变着，国际大厦一幢幢竣工，高架桥越来越四通八达，数据呈现在 GDP 里，每年以百分之二十的速度增长着……同样持续规模增长的，还有易茂总产业。

易霈静静地靠着车背，她还是回来了，为了天美嘉园。天美嘉园是叶茂未启动的项目，叶茂股份在他这里，他有权启动林溪计划，正大光明。

只是，问心无愧吗？

Chapter 31

无尽的等待

　　时简是一个人回到城南公寓的，玄关鞋柜前放着两双拖鞋，男款和女款。她打开了灯，然后换上属于自己的女式拖鞋。

　　鞋底是柔软的皮质，走在地板上安静得没什么声音。路过一个偌大的鱼缸，时简给新买回来的热带鱼喂食，伸手碰了碰鱼缸，里面的小鱼隔着玻璃游过来，仿佛亲吻着她的手指。

　　来到客厅，打开叶珈成之前复刻的钢琴音乐，舒缓的钢琴音流水般响起，时简回到厨房鲜榨了一杯果汁，接着回到客厅的跑步机前，开始锻炼。跑半个小时累了，停下来休息，没什么事可以做的话，就站在落地窗前看一会儿城市灯火，然后喝半杯果汁，洗澡，换上睡衣，接着看一本无聊的小说打发时间。她已经不看那种乏味的心理治疗书，她现在很健康，身体健康、心理健康，除了心里住着一个爱人。

　　不知不觉看了好几章，时间差不多了，她要自觉睡觉了。如果运气好，今晚还可以做个梦。伸手，关了台灯。一个人，她还是习惯睡右侧。床头灯是她之前买的那盏会旋转的木马灯，没想到叶珈成一直留着。

　　有些事情，很容易被欺骗，尤其是感情。时简也是后来陪婆婆过来整理这间公寓，才发现叶珈成一直留着两人同居时买来的东西，比如这盏梦幻的旋转木马台灯，比如门旁一蓝一粉的情侣拖鞋。有时候越想越觉得叶珈成有些讨厌，然而不影响她爱他，甚至一天比一天更爱他。

　　第二天，是天气晴朗的周六。时简刚吃完一份简单的早饭，就接到了周子的电话，周子在电话里告诉她，他已经到楼下了。时简挂了电话，最快速地下了楼。

　　周子就是之前帮她找回包的警察，青林人，和叶珈成还是校友关系。所以，上次她的包能找回来根本不是运气好。周子还提了一件事，他当时顺路送她去医院就是去看叶市长的，在病房里他和叶珈成聊起来，然后叶珈成二话不说跑下了楼。"有时候人和人，真的有缘分，是不是？"周子这样说。

　　一路到 A 城监狱中心医院，周子提了提易钦东的情况，癫痫频繁大发作，伴有一定的精神障碍。时简听得很平静，只是握着的双手，还是抠疼了手心。

　　时简由周子带着进了这家装着铁丝网的监狱医院。她做了一定的心理准备，不过看到一些画面还是引起了情绪波动。病房里每个病人床头都写着案由和服刑期限，历历在目。同样，这里有很多科室，艾滋病，戒毒康复……以及精神专科。

　　易钦东已经神经错乱，导致分不清自己到底为什么入狱，为什么会被关在了这里。他不停地跟这里的人解释，有时候是："我真的没有害叶珈成，没有……一定是有人陷害我，一定是……"有时候又是："明明是叶珈成逼我，他逼我！他先逼我的！"

　　时简别过头，深深吸了一口气。

　　时简中午请周子吃饭，一起吃了青林菜。周子犹豫之下，还是告诉她另一件事：叶市长去年也来过监狱医院。时简不出声地听着，低了低头。她公公不只见过易钦东，还见过丁哥。公公比她更早知道叶珈成和易钦东存在着什么矛盾，所以拜托丁哥不要将事情告诉她。

　　"小时，都过去了。"周子嘴笨，只能这样安慰。

时简点点头，同样对周子说："是的，都过去了。"

周子望着她，关心地问："你现在，怎么样？还好吗？"

时简回答："挺好的。"

周子收了收目光。

时简笑了笑，又说了一遍："真的，我挺好的。"

时简没有撒谎，她现在真的不错，该工作工作，该休息休息，劳逸结合，活着不累，甚至心里还有一些期盼的事情要去实现。

时简回来在小区门卫处拿了一份快递，青林市寄过来的，婆婆前两天说给她寄了一些青林小吃，那么快就到了。

时简给婆婆打了电话，两人寻常地聊了几句。她现在和叶父叶母相处起来，真的很自然，五年的儿媳妇不是白当的。叶母嘱咐她说："记得多交朋友，多出去玩玩，知道吗？"

时简答应下来。

时简晚上回杨家吃饭，小姨夫杨建涛前两年转行开了图书公司，已经不捣鼓工地了。用杨建涛自己的话来说，他杨建涛也有弃商从文的一天。

原本杨建涛出狱之后，也开了一家出版社，主要出版儿童文学，一方面弥补对妮妮的亏欠，另一方面开一家图书公司本身就是小姨夫"深藏不露"的梦想。这事小姨夫曾经对叶珈成提及过："做人谁没有几个梦想，是不是？"

"简儿……"杨建涛放下怀里的妮妮，转头看向她，半晌之后，特别语重心长地说了起来，"如果你想重新工作，来小姨夫这里做事，我给你主编当，别去什么天华建工，累不累？"

时简摇摇头，拒绝了："老本行做久了，换不了。"

"怎么换不了？"杨建涛打着比方说，"你看我不是换了吗？"

"以后吧。"时简扬了扬唇角，回应小姨夫，口气很轻，却是不容商量的口吻。

唉！杨建涛作罢。时家这个女儿，脾气不倔，却是一个有自己主意的人，所以只要她自己决定的事，不管是她父母，还是他和她小姨，都没办法劝说。

只是简儿为什么一定要去天华做事？无非是……唉！杨建涛又是重重地叹气。

"小狐狸，天美嘉园是不是我们的家……"

时简第二天一个人开车来到林溪，将车停在路边，下来走了好些路。林溪现在还是待开发的样子，湖泊湿地都还保留着，不过前面已经开始计划建造大型商业广场和体育中心。

它们，正在一点点变回她曾经熟悉的样子。

只是天美嘉园呢？她和叶珈成的家，它还会回来吗？时简望了望这片区域的近处和远处，眼前浮现天美嘉园曾经的模样，一树一草，一砖一瓦。

林溪这块地被易茂置业买走，天美嘉园是易茂置业即将启动的重点计划……有些事情，是不是真存在着一定的天意，所以有着这样又那样的巧合。原本天美嘉园的开发商也是易茂置业，叶先生和易茂置业唯一合作过的一次就是天美嘉园。之后易茂置业继续请他做事，叶珈成已经兴趣不大了。用叶先生曾经的话来说，他父亲老是将他和易霈比较，所以他特别不想和易茂置业合作。

后面，叶先生也很少设计住宅，天美嘉园是他对家最理想的样子，所以天美嘉园开盘的时候，叶珈成自己先购了最好的那一套。

然后，他就遇上了她，仿佛是冥冥之中自有安排。

时简出神了好一会儿，转过身。不远处多了一辆黑色轿车，尾号06，车子安静地停在路边，显贵又低调。

……

时简和易霈在林溪路边的一家普通馆子坐了会儿。老板娘过来沏茶，大概觉得易霈气场过于强大，打量了他好几眼才离开。

易霈靠着饭店里最普通的椅子，面容沉静又温和。他扯了下嘴角，问了她一句："最近怎么样？"

很多人问时简这个问题，时简的回答几乎差不多："挺好的。"

易霈点点头，信了她。

易霈一直那么信她……时简笑了笑，想到易霈现在已经是易茂的执行主席了，说了一句恭喜。还有一件事她清醒之后想起来，对易霈感到真的抱歉，不过事情过去了，重提反而显得莫名其妙。

时简低着头，伸手划着菜单，点了几个菜。她和易霈在这种小馆吃过几次饭，之前出差的时候，她、张恺、易霈，三个人，每次她和张恺都有一种跟着主子微服出巡的感觉。

那段时间，她活得真有盼头，一边跟着易霈做事，一边想着怎么追叶珈成，整个人活在自己构造的美好设想里。

这家餐馆虽然不大，但是很干净，收拾得也整齐。两年不见，易霈目光落在时简的脖颈上，上面挂着一个钻戒模样的吊坠，轻轻垂着，有两分晃眼，两分深刻。

易霈收起了留恋的目光，"时简。"易霈开口，平淡口吻里藏着两分刚断果决，"关于天美嘉园，我们做个交易吧。"

时简抬起头，眸光微微闪动了两下。

易霈继续补充："朋友的交易。"

……

时简重回易茂置业做事，不过不是总经理办公室，而是项目开发部门，全程负责和参与林溪的天美嘉园项目开发。她每天的状态就是忙，真的忙，常常忙得喘不过气，不过身体依旧有着使不完的劲，仿佛汇聚着能量。

有一种忙，甘之如饴，甚至觉得自己是幸福的。时简觉得自己幸福，这话听着像是她自我欺骗的言行。

只是这个世界，有十全十美的圆满，也有十美八美九美的求仁得仁，还有一种幸福，它可能只剩下最后那么一点儿，但是它依旧能存在心底牢固得生根发芽，然后变为一种期盼，让人继续坚持着。

时简回到易茂置业，还负责天美嘉园项目……张恺在易茂总部更宽敞明亮的办公室想着一个问题：如果阿霈心里还存着一些不想断的心思，让时简当助理，近水楼台岂不是更合适？

有些事，张恺知道；有些事，张恺不知道。

天美嘉园开盘成绩破了纪录，举办的庆功会阿霈参加了，不过时简没有过来。阿霈好像也没有注意到，那天很多项目经理都过来和阿霈说两句，然后大家一块合照了。有人提到了时简，口吻带笑地说："这么重要的场合，时经理居然不在，太不应该了。"

太不应该了……张恺也这么觉得，只是每个人心里都有秘密。

那晚阿霈喝醉了。回到汤泉公馆，阿霈面色潮红地靠在沙发上，忽然说了一句："我还是逼了她……"

阿霈逼了谁？

天美嘉园项目结束，时简职位调动，回到易茂大楼继续担任助理工作，一做就是三年。

很多年之后，张恺真心觉得自己有两个性格强大的朋友，阿霈和时简。如果阿霈的强大是拥有征服世界的野心；时简的强大，则是有着抗衡世界的决心。

年年岁岁，岁岁年年。曾经的时简，她病了大半年，神志不清地活在自己的世界里，后面她还能好回来吗？没有人知道这个答案，只有以后的时间会知道。

三十一岁的时简，真的，没有人敢说她活得不好。她换了新车，一辆 SUV，有空了到处玩；她每天坚持锻炼，每年公司身体检查她比大多数人都健康；她还在天美嘉园贷款买了一套 200 平方米的空中跃层花园房，一个人完成了所有装修。

只是，时简活得那么好，依旧有人劝她，不要这样过人生。

每次她都能笑眯眯地告诉别人，她很好，她没有什么不好。只是有人继续用同情的眼神看向她，她也会说一句："那是我自己的事。"

她自己的事，她要怎么过人生，她幸不幸福，都是她自己的事。

时简结束了一天的工作，开车回到天美嘉园。

熟练地将车倒入车位，下意识看了看旁边空着的车位。她买了两个车库，和之前叶珈成买的一样。房子也一样，天美嘉园第一次开盘的时候，她以员工内部价买了最好的那套，打了员工九七折优惠。不过天美嘉园开盘时，A 城房价已经高得吓人，她也贷了一部分款。

停好车，时简从车里拿出一个包裹，然后直接乘坐电梯上了二十七楼。门还没有打开，身后传来一道讨人厌的声音，"小狐狸，今晚方便蹭个饭吗？"

时简回过头，看向对门，高彦斐倚靠在门口，觍着脸同她说话，求蹭饭。

高彦斐，还是成了她和叶珈成的邻居。

"对不住啊，我今晚不做饭。"时简实话实说，直接进了屋。包裹里都是网络超市寄来的鲜食，她将它们一一放入厨房的嵌入式大冰箱，然后从里面取出一瓶矿泉水，喝了两口。

门铃又响了，时简无奈地开了门，高彦斐扬了扬手中的苹果 plus，对她说："……我约了晓京，既然你也不做饭，要不要一起吃个消夜？"

A城的消夜馆子还是老地方，宋晓京人一到立马嘟囔起来："怎么又是烤肉！"

高彦斐回话："吃消夜当然吃烧烤，难道出来喝粥？"

宋晓京看向时简，时简乐了两下，难得同意高彦斐这个说法。宋晓京解开外套坐下来，又说一句："那么，今天谁请客？"

时简指向高彦斐，见高彦斐同样指向自己，索性大大方方地点头，对宋晓京说："好吧，我请客我请客，就当安慰你又一次相亲失败。"

宋晓京："时简，你！"

高彦斐："宋晓京，你又相亲了？"

宋晓京回高彦斐："我不能相亲吗？"

高彦斐一副懒得多说的模样。时简瞅了他们两眼，忍不住插嘴一句："我说你们两个，赶紧在一起好吗？暧昧那么多年就是拖着不在一起，真是浪费……时间。"以前是，现在也是。

高彦斐和宋晓京几乎一块回答了她："不能。"

随便了……

三人一块喝着酒，聊着最近各自的有趣事。宋晓京突然八卦地问她一句："易霈真的和U易的沈闵予在一起了吗？"

时简摇摇头。

"不能说，还是不知道？"宋晓京问。

"两者都是。"

宋晓京揶揄："你怎么说也给易霈当了那么久助理，怎么一点儿内幕都不知道？"

"现在又不是了。"时简继续吃着肉，悠悠地放下筷子，诚心诚意地说，"而且易霈又不是娱乐男明星，他就算谈个恋爱不也是很正常的吗？"

"唉，是很正常，只是接下来会有很多女人一块失恋。"

"这里面有你吗？"高彦斐问。

宋晓京："这不是废话吗？"

易霈到底有没有和沈闵予在一起，时简第二天上班的时候，大家私下也讨论了这个问题。同样有人问她内幕，时简真的不知道。去年易茂年会结束，她终于被易霈赶下了易茂大厦最高办公楼，不再担任助理工作。易茂现在是大集团，作为下面普通员工，怎么可能知道老板的感情事？不过她真的一点儿都不知道吗？

时简还是知道一些别人不知道的事的，毕竟很多年前 Emliy 他们常常说的一句话就是："不用说，时简都知道啊！"这句话的由来，是她当时在易茂总经理办公室实习的时候，总能猜中电影结局，还有一些新闻。她常常让 Emliy 他们惊讶，然后他们称她"百晓生"。去年《小苹果》红了，张恺哼着曲，还来一句："这首歌好熟悉啊……唱到我心里去了。"

……

还有半年，她也开始对这个世界完全一无所知了，不过人怎么会一无所知，比如有些事永远改变不了，不管时间过了多久。

中午大家在员工餐厅吃饭，又聊起了沈闵予。

沈闵予是这两年很出名的 IT 女创业者，去年被知名媒体评为年度最有魅力的女人。同时沈闵予还是大热的 U 易网的创始人，U 易网的投资方是易茂集团。所以，U 易网也算是易茂的本家。

易霈和沈闵予上一次交往的绯闻好像差不多也是现在爆出来，后面易茂官方承认了主席易霈的确在和沈小姐交往，并有结婚的打算。

当时她和叶珈成还讨论过这个八卦，她觉得沈闵予简直是人生赢家，一个女人先是完完全全靠自己奋斗了事业，三十八岁还能嫁给很多女人最理想的成功男人……简直是爱情事业双丰收，然后她话锋一转，"老公，不过我觉得我比沈闵予更幸福。"

当时叶珈成打着游戏，哼了两下，然后凑在她脸上，轻轻碰了下："知道了，宝贝。"

然后就没然后了。易需还没有和沈闵予结婚，她去日本遇上了空难，整个世界都回到了十年前……

时简回到办公桌继续做事，翻了翻日历，还有两天是叶妈妈的生日。

叶妈妈生日这天，时简飞去了青林市，和叶父叶母一块过。叶母去年领养了一个女儿，现在已经一岁多了。时简抱着叶妹妹，心底柔软得一塌糊涂。

怀里，叶妹妹对她咧着嘴，笑啊笑。

时简伸出一只手，碰了碰叶妹妹软软的小脸蛋，心酸的同时，依旧心满意足。

叶母过来抱回女儿，又开始唠叨了，之前对叶珈成的唠叨都转到了时简这里。时简同样用着"兵来将挡，水来土掩"的招数，叶母只能叹口气，"简儿，你不能一辈子都这样啊。"

一辈子都这样，怎么不能了？时简逗着叶妹妹，抿了抿唇，有些话她说了很多遍，不介意多说几遍让他们放心："我现在真的很好，真的。"

"我们不是觉得你不好，只是珈成都离开那么久了……"叶母不再说了，怀里的小女儿一双眼睛突然对着她转溜溜，叶母止住了话。时简接过叶母手里的奶瓶，又帮忙喂着叶妹妹喝奶，差不多了，低头逗着："快叫嫂嫂，嫂嫂……"

下午，时简陪叶父打高尔夫球，高尔夫球场在青林市的天月山。青林市的空气比 A 城好一些，山上更好。时简好久没有呼吸这样好的空气了，整个人异常神清气爽，连续挥了好几个好球。太阳晒得面颊发热。时简陪叶父聊了一些当年的事，时间暂时搁浅一些事，再次翻出来的时候它少了一份戾气，多了一份岁月衍生出来的原谅。

当时叶父没有追究儿子叶珈成的事，的的确确一方面是为了时简，另一方面何尝不是明白儿子更多是他自己犯了错在先。

时简听着公公的话，点了点头，不过心里还是为叶珈成叫屈。想想她公公对珈成真是爱之深恨之切，不过可喜可贺的是，这么多年，终于不生叶珈成的气了。用她婆婆的话来说，明明脾气更差的是父亲，还觉得儿子脾气不好。

"那位易小姐最近怎么样？"叶市长突然问了问。

易碧雅吗？时简想了想易碧雅，十年对比一个人生，原先的易碧雅还是嫁了英国男朋友，之后貌似离婚了。现在易碧雅也离了婚，结果……好像差不多。

还有一件事，时简心里不是没有一点儿怀疑：易钦东出事那么久，好妹妹易碧雅没有探望过一次。不过周子告诉她这件事的时候，易碧雅已经离婚了，然后出了国。

时简觉得自己公公可能也知道这件事，所以觉得儿子自作自受。有些事该怎么说呢？仿佛命运将所有人牵扯到了一个时间旋涡里，这个旋涡的形成都是因为她。

不过时简现在已经不会怪自己了。

"小时，今天珈成妈妈说的话，你还是要听到心里。"叶市长看着时简，语气有着劝意，"既然都放过了别人，为什么不能放过自己？"

她真的已经放过自己了，她连最不想原谅的都原谅了，还有什么不能放过？家人都觉得她过得不好，事实是她现在活得真的很轻松，甚至很……幸福。

叶市长欲言又止，时简走了两步，转过身，用开玩笑的口吻说："爸，你觉得我这辈子还能爱上别的男人吗？还有比你儿子更爱我的男人吗？"

"你这孩子！"

时简笑着，面上的笑容，和阳光一样，灿烂又真实。

时简回 A 城之前，去了原来那家豆腐丸店，店址已经迁到了新区，里面老板正在抱孙子，戴着一顶棕色老人帽。他一眼就看到了她，笑咧咧地走上前。因为她当年让老板到医院做检查，这么多年老板心里还感激着，每次提起来都谢个不停，还不收她钱。

"姑娘，真的谢谢你，不然我怎么还有命坐在这里抱孙子！"

……

时简夜里抵达 A 城机场，打车回到天美嘉园，出租车还没有进小区，她先让司机大叔停了下来，支付宝付款，下了车。

视线前方停着一辆黑色轿车，是易霈的专用轿车。她不当助理之后，好像有段时间没有看到易霈了，原因一方面易霈现在已经很少露面，另一方面，本身作为易茂普通员工根本没机会"面圣"，她现在所在的部门大多都是年轻人，他们对自家大 BOSS 的印象还在财经新闻里，都希望有机会得到易霈赏识。不过易茂现在的体制已经很完善，员工里面更是人才济济，想要出类拔萃还是很难。

初春的夜里，带了一份甘凉。

时简围着一条浅色格子的大方巾，从出租车里取下自己的行李箱，走了过去；易霈也从黑色轿车下来，李司机在里面等着。

"最近怎么样？"易霈问她，口气非常像老朋友。不过他的问候，还是这样没有新意。

"还不错……"她的回答，每次好像也是这样，没有什么新意。

天美嘉园对面是林溪公园，易霈找了一处台阶坐下来，心情似乎有些不好，还有两分醉意。这些年易霈已经很少喝酒了，应酬更少。十年时间，易霈完全从一开始必须应酬到现在心情好才参加一些商业活动。

如果易茂是他构建的一个商业帝国，那易霈现在就是这个帝国里的国王，他可以活得比所有人都自我、富裕以及辉煌。

时间是神奇的，易霈慢慢变成了她最初在传记里认识的易先生，那个带着传奇色彩的男人。

时简陪易霈坐了下来，抬了抬头。今天 A 城难得可以看到星光，忽然想起自己生日那晚，她和易霈也是这样坐着。当时她一股脑儿对易霈交代了所有事情，心里还特别发怵，易霈怎么会喜欢她？她哪里值得易霈喜欢？

时简心里唏嘘了好一会儿，有些感慨。时间过得还是很快，虽然她觉得很难熬。

叶珈成离开她的时候，让她不要等，他当时应该是怕她走不出来吧。她走出来了，只是她还在等，明知道等不到……只能说有时候"等"会成为一种爱的习惯，她没办法不爱他。

"如果当时我直接出国，叶珈成也不会出事。"时简之前对易霈打了一个比方，她肯定不会这样等着，只是没有如果，她也希望有这样的如果。

"时简，快十年了。"易霈开口，语气淡淡的，又带着他一贯说话的沉稳气度。

是啊，都快十年了……她又回到了三十一岁。时简说了一句轻松话："感觉自己多活了十年似的。"

易霈同样笑了下。

时简也笑着。她多活了十年，但是十年时间也衍生了不同的结果。她周围变了很多事，有坏事，也有好事，有改变的，也有改变不了的……总之，这是一种非常奇怪又无奈的感觉，十年时间尝遍了欢乐悲喜，仿佛好多场戏剧上演结束，舞台变得空荡荡，唯有留下的那些爱，告诉她所有的时间都是真的。

夜风吹拂，丝质方巾被风吹出了窣窣响声。易霈望了望，气场沉静，整个人犹如一轮西山明月。"时简，你怪我吗？"易霈提了一件事，想知道一个答案，"叶珈成的死。"

时简转过头，怔了怔。她知道易霈指的是什么，去年易霈已经同她说明白了。今晚易霈是因为这个心情不好吗？真的没有必要。

叶珈成的死，怎么会和易霈有关系？

易霈的脸在晦暗的月色里有些不分明，漆黑深沉的眼眸，多了一丝颓软，仿佛也在感慨命运捉弄人。

去年易茂年会，易钦东终于清醒过来，易霈去监狱医院看了自己的舅舅。易钦东说出他之所以起歹念，是因为叶珈成不停地逼他，还恶意吓唬他，出尔反尔。事实上易钦东弄错了，当时逼他的人，不是叶珈成，是易霈。

易家局势越来越不清楚，易霈为了让自己外公明白易钦东的一些行径，同样调查了自己舅舅一两件事，那天他还特意回易家吃饭，看着易钦东被带走。真的，没想到这件事导致易钦东对叶珈成更加恨之入骨，又怕叶珈成要对自己下手，易钦东出来之后立马生了歹意。事情到现在，易钦东还在回想，他说自己当时喝醉了，只是想找人整叶珈成，可是他心里更怕得罪不起叶珈成……后面得到叶珈成出事的消息，易钦东自己也蒙了，立马逃出国了，事后发现叶家并没有追查他，易钦东又觉得叶珈成出事可能是天意……

往事追人恼。

易霈面上有两分醉意，心里更有着两分难以释怀的心疼和遗憾。他看向时简依旧美好如初的脸庞。他对不起她，当时她回国他还以天美嘉园逼她回来给自己当助理，像是给自己争取最后一个赢的机会。有些结果是注定的吧，他还是输了。如果之前他不认输只认命，他现在是不是可以认输了？

　　"事情不能这样算的……"时简沉默了好一会儿，说话安慰易霈，"如果按照这样的算法，我才是害了珈成的凶手。"

　　时简说笑了，回过头，真诚又释然地继续说："易霈，当初也是你安慰我，有些影响和改变是不可避免的，同时没办法预料，更没办法计较对错。它何尝不像是老天的另一种安排……有些结果必须接受，因为人是斗不过天的。"

　　是啊，人是斗不过天。易霈笑出了两分失意，两分落魄，只是气场依旧强大。易霈问了时简一个问题："时简，原先的我，和现在的我，区别大吗？"

　　人都喜欢较劲，和别人较劲，也和自己较劲。

　　时简知道易霈想问什么，不过他想知道模样，还是成就？

　　十年了，时简打量了一番易霈现在的样子，岁月肯定会在人的面容上留下一些痕迹，易霈比当初她在嘉仕铂拦下的样子更成熟、更贵胄，眉宇间的气度也更加大气从容，散发的魅力同样更加宽厚和饱满。说来奇怪，她对易霈的印象一直没有多少年龄差异的感觉，可能易霈在她心里更多是一个神级偶像的存在。

　　只是这十年的时间里，她对易霈有了一个更真实的认识，知道他怎么获得成功，知道他心里同样存着执念，知道他强大人生里也有一份温和的情怀。

　　"时简，有时间给我写本传记吧。"易霈提了旧账，不忘加了一句，"你以前说过的。"

　　"啊……"时简羞愧，反应了两下，她以前好像是说过。

　　易霈又开口："我当初说的话，还算数。"

　　当初什么话，如果她写了，他给她作序？时简有些哭笑不得，物是人非的感觉特别明显。

易霈目光希冀。

"好。"时简答应下来，点了点头。不过她想等易霈和沈闵予在一起之后再写，她要写大团圆结局，所谓奋斗和相爱的人生，缺一不可。

不过，她也不知道易霈和沈闵予的具体情况，她不方便问太多。

没想到，易霈主动提起了沈闵予，他问她："沈闵予，就是你之前提过的那个人吗？"也是那个"他"最后选择作为人生伴侣的女人？

"是。"时简点头。

张恺一直没有结婚，简直是坑爹。中间他谈了几场恋爱，最后结婚的念头越来越淡，现在终于又想结婚了，然而他的前女友们都已经结婚生娃了。

张恺中午约时简吃饭，中间聊这个事，时简也百思不得其解。她印象里张恺是结婚了，赵依琳还在传记里写过，易霈送了一份大礼给他。不过她觉得张恺这个人有时候真八婆，难道是太八婆，把自己的姻缘都八没了？

"阿霈之前说我要是结婚，要送我份大礼，看来是没有了。"张恺叹气说笑着，瞅了瞅她，眉毛一挑，建议说，"徒弟，要不我们彼此考虑一下，怎么样？"

时简摇摇头，不行。

"……真的一点儿机会都不给吗？"张恺厚着脸皮。

"给你机会也是浪费，还不如给别人。"时简尝了一口这家的新品种甜品，发现口感不错，又多吃了两口。

张恺笑啊笑。他刚刚当然只是开玩笑，现在追时简的优秀男人多了，如果他有胜算，只能靠师徒情分了。自从去年时简不当阿霈助理，他和她见面的机会就少了很多，不过两人一直维持着不错的朋友关系。时简一直过得不错，张恺是知道的，用追时简的一个男人的原话说："时简是他见过的最有风采的女人。"

一个女人，工作能力出众，气质大方温婉，对人还真诚善良，已经很难得了，更难的是，那些说时简有魅力的追求者，他们都不知道时简曾经经历过多大的伤害。

张恺原先真的以为时简这辈子毁了，一个人的人生彻底被摧毁之后，有几个能将它完好重建？有些事，根本不是时间能治愈好，而是需要一种浴火重生的力量。

张恺有一次对着时简大夸特夸，那是时简三十岁生日那天，一帮朋友一块帮她庆祝，大家又唱歌又吹蜡烛，气氛很热闹，不过阿需没有过来。

"徒弟，你是好样的！"张恺敬了时简一杯酒，然后一口闷了。

老实说，那天时简听着张恺那些话，心里也有两分动容，不过她还是告诉张恺，她根本没他说的那么厉害。

她只不过，原谅了自己罢了。

一顿饭结束，时简和张恺告别。离开的时候，张恺突然对她说一句："时简，情人节快乐。"

噢，差点儿又忘了，今天是情人节。时简点点头，"……谢谢。"

今天，是情人节，街上都是出双入对的情人。时简收到很多情人节祝福，他们很多人都祝她情人节快乐，不过时简真的不想过这个节日。

时光匆匆，城市越来越大，交通却越来越堵。时简开车堵在十字路口，猛地看到了对面大屏幕滚动的电子广告，日本天雅游乐园快要竣工了，将于今年9月正式开园。

当时，叶珈成就是在日本负责天雅游乐园的项目，她本来要过去参加竣工庆祝宴会，叶珈成还说设计了一个繁星点点大型游乐场。时简望了望前方电子屏幕滚动的广告，眼泪还是忍不住流了下来，她几乎失控地趴在方向盘上，痛哭出声。

珈成，八年了，她还是想他，想他，很想，很想……

从出事到现在，十年时光，时简觉得自己就像一个追着时间跑的人。她每天都追着时间跑啊跑，只是追到时间又能怎么样呢？她还是输了人。

时简有一次问时教授一个问题："人可以赢得了时间吗？"

时教授想了一会儿，说了一段特别文学的话："人可以赢得时间，但是需要时间。宝贝，其实你已经赢了时间，你知道吗？你每天好好对待生活，没有沉浸在过去，最终也没有让时间伤害到你，你就已经赢了它了。那些输了时间的人，都是没有好好对待时间的人……"

时简回到天美嘉园，走到放置在客厅的三角钢琴前，她买了与原先家里那架一模一样的钢琴，放在同样的位置，连钢琴旁边放着的吊兰都一样，它们同样开出了细碎又可爱的白色小花。

时简一个人弹奏了那首改编的《致爱丽丝》，不过叶珈成将它改名为《致时简》，轻轻缓缓的钢琴音符不间断地响起，时简目光呆滞地望了望双人钢琴凳旁边空着的位子，微微扬了扬唇角，她可以感觉叶珈成就坐在她的旁边，和她一块弹奏着这首曲子。

"老公，我突然想到个事情，可以问问你吗？"

"问。"

"问了，你不准骂我。"

"你先问。"

"不行，你先保证。"

"叶太太，你老公是那种会骂老婆的人吗？"

"好吧，那我问了，如果有一天我死了，你会怎么办？"

"……再找一个。"

"哦……"

脑袋突然被狠狠一拍，叶珈成几乎拉她到自己跟前，"叶太太，我有时候真觉得你很无聊，想什么乱七八糟的，我们结婚才几年……"

"我只是突然看了一个感人的片子。"她还委屈着，"再找一个……你对我的感情也挺感人的嘛！"

叶珈成笑了，乐不可支，同样反问她："你呢，如果我先死了，你怎么办？"

她立马抱住他，聪明地要赖说："都说祸害遗千年，老公你最后没活一百，也有九十九吧，如果我还比你长命，要老成什么样子啊！不过那时候你不在了，我应该每天会对我们的孙子、外孙、小孙女唠叨着他们爷爷的故事，告诉他们，你们的爷爷曾经是一个老厉害的建筑师……"

啪！叶珈成快速在她的右脸亲了一下。因为她刚刚的话，他更爱她了。

门铃响了，时简开了门，宋晓京抱着一束花走了进来，将玫瑰花递给她："送给你，情人节快乐。"

"谢谢。"时简接过花，想不到宋晓京还有这个心思，她接过宋晓京手中的九朵玫瑰花，将它们放在花瓶里。

"这花是高彦斐……送的。"宋晓京对她说，顿了顿，"我也有。"

时简忍不住笑："替我谢谢高彦斐……还有，情人节愉快。"

宋晓京和高彦斐出门约会了，两个人终于决定在一起了。她那天在烧烤店里实在忍不住，让他们两个真的别浪费时间，如果心里都喜欢的话……人生有时候很短，还有这样那样的意外，相爱特别不容易，能好一天是一天，不是吗？

时简回到偌大的房间，怎么说今天都是情人节，她今晚要做点儿什么？时简走到实木酒柜前，拿出来一瓶她藏了很久，一直都没舍得喝的红酒。

然后，取了两个酒杯，笑盈盈地坐在落地窗前。

时简喝着酒，借着酒瘾说起了话，她还是很话痨，即使身边少了陪她说话的叶珈成。这些年她不是没有委屈，每当别人觉得她还病着，她心里也有着没办法言说的无奈。

她怎么病了？她只是心里还爱着一个人，心里住着爱人的人那么多，难道他们都病了吗？"珈成，有时候我有点儿生气，他们都劝我忘了你。"时简开口，一个人说着气话，"我真的不明白，他们为什么都觉得忘了你我才过得好……你说他们又不是我，怎么老认为我过得不好？如果有一天我不再想你了，不爱你了，我才觉得自己不好……"

"你看我现在多好，我让我们的家回来了，车回来了，钢琴回来了，所有一切我能让它们回来的都回来了……"

只有你，没有回来。

时简一杯杯地喝着红酒，她仿佛看到叶珈成就坐在她面前，高鼻梁、秀气浓密的长睫毛、微微有些凌乱的短发，目光含笑，模样笑得败坏又好看。

然后，他叫她宝贝，还叫她小狐狸。

"哗啦——"酒不小心打翻了，洒落了一摊红。时简靠着落地玻璃，低低说一句："珈成，情人节快乐……"

"时简，情人节快乐。"

易霈还是对时简说了这句话：情人节快乐，时简。

今天是情人节，易霈依旧过得有些无聊，他一个人选择待在画室半天，出来的时候天色已经暗了。他收到了沈闵予落落大方的情人祝福，想着时简说沈闵予是他的对的人，觉得有时候时间安排的人真有它的出场顺序，乱了不行。

他的确欣赏沈闵予，如果他没有提前遇见时简，沈闵予一定会是他选择共度人生的女人，一个无可挑剔的选择。

易霈立在宽敞偌大的露台上，烟瘾忽然又上来。他拿出一根烟来，放在嘴里，没有点上。按理说他烟瘾不大，自制力不错，只是抽烟的恶习一直没有戒掉。之后他才意识到，不是戒不掉，是不想戒掉。

那么多年，他每次心烦意乱都习惯抽根烟，就像当初在青林酒店，他做决定放弃赵家的支持。

当时他心烦，因为他想要她。

现在他也心烦，因为他终于想要放弃她。

有些感情，有时候和他的烟瘾真的很像，事后明白问题根本不是戒不掉，是不想戒。易霈低头点了烟，点烟的手腕露出一截海蓝色的挺括袖口，他深深吸入一口烟草，然后仰面缓缓吐出，烟圈缭绕，烟头在黑夜里闪着微弱的光圈。

仿佛是他心里那丝微弱到极致的……奢望。又仿佛，也有烟消云散的一天。

易霈和沈闵予。

最近有很多易茂董事，同样在张恺这里打探易总和沈总的情况，他们都关心沈总会不会成为易茂女主人。

阿霈和沈闵予的情况，张恺的确是最清楚的一个，他想阿霈应该在考虑吧。感情这种东西吧，真是飘忽不定。明确起来这个世界人那么多就只认定那一人，不明确起来即使同一个人也有不同结果。

海枯石烂，天荒地老，这样的爱情真的很美好。只是人心是会疲倦的，又不是人人都是时简。

对比时简，沈闵予无疑是一个更优秀的女人，留美女博士，有想法、有理想、有魅力，还有胆量，敢和阿霈当场叫板，简直是巾帼不让须眉的女性代表。

　　这样的女人，张恺是敬畏的，所以他和沈闵予相处起来没有和时简那么自然。不过沈闵予性格真诚，不管是对人对事，还是为人处世。然后张恺想，这应该也是阿霈欣赏和注意到沈闵予的原因吧。

　　至于阿霈对时简，张恺反而说不上来了，时简回来给阿霈当助理的时候，阿霈已经没有任何表露出心思的迹象，唯有一次，那天阿霈看着非常吓人，事后时简也不再担任助理工作。所以阿霈对时简的情意有几分，张恺也不知道，直到有一天他去了一趟鸥鹭湾，他在那里看到一幅阿霈的画作。

　　阿霈从来不画人像，没想到他画人物，更好。

　　有些秘密，要学会闭口不谈，有些感情，也要埋藏于心。时简不做助理之后，张恺有时间依旧约时简出来吃吃饭，聊聊天，不过再也没有提及阿霈对她的感情。

　　如果有些感情，最后结果是无处安放，真的只能将它好好深藏了。时简对叶珈成这样，阿霈对时简，张恺觉得也是这样。

　　情人节之夜，张恺约会了一位佳人，一起吃着波士顿空运来的大龙虾，中间张恺风流倜傥地问佳人："你觉得爱情是什么样子？"

　　这是一位犀利的电台女主持人，她想了想，开口说："爱情是遇变则变的东西，不同人拥有会有不同的演变，正所谓什么人配什么感情，白头偕老是人人羡慕的爱情，一夜情也是情啊……傻子配疯子，婊子配狗，都可以天长地久。你要说哪个更浪漫、更美好，答案很明显，只是浪漫痴情的，不一定所有人都想要，或者要得起……"

　　然后，张恺沉默了，用手机默默取消了原本订好的酒店房间。

　　天气一天天热起来，很快又到了酷夏时节。

　　时简原本最喜欢夏天，更喜欢在夏天穿漂亮的裙子，不过现在她穿得少了，基本是 OL 的经典装扮，简单的白衬衫，搭配着各式小脚裤、阔腿裤、九分裤……

外面太阳刺眼，易茂的办公区域依旧清凉一片。空调开得太低，时简结束了小组会议，又套回了空调衫。她的团队都是"90 后"的年轻人，最小的 93 年，一个瘦瘦小小的男生，是今年新入职的实习生。

新的项目分析方案还在调整，休息时间，大家继续头脑风暴，时简接过一位实习生递上的花茶，说了一句："谢谢。"

她今年带了三个实习生，他们年轻，又活力四射，个个可伶可俐，都有自己的想法，同时还很会卖萌。

有一位男生是日漫达人，他聊起了日本即将开园的天雅游乐场，打算最近带女朋友去玩一次，然后规划了几条路线，让大家帮忙出谋划策。

时简对他说："最近别去了。"

男生看向她："为什么，Jane？"

时简："最近项目很忙，我不给假。"

男生朝她伸出手，以卖萌的姿态抗议，然后夸张地狼嚎起来："好吧，时姐，为了项目我继续鞠躬尽瘁死而后已！"

下午时简靠着办公椅，看着网上天雅游乐场的图片介绍，失神了好一会儿。然后她伸手按了按额头，觉得自己好像又要不清醒了。

只是最近，驱使她变得不清醒的感觉，越来越强烈。

时简晚上拒绝了两个聚会邀约，一个人开车回到了天美嘉园，她在厨房给自己弄了两个小菜，饭后坐在空中花园露台吹凉风。

灯火辉煌，夜色安静，仿佛整座城市都属于她一个人，只是更多的，是与这个世界全然无关的索然滋味……时简靠着铁质栏杆，一个人想起叶珈成的时候，还是会流泪，她可以让自己变得坚强，只是依旧抗拒不了悲伤。

她还是很想去一趟日本，这是最近冒出来的强烈的想法，她想看看天雅游乐场，即使那边已经没有叶珈成在等着她了。

也没有繁星点点的约定，她还是想赴约一次。

"时简，宝贝，时简，宝贝……"

时简又梦到了叶珈成，和上次情人节醉后几乎一样的梦境，梦境清晰得仿佛触手可摸，仿佛那是一个更加真实的世界。

梦里叶珈成好像坐在阳光非常好的房间里，金灿灿的阳光自落地的窗户斜斜洒落进来，他头发又长了，看起来好久没有打理，所以有些凌乱，不过这一点儿都不影响他依旧是一个面容好看的男人。

然后，叶珈成在做什么？

时简耳边清清楚楚响起叶珈成说话的声音，他叫着她宝贝，口气又是那么难过，以及无奈的纵容，他对她说："以前每次你赖床都要叫你好几遍，时简你说这一次我要叫你多少遍，你才会醒过来……"

她又赖床了吗？

梦里，时简还看到了自己，安安静静地躺在一张病床上。惊喜，瞬间像是潮水在胸中汹涌泛滥，不停地冲击着她，最后全化成了最为奢侈渺茫的一个可能。

她多么想睁开眼，醒过来抱住叶珈成。她和他又能在一起了……只是真的醒过来，她面对的依旧是只有她一个人的卧室。

珈成，珈成，珈成……时简不停地叫着爱人的名字，回应她的只有夜的拥抱。

第二天，时简用热水袋敷微微红肿的眼睛，镜子里的她，三十一岁了。

二十一岁的时简是那个样子，三十一的时简是现在这个样子，以后还有四十一岁的时简，五十一岁的时简……只是她再也看不到，三十六岁以后的叶珈成了。

时简觉得自己最近是有些不正常。

只是梦境，它是活的，一次又一次地入梦，多了，很容易信以为真。会不会有一种可能，只要她飞日本了，只要飞机再一次出事，她就能回去了？

时简明白自己在犯傻，更清楚自己这个想法有多么荒唐，只是，她还是打开了曾经订过票的航空网站，买了一张23号去日本的机票。那天，是23号没错。

有时候，人一旦起了某种心思，便有野火燎原的趋势。

23号下午一点多，时简坐在候机厅等着，她脑子里都是叶珈成，都是叶先生……直到耳边响起小女孩奶声奶气的歌声："小兔子乖乖，把门开开……"

时简望了望小孩，小女孩长得虎头虎脑，苹果脸，扎着两条辫子，正靠在自己奶奶怀里唱着儿歌，声音脆生生，好听又真实。

对啊，她现在看到的听到的，才是真实的一切。真实的小孩唱歌声，真实的笑脸，真实的世界……

时简，醒醒吧！时间是不可能拨乱反正的，不可能的……

奶奶看过来，笑着开口："我们等会儿就去日本，把孩子送到她爸妈那里玩几天。"

时简没有说话。

小女孩望向她，然后用一种特别亲昵的眼神看着她，随即又撒娇地回过身，期盼地说："奶奶，爸爸妈妈会过来接我们吗？"

某个瞬间，时简只觉得自己的心狠狠地震动了下，她看了看周围的一切，他们正准备出发去日本，有归家的，有旅游的，还有想亲人团圆的……他们有些面上带着笑，有些低头看看表，有些同同伴说着话，谈吐间，多么意气风发。

时简猛地低下头，胸口疼得喘不过气，奶奶立马伸手来帮她，"姑娘，你没事吗？"小女孩的声音同样飘了过来，"阿姨，你怎么了？"

时简快速站了起来，几乎疯了一样跑向机场的管制室。时简觉得自己疯了，没有人相信疯子的话，更别说她的话多么天方夜谭。

这个世界，有一个人相信她，他还有能力阻止这一切。

易霈接到时简电话的时候，正在开会，会议冗长，中间听到几句轻松话，同样笑了笑。然后秘书将他的手机拿了过来。他的私人手机在秘书这里，看到来电的是时简，易霈先暂停了会议，站起离座，接听了来电，"时简，什么事？"

今天飞日本的航班，临时取消了。

时简回到天美嘉园，坐在沙发上的时候，低了低头，不知道说什么，易霈看向她手里攥着的登机牌，同样沉默地坐了下来。时简觉得自己没办法解释，她很抱歉，又觉得一切很庆幸。她为了那微乎其微的奢望，走火入魔。

易霈还是没说话，面容特别严肃。时简说她疯了，那么他也疯了，知道她原本也要去日本那一刻，他情绪失控到窒息。他要对她说什么，劝她不要犯傻吗？他又有什么资格劝她……他还爱她，爱得不想爱了，终于可以接受另一个女人。可是，她还在这个世界。她一个人生活，即使她活得很好，他还会忍不住关心她，心里还有着这样那样的心思。

易霈曾经假设地问过时简："如果没有叶珈成，你会爱我吗？"然后她连假设都没有给他。她告诉他："没有如果的，易霈，没有如果。"

然后现在，就刚刚，易霈清楚地认识到一件事，她不爱他，她不接受他，她永远爱叶珈成，都没有关系，只要她人好，好好地活着，在他能看到的世界里。这就够了！

今天临时取消的航班明天继续起飞，时简对易霈说起了天雅游乐场，说当时叶珈成就在那边负责这个项目。时简吸了吸气，开口说："易霈，我不会犯傻了，我其实很明白，一切都不可能回来，除非……"

有点儿可笑的话，时简没有说下去。她觉得易霈真的生气了，今天的事也真的多亏易霈。总之时简现在觉得自己大脑是清醒的，就是有些语无伦次。

"……还要去日本吗？"易霈发问。

时简看了看手中的登机牌，点点头："我还想去看看天雅游乐场……"

易霈点头，没有阻止她。

时简抬起头，不再多说了，直至，易霈开口："明天我飞纽约，时间差不多，一起出发吧。"

两个人有没有缘分，到底应该怎么算？之后易霈才明白两个人拥有真正的好缘分有多么难得。缘分两个字，它除了缘，还有分。

A 城国际机场，易霈先送了时简进机舱，看着时简排队的背影，恍神了很久。时简同样回过头看了看他。

她对他，只能是抱歉，因为没办法回应他的感情，其实他更抱歉，明知道她没办法回应，他还将自己的爱强行给她，追着自己想要的结果。

到底什么是男女之爱，她和叶珈成的两情相悦是爱，他的求而不得呢？

易霈岿然不动地站着，见他还没有走，她朝他笑了笑，眼睛弯了弯，仿佛在说：易霈，再见。

易霈突然想到多年前他和她在易茂置业楼顶堆的雪人，她伸手将雪一把把地贴上，脸冻得通红，一双眼睛亮得像是雪地的星星，他不会堆雪人，手忙脚乱，她忽然问了他一句："易总，你是不是没有堆过雪人？"

……

时简上了飞机，她买的是经济舱机票，和上次一样。飞日本时间不长，没必要买头等舱，上次她订经济舱机票，叶珈成还特别回味地说一句："原来我娶了一个勤俭又持家的老婆啊……"

飞机快要起飞了，时简把旅行箱放在行李舱，同时帮了旁边一位老人，将他行李一块放在行李舱。"谢谢你。""不用。"

时简坐了下来，拿出手机关了机，看着手里的手机，微微愣神。

前面头等舱里，易需也坐了下来。旁边专门服务的空乘小姐，弯下腰，尊敬地称呼："易总，下午好。"

"易总，下午好，欢迎乘坐本航……"

同样在"曾经"的 2016 年 8 月 24 号，这个时间里，一架飞机即将起飞出发去日本东京，易茂的执行主席易需进舱坐到自己的座位上，他看了看手腕的朗格男表，问空乘服务员："大概还有多久起飞？"

"不好意思，易总，遇上航空管制，可能还需要半个小时。"

旁边坐着的是一位商业合作过的熟人，连忙站起来，见易需一个人，热络地问候："易总，您这是去东京游玩吗？"

"私事。"

同样这架飞机里，一位知名建筑师的太太将已经关机的手机，又重新打开，她给自己的丈夫发了一条卖萌消息："珈成，飞机还没有起飞，我会不会赶不上宴会啊？"

叶先生很快回复了自己的太太："宝贝不急，我会等你。"

宝贝不急，我会等你。

这是叶太太手机里，最后一条消息；这也是叶先生和自己太太，两人最后的聊天记录。

Chapter 32
真正的结局

"2016 年 8 月 24 日 17 点 ×× 分，航空 NE8904 航班在关东地区的天山高原坠毁，机上 234 人罹难，14 名乘客遇险生还（包括易茂集团执行主席易霈）。据调查显示，此次空难原因是……" ——来自华水新闻网

"易茂集团易霈在 NE8904 空难获救之后立马被送往附近医院急救，至今没有任何消息公布，同时易茂董事会谢绝外界看望，针对此情况，有媒体怀疑是易茂集团为了让股东放心，有意隐瞒易霈真实伤势，具知情人士透露，易霈至今昏迷不醒。" ——来自 YY 网

"……"

A 城 ×× 中心医院顶楼高级病房外面，易茂集团的张助刚挂了手机，看向迎面走来的女人，遗憾地摇摇头。沈闵予落下泪，作为一个强硬的女人，这一年多她已经崩溃了太多次。

沈闵予不是一个特别美丽的女人，但是她知性又有魅力，加上创业者和海归博士的身份和背景，整个人有着非凡的气度，只是这样一个女人，此时此刻同样是一脸悲愁。

病房外面是一个偌大的接客厅，里里外外都是易茂自己的安保人员。医生史密斯正在同另一位林家董事交代情况，林家董事蹙着眉头，旁边站着翻译的秘书小姐。

易总一直没有醒来，连林家自己的人都不放心了。

张恺给沈闵予送上一杯热咖啡，目光微闪，心里无奈地叹气一声。

沈闵予低下头，右手捂了捂嘴巴，眼泪又流了下来，心里充斥着各种情绪，自责、悲痛、懊悔……

张恺尽量安慰："沈总放心，易总肯定会醒来。"

沈闵予点着头，这一年来她的状态早已经被自责折磨得悲痛万分，她对张恺说："如果我没有让易霈到日本跟我求婚，他也就不会出事了……"

哪有那么多早知道，相对其他遇害者，易总已经运气很好了，同样运气好的人，据说还有著名建筑师叶珈成的太太，不过同样没有醒来……张恺眯了眯自己的单眼皮，里头翻动着各种情绪，过了好一会儿，他还是开口说："沈总，这事不怪你，意外是料想不到的。"

对啊，意外是料想不到的，只是沈闵予依旧没办法原谅自己。

作为易霈选择的结婚对象，她应该感到幸运、惊喜甚至骄傲，不要贪心太多。只是作为一个女人，即使她同样不屑世间情爱，她还是想要一场求婚。去年易霈答应了她，那个从不言爱的男人，对爱没有太多渴望的男人，他答应给她一个求婚。

有些事情，别的男人做不稀奇，但是易霈不一样。

易霈是商场传奇，他站得很高，拥有着一个宽阔无比的世界。这个男人，只选择与她并肩同行，共享他的人生和财富。

沈闵予自傲着，这个世界能匹配易霈的女人，又有几个呢？只是这终归不是她最想要的感情，易霈要一个与她并肩而行的女人，她何尝不想要一个与她携手共进的男人，和爱人。

然而，易霈不像爱人。

她多么希望易霈能给予她一些，像其他男人对女人的那种爱。她不是什么小女生，她只是一个贪心的女人。事实明明也是可以的，不是吗？她是他等了那么久的人生伴侣，他应该是爱她的不是吗？可是她却感受不到他的任何男女爱意，他总是这样又那样地公事公办。

她当然知道，这就是易霈，像张助在易霈出事之后对她说的："易总这些年都在为易家和事业奋斗，一个男人心里装着太多责任和野心，必然少了一些常人渴望的感情。沈总，你应该知道，这就是易总。"

沈闷予轻轻擦拭了眼泪，"我现在只希望易霈早日醒来……"

易霈终于醒了。

易霈恢复意识的时候，念着两个字，张恺听了很久，易霈弱化了最后一个音，张恺听起来像是："时间，时间……"

时间？现在时间是 2017 年 12 月 12 日，中午 12 点 38 分。易茂集团主席易霈终于恢复了意识……张助红了眼眶，同样红着眼眶的还有沈闷予。

易霈苏醒之后，意识恢复得很快，同样清醒得很快，知道自己出了事，他觉得自己像是做了一场漫长的、不愿意醒来的梦，梦里他爱上一个叫时简的女人……但是他同样知道，他面前坐着的女人是谁，是他选择的人生伴侣，他去日本就是要向沈闷予求婚。

沈闷予热泪盈眶，易霈向来不是一个擅长表露情绪的男人，他伸出一只手，稳稳地握住了沈闷予的手，然后低低说一句："放心，没事了……"

这个世界真的存在着奇迹。

同样是航空 NE8904 航班空难幸运者的，还有一位建筑师太太，那是一个非常美丽的女人，出事之后，有网友找到她的微博，在她最后的一条微博下留下了大片的祈祷和祝福。

这位叶太太最后一条微博是："老公，晚上见。"之后，这个名为"大叶小叶小小叶"的微博 ID 再也没有更新了。

老公，晚上见。

只是 2016 年 8 月这天，同样一个群星满天的夜里，这位建筑师先生心急如焚等来的，不是他的太太，而是一个可能机毁人亡的坏消息。

幸好他的太太奇迹般获救了，像是老天给他的最好恩泽。

这位建筑师太太，大家从她偶尔发的微博里，可以看出她是一个生活非常幸福的女人，她的老公长得还特别帅，两人都喜欢弹钢琴，出门游玩，两人就像天造地设的一对爱人。

出事到现在，再也没有更新过的微博还留着一段录音，是一段钢琴曲，有人听出来这是改编的《致爱丽丝》，这首改编的《致时简》，是叶先生送给他的太太的一首琴曲。

8月24号那天，这位建筑师太太应该是要去日本和自己的丈夫相聚吧。当时这位叶先生正在日本负责天雅游乐场的总设计……现在天雅游乐场都已经开园一年了。

很多网友在最后一条"老公，晚上见"的微博下留言，甚至自发上传天雅游乐场的漂亮照片，他们对这位叶太太说："快点儿醒来吧，希望你早日能和你的叶先生一块去天雅游乐场。"

时简醒来的时候，在一个阳光非常温暖的午后。阳光轻轻浅浅地从外面洒落进来，温柔地罩着她，像她曾经最为渴望的那样。她再次感受到真实的阳光，真实的声音……病房的指针嘀嘀嗒嗒响着，是那么的好听。

然后时简怀疑自己又进入了一个神奇的梦境，她侧头看向病房落地窗外面，叶珈成正坐在外面长椅上，他穿着高领和大衣，还是她记忆里最真切的样子。

……她终于从漫长绝望的梦境里，出来了。

真是一个值得庆祝的一天。只是这一天，就在刚刚半个小时前，这位建筑师叶先生情绪非常不好，甚至对建议他考虑拔除其生命辅助器材的医生发了脾气。

叶先生是一个长相英俊的男人，面容白皙清俊，不过他发脾气的时候非常吓人。当然，他同样很温柔，每当面对他的那位病床上的妻子。

他特意将病房设置在儿童区，因为他知道自己的妻子喜欢孩子。落地窗外面就是一个宽敞的儿童活动草坪，每天有很多小孩在上面欢乐地做游戏和奔跑。

然后这些孩子都知道，草坪对面的病房里面，有一位睡美人。只是现在睡美人还没有醒来，但是她一定会醒来的。

《睡美人》是叶珈成有一次坐在外面草坪的长椅上亲自对几个小孩讲的故事，然后他们觉得里面的女人就是睡美人，故事讲完的时候，一个虎头虎脑的男孩大大咧咧地笑着，"那就每天亲嘴吧，每天亲，把她亲醒了呀……"

叶珈成拍了这个虎头虎脑小孩的脑袋，然后继续靠着长椅。也有乖乖的小女生，语气担心地问叶珈成："叔叔，你的睡美人还会醒来吗？"

"会啊……当然！"叶珈成这样回答。

小孩的世界很单纯，如果这个世界有睡美人，有一天，睡美人会醒过来，因为她的王子还在等她啊。只是，小孩的父母讨论的却是不一样的内容，他们一方面感动着，一方面想着如果这位叶太太一直没有醒来，这位叶先生还是会放弃吧。

这个世界，有着童话般的大团圆，更多还是"人之常情"的人生百态。

下午，叶珈成发了脾气，又坐在外面长椅上晒着太阳，慢慢恢复了心平气和。晒太阳多无聊，还不如他进去跟自己宝贝再说说话。以前他觉得时简话多，现在他话变得比她还要多。

如果她醒来，估计要笑他了。

其实，叶珈成心里也想过，时简永远醒不来怎么办？那么，她一直会是他的睡美人太太。

他已经很幸运了，不是吗？叶珈成现在心里还感谢着老天，感谢老天还是留了这样一份可以坚持的期待给他，让他继续坚守，继续等待……

不远处，几个小孩在时简病房外面踢着球，一个球不经意地滚到了落地的窗户边，然后一个穿着蓝白色童装的小男孩过去捡球。

顺便，他又趴在窗户上，瞅了瞅里面的"睡美人"。

"叶叔叔！"男孩以一种十分惊喜又兴奋的声音呼喊出声，忙不迭地喊着他看到的画面，"……睡美人醒来了！"

"睡美人醒来了！睡美人醒来了！"男孩跑着过来，他告诉了叶珈成，也告诉所有小伙伴，睡美人终于醒来了！

叶珈成早已经站了起来，英俊的面庞浮动着难以形容的激动之情，他几乎跟跄地往落地窗快速奔去，然后一动不动地立在窗户外面。

风声流动，阳光明净，叶珈成望着里面的人，眼泪悄然往外冒。

时简醒来了，她真的醒来了。她同样睁开眼，静静地看向外面的叶珈成，她的叶先生，眼泪不由自主地往外流淌。

多少年，她等了多少年；多少个日夜，她觉得自己快要支撑不下去了。多么幸运，她还是等到了……

叶先生对她说：宝贝不急，我会等你。

然后，她还是心急了。

叶珈成说：小狐狸，不要等了……

可是，她怎么能不等他。

这个世上有没有一种等待，只为了等那个人；

有没有一种奇迹，用爱换来绝处逢生；

有没有一种爱，终将跨越千山和万水，穿越时间和空间，与你见面。

叶先生，她回来了！

那些深藏不露的爱（一）

一个月后。

时简的病房又新添了一束花，明亮鲜艳的郁金香放在落地窗前的白色木头花架上，沐浴着午后的一隅阳光，格外亭亭玉立。

花是易茂集团派人送来的，放在花里的卡片上还写着一句代写的官方祝福语："叶太太，祝您早日康复！"下方署名是：易茂集团。

时简醒来之后，每天送来的鲜花和礼物络绎不绝，李阿姨喜欢挑一些摆放在她病床对角的花架上，增添几抹颜色和生气。不过叶珈成并不喜欢在病房摆放太多的花，他对花的品种控制严格，花粉太多的不允许放在病房。

关于易霈，时简同样是醒来之后才知道易霈也是 NE8904 空难的遇难者，以及幸运者。十年韶华，浮华梦一场。一切都回到原来，那些存在在她脑海里的十年记忆，在她重新睁开眼的时候，似乎只变成了梦境般的存在。

眼前的世界，叶先生亲力亲为地照顾她，每天对她说一些有趣的事，有意识地对她进行心理疏导，让她走出空难的恐惧。三十五岁的叶珈成，依旧有着一张较年轻的面孔，平整修长的眉毛、又长又秀气的睫毛、高挺的鼻梁……唯一不同的是清俊的眉眼添了少许更符合男性魅力的笑纹，看她的眼神温柔而熟悉。

刚开始，时简还有些失真，常常望着叶先生回不了神，叶先生就笑，低下头触碰着她的额头，轻轻抵着，低低叫一声："老婆……"

一声低柔的"老婆"，带着一份失而复得的情重。他和她，有着一样的心情，还对这份恩赐般的幸福难以置信着。不小心，时简眼泪又出来了，叶先生伸出手替她擦拭，然后吻着她的眼窝、脸颊、嘴角，像以前一样安慰她受到惊吓的样子。

眼泪更汹涌了。

眼前的叶先生如此真实，只是她脑海里还留着叶珈成最后绝望的离她而去的画面，他让她不要等了，现在她算是等到了吗？时简伸出手，叶先生回握住她的手，温和用力的触感，击中记忆深处朝夕相处过的温柔，思念一触即发，像是汹涌的浪潮席卷着她的心房。

易霈醒了，易茂集团召开了新闻发布会，一时间各种报道铺天盖地，易茂低迷的股价持续涨停，易霈还没有出院，每天都有多家媒体蹲守医院等着最新消息。

时简已经可以下床了，她坐在病房沙发上观看这场新闻发布会，新闻现场易霈没有到场，不过出现了一张易霈清醒之后的照片。易霈向来没有失礼的时候，即使大病初愈，照片里的他依旧身着正式西装，气场强大。照片是采访的记者提供的，面对采访，易霈面容严肃，眼神沉静。模样同她记忆里的还是有一些不同。

电视里的匆匆一眼，时简难免有些迷茫，她真的认识过易霈吗？

时简坐在病房里间的沙发上发着呆，叶珈成从外面走进来，电视里易茂新闻发布会已经结束，开始播放其他新闻，字正腔圆地播放着一则又一则最新社会热点。

"看新闻了？"叶先生面带微笑走过来，视线从她的脸带过她的双腿，莞尔道，"睡了那么久，除了要补充营养，还是要补补一些信息，好跟得上社会脚步不是吗？"

叶先生语气清爽，模样也清爽了。时简望了望叶先生，视线停留在他剪短的头发上，轻轻评价了一句："剪短了。"

叶珈成的头发向来长得很快，昨天她以老婆的身份，对丈夫的个人形象进行点评："怎么头发都那么长了，也不去理理？难道这一年都没有剪过？"

所以今天抽空，叶先生特意出去理了个发。

话是这样说，看着这张熟悉的俊脸，时简更多的是心疼，一年多，叶先生很辛苦吧。一向爱干净的他，一年里糙了不少。

叶珈成见她一直盯着他看，不自信地摸了摸头发，玩笑般问她："短吗？难道没有很帅？"

时简抿唇，继续瞅了好一会儿，毫不吝啬地夸赞说："很帅，还是很帅。"

然后同样作为 NE8904 空难幸存者，也有很多媒体要预约采访时简，不过叶先生全部回绝了，原因是不想她过多被打扰。

失而复得，分外珍惜。清醒之后，时简康复得很快，除了刚醒来时意识有些迷茫，现在她每天积极地配合医生和叶先生做各种复健治疗，希望早日拥有健康如初的身体。她像是一株在黑暗里即将失去生命力的植物，现在重新回到阳光的养分里，本能渴望着新生。只有健康了，她才能好好珍惜重新回来的爱、生活，以及以后很长很长的时光。

不枉对这份幸运。

婆婆几乎每天来一趟医院，她出事之后，婆婆基本住在了 A 城，每每面对婆婆，看着叶珈成同婆婆说话，时简眼底就泛起一些湿意。她重新拥有了她的爱人，婆婆也未曾失去这个疼爱万分的儿子。

时简精神恢复好了，同家人的交流也多了。

婆婆说，她和珈成是一对有福的有情人，老天都怜爱她和珈成。当婆婆说这话时，李阿姨拭去眼角的泪，补充一句："成成那么痴情，我觉得老天爷都被感动了，这次简儿没事醒来，以后他们夫妻两人还有着用不完的好福气。"

真的吗？时简喝着营养粥，习惯性地看了看坐在床沿的叶先生。每每面对家人这样的言论，叶珈成都笑得谦逊而感激。私下，珈成并不喜欢李阿姨话太多，如果他听到李阿姨又谈及他多么痴情的话，基本会"无情"地打岔叫停。叶珈成的想法时简基本能意会，夫妻五年，"梦里"韶华十年，时间让感情更亲厚，也让彼此的了解更深入。她不仅了解现在的叶先生，还了解过去的叶珈成。

夜里，叶先生陪床。时简眷恋地依偎在丈夫怀里，感谢道："珈成，谢谢你。"谢谢他，没有放弃她，以及从来没有想过放弃她。

NE8904航班这场空难事故，就像老天在考验她和叶先生的爱，也让曾经那个不珍惜现有生活的时简，更加明白了爱和生活。

温柔的怀抱里，叶先生亲厚地抚摸着她的后背，声音又低又柔，"宝贝，同样谢谢你。"

时简抬眸，叶先生顿了顿，同她十指交叉，然后将话说完："陪我继续生活。"

情深真切的话，令人动容。时简心底吸了一口气，嘴角愉快地翘着，"珈成，我爱你。"爱的表白，从来不需要挑时机。没有感受过失去，就不知道相守的可贵。或许她现在心里还藏着事，只是此时此刻，都没有比继续在一起，更重要。

"时简……"叶先生声音继续传来，"这一年里，我真的很害怕……不是害怕你醒不了，而是害怕你永远地离开我。"

时简知道叶先生说的怕意味着什么，她将手放在他的胸膛，里面有一颗心脏熟悉地跳动着。叶先生不知道，她已经感受过这种永远离别的滋味，无边无际的绝望再次蔓延心头。时简将脸深深地埋在他胸前，久久没有言语。

第二天，又是阳光明媚的好天气。时简被叶先生抱出来晒太阳，紫外线可以促进身体里坏死骨头的再生和修复。所以只要天气好，叶珈成每天都抱着她外出活动。

好像自从她醒来之后，每天都有暖和明亮的阳光照进病房里。时简病服外面包裹了一条厚实的毯子，她坐在长椅上看着在草坪上活动嬉笑的小孩，明净的阳光似乎随着他们奔跑跳跃，孩子们十分快乐。低下头，时简看向手背，光照为白到失去血色的肌肤镀上了一层暖暖的光泽，像是可以穿透血肉，给予生命的能量。

一只骨节分明的手覆盖在她的手背，时简望向近在咫尺的男人，身子微微靠向叶先生的肩膀。再次眯着眼望着上空，眼前这样的午后阳光，是她记忆里最温暖的，今年这个冬天，也是她这些年感受到光照最充足的暖冬。

只是这一切，美好得令她怀疑真实性。如果，又是梦一场怎么办？

“珈成……”

“嗯。”

“老公。”

“嗯。”

“珈成……”不确定，时简又叫了一声，叶珈成接着应了一声，不厌其烦。

时简的住院生活很简单，每天来探望的人很多，不过叶珈成还是控制了探望时间。父母、Tim、婆婆他们都来到了 A 城，每天来看她一次。

他们看着，笑着，感激着。她没有在空难中丧生，现在又平安醒来，无疑是最幸运的人。不善流露感情的公公热泪盈眶地说，这不只是她一个人的幸运，也是珈成的幸运，是他们两家人的幸运。

　　真是幸运啊，时简同样这样认为。在十年里她怨过怒过恨过，等那段韶华成为梦境一样的记忆，她心里剩下的只有一份厚实感激：活着，真好；爱的人在身边，真好。

　　时简不想住院了，医院再好，病房服务再温暖、再贴心，也比不上家的万分之一。何况，她心里还有一段不愿回想的"住院记忆"。身体指标基本可以达到出院标准，加上她出院心切，叶先生同意她出院，不过主治医师还是建议她留院观察，后期进行身心检查。医生询问她的意见，她看向叶珈成。

　　叶先生站起来，捏了捏她的手，"我去同医生说。"

　　主治医生建议留院观察不只是考虑时简身体原因。主治医师办公室里，叶珈成当然知道医生担忧哪方面，他不是没发现自己妻子缺乏严重的安全感，甚至他觉得妻子心里似乎藏着一份更为深刻的感情和秘密，如果是这样，他更不想让时简待在医院。

　　他要带着她尽快地回到最正常的夫妻生活，忘记飞机失事带来的记忆性伤害。

　　第二天叶珈成安排好了出院事宜，并通知全家人。医院停车场进来三辆车，刚好坐两家人。时简换下了病服，身穿新大衣，头上戴着一顶同色新帽子。复健一段时间，她走路没什么问题，但是上下车还是有些困难，走在医院停车场，身子忽然一轻，叶珈成已经抱起了她。时简将手放在丈夫的肩膀，自然偎依着，嘴里满足地念叨一句："终于不用闻消毒水的味道了。"

是啊，终于可以回家了。叶先生侧了侧头，当着家人的面，直接落下一个吻，"回家喽！老婆。"

两家人不小心看到这一幕，都笑了，叶母软性子，悄悄地别过头，抹去冒出来的泪花。以后她只求两人健健康康，再也不逼着让他们要孩子了。

儿媳妇出事之后，叶母看着自己儿子的样子，觉得世间真有天生一对的说法。以前她怎么逼，儿子不结婚就不结婚，好好询问原因，说是没有哪个女孩能让他心动到想要相守一生，所以绝不轻易走入婚姻。丈夫脑瘤手术之后，儿子稳重了许多，不再轻易交往对象，作为母亲她反而更担心了，但是作为父亲的叶市长，倒是对儿子的表现赞赏起来，责任心强了。然后一年又一年，儿子把重心都放在建筑设计事业上，看着别家都已经抱上孙子，她眼里看着心里记着，直到儿子领着时简回家。说起她为什么第一眼就喜欢时简，还不是儿子表现得大不一样。

结婚之后，珈成和时简的感情倒没有让她失望，除了孩子的事。因为她的坚持，时简还同珈成提出了离婚，之后时简失去过一个孩子，更是令他们的婚姻面临危机。

幸好两人走过来了。

然后是时简飞机出事，到现在终于平平安安出院。

叶母想起多年前在一座山间寺庙给儿子算了一卦，大师言谈珈成八字极其聪慧富贵，只是物极必反，贵公子一生会有一难。只要过了这一难，必享如天之福。至于姻缘，缘深缘浅，全看个人造化了。

大概，真是百年修得一双人吧。

三辆车子前后相继驶出中心医院，时简坐在叶先生开的 Q7 里，目光追着车窗外的城市建筑，画面有些重合，前面是 A 城主道交叉路口，叶先生在红绿灯前停了下来。左手习惯性地搭在方向盘上，然后侧过头看了看她。

红灯闪烁，时简思绪有些飘忽。

左边就是易茂置业总部的清水路，即使翻新了面貌，熟悉的场景依旧扑面而来。

清水路是一段梧桐路，每到夏季郁郁苍苍，枝繁叶茂，四季风景如画。十年来她下班都从这里走过，她在这里等过叶珈成，她在这里仰望过不远处的高楼，她在这里上班，给易需当了多年助理，她在不知不觉中卷入了易家风云……

岁月如风，耳边风声拂过，时简转回头，按回车窗。

不远处，一辆尾号 06 的黑色奔驰轿车从相反方向驶入易茂置业总部，流畅的车身低调而沉稳，沉稳如车里的男人，正一言不发地看着手机里的一张照片。

网上热心的朋友很多，所以出院之前时简特意登录"大叶小叶小小叶"微博账号，更新了一条"感激所有人"的微博，好让那些关心她的陌生朋友放心。

除了文字，她还配了一张图，照片是她坐在病房外面的草坪上叶先生帮忙拍的，镜头对着阳光显得她气色很不错。

车里，时简刷着网友们暖心的留言，看到有趣的不忘念给叶先生听。叶先生笑点似乎变低了，时不时发出两道愉快的轻笑声。记得以前遇上好玩的事，好像都是她笑得合不拢嘴，叶先生在旁边不理解地问一句："有那么好笑吗？"

侧过头，默默地看着开车的叶先生，三十五岁的叶珈成，视线从眉毛到嘴角，时简越发觉得自己只是做了一个漫长的梦。只是如果又是梦而已，为什么她仍会有一种恍然如同隔世的错觉。仿佛心底，依旧留着一道声音在说话：小狐狸，相信我，一切都可以回来。

现在，一切都回来了，是不是?

一路到 A 城的家。

天美嘉园，几乎没有变化，包括鞋柜那两双一蓝一粉的男女居家拖鞋。不同的是，这个家终于不用她一个人守着。近情情怯，时简由叶先生带着进屋，两只手紧紧相握。

晚上，两家人一起做了晚饭，然后热热闹闹围绕着大桌子，替她和珈成举杯庆祝。

合家欢乐，幸福安康。

"姐夫。"不远处，高高瘦瘦的 Tim 举着手中的快拍照问这里的男主人，"我刚刚拍了几张照片都不错，你们相册放哪儿? 我给你和我姐留着。"

叶先生笑着回答："书房第二个柜子右侧，找一找。"

夜里，时简靠在床头翻阅 Tim 贴在相册里的快拍照。

Tim 把今晚的照片都贴在一本只用了一半的老相册里，这是一本老旧的欧式相册，封面黄底印着泛黄的灯塔图案。记得相册是她和叶先生恋爱之后不久，叶先生从她这里骗走了一张她小时候的照片，转手送了她一大本他以前的老照片，还所谓"投我以桃，报之以李"。记得当时她第一次到叶家见公公婆婆，婆婆还要找这本相册给她看，没想到叶珈成已经提前将他这本"私人照"送给了她。

往事历历在目，心里不自觉柔软又潮湿。时简注意力离开了今晚这些照片，翻阅前面的老照片，然后视线静静落在一张背景优美的老照片上。

照片底下还有小字记录——叶珈成拍于 2006 年盛夏。

眉眼如画的年轻男人，坐在高尔夫球场红色的电瓶车上，绿的草坪，蓝的天，白的鸭舌帽……婆婆说这张照片是叶珈成陪公公一块打球时被拍下来的，当时叶珈成硕士毕业刚参加工作，很是年轻气盛。

对啊，二十五岁的叶珈成，还未成名，意气风发。

那些深藏不露的爱（二）

一场人生一场梦。

时简复健很顺利，精气神也越来越足，昨天她心血来潮在叶先生面前跳了两下，吓得他连忙伸手扶她。她稳稳立在他怀里，样子得意，叶先生同样惊喜地看着她，眉开眼笑，毫不客气在她左脸颊留下一个吻，"真棒。"

亲脸颊的秘密，叶先生知道。左脸表示原谅，右脸表示今天比昨天更爱你了。

叶先生，叶珈成，时简不小心还是会失神。她潜意识不想分开他们，告诉自己叶先生和叶珈成是一个人。有些事，只有是梦，才能释怀。

书房的书架上还留着她以前看过的《我眼中的易先生》，再次翻了翻这本书，看了两页便快速合上，然后将书重新放回书架的原来位置。

一切，都回归到最初的样子。

时简没想到在医院遇到一位熟人，"十年韶华"里的老朋友，导致一不留神，直接叫出了他的名字。与康复中心相邻的楼是独立出来的儿童医院，昨天她同李阿姨一块做了一些曲奇饼干，特意在今天复健的时候带了过来，好分给她住院期间认识的那群孩子。分完饼干下来，她就在儿童医院大厅看到了张恺——易茂集团首席助理。

张恺手里牵着一个三四岁的小男孩，身穿寻常的休闲服，样子同她印象里有着八九分的重叠，不过年龄长了。眼前的他，应该还是一位爸爸，像真正《我眼中的易先生》里所提及的，张恺陪易需经历易茂风云之后，同一位海龟女孩结了婚，易需送了大礼，算了算时间，孩子正是这个岁数。

因为她的一声招呼，张恺转过身，目光落在她身上。尴尬，时简快速改了称呼："张助……"

张恺有些意外，不过很快恢复正常，他当然能认出眼前的女人是谁，虽然他同她并没有正式接触过，不过她醒来的时候，易茂送过去的那束花还是他安排的。

张恺彬彬有礼地打起招呼："叶太太，您好。"

"你，好。"时简嘴角抿着笑意，克制着语气。

张恺没想到自己能被这位同自己老板一块出事的女人记住，主动地问候起来："您恢复得怎么样？"随后打量着时简的面容和气色，"我猜您应该恢复得不错。恭喜您，叶太太，您和我们易总都是幸运的人。"

是啊，都是幸运的人。时简点点头，回话张恺："我恢复得很好，基本已经康复了。"顿了顿，忍不住开口，"……易总，易先生他怎么样？"

"谢您关心，易总同样恢复得很好，脾气也比以前好了。"作为下属不应该说这样的话，不过张恺对时简的印象很好，神色不知不觉多了一份朋友之间的亲切。

人看人都是看眼缘吧。张恺对时简印象很好，她和易总出事之后他还关注了她的微博。觉得时简是一位性情温暖可爱的女人，她和叶先生真是郎才女貌的夫妻档，没想到今天他和她迷在医院先碰上了。本来他应该能第一眼认出她，不过他刚刚同自己儿子说话没注意到。不过这位叶太太，怎么会认识他？

说来奇怪，据他前阵子观察，总觉得易总可能也认识这位叶太太。易总醒来问了好几次这位叶太太的情况，不过一切只是他无聊的猜想罢了，易总同叶太太的渊源，应该只是两人同为空难者。事实上，如果这位叶太太和易总有交集，肯定也是因为叶先生的关系。这个世界，人和人的交集，总是存在着千丝万缕的关系。

张恺旁边的儿子，懒懒地抱着张恺的腿靠着，时不时抬头瞅瞅。张恺无奈，抱起自己儿子，小男孩打量着时简，小嘴不开心地嘟着。

男孩有着一双同张恺相似的眼睛，时简不自觉温柔地看着小男孩，面露笑意。十年"韶华"里，她和"张恺"不仅相识一场，还是多年的朋友，现在她亲眼看到张恺有个如此可爱的儿子，有些记忆隐隐牵动着那份藏于心底的感情。

就在这时，手机里消息进来，是珈成发来的信息，他过来接她了。时简同张恺道别，张恺客气地朝她点头，然后让怀里的儿子同她说再见。

小男孩挥着小手，语气并不开心，"漂亮阿姨，再见吧。"

时简莞尔，嘴角轻轻上翘，"再见啊。"然后待她一转身，小男孩立马正正经经地同自己爸爸说起了话："你完蛋了，我要告诉妈妈，你和一位漂亮阿姨说话。"

随后，传来小男孩夸张的哇哇大叫。

时简回过头，张恺同样回过头，对着她抱歉一笑，然后抱着儿子上楼了。

外面夕阳刚落，大片晚霞醉了半个天空。时简在医院外面等叶珈成，很快一辆黑色 SUV 停在了她眼前。车窗降下，叶先生正要下车，她已经打开车门，利索上车了。

"今天复健得怎么样？"叶先生询问她。

"很好。"一点儿也不谦虚。

叶先生笑，告诉她一个好消息："刚刚我和王医生打电话，他告诉我复健疗程可以结束了。"

"嗯哼，知道。"时简得意，朝叶珈成微微挑眉。

叶先生咳嗽了两下，继续说："然后还问了一个问题。"

"什么问题？"

叶先生但笑不语，时简秒懂。莫名其妙，面颊居然有些燥，叶先生轻笑出声，瞅着她的脸直接问了出来："怎么还脸红了？"

无聊，老腊肉了还调戏老婆，光荣啊。时简扣好安全带，绷不住嘴角轻轻扬起的笑意，突然怀里多了一个热乎乎的袋子，叶先生将一份糖炒栗子放在她手里，"顺路买的。"

时简看着手里的陈记糖炒栗子，已经换了包装。记得这家店开在叶先生建筑事务所附近的街道，她没出事之前常常光顾它。

"事情谈得怎么样？"时简问叶先生。今天叶先生同合伙人谈事，她本以为他会谈得比较晚，所以都说好等会儿她一个人回家，没想到他结束得比她还早。

因为她和他达成了一个非常一致的决定，准备一起回青林市定居、工作，所以叶先生要着手处理 A 城的一些事宜。

"很顺利。"叶先生面上笑意未散。时简剥了一个糖炒栗子，叶先生又侧了侧头，她把栗子肉放到了他嘴里。

"谢谢老婆。"

"认真开车。"时简叮嘱。

"嗯……知道。"叶先生眼睛微微一闪，视线很快回到马路上，路过一家水果店，外面摆放着一排榴梿，叶先生放慢车速，询问她，"买一个？"

"好啊！"

高彦斐说，她和叶先生现在不只是榴梿夫妇，都要成为连体夫妇了。

SUV 熟练地倒入天美嘉园地下停车场，旁边停着的是她之前开的

Smart 小车。A 城交通越来越拥挤之后，她的车子也越来越小。不过之前叶先生一直不喜欢她开那么小的车，认为不安全，所以只要他有时间基本会过来接她。

她上辈子，一定是拯救了银河系才能在恰好的时间遇见叶珈成吧。熄火下车，叶珈成拿着一袋榴梿和一个文件包，以及一份嘉宾邀请函下来。这份邀请函寄到了公司，叶珈成顺便带了回来。

尊敬的叶珈成先生、时简女士：我们很荣幸地邀请你们参加……

这是一份慈善晚会邀请函。晚会以空难 NE8904 为主题，专门为空难家属而举办。前几天叶先生接到举办方打来的电话，同意参加之后，今天邀请函便寄了过来，宴会于下月 18 号，君合国际大酒店举行。

时简回到家中，坐在沙发上看这份邀请函，发现举办方之一，还有易茂集团。举办地点君合酒店也是易茂旗下的酒店，易需收购重组这家酒店时，她还是他的助理。

熟悉又陌生的易茂集团，熟悉又陌生的朋友。时简想着今天碰到张恺的场景，十年韶华应该只是她一个人的记忆吧。

"大叶小叶小小叶"微博下有一条可爱的评论："但愿那些空难没有醒来的人，都穿越到了另一个世界，继续幸福。"

时简看着这条热门评论，心底泛着阵阵涟漪，不知不觉，正前方多了一个人。男人一双长腿交叉立着，似笑非笑地瞧着她，似乎在耍帅地把她的注意力吸引回来。

时简假设地问叶先生一个问题，如果她觉得飞机失事的时候穿越了，他会不会认为她精神出了问题，然后送她回医院接受大脑治疗。

"这个……"叶先生似乎为难地想了想，随即哂笑出声，揽住她的肩说，"我有病啊，好不容易把你从医院接回来，现在终于头脑清醒手脚灵活了，我又要送你去医院？闲得慌吗？"说完，叶珈成朝她眨了下睫毛，眸子闪着温和的笑意，有着令人心安的情意。

"那你信吗？"时简轻轻开口问，但是没有得到回答，叶先生已经来到露台，正低头观察着露台上那些她养的植物。她出事这段时间，这些植物由李阿姨一直好好地照顾着。

"时简，等我们回青林，将这些家伙们一并带走吧。"叶先生靠着露台栏杆，对她感慨道，"舍不得它们啊。"

时简看着叶先生，呢喃地应了一声："噢。"恍恍惚惚，时简觉得刚刚叶先生嘴角一勾，那懒懒散散的姿态，仿佛一下子变回了他十年前的样子。

慈善晚会，时简选择了一件正式的黑色裙子，搭配亮色丝巾。叶先生挑了与她同色条纹的领带，她亲自打好领带，端详了一番：三十五岁的叶珈成同二十五岁的叶珈成，都有着情人那种动人心思，只是不同的是，三十五岁的叶先生，他的浪漫和细心只给了她。

不会故作让她琢磨不透，而是明明白白地将他的感情全部呈现给她。

真不明白，明明那么好的婚姻和爱人，以前的她居然还会没有安全感，想想大概是那时候，是她不及叶先生好。帮他整理好领带，时简踮起脚，在叶珈成的右脸落下一个吻，"真帅。"叶珈成满意极了，对着衣帽间的大镜子打量自己，"是吗，难道不是老腊肉了吗？"

有人说，婚姻终将回归到平平淡淡，只是平淡不是寡淡。细水长流的生活里，亦能开出可爱鲜艳的花来，一路繁花相伴。

时简和叶珈成一块出席慈善晚会。这是一场大型慈善晚会，整个晚会群星夺目，时简和叶珈成携手坐在前排，不远处留着两个位子。她望了望位子，收回目光时，触碰到叶先生投来的视线，眨巴了下眼睛。

叶先生也眨巴了下眼睛，愉快的视线回到前方。

酒店正上方的休息室，同样有一道视线默默注视着正前方的这对佳人。落地玻璃百叶窗半拉着，男人有一双静水流深的眸子，是那种经历过风起云涌才能蕴藏出的沉静。

出身尴尬，成长无趣，半生都深陷在易茂内斗的旋涡里，易需承认自己前头的人生过得有些无趣。等易茂根基稳固，他已经不是普通男人，也没有了普通男人成家生子的那种向往。有外人猜测他是对出事未婚妻情根深种，哪知他早忘了赵家女儿的模样，连同那些外界不知的不好绯闻。他对赵雯雯，爱都没有，何来情根深种？

从头到尾，懒得置喙。

至于情字，他觉得它只是世间浮华表象，甚至还没有名利扎实。美色，他向来不贪，女人，他亦觉得麻烦。那么爱情呢，他渴望过吗？或许有吧，只是早已忘却在茫茫追逐里。他已经过而立之年，母亲病好之后心心念念的就是他的人生大事。那么就找一个值得信任的女人结婚。婚姻，本就更适合两个同类人携手相伴，沈闵予就是他遇见的同类人。

在双方律师确定好结婚事宜后，他飞往日本准备向沈闵予求婚。求婚是沈闵予额外提出来的要求，他没有拒绝的理由。而人和人之间，是否真的存在命定的缘分呢？机场里，他临时接到电话处理商务推迟登机，与一位匆匆过来登机的女人擦肩而过。女人准备蹲下身拾起她的围巾，秀发在低头瞬间温柔滑落。他停下脚步转过身回望，眼眸底下一片碧幽静水。

算起来，这才是他和她第一次见面。只是机场那停留的一眼，又怎预料，她会成为他冗长无趣人生里最鲜亮的一抹颜色。

那天她掉落的围巾，就是今天她戴的这条……两份回忆温柔重叠，易霈双手相握，心底异常柔软。记得凉风习习的石阶上，她神色无奈地问他，时间可以拨乱反正吗？

很高兴，他看到了答案。

休息室门被推开，特助张恺走进来，易霈拂袖起身，目光透过百叶窗往下方静静注视，她终于回到了最爱的人的身边；而他，多出来的十年记忆，又该如何安置？

时简没想到还有机会同易霈这样面对面打招呼，易霈先同叶先生握手，她看了看丈夫，叶珈成用拿捏得恰到好处的社交口吻同易霈交谈，然后介绍她道："时简，我太太。"

"你好，叶……太太。"易霈朝她伸出手，语气因为平和显得温柔，而他并不认识她。不像她，手心因为激动都冒出了汗液。

"您好，易总。"时简伸出了手，手心隐隐逼出的汗液证实了她紧张的心情，她适时加一句，"很荣幸见到您。"

易霈点了下头。

旁边，叶珈成蜻蜓点水地替她解释说："我妻子向来十分崇拜你，还买过你的传记。"

叶珈成说得轻描淡写，也将她的紧张之情描述得大方明白。易霈微微扯唇，眸光清和，却也陌生。

他真的已经不认识她。唯一给她似曾相识感觉的只有他手腕上的表，依旧是他常年戴着的那块朗格。时简心情有些微妙。遗憾，又庆幸。庆幸十年浮华只是她一个人的梦一场，那些荒诞的"过往"，也只属于她一个人的记忆标本。所以那些不愉快的感情，也不会给眼前的人平添烦恼。

事实上，易霈本就不应该认识她。

　　她没有参与他辉煌的人生，没有给他造成任何影响。十年浮华里，她对易霈，一直是负疚的。现在一切都恢复到最正常的人生轨迹，所有事物都没有被她的自以为是打乱。现在的易霈是她在书中认识的强大偶像，对她来说，这应该是最好的结局了。

　　时简不知道的是，这最好的结局，是易霈送她的最后一份礼物。

　　台上代表新生的小朋友表演钢琴独奏，穿着可爱的红色小礼服，琴曲活泼轻快。耳畔有音乐，指尖有余温。记忆翻涌，易霈压着胸腔里流动的情绪。那些鲜活的、陈旧的、遗憾的、庆幸的，全都化成嘴角紧抿的不言不语，掩埋为心底深处的秘密。

　　忍不住。视线再一次微微偏转，面带柔和笑意。

　　第一次他和她同机，是命运安排的机缘。

　　第二次他登上那架飞机，是他最后的争取。

　　现在，他终于可以完全放弃，对他来说，这应该也是最好的结局。

那些深藏不露的爱（三）

张恺在鸥鹭湾的珍藏室里看到一幅画，画里是一个女人的侧影，女人倚靠栏杆立在夜色斑斓的露台上，风姿婷婷。乌黑的发、秀挺的鼻、微微上扬的唇角、盈盈眸光落在远处，里面饱含着未知的情意。

如果一幅画可以表达出当时的情境，张恺在这幅画里看到的是一份深藏于心的"记忆"。毫无疑问，当时画者站在画里女人的身后，同样静静凝视着她。

画风细腻、色彩浓烈，女人一袭红裙衬得肌肤像冬日的白雪一样。张恺知道，易总擅长画油画，不过却从来不画人像。所以看到这幅画的瞬间，张恺着实愣了好久，这应该是易总画的唯一一幅人物像。只是画里的女人是谁？

年年岁岁，岁岁月月，有些事没有什么不同，有些事却已大不同。

易茂集团总部七十八楼是最忙的楼层，电话连响、邮件乱飞，高级助理们身着整齐得体的套装，每时每刻都保持着高能的工作效率。

"时助理，明天的季末业绩分析会改成下午两点，易总等会儿要过来。"

"好的。"

"时简，乐峰项目的数据报告修改好了吗？"

"修改好了，已经群发项目群的邮箱。"

"小时，连续忙了两个星期，晚上结束一块聚聚，就上次那地儿？"

"没问题，等会儿叫我。"

"时简时简，江湖救济！"

"时简时简……"

易霈下午来到易茂集团最高楼办公区，视线微移，望了望靠窗的位子，隔着一段不近不远的距离，时简正在接听一个刚打进来的电话。夏日办公区的冷气开得太低，她衬衫外面套着一件米色开衫，面前是一大堆需要她整理的工作文件。

办公桌落地窗旁，是一排她种植的绿色植物，长势茂盛，生机勃勃。

右手拿着一支笔，轻巧地转了两圈，无意间抬起头，她的两缕秀发不经意垂落耳畔，她一边应着电话一边记下重点内容，挂上电话抬起头，拉开椅子站了起来。

易霈走进了办公室，脱掉了外套。窗外阳光热烈，穿过层层叠叠的梧桐叶子，在地面落下闪闪烁烁的光影。马路上车来车往，心中莫名升起的躁意，如同那一地树影，密密匝匝。中午他同一位姓白的小姐吃饭，二十岁刚出头的女孩说话天真烂漫，加之语速很快，用餐的时候都在侃侃而谈她的见闻和趣事。女孩是林家人安排的家世优秀的小姐，用餐地点是他的好助理帮忙预订的米其林法式餐厅。只是食物精美可口，气氛却越来越尴尬死寂，最后女孩坚持不下去，红了眼眶。

抱歉，易霈站起来离开。

相爱这件事，一直需要两个人配合，己所不欲，勿施于人。易霈越来越觉得自己快要失去了一种对爱的需求。他的世界变得简洁条理，层次分明，生活变成了点缀工作的调剂品。还记得她同他提过她所了解的那位易先生，仔细想起来，他真越来越像那个男人了。

然而，还只是像而已。

　　下午的季末分析会，进行得并不是很愉快。凉气习习的会议厅，参加会议的几位经理额头都逼出了汗液。这两年，他们的易总越来越喜怒不形于色，真实心意难以窥测，但是他对待易茂的老人们大多客客气气，恩威并施；不像今天，直接刷了他们的老脸。

　　连带时简，同样被殃及。

　　时简重新回易茂担任易总助理的时候，易茂集团私底下有些窃窃私语，大家基本在观望时简什么时候成为易茂女主人。如果事情是真的，这可是一个重量级炸弹。然而有一次私下聚会，张恺都无奈了，笑着澄清易总和时助理的绯闻："怎么都八卦易总和时简，要不明天也八卦八卦我和小时怎么样？或者我和易总也行啊！难道你们看不到我也长了一张男主角的脸吗？"

　　慢慢的，绯闻少了，大家从笃定到怀疑，接着放弃猜疑。下面的风向一向由上面决定，张恺的态度未尝不是易总的态度。如果再多话，除非不想在易茂待下去。

　　事实上，工作上易总对时简没有一点儿特殊，甚至有时候比大多人更加严厉。时简是凭着真正的工作能力在易茂集团获得了大家的肯定。

　　傍晚下班，因为季末分析会进展得不顺利，时简没办法参加今晚的同事聚会，继续留在了易茂大楼总部加班加点赶报告。人员寥寥无几的办公区，键盘被敲敲打打，旁边一杯拿铁散发着淡淡的奶香，靠着转椅探了探腰，时简轻轻松了一口气。每天工作繁重，也不是讨厌的事，反而她很感激自己有那么多事情可以做，事大事小，都能消磨时间。

　　城市的夜晚越来越热闹，灯火焱焱。从易茂大厦出来，时简被出差刚回来的张恺约出来吃夜宵。张恺这半年一直负责南滨一个大项目，她和他已经很久没见面，要不是他忙，就是她忙，要么一起忙。

　　A城新夜市白色塑料圆桌旁，张恺挽着半截衬衫袖子，喝着老板自制的凉茶，悠悠说着话："时简你说，我们俩是不是，是不是……"

"是不是什么？"时简瞪了瞪眼睛。

张恺讲话说全："越来越像易总了，变得像他那么爱工作。"

时简抬了下眼皮，无聊。

张恺犹豫好久，冒出一句不相干的话："你别怪易总……"

时简抬起头，随即，摇了摇头。

时简回到南城的公寓已经夜深了，第二天不知道是手机闹钟失效，还是最近高负荷的工作量，时简睡过头了。

手机显示九点三十分，里面还有两个未接电话。原来昨天开会她将手机全部调静音，忘记调回来了。她发呆地靠在床头，未接电话显示是易茂集团座机，总裁办。

这是她重新回易茂工作，两年里第一次出现消极怠工的情绪。

索性慢慢来吧，时简下午穿戴整齐地出现在助理办公室，一块来总公司的 Emliy 过来推推她手肘，告诉她说："易总找过你，两次。"

总裁办公室里，时简递交了两份重要文件。易霈翻阅文件在下方签字，问了一句："今天是身体不舒服？"

知道易霈问的是她为什么上午没有过来，时简没有找理由实话实说："没有，睡过头了。"

"哦，真是难得。"不经意笑出声，易霈伸手将文件递过来，"这段时间事情的确有些多，吃不消可以请个假，有什么想玩的地方？"

时简没有接受易霈的提议："不了，我先攒着。"

易霈不再劝说，自顾自说起来："我倒是想给自己放个假，有推荐的好地方吗？"

"噢，易总可以考虑……"

易霈双手离开办公桌，认真地听着，眼里带着舒适的笑意，视线时不时落在眼前人的面庞上。今天他和她的对话难得少了一份上司和下属的公事公办，似乎变回了曾经有过的轻松和自在。这几个月分公司重组上市，数日加班下来，不少年轻男员工都累得手脚发软，唯有她面不改色，依旧每天保持着好状态。不过仔细看，她眼窝一圈添加了不少倦色，难怪今天睡过了头。易霈收回目光，胸腔里的心脏仿佛有一根细细的线拉着，隐隐泛疼。

这些年，她活出了最好、最积极的样子，她无疑是最好的员工、最好的同事、最好的朋友。不过他和她的关系，反而越来越泾渭分明，拒绝了任何的可能。

当初强行让她回到他身边工作，是他不能否定的私心；他以天美嘉园的项目签了她的终身合同，明知道易茂并不是一个舒心的地方。私人电话响了，易霈拿起了手机，望了望屏幕上不断闪烁的号码没有接听。

时简自觉离开办公室，易霈直接按断了电话放置在一旁，背靠向大班椅。偌大的高楼办公区凌驾在整座城市之上，落地窗外，晚霞道道，美得绚丽又安静。

那天在夕阳洒满的楼顶他对她说，奋斗和相爱的人生他都想要。

她对他说过，希望时间可以回到原来。

一个追求不可能的以后，一个追溯不可回的过去。真遗憾，他和她都没办法实现心中所想、所盼望的执念。

"中财新网报道，易茂服饰以 12.6 亿美金完成全国海外最大并购案——收购法国百年奢侈品牌 KD 公司，步入跨国经营阶段……"

时简作为助理只负责地产这块业务，易茂服饰那边接触不多也有所耳闻。商场风起云涌、瞬息万变，易霈担任执行主席以来易茂服饰如日中天。易老先生之前有过的担忧不仅没有发生，易霈还将易茂男装牌子打得更响亮。

如何将品牌快速国际化，收购是最快的方式。

庆祝会举办得十分盛大，衣冠楚楚的收购成员谈笑于明亮耀眼的水晶灯光之下。时简是宴会的直接负责人，一块出席了庆祝会。对方公司夸起了她这位无足轻重的助理，时简含笑应答，颇有一荣俱荣的光彩。她重新回来担任助理已经有好几个年头，易老先生和林家小姐一块创立的易茂集团回到易霈手里之后，易霈没有犹豫推倒了易老先生原本建立的老易茂。不破不立，现在的易茂集团在完成了一次重大改革和重组之后，它已经完完全全是易霈的易茂。

"有些东西真的没办法丢掉，比如易茂，比如我的姓。"易霈立在易茂置业更高的大厦落地窗前同她这样说。场内觥筹交错，外面万家灯火，站得高总能欣赏更多的美景。

"恭喜你，易总。"易茂迎来了真正的辉煌岁月，时简也已经不是一本传记的读者，而是这份历史的见证人。

易霈眉眼微微闪动，面带三分醉意，玩笑般加了一句："噢，还有你的记忆。"

时简没有说话。

易霈继续拿着红酒站着，嘴角扬起一份颇嘲讽的笑意，再次转过头问："时助理，我是不是越来越像那位易先生了？"

时简面色沉默，过了一会儿，换着话回答道："易总现在的成就每天都值得越来越多的人尊重和敬仰。"

"呵呵。"易霈忍不住失笑，片刻之后眼眸失去了笑意，索然无味不再交谈，直到旁边人礼貌离开。有些感情真奇怪，他习以为常地伪装着自己的感情，爱她怜她惜她，却同样恨她厌她。他以天美嘉园项目交换她终身合约，她爽快签下合同并笑着说会努力工作。天美嘉园项目她完成得非常出色，夜以继日地完成了叶珈成未完成的事。她很厉害，他不得不承认，天美嘉园开盘那天她还以员工身份贷款提前购买了一套中庭的复式空中跃层。即使那人已经离开，她还活在两个人的计划里，并且一一实现了它。

那天他突然想如果他不将房子给她，她会来求自己吗？他自然不能这样做，那套房子对她的意义如何他很清楚。有时候，他真希望自己不那么清楚。

每年易茂集团下半年比起上半年，都要更忙碌一些，不过时简的工作量却减少了。秘书室进来了好几个新人，学历、背景、能力无一不出众，此外还不缺向上爬的野心。

时简的工作被分配给了这些新人，每个人都完成得非常出色。助理这份工作，从来都不是非她不可。工作量减轻是好事，不过在一些人眼里她无疑是被架空了权力。时简担任易总助理多年，熟悉易需的办事风格和要求，集团最高楼的人都觉得她是易总最不可或缺的助理，就连张恺也开玩笑这样认为过。事实上，没有不可取代的员工。

张恺在海外给她打了电话，时简没有说太多，每天准时上班下班。此外她有了更多时间做其他事，打发时间不一定只有工作。

年会结束之后，很快又是一个春节，时简请了之前累积的所有年假。年初所有人都上班了，时简还没有出现在易茂集团最高楼。之前三个秘书里提拔了一位上来做助理，人是海外归来的女硕士，貌美条顺双商高，是不可多得的助理人选，关键是野心还不小，似乎刚上任就做好了取代时特助的打算。终归输在太急功近利，一个月后被易需直接开除，没有商量的余地。开除原因不详，不过大家都知道在职场办事没有野心不行，野心太大也不合适。

"时简你看，你和张恺不在的时候，我连一个顺心的助理都没有。"

办公室窗前，易霈双手放在裤兜，身形颀长。

"易霈……"时简没有叫眼前的男人易总，话到嘴边收了回去。

外面天气很好，三月天里难得的好天气，商业区道路宽敞，对面的建筑折射着阳光闪闪发亮。易霈想起一些旧事，眉眼柔了两分。那是一段他每次回想起来都觉得有意思的时光，三人同车的一路，她同张恺聊天说笑，他心情舒适地听着，什么无聊话都觉得有趣好玩。

不知不觉他对她上了心，他留意着她，但是她追着叶珈成，算起来他和她都有追求的目标。只是有些事就是这样阴差阳错，那时候他同样得不到她，但也好过像现在这样。

"时简，等合适的助理上来，你到分公司做事吧。"

还有那晚的事，对不起。

时简离开易茂集团最高楼之前，陪易霈去了一趟香港。易茂置业在香港产业不少，不过这块业务时简接触不多，但她知道当时易茂置业将业务转移到香港易老先生并不乐意，原因大概与易霈的父亲有很大的关系。

易霈父亲是一位香港画家，易霈母亲易大小姐常年住在香港，即使易霈父亲已经去世多年。其实那个男人也不能算父亲，毕竟两人只是举办了一场没有人见证的婚礼，之后易大小姐和他因为易老先生的阻拦分手，直到那个男人病重，易大小姐去了香港再未回过易家。

中间或许还有一些是是非非的误会，不过易老先生已经去世，逝者已逝，往事就没办法澄清，最多只是追忆一番。张恺说易老先生最后挂念的还是易大小姐。

易家人，固执的也不少。不过看到易大小姐本人的时候，时简有些明白易大小姐不再回易家的原因了，她不是回不去，而是不能回去。

时简和易霈在易大小姐所住的别墅待了一个星期。别墅有常年照顾易大小姐的用人，每年春节易霈都会回来。现在春节刚过不久，别墅的玻璃窗上还贴着阿姨们剪的福字。

易大小姐精神不太正常，连易霈都认不出，不过照顾易大小姐的用人说，前几年易小姐还是能认出易霈的，只是现在精神状态越来越差了。易霈倒是习惯了这样的母亲，他同易大小姐并没有多少交谈，只是吩咐用人们照顾好他母亲。

别墅也有一个画室，里面留下的大多是易霈父亲的作品。

第三天，易大小姐精神意外地好了，不仅认出了易霈，还误会了她的身份。时简待在别墅没有什么事，所以每天就陪易大小姐说说话。她对易大小姐有着感同身受的同情，对有些人来说失去爱人的伤痛只是一时，有些人却是一辈子。

这个星期里，易霈也没有多少事，他倒不像来香港办事，而是像来度假的。别墅外面有一个人工湖，易霈有事没事钓钓鱼，其中两天晚餐的糖醋鱼就是他钓上来的。易霈一直都很喜欢钓鱼，他对她说，那是因为他耐心好。

"不过耐心再好，也不可能永远等下去，是不是？"易霈握着钓鱼竿，笑着对她这样说。

时简也说起了自己以前钓鱼的感受："我以前钓鱼喜欢在同一个地方钓，运气不好的时候特别挫败，后来有人告诉我，有时候换个地方会带来好运气。"

"那个人是叶珈成？"易霈抿着嘴角，顿了下开口，"时简，我还是想知道答案。"

年会结束那晚他差点儿犯了错。等到不能等是什么感受，那晚他只觉得自己快要爆炸了，他是如此的不甘心，而她又是那样的抗拒，连犯错的机会都不给他。

"如果没有叶珈成，你会爱我吗？"他问她，还不放手地抱住她。

不过答案，她一直没有给他。

湖面波光粼粼，春风拂面。时简低了低头，然后抬起脸庞回答："会啊，肯定会。"

易霈给了自己一个星期的幸福，难得轻松自在的几天。他不是易总，时简也不是他助理，别墅距离市区远，他开车同她一块出门采购；他请她吃大餐，她回请他吃甜品；别墅需要改装几个地方，他画图纸她提出了她的建议。她惊讶他也会画图纸，他摊手表示："我也是学建筑出身。"这个星期，天气一直很好，不管室内室外，都是那样舒坦暖和。

明天就要回 A 城，他对她说："时简，我给你画幅画吧。"

她点了点头，没有拒绝他。

可惜，那幅画并没有完成。

……

画里女人的侧影，似曾相识，又想不出具体是谁。

2018 年年初，张恺应易总要求裱好了这幅画，然后将这幅被永久收藏到银行保险柜。他有些猜出来画里的人是谁了，不过有些好奇随着年龄学会了掩藏。他的印象里，易总和叶珈成太太并未有过什么接触，空难 NE8904 应该是两人最巧合的交集。

不，都是幸存者，才是两人最巧合的交集。

张恺摇摇头，觉得自己真是想多了，或许里面的女人根本不是那位时简。

春节前夕，易茂集团组织放了一场盛大的烟花。张恺陪易总在易茂的楼顶看了这场烟花，他以为易总会在今天同沈总再次求婚，但是今天下午沈闵予已经飞往了新西兰度假。

　　璀璨夺目的烟花从头顶上方倾泻下来，震撼而耀眼。张恺望了望近处的易霈，想起沈闵予去机场之前同他说："有没有觉得易霈更令女人心动了？"沈闵予是一个从容大气的女人，张恺意外沈闵予这番小女人情长的话，赞同地开着玩笑："何止是令女人心动，男人也心动啊……"原本还想说两句宽慰的话，沈闵予先抿唇轻笑，"新年快乐，张恺，终于否极泰来，祝大家都有个新的开始。"

　　新的开始，应该会很不错。张恺点头想着，易总的脾气的确比他原先认识的好多了，眉眼里似乎还多了一种岁月沉寂的温柔。难怪沈闵予说阿霈比以前更迷人了。

　　以前的阿霈也是一个寡言的男人，不过之前的沉静更是一种严肃。

　　原本，张恺觉得阿霈不是一个懂爱的男人，直到他看到那幅画，或许有些爱就是用来深藏的吧。那幅人像画还有个很巧合的名字，它叫作时间。

　　有些深藏不露的爱，只有时间它知道。

　　那天易霈并没有画完这幅画，他忘记取水了，亲自下楼拿水，重新上楼时看到他的母亲突然发病，桎梏着时简的脖子，时简因为怕伤害他母亲不敢动弹。

　　一个星期的幸福，像是突然被终止。一切的一切，如同那年外公在纸上写给他的字——非分之福，无故之获。她永远不可能成为他的爱人他的妻。

　　之后醒来，易霈完成了那幅未完成的油画。仔细想起来记忆里的十年时光，何尝不是他的非分之福，无故之获。

　　然而，也是他漫长生命里最动人的一段珍藏。

那些深藏不露的爱（四）

我穿越风和雨，是为了交出我的心，直到遇见你，我相信了命运。

——狐狸先生

春节快要到了，时简同叶先生一块到购物中心采购，久违的夫妻同行，时简挽着叶先生的手臂时不时抬头瞅两眼。叶先生被看得心满意足，压低声音说："再看，我就要亲下来了啊。"

时简正了正视线，懒得哼声。

A城新建立的国际购物中心，大牌云集。时简给叶珈成选购了一身，逛着逛着来到一家她最爱的女鞋店。她侧过头看向里面某处，有些移不开视线。

叶先生顺着她的视线望过去，大概以为她是看中了某双鞋子。由于她现在还在康复期不能穿高跟鞋，叶先生建议说："我们可以先买回家放着。"

真是一个无法拒绝的提议。不过时简摇摇头，她刚刚看的不是鞋子，是一个"熟人"。橱窗里面，一身精致的易碧雅端坐在平角沙发上，两位专柜小姐帮她试穿新鞋，十足的名流千金范儿。里面的易碧雅，并不认识她和叶先生，易碧雅对她和叶先生来说也只是一个陌生人。下意识，时简还是看了看立在自己旁边的叶先生。

对于易碧雅最后的所作所为，她是恨过的。只是曾经发生的一切都变成浮华梦一场，时简发现梦散了之后留下来的只有爱没有恨，或许还有一些唏嘘，比如现在她看到易碧雅的心情，不过一切都回到了平静。

平静的幸福已经来得如此不易。

"十年记忆"里，珈成出事之后易碧雅就回国了，等她再次见到易碧雅都有些认不出，本来清秀雅致的女人消瘦得不成人形，套着一件黑色裙子，空落落的样子。易碧雅在珈成墓前哭泣，看到她的时候连忙站起来要离开，脚步慌乱得似乎怕她看到自己。她没有叫住易碧雅，倒是易碧雅自己停了下来，眼眶通红地转过了身。叶珈成车祸事件已经清清楚楚，叶家人不追究是觉得他们儿子辜负了易碧雅，她尊重公公婆婆的决定，不代表她对易碧雅没有恨意。珈成是将易钦东逼急了，最后易钦东还是顾忌叶珈成身份没有下手，是易碧雅把易钦东不敢做的事情做了。有时候每个决定都只是一念之差，结果却是差之毫厘失之千里。当时她看到易碧雅，更多的是难过，难过时光不可追回。

之后她回到 A 城，易需告诉她，易碧雅自首了……此时此刻，品牌橱窗里面易碧雅已经挑选好了，无意间侧了侧头，眼里是温柔的笑意。

这样多好，时间无扰，各自安好。

旁边叶先生同样面色平常，里面的易碧雅对他来说的的确确只是一位陌生人。察觉到自己这样太怪异，时简开口："里面的女人好像是一位名媛千金……"

叶先生瞅了一眼，漠不关心地应了一声："哦。"

时简不再多言，拉着叶先生穿过橱窗，同时里面的易碧雅走出来，走向相反的方向。

节日前夕的商场，每一处的装扮都很有过节气氛。时简和叶先生又挑选了不少过年礼物：带回青林市的、寄到英国的，还有小姨小姨夫家……一路买买买，不忘愉快地聊着天。两人聊天从来不怕无聊以及没营养。当然对外人时简也没有那么话痨，叶先生更是惜字如金，谈吐之间保持着他知名建筑师的腔调和逼格。不像现在，两人无聊地问着一些废话假设问题："叶先生，你之前为什么不找个名媛千金当老婆？"

"不是没找到就遇上了你吗？"叶先生声音愉快，即使对这个问题兴趣不大也问了问她，"你呢，怎么不找一个富豪巨贵结婚？"

时简"遗憾"道："不是没机会吗？"

叶先生牵着她的手，"的确，是没机会了。"

时简又问："如果当时名媛千金和我，我们一块出现让你选择，你会怎么选择？"

叶先生想了想，一时没有回答。时简抬了下眼皮，叶先生这才慢悠悠开口："叶太太，你可能不知道当时你老公我的行情有多好。"轻轻一顿，"我数一数啊，我在遇到你之前拒绝了多少名媛千金，王小姐、杜小姐……"

"……叶珈成，你记得真清楚。"时简笑着说。

"没办法，记性好。"

大街上人来人往，她两人十指相扣，时简突然觉得很释然：人生可能会有千万种假设，她已经幸运地拥有了最好的那种。街头有一家音像店，里面传出来的一首歌特别动听，时简跟着哼了哼，只是回到天美嘉园她已经想不到完整歌词，坐在钢琴前回忆了两句，身后的叶先生伸过手，帮她调整了两个音，"应该是这样……"

浩瀚星海中，坚持一种梦。

你手中的温暖，我好想触摸。

茫茫人海中，我与谁相逢。

我穿越风和雨，是为了交出我的心。

直到遇见你，我相信了命运……

午后，叶珈成用钢琴弹奏了这首《为了遇见你》，时简坐在不远处的沙发上，微微红了眼眶。叶珈成回过头瞧她，时简弯着嘴角，眸光的笑意格外水亮。

夜里出了少许汗。

一只手忽然抚上她额头，探了探。时简睁开眼，晦暗光线里一张熟悉的面容近在眼前，"有点儿发烧？"叶珈成声音沙哑地问道，然后用额头抵着她额头，用"人体体温计"感受她的温度。时简摇摇头，她没有发烧，可能白天遇上易碧雅的关系，她又梦到了那场车祸，出了一些虚汗。

床头灯亮了，晕着一圈柔柔的光。叶珈成穿着睡衣到外面取来一瓶水，然后打开瓶盖递给她。时简喝了几口，递给了叶珈成，叶珈成接着喝了两口，然后颀长的身子安适地躺靠在床头，双腿交叠。

两人都没了睡意，聊起了天，落地窗外抖落大片静谧星光。

"做噩梦了吗？"叶珈成捋了捋她额前染上细汗的头发，"都说梦话了。"

她说梦话了吗？时简怔了怔，欲言又止。

似乎看她还不相信，叶珈成伸手搂过她。叶珈成长手长脚，右臂揽着她还可以揪揪她的脸，这种亲昵的小动作是多年才有的习惯。"时简，你梦见什么了？"叶先生又问。

真的可以说吗？时简一时没有说话。其实她很想同叶先生分享她"记忆里发生的一切"，告诉叶先生她重回到了十年前，她如何和他提前认识，怎么追求他。二十五岁的他的确如同他自己曾经所言的那样，年轻气盛，她一路追得非常不容易，结果还出了错……

时简拢着睡袍，转过身抱住叶珈成，只是轻轻道："我梦到……你离开了我。"

第一次离开是两人分手，第二次离开是永别。即使叶先生已经在她身旁，时简说到离开两个字依旧有些哽咽，以及难过。

叶珈成搂紧时简，"好了好了，梦醒了没事了，老公还睡在你身边不是吗？"说完，还对着时简眨眨眼，大晚上这样不留余力地放着电，老婆也应该要被帅醒喽！

深夜夜聊，时简问叶珈成："珈成，如果我们提早五年相遇，你觉得会怎样？"

"呃？"叶珈成想了想才回答，"我觉得可能会遇上一些问题，毕竟那时候我对感情的处理方式有些幼稚……"

"有吗？"时简望着叶珈成，轻声搭腔。

"对啊。"叶珈成将手放在时简脑袋上摸了摸，加了后面一句，语气格外笃定，"但是我觉得我们还是会在一起。"曾经叶先生回答过叶太太这个问题，当时他这样说，"宝贝，你已经是我对的时间对的人，我们不用早点儿遇上。"当时他不愿意假设，只是真有这个假设，也已经有了答案。对的时间很重要，对的人更重要，是不是？

时间笑啊笑，然后点点头，轻轻柔柔的。

叶珈成对上时简的笑意，温柔道："老婆，我有没有告诉过你，我对你是一见钟情。"

如果三十岁的叶先生对叶太太是一见钟情；那么二十五岁的叶珈成和小狐狸，应该是生死与共。叶珈成这辈子只相信两种爱情，一见钟情和生死与共。

时简很晚才睡着，叶先生却一直清醒着，看着怀里美好的睡颜，低头吻了吻。他妻子说她做过一个很长很长的梦；他没有告诉她的是，他也有一个很长很长的梦境。时简昏睡的时候她同样每晚都活在他的梦里，梦里她是小狐狸，他是二十五岁的自己。二十五岁的叶珈成让他自己都恼火，但是他很确定最后叶珈成直到离去都深深爱着小狐狸……

除夕夜，时简和叶先生回青林市过年，此外还做出一个愉快决定：两人都回青林市定居发展。决定是时简提出来的，叶先生一拍即合。一方面，青林作为海边城市，空气质量比 A 城要好；叶父叶母年龄都大了需要陪伴，叶先生又是独子。

那些曾经有过的绝望的伤痛，即使只存在梦里，想起来依旧历历在目。其实幸福是一件多么简单的事，整整齐齐，健健康康。

叶家的除夕夜很热闹。

多年不变，叶家年夜饭一直都是在家里自己做，一家人围坐在叶家的老圆桌旁，吃的是婆婆和李阿姨的拿手好菜。除了年夜饭，叶家的春联每年也都是公公亲手所写。叶父写得一手好颜体，虎父无犬子，叶珈成的字写得也很好。怎么个好法，两人结婚之后，时简因为羡慕叶珈成的字照着练过好一阵子，叶珈成也厚着脸皮出了一本"成式"字帖给她临摹。不过她只能学到七分水平，叶珈成得意地说是天资问题。对于叶珈成这狂妄言论，婆婆特意给她找出了叶珈成小学时候的作业，那个横七竖八，毫无章法。然后安慰地告诉她："小时，你别听珈成瞎说，他写字哪有天资，就是小时候写字太难看了，每天逼着练出来的。"

婆婆还说，小时候叶家好几年春联都是叶珈成写的。

"现在为什么不写了？"时简包着饺子问。

叶珈成叹叹气，用面粉点了下自己老婆的鼻子，实诚地回答说："你以为我乐意写啊，当时是写得不好我爸特意刺激我……"

不过今年，叶先生主动陪同叶父一起写春联。时简站在一旁磨墨，被叶先生当成书房丫头使唤着。叶珈成同叶父一块拼书法，叶父笔酣墨饱，叶珈成笔底春风，不过他春联写得倒是很简单，每联只有五个字——"岁岁平安日"，以及"年年安康年"。

叶先生将笔递给她，时简颇有压力，还是接过了叶先生递来的湖州毛笔，倾身在方块红纸上写下一个"福"字，浑圆工整。

年夜饭自然无比丰盛，一家人其乐融融。生活又回到了原先的十全九美，如果现在有个孩子多好。时简望了望叶先生，叶先生似乎懂了她眼里的遗憾，在饭桌下方捏了捏她手心。

丰盛的年夜饭结束，Tim 发来了视频电话。时简结束同家人的视频，随便刷了下微博，网上也一派喜气洋洋，她关注的 A 城一个官方博主更新了九张高清烟花照，文字是"易茂的烟火盛会，易霈的浪漫之夜"，据说易霈向沈闵予求婚了，沈闵予成为众多女人最羡慕的对象。

记得易霈曾以朋友的口气问过她："男人怎么求婚合适？"

她当时是怎么回答的："放烟火？我觉得所有女人都会喜欢。"

"那你呢？"易霈又问。

"喜欢啊。"

之后她才明白了易霈对她的心思。被易霈喜欢是一件很荣幸的事情，何况还有烟火盛会的求婚。只是，她已经有过一个难以取代的星空求婚，那是叶先生给过她的。

客厅玻璃窗外头，叶先生立在叶家花园前方，身穿婆婆新织的暗红色毛衣，姿态翩然。他玩心大起地朝她招招手，时简快速放下平板电脑，奔向了外面。

她今晚也穿着同款毛衣，是婆婆给她和珈成织了情侣毛衣，都是暗红色，简直是"红艳艳"一对。

叶先生带她一起玩烟火，他一口气点燃了不同的烟火，然后拉着她带到他怀中，双双立在花坛边欣赏烟火的美丽；青林市的冬天向来寒风凛冽，吹得时简鼻子通红，但是叶先生的怀抱温暖又安心。小鞭炮在不远处连声作响，时简往后躲了躲，两只手捂着耳朵。叶先生稳住她踉跄的身子，她捂着耳朵，他抱着她。

眼前火光灿烂，身后的树挂满了五光十色的彩条。外面的广场上也放起了烟火，一声声巨响响彻天际，青林市的夜空如同礼炮流光溢彩地绽放着。时简转过头看向身后的人，亮晶晶的眸光如同盛满了璀璨的烟火，她用唇型对叶先生说道："我爱你，珈成。"

叶先生低眉顺眼，眼里深情难掩，嘴唇轻碰自己的妻子脸颊，"我爱你，老婆。"

以及，我爱你，小狐狸。

那是很普通的一个午后，书房窗户朝西透着风，窗帘半拉，阳光晒进来有些热，叶珈成靠着椅背睡了半个晌午，睁开眼窗外天色未晚，湛蓝如水。

又是一晌贪欢。

"吱呀！"门开了，叶珈成朝着门前的女人微微一笑，然后展开双臂说："小狐狸，过来。"

时简怔了怔，然后慢慢地，红了眼眶。

相爱很长，幸福的后续没有中断。

七月的尾巴，八月的前奏。时简和叶先生搬回了青林生活工作，一直住在海湾区的别墅。海滨城市舒适别致，两人日子过得比在 A 城还要惬意几分，偶尔斗斗嘴也是调情，毕竟叶珈成有一招叫作"永远能在老婆说到兴奋的时候吻下来"。比如昨晚时简正说着话，突然鸦雀无声——

叶珈成深吻完毕，满意地舔舔嘴角；时简瞪眼红脸，瞋目切齿，"又来这招，胜之不武。"

哪有胜之不武，明明是兵不厌诈。

昨晚心血来潮分房睡了一晚，今早醒来分外想念。还没有起来，时简接到了婆婆大清早打来的电话，才知道今天好像是自己……生日啊。

叶母先祝儿媳妇生日快乐，然后提醒儿媳妇说："今晚记得回家过生日，妈妈给你做生日面。"

"谢谢妈。"开心呀，时简掀开被子，美滋滋地换了一件柠檬黄无袖美裙，然后下楼悠荡在叶珈成面前，不经意地臭美给某人看。

"今天，穿得这么美？"叶珈成目光追着，笑意闪闪。

时简转过身，矜持地笑着，"有吗？谢谢。"

叶珈成抿着唇点头，心里暗乐，一副真真想不起今天是老婆生日的样子。两人一起吃早饭，时简托着下巴，瞅了瞅叶珈成，"你怎么还不去公司？"

"今天不去了。"

"噢。"收起脸上隐隐约约的小心思，时简又随意问一句，"为什么？"

叶珈成："没什么重要事，就不去了，休息一天。"

"嗯。"时简低下头，默不作声，继续喝着碗里的粥，慢条斯理。

绷不住，叶珈成从餐桌对面弯过身。时简反应过来抬头，叶珈成已经在她的左右脸颊各亲了一下，"生日快乐，宝贝。"亲左脸是因为昨晚他故意同她吵架，亲右脸是更爱她。

原来还记得啊，她还以为他忘了。时简心里的不满已经少了大半，"……谢谢，老公。"

怎么会忘？叶珈成当然记得今天是自己宝贝的生日，为了给时简一个惊喜，昨晚他还待在客卧准备礼物到深夜。老婆过生日，甜言蜜语不能少，陪伴不能少，礼物更不能少。

生日宴，叶珈成也早已经订好，两个人的夜晚浪漫大餐。

可惜了。时简告诉叶珈成："不行，晚上我们要回家过生日，妈妈早上已经打电话和我说了。"

叶珈成抚额，叹气，他怎么大意地就忘记自己爸妈那边了。很快叶珈成也接到自己母亲的电话，叶母不停地提醒他晚上一定要带时简回家过生日，生日要全家一起过，生日一定要吃生日面等，顺便带个蛋糕回家。叶珈成先是应着，随后遗憾地表示："好的，那我给时简准备好的生日惊喜只能先算了。"

叶母："……"

很快，时简又接到了叶母打来的电话，叶母笑呵呵地说："小时，晚上我和你爸好像有些事，所以……"

时简接着电话，侧过头看向不远处无辜的叶珈成，不用说肯定是叶珈成干的。

傍晚时分，经过时简严厉批评的叶先生，一手拎着蛋糕，一手牵着老婆回叶家过生日了。没有浪漫的生日之夜，但是有叶母的生日面，和一桌子好吃的家常菜。叶家热热闹闹，还来了一帮给时简唱生日歌、分蛋糕的小朋友。

饭后，叶父他虽然满意儿子带时简回家过生日，但嘴里还是来了一句："你那个惊喜之夜呢？不整了？"

叶珈成抬了下眼皮，倒也不可惜，笑笑道："明天过。"顿了下，面带春风，加一句，"我和时简，不是还可以过七夕吗？"

不过很快，时简收到了一份最棒的礼物——迟来的点点，迟来的星光。